MY DARKEST *Sin*

PENELOPE DOUGLAS

MY DARKEST *Sin*

ROMAN

Traduit de l'anglais (États-Unis) par
SUZY BORELLO

&H

Titre original :

NIGHTFALL

Ce livre est publié avec l'aimable autorisation de L'agence Eliane Benisti.

HARPERCOLLINS FRANCE
83-85, boulevard Vincent-Auriol, 75646 PARIS CEDEX 13.

www.harlequin.fr

ISBN 978-2-2804-6135-1 — ISSN 2271-0256

Note de l'autrice

My Darkest Sin est le dernier tome de la série « Nuit du Diable ». Tous les romans sont liés, et il est recommandé de lire les volumes précédents avant de commencer celui-ci.

Si vous choisissez de délaisser *Dark Romance, Dark Desire, Dark Obsession* ou *Conclave*[1], sachez que vous risquez de passer à côté de certaines intrigues et éléments importants de l'histoire dans son ensemble.

Les quatre romans précédents sont disponibles sur Kindle Unlimited.

En outre, si vous aimez les *mood boards* de Pinterest, chacun de mes livres en a un. Jetez un coup d'œil à celui de *My Darkest Sin* au fil de votre lecture.

www.pinterest.com/penelopedouglas/nightfall-2020/

C'est parti !

xx Pen

1 Encore non publié en France. (NdE)

Pour Z. King

« Inutile de gémir sur le sort de cette fille. Elle était de celles qui aiment grandir, et finit même par devenir adulte de son propre gré, un jour plus tôt que les autres filles. »

J. M. Barrie, *Peter Pan*

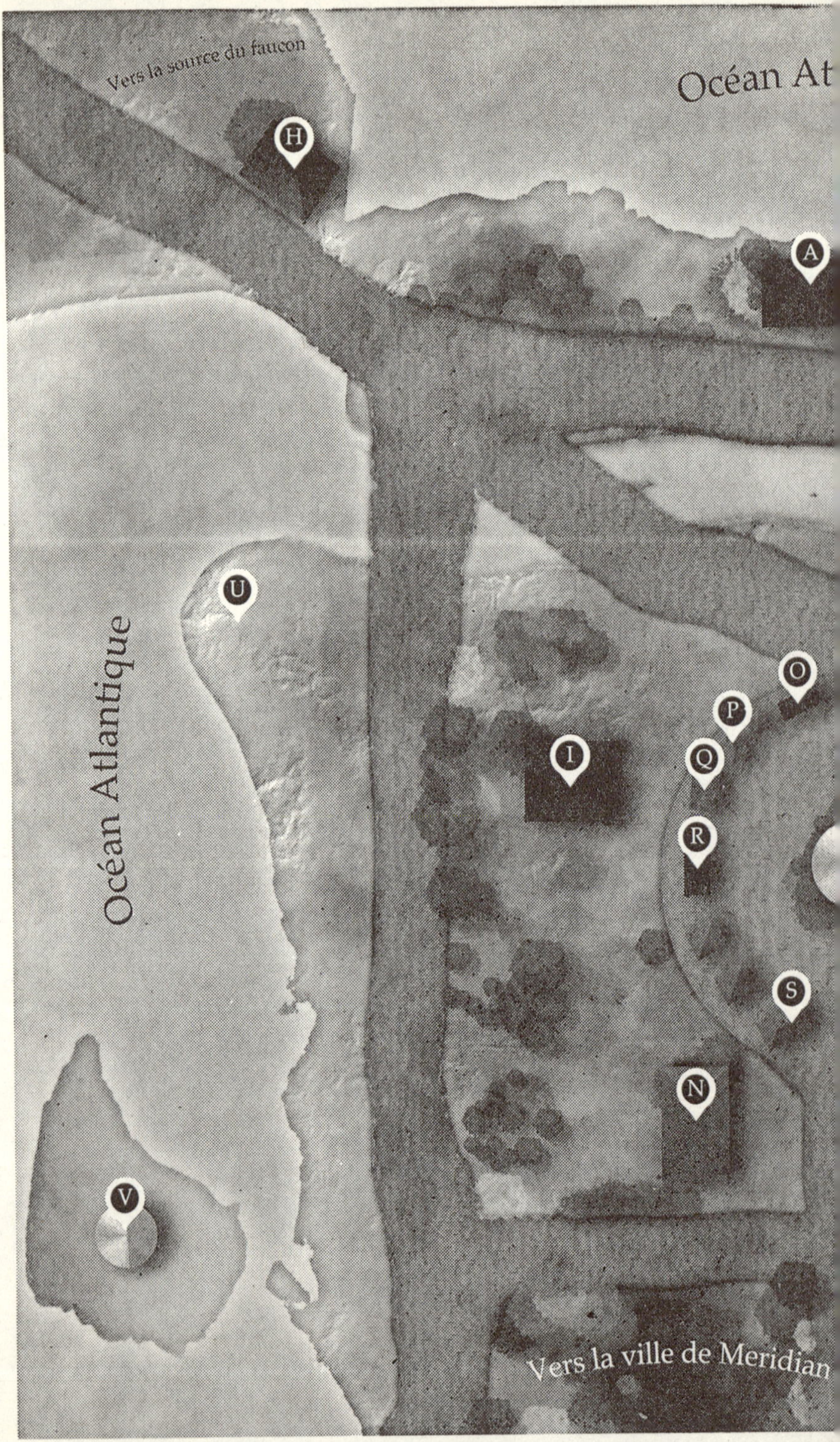

Vers la source du faucon
Océan At
Océan Atlantique
H
A
U
O
P
I
Q
R
S
N
V
Vers la ville de Meridian

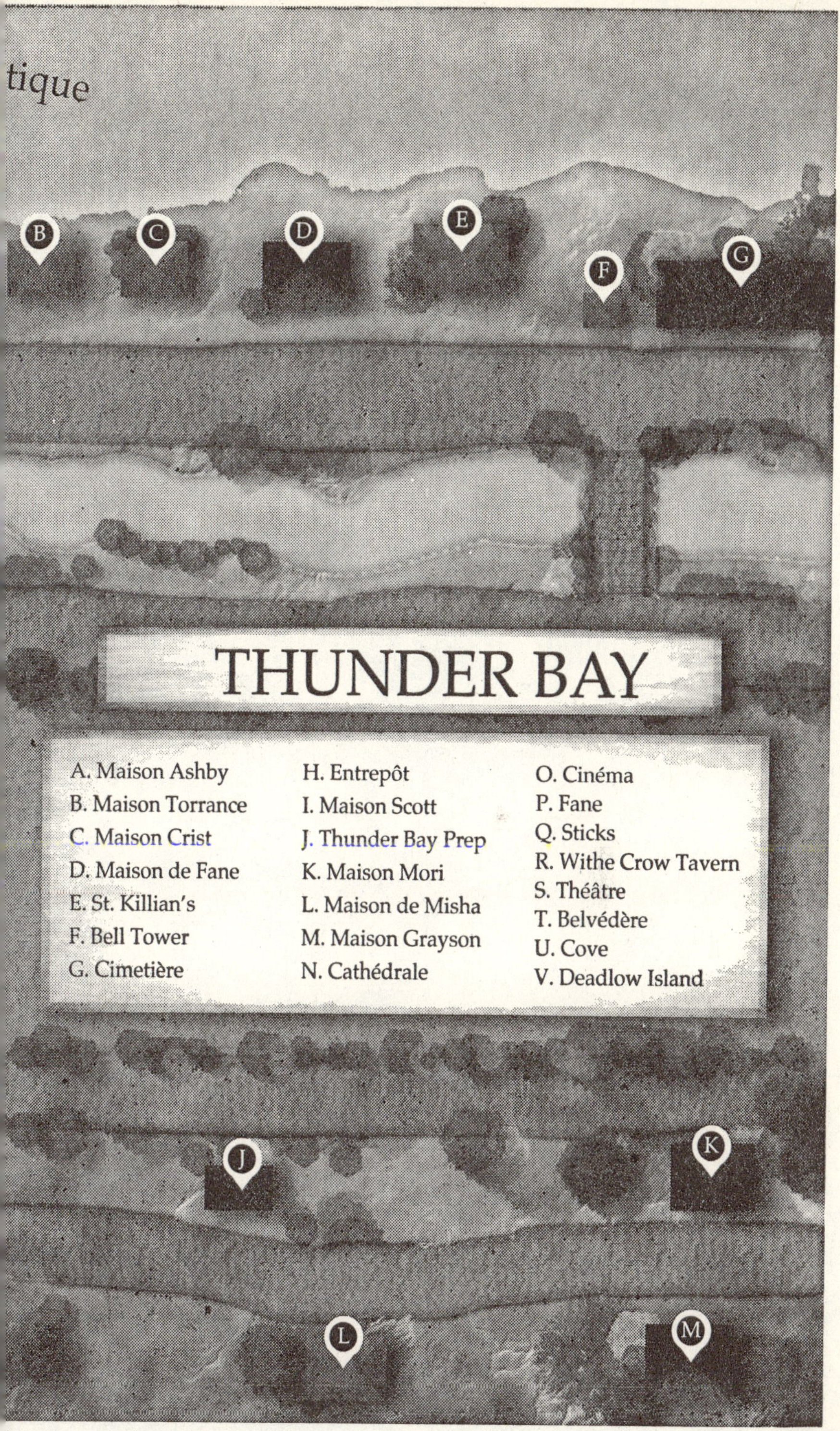
tique
B
C
D
E
F
G
THUNDER BAY
A. Maison Ashby
B. Maison Torrance
C. Maison Crist
D. Maison de Fane
E. St. Killian's
F. Bell Tower
G. Cimetière
H. Entrepôt
I. Maison Scott
J. Thunder Bay Prep
K. Maison Mori
L. Maison de Misha
M. Maison Grayson
N. Cathédrale
O. Cinéma
P. Fane
Q. Sticks
R. Withe Crow Tavern
S. Théâtre
T. Belvédère
U. Cove
V. Deadlow Island
J
K
L
M

1

Emory

Présent

Le bruit était faible, mais perceptible.

De l'eau. Comme si je me trouvais derrière une cascade, tout au fond d'une grotte.

Je suis où, là ?

Je clignai des yeux pour émerger du plus profond sommeil dans lequel j'avais jamais sombré. J'étais épuisée.

Ma tête reposait sur le plus doux des oreillers. Je remuai le bras et effleurai une couette blanche incroyablement soyeuse.

En me tâtant le visage, je m'aperçus que mes lunettes avaient disparu. Je regardai autour de moi, dans un état de confusion croissante à mesure que je prenais conscience du lit immense dans lequel j'étais confortablement installée et où mon corps me faisait l'effet d'un M&M's enfoui dans son sachet.

Ce lit n'était pas le mien.

Alors que je contemplais la chambre somptueuse décorée de blanc, d'or, de cristaux et de miroirs, véritable palais dont je n'avais jamais vu la pareille, je fus saisie d'effroi.

Cette chambre n'était pas la mienne. Étais-je en train de rêver ?

Je me redressai, la tête prise dans un étau, ankylosée de partout comme si j'avais dormi toute une semaine.

Baissant les yeux, je repérai mes lunettes pliées et posées sur la table de chevet. Je m'en emparai et les chaussai avant de m'inspecter de la tête aux pieds. J'étais couchée sur le lit, encore vêtue du slim noir et du chemisier blanc que j'avais enfilés le matin même.

Enfin, si on était encore la même journée.

J'étais pieds nus, mais il me suffit de jeter un coup d'œil sur le côté du lit pour apercevoir mes baskets soigneusement alignées sur un élégant tapis blanc dentelé d'or.

Prise de sueurs froides au milieu de cette chambre inconnue, je me creusai la tête pour tenter de comprendre ce qui se passait. Où me trouvais-je ?

Je quittai le lit, les jambes flageolantes.

Je m'étais rendue au cabinet d'architecture dans lequel je travaillais sur les plans pour le DeWitt Museum. Byron et Elise s'étaient commandé un déjeuner à emporter, moi, j'étais sortie m'acheter à manger, et…

Je me pinçai l'arête du nez, en proie à un violent mal de crâne.

Et puis…

Argh, je n'en savais rien. Que s'était-il passé ?

J'aperçus une porte en face de moi. Sans me donner la peine d'inspecter le reste de la chambre ni de voir où menaient les deux autres issues, j'attrapai mes chaussures et me dirigeai en trébuchant vers ce que je devinais être la sortie. Je me retrouvai dans un couloir dont le sol de marbre frais parut apaisant sous mes pieds nus.

Ce qui ne m'empêcha pas de repasser dans ma tête la liste des choses que je n'avais pas faites.

Je n'avais pas bu.

Je n'avais croisé personne d'anormal.

Je n'avais reçu aucun coup de fil ni paquet bizarre. Je n'avais pas…

Je dus déglutir plusieurs fois pour parvenir à produire suffisamment de salive. Bon sang, que j'avais soif. Et – mon ventre me tirailla – j'avais faim aussi. Depuis combien de temps étais-je ici ?

— Ohé ? appelai-je doucement, avant de le regretter aussitôt.

À moins que j'aie été victime d'un anévrisme ou frappée d'une amnésie sélective, je n'étais pas là de mon plein gré.

Toutefois, si on m'avait enlevée ou emprisonnée, ma porte n'aurait-elle pas été verrouillée ?

La bile me brûla la gorge au souvenir de chaque film d'horreur que j'avais pu voir.

Pitié, pas de cannibales. Pitié, pas de cannibales.

— Salut, lança une petite voix hésitante.

Me fiant à mes oreilles, je dirigeai mon regard à travers le couloir, par-dessus la rampe, vers l'autre côté de l'étage supérieur où se trouvait encore une enfilade de pièces. Tapie dans un sombre corridor, une silhouette se faufilait lentement vers le palier.

— Qui est-ce ? questionnai-je en m'avançant à peine, tout en clignant des yeux pour dissiper le reste de sommeil qui me pesait encore sur les paupières.

C'était un homme, du moins me semblait-il. Une chemise, des cheveux courts.

— Taylor, répondit-il enfin. Taylor Dinescu.

Dinescu ? Comme dans la Dinescu Petroleum Corporation ? Impossible qu'il s'agisse de la même famille.

Je m'humectai les lèvres et déglutis de nouveau. Il fallait vraiment que je boive.

— Pourquoi je ne suis pas enfermé dans ma chambre ? interrogea-t-il en surgissant de l'obscurité pour pénétrer dans la faible lueur de la lune qui filtrait à travers les vitres.

Il pencha la tête sur le côté, les cheveux en bataille et un pan de sa chemise Oxford toute froissée sorti de son pantalon.

— On n'a pas le droit de s'approcher des femmes, ajouta-t-il, l'air aussi perdu que moi. Vous êtes avec le docteur ? Il est ici ?

Mais de quoi parlait-il ? « On n'a pas le droit de s'approcher des femmes. » Avais-je bien entendu ? Il avait l'air à côté de ses pompes, comme s'il avait pris de la drogue ou qu'il était resté enfermé dans une cellule pendant quinze ans.

— Où suis-je ? demandai-je.

Il s'approcha d'un pas et je reculai d'autant, me dépêchant d'enfiler mes chaussures tout en sautillant sur un pied.

Il ferma les yeux et huma l'air en continuant d'approcher.

— La vache, haleta-t-il. Ça faisait un bail que j'avais plus senti ça.

Senti quoi ?

Quand il rouvrit les yeux, je m'aperçus que ceux-ci étaient d'un bleu perçant qui contrastait de manière saisissante avec sa tignasse acajou.

— Qui es-tu ? Où suis-je ? aboyai-je.

Ce type, je ne le remettais pas.

Il se glissa vers moi, un peu plus près, presque bestial dans ses mouvements, avec un regard de prédateur qui me hérissa les poils.

Brusquement, il semblait sur le qui-vive. *Merde.*

Je cherchai du regard un objet quelconque pouvant me servir d'arme.

— Les lieux changent, lâcha-t-il, et je reculais d'un pas chaque fois qu'il en faisait un dans ma direction. Mais le nom reste le même. Blackchurch.

— C'est quoi ? m'enquis-je. Où sommes-nous ? Je suis toujours à San Francisco ?

Il haussa les épaules.

— Impossible de le savoir. On pourrait être en Sibérie ou à dix kilomètres de Disneyland. On serait les derniers au courant. Tout ce qu'on sait, c'est qu'on est loin de tout.

— « On » ?

Qui d'autre était là ? Où se trouvaient les autres ?

Et moi, d'ailleurs, où étais-je ? Qu'est-ce que c'était que ce « Blackchurch » ? Le nom me disait vaguement quelque chose, mais je n'avais pas les idées très claires.

Comment se faisait-il qu'il ignore où il se trouvait ? Dans quelle ville, quel État ? Ou même dans quel pays ?

Seigneur. *Quel pays.* J'étais aux États-Unis, pas vrai ? Forcément ?

Je me sentis mal.

Mais l'eau. J'avais entendu un bruit d'eau en me réveillant. Je dressai l'oreille et perçus son battement faible et régulier tout autour de nous. Nous trouvions-nous près d'une cascade ?

— Il n'y a personne avec toi ? s'étonna-t-il, comme s'il n'arrivait pas à croire à ma présence. Tu ne devrais pas être aussi près de nous. Ils ne laissent jamais les femelles nous approcher.

— Quelles femelles ?

— Les infirmières, les femmes de ménage, les membres du personnel… Elles viennent une fois par mois pour nous réapprovisionner, mais on nous enferme dans nos chambres jusqu'à leur départ. Elles sont reparties sans toi ?

Je fis la grimace, à bout de patience. J'en avais marre de me faire cuisiner. Je n'avais pas la moindre idée de ce qu'il racontait, et mon cœur tambourinait tellement fort dans ma poitrine que ça me faisait mal. « *Ils ne laissent jamais les femelles nous approcher.* » Mon Dieu, mais pourquoi ? Je me mis à descendre à reculons dans la cage d'escalier tout en le gardant à l'œil tandis qu'il s'avançait vers moi.

— J'ai besoin de passer un coup de fil, affirmai-je. Où est le téléphone ?

En le voyant secouer la tête, je sentis mon cœur se serrer.

— Pas d'ordis non plus, m'informa-t-il.

Je trébuchai sur une marche et dus me cramponner au mur pour ne pas tomber. Quand je relevai les yeux, il était là, les lèvres tordues par un rictus.

— Non, non…

Je glissai encore sur quelques marches.

— Ne t'inquiète pas, me rassura-t-il. Je voulais seulement te renifler un peu. Lui, il tiendra à être le premier à goûter.

« Lui » ? Je risquai un regard vers le bas de l'escalier et aperçus un porte-parapluie. Les embouts étaient bien pointus. *Ce sera parfait.*

— On n'a pas de femmes par ici, reprit-il en continuant de s'approcher. Pas de femmes qu'on peut toucher, en tout cas.

Je reculai. Si je me précipitais pour attraper une arme, aurait-il le temps de m'empoigner ? Oserait-il le faire ?

— Pas de femmes, pas de communication avec le monde, poursuivit-il. Pas de drogues, d'alcool ni de clopes.

— C'est quoi, Blackchurch ? questionnai-je.

— Une prison.

Je regardai à la ronde et contemplai les magnifiques sols de marbre, les somptueux tapis, les élégantes statues et finitions dorées.

— Jolie prison, marmonnai-je.

Quelle que soit sa fonction actuelle, cette demeure avait manifestement appartenu un jour à un particulier. Un manoir ou… un château, un truc dans le genre.

— On est hors réseau par ici, soupira-t-il. À ton avis, où est-ce que les P.-D.G. et les sénateurs envoient leurs gosses à problèmes quand ils veulent s'en débarrasser ?

— Les sénateurs…, m'interrompis-je, un souvenir refaisant surface dans mon esprit.

— Certaines personnes importantes ne peuvent pas se permettre d'avoir des fils, des héritiers qui font les gros titres en se retrouvant en taule, en cure de désintox ou pris la main dans le sac, expliqua-t-il. Quand on devient des boulets, on nous envoie ici pour nous calmer. Ça peut durer des mois. Et, pour certains d'entre nous, des années.

Les fils. Les héritiers.

Là, ça fit tilt.

Blackchurch.

Non.

Non, c'était forcément un mensonge. On m'avait déjà parlé de cet endroit. Mais ce n'était qu'une légende urbaine que les hommes riches brandissaient comme une menace pour maintenir leurs gosses dans le rang. Une résidence isolée où on envoyait les fils en guise de punition, tout en leur laissant suffisamment de liberté pour s'étriper entre eux. Genre, *Sa Majesté des mouches*, mais en costard-cravate.

Sauf que ça n'existait pas. Pas vraiment. Si ?

— Tu n'es pas seul ici ? risquai-je. Il y en a d'autres ?

Un sourire malveillant se dessina sur ses lèvres et me vrilla le ventre.

— Oui, on est plusieurs, fredonna-t-il. Grayson rentre ce soir avec les chasseurs.

Je me figeai net, étourdie.

Non, non, non…

« Les sénateurs », avait-il dit.

Grayson.

Ce n'est pas vrai.

— Grayson ? marmonnai-je, plus pour moi que pour lui.

Il était là ?

Mais Taylor Dinescu, que je supposais être le fils du propriétaire de la Dinescu Petroleum Corporation, ne répondit pas à ma question.

— On a tout le nécessaire pour survivre, mais si on veut de la viande, on doit chasser pour s'en procurer, expliqua-t-il.

Voilà ce que Will Grayson – et « les autres » – était en train de faire. Ils étaient partis chercher de la viande.

J'ignorais si c'était à cause de la tête que je faisais ou d'autre chose, mais Taylor se mit à rire. Un odieux gloussement qui me fit serrer les poings.

— Pourquoi tu ris ? grondai-je.

— Parce que personne ne sait que tu es là, pas vrai ? railla-t-il, enchanté. Et même si c'est le cas, le but était de t'abandonner ici. La prochaine équipe de ravitaillement ne repassera pas avant le mois prochain.

Je fermai brièvement les yeux. Ce qu'il insinuait était clair.

— Un mois entier, ajouta-t-il d'un ton songeur.

Il me déshabilla du regard tandis que je commençais à comprendre la situation.

J'étais perdue au milieu de nulle part en compagnie d'une bande d'hommes qui n'avaient pas eu le moindre contact avec le monde extérieur depuis un certain temps, et l'un d'eux n'avait qu'une obsession : me torturer si jamais il remettait la main sur moi.

Et, d'après Taylor, j'avais peu de chances d'obtenir de l'aide avant au moins un mois.

Quelqu'un s'était donné beaucoup de mal pour m'amener ici et veiller à ce que mon arrivée passe inaperçue. N'y avait-il vraiment aucun gardien sur la propriété ? Aucune équipe de sécurité ? De surveillance ? Personne qui puisse maîtriser les prisonniers ?

Je serrai les dents. Je n'avais pas la moindre idée de ce que j'allais faire, mais j'allais devoir agir vite.

Soudain, j'entendis aboyer et hurler dehors. Je décochai un regard à Taylor.

— Que se passe-t-il ? paniquai-je.

Des loups ? Les bruits se rapprochaient.

Il leva les yeux et considéra la porte d'entrée dans mon dos avant de reporter son attention sur moi.

— Les chasseurs, répondit-il. Ils rentrent plus tôt que prévu.

Les chasseurs.

Will.

Et d'autres prisonniers aussi, sûrement aussi louches et inquiétants que celui-ci…

Les hurlements résonnaient désormais devant la maison. Je levai les yeux vers Taylor, la respiration laborieuse. Que se passerait-il lorsqu'ils entreraient et constateraient ma présence ?

Mais il se contenta de me sourire.

— Je t'en prie, cours, nargua-t-il. On meurt d'envie de s'amuser.

Mon cœur se serra dans ma poitrine. Ce n'était pas vrai. *Dites-moi que ce n'est pas vrai.*

Les veines en feu, je reculai vers le bas des marches sans le quitter des yeux.

— Je veux parler à Will, exigeai-je.

Certes, il avait peut-être envie de me faire du mal, mais il ne le ferait pas. Pas vrai ?

Si seulement je pouvais lui parler…

Mais Taylor s'esclaffa, ses yeux bleus éclairés par une lueur de joie.

— Il ne peut pas te protéger, ma belle.

Soudain, le plancher craqua à l'étage. Taylor renversa la tête en arrière pour contempler le plafond.

— Aydin est réveillé.

Aydin. Qui ça ?

En fait, je n'avais aucune envie de traîner dans le coin pour en savoir plus. J'ignorais si j'étais vraiment en danger avec ces types, mais une chose était sûre : je serais plus en sécurité si je prenais mes jambes à mon cou.

Je bondis en bas des marches et me balançai sur la rampe pour filer vers l'arrière de la maison. J'entendis Taylor pousser un hurlement bestial pendant que je m'engageais dans un couloir sombre, déjà en nage.

Je n'arrivais pas à croire à ce qui était en train de m'arriver. Il y avait forcément un système de surveillance. Impossible que papa et maman envoient leurs héritiers ici sans qu'on leur garantisse une quelconque sécurité. Et si quelqu'un était blessé ? Ou gravement malade ?

C'était forcément une… une blague. Une farce, terriblement déplacée et disproportionnée. La Nuit du Diable approchait et il allait me régler mon compte. Enfin. Après tout ce temps.

Blackchurch n'existait pas. Au lycée, Will lui-même n'y avait pas cru.

Je passai devant plusieurs pièces, certaines dotées d'une porte, d'autres de deux, d'autres d'aucune, alors que le couloir se scindait en d'autres couloirs et que je ne savais pas où j'allais. Je courais, c'était tout.

Les semelles en caoutchouc de mes baskets crissaient sur le sol en marbre, et une vieille odeur de renfermé me chatouilla les narines. Ce lieu ne recelait aucune chaleur.

Les murs, tout d'abord couleur crème, affichèrent ensuite une teinte bordeaux, puis noire. La tapisserie en décomposition s'estompait par-ci par-là sous les hauts plafonds, et des rideaux masquaient des fenêtres huit fois grandes comme moi.

Mais les éclairages projetaient une lueur sinistre dans chaque bureau, salon, séjour et salle de jeux que je passais.

Pilant net, je pris la deuxième à droite et me précipitai dans un couloir dont le silence me rassura tout en m'intriguant. Ils avaient été dehors un instant plus tôt. Ils devaient être entrés à présent. Pourquoi n'entendais-je plus rien ?

Les muscles en feu et les poumons comprimés, je ne pus retenir un gémissement en pénétrant dans la dernière pièce au bout du couloir. Je me ruai vers la fenêtre et l'ouvris pour laisser s'engouffrer l'air frais qui gonfla les rideaux. Frissonnante, je contemplai la grande forêt sombre qui paraissait presque noire dans la nuit.

Des sapins. Je sondai les alentours du regard. Il y avait aussi des épinettes rouges et des pins blancs. Frappée par l'odeur humide de la mousse, j'eus une hésitation. Je n'étais plus en Californie. Ces arbres poussaient dans des régions bien plus au nord.

On n'était pas à Thunder Bay. On en était même très loin.

Je laissai la fenêtre ouverte et reculai, changeant brusquement d'avis. L'air glacial traversa mon chemisier blanc à manches courtes. J'ignorais où j'étais, à combien de kilomètres d'une quelconque civilisation, ni dans quelle situation je m'étais fourrée.

Je me précipitai hors de la pièce et, me plaquant contre le mur, m'engageai sans un bruit dans le couloir, sur le qui-vive. *Réfléchis, réfléchis, réfléchis...*

On était forcément près d'une ville. Il y avait des tableaux accrochés aux murs, de précieuses antiquités, de gigantesques lustres. Un sacré paquet de fric était passé dans l'ameublement et la décoration de cet endroit.

Cette maison n'avait pas toujours été une prison.

Personne n'aurait dépensé autant d'argent pour qu'une bande de petits merdeux saccage tout. On était chez quelqu'un, et cette personne n'aurait pas entrepris ce genre de constructions en pleine cambrousse. Une demeure telle que celle-ci avait pour but de recevoir. Il y avait même une salle de bal, bon sang !

Je me tordis les mains. Je me fichais de savoir qui m'avait abandonnée ici. Dans l'immédiat, je devais surtout me trouver un abri sûr.

Ce fut là que je l'entendis.

Un appel – un hurlement – au-dessus de moi. Je me tétanisai. Penchant la tête en arrière, je suivis le son qui passait de ma gauche à ma droite. Mon pouls s'affola à mesure que le plancher d'au-dessus gémissait sous un poids.

Simultanément. À plusieurs endroits.

Ils étaient à l'étage, et il n'y en avait pas qu'un seul. Taylor m'avait vue courir dans cette direction. Que fabriquaient-ils là-haut ?

Et puis, je me rappelai ce qu'il y avait d'autre à l'étage. *Aydin.*

Taylor avait parlé de lui comme s'il s'agissait d'une menace. Sans doute le rejoindraient-ils avant de tenter quoi que ce soit.

J'entendis une voix résonner dans le couloir et je dressai l'oreille. Derrière moi, la fenêtre ouverte m'attirait.

Un autre cri retentit au loin, probablement depuis l'entrée, et puis un hurlement provenant d'ailleurs.

Je tournai sur moi-même, désorientée. Que se passait-il donc ? Je me forçai à déglutir.

Ils étaient en train de se déployer.

Des loups. Je me figeai, me rappelant les hurlements à l'extérieur. Oui, on aurait dit des loups. Une meute se disperse pour cerner sa proie et déceler ses faiblesses.

Je dressai le menton pour ravaler les larmes qui perlaient aux coins de mes paupières.

Will.

Depuis combien de temps était-il ici ? Où étaient ses amis ? M'avait-il amenée là pour se venger ?

Des années plus tôt, je l'avais prévenu de ne pas me pousser à bout. Je l'avais mis en garde. Ce n'était pas ma faute, mais la sienne, s'il s'était retrouvé en taule.

Je plongeai dans une salle de billard, attrapai une batte de cricket accrochée au mur et ressortis sur la pointe des pieds, le dos collé au mur et les yeux grands ouverts. J'avais la chair de poule et, malgré le froid, ma nuque était moite de sueur. Je tendis l'oreille tout en continuant d'avancer en silence.

Un bruit mat résonna sur le plancher au-dessus de ma tête. Prenant une vive inspiration, je levai les yeux en passant derrière l'escalier.

Une teinte bleutée, semblable au clair de lune qui traversait les fenêtres, éclairait dans le couloir le sol de marbre sombre. Je la suivis pour me diriger vers l'arrière de la maison.

Une odeur âcre me brûla les narines. Stérile, comme de l'eau de Javel. Taylor m'avait dit que les femmes de ménage venaient de partir.

J'avais les genoux flageolants, le cœur qui tambourinait dans ma poitrine. J'avais déjà l'impression d'être emmurée.

— Là ! cria-t-on.

Étouffant un cri, je me plaquai contre le mur et glissai le long d'un coude dans le couloir.

J'aperçus des ombres qui se déplaçaient sur le mur. Mes traqueurs avaient trouvé ma fenêtre ouverte.

— Elle s'est enfuie ! cria l'un d'eux.

Je relâchai mon souffle. *Ouf.* Ils pensaient que j'avais pris le large.

Leurs pas résonnèrent sur le sol en direction de l'entrée, du moins l'espérais-je. Une main plaquée sur ma bouche, je les écoutai s'éloigner.

Dieu merci.

Je me mis à courir et trouvai la cuisine dans l'aile sud-ouest de la maison. Laissant la lumière éteinte, je me précipitai vers le frigo et l'ouvris à la volée, bousculant dans la foulée des bacs remplis de fruits et de légumes.

Je regardai autour de moi, déconcertée par tant d'abondance. Il s'agissait d'une sorte de chambre froide. Je croyais que Taylor avait dit qu'ils devaient chasser pour se trouver de la viande. Or, ce frigo était plein à craquer.

J'entrai à l'intérieur de cette chambre froide. Frissonnant sous l'effet du changement de température, j'inspectai les étagères qui croulaient sous les denrées visiblement stockées depuis peu. Fromages, pain, charcuterie, beurre, lait, carottes, courges, concombres, tomates, raisin, bananes, mangues, laitue, myrtilles, yaourt, houmous, steaks, jambons, poulets entiers, hamburgers…

Et c'était sans compter le garde-manger qu'ils avaient probablement en plus.

Quel besoin de chasser ?

Sans perdre de temps, j'attrapai le filet à provisions accroché à l'intérieur et le vidai de son contenu pour y mettre deux bouteilles d'eau, une pomme et un peu de fromage. J'aurais sans doute dû en prendre plus, mais je tenais à voyager léger.

Je me précipitai hors de la chambre froide, fermai le sac et me ruai vers la fenêtre où, dressée sur la pointe des pieds, je contemplai la lueur des torches électriques qui dansait sur la vaste pelouse.

Je réprimai un sourire. J'avais le temps de me trouver un manteau ou un pull et de filer avant qu'ils reviennent.

Tournant sur la pointe des pieds, j'avançai d'un pas. C'est alors que je l'aperçus, planté là, sombre silhouette appuyée contre l'encadrement de la porte. Il me dévisageait.

Je me tétanisai, le cœur à l'arrêt.

Du moins, il me semblait qu'il me dévisageait. Son visage était dissimulé dans l'ombre.

Mes poumons se bloquèrent, à l'agonie.

Et puis, je me souvins… *Les loups.* Ils entourent leur proie.

Tous, à l'exception d'un seul. Qui attaque de front.

— Viens par là, souffla-t-il.

Mes mains se mirent à trembler. Cette voix, je la connaissais. C'était précisément les mots qu'il avait prononcés ce soir-là.

— Will…

Il entra dans la cuisine. Quand le clair de lune éclaira faiblement son visage, je me sentis inondée de chaleur.

Il était déjà musclé au lycée, mais là…

Je déglutis, tâchant d'humecter ma bouche sèche.

Quelques gouttes de pluie scintillaient sur sa tignasse hirsute couleur chocolat. Je ne l'avais encore jamais vu avec une barbe de trois jours, mais ça lui donnait un air dur – et dangereux – qui ne l'en rendait que plus craquant.

Son torse s'était élargi et, dans son sweat à capuche noir, ses bras paraissaient plus musclés. Il leva les mains pour essuyer le sang sur ses doigts à l'aide d'un chiffon. Des tatouages recouvraient le dos de ses mains pour disparaître sous les manches de son sweat.

Il n'en avait pas la dernière fois que je l'avais vu.

La nuit de son arrestation.

D'où provenait ce sang ? D'une partie de chasse ?

Je reculai à mesure qu'il avançait en gardant les yeux baissés sur ses mains.

La batte de cricket. Où était-elle passée ?

Je clignai les yeux. *Merde.* Je l'avais posée par terre dans la chambre froide le temps d'attraper de la nourriture.

Je jetai un coup d'œil au réfrigérateur afin d'évaluer la distance qui m'en séparait.

Fouillant le plan de travail du regard, je repérai trois pots à pharmacie et en attrapai un que je fis tomber par terre entre nous. Il se brisa en mille morceaux. Will s'immobilisa un instant, goguenard, tandis que je continuais de reculer en direction du frigo.

— Ce coup-ci, tu ne finiras pas dans mon sac de couchage, m'avertit-il.

J'empoignai un autre pot et le jetai par terre tout en continuant de m'approcher du réfrigérateur. S'il se ruait sur moi, il glisserait sur le verre.

— Ne fais pas de promesses que tu ne peux pas tenir, raillai-je. Tu n'es toujours pas le mâle alpha.

Il haussa un de ses sourcils sombres, mais n'interrompit pas son approche pour autant.

Alors que le verre craquait sous ses semelles et que son regard s'ancrait dans le mien, une chaleur se propagea entre mes cuisses.

— Tu sais pourquoi je suis ici ? demandai-je.

— Tu as été vilaine ?

Je serrai la mâchoire, mais conservai le silence.

Un sourire mauvais tordit ses lèvres, et je compris que le temps était venu. Je n'aurais pas cru que ça se passerait comme ça, mais j'avais toujours su que ça finirait par arriver.

— Tu es au courant, insistai-je. Pas vrai ?

Il hocha la tête.

— Tu ne veux pas m'expliquer ?

— Ça changerait quelque chose ?

Il fit signe que non.

Je déglutis. *Ça ne m'étonne pas.*

Il avait fait deux ans et demi de taule à cause de moi. Et il n'y avait pas eu que lui. Ses meilleurs amis, Damon Torrance et Kai Mori, aussi.

Je baissai brièvement les yeux. Je savais qu'il ne l'avait pas mérité, mais si c'était à refaire, je n'aurais pas agi autrement. Je lui avais bien dit de ne pas s'approcher de moi. Je l'avais mis en garde.

— J'aurais aimé ne t'avoir jamais rencontré, murmurai-je presque.

Il s'immobilisa, broyant le verre sous ses chaussures.

— Tu peux me croire, ma belle, c'est réciproque.

Tout en reculant, je m'effleurai la jambe avec la main et sentis quelque chose dans ma poche. Je farfouillai dans mon pantalon pour en extraire un canif au manche noir.

D'où sortait-il ?

Je n'étais pas du genre à porter des couteaux.

Lâchant le filet à provisions, je sortis la lame pour la brandir devant mon visage, mais il se rua sur moi et m'agrippa le poignet avant de me forcer à ouvrir les doigts. Je résistai, tâchant de conserver mon arme, mais il était trop fort. Avec un cri, je lâchai le couteau qui tomba bruyamment sur le sol en marbre.

Il me plaqua brutalement contre le plan de travail.

Il me regarda dans le blanc des yeux. Le souffle coupé, je sentis une mèche de cheveux m'effleurer la bouche.

— Tu aimes ça, les mâles alpha ? gronda-t-il.

Je le scrutai du regard.

— Nous voulons ce que nous voulons.

Il me fusilla du regard. Ces paroles lui étaient bien trop familières. Si je n'avais pas été autant flippée, j'aurais éclaté de rire.

Avec un grondement, il me souleva et me jeta sur son épaule.

— Alors, il est temps pour toi d'en rencontrer un.

2

Emory

Neuf ans plus tôt

— Pourquoi tu quittes l'équipe ?

J'évitais le regard de mon entraîneuse tout en agrippant la sangle de la sacoche qui me barrait la poitrine.

— Je manque de temps, prétendis-je. Je suis désolée.

Risquant un coup d'œil, je la vis me dévisager sous les cheveux blonds coupés court qui lui tombaient juste au-dessus des yeux.

— Tu t'étais engagée, rappela-t-elle. On a besoin de toi.

Assise sur une chaise, je remuais les pieds. Je me dégoûtais.

C'était nul de ma part. J'en étais consciente.

J'étais bonne nageuse. J'étais en mesure d'aider l'équipe, et elle avait passé beaucoup de temps à m'entraîner au cours de l'année passée. Je n'avais pas envie de la laisser tomber.

Mais elle allait devoir s'y faire. Je ne pouvais pas lui expliquer, même si elle risquait d'interpréter mon silence comme une preuve d'égoïsme.

À l'extérieur du bureau, j'entendis les filles qui entraient dans les vestiaires se préparer pour l'entraînement. Je sentis le poids de son regard. Elle attendait que je dise quelque chose.

Mais ça ne servait à rien. Je ne changerais pas d'avis.

— Il se passe autre chose ? insista-t-elle.

Je serrai la lanière qui me scia la main.

J'inspirai un grand coup et repoussai mes lunettes sur mon nez.

— Personne ne m'accordera de bourse pour la natation, crachai-je. Je dois me concentrer sur ce qui va m'aider à entrer à la fac. J'ai déjà perdu trop de temps comme ça.

Avant qu'elle ait pu riposter, ou que la culpabilité ne commence à me ronger, je tournai les talons et ouvris la porte pour quitter son bureau.

Un nœud se logea dans ma gorge, mais je le ravalai.

Quelle merde. J'allais payer pour ça. Ce n'était pas fini. Je le savais.

Mais je n'avais pas le choix.

Mon dos m'élança alors que je traversais les vestiaires avec raideur. Je plaquai la main sur la porte et sentis la douleur dans mon poignet m'irradier le bras.

Sans en tenir compte, je m'engageai dans le couloir presque vide.

Je me félicitai d'avoir pu déguerpir avant qu'elle me demande si j'allais arrêter l'orchestre aussi. Jouer d'un instrument ne m'aiderait pas non plus à entrer à la fac. Je n'étais pas super douée.

Mais c'était le dernier prétexte qu'il me restait pour ne pas rentrer tout de suite à la maison, et je n'avais pas à porter un maillot de bain pour le faire.

Je scrutais le sol en me mâchouillant la lèvre, un poids de dix tonnes sur les épaules. Je me dirigeais vers mon casier sans regarder où j'allais, car j'avais pris ce chemin des milliers de fois. *Ne craque pas.* Le temps finirait par passer. La vie continuerait. J'allais dans la bonne direction.

Continue, c'est tout.

Dans les couloirs traînaient quelques élèves venus plus tôt pour rejoindre leurs clubs ou faire du sport. J'atteignis mon casier et le déverrouillai. Il me restait encore un peu de temps avant le premier cours, mais j'irais me terrer dans la bibliothèque pour passer le temps. Ça valait toujours mieux que de rester à la maison.

Je retirai de mon sac les devoirs de maths et de physique que j'avais finis la veille et sortis de mon casier mon classeur, mon manuel de littérature, mon exemplaire de *Lolita* et mon texte d'espagnol. Calant tout dans un bras, je farfouillai sur l'étagère supérieure pour trouver ma trousse.

Il va savoir que j'ai arrêté la natation. Je disposerais peut-être de quelques jours de répit, mais mon ventre était noué malgré tout. J'avais encore dans la bouche le goût cuivré de la coupure infligée quelques jours plus tôt.

Il l'apprendrait. Il ne voudrait pas que j'arrête la natation, et quand je lui expliquerais pourquoi, ça décuplerait sa colère.

Je clignai des yeux plusieurs fois. Je ne cherchais plus vraiment mes stylos ni mes crayons, désormais obnubilée par la douleur fulgurante qui me transperçait le crâne depuis l'autre soir.

Je n'avais pas pleuré quand il m'avait tiré les cheveux.

Mais je m'étais recroquevillée. J'avais tressailli.

Des rires résonnèrent au bout du couloir. Je jetai un coup d'œil dans cette direction et aperçus quelques élèves qui traînaient autour des casiers. Des filles en uniforme scolaire aux jupes retroussées bien au-delà des sept centimètres réglementaires au-dessus des genoux et aux chemisiers trop serrés sous leurs blazers bleu marine.

Je plissai les yeux.

Serrées les unes contre les autres, le sourire aux lèvres, elles blaguaient avec les mecs. Le groupe semblait aussi superficiel qu'une flaque d'eau. Jamais suffisamment profonde pour aller au-delà des apparences.

Vides, plats, rasoir, ignorants et insipides. Tous les gosses de riches étaient comme ça.

Je regardai Kenzie Lorraine se blottir contre Nolan Thomas et sa bouche dévorer la sienne comme si elle se fondait en lui. Elle murmura quelque chose contre ses lèvres, et il dévoila ses dents blanches avant de la prendre par la taille en s'adossant aux casiers. Mon cœur fit un petit bond dans ma poitrine. J'attrapai ma trousse et la glissai distraitement dans ma sacoche sans les quitter des yeux.

Vides, plats, rasoir, ignorants et insipides.

Je battis des cils et mon expression s'adoucit en les observant.

Heureux, enthousiastes, courageux, déchaînés et épanouis.

Ils avaient dix-sept ans, quoi.

L'espace d'un instant, j'aurais aimé être eux. N'importe qui d'autre que moi. Pas étonnant que personne à l'école ne m'apprécie. Même moi, je ne me supportais plus.

Ça ne serait pas génial d'être heureuse, vraiment heureuse, ne serait-ce que cinq minutes ?

Les copines de Kenzie rôdaient autour des potes de Nolan et bavardaient avec eux, mais moi je ne voyais qu'elle et lui. Je me demandais ce qu'ils ressentaient. Même si ce n'était pas le grand amour, ça devait être agréable de se sentir désirée.

Là, Nolan ouvrit les paupières. Il accrocha aussitôt mon regard, comme s'il savait que j'étais là depuis le début. Je me figeai sur place.

Merde.

Il continua de l'embrasser tout en me dévisageant. Et puis... Il me décocha un clin d'œil, et je perçus son sourire dans son baiser.

Je levai les yeux au ciel et me détournai. *Génial.* Emory Scott était une obsédée. Voilà ce qu'il dirait. Comme si j'avais besoin de ça.

Je me retournai vers mon casier, le rouge aux joues, et claquai la porte.

J'avais mal de partout. Je creusai les reins pour tenter de détendre mes muscles. Alors que je me retournais pour partir, un poing s'abattit sur mes livres qui s'éparpillèrent au sol.

Stupéfaite, je reculai d'instinct.

Miles Anderson passa devant moi en me fusillant du regard, mais sur ses lèvres flottait un sourire suffisant.

— Tu veux ma photo, espèce de débile ?

Ses amis le suivirent en riant. Je serrai la mâchoire, tâchant de maîtriser les battements affolés de mon cœur, mais ce coup de peur m'avait mis la boule au ventre.

Ses cheveux blonds en bataille, il me détaillait de ses yeux bleus. Je savais précisément ce qu'il voyait.

Le motif écossais ringard de ma jupe d'occasion.

Le bouton qui manquait à la manche de mon chemisier deux fois trop grand pour moi.

Mon blazer bleu délavé avec les petits fils qui dépassaient là où j'avais dû le rapiécer.

Mes chaussures usées à force de devoir marcher faute de posséder une voiture. Mon visage sans maquillage et mes cheveux sombres que je laissais flotter librement.

Rien à voir avec son apparence, à lui. À eux tous.

Bande de petits merdeux. Je lui accordai ce minable petit divertissement, vu que c'était l'une des seules fois où il jouissait du moindre pouvoir. Je pouvais au moins remercier les Cavaliers pour ça.

Je détestais le fait que ce lycée était leur petit terrain de jeu personnel mais, quand ils étaient dans le coin, Miles Anderson ne tentait pas ce genre de conneries. J'étais prête à parier qu'il comptait les jours jusqu'à leur départ, quand il pourrait enfin accaparer l'équipe de basket.

Et Thunder Bay Prep avec.

Rongeant mon frein, je m'accroupis pour ramasser mes livres et les fourrer dans mon sac à la hâte.

Brusquement, mon visage se couvrit de sueur et je fus prise de nausées. Je me redressai et me dépêchai d'atteindre les toilettes. Les plus proches se trouvaient à l'étage au bout du couloir.

La bile brûlante qui me remontait dans la gorge se fit pressante. J'appuyai de tout mon poids sur la porte et me ruai dans une cabine pour me pencher sur la cuvette, saisie de haut-le-cœur.

Je vacillai, sentant la nausée monter au point de me donner un goût acide dans la bouche, sans aller plus loin. Je toussai, larmoyante.

Je repoussai mes lunettes sur le sommet de mon crâne et m'agrippai aux bords de la cabine pour enchaîner quelques respirations apaisantes.

Je me frottai les yeux. *Merde.*

Il m'arrivait de me défendre.

Quand ça n'avait pas d'importance et que je ne me sentais pas vraiment menacée.

Je m'essuyai le front, tirai la chasse par habitude puis quittai la cabine pour m'approcher du lavabo. J'ouvris le robinet et passai les mains sous l'eau avant de me figer. Je n'avais même plus l'énergie de m'asperger le visage. Je me contentai de couper le robinet et de quitter les toilettes en m'essuyant les mains sur ma jupe.

J'étais déjà au bout du rouleau, et la journée commençait à peine.

En ouvrant la porte, je pilai. Trevor Crist était planté là. Il m'adressa un sourire et je serrai la lanière de mon sac dans mon poing.

Il était en troisième et n'avait que deux ans de moins que moi, mais il faisait déjà ma taille. Avec son regard hypocrite qui ne s'accordait pas à son sourire et ses cheveux châtain clair aussi parfaitement coiffés que sa cravate était nouée, il était tout le contraire de son frère.

Il avait une tête à s'appeler Chad. Que pouvait-il bien me vouloir ?

Il me tendit un carnet bleu. Je reconnus les notes gribouillées à la hâte et les passages surlignés au feutre jaune. Je dardai un regard le long du couloir, vers mon casier.

J'avais dû l'oublier quand ce salaud de Miles avait envoyé mes affaires par terre.

J'attrapai le cahier et le fourrai dans mon sac.

— Merci, marmonnai-je.

— J'ai tout ramassé, mais je ne sais pas si c'est dans le bon ordre, affirma-t-il. Certaines feuilles s'étaient envolées.

Je l'entendis à peine, remarquant que les couloirs commençaient à se remplir d'élèves et que M. Townsend se dirigeait vers sa salle de cours.

— Trevor Crist, se présenta-t-il en me tendant la main.

— Je sais.

Je lui passai devant sans tenir compte de sa main tendue.

Je m'avançai de quelques mètres dans le couloir, entrai dans la salle à la suite d'un autre élève et la parcourus du regard pour trouver la place la plus sûre. Dans le coin du fond, près des fenêtres, une table vide trônait entourée d'élèves de tous côtés – Roxie Harris à côté, Jack Leister devant et Drew Hannigan dans la diagonale.

Je m'y précipitai.

Je me glissai sur le siège et fis déraper les pieds de la table tout en lâchant mon sac au sol.

— Argh, gémit Roxie à côté de moi.

J'entrepris de sortir mes affaires en ignorant sa réaction.

Elle se mit à rassembler les siennes.

La salle se remplissait. Rires et bavardages fusaient de partout pendant que M. Townsend se levait pour parcourir ses notes.

Mais Roxie eut à peine le temps de quitter son siège qu'ils étaient déjà là. Ils franchissaient le seuil de la porte, grands, magnétiques, toujours ensemble.

Je tournai la tête vers la fenêtre, fermai les yeux derrière mes lunettes et sortis mes écouteurs de mon blazer pour les glisser dans mes oreilles.

Tout pour paraître inapprochable.

S'il vous plaît, s'il vous plaît, s'il vous plaît…

Mais la prière arriva trop tard. Je sentis Roxie, Jack et Drew lever les yeux au plafond tandis qu'ils attrapaient leurs affaires en soupirant et qu'ils abandonnaient leurs places sans même qu'on leur demande. Comme si c'était ma faute si ces types insistaient pour se presser autour de moi chaque fois que je m'asseyais dans cette fichue salle.

Kai Mori prit le siège de Jack devant moi, tandis que Damon Torrance s'asseyait à ma diagonale.

Je n'avais pas besoin de lever les yeux pour voir leurs cheveux sombres, et je savais toujours qui était qui sans avoir à le vérifier. Kai sentait le musc et l'océan. Damon, le cendrier froid.

Michael Crist était sûrement tout près, mais ce fut le dernier, en me passant devant pour prendre le siège à côté du mien, qui fit s'accélérer les battements de mon cœur.

Je perçus son regard pendant que je laissais le mien errer par la fenêtre.

Quelques semaines plus tôt, le secrétariat avait insisté pour m'inscrire en cours d'anglais de terminale – avec un an d'avance. Si j'avais su qu'on serait ensemble en classe, j'aurais refusé. Peu importait ce que voulait mon frère.

J'étais à peu près sûre qu'on m'avait transférée uniquement parce que j'avais été une élève « difficile » l'année dernière et qu'on avait cru me museler en me compliquant la tâche.

Perdu.

— Tu n'es pas en uniforme, entendis-je une fille chuchoter.

Le souffle de Will Grayson me brûla la nuque.

— Je suis déguisé, renvoya-t-il.

— Ce salopard veut te sauter ou quoi ? lâcha Damon. Il tient toujours à te voir en tête à tête.

Je crispai les doigts autour de mon cahier et de mon crayon.

— Pour sa défense, intervint Kai, c'est toi qui as mis les messages disant « Désolé d'avoir embouti votre voiture » sur tous les véhicules en ville, avec son numéro de téléphone.

Damon pouffa de rire pendant que Will lâchait un petit gloussement satisfait.

Connards. Le téléphone de mon frère avait sonné toute la nuit à cause de cette farce débile. Et quand il était énervé, il le faisait sentir.

— Alors, Em, qu'est-ce que t'en dis ? lança Will, s'adressant enfin directement à moi comme à chaque fois. Ton frangin, il en pince pour moi ? Il me colle toujours au cul, en tout cas.

Je gardai le silence et ouvris distraitement mon cahier pendant que nos camarades s'installaient autour de nous en bavardant.

Dans ce lycée, tout le monde détestait mon frère. Il était policier, et ni leur argent ni leurs relations ne pouvaient l'empêcher de multiplier les P.-V. pour excès de vitesse, les contraventions pour véhicules mal garés, les enquêtes pour plaintes de tapage nocturne ou de mettre fin à des soirées et beuveries dès qu'il en avait vent.

Ils en voulaient à mon frère de faire son boulot, et quand ils ne pouvaient pas s'en prendre à lui, ils se déchargeaient sur moi.

Je vis Will fureter dans sa poche pour en sortir un bonbon et le porter à sa bouche afin d'en arracher le papier avec les dents.

Sans jamais me quitter des yeux.

— Enlève tes écouteurs, m'ordonna-t-il tout en mâchant.

Je pris un air détaché.

— Et arrête de faire semblant d'écouter de la musique, cracha-t-il.

Je me raidis. Voyant que je n'obtempérais pas, il jeta son papier par terre et se pencha vers moi pour tirer sur le cordon et m'enlever les écouteurs des oreilles.

Je tressaillis.

Mais je ne me reculai pas pour autant. Pas avec lui.

Maintenant... Il avait toute mon attention, bordel.

Je ramassai mes écouteurs, me levai et, m'emparant de mon cahier et de mon sac, fis mine de partir.

Mais il posa les mains sur moi pour m'attirer sur ses genoux.

Tout ce que je tenais dans mes bras dégringola par terre et mon sang me brûla les veines.

Non.

Les dents serrées, je le repoussai. Kai soupira et Damon s'esclaffa, mais aucun d'eux ne l'arrêta.

Je me débattis. Il se contenta de resserrer son étreinte en détournant le visage pour ne pas se prendre un coup.

Will, Kai, Damon et Michael. Les Quatre Cavaliers.

J'adorais les surnoms dont les petits gangsters à la manque s'affublaient au lycée, mais il allait falloir que quelqu'un leur explique qu'il n'y avait rien de très flippant à dire aux autres qu'on était flippant.

Et puis, il y avait des minets comme ceux-là dans tous les lycées. Un peu de fric, des parents bien placés, des jolis minois et des cœurs endurcis. Même si rien de tout ça n'était leur faute, au fond.

En revanche, ils en profitaient à fond. Ça ne serait pas marrant qu'un jour quelqu'un leur dise « non » ? Que l'un d'eux paye pour une de ses erreurs ? Ou qu'on leur refuse un verre, une drogue ou une fille ?

Mais non. C'était toujours la même histoire.

Vides, plats, rasoir, ignorants et insipides.

D'autres leur cédaient ou protestaient piteusement avant de finir par capituler, mais moi, ça ne m'intéressait pas.

Et il détestait ça.

J'avais envie de hurler. D'attirer l'attention du prof. De me donner en spectacle. Mais ça ne ferait que provoquer les rires qu'il recherchait et m'attirer tous les regards, ce que je tenais à éviter.

— Fais pas cette tête, me décocha-t-il.

Je crispai la mâchoire.

Il baissa la voix.

— Je sais que j'ai peut-être l'air d'être le plus gentil de tous, et tu dois croire qu'il m'arrive de regretter les conneries que je t'inflige, qu'un jour je me réveillerai en remettant toute ma vie en question, mais non. La nuit, je dors comme un bébé.

— Tu te réveilles toutes les deux heures en pleurant ? blaguai-je.

J'entendis quelqu'un pouffer de rire dans mon dos, mais je restai sans broncher tandis que le regard de Will se faisait plus perçant. L'école avait toujours été l'unique endroit où j'avais connu un répit.

Jusqu'au lycée.

Je tortillai mes poignets dans ses poings.

— Lâche-moi.

— Pourquoi est-ce que tes manches sont mouillées ?

Il me força à lever le bras afin de l'inspecter de plus près.

Je ne répondis pas.

Il reporta son attention sur mon visage.

— Et tu as les yeux rouges.

Ma gorge se serra, mais je retroussai les lèvres et libérai mes poignets.

Avant que j'aie pu me lever de ses genoux, il m'attrapa le menton d'une main et enroula son autre bras autour de ma taille afin de m'attirer contre lui. J'étais plaquée contre son corps, et il parlait si bas que nul ne pouvait l'entendre à part moi.

— Tu n'as toujours pas compris que tu peux avoir tout ce que tu veux ? souffla-t-il en me sondant du regard. Je serais prêt à blesser n'importe qui pour toi.

Le poids sur ma poitrine était trop lourd, j'avais presque du mal à respirer.

— Alors, qui ? insista-t-il. Qui est-ce que je dois tabasser ?

Mes yeux me brûlaient. Pourquoi faisait-il toujours ça ? Il s'adoucissait et me faisait croire au fantasme que je n'étais pas seule. Que, peut-être, il y avait de l'espoir.

Son odeur me percuta de plein fouet. Bergamote et cyprès bleu. Je contemplai ses cheveux impeccablement coiffés, dont la couleur châtaine contrastait avec son teint parfait et ses sourcils sombres. Des cils noirs encadraient ses yeux qui ressemblaient à deux lagons entourés de feuilles ou à deux îles quelconques perdues au milieu de nulle part. L'espace d'un instant, je m'y perdis.

Rien qu'un instant.

— Arrête ton char, lâchai-je enfin. Va t'acheter une vie, Will Grayson. Tu fais pitié.

Aussitôt, il releva le menton et ses yeux bleus durcirent. Il me souleva de ses genoux et me repoussa vers ma table.

— Assieds-toi.

On aurait presque dit qu'il était vexé, et je faillis éclater de rire. *Il doit être déçu que je ne sois pas assez débile pour me laisser avoir par ses conneries.* Que mijotait-il ? Cherchait-il à gagner ma confiance et à m'attirer au bal de fin d'année, où on me déverserait du sang de cochon sur la tête ?

Bof, trop banal. Je devais reconnaître que Will Grayson avait plus d'imagination que ça.

— Bon, commençons, lança M. Townsend en se raclant la gorge.

Je ramassai mon sac et mon cahier et me rassis sur mon siège en rangeant mes écouteurs dans ma poche.

— Sortez vos livres, ordonna-t-il en buvant une gorgée de café et en retournant une feuille sur son bureau.

Will se contenta de rester là sans bouger, le regard perdu dans le vide.

Bon, tant pis, me dis-je après une hésitation. Je levai les yeux au ciel et sortis mon exemplaire de *Lolita* tandis que les autres élèves cherchaient les leurs. Mis à part Will, qui ne s'était pas donné la peine d'apporter de sac ni de livres.

— Nous avons évoqué le fait que Humbert est peu fiable en tant que narrateur, reprit l'enseignant en continuant de siroter son café. Et que nous sommes tous les héros vertueux de nos propres histoires quand nous les racontons.

J'entendis Will pousser un soupir. Je me focalisai sur la nuque de Kai Mori, fascinée comme souvent par la précision et la netteté de sa coupe de cheveux.

Dur de me concentrer ce jour-là.

— Et le fait que souvent le bien et le mal ne sont qu'une question de point de vue, poursuivit Townsend. Aux yeux d'un renard, le chien de chasse est le méchant. Pour un chien de chasse, c'est le loup. Pour un loup, l'être humain, et cetera.

Allons bon. Humbert Humbert était un taré, point barre.

Et un criminel, par-dessus le marché. Renard, chien de chasse, loup, c'était tout pareil.

— Il croit être amoureux de Lo, enchaîna le professeur en faisant le tour de son bureau pour s'appuyer contre le devant, son livre de poche serré dans son poing. Mais ce n'est pas comme s'il n'avait aucune conscience de son crime pour autant. Il dit… (Il ouvrit son exemplaire pour en lire un extrait.) « Je savais que j'étais tombé amoureux à tout jamais de Lolita ; mais je savais aussi qu'elle ne resterait pas Lolita à tout jamais. »

Il leva les yeux.

— Qu'est-ce qu'il entend par là ?

— Qu'elle finira par grandir, répondit Kai. Et qu'il ne la trouvera plus séduisante sexuellement parce que c'est un pédophile.

J'eus un petit sourire. Kai était un peu mon Cavalier préféré, si j'avais à en choisir un.

Townsend réfléchit à cette intervention, avant de désigner une de ses camarades.

— Tu es d'accord ?

La fille haussa les épaules.

— Je pense qu'il veut dire qu'on change tous, et que ce sera aussi le cas pour elle. Ce n'est pas qu'elle va grandir ; c'est qu'elle va devenir trop grande pour lui, et ça lui fait peur.

C'était probablement ce que voulait exprimer Humbert, mais je préférais l'interprétation de Kai.

Le professeur hocha la tête avant de désigner un autre élève du menton.

— Michael ?

Michael Crist leva subitement les yeux, visiblement paumé.

— Hein ?

Damon pouffa de rire, et je secouai la tête.

Townsend prit un air impatient et reformula sa question.

— Que penses-tu qu'il voulait dire en affirmant qu'elle ne resterait pas éternellement Lolita ?

Michael se tut. J'en vins à me demander s'il allait répondre.

— C'est l'idée de Lolita qui lui plaît, lâcha-t-il enfin d'un ton catégorique. Même lorsqu'elle finira par s'estomper, le rêve de Lolita sera toujours là, à le hanter. C'est ça qu'il voulait dire.

Hm. Pas si bête. Et moi qui pensais que Kai serait le seul d'entre eux à avoir lu le livre.

Townsend ouvrit à une autre page.

— Elle déclare : « Il m'a brisé le cœur. Toi, tu n'as brisé que ma vie. » Que signifie-t-elle ?

Silence dans la classe.

Le professeur balaya la pièce du regard, en quête du moindre battement de cils.

— « Toi, tu n'as brisé que ma vie », répéta-t-il.

La gorge assaillie de piqûres d'épingle, je baissai les yeux. *Tu as brisé ma vie.*

Un élève soupira depuis sa place près de la porte.

— Elle s'est donnée volontairement à lui, avança-t-il. Oui, c'était mal, mais aujourd'hui ça pose problème. Les femmes ne peuvent pas se contenter de décider après coup qu'elles ont subi des abus sexuels. Quand elle s'est donnée à lui, c'était consenti.

— Il n'y a pas de notion de consentement chez les mineurs, souligna Kai.

— Alors quoi, on devient psychologiquement et émotionnellement mûr le jour de ses dix-huit ans, comme par magie ? contra Will, prenant brusquement part à la conversation. Ça arrive comme ça, du jour au lendemain ?

— C'était une enfant, Will, insista Kai en se retournant sur son siège pour faire face à son ami. Humbert nous demande de compatir avec lui et la plupart des lecteurs s'y plient, simplement parce qu'il leur dit de le faire. Parce qu'on est prêts à tout pardonner à n'importe qui si cette personne nous est séduisante.

Je fixai ma table du regard.

— Ce n'est pas vraiment Lo qui l'intéresse, poursuivit Kai. Ce sont les jeunes filles en général. Ça n'a rien d'un incident isolé. Elle a été victime d'abus.

— Et elle l'a largué pour se taper un pornographe pédophile, Kai, s'agaça Will. Si elle avait été maltraitée, pourquoi est-ce qu'elle n'a pas eu le bon sens d'éviter de revivre la même situation ?

Je frottai la couverture de mon exemplaire avec mon pouce. J'avais le menton qui tremblait, les yeux qui me piquaient.

— Enfin, quel intérêt de faire ça ? s'obstina Will.

— Je me dis la même chose, renchérit un de ses camarades.

J'avais, sur le bout de la langue, l'envie pressante de leur décréter qu'ils simplifiaient tout à l'extrême. Qu'il était plus facile de juger une fille dont on ne savait rien que de lui accorder la dignité de digérer ce qui s'est passé. Qu'il était plus commode de négliger le fait qu'il y avait des choses qu'on ignorait et d'autres qu'on ne comprendrait jamais, parce qu'on était superficiel, privilégié et ignorant.

Qu'on restait, parce que…

Parce que…

— Parfois, être maltraité donne l'impression d'être aimé.

Je clignai des yeux. La voix était si proche que j'en avais les oreilles qui bourdonnaient. Lentement, je portai mon regard sur le profil de Damon Torrance, sa chemise froissée, sa cravate drapée sur son cou.

La classe entière plongea dans le silence. Je glissai un regard à Will, qui fronça les sourcils.

M. Townsend s'approcha.

— Parfois, être maltraité donne l'impression d'être aimé…, répéta-t-il. Pourquoi ?

Damon était tellement immobile que je crus qu'il ne respirait plus. Il considéra son professeur, imperturbable.

— Quand on crève de faim, on serait prêt à manger n'importe quoi.

À ces paroles, je me tétanisai, prise d'une bouffée de chaleur. Il n'était peut-être pas entièrement dénué d'intelligence.

Sentant le poids d'un regard, je tournai la tête et surpris Will en train de contempler ma jambe.

Je baissai les yeux. Mes doigts étaient enroulés autour de l'ourlet de ma jupe, laissant apparaître des égratignures et la partie d'un bleu sur ma cuisse. Le cœur battant, je tirai ma jupe sur mon genou.

— Allez au dernier chapitre, je vous prie, lança M. Townsend. Et sortez vos polycopiés.

Mais le bleu sur ma cuisse m'élança et, brusquement, je n'arrivai plus à respirer.

Tu n'as toujours pas compris que tu pouvais avoir tout ce que tu voulais ? Je serais prêt à blesser n'importe qui pour toi.

Mon menton trembla. Il fallait que je sorte de là.

Parfois, être maltraité donne l'impression d'être aimé…

Je secouai la tête, fourrai mes affaires dans mon sac, me levai et, brandissant mon sac au-dessus de ma tête, me précipitai dans l'allée pour foncer vers la porte.

— Où vas-tu comme ça ?

Je tournai la tête vers mon enseignant.

— À la bibliothèque, finir le livre et répondre aux questions du polycopié.

Je continuai d'avancer tout en battant des cils pour ravaler mes larmes.

— Emory Scott, appela-t-il.

— Sinon, vous n'aurez qu'à expliquer à mon frère pourquoi je vais rater mon examen d'entrée à l'université, ajoutai-je en reculant pour le fusiller du regard. Parce que c'est essentiellement de ça qu'on parle dans ce cours. Dites-moi par SMS si jamais on a d'autres devoirs à faire, lançai-je aux Cavaliers.

Je poussai sur la porte pour l'ouvrir tandis que les chuchotements traversaient la classe.

— Emory Scott ! aboya le professeur.

Je regardai par-dessus mon épaule et vis M. Townsend me tendre une feuille rose.

— Vous savez quoi faire, gronda-t-il.

Je revins d'un pas nonchalant et lui arrachai la feuille des mains.

— Au moins, comme ça, je pourrai bosser un peu, ripostai-je.

Le bureau du proviseur ou la bibliothèque, ça ne faisait aucune différence.

En quittant la salle, je ne pus m'empêcher de jeter un coup d'œil à Will Grayson. Affalé sur son siège, le menton dans la main, il dissimulait un sourire derrière ses doigts.

Il soutint mon regard jusqu'à ce que je sorte.

Je longeai le trottoir les yeux baissés, pris à gauche et remontai l'allée jusqu'à ma maison. Fermant les paupières sur les derniers pas, je laissai mon esprit vagabonder tandis que la brise de l'après-midi faisait bruire les feuilles des arbres. J'adorais ce bruit.

Le vent était menaçant. On avait l'impression que quelque chose était sur le point d'arriver, mais ce n'était pas déplaisant.

J'ouvris les yeux, gravis les marches et regardai sur la gauche. La voiture de police de mon frère n'était pas encore arrivée. Le feu dans mon ventre s'apaisa légèrement et mes muscles se détendirent.

Il me restait un peu de temps.

Quelle journée de merde. J'avais sauté le déjeuner pour me cacher dans la bibliothèque et, à la fin des cours, j'avais enduré la répétition avec l'orchestre. Je n'avais pas envie d'être là, mais encore moins de rentrer à la maison. Au moins, la faim qui me tenaillait m'évitait-elle de me concentrer sur d'autres souffrances.

Je contemplai ma rue, l'avenue tranquille bordée d'érables, de chênes et de châtaigniers en pleine explosion d'orange, de jaunes et de rouges. Les feuilles tombaient en dansant dans le vent, et l'odeur de la mer et d'un feu de joie allumé quelque part me chatouilla les narines.

La plupart des gosses comme moi prenaient le bus jusqu'à Concord pour se rendre au lycée public, la population de Thunder Bay étant trop peu nombreuse pour accueillir deux lycées. Mais comme mon frère avait voulu le meilleur pour moi, je fréquentais TBP.

On n'était pas riches, mais il en payait une petite part, je prenais pas mal de petits jobs, et le reste des frais de scolarité était pris en charge puisque mon frère était fonctionnaire. L'argent et les privilèges qui permettaient d'entrer dans mon lycée privé étaient censés offrir une meilleure éducation qu'ailleurs. Je ne voyais pas en quoi. J'étais toujours aussi nulle en littérature et l'unique heure de cours qui me plaisait vraiment était celle de travail en autonomie, où je pouvais jouir de ma solitude.

Dans mon coin, j'en apprenais beaucoup.

Je me fichais de ne pas être aussi classe que les autres, ni aussi riche. On possédait une maison magnifique. Une demeure de type victorien en briques rouges et aux finitions grises à deux étages (enfin, trois si on comptait le sous-sol). Elle était largement assez grande pour nous, et appartenait à notre famille depuis trois générations. Mes arrière-grands-parents l'avaient construite dans les années 1930, et ma grand-mère y vivait depuis ses sept ans.

J'ouvris la porte, retirai mes bottes et gravis les marches à la hâte.

Passant devant la porte de la chambre de mon frère, j'enlevai mon sac et le lâchai devant l'entrée de la mienne avant de poursuivre à pas de loup le long du couloir.

Je m'arrêtai devant la porte de ma grand-mère et m'appuyai contre l'encadrement. L'infirmière, Mme Butler, leva les yeux de son livre de poche, encore un thriller qui se déroulait en temps de guerre au vu de la couverture, et sourit en cessant de se balancer sur son fauteuil.

Je lui rendis un sourire crispé et regardai vers le lit.

— Comment va-t-elle ? m'enquis-je en m'approchant de ma grand-mère.

Mme Butler se leva.

— Elle tient bon.

Je la contemplai : son ventre tremblait un peu et ses lèvres frémissaient à peine à chacune de ses respirations. Des rides plissaient chaque recoin de son visage, mais je savais que si je la touchais, sa peau serait plus douce que celle d'un bébé. Un parfum d'amandes et de cerises me submergea, et je lui caressai les cheveux en humant le shampoing que Mme Butler lui avait mis pour son bain.

Grand-mère. La seule personne qui était tout pour moi.

C'était pour elle que je restais.

Je remarquai le vernis à ongles couleur vin que l'infirmière avait été contrainte de lui appliquer ce jour-là lorsqu'elle n'avait pas pu la convaincre d'opter pour un joli mauve pastel. Je ne pus retenir un petit sourire.

— J'ai dû la mettre un peu sous oxygène, expliqua Mme Butler. Mais maintenant, ça va.

Je hochai la tête tout en la regardant dormir.

Mon frère était persuadé qu'elle allait partir d'un instant à l'autre. Elle quittait son lit de moins en moins souvent.

Mais elle était encore là pour le moment. Dieu merci.

— Les disques lui plaisent, affirma l'infirmière.

Je jetai un coup d'œil aux vinyles qui, rangés un peu n'importe comment dans leurs pochettes, reposaient à côté du vieux tourne-disque. J'avais trouvé le lot à un vide-grenier le week-end dernier. Je m'étais dit que ça lui plairait, vu que c'était une enfant des *fifties*.

Enfin, elle n'était pas vraiment née dans les années 1950. Elle était bien plus âgée que ça. Mais elle avait été ado à l'époque.

Mme Butler s'empara de son sac pour en sortir un trousseau de clés.

— Ça ira ?

J'acquiesçai sans la regarder.

Elle s'en alla, et je restai encore un peu avec grand-mère. Après m'être assurée que j'avais ses cachets et sa piqûre pour plus tard, j'ouvris la fenêtre de quelques centimètres pour laisser entrer un peu d'air frais. Mme Butler nous avait demandé de ne pas le faire, car les allergènes dans l'air pouvaient rendre sa respiration plus difficile.

« La barbe ! » aurait dit grand-mère. C'était sa saison préférée, elle en adorait les sons et les odeurs. Pas question de la rendre malheureuse sous prétexte de prolonger une vie déjà assez triste comme ça.

Je fis apparaître la caméra de la chambre sur mon téléphone et laissai la porte entrouverte avant d'attraper mon sac dans ma chambre et de descendre mettre de l'eau à bouillir. Je posai mon téléphone sur la table de la cuisine et, tout en gardant un œil sur l'écran au cas où elle aurait besoin de moi, je sortis mes livres afin de me concentrer d'abord sur le plus facile.

J'allumai mon ordinateur portable et commandai tous les ouvrages dont j'avais besoin pour mon devoir d'histoire sur le site de la bibliothèque municipale, ainsi qu'à Meridian City pour ceux qui manquaient à Thunder Bay, puis je fis mon plan. Je finis mes recherches sur Internet et répondis aux questions pour mon cours de sciences physiques, lus les textes donnés en espagnol, et puis m'interrompis pour émincer et faire sauter les légumes avant de me mettre à la littérature.

Je n'avais toujours pas répondu aux questions sur le roman, et elles étaient à rendre demain.

Ce n'était pas que je n'aimais pas le cours. Ce n'était pas que je n'aimais pas lire.

C'étaient les vieux bouquins qui ne me plaisaient pas. Écrits à la troisième personne, avec des paragraphes bancals longs comme un bras, et un crétin d'universitaire qui essayait de me faire croire qu'il y avait un sens profond à la description surchargée d'un meuble dont je n'avais rien à carrer. J'étais prête à parier que l'auteur ne savait pas lui-même ce qu'il avait voulu faire. Il avait sûrement été camé au laudanum quand il l'avait écrit.

Ou au sirop pour la toux, ou à l'absinthe, enfin, à la came en vogue à l'époque.

Ils nous martelaient ce genre de trucs comme si plus personne n'était capable d'écrire d'histoires de qualité. Caitlyn, la fille qui s'automutilait et qui était assise trois rangées derrière la mienne, se reconnaissait dans *La Maison aux sept pignons* ? OK, pigé.

Bon, d'accord, *Lolita* n'était pas si vieux que ça. Mais ce roman était nul, et j'étais sûre que c'était déjà le cas en 1955. *Je demanderai à grand-mère.*

Je plongeai les pâtes dans l'eau bouillante, fis cuire les poivrons et les oignons et mis la viande à mijoter avant de tout mélanger et de glisser le plat au four. Je préparai une salade, lançai le minuteur et sortis mon polycopié pour lire la première question.

À cet instant précis, un éclair de lumière illumina la pièce. Levant les yeux, je vis une voiture remonter l'allée vers la maison. La pluie scintillait devant les phares. Je me levai d'un bond pour refermer mes livres et fourrer mes feuilles dans mon sac.

J'avais mal au ventre.

Merde. Il lui arrivait parfois de travailler tard ou d'être pris par une ou deux affaires, ce qui me permettait de savourer une soirée sans lui.

Mais pas ce soir, visiblement.

Je serrai les cuisses, comme si j'allais me faire dessus, et jetai ma sacoche dans la salle à manger où nous ne mangions jamais. Je me dépêchai de mettre la table. Quand la porte d'entrée s'ouvrit, je m'affairai et fis mine de remuer la salade.

— Emory ! s'écria Martin.

Malgré mon cœur serré, je plaquai un grand sourire sur mon visage et passai la tête par la porte ouverte de la cuisine.

— Salut ! gazouillai-je. Il pleut encore ?

Je me rappelai alors que j'avais laissé la fenêtre de ma grand-mère grande ouverte. *Mal joué.* J'allais devoir me trouver un instant pour la refermer avant que la pluie inonde le parquet et donne un prétexte de plus à mon frère.

— Oui, soupira-t-il. C'est de saison, pas vrai ?

Je me forçai à rire. Il fit voler des gouttelettes de partout en secouant son manteau, qu'il suspendit avant de longer le couloir jusqu'à la cuisine en faisant crisser ses chaussures humides sur le plancher.

Moi, je devais me déchausser à l'entrée. Pas lui.

Je reculai la tête et redressai le dos en relâchant doucement mon souffle. Puis, je ramassai les couverts à salade en esquissant un sourire.

— Je pensais faire un petit jogging autour du village plus tard, lui confiai-je en posant le saladier sur la table.

Il se figea, desserra sa cravate et me décocha un regard en coin.

— Toi ?

— Je peux courir, prétendis-je. Quelques minutes.

Il lâcha un rire de gorge et se dirigea vers le frigo pour en sortir le lait et se servir un verre.

— Ça sent bon, commenta-t-il en posant son verre sur la table avant de s'asseoir. Tu as fini tes devoirs ?

Son badge d'argent scintilla à la lueur des plafonniers. Dans son uniforme noir, on aurait dit qu'il grandissait de seconde en seconde.

Martin et moi n'avions jamais été très proches. De huit ans mon aîné, il était déjà habitué à être enfant unique à ma naissance et, quand nos parents étaient décédés environ cinq ans plus tôt, il avait dû tout gérer. Au moins, il avait pu avoir la maison.

Je me raclai la gorge.

— Presque. Il me manque quelques questions de litté à relire après la vaisselle.

Je ne les avais même pas commencées, mais je préférais embellir la réalité. C'était devenu comme une seconde nature.

— Comment s'est passée ta journée ? demandai-je rapidement tout en sortant les pâtes du four et en posant le plat sur la table.

— Bien, répondit-il en se servant pendant que je remplissais nos bols de salade et que je me versais un verre d'eau. Le service tourne bien, et on m'a proposé de me faire monter en grade à Meridian City, mais je…

— Préfère quand tout est bien ordonné, achevai-je. Et Thunder Bay est ton bateau.

— Tu me connais bien.

J'esquissai un petit sourire, mais levai ma fourchette d'une main vacillante. Les tremblements ne cesseraient que lorsqu'il repartirait pour le travail le lendemain matin.

Il s'attaqua à son assiette et je me forçai à avaler une bouchée. Le silence qui avait envahi la pièce était plus assourdissant que le bruit de la pluie qui frappait la vitre à l'extérieur.

Si je ne parlais pas, il trouverait quelque chose à dire, et je devais l'éviter à tout prix.

Sous la table, mes genoux se mirent à trembler.

— Tu veux du sel ? demandai-je, d'une voix si mielleuse que j'eus envie de vomir.

Je voulus attraper la salière, mais il m'arrêta.

— Non, décréta-t-il. Merci.

Je laissai retomber ma main et continuai de manger.

— Comment s'est passée ta journée ? s'enquit-il.

Je contemplai ses doigts enroulés autour de sa fourchette. Il avait cessé de manger pour m'observer.

Je déglutis.

— Bien. On, euh...

J'avais le cœur qui tambourinait dans ma poitrine, le sang qui me brûlait les veines.

— On a eu une discussion intéressante en cours de littérature, risquai-je. Et mon devoir de sciences physiques est...

— Et l'entraînement de natation ?

Je sombrai dans le silence.

Dis-lui. Que ce soit fait. Il finira forcément par l'apprendre.

Mais je préférais mentir.

— Ça s'est bien passé.

Je commençais toujours par essayer de me cacher derrière un mensonge. Si j'avais le choix entre lutter ou fuir, je préférais fuir.

— Vraiment ? insista-t-il.

Les yeux rivés à mon assiette, le sourire envolé, je triturai ma nourriture. Il savait.

Son regard me brûlait la peau.

— Tu me passes le sel ? demanda-t-il d'une voix aussi douce qu'une caresse.

Je fermai les yeux. Son calme sinistre me faisait l'effet d'un orage imminent. L'air qui se chargeait d'ions, les nuages bas qui s'assombrissaient, l'odeur de la tempête qui menaçait. Je savais reconnaître les signes.

Je tendis le bras pour attraper la salière.

Mais je renversai son verre au passage et répandis sur la table le lait qui goutta sur le rebord.

Je lui décochai un coup d'œil.

Il soutint mon regard l'espace d'un instant, et puis repoussa la table.

Je me levai d'un bond, mais il m'attrapa le poignet pour me rasseoir de force.

— Tu ne te lèves pas avant moi, me prévint-il calmement.

Tout en m'enserrant le poignet, il redressa son verre avant de poser mon eau devant son assiette.

Je tressaillis. Mes lunettes glissèrent sur mon nez tandis que je crispais mon poing déjà engourdi. Il me coupait la circulation.

— Ne quitte jamais cette table sans ma permission.

— Martin...

— Ton entraîneuse, Mme Dorn, m'a appelé aujourd'hui, révéla-t-il, les yeux dans le vide, tout en portant mon eau à ses lèvres. Elle m'a dit que tu avais quitté l'équipe.

Sa main était dissimulée par la manche déboutonnée de ma chemise d'uniforme, mais j'étais sûre que ses jointures étaient blanches. Je me mis à tordre le poignet parce qu'il me faisait mal, mais m'arrêtai aussitôt en me souvenant que cela ne ferait qu'attiser sa colère.

— Je n'ai jamais dit que tu pouvais quitter l'équipe, poursuivit-il. Et en plus, tu as menti comme une idiote.

— Martin, je t'en supplie...

— Mange ton dîner, Em, ordonna-t-il.

Je le dévisageai longuement, me résignant au fait qu'une fois encore, je ne pourrais pas enrayer la suite des événements.

C'était inéluctable.

Je baissai les yeux sur mon assiette, levai ma fourchette, un peu moins assurée de la main gauche que de la droite, et la plantai dans quelques pâtes fusilli nappées de sauce à la viande.

— Tu es droitière, imbécile.

Je me figeai, sentant encore ses doigts serrés autour de ce poignet-là.

Au bout d'un moment, il guida ma main droite pour m'inciter à attraper la fourchette. J'obtempérai et, lentement, la portai à ma bouche, le poignet toujours emprisonné tandis que je voyais s'approcher les pointes de l'ustensile argenté que je n'avais encore jamais craint jusqu'à présent.

Après une hésitation, j'ouvris la bouche. Je manquai de suffoquer lorsqu'il me força à y glisser la fourchette en m'effleurant les amygdales au passage.

J'avalai et ressortis la fourchette tout en sentant la résistance de son bras.

Nous nous resservîmes pour la deuxième tournée. Je sentis mes poumons se comprimer.

— Qu'est-ce qui cloche chez toi, au juste ? chuchota-t-il. Tu ne fais jamais rien de bien. Pourquoi ?

Je me forçai à avaler ce que j'avais dans la bouche, juste à temps pour accueillir une nouvelle fourchette pleine. Il me secoua la main alors qu'elle entrait dans ma bouche, et mon cœur cessa de battre. Je laissai échapper un petit gémissement, effrayée par la menace de piqûre.

— Je pensais que quand je rentrerais, tu m'expliquerais tout, mais non.

Il me fusilla du regard.

— Comme d'habitude, tu essayes de le cacher. Comme les papiers de bonbons sous ton lit quand tu avais dix ans, comme quand tu as été renvoyée trois jours de l'école alors que tu avais treize ans.

Je m'emmurai dans le silence, agressée par son flot de paroles.

— Tu ne me surprendras jamais, pas vrai ? Il y a une bonne et une mauvaise façon de faire les choses, Emory. Pourquoi dois-tu toujours choisir la mauvaise ?

C'était à double tranchant. Il posait des questions auxquelles il voulait que je réponde mais, quoi que je dise, ce serait forcément la mauvaise réponse. Quoi qu'il arrive, je m'en prendrais plein la figure.

— Pourquoi ne fais-tu jamais les choses comme je te les ai apprises ? s'obstina-t-il. Tu es tellement débile que tu es incapable d'apprendre ?

Les mouvements de fourchette s'accélérèrent, tout en me piquant les lèvres au passage. Ma bouche s'emplissait à toute vitesse, et j'avais à peine le temps d'avaler qu'on m'en enfournait encore.

— Des parents morts, marmonnait-il. Une grand-mère qui refuse de mourir. Une sœur qui est une ratée…

Libérant mon poignet, il attrapa mon col à la place et se leva en m'entraînant avec lui. Je lâchai la fourchette qui tomba bruyamment sur l'assiette pendant qu'il me faisait reculer contre le plan de travail.

Je mâchai et avalai.

— Martin…

— Qu'est-ce que j'ai fait pour mériter ça ? m'interrompit-il. Tous ces fardeaux qui m'alourdissent ? Toujours là. Un poids constant.

Je sentais le bois qui me creusait le dos, mon cœur qui battait si fort que je crus qu'il allait jaillir de ma poitrine.

— Tu tiens à rester banale toute ta vie ? cracha-t-il, la mine sombre, avec les yeux verts de ma mère et la tignasse brune de mon père. Tu ne sais pas t'habiller, tu ne sais pas te coiffer, tu ne sais pas te faire d'amis et, visiblement, tu n'es pas foutue de te débrouiller pour entrer dans une fac correcte.

— Je suis parfaitement capable de me faire accepter dans une bonne université, lâchai-je à l'étourdie. Pas besoin de natation pour ça.

— C'est moi qui te dis de quoi tu as besoin ! hurla-t-il enfin.

Je regardai machinalement en l'air, craignant que ma grand-mère ne nous entende.

— Je subviens à tes besoins, enchaîna-t-il en m'empoignant les cheveux d'une main tout en me giflant avec l'autre.

J'étouffai un cri.

— Je me rends aux rencontres parents-profs.

Une nouvelle gifle envoya ma tête sur la droite, et je vacillai.

Non.

Il me tira par les cheveux pour me faire partir en arrière.

— Je mets le pain sur la table.

Encore une gifle, telle une piqûre de guêpe sur le visage. Je lâchai un cri tandis que mes lunettes s'écrasaient au sol.

— Je paye pour son infirmière et ses médicaments.

Il leva encore la main et je me recroquevillai, me protégeant avec les bras des coups qui n'arrêtaient pas de pleuvoir.

— Et c'est comme ça que tu me remercies ?

J'avais les larmes aux yeux, mais je savais qu'il me suffirait de reprendre mon souffle pour que sa main s'abatte encore.

Encore. Et encore. Et encore.

Stop ! J'avais envie de crier. De hurler.

Mais je me contentai de serrer les dents.

Je sifflais sous la douleur, tressaillais, me recroquevillais de plus belle.

Mais je ne pleurais pas. Finies, les larmes.

Pas tant qu'il ne serait pas reparti.

Il m'attrapa de nouveau par le col et le serra dans son poing, jusqu'à ce que l'étoffe m'écorche le cou.

— Tu vas y retourner, me cracha-t-il au visage. Tu vas t'excuser, et puis tu réintégreras l'équipe.

J'évitais son regard.

— Je ne peux pas.

Il me projeta encore contre le plan de travail et se recula en défaisant sa ceinture.

Ma gorge se serra. *Non.*

— Pardon ? éructa-t-il. Qu'est-ce que tu viens de dire ?

Son visage était déformé par la colère, mais il adorait ça. Il se plaignait de moi et de ma grand-mère, ne cessait de me dire à quel point j'étais un fardeau pour lui, mais il ne tenait pas vraiment à ce que je m'en aille. Il avait besoin de ça.

— Je ne peux pas, murmurai-je, incapable d'en dire plus tellement ma voix chevrotait.

D'un coup sec, il sortit sa ceinture des boucles. Je savais ce qui m'attendait.

— Si, tu vas le faire.

Je restai plantée là, ne sachant trop si j'avais envie de pleurer ou de prendre la fuite. Mais le châtiment n'en serait que plus doux pour lui si je lui compliquais la tâche. Qu'il aille se faire foutre.

— Non, pas question.

— Si !

— Je ne peux pas porter de maillot de bain à cause des bleus ! m'écriai-je enfin.

Il s'immobilisa, la ceinture dans les mains. Je ne l'entendais même plus respirer.

Eh oui.

Voilà pourquoi j'avais arrêté la natation. Il n'y avait pas que mon visage que les gens pouvaient voir. Mon dos, mes bras, mes cuisses... Les gens n'étaient pas aveugles, Martin.

J'avais presque envie de lever les yeux pour voir son expression. De l'inquiétude peut-être ? De la culpabilité ?

Mais quelle que soit l'émotion qui le traversait, il savait forcément qu'on ne pouvait plus faire machine arrière. À présent, c'était réel. Peu importaient les excuses, les cadeaux, les sourires ou les câlins, je n'oublierais jamais ce qu'il m'infligeait.

Alors pourquoi s'en tenir là, pas vrai Martin ?

Il m'attrapa le poignet et, avec un grondement, me projeta contre la table. Je fermai les yeux en me pliant en deux, le front et les paumes plaqués sur la surface.

Quand le premier coup tomba, je réprimai mes larmes.

Mais je ne pus retenir les cris qui me montaient dans la gorge alors que la ceinture s'abattait, encore et encore. À présent, il était en colère, et il y allait plus fort que d'habitude. Ça faisait mal.

Mais il ne reviendrait plus sur cette question. Il savait que j'avais raison.

Je ne pouvais pas porter de maillot de bain.

Lorsqu'il partit, je restai un instant sans bouger, tremblant sous le coup de la douleur qui me cinglait encore le dos.

Seigneur, faites que ça s'arrête.

Je gémis en bougeant. Je ramassai mon téléphone portable et le retournai pour m'assurer que ma grand-mère dormait encore à l'écran.

Des larmes étaient suspendues au bord de mes cils.

Elle était de moins en moins lucide, aussi devenait-il plus facile de lui cacher ce genre de choses. *Dieu merci.*

J'entendis mon frère prendre sa douche à l'étage. Il ne redescendrait pas avant longtemps. Demain, on se lèverait, on se côtoierait en silence avant d'aller au travail et au lycée, et il rentrerait tôt l'après-midi histoire de préparer le dîner pour une fois. Il se montrerait doux et gentil, évoquerait à table l'idée de visiter une fac qui me plaisait, ce qu'il ne faisait jamais et qu'il n'aurait aucune intention de faire quand le week-end prévu pour cette virée finirait par arriver. Je pourrais peut-être respirer un peu le temps d'une semaine avant que la nouveauté de notre « merveilleuse relation frère-sœur » finisse par passer et qu'une rechute redevienne possible.

Comme un toxico.

Comme une maladie.

Mais là, je ne savais plus trop. Cette semaine avait été difficile. J'avais eu moins de répit depuis la dernière fois.

Hébétée, je trouvai mes lunettes et nettoyai lentement la pagaille que nous avions mise, finis de laver la vaisselle et rangeai les restes au frigo avant d'éteindre la lumière et d'attraper mon sac.

Je glissai mon téléphone dedans mais, alors que je contournais l'escalier pour gravir la première marche, je me figeai.

Elle dormait encore. Peut-être pour toute la nuit. Je pouvais la surveiller depuis mon téléphone où que je sois.

Je ferais mieux de ne pas partir. J'avais le dos en compote, les cheveux en bataille, et j'étais encore dans mon uniforme d'école.

Cependant, au lieu de monter finir mes devoirs, je reculai, comme sur pilote automatique. Je ramassai mes chaussures, passai la porte et me mis à courir, sans même prendre le temps d'enfiler mes baskets. La pluie me martelait le crâne, les habits, les jambes, tandis que mes pieds nus claquaient sur le trottoir et que je tournais le coin de la rue pour me diriger vers le village.

Je me fichais d'avoir laissé sa fenêtre ouverte. Elle adorait la pluie. *Qu'elle l'entende.*

Je me fichais que mon sac et mes livres soient détrempés.

Je pris encore à droite et aperçus, droit devant, la place éclairée. J'arrêtai de courir. Je pouvais enfin respirer. Je souris presque de sentir l'air frais gonfler mes poumons et la pluie coller mes habits à ma peau.

Le fronton du cinéma brillait en face de moi. Pas besoin de lire ce qui y était inscrit, je savais qu'il y avait un marathon de films de monstres qui durait toute la nuit. *King Kong, Frankenstein, La Menace des fourmis tueuses, La Mouche...*

Tout au long du mois d'octobre, le cinéma n'était fermé qu'entre huit heures du matin et midi pour le ménage et le réapprovisionnement. Les autres vingt heures de la journée, on y projetait des nouvelles sorties et des vieux classiques. Un peu comme un festival d'horreur sur un mois.

Je trottinai jusqu'à la billetterie, enfilai mes chaussures trempées en laissant mes lacets défaits et furetai dans mon sac pour en extraire un peu de monnaie.

— J'aimerais un ticket pour la nuit entière, annonçai-je à la fille de la caisse en lui glissant un billet froissé de dix dollars.

Je n'y serais pas toute la nuit, mais je pourrais du moins rester aussi longtemps que je le voulais.

J'attrapai mon ticket et me dépêchai d'entrer, passant devant le stand de confiseries avant de grimper les marches vers la salle trois.

D'un pas rapide, j'ouvris les portes, tout en regardant à la ronde pour m'assurer que mon frère ne m'avait pas suivie. Puis, j'enlevai mon sac de mon épaule et longeai l'allée. Un animal hurla à l'écran et je m'assis vivement sur un siège.

Non seulement j'étais en sécurité, mais j'étais seule. Il n'y avait personne d'autre que moi.

Je me détendis un peu.

C'était un soir de semaine et la veille d'une journée d'école. Ça paraissait logique que l'endroit soit désert. Même si je trouvais curieux qu'ils projettent des films dans une salle vide.

Je posai mon sac et enfouis une main à l'intérieur. Remerciant le ciel que le contenu soit resté sec, j'en sortis mon téléphone portable pour jeter un nouveau coup d'œil à ma grand-mère.

Elle restait couchée dans le noir, sur son lit, et le moniteur dans sa chambre émettait des bips réguliers. Il m'arrivait d'être inquiète à l'idée de la laisser seule avec Martin, mais il ne se donnait jamais la peine d'aller la voir.

Mon téléphone bien en main, je m'abandonnai sur mon siège. Tout en tressaillant de douleur, je levai les yeux vers l'écran et y vis *Godzilla*.

Un petit sourire flotta sur mes lèvres.

J'aime bien Godzilla.

Sans y réfléchir plus que ça, je m'étais acheté du pop-corn et, rivée à l'écran, je suivais chaque scène avec délectation tandis que le souvenir de mon frère s'estompait lentement de mon esprit, ainsi que le lycée, Will Grayson et le cours de littérature.

Parce que *Godzilla* était génial.

Et *Lolita* me flanquait la migraine.

3

Emory

Présent

— Will ?

Je me dressai à quatre pattes et, tapotant le sol de pierres, sentis la crasse sous mes mains.

Où m'avait-il emmenée ?

Je clignai des yeux dans l'obscurité pour essayer de voir, mais il faisait si noir. Je me touchai le visage. Où étaient passées mes lunettes ?

Merde.

J'arrivais à peu près à voir sans elles ou les lentilles qu'il m'arrivait de porter, mais les ténèbres me compliquaient la tâche. Je me levai, mes semelles déformées par les pierres irrégulières.

Je regardai autour de moi en calant mes cheveux derrière mes oreilles. Dans l'obscurité, rien ne luisait. Pas la moindre lumière. Ni lune. Ni lampes. Rien.

Je m'étais débattue, j'avais tapé et cogné. L'instant d'après, nous avions franchi une porte pour descendre des marches et bifurquer. Puis, tout avait viré au noir.

Seigneur, Will. Ça faisait des années qu'il était sorti de prison. Pourquoi avoir attendu jusqu'à maintenant ?

J'inspirai l'air frais, l'odeur imprégnée d'eau et de terre.

Il avait changé. Il était à la fois le même et quelqu'un de radicalement différent.

Ses yeux…

Laisserait-il quelque chose m'arriver ?

— Je vous avais dit que je ne mentais pas, affirma quelqu'un.

Je me raidis.

Ça ressemblait à la voix de Taylor Dinescu, mais je ne distinguais rien ni personne dans la pièce.

— J'en étais sûr, décréta un autre en face de lui. Les filles, ça ne sent pas pareil. Il y avait son odeur partout dans la maison quand on est rentrés.

Je me retournai pour faire face à cette nouvelle voix.

Un autre prit la parole sur ma gauche.

— Moi je dis, laissons-la courir, avança-t-il. Elle finira par crever dehors de toute façon.

Je tournoyai vers lui, le souffle court, les mains tendues. Où étaient-ils ? *Où, bon sang ?*

— Avant qu'on ait pu faire connaissance, Rory ? s'offusqua celui que je ne connaissais pas. Allez, quoi. Je m'ennuie. En ce qui me concerne, elle peut rester aussi longtemps qu'elle veut. Tu ne t'ennuies pas, toi ?

— Non, répliqua Rory d'un ton sec. Je préfère que les choses restent telles qu'elles sont.

Des rires résonnèrent dans la pièce.

— Tu as peut-être tout ce dont tu as besoin ici, mec, mais pas moi ! railla Taylor.

— Où sont mes lunettes ? hurlai-je. Allumez, bordel !

— Ça marche, accepta celui qui n'était ni Taylor, ni Rory, ni Will. Voilà.

Une petite lueur surgit brusquement à quelques mètres de moi et je clignai des yeux, voyant une silhouette sombre allumer une bougie. Un mur de briques apparut et, debout devant moi, quelqu'un me tendait quelque chose.

Je trébuchai en arrière, puis aperçus mes lunettes dans sa main et m'en emparai.

— Laissez-moi tranquille, hoquetai-je en reculant précipitamment.

— Du calme, ma belle. On avait peur que tu les casses. On n'aurait pas voulu que tu loupes ça.

Quelqu'un émit un grondement de dérision et j'enfilai mes lunettes, tournant la tête à droite et à gauche pour balayer les alentours du regard.

Les plafonds en bois étaient bas, de l'eau dégoulinait sur les murs en briques, et des tonneaux longeaient la pièce. Des casiers à bouteilles vides, plus grands que moi, emplissaient le reste de l'espace. Des marches montaient vers des portes dans le plafond derrière moi, et une chaudière ronronnait dans le coin. Nous nous trouvions dans un sous-sol. Il y en avait peut-être plusieurs dans cette maison.

Je scrutai les portes.

— Micah, se présenta le type qui m'avait donné mes lunettes en s'approchant, la main tendue. Moreau.

Je reculai vivement en lui jetant un regard noir.

Micah Moreau ? J'inspectai ses cheveux noirs et hirsutes qui lui descendaient sur la nuque, ses yeux bleus perçants et la fossette qui se creusait dans sa joue gauche quand il souriait. Il devait avoir la petite vingtaine.

Moreau, Moreau…

— Un lien avec Stalinz Moreau ? risquai-je, le souffle coupé.

S'agissait-il de son père ?

Il se contenta d'un sourire crispé et d'un haussement d'épaules.

La vache. Qu'avait-il bien pu faire pour que son père, un criminel de carrière, n'arrive même plus à supporter son propre fils ?

Il montra du doigt derrière moi un blond dégingandé aux joues creuses et au teint plus radieux que le mien.

— Rory Geardon, présenta-t-il. Taylor, tu l'as déjà rencontré.

Je jetai un coup d'œil à Taylor qui, assis sur une pile de cageots derrière Will, m'adressait un petit sourire narquois.

J'accrochai le regard de Will. Adossé aux cageots, il avait les mains fourrées dans la poche centrale de son sweat à capuche.

Apercevant une porte à côté de lui, je me précipitai dessus. Il m'attrapa au passage. En le repoussant, je sentis quelque chose dans sa poche.

Je me figeai. *Mon canif.*

Ou, du moins, celui que j'avais eu dans la poche en me réveillant. J'ignorais comment il était arrivé là, mais je voulais le récupérer.

Je plongeai la main dans son sweat, en sortis le couteau et reculai en le dégainant.

Les autres types rirent à voix basse.

— C'est toi qui m'as amenée ici ? criai-je à l'intention de Will.

Et lui, depuis combien de temps était-il là ?

Mais je n'attendais aucune réponse de sa part.

— Laissez-moi sortir ! me bornai-je à hurler.

Je m'imprégnai de l'air, du petit espace, de l'obscurité, et de l'impossibilité de fuir qui me glaçait le sang. Je ravalai un sanglot.

Je savais que je ne pouvais pas lui faire confiance. Je le lui avais dit. J'en étais consciente.

— Je te déteste, crachai-je.

Tout ça était sa faute.

Taylor descendit d'un bond et fondit sur moi. Je voulus me jeter sur lui, mais quelqu'un derrière moi m'agrippa le poignet.

Je fis volte-face en jouant de ma lame, et Micah vacilla en arrière. Il avait le bras en sang. Je reculai, mon canif à la main.

— Merde, pesta-t-il.

— Je vous avais bien dit de la laisser crever dehors, tempêta Rory en brandissant le bras ensanglanté de Micah.

— Laissez-moi sortir ! hurlai-je de nouveau.

Mais à cet instant, ils levèrent tous les yeux pour regarder derrière moi, stoppés net dans leur élan.

Je carrai les épaules. *Quoi encore ?*

Je n'eus pas le temps de me poser des questions. Quelqu'un m'attrapa le poing et le serra tout en m'agrippant la gorge de l'autre main.

J'étouffai un cri en lâchant la lame au sol.

Il me fit me retourner tout en continuant de m'enserrer le cou. Renversant la tête, je vis des cheveux brun doré, lissés en arrière, et des pommettes saillantes qui encadraient des yeux d'ambre.

Jeune, mais plus vieux que les autres. Sans doute du même âge que Will.

Il retroussa les lèvres. Le cœur battant à tout rompre, je détaillai ses larges épaules, sa barbe mal rasée et la veine qui saillait dans son cou.

— Je croyais qu'ils auraient réservé un coin exclusivement pour les jeunes femmes, plaisanta-t-il en caressant mon corps du regard. Ils tiennent à s'assurer de notre mauvaise conduite ?

Des ricanements éclatèrent derrière moi. Je plantai les mains sur son torse pour tenter de le repousser et entendis un raclement au sol, probablement quelqu'un qui ramassait mon canif.

J'avais les cheveux devant les yeux, et je mourais de soif.

Il me relâcha et je partis en arrière afin d'instaurer une distance.

— Pardonne-moi, s'excusa-t-il. Je blaguais.

Il me contourna et s'arrêta devant Micah Moreau pour inspecter son bras.

Je décochai un regard à Will, mais il se contenta de baisser les yeux et de racler négligemment le sang de sous ses ongles avec mon canif, comme si je n'étais pas là.

— Ça va aller, certifia le type qui parlait à Micah tout en lui soulevant le bras pour ralentir l'afflux de sang. Veille seulement à ce que ça reste propre.

Qui était-il ? Était-ce… ?

Était-ce lui le « chef » ?

Je passai ses habits en revue. Une chemise Oxford blanche à l'allure soyeuse parfaitement repassée et rentrée dans un pantalon de costume noir serré par une ceinture en cuir brillante. Des chaussures en cuir noires. Tout lui allait à la perfection. À croire que c'était du sur-mesure.

Certes un peu mieux sapé que les autres, il avait quand même parlé de « nous ». « Ils tiennent à s'assurer de notre mauvaise conduite », avait-il dit.

Lui aussi était prisonnier. Le fameux mâle alpha dont m'avait parlé Will.

Micah hocha la tête avant de me jeter un regard mauvais. Le chef reporta son attention sur moi.

— Je m'excuse pour eux, lança-t-il, une main pressée sur son torse tout en s'avançant. Sincèrement.

Mais je le repoussai avant qu'il ait pu s'approcher, tachant sa chemise blanche de la terre qui me maculait les mains.

— Ne m'approche pas ! m'écriai-je, avant de me tourner vers Will. Will ! aboyai-je.

Il restait planté là, et leva mollement les yeux vers moi comme si ça ne lui faisait ni chaud ni froid.

— Will !

Secoue-toi, bon sang !

Et puis merde. Je courus vers l'escalier et tirai la double porte pour sortir.

— Je ne ferais pas ça à ta place, m'avertit le mâle alpha. Il fait froid, j'imagine que tu ne sais pas chasser, et crois-moi, tu pourrais marcher toute une journée dans n'importe quelle direction sans jamais rien voir d'autre que l'empreinte de tes propres pas. Tu finiras par renoncer et par revenir ici, gelée, parce que tu n'as pas d'autre choix.

Avec un grondement, je cognai et poussai contre la porte, mais n'entendis rien d'autre que les chaînes qui les maintenaient closes.

— Rends-le-lui, l'entendis-je dire dans mon dos.

Je regardai par-dessus mon épaule. Il s'adressait à Rory, qui tenait à présent mon canif dans ses mains et le retournait pour l'inspecter.

— Elle a blessé Micah, protesta-t-il avec méfiance.

Le mâle alpha s'avança vers lui et planta son regard dans le sien. Rory pinça les lèvres et s'approcha d'un pas lourd pour me lancer le canif, désormais refermé.

Je l'attrapai et redescendis les marches en le serrant dans mon poing.

— Je suis Aydin, se présenta le chef en me regardant. Aydin Khadir. Plus personne ne te touchera. Tu as ma parole.

— Ta parole..., m'esclaffai-je presque. Qu'est-ce que ça peut bien vouloir dire, quand tout ce que je sais de toi c'est que tu as été assez abject pour qu'on t'enferme ici ?

Se fendant d'un sourire, il se dirigea vers une petite trappe en acier dans le mur et l'ouvrit.

Des flammes jaillirent à l'intérieur. Il tendit la main pour attraper quelques bûches et les jeter dans le four.

— Tu me connais peut-être, renvoya-t-il en s'emparant du tisonnier pour remuer le bois. Ma famille possède certainement l'une des nombreuses boutiques de sweat-shirts au Vietnam où ton chemisier bon marché de chez Target a été fabriqué.

Taylor éclata de rire, et je me raidis.

Je regardai Aydin déballer un morceau de viande enroulé dans le même papier kraft que j'avais vu sur pas mal de produits dans le frigo à l'étage.

Il l'attrapa avec les doigts, le disposa sur une plaque métallique qu'il glissa dans le four en briques. Je tressaillis quand les flammes l'avalèrent, songeant que ce four semblait assez profond pour contenir le corps d'un homme.

— Personne ne te touchera, répéta-t-il en fixant les flammes du regard avant de se retourner vers moi. Jusqu'à ce que tu le veuilles.

Des ricanements s'élevèrent. Je m'humectai les lèvres, troublée.

— Pourquoi suis-je ici ? questionnai-je.

— Oui, pourquoi ? renvoya-t-il. Que faisons-nous ici ? Nous sommes tous innocents.

Rory et Micah pouffèrent. Je m'approchai d'un pas, canif au poing.

— Je ne suis pas une prisonnière, martelai-je. Ma famille n'est pas riche. Tout ce dont je me souviens, c'est d'avoir quitté mon bureau à San Francisco pour le déjeuner et de m'être réveillée ici. Où sommes-nous ?

Aydin contemplait les flammes, dont la lueur dansait sur son visage.

— Elle connaît Will, révéla Taylor.

— Vraiment ? s'étonna Aydin en jetant un regard à Will par-dessus son épaule. Elle fait partie de ta famille ? Pitié, dis-moi que ce n'est pas vrai.

Les mains dans la poche de son sweat, Will s'appuyait contre les cageots. Il me dévisageait, et ses yeux reflétaient la lueur des flammes.

— Will, priai-je.

Mais il garda le silence.

— Il n'a pas l'air de te connaître, plaisanta Aydin.

Je secouai la tête.

— On doit pouvoir contacter des agents de sécurité, les gens qui gèrent cet endroit, ou…

Aydin sortit la plaque sur laquelle grésillait le steak, et la posa sur la table en bois avant d'attraper une fourchette et un couteau pour découper la viande.

— On a une cuisine, évidemment, mais la viande cuit bien mieux ici, affirma-t-il en me faisant signe d'approcher. Tu dois avoir faim. On n'est pas des sauvages. Viens par ici.

Il s'empara d'une carafe et me servit un verre d'eau. J'en avais tellement envie que j'avais la gorge en feu.

— Ton nom ? s'enquit-il en faisant glisser le verre et la plaque vers moi.

Je gardai les lèvres serrées.

— Elle s'appelle Emory Scott, répondit Will à ma place.

Je lui décochai un regard noir. Une lueur narquoise dansait dans ses yeux.

— Elle vient aussi de Thunder Bay ? lui demanda Aydin.

Will acquiesça.

Taylor reprit sa place, assis sur les cageots au-dessus de l'épaule de Will. Tous les regards étaient braqués sur moi.

Je m'approchai de Will, furieuse.

— Tu passes ton temps à suivre les autres, raillai-je. Jamais le chef, toujours à t'accrocher au premier venu qui t'aime.

Il me dévisageait.

— Tes amis sont passés à autre chose, poursuivis-je. Ils rachètent

Thunder Bay. Ils fondent des familles. Ils doivent se féliciter de s'être débarrassés du maillon faible.

Je le sondais du regard.

— Même Damon a l'air heureux, à en juger par les nouvelles que j'ai eues de lui. Il s'en sort très bien sans toi.

Le voyant crisper la mâchoire, j'eus un petit sourire.

Oui, ça n'a pas l'air de lui plaire.

— Damon…, murmura Aydin en considérant Will. Torrance ?

Will demeura silencieux.

— Et Michael Crist et Kai Mori, c'est bien ça ? poursuivit Aydin. J'aurais été jaloux de savoir qu'il y a des gens qui se préoccupent assez de toi pour t'envoyer de l'aide s'il ne s'agissait pas d'une nana, et si ça n'arrivait pas un an trop tard.

Des rires fusèrent.

Personne ne m'avait envoyée là. J'avais été kidnappée.

— Ils ont pris leur temps, ajouta Taylor. En attendant, on s'est occupés de lui.

— Maintenant il nous appartient, m'affirma Aydin. Le petit-fils du sénateur a amélioré ses fréquentations, ma chère. On n'est pas des gosses qui jouent à faire la guerre.

— Non, vous êtes des prisonniers qui jouent à avoir du pouvoir.

Il hocha la tête, imperturbable.

— On en reparlera plus tard. Mange.

L'odeur de la nourriture embaumait l'air, et je remarquai que Micah lorgnait mon assiette avec convoitise.

Aydin s'attaqua à son steak et en prit une bouchée. Et les autres, qu'allaient-ils manger ? Je regardais Will, qui me dévisageait toujours.

— Je ne resterai pas un mois ici, déclarai-je.

Aydin continua de mastiquer et but une gorgée d'eau.

— Tout se passe très vite dehors, en pleine nature, lâcha-t-il en se coupant un autre morceau. Chasser, pêcher, marcher, on est tellement isolés que… la moindre blessure peut entraîner la mort.

Il leva les yeux vers moi.

— La moindre blessure peut provoquer d'atroces souffrances.

Il mâcha, avala, puis repoussa son assiette.

— Micah a eu une crise de panique à son arrivée, expliqua-t-il en regardant l'intéressé. Tu te souviens ? On a dû l'enfermer ici toute une journée. Il était tellement hystérique que ça nous rendait dingues.

Je décochai un regard à Micah, qui scrutait le sol. Ils l'avaient enfermé ici ? À cause d'une crise de panique ? Il aurait pu mourir !

Je suppliai Will du regard, mais il s'était détourné. Il contemplait le sol, tout comme Micah.

— Je n'aimerais pas que ce genre de choses t'arrive au mauvais moment, déclara Aydin en s'approchant de moi. Quand l'équipe de nettoyage reviendra, tu pourrais être coincée ici, dans les tunnels. Personne ne soupçonnerait ton existence jusqu'à ce que les femmes de ménage reviennent le mois d'après.

Mon cœur se serra. J'ignorais pour quelles raisons les autres avaient été gardés ici, mais je commençais à comprendre en quoi Aydin constituait une menace.

Il s'avança vers moi. Derrière lui, les rires s'étaient éteints.

— Tu resteras avec nous, chuchota-t-il. On s'occupera de toi en attendant leur venue.

Je levai le visage vers lui. Le marron sombre de ses yeux d'ambre s'était fait plus perçant.

— J'aimerais voir Will en tête à tête, exigeai-je, tâchant de m'exprimer d'une voix calme.

Aydin jeta un coup d'œil à Will.

— Il y a des choses que personne d'autre que toi ne doit entendre ?

Will le considéra, avant de reposer son regard sur moi.

— Non, répondit-il après une hésitation.

Aydin se retourna avec un sourire satisfait. Là, je compris.

Je sus que…

Je ne pouvais pas rester ici. Il y avait une ville dans les parages. Quitte à devoir marcher trois jours durant, au point de risquer la déshydratation, je la trouverais.

Lentement, je contournai Aydin et poursuivis mon chemin à reculons, m'approchant de la porte tout en les gardant tous à l'œil.

— Ça vous dit de vous amuser un peu ? proposai-je à Taylor. Alors, laissez-moi cinq minutes d'avance.

Avec un grand sourire, il regarda Aydin avant de reporter son attention sur moi.

— Deux, rectifia-t-il.

Il quitta les cageots d'un bond. Will, Rory et Micah pivotèrent vers moi tandis qu'Aydin restait à l'arrière, à attendre.

Et puis…

Je me ruai sur la porte, que j'ouvris à la volée avant de gravir quatre à quatre les vieilles marches en pierre et de franchir la porte tout en haut.

Ils hurlèrent derrière moi, allumant un feu sous mes pieds. Je tournoyai sur moi-même, ne sachant où se trouvait la porte d'entrée principale. Voyant la cuisine, je m'y précipitai.

Je contournai hâtivement l'îlot central, fonçai vers la porte arrière, l'ouvris et bondis sur l'herbe, où je tombai aussitôt à genoux et me mis à rouler dans les ténèbres le long d'une petite pente mouillée.

L'air glacial transperça mes vêtements.

Il avait raison. Il faisait froid.

Je me relevai tant bien que mal et pris les jambes à mon cou. Courant à perdre haleine, je filais me mettre à l'abri des arbres sans me retourner une seule fois.

À bout de souffle, je regardai sur la gauche et aperçus une immense cascade qui se précipitait par-dessus une falaise. Je ralentis. Les yeux écarquillés, je la contemplai, prenant conscience de sa hauteur vertigineuse, elle-même surplombée par les balcons de la maison.

Seigneur. Je continuai de courir, ne croyant pas à ce que je voyais. Où me trouvais-je ?

La cascade se jetait dans un ravin qui était hors de ma vue. Je secouai la tête, et courus jusqu'à avoir les muscles en feu. Je me précipitai dans les bois sombres et filai à travers les broussailles, regrettant de porter un chemisier blanc.

Je me pressai autour des arbres, préférant rester aux abords de la forêt. Il y avait de fortes chances pour que la cascade se déverse dans une rivière, et là où il y avait de l'eau, il y avait des villes.

Je trébuchai sur des rochers, sentant des branches me fouetter les bras, sans me donner la peine de regarder devant moi, mon canif toujours à la main.

Il faisait un froid de canard. Où étions-nous ? On n'était que mi-octobre, une cascade ruisselait dans leur jardin, et je voyais des arbres qui ne poussaient pas autour de chez moi.

Au Canada ? J'étais entourée de sapins, d'épicéas, de pins blancs…

Des espèces qui se cantonnaient généralement à la partie nord-est de l'Amérique du Nord.

J'avais fait partie d'une équipe de design tout droit sortie de la fac qui avait planché sur la rénovation d'une vieille maison à St John. Le propriétaire tenait à réintroduire la flore d'origine sur sa propriété.

Bon sang, comment m'étais-je retrouvée ici ?

Des braillements s'élevèrent derrière moi, et je lâchai un petit gémissement. Ils arrivaient.

J'accélérai encore l'allure. Malgré le froid, j'étais en nage. J'entendais leurs hurlements s'approcher, je sentais presque leurs mains sur moi pendant que je courais. Je me jetai au sol et détalai derrière un buisson pour me cacher.

Je suffoquais, mon cœur battait à cent à l'heure. Je ne parviendrais pas à les distancer.

Je me cacherais jusqu'à ce qu'ils renoncent, et puis je me sauverais.

Ils me passèrent devant dans un bruissement de feuilles. Les broussailles m'empêchaient de les voir, mais je les entendais.

Ils continuèrent de courir, leurs pas s'estompèrent.

— Em-ory ! criaient-ils, mais leurs voix étaient déjà loin.

Je souris.

— Emmmoryyyyy ! chantonnaient-ils.

Leurs voix s'éloignaient de plus en plus.

Lentement, je glissai mon couteau dans ma poche et, les pieds ancrés au sol, me dressai suffisamment pour risquer un regard par-dessus le buisson.

Personne. *Parfait.*

Je me cacherais dans le coin – ou ailleurs s'il le fallait –, et je prendrais la fuite une fois qu'ils seraient partis. Le terrain était immense. Impossible de tout fouiller.

Je me tirerais d'ici, qu'il pleuve ou qu'il vente.

Je m'accroupis de nouveau pour conserver ma cachette, mais j'aperçus alors Micah qui fonçait droit sur moi.

— Bouh ! cria-t-il.

Je poussai un hurlement et, perdant l'équilibre, chutai à la renverse en battant des bras. Je roulai le long de la petite pente et raclai la terre pour me retenir, mais je continuais de glisser.

Merde !

Je criai en sentant mes jambes tomber dans le vide alors que je me précipitais sur le côté d'une falaise. Quelqu'un m'attrapa le poignet juste à temps.

Je regardai vers le bas et vis la rivière qui coulait tout au fond. Je levai mon autre main afin de me cramponner à la personne qui me retenait.

— Rory ! cria Micah en glissant sur les fesses tout en me retenant. Taylor !

Je gémis, nous sentant glisser tous les deux. Il tombait avec moi.

Un autre corps s'affala à côté de lui, et Rory m'attrapa l'autre bras.

Je restais là, à me balancer, pendant qu'ils essayaient de me retenir. Je savais qu'ils pouvaient me lâcher à tout instant, et je n'étais plus si sûre de vouloir risquer de mourir de faim ou de froid en pleine forêt. *Ne me lâchez pas.*

Taylor, Will et Aydin glissèrent sur la pente derrière eux et vinrent se dresser au-dessus de nous trois. Aydin semblait aussi calme qu'il avait paru à l'intérieur de la maison, comme si partir à ma recherche ne lui avait demandé aucun effort.

Il inclina la tête sur le côté en me regardant me balancer.

— Emmenez-la dans ma chambre, ordonna-t-il.

4

Emory

Neuf ans plus tôt

— Qu'est-ce que tu as fait hier pendant le cours de litté ?

Eva Burkhardt enfilait son pantalon d'uniforme tout en me dévisageant pendant que je retirais ma cravate et que je commençais à déboutonner ma chemise.

Sans ôter le T-shirt blanc à manches longues que je portais en dessous, j'attrapai ma veste d'orchestre suspendue au cintre à l'extérieur de mon casier.

Les vestiaires des filles étaient bondés. Les pom-pom girls, la fanfare et l'équipe de hockey sur gazon se disputaient l'espace, soit pour se préparer à sortir sur le terrain soit pour se rhabiller et rentrer chez elles.

— J'ai fini de lire *Lolita*, marmonnai-je.

— Tu sais de quoi je veux parler.

Je lui décochai un regard.

Je n'étais pas allée en cours de litté ce matin-là. Mon frère ne manquerait sûrement pas de me passer un savon lorsqu'il l'apprendrait, mais je n'avais pas pu me résigner à affronter Will et sa joyeuse bande de débiles après mon éclat de la veille.

Je m'étais donc terrée dans la bibliothèque.

— Qu'ils s'amusent tant qu'ils peuvent, déclarai-je en enfilant ma veste, dont la lourde étoffe m'effleura le dos et me brûla la peau. La vie finira bien par les remettre à leur place, comme pour nous tous.

Ce n'était pas que j'avais peur des Cavaliers et des conséquences de les avoir dénigrés la veille. Mais je savais que je ne pouvais pas me permettre une redite de cette scène pour le moment, alors plutôt que de leur donner la satisfaction de me la boucler en cours, je préférais ne pas m'y rendre du tout.

Je ramassai mes cheveux dans une queue-de-cheval basse et attrapai mes lunettes sur le banc pour les remettre. L'affiche de l'autre côté des vestiaires me parut plus lisible.

Votez pour Ari !

Reine du bal de rentrée

Le bal de rentrée. Je gémis. Tout sauf ça. Plutôt me coincer un téton dans une portière de voiture.

Ou m'inscrire à un club de sport.

Ou lire *La Cloche de détresse* en me cognant la tête contre un mur.

Eva passa un bras dans son casier et en sortit son déodorant pour l'appliquer sous ses aisselles.

— Tu viens chez Sticks ce soir, pas vrai ?

J'enlevai mes baskets, décrochai mon pantalon tout juste repassé de son cintre et l'enfilai avant de défaire la fermeture Éclair de ma jupe, que je laissai glisser au sol.

— À ton avis ?

— Il n'y a que le travail dans la vie ?

Je hochai la tête en fermant mon pantalon. Elle me connaissait bien.

Je me penchai en avant et, la désignant du menton, ouvris la porte de son casier pour montrer l'autocollant de l'équipe des Trojans qu'elle avait collé à l'intérieur.

— On n'a pas tous des parents qui ont leurs entrées au service des inscriptions de l'université de Californie du Sud.

Nous boutonnâmes nos vestes bleues et blanches, mais je sentais sur moi le poids de son regard tandis qu'elle tressait ses cheveux blonds et que j'enfilais mes chaussures noires.

— Tu as le droit de te détendre de temps en temps, souligna-t-elle d'une voix calme mais ferme. Nous autres, on n'est pas moins intelligents sous prétexte qu'on aime s'amuser, tu sais ?

— Tout dépend de ce qu'on entend par « s'amuser », j'imagine.

Je m'assis et commençai à nouer les lacets de mes chaussures, mais je la vis se figer et compris que j'avais commis une gaffe.

Je fis une petite grimace.

— Excuse-moi, ce n'est pas ce que je voulais dire.

Quelle bourde. Qu'est-ce qui me prenait d'être aussi méchante ?

On n'était pas amies, mais nos relations étaient amicales. Elle faisait des efforts, malgré tous les bâtons que je lui mettais dans les roues.

— Et il m'arrive de m'amuser, blaguai-je. Qui t'a dit le contraire ?

Elle continua de tresser ses cheveux.

— Tout dépend de ce qu'on entend par « s'amuser », rétorqua-t-elle.

J'éclatai de rire, soulagée de la voir entrer dans mon jeu. Je savais comment j'étais. Du genre à juger, je pouvais me montrer grossière et étroite d'esprit, mais je savais aussi pourquoi.

J'étais jalouse.

Les gens heureux ne blessent pas les autres. Mon comportement en cours de litté avec Will et ses potes était une chose, mais les gens comme Eva ne méritaient pas ça.

Je voulais que quelqu'un me comprenne.

— Tu as déjà vu une pub pour les Lamborghini à la télé ? demandai-je en croisant son regard.

Elle secoua la tête.

— Il n'y en a pas, affirmai-je. Les gens qui peuvent se permettre d'en acheter ne passent pas leur temps devant la télévision.

— Donc, tu veux avoir une Lamborghini un jour, c'est pour ça que tu bosses comme une tarée et que tu ne t'éclates jamais ?

— Non, répondis-je avec un petit rire en ramassant mon uniforme scolaire. Avec mon jet privé, je pourrai quitter cette ville mille fois plus vite qu'en bagnole. J'agiterai la main et tout disparaîtra derrière moi.

Les pom-pom girls accoururent dans notre allée, signe que tout le monde se dirigeait vers le gymnase. L'équipe de football était en pause pour la semaine, mais celle de basket avait un match d'exhibition contre Falcon's Well.

— Je vais tâcher de ne pas prendre cette remarque pour moi, répliqua Eva.

Je lui décochai un sourire, en espérant qu'elle disait vrai. Je voulais quitter cette ville pour plusieurs raisons, et une fois que je serais partie, il n'y avait qu'une seule chose qui pourrait me faire revenir.

— Tu n'aimes vraiment rien à Thunder Bay ? insista-t-elle.

Je baissai brièvement les yeux, avant de reporter mon regard sur elle.

— À ton avis, pourquoi je suis encore là ?

J'ouvris mon casier et lui montrai l'intérieur de la porte. Au lieu d'un autocollant de l'équipe des Trojans ou d'autre chose, j'y avais fixé un cliché de ma grand-mère et moi lors du pique-nique au parc organisé pour mes onze ans.

Je portais un débardeur bleu et, après les nombreuses heures passées au soleil cet été-là, ma peau olive paraissait plus bronzée que d'habitude. Mes joues étaient roses à force de sourire et de n'avoir aucun autre souci que celui de me demander ce que j'allais bien pouvoir faire le lendemain pour m'amuser, et quelles que soient les lunettes que je portais, elles me mangeaient toujours le visage. Je ressemblais à une binoclarde heureuse, et le seul souvenir de cette femme sur cette photo qui ne ressemblait en rien à celle qui était couchée dans son lit à l'instant même me donnait envie de pleurer.

Mais je décochai un regard à Eva et esquissai un petit sourire. Si je revenais un jour en ville, ce serait uniquement pour ma grand-mère.

D'ailleurs, la seule idée de partir à la fac en la laissant ici, si elle était encore vivante à ce moment-là, m'était quasiment insoutenable.

Je me frottai les yeux sous mes lunettes, et puis fourrai mon uniforme dans mon casier.

Mais quelque chose attira mon attention.

Qu'est-ce que c'est que ce truc ? Méfiante, je tendis le bras pour attraper la peluche posée sur l'étagère du dessus.

Je m'immobilisai, décontenancée. Comment avait-elle atterri ici ?

Je regardai autour de moi et contemplai Eva en brandissant la peluche.

— C'est de toi, ça ?

Elle secoua la tête.

— Non. Je ne sais même pas ce que c'est au juste. Un dragon de Komodo ?

J'étudiai le petit jouet gris, inspectai ses griffes, ses dents, sa queue, ses écailles, son rictus furieux…

— C'est Godzilla, murmurai-je avant de pouffer de rire.

Qui l'avait mis là ?

Soudain, je me rembrunis. J'avais vu *Godzilla* la veille. Je m'étais crue seule dans le cinéma. M'avait-on observée ?

Drôle de coïncidence, non ?

— Qu'est-ce que c'est que ça ? demanda Eva en attrapant le bout de papier et la barre de céréales attachés à sa patte. « Le soleil se couche à 18 h 38 », lut-elle.

Nous échangeâmes un regard.

Elle haussa les épaules.

— Ça vient de quelqu'un qui sait qu'aujourd'hui c'est Yom Kippour, conclut-elle.

Dans une petite ville comme celle-ci, tout le monde savait qui étaient les gosses juifs.

Et les gosses noirs. Et les gosses pauvres.

Nous étions une minorité à Thunder Bay, aussi nous détachions-nous des autres.

Ce message pouvait venir de n'importe qui. J'avais presque envie de garder la barre de céréales. Je n'avais pas vérifié l'heure à laquelle le soleil se couchait pour savoir quand je pouvais manger, et j'avais oublié d'apporter un petit en-cas pour après le match. J'avais déjà faim.

Apercevant une bande de carton noir attachée à la queue de Godzilla, je l'arrachai du ruban.

Bon pour une entrée

Emory Scott

L-348

Je lus et relus ces mots d'une main tremblante, reconnaissant le papier noir avec sa bordure argentée et le numéro de série identifiant chaque ticket vendu. Il s'agissait d'un événement annuel.

C'était…

— Non, sérieux ? s'écria Eva en m'arrachant le ticket des mains pour le contempler. Une invitation d'un élève de terminale ?

J'ouvris la bouche pour répondre, mais les mots restèrent coincés dans ma gorge. La nuit blanche des Terminales se déroulait en octobre, et c'était ce soir. Après le match de basket. D'autres lycéens pouvaient s'y rendre, mais uniquement s'ils recevaient une invitation de cette classe, et même là, les élèves de terminale n'avaient le droit d'inviter qu'une seule personne chacun.

L'un d'entre eux m'avait donc envoyé l'unique invitation à laquelle il avait droit ?

Il devait y avoir une erreur.

— Prends-la, lui dis-je.

Pas question que j'y aille. C'était un piège.

Elle garda le carton dans sa main, puis soupira avant de me le rendre.

— C'est tentant, mais tu en as plus besoin que moi.

Je le froissai dans mon poing et m'apprêtai à le jeter dans le fond de mon casier quand Eva me l'arracha des mains pour le glisser entre deux boutons de ma veste.

— En rang ! lança notre directrice de fanfare.

Je repoussai Eva.

— Arrête, bon sang, grondai-je. Je n'irai pas.

— Au cas où tu changerais d'avis, gazouilla-t-elle, avant de poursuivre à voix basse : Enfin, qu'est-ce qui t'inquiète ? Ce n'est pas comme si tu allais vraiment te retrouver enfermée avec eux.

« Eux ». Elle parlait des élèves de terminale.

Sauf que moi, je ne pensais qu'à quatre d'entre eux.

Je lui décochai un regard en coin, jetai Godzilla dans mon casier et sortis ma flûte.

— Qu'est-ce qu'il est craquant ! s'extasia Eva, avec un petit couinement comme s'il s'agissait d'un bébé trop mignon.

Je ris sous cape. Je n'étais pas sûre de qui elle parlait, mais je pouvais deviner.

Will Grayson longea le terrain au petit trot, dribla le ballon et le passa au pivot avant de foncer en avant pour le reprendre et l'envoyer directement dans le panier.

Le ballon atteignit son but, le tableau d'affichage indiqua deux points de plus et la foule acclama. Michael Crist lui tapa dans la main avant de passer en force devant le meneur de l'autre équipe et de lui voler encore le ballon pour le passer à Kai.

— Ouaiiiis ! ! ! hurla-t-on autour de moi.

J'essuyai la sueur sur mon front en regardant Will soulever son T-shirt et s'en servir pour faire de même.

Je ne pus m'empêcher d'admirer son ventre nu, son short qui tranchait avec sa peau dorée, sa tablette de chocolat plus visible que jamais.

Les joues en feu, je me détournai. Décidément, le bleu marine lui allait bien.

Je tentai de déconnecter, comme je le faisais pendant les matchs de football, mais même quand je ne regardais pas le terrain, j'en crevais d'envie. Will Grayson était le meilleur tireur qu'on avait jamais eu, meilleur que Crist, qui était pourtant déjà en pourparlers pour une bourse d'études sportives dont il n'avait pas besoin pour l'année universitaire à venir.

Pourquoi Will n'en avait-il pas demandé une ? Son talent lui ouvrirait des portes. Cela dit, il pouvait s'en passer, pas vrai ? Il avait sûrement un héritage qui l'attendait, un avenir déjà tout tracé.

Le coup de sifflet final résonna et je jetai un coup d'œil au score, histoire de confirmer ce que je savais déjà. On avait gagné. Haut la main.

Dommage qu'il ne s'agisse pas d'un vrai match, rien qu'un petit show avant le début de la saison de novembre.

Hésitante, je levai de nouveau les yeux et le repérai sur le terrain. Il bavardait avec Damon Torrance tout en essuyant la sueur sur son visage. Les petits cheveux dans sa nuque étaient sombres et trempés.

Et puis... Il tourna la tête et plongea son regard dans le mien.

Un sourire se dessina sur ses lèvres, comme s'il savait que je l'avais observé pendant tout ce temps. Je me rembrunis, sentant la chaleur gagner mon visage.

Argh. Je me détournai.

Quelle idiote.

Tout le monde quitta les gradins et la foule se dispersa. Levant les yeux vers l'horloge, je constatai qu'il était 19 heures passées. Mes tiraillements d'estomac s'étaient calmés, mais j'avais l'eau à la bouche rien que de songer à la barre de céréales. Désormais, je pouvais manger.

Je n'étais tout de même pas assez bête pour avaler un truc qui m'avait été donné par un inconnu. Avec un peu de chance, Martin me laisserait seule et je pourrais grignoter quelque chose avant qu'il parte en ville.

— Scott ! appela-t-on.

C'était Mme Baum, la directrice de fanfare, qui m'appelait. Je me faufilai à travers la foule d'élèves et m'approchai d'elle.

Elle se pencha vers moi.

— Va te changer et ranger ton instrument, me glissa-t-elle à mi-voix. Et dépêche-toi de revenir aider à nettoyer le gymnase pour la nuit blanche.

— Oui, madame.

Je lui étais reconnaissante de ne pas l'avoir crié devant tout le monde. Je n'avais pas franchement envie de rappeler à tous que je cumulais les petits boulots en plus de mes études.

En me dirigeant vers les vestiaires, je passai devant Eva qui était en pleine discussion avec deux membres de la fanfare.

— Éclate-toi bien ce soir, lui dis-je.

— Tu ferais mieux de te grouiller si tu veux sortir avant qu'ils ferment tout à clé pour la nuit, conseilla-t-elle en remuant les sourcils.

— Ils ne ferment pas vraiment à clé, ripostai-je. Ce serait un risque d'incendie.

Elle tira la langue d'un air taquin et je souris, avant de me retourner pour gagner les vestiaires.

Après avoir remis mes habits d'école, je raccrochai mon uniforme, rangeai mon instrument dans mon casier et commençai à le refermer quand j'aperçus la barre de céréales.

Avec un petit sourire en coin, je la détachai du ruban rouge noué autour du pied de Godzilla et m'assurai que l'emballage n'était pas troué, comme je le faisais avec les bonbons qu'on nous donnait à Halloween.

Ça avait l'air d'aller.

Mon estomac émit des gargouillis.

Je la fourrai dans la poche centrale de mon sweat à capuche noir. *Je la jetterai dans le gymnase.*

Je claquai la porte de mon casier et tournai les talons. Puis, je regardai par terre et repérai le ticket froissé au sol.

Je m'accroupis pour le ramasser et l'inspectai de nouveau. *Il a dû tomber de mon uniforme.*

L'espace d'un instant, je me sentis tentée. J'avais envie d'être cette fille-là. Celle qui savait qu'une nuit blanche, des mecs mignons, de la musique et des amis l'attendaient.

L'envie me traversa et puis me quitta, et je fourrai le ticket dans la poche de mon sweat. Je le jetterais en même temps que la barre de céréales. Avant que Martin le voie, en tout cas.

Je me dépêchai de regagner le gymnase.

— Bon, un ! appela Bentley Foster. Deux… trois !

Une heure plus tard, on avait vidé le gymnase des gobelets de soda et cartons de pop-corn, rangé les gradins, relevé les paniers et balayé les sols. Deux d'entre nous ramassèrent les extrémités de plusieurs tapis et, à trois, les ouvrirent afin de recouvrir le terrain de basket pour qu'il soit prêt à accueillir duvets et couvertures.

En un rien de temps, le sol disparut sous des tapis de lutte bleus, et les effluves de hamburgers et de nachos qui s'échappaient de la cuisine me mirent au supplice.

Je vérifiai l'heure sur l'horloge. *20 heures passées.*

Je me retournai et captai le regard de la directrice de fanfare.

— C'est bon ? lui demandai-je.

— Tu es à pied ?

Je fis « oui » de la tête.

— Alors, rentre chez toi. Passe un bon week-end. Fais attention à toi.

— Merci, dis-je en m'écartant pendant qu'on apportait les glacières remplies de soda et de jus de fruits. Vous aussi.

Je courus vers la porte des vestiaires pour récupérer mon uniforme et mon sac à dos quand je l'entendis crier derrière moi :

— Ouvrez les portes !

Les élèves avaient dû se masser dehors. Leurs affaires et duvets entreposés dans leurs voitures depuis le matin, ils étaient sûrement partis manger un morceau après le match avant de revenir pour la nuit blanche.

Je poussai la porte des vestiaires alors que celles de l'entrée principale s'ouvraient pour laisser entrer la foule.

— Scott ! appela Baum.

Je m'immobilisai et me retournai.

Encore plantée là où je l'avais laissée, elle marmonna dans un walkie-talkie avant de reporter son attention sur moi.

— Mme Dorn est en haut dans sa salle de classe, m'informa-t-elle. Elle veut te voir avant que tu partes.

J'hésitai un instant, puis poussai un soupir.

— D'accord, renvoyai-je.

Je pivotai de nouveau sur les talons et poussai la porte brutalement.

Il fallait que je m'en aille. La nuit était tombée, je crevais la dalle et ils ne verrouillaient pas vraiment les portes pour une nuit blanche, pas vrai ? Enfin, j'étais à peu près sûre que c'était illégal, mais à présent je ne savais plus trop.

Je quittai les vestiaires sans passer par mon casier et empruntai le couloir afin de me faufiler entre les élèves qui cherchaient à entrer dans le gymnase. Je tournai à gauche et gravis les marches sombres, laissant s'estomper derrière moi le brouhaha de leurs pas et de leurs bavardages.

Mme Dorn, l'entraîneuse de natation, enseignait aussi la biologie au deuxième étage. Mais mes derniers cours de bio remontaient à deux ans, alors que pouvait-elle bien me vouloir ?

Allait-elle me reparler de ma décision d'arrêter la natation ?

La peur me glaça le sang. Elle savait que quelque chose clochait. Je l'avais vu sur son visage.

Arrivée au dernier niveau, j'agrippai la poignée de la porte et l'ouvris afin de pénétrer à l'étage silencieux et d'inspecter les alentours.

Aucune lumière ne brillait mis à part celle des réverbères, et de minuscules gouttelettes de pluie crépitaient sur les vitres qui surplombaient la cour en contrebas.

Génial. J'arriverais trempée chez moi.

La porte se referma dans mon dos. Brusquement, la nuit blanche me parut bien loin.

— Mme Dorn ? appelai-je en m'engageant dans le couloir qui menait à sa salle de classe.

Je m'approchai de la porte et scrutai l'intérieur. Des tabourets reposaient à l'envers sur les longues tables noires et, du côté du bureau principal, l'ordinateur était éteint et la chaise poussée sous la table. La salle était plongée dans le noir.

— Mme Dorn ? insistai-je, un peu plus fort. C'est Emory Scott.

Je reculai dans le couloir et tournai sur moi-même pour regarder à la ronde.

— Il y a quelqu'un ?

Aucune réponse.

J'inspirai un grand coup et me mis à courir en jetant un coup d'œil dans chaque salle que je passais. Toutes étaient sombres, sans âme qui vive. Tout le monde était rentré, ou au rez-de-chaussée.

Je bifurquai une fois, puis deux, et me retrouvai face à la salle des profs, dont la porte était entrebâillée.

À pas de loup, je m'en approchai et poussai doucement sur le battant.

— Ohé ? lançai-je. Mme Dorn, vous êtes là ?

Les bras couverts de chair de poule, je scrutai les ténèbres en vain.

C'était quoi, ce bazar ?

En surprenant une ombre se déplacer brusquement sur le mur d'en face, j'inspirai vivement.

— Mme Dorn ? articulai-je.

La pluie tambourinait sur les vitres derrière moi. Quelqu'un se trouvait dans la pièce.

Celui ou celle qui était là m'avait entendue.

Et ne réagissait pas.

Oh ! et puis merde. J'avais essayé. Elle n'aurait qu'à me parler lundi.

Je tournai les talons et fonçai vers le bout du couloir avant de me jeter sur la porte qui donnait sur l'autre cage d'escalier.

Mais elle ne bougea pas.

J'agrippai la barre et secouai légèrement le battant qui ne s'ouvrit pas pour autant.

— Non, non, non…

Je poussai encore, et puis en essayai une autre. Je donnai des coups de pied en grondant.

— Ils ne verrouillent pas vraiment les portes, me moquai-je de moi-même.

Merde !

Je revins sur mes pas, filai devant la salle des profs afin de regagner le labo et d'essayer les portes que j'avais franchies en arrivant.

Je secouai les poignées, tirai et poussai, mais elles refusaient de s'ouvrir. *J'hallucine !* S'étaient-elles verrouillées automatiquement derrière moi, ou… ?

Je secouai la tête, refusant d'envisager l'autre possibilité.

Je glissai les mains dans la poche de mon sweat à capuche, mais n'y trouvai que la barre de céréales et le ticket d'entrée à la nuit blanche.

— Où est mon téléphone ?

J'inspirai à pleins poumons et me creusai les méninges, le nez chatouillé par mes cheveux.

Mon casier. J'avais laissé mon téléphone dans mon sac à dos à l'intérieur de mon casier.

De toute façon, je ne pouvais pas appeler chez moi. Pas encore. Martin n'était qu'un dernier recours.

Mais je pouvais contacter le secrétariat.

Ou Eva.

Je fermai les yeux.

Pas de bol.

Je ne connaissais pas son numéro. Ni le sien, ni celui de personne. *Tu aurais bien eu besoin d'un ami, pauvre nulle.*

Il devait y avoir moyen d'appeler le secrétariat depuis un des téléphones situés dans les salles de classe. *Je vous en supplie, faites qu'il y ait quelqu'un pour répondre.*

Je regagnai le labo de biologie à la course et, poussant la porte, attrapai le combiné accroché au mur avant d'inspecter le clavier en plissant les yeux.

Je n'y voyais que dalle. J'appuyai sur l'interrupteur pour allumer.

Rien ne se passa.

— Quoi ? soufflai-je, désorientée.

J'actionnai l'interrupteur deux ou trois fois, levant les yeux vers les plafonniers dans l'espoir qu'ils finiraient par s'allumer, mais rien. La pièce restait plongée dans le noir.

Je serrai les dents, repoussai mes lunettes sur mon nez et scrutai de nouveau le clavier en tâchant de discerner ce qui y était écrit.

Avant que j'aie pu composer de numéro, je perçus un reflet sur ma gauche. Je baissai les yeux au sol et remarquai une grosse empreinte de pas mouillée.

Je cessai de respirer et suivis les traces, mais celles-ci disparaissaient par la porte et dans le couloir. Je fis volte-face, lâchant le téléphone. De l'autre côté de la pièce, une fenêtre était ouverte. La pluie ruisselait sur le toit à l'extérieur en aspergeant le rebord.

J'avais pourtant inspecté cette pièce en cherchant Mme Dorn. La fenêtre n'avait pas été ouverte.

Je reculai dans le couloir, les yeux écarquillés.

— Ça n'a rien de drôle ! aboyai-je. Et je n'ai pas peur !

Tout en tournant la tête de tous côtés, je poursuivis à reculons vers le mur de fenêtres qui longeait le deuxième étage en regardant par-dessus mon épaule pour voir si je pouvais faire signe à quelqu'un dehors, dans la cour.

Mais il n'y avait personne. Rien que la nuit, la pluie et les arbres.

Bon, il y avait eu une coupure de lumière. Les portes s'étaient brusquement verrouillées. Un petit rigolo était en train de s'amuser, sûrement le même qui m'avait envoyé l'invitation pour la nuit blanche.

Ce salaud de Will Grayson.

Je carrai les épaules et regardai de part et d'autre.

— Je suis hyper flattée que tu n'aies rien de mieux à faire que ça, crachai-je. Allez, quoi. Je suis presque excitée.

Quelles conneries. J'avais des trucs à faire. Je devais rentrer chez moi.

Mais non. Le monde entier était à leur disposition pour les divertir. Le temps des autres n'avait aucune importance.

— Tu crois me faire peur ? lançai-je, ne criant plus à présent, car je savais qu'il était près. Tu es trop prévisible.

J'avais beau ne pas m'y connaître en protection ni en autodéfense, je savais que rien ne me surprenait.

Je ne gagnerais peut-être pas, mais je n'émettrais pas le moindre hurlement.

Je fonçai de nouveau dans le labo de biologie et passai la main par la porte pour attraper le téléphone que j'avais laissé pendiller, mais ne trouvai rien que de l'air. Je tâtai le mur. Le combiné et son cordon avaient disparu.

Qu'est-ce que… ? Mon cœur cessa de battre. Je l'avais tenu dans ma main à l'instant.

Je parcourus rapidement la pièce du regard, sachant que quelqu'un s'y trouvait. J'essayai de repérer la personne en question dans l'un des coins obscurs, de détecter ses yeux qui m'épiaient à travers une des bibliothèques…

Peut-être le masque rouge de Michael Crist, les larges épaules de Kai Mori, la mine suffisante de Damon Torrance ou le sweat noir de Will Grayson.

En tout cas, pas question de rester plantée là. Je me précipitai en direction de la salle des profs et filai dans les toilettes des filles, où je bondis sur le radiateur afin de soulever le loquet de la fenêtre. J'ouvris la vitre, passai les bras et sortis la tête.

Je tentai de me hisser et, les jambes battant dans le vide, tâchai de prendre appui sur le mur, mais ces efforts étaient tellement intenses que mon dos et mes abdos étaient en feu.

Avec mes bras épais comme des spaghettis, j'aurais à peine pu soulever une myrtille. *Quelle minable je fais.*

Je grognai, rassemblai toutes mes forces pour me hisser. Puis, j'entendis un bruit et m'arrêtai.

Regardant par-dessus le toit du gymnase, j'aperçus Michael Crist qui driblait un ballon sur le terrain de basket extérieur et enfilait les paniers sous la pluie.

Il était dehors.

Pas dedans.

Sont-ils tous à l'extérieur ? Si ce n'étaient pas les Cavaliers qui étaient là avec moi, à me faire flipper, alors qui…

La porte des toilettes gémit brutalement. J'ignorais si quelqu'un entrait ou sortait, mais je me dépêchai de descendre du radiateur et de me retourner afin de faire face à l'intrus.

La porte se referma d'un coup. Il n'y avait personne devant moi. Puis, un déclic perça le silence, et je tournai les yeux vers la porte d'une des cabines.

Celle qui était fermée.

Il y avait quelqu'un là-dedans. Quelqu'un qui…

Je n'arrivais plus à déglutir.

S'il ne s'agissait pas de Will ni de ses potes, ça changeait la donne.

Je filai devant la cabine, ouvris la porte et me précipitai dans le couloir en direction du labo de chimie. Là-dedans, il y avait une fenêtre comme dans le labo de biologie, et je pourrais ramper sur le toit – agiter les bras ou crier à l'aide, par exemple. J'étais plus en sécurité en plein air que coincée ici avec Dieu savait qui.

Un rire éclata quelque part et résonna dans le couloir. Je remarquai d'autres empreintes mouillées sur le sol, certaines menant vers les toilettes que je venais de quitter et d'autres progressant à mes côtés.

Jetant un coup d'œil par-dessus mon épaule, j'aperçus une ombre qui se déplaçait à travers la vitre dans l'autre couloir. La porte des toilettes s'ouvrit à la volée pour laisser sortir une autre silhouette.

Mon ventre se noua. Que se passait-il ?

Je gagnai précipitamment le labo de chimie et fermai la porte, la verrouillai, tirai le store de la vitre.

La pluie s'abattait de partout, martelait le toit et fouettait les fenêtres, mais ici elle était plus bruyante qu'ailleurs.

Je me pétrifiai.

On l'entendait tomber plus fort. *Comme dans le labo de biologie.*

Jetant un regard derrière moi, je m'aperçus qu'une des fenêtres était ouverte. La pluie rebondissait sur le toit à l'extérieur et imbibait le plan de travail le long du mur.

Je scrutai le sol et, le cœur serré, vis d'autres empreintes mouillées.

Sauf que cette fois, elles ne quittaient pas la pièce. Je suivis les traces qui contournaient les tables, m'avançai vers l'arrière de la salle et m'immobilisai en les voyant disparaître dans le coin sombre.

Le souffle coupé, je fus prise de tremblements incontrôlables.

J'attrapai des pinces posées sur un plateau et, les serrant dans mon poing, ramassai une fiole, reculai le bras et la flanquai dans le coin.

Elle se brisa contre la bibliothèque, manquant le coin d'un kilomètre, car non, je n'avais pas le compas dans l'œil. Je m'emparai alors d'un bécher pour le jeter sur l'intrus, quel qu'il soit. Cette fois, je percutai le mur.

Poursuivant ainsi, je saisis une éprouvette graduée et reculai le bras, mais alors…

Il surgit de l'ombre, bien plus imposant que ce que je m'étais imaginé.

Je reculai d'un pas, le souffle coupé.

Jean, sweat à capuche noir, masque de paintball blanc strié d'une rayure rouge sur le côté gauche.

Will.

Je me détendis presque. Jusqu'à ce que je remarque ses gants. En cuir noir. Il serra les poings, faisant grincer l'étoffe qui luisait au clair de lune.

Je dardai un regard vers la porte, mais ça ne servait à rien. Kai et Damon, supposai-je, étaient encore dehors.

Je fusillais Will du regard tandis qu'il s'avançait lentement vers moi.

— Je n'ai pas peur, décrétai-je.

Il pencha la tête sur le côté.

— Je suis en rogne, précisai-je en crispant les mains sur mes armes. Maintenant, je vais devoir rentrer chez moi sous la pluie.

Je lui jetai l'éprouvette et le heurtai presque, mais il leva le bras à la vitesse de l'éclair et l'écarta avant qu'elle le frappe au visage.

Elle s'écrasa par terre. Je reculai encore, attrapant une autre fiole sur une table tandis qu'il continuait d'approcher.

— Si tu as des soucis avec mon frère, alors va le voir, lui. Ne joue pas les poules mouillées.

Il s'avança d'un pas lourd, et je lui jetai la fiole. Elle le percuta au torse et il vacilla, mais elle finit par se briser au sol.

Il continuait de marcher, faisant craquer le verre sous ses rangers. Je le regardai poser sa main gantée sur la table de labo noire, dont il frôlait la surface à mesure qu'il avançait.

Le cœur battant à tout rompre, je scrutai son visage. Dans les ténèbres, ses yeux étaient à peine visibles par les petits trous du masque.

Soudain, je me sentis happée par leurs profondeurs.

Il avança d'un pas. Mon cœur manqua un battement et mon corps s'enflamma.

Mais je restai plantée là.

Incapable de bouger.

Encore un pas. Il n'était plus qu'à un souffle de moi.

Pourquoi restais-je clouée sur place ?

Mon pouls s'accélérait à chaque seconde, et j'avais presque envie de sourire parce que ça ne me déplaisait pas.

Il y avait quelque chose qui montait en moi, empilant brique après brique jusqu'à former un mur, et plus je restais sans bouger, plus la pièce tourbillonnait autour de nous tel un cyclone.

Lui et moi, nous étions l'œil.

Qu'est-ce qui me prenait ? Et si tout ça n'était pas une blague ?

Encore une seconde de plus. Rien qu'une seconde. J'avais envie d'aller le plus loin possible.

Mes poumons s'activaient pour emmagasiner de l'air. Tout ce que je voulais, c'était qu'il s'avance d'un pas, rien qu'un pas de plus, pour être plus près de moi. Jusqu'à ce que…

Jusqu'à ce qu'il soit là, à cinq centimètres de moi, les yeux baissés sur mon visage. Si près que, même si je pivotais pour m'enfuir, il me serait impossible de m'échapper.

Mon ventre se crispa, mes genoux s'entrechoquèrent.

Je voulus déglutir, mais je n'y parvins pas.

— C'est là que je suis censée glousser ? articulai-je, tâchant de jouer les dures. Ou supplier ?

Il pencha encore la tête sur le côté, comme s'il m'étudiait.

Je me forçai à afficher un sourire assuré, malgré mes mains tremblantes.

— Arrête, tu me fais peur, couinai-je en imitant une des petites Barbie qui le suivaient partout. Oh non ! Qu'est-ce que je vais bien pouvoir faire ? N'y va pas trop fort, papa.

Je battis des cils.

— Mais j'avoue que j'aime quand tu y vas fort. Suuuuuper fort.

Et j'ajoutai un gémissement pour faire bonne mesure.

Puis, mon sourire s'effaça et je haussai un sourcil. Était-ce ce qu'il attendait de moi ?

— Tu… ne me fais pas peur, martelai-je.

J'attrapai un lot d'éprouvettes et les jetai par une des fenêtres, où elles fracassèrent la vitre. J'espérais que le verre tomberait sur la lucarne du gymnase et alerterait quelqu'un de ma présence ici.

Le bruit de la pluie se fit plus assourdissant que jamais et l'air frais s'engouffra à l'intérieur, faisant gonfler mes cheveux. Je levai le visage et plantai le regard dans le sien en priant pour qu'il s'en tienne là.

Mais il se contenta de me dévisager.

Et puis, comme s'il acceptait un défi, il flanqua le bras sur tout un étalage de béchers, fioles et entonnoirs qu'il envoya valser par terre.

Le fracas fut assourdissant, mais je ne bougeai pas d'un cil. J'attrapai une autre étagère et la fis basculer au sol. Toutes les fioles et les récipients se brisèrent entre nous pendant que je reculais et qu'il avançait.

Parvenu à la hauteur de la table suivante, il attrapa des ustensiles de chimie sur la gauche et les fit tomber par terre. Je tendis le bras à droite afin d'en écraser d'autres tandis qu'il continuait de marcher en faisant craquer le verre sous ses pieds.

Nous accélérâmes l'allure. Il tendait le bras à gauche et moi à droite, faisant tomber entre nous des étagères métalliques dans un fracas de bris de verre qui emplissait la salle de chaos.

Encore. Gauche, droite, gauche, droite. Il allait de plus en plus vite, moi je trébuchais en arrière pour attraper l'étagère de la table suivante. L'excitation montait dans mon ventre, mes muscles se gonflaient d'adrénaline, et je me mis à sourire.

Il fonça sur moi et je vacillai, fis un faux pas et perdis l'équilibre. Je chutai en arrière mais il me suivit, m'encerclant la taille avec son bras juste à temps tandis qu'il se retenait à la table avec l'autre.

Je regardai par-dessus mon épaule. Là où j'aurais dû atterrir, le sol était jonché d'éclats de verre.

Je me retournai vers lui et plongeai mon regard dans le sien en me cramponnant à ses épaules.

Là, je m'aperçus que j'avais encore le sourire aux lèvres.

Je souriais. Un peu.

La vache.

Lentement, je me rembrunis, mais je n'arrivais pas à détacher mon regard du sien. Je fus assaillie par un sentiment de culpabilité à l'idée de tout ce que nous avions cassé, car je n'avais pas de quoi payer les dégâts, mais j'étais tellement immergée dans l'instant présent que ces inquiétudes me quittèrent aussi vite qu'elles étaient venues.

La pluie et le vent balayaient la salle. Les mains tremblantes, je lui retirai son masque et le laissai tomber au sol.

Il me tint dans ses bras pendant que je lui enlevais sa capuche et que je contemplais ses yeux vert foncé.

— Je n'ai jamais voulu te faire peur, affirma Will, le visage et les cheveux luisants de pluie. Je voulais seulement voir une chose.

Je le dévisageai, incapable de parler. Je ne savais pas ce qui clochait chez moi, je…

J'avais envie de partir, mais…

Je voulais rester.

Ça me plaît.

Malgré cela, je me tortillai pour m'arracher à son étreinte et, trébuchant en arrière, atterris sur les mains à l'écart des bris de verre. Un sourire illumina son regard, et il se mit à quatre pattes à son tour en m'observant avec malice.

Mon cœur s'affola de nouveau en entendant le verre craquer sous ses paumes, et je soutins son regard tout en glissant lentement en arrière tandis qu'il s'avançait vers moi.

Rapide comme l'éclair, il fonça droit sur moi. Je me levai d'un bond avec un petit cri et il m'imita, mais avant que j'aie pu m'enfuir, il m'avait épinglée au mur.

Je soufflai fort, tâchant d'effacer le sourire sur mon visage, mais ne pus retenir le petit rire qui m'échappa. Mon cœur battait tellement vite.

Il se plaqua contre moi et détailla mon corps du regard, nos nez s'effleurant presque.

— Laisse… Laisse-moi tranquille, bafouillai-je en m'évertuant à ne pas rire.

Une goutte de sueur me coula le long du dos. Son corps était collé au mien, et le seul fait de respirer m'était presque insoutenable.

Il attrapa mon menton pour me forcer à le regarder.

Inondée par sa chaleur, je sentis mon entrejambe s'enflammer.

Je ne voulais pas qu'il bouge de là.

Et je détestais ça.

Je clignai des paupières, ravalai la boule qui m'obstruait la gorge et le considérai avec dureté.

— Vous n'êtes qu'une bande de connards, décrétai-je en lui agrippant le poignet. Ennuyeux et prévisibles. Peut-être que ces conneries marchent sur les autres, mais pas sur moi.

J'écartai ses doigts de mon menton et le poussai sur le torse en reculant.

Ce n'était pas vraiment moi qu'il voulait, mais se servir de moi. Malgré mon envie de plonger dans un fantasme d'éclate totale, ce serait moi qui en payerais le prix plus tard. Pas lui.

Une seule chose l'intéressait : me mettre dans son lit. Histoire de pouvoir raconter à tout le monde à quel point j'étais un mauvais coup ou balancer à mon frère qu'il avait réussi à m'écarter les cuisses.

Non. Il ne gagnerait pas.

— Ouvre les portes, lui ordonnai-je.

Mais il se borna à me dévisager et, au lieu de se diriger vers le couloir et les portes verrouillées qui donnaient sur les escaliers, il s'approcha du mur de fenêtres où le vent et la pluie faisaient rage au-delà du verre brisé.

— Ouvre-les, insistai-je en m'avançant vers lui.

— Pourquoi ?

Je lui jetai un regard noir.

— Comment ça, pourquoi ?

— Je n'essayais pas de te faire peur, reprit-il en contemplant la pluie qui tambourinait sur le toit. Mais pourquoi ?

— Les vrais monstres ne portent pas de masques, William Grayson, troisième du nom, rétorquai-je. Ils ressemblent à n'importe qui.

Le regard rivé à la pluie, il ne réagit pas.

— Maintenant, ouvre les portes, m'obstinai-je en pivotant sur les talons. Tu es ridicule, et tu m'as fait perdre mon temps.

Je me dirigeai vers la porte.

— Ils ne te laisseront pas rentrer par ce temps, lâcha-t-il dans mon dos.

— Ils ne peuvent pas m'en empêcher.

— Moi, je ne te laisserai pas rentrer par ce temps, précisa-t-il. Tu dormiras ici cette nuit.

Je lui jetai un regard par-dessus mon épaule, une main sur la poignée.

— Tu ne peux pas me forcer.

Avant que j'aie pu tourner la poignée, il glissa une main dans sa poche pour en sortir son téléphone et en tapoter l'écran.

« Arrête, tu me fais peur, disais-je sur l'enregistrement. Qu'est-ce que je vais bien pouvoir faire ? N'y va pas trop fort, papa. »

Je cessai de respirer, mes muscles drainés de toute force. Je lâchai la poignée de la porte.

« Mais j'avoue que j'aime quand tu y vas fort. Super fort. »

Je fermai les yeux en m'entendant gémir au téléphone. *Merde.*

Je me retournai vers lui. À son petit sourire satisfait, je compris qu'il était ravi d'avoir réussi son coup. Ils gardaient toujours une trace de leurs frasques sur ce fichu téléphone.

J'étais à deux doigts de le laisser en plan, ce qui leur aurait permis de poster l'enregistrement en ligne pour faire marrer tout le monde. Mon frère imaginerait tout de suite le pire et péterait un câble.

Moi, franchement, ça ne me ferait ni chaud ni froid. J'avais l'habitude.

— J'ai ouvert les portes, m'annonça alors Will. Va te chercher une part de pizza.

Il ramassa son masque par terre.

— On va faire le ménage par ici.

J'hésitai, contemplant tout le verre cassé et songeant aux ennuis que je m'attirerais si mon frère apprenait que j'avais aidé à semer cette pagaille. Certes, c'était plus ou moins pour me défendre, mais je ne voulais quand même pas qu'il sache ce qui s'était passé ici car il me mettrait tout sur le dos.

Je clignai des yeux. *Très bien.*

Je sortis, fonçai dans le couloir et franchis les portes pour gagner la cage d'escalier.

J'aurais dû être à la maison. Avec ma grand-mère.

Il cherchait seulement à jouer avec moi pour prouver qu'il en était capable.

N'empêche que… Il m'arrivait rarement de passer une nuit en dehors de chez moi. Au moins je pourrais me détendre, sachant que Martin n'y serait pas. J'avais mes écouteurs et un livre.

Mais je ne céderais rien de plus à Will ce soir-là. À la nuit blanche, il y aurait des tas de témoins. Qu'il essaye un peu pour voir.

Je descendis au gymnase en flanquant des coups de pied dans les murs et allai me poser sur les gradins sans passer par la case pizza.

J'allumai mon téléphone, lançai l'application et tâchai de poursuivre ma lecture de *La Nuit éternelle* au milieu d'un tohu-bohu général.

Mais au bout de dix minutes, j'avais à peine lu un paragraphe.

Et, quand lui et ses potes redescendirent enfin, j'oubliai tout de mon roman et attendis qu'il m'approche.

Qu'il m'apostrophe. Qu'il m'importune. Qu'il me taquine.

Mais il n'en fit rien.

Il me laissa tranquille.

L'espace d'un instant, je me sentis un peu perdue. Désorientée. Je m'attendais à ce qu'il essaye de me mettre en boule, de me faire participer de force à leur chasse au trésor ou je ne sais quoi.

Mais il me laissa seule dans mon coin. Les minutes s'égrenèrent jusqu'à constituer une heure, puis deux.

C'était bien ce que je pensais. *Pour prouver qu'il en était capable…*

La directrice de la fanfare appela mon frère et lui demanda si je pouvais rester travailler un peu plus dans la cuisine ce soir-là. Je resterais dormir, puisqu'il serait trop tard pour rentrer.

Martin accepta sûrement volontiers car c'était pour « travailler », mais je ne crus pas une seule seconde que ce mensonge venait de la directrice.

Car je ne mis pas un pied dans la cuisine de toute la soirée.

Je restai assise là, à tenter de lire sur mon téléphone. Will regardait de temps à autre dans ma direction pour s'assurer que je n'avais pas bougé pendant qu'il discutait avec ses amis ou qu'il dansait un slow avec une nana quelconque.

Il adorait me donner des émotions fortes. Voilà de quoi il était question.

De contrôle.

Avant que j'aie eu le temps de m'en rendre compte, les lumières s'estompèrent et Will me poussa vers son duvet posé pile entre Michael, Kai et Damon.

Je lâchai un gémissement. Avais-je vraiment envie de me retrouver là ?

— Prends-le, ordonna-t-il. J'ai assez chaud comme ça.

Comme si je me préoccupais de ton bien-être. Sérieux.

Il s'allongea sur le tapis à côté de son duvet noir bordé de carreaux rouges et noirs, et moi je restai plantée là, la mine renfrognée.

Sans enlever mes chaussures, je me glissai dans le duvet, Crist à ma droite, Torrance à mes pieds et Kai au-dessus de moi. Michael retira son T-shirt, exhibant son long torse musclé à côté de moi comme s'il ne savait pas qu'on se trouvait encore en public.

Je me détournai vivement, les joues en feu.

Je me rapprochai de Kai, le plus sûr des quatre, puis sentis qu'on me tirait par les pieds pour me faire redescendre. Je fusillai Will du regard, mais il se contenta d'un petit sourire. Les lumières s'éteignirent dans le gymnase, tout le monde s'installa au milieu des gloussements et les chaperons entamèrent leurs rondes pour s'assurer que personne ne se tripotait.

Oui bien sûr, enfermons cent ados surexcités dans un même endroit pour une nuit. Quelle idée débile.

Mon ventre gargouilla, et je décochai un regard à Will. Les yeux clos, le bras calé sous la tête en guise d'oreiller, il avait un sourire en coin.

Il m'avait entendue. Un peu plus tôt, quelqu'un m'avait apporté de la pizza alors que j'étais assise sur les gradins – peut-être sur l'initiative de Will –, mais je lui avais dit d'aller se faire voir.

À présent, je le regrettais. Ça faisait plus de vingt-quatre heures que je n'avais rien mangé.

Les minutes s'écoulèrent, les bavardages commencèrent à s'estomper, et Bryce se mit à ronfler depuis l'autre côté du gymnase. Arion Ashby mit son masque de nuit et certains élèves attrapèrent leurs casques hors de prix pour étouffer le bruit.

J'avais trop faim pour dormir, et la barre de céréales dans ma poche m'appelait.

Je tournai la tête pour jeter un coup d'œil à Will. Ses cheveux étaient secs à présent et, même si je ne l'avais jamais vu aussi décoiffé, il était quand même super canon. Il avait des sourcils marron qui lui donnaient un air sévère, un nez pointu, des lèvres bien dessinées et les plus beaux yeux que j'avais jamais vus sous ces longs cils et ces paupières somnolentes.

Pourquoi les mecs les plus craquants n'étaient-ils jamais gentils ?

Je clignai des yeux. Cela dit, il m'avait offert son duvet.

Et sûrement aussi la barre de céréales et le Godzilla, même s'il avait dû forcer la serrure de mon casier pour les y déposer.

— Qu'est-ce que tu essayais de faire au juste ? soufflai-je.

— Quand ça ?

Je contemplai ses paupières encore closes.

— Tu disais que tu ne cherchais pas à me faire peur là-haut, rappelai-je. Alors, qu'est-ce que tu essayais de faire ?

Son torse, qui se soulevait et s'affaissait au rythme de sa respiration régulière, hésita une seconde.

— Je voulais voir si ça te plaisait, chuchota-t-il.

Si quoi me plaisait ? Lui ?

La traque ? Le danger ? Le risque ?

Alors là, pas du tout.

— Et donc ? ne puis-je m'empêcher d'insister. Quelle est ta conclusion ?

Les coins de sa bouche se recourbèrent en un sourire, mais il n'ouvrit pas les yeux.

— Dors, se contenta-t-il de dire.

Je me remis à fixer le plafond. La pluie crépitait encore sur la lucarne.

Il fallait qu'il me laisse tranquille. Qu'il laisse tomber. S'il continuait de me pousser à bout, je finirais par faire une connerie, parce que je la sentais venir.

J'agrippai le duvet.

Il y avait des moments où j'avais envie de me lâcher complètement. Enfin, oui, bien sûr que je voulais avoir un petit copain. M'éclater un peu.

Mais je ne pouvais pas faire entrer quelqu'un dans ma vie. C'était un vrai cauchemar, et je devais tenir le coup pour ma grand-mère.

Intéresse-toi à une autre, Will Grayson. Je ne veux pas de ton attention.

Incapable de me retenir, je tournai de nouveau la tête pour contempler son air paisible pendant qu'il dormait, songeant à ce qui aurait pu se passer à l'étage dans le labo de chimie si je ne l'avais pas repoussé.

Je l'aurais regretté, mais ça m'aurait plu, je pense.

J'admirai ses cils, la façon dont ils s'étiraient en dessous de ses yeux, son cou qui avait l'air si doux et lisse.

Les larmes que je refusais de laisser couler me brûlaient les yeux.

Au fond, je comprenais les gens qui permettaient aux autres de se servir d'eux, même pour une nuit. Ça leur évitait de se sentir seuls au moins une fois.

Je me tournai sur le flanc pour le regarder dormir, mais quelque chose attira mon attention. Damon, couché sur le ventre, m'observait. La tête calée dans la main, le regard perçant, il leva les doigts et passa le pouce sur sa gorge tout en me dévisageant.

J'agrippai le duvet de plus belle en remarquant la lueur menaçante dans ses yeux.

Je me retournai sur le dos et me remis à fixer le plafond. Le message était passé. *Tu n'as rien d'exceptionnel, alors ne va pas t'imaginer des choses, gamine.*

Je glissai la main dans ma poche et attrapai la barre de céréales.

Mais je n'avais plus faim.

5

Will

Présent

Je la dévisageais à travers la glace sans tain. Debout de l'autre côté, elle regardait à gauche, à droite, en haut et en bas afin d'inspecter la chambre d'Aydin.

Quand elle repéra la salle de bains, elle s'y précipita et ouvrit le robinet afin de remplir un verre d'eau. Elle le vida d'un trait et le remplit de nouveau avant de boire encore.

Je clignai enfin des yeux et, les poings serrés, la contemplai dans son pantacourt noir moulant et son mignon petit chemisier blanc au col boutonné jusqu'en haut. Elle aurait pu ressembler à l'architecte adulte qu'elle était si elle n'avait pas porté des Adidas au lieu d'une paire d'escarpins.

J'esquissai un sourire amusé en me remémorant les paroles qu'elle avait prononcées un jour en cours : « Peu importe que j'arrive bien fringuée ou pas si je n'arrive pas du tout. »

Elle n'avait pas changé. Que foutait-elle là ?

Sachant qu'elle ne pouvait pas me voir, je la sondais du regard, détaillais sa crinière sombre en bataille à cause de sa chute. Ses joues, roses par contraste avec son teint doré, étaient toujours aussi belles, et j'étais prêt à parier que sa nuque fine aurait encore tenu dans le creux de ma main.

J'avais l'eau à la bouche, la queue au garde-à-vous.

De retour dans la chambre, elle posa sur la commode le verre qu'elle venait de remplir et fit le tour de la pièce. Ses vêtements étaient tachés de boue, une feuille était collée dans ses cheveux.

Micah et Rory l'avaient lâchée là une heure plus tôt pendant qu'Aydin et Taylor allaient faire un tour.

Mais Aydin n'allait pas tarder. Je portai mon regard sur son lit, le plus grand de la maison, avec ses draps blancs impeccables et son édredon de plumes.

Elle s'en approcha, porta l'oreiller à son nez et huma son odeur.

Je me crispai, la boule au ventre.

Elle s'écarta, et puis s'empara de nouveau de l'oreiller. Je serrai les dents.

Elle le lâcha sur le lit et poursuivit son tour de la chambre, ouvrant tiroirs et placards, feuilletant les dessins et notes médicales sur le bureau, se penchant pour inspecter les bocaux d'animaux morts qui flottaient dans de l'urée.

Puis, elle ramassa un des os qui jonchaient la table et le retourna dans sa main.

Elle siffla en comprenant de quoi il s'agissait et le rejeta sur la table.

Je souris.

Elle sortit le canif qu'Aydin lui avait laissé et le serra dans son poing avant de vider un nouveau verre d'eau et de s'approcher de la porte pour tirer sur la poignée.

Celle-ci ne bougea pas.

Que pensait-elle faire ?

Et moi, que pensais-je faire ? J'avais prévu de m'occuper d'elle, mais pas tout de suite.

Cet incident changeait la donne.

Elle fit les cent pas, le souffle court, et puis elle s'arrêta.

Et regarda vers moi.

Je penchai la tête sur le côté pendant qu'elle s'avançait lentement vers le miroir mural et qu'elle s'immobilisait juste devant.

La glace carrée faisait environ un mètre de chaque côté. On aurait dit qu'elle voyait à travers, même si son regard ne trouva jamais vraiment le mien.

Elle ne pouvait pas me voir, mais elle savait manifestement que ce n'était pas qu'un simple miroir. On ne la lui faisait pas, à elle.

Elle en scruta les rebords, tenta de le décrocher du mur ou de l'en écarter pour voir derrière. Je m'avançai jusqu'à ne plus pouvoir m'approcher davantage.

Le dos droit, elle tendit l'index, frôla la surface avec son ongle et se pencha pour voir si le reflet touchait le bout de son doigt, technique permettant de savoir s'il s'agissait d'une glace sans tain.

Un sourire flotta sur mes lèvres.

Sa poitrine s'affaissa et elle se figea.

Ouh là.

Elle resta un instant sans bouger, et puis… Elle se leva et regarda à travers le miroir, cherchant la personne qui l'épiait.

Les mains posées sur la surface vitrée, à moins d'un mètre de son visage, je contemplai ses yeux magnifiques et ravalai le goût amer dans ma bouche.

Neuf ans. Neuf ans, et j'avais toujours autant envie de la baiser.

Sauf que maintenant, je ne la prendrais plus avec douceur et tendresse. La situation avait bien changé.

— Tu dois prendre ce qui te revient, affirma-t-elle en regardant dans le miroir.

Je tendis l'oreille.

— Parce que tu es trop faible pour savoir comment obtenir ce que tu veux. C'est pour ça que tu es là.

Elle recula et puis projeta son pied pour percuter la glace avec hargne.

— Allez, Will, supplia-t-elle. Arrête de me faire poireauter et viens.

Elle frappa la vitre, encore et encore, en montrant les dents. Je faillis me fendre d'un nouveau sourire en me remémorant la soirée dans le labo. Son côté provocateur, son désir de braver le danger.

C'était une dure à cuire. Si effrontée. J'aimais les gens obstinés. J'aimais les femmes qui prenaient les rênes.

Après une longue inspiration, elle reprit la parole.

— Ce n'est pas ma faute, cracha-t-elle. Ce n'est pas ma faute si tu as fait reposer tout ton bonheur sur l'illusion que je t'aime, qu'il nous suffirait d'être ensemble pour que tout baigne.

Mon sourire disparut.

— J'ai fait ce que je devais faire, et je le referais s'il le fallait, gronda-t-elle d'une voix éraillée. Je le referais.

Comme à bout de souffle, elle ferma les yeux, plaqua le front contre le miroir et cogna la surface avec le poing.

— Je le referais, suffoqua-t-elle d'une voix alourdie par les larmes.

J'avançai la paume vers la sienne en la contemplant, à quelques centimètres de moi, et lui frottai la joue avec le pouce.

— Ne t'en fais pas, ma belle, murmurai-je. J'ai l'intention de le mériter cette fois.

Exalté, je recourbai le poing. J'avais presque l'impression de la toucher.

On frappa à la porte et Aydin entra avec une assiette à la main.

Mon cœur tambourina dans ma poitrine. Il s'arrêta pour l'observer, une lueur espiègle dans le regard.

— Tu as faim ? demanda-t-il.

Elle leva brusquement la tête et pivota vers lui, comme si elle ne l'avait pas entendu frapper. Elle sortit son canif et l'empoigna fermement tout en reculant pour instaurer une distance entre elle et lui.

Il posa l'assiette et les couverts et leva les yeux vers elle tout en glissant les mains dans ses poches.

— Je t'ai dit que je ne te ferais aucun mal.

— Je ne me rappelle pas t'avoir entendu dire ça.

— Non ? s'étonna-t-il, moqueur. C'était pourtant mon intention.

Il avait dit que personne ne la toucherait. Ce n'était pas la même chose, comme je l'avais appris ici.

Il la contempla. Je croisai les bras en le regardant faire, tout en attendant un geste de sa part.

Mais il se borna à inspirer un grand coup avant de tourner les talons.

— Mange, ordonna-t-il en se dirigeant vers la porte. Et prends un bain. Tu es répugnante.

Il montra du doigt la baignoire en porcelaine blanche qui trônait dans le coin de la chambre.

— Sinon, c'est moi qui vais te le donner, ce bain, ajouta-t-il par-dessus son épaule. Et on sera cinq à te tenir.

Il ferma la porte et la verrouilla. Elle resta sans bouger un long moment, son regard alternant entre la porte et la glace. Elle prit la chaise du bureau, la cala sous la poignée comme si cela avait pu nous empêcher d'entrer, et puis s'empara de l'assiette et la porta à son visage.

Elle renifla les pâtes.

Il n'empoisonnerait pas sa nourriture. Qu'y aurait-il eu de drôle à ça ?

Il commençait tout juste à s'amuser avec elle.

Je fermai les yeux et me détournai.

J'agrippai le cadre de la fenêtre des deux côtés et scrutai la nuit vaste et silencieuse au-dessus de la maison.

Michael.

C'étaient eux qui l'avaient envoyée ici. J'en étais sûr. Mais pourquoi ? Pour me motiver ?

Et, s'ils pouvaient faire entrer quelqu'un, pourquoi ne pas être venus eux-mêmes ?

J'avais déjà des projets pour elle, mais il y avait des choses plus importantes en jeu, et ce n'était pas le moment.

Putain.

Je crispai les mains sur l'encadrement et entendis le bois craquer.

Étaient-ils au courant de ce qu'elle avait fait ? Obligé, s'ils voulaient que Rika, Banks et Winter les suivent dans cette histoire.

C'était plutôt cool, en un sens. Je m'étais bien dit qu'ils finiraient par me trouver, et je n'avais jamais douté qu'ils me chercheraient, quitte à ce que ça leur prenne des plombes.

Malheureusement, tout ça était inutile. Je savais précisément ce que je faisais, et ça avait beau m'agacer, je ne pouvais pas leur en vouloir de croire que la situation m'avait échappé.

Les marches grincèrent. Quelqu'un entra dans la pièce.

— Tu peux le finir ? demanda Aydin.

Je jetai un coup d'œil par-dessus mon épaule. Il se tenait au sommet de l'escalier qui menait à ma chambre du grenier. Son T-shirt à la main, il s'avança vers moi en soutenant mon regard.

Tout comme un serpent, il se lovait avant l'attaque, et quand il frappait, on ne se rendait même pas compte de ce qui s'était passé avant que ce soit fini.

Je fis « oui » de la tête en me mettant torse nu. J'attrapai mon matériel et le rejoignis sur le banc en cuir que j'avais poussé contre le mur.

Il posa son T-shirt, s'allongea sur le banc et cala son bras sous sa tête tandis que je versais dans un petit plat le reste de l'encre noire que j'avais siphonnée.

Je m'assis et, ramassant les aiguilles que j'avais attachées à un crayon, les plongeai dans l'encre et me penchai sur son épaule droite.

— Alors, qu'est-ce que je vais faire d'elle ? lança-t-il.

J'eus un instant d'hésitation, et puis pressai l'outil à trois aiguilles sur sa peau qui se fendit. L'encre filtra aussitôt dans la plaie.

Je ne répondis pas, sachant qu'il ne valait mieux pas.

— Tu ne l'as pas aidée, fit-il remarquer d'un air songeur, sans broncher malgré la douleur. De toute évidence, elle s'attendait à ce que tu le fasses.

Je pressai encore et encore, replongeant les aiguilles dans l'encre régulièrement tout en tatouant le trait final.

Sa respiration restait régulière, comme s'il ne se passait rien d'inhabituel. Je portais moi-même quelques tatouages professionnels, mais beaucoup avaient été effectués artisanalement comme celui-ci, et je savais pertinemment que ça faisait un mal de chien.

Mais pour Aydin, comme pour Damon, c'était la souffrance ou rien.

— C'est une battante, affirma-t-il.

Il leva les yeux vers le plafond voûté de la petite tanière dans laquelle je m'étais installé après la nuit de mon arrivée. Les chambres blanches, les tapis blancs et tout le blanc qu'il y avait en bas me flanquaient la frousse. J'avais envie d'avoir mon propre espace, et je tenais à ce qu'il soit sombre.

Et puis, ici, les fenêtres s'ouvraient sur le toit. J'aimais admirer la vue d'en haut.

— C'est ce qui me plaît chez elle, reprit-il. Tant qu'elle ne se pend pas avec le peu de corde que je lui laisse. Tu l'as remarqué ?

Il me regarda.

— On dirait qu'elle n'a pas conscience de la gravité de sa situation. Elle est prise au piège, sans la moindre chance de survie si elle s'échappe, avec cinq hommes qui cherchent le genre d'amusement dont ils ont été privés pendant si longtemps.

Les dents serrées, j'appuyai vivement sur les aiguilles. Ses muscles tressaillirent, mais son regard resta fixé sur moi.

— Comment elle s'appelle déjà ? demanda-t-il doucement. Emory ?

J'avais les bras en feu, et je me rendis compte que j'étais tendu de part en part. Je me forçai à avaler la boule dans ma gorge.

— Ces yeux…, murmura-t-il. Marron, mouchetés d'or. Ils sont magnifiques. Je me demande à quoi ils ressemblent quand on la prend sauvagement.

Je fixai son épaule, avec une telle intensité que je fus surpris que sa peau n'entre pas en combustion.

— Comment je dois m'y prendre pour la faire jouir ? s'enquit-il en m'observant.

J'agrippai mon instrument de plus belle.

— Certaines femmes aiment qu'on leur caresse le clito avec le pouce quand on les pénètre, tu sais ? nargua-t-il. Et elle, elle aime ça ?

Je grinçai des dents, lui trouai la peau et entendis le petit bruit sec. Il émit un sifflement bas avant d'esquisser un sourire, ravi d'avoir touché la corde sensible.

— Nos pères ne nous ont pas envoyés ici pour apprendre à mieux nous comporter, Will. Eux aussi prendraient leur pied avec elle. Avec ou sans sa permission.

Il s'interrompit un instant.

— Ils nous ont envoyés ici pour nous punir de ne pas avoir fait preuve de plus de discrétion. Pour nous apprendre à ne pas être négligents.

Pour ma part, mon père ne m'avait pas envoyé ici. D'ailleurs, je ne comprenais pas comment un père, quel qu'il soit, pouvait abandonner son enfant dans un tel endroit. Une chose serait certaine s'ils en sortaient un jour : les liens du sang ne garantissent pas l'amour, et seul l'amour engendre la loyauté.

Je regardai Aydin, qui contemplait de nouveau le plafond. Pendant le temps que j'avais passé ici, j'avais réussi à cerner Micah, Rory et même Taylor, mais Aydin…

C'était lui qui avait passé le plus de temps ici, et à ce stade, il était sans doute allé trop loin pour revenir en arrière.

— Quand j'avais vingt ans, j'étais à un mariage dans un hôtel, se remémora-t-il, le regard absent. J'ai vu un des associés de mon père droguer sa propre femme, la coucher sur un lit et laisser mon père la baiser pour conclure une affaire.

Je me figeai, voyant une lueur de souffrance passer dans ses yeux. Puis, elle disparut.

— Au bout d'un moment, on comprend qu'on n'y échappera pas, déclara-t-il. Alors, soit on continue de combattre la laideur, soit on la réinvente.

Il reporta son attention sur moi.

— La vraie différence entre mon père et moi, c'est que je me fous de savoir si quelqu'un va voir le sang sur les murs.

L'espace d'un instant, je fus incapable de bouger.

Em...

Je baissai les yeux et finis de gratter la couleur sur le motif.

— T'inquiète, dit-il. Je ne ressemble pas à mon père. Ni à Taylor, ni à Damon Torrance. Je n'use ni de force ni de contrainte.

Il baissa la voix.

— Ça te blessera d'autant plus si c'est elle qui veut.

Puis il baissa la main pour masser son sexe à travers son pantalon, et les aiguilles dans ma main tremblèrent sous l'effet de la tentation qui m'assaillait.

J'avais rallié Micah et Rory. Taylor pouvait être contrôlé.

Personne ne toucherait à Emory si j'en finissais avec Aydin, là, maintenant.

Il resta sans bouger, à m'observer, à attendre. Il me tendait une perche, me lançait un défi, mais...

Au bout d'un moment, il se fendit d'un sourire et se redressa pour attraper un torchon propre sur la table et tapoter le sang sur son épaule.

— Nous faisons tous partie d'un projet de grande ampleur, affirma-t-il. Qu'il s'agisse de Dieu, du destin ou de je ne sais quoi. J'en suis convaincu, Will.

Il jeta le torchon et me regarda.

— Il était écrit quelque part qu'on jouerait un rôle important dans nos vies respectives.

Je levai les yeux, incapable de masquer mon air mauvais.

Il m'attrapa par la nuque, me tapota de manière rassurante, et puis montra d'un signe de tête les sacs-poubelle noirs que j'avais entreposés dans un coin pour envelopper son tatouage.

— Finissons-en, ordonna-t-il. La nuit va être longue.

6

Will

Neuf ans plus tôt

J'aurais dû la toucher.

Je tirai une latte de ma cigarette et remis le briquet de Damon dans le porte-gobelet tout en lâchant une bouffée de fumée par la fenêtre du côté conducteur.

Mais non. Elle n'aurait pas voulu que je le fasse.

Je me frottai la tempe et fermai les yeux. Elle me tuait à petit feu. Depuis des années.

Les vrais monstres ne portent pas de masque, William Grayson, troisième du nom. Un sourire me titilla le coin des lèvres. Elle était sacrément imprévisible, pas vrai ? Je n'arrêtais pas de penser à la nuit blanche de la veille.

Je tirai encore sur ma clope et recrachai la fumée en serrant le volant dans mon poing.

— Tu es à cran ? demanda Michael à côté de moi d'une voix enjouée tout en s'installant dans mon pick-up côté passager.

Je lui décochai un regard en coin et m'aperçus qu'il fixait mon poing crispé sur le volant.

— Je ne suis jamais à cran, marmonnai-je, remarquant sa tête penchée en arrière et ses paupières mi-closes. Sauf que, quand je conduis, c'est Damon et moi qui sommes à l'avant. Enfin, les rares fois où tu me laisses le volant.

— Seulement pour qu'on puisse trimballer le fût jusqu'à l'église, souligna-t-il. Si tu n'avais pas de pick-up…

— Je ne servirais à rien ? achevai-je à sa place.

Il éclata de rire.

Mais il ne protesta pas pour autant.

— Ton panier à trois points depuis l'aile n'a pas servi à rien en tout cas, riposta Kai depuis la banquette arrière.

Je lui jetai un coup d'œil dans le rétroviseur, mais il avait le nez enfoui dans une brochure.

Je secouai la tête et tournai le visage vers la vitre. J'avais mes talents. C'était du moins ce que j'avais démontré au match de la veille.

— Il était temps, bordel, grommela Michael.

Je lâchai une bouffée de fumée et suivis son regard. Damon sortait enfin de la cathédrale au petit trot et traversait la rue.

Je pris ma cigarette dans ma main gauche et redémarrai le moteur.

— Dégage, lâcha Damon à Michael en ouvrant la porte côté passager. Direct.

Mais Michael resta assis sans bouger. Visiblement, il trouvait ça drôle.

Damon haussa un sourcil.

— Tu peux te poser sur mes genoux si tu veux, insista-t-il, mais c'est moi qui m'assieds là.

Je ris doucement. Michael connaissait les règles. Quand il conduisait, ce qui était presque toujours le cas, Kai prenait la place du mort. Quand c'était moi qui conduisais, Damon et moi étions aux manettes.

Après s'être tourné les pouces un petit moment, Michael céda enfin et descendit du pick-up. Ils se défièrent longuement du regard, un vrai combat de coqs.

— J'espérais presque que tu résisterais un peu plus, railla Damon.

— Je te fais bander, c'est ça ? rétorqua Michael.

Damon sourit et grimpa dans le pick-up pendant que Michael contournait le véhicule et s'installait derrière moi.

— Tu en as mis du temps ! me plaignis-je en enclenchant la première vitesse. Qu'est-ce que tu foutais là-dedans ?

— Il y est tous les mercredis soir, souligna Kai. Ils y organisent une réunion du club des vierges de plus de dix-huit ans ou quoi ?

— Arrête, gémit Damon. Ce serait trop facile pour moi. Pas besoin qu'elles aient dix-huit ans.

— Ni que ce soient des nanas, renchérit Kai.

J'étouffai un petit rire pendant que Damon se retournait pour faire mine de le cogner.

— Salaud !

Kai se contenta de rire en levant les bras pour faire semblant de se protéger.

Je secouai la tête, m'éloignai du trottoir et m'engageai dans la circulation.

— Attends, attends, arrête-toi ! s'écria alors Damon.

Je pilai et aperçus Griffin Ashby, le maire de la ville, filer devant mes roues.

La vache. Il s'en était fallu de peu.

Il regarda vers nous, vêtu de son costume gris et de sa chemise et cravate jaunes, et dévisagea Damon tout en traversant la rue. Damon lui rendit son regard. Ashby se renfrogna et Damon lui fit un doigt d'honneur.

Le maire se détourna, monta sur le trottoir et disparut dans la White Crow Tavern.

J'appuyai sur l'accélérateur.

— Qu'est-ce qu'il y a entre vous deux ?

Damon soupira en sortant une cigarette de son paquet et la glissa entre ses lèvres.

— J'ai foutu sa fille en l'air.

— Arion ? s'étonna Michael. Je croyais que tu disais qu'elle avait l'intelligence d'une chips.

— Pas celle-là, marmonna Damon en allumant sa cigarette.

L'autre fille d'Ashby ne devait pas avoir plus de quatorze ans. Je ne l'avais jamais vue en compagnie de Damon.

Mais il contemplait désormais le paysage par la vitre. S'il y avait une chose que j'avais apprise sur lui, c'était qu'il restait vague à dessein.

Je me dirigeai vers les hauteurs et longeai la route nationale qui s'assombrissait. Le soleil s'était couché une heure plus tôt et le ciel était presque noir.

Kai tourna une page de sa brochure.

— Qu'est-ce que c'est que ce truc ? m'enquis-je.

— Un catalogue de formations, répondit-il.

Il tourna encore la page, avec un peu plus de véhémence.

— Un putain de catalogue de formations.

— Viens à Westgate avec moi, proposa Michael.

— Ou à UPenn avec moi, ajouta Damon.

Je souris.

— Ou à Fiji avec moi.

— Toi, tu m'accompagnes à UPenn, protesta Damon.

Tu rêves.

Je fis tomber la cendre de ma cigarette et tirai encore dessus. La fac avait beau ne pas commencer avant des mois, il fallait qu'on prenne des décisions maintenant. Si je n'avais pas été un Grayson, je n'aurais jamais pu entrer à Princeton. Mais voilà, les dés étaient jetés, et je partais pour le New Jersey cet été que ça me plaise ou non.

Il n'y avait nulle part où j'aurais moins voulu aller, mais je n'avais pas réussi à trouver de meilleure destination. C'était ça, mon problème. Comme l'avait dit mon père : « Tant que tu ne seras pas capable de prendre des décisions, on les prendra à ta place. »

Visiblement, traîner sur les plages des îles polynésiennes ne constituait pas une aspiration digne de ce nom.

Kai flanqua le catalogue sur le siège à côté du sien.

— Mon père tient à ce que je parte seul. Il dit que j'ai besoin de m'éloigner de vous.

— De nous, ou seulement de Will et moi ? questionna Damon avec humour.

Oui, Katsu Mori n'avait pas grande estime de nous. Damon s'attirait les embrouilles, et moi j'étais… rien. Au moins Michael, lui, faisait-il preuve d'ambition. Il avait l'âme d'un leader, ce que le père de Kai estimait être une bonne influence pour son fils.

— Dis pas ça, roucoula Kai. Il était très flatté que tu valides son goût en matière de femmes quand tu t'es gratté les couilles devant lui en voyant ma mère arriver.

— Elle était en maillot de bain, Kai ! s'écria Damon en le regardant par-dessus son épaule. Faut pas déconner, quoi !

Je me tordis de rire en me rappelant cette journée de l'été dernier chez Kai.

— Vous me prenez tous pour un con, décréta Damon. Si ce n'était pas ta mère…

— Mon père t'arracherait quand même la bite ? riposta Kai.

Damon se tut et se rassit sur son siège en remettant sa cigarette dans sa bouche.

— Tu es bien le fils de ton père.

Kai secoua la tête, mais je vis son sourire s'estomper alors qu'il regardait par la fenêtre.

— Peut-être qu'on va rester dans le coin et aller à Trinity à la place, intervint Michael. Histoire de ne pas trop s'éloigner de la mère de Kai.

Je pouffai en voyant Kai lever les yeux au ciel.

Je pris une bouffée de cigarette, en proie à une prise de conscience. Certes, il nous restait encore quelques mois, mais ça finirait par arriver. Différentes facs. Différents États.

Nouvelles personnes.

C'était ce qui me faisait le plus flipper. Les gens nous changent. D'autres prennent de l'importance, ceux d'avant en perdent. Bientôt, nous finirions par disparaître.

Elle, elle finirait par disparaître.

Je regardai par la vitre, accablé par le poids de l'inévitable.

— Bon, alors, la Nuit du Diable, reprit Michael en se raclant la gorge. Probablement les catacombes, mais n'oublions pas le cimetière. Je me dis que ça pourrait être pas mal de changer un peu la donne cette année. Il y a quelques tombes, et la Bell Tower de l'autre côté des bois. Vous avez des idées pour vos mauvais tours ?

De mon côté, je n'avais encore rien trouvé. Rien de bien, en tout cas.

— Je pensais quitter la ville, répondit Kai. Meridian City. Le quartier de Whitehall, peut-être. Ou l'opéra ? Pourquoi pas réserver un étage à l'hôtel ?

— Le but était de rester ici, avec toute la clique, souligna Damon. Sur notre territoire.

Kai garda le silence.

— Ce n'était qu'une idée en l'air, marmonna-t-il en rouvrant son catalogue de formations.

Je les observai tous les deux, savourant presque leurs accrochages coutumiers. Kai était prêt pour demain, Damon ne voulait jamais quitter aujourd'hui.

Moi, je ne savais pas où j'étais la plupart du temps, encore moins où j'avais envie d'aller.

Mais une idée me traversa l'esprit.

— Le Cove, lançai-je. Après l'heure de fermeture.

Damon hocha la tête.

— Pourquoi pas.

Je lui décochai un coup d'œil.

— Il paraît qu'ils vont bientôt fermer définitivement leurs portes.

— Encore mieux.

— C'est trop risqué, protesta Michael. Les gens qui picolent deviennent cons, et les cons qui font des montagnes russes ça me gonfle grave.

— Allez, quoi. Ça sera marrant. Il n'y aurait que nous et une poignée d'autres – sur invitation uniquement.

Mais, comme d'habitude, mes idées étaient mises au rancart.

— Je trouverai quelque chose, lui assura Kai. Un truc qui nous permettra de finir la nuit en un seul morceau, et sous les draps avec un joli petit cul.

— Ah, voilà ! approuva Damon. C'était tout ce que tu avais à dire.

Je secouai la tête, me rappelant ce qu'étaient nos vraies priorités. Je tournai au coin de la rue, en direction du cimetière, mais des lumières bleues et rouges se mirent à clignoter dans mon rétroviseur. Des phares fonçaient derrière moi.

— Merde, grondai-je. Encore ce fils de pute.

Freinant plus brutalement que nécessaire, je me déportai sur le bas-côté et pilai en entendant le gravier craquer sous mes roues.

— Will…, commença Kai.

— Je ferai gaffe, lui promis-je, sachant déjà ce qu'il allait dire.

Je sortis l'herbe de la console centrale et la passai à Damon.

— Débarrasse-toi de ça, lui ordonnai-je.

— Mec, qu'est-ce que tu fous ? aboya Kai.

Mais je fis mine de ne pas l'entendre.

— Débarrasse-t'en tout de suite, insistai-je en coupant le moteur. Et ne la jette pas par la fenêtre. Sa caméra embarquée…

— La vache, grommela-t-il en la fourrant dans la boîte à gants, qu'il referma en claquant.

— Verrouille-la, lui dis-je en lui jetant les clés.

— Tu crois qu'il est au courant ? demanda Damon en obtempérant.

Dans mon rétroviseur, j'aperçus l'agent Scott qui s'approchait de ma portière en braquant sa torche électrique.

— Je pense qu'Em est plus futée que ça, affirmai-je.

Elle ne se serait pas plainte de la nuit blanche de la veille. Balancer l'aurait blessée dans sa fierté. Je n'aurais pas su expliquer comment je le savais, mais je le savais.

— Tu crois qu'il est au courant de quoi ? s'enquit Michael. Qu'est-ce que vous avez trafiqué, les mecs ? Merde. Dès que j'ai le dos tourné, vous faites des conneries.

— On ne lui a pas fait de mal, lui assura Damon.

— On lui a juste flanqué une petite frousse, ajouta Kai.

Je ravalai mon sourire tandis que Scott tapait sur ma fenêtre.

Je baissai ma vitre et jetai mon mégot sur la route en le manquant d'un cheveu.

Il se figea, contempla la cigarette qui finissait de se consumer et reporta son attention sur moi en éclairant l'intérieur du véhicule de sa lampe électrique.

— Tu es revenu mater ma photo ? blaguai-je.

Sauf qu'il ne riait pas.

— Permis et carte grise, je vous prie.

J'hésitai un instant pour faire bonne mesure avant de farfouiller dans la console pour en sortir mon porte-cartes qui contenait ma carte grise et mon assurance, suivi de mon permis rangé dans mon portefeuille. Je les lui tendis.

— Je te jure que ça n'a pas changé depuis la semaine dernière, Scott.

Faisant mine de ne pas m'entendre, il braqua sa lampe sur mon permis comme s'il ne l'avait pas consulté une bonne dizaine de fois au cours des trois derniers mois, puis ma carte grise et mon assurance, même s'il savait pertinemment qu'elles n'expireraient pas avant mon prochain anniversaire.

— Vous savez à quelle vitesse vous rouliez ? demanda-t-il en étudiant mon attestation d'assurance.

— Pas vite.

— Vous avez bu ? insista-t-il sans se laisser démonter.

— Non.

Il marqua une pause en continuant de scruter mes documents.

— Consommé de la drogue ?

— Ça m'arrive, répliquai-je.

Damon s'étrangla de rire, et Michael se racla la gorge pour camoufler son hilarité.

Scott se redressa et recula d'un pas pour me toiser.

— Descendez. Je vais inspecter le véhicule.

Là, je fus incapable de me retenir.

— « Ma boîte à gants est fermée à clé, mon coffre aussi, et je connais mes droits, alors va te falloir un mandat pour ça », chantonnai-je.

Tout le monde s'esclaffa. Damon était secoué de rire à côté de moi et, dans le rétro, je voyais Kai voûté sur lui-même, le visage dans les mains pour se cacher.

J'avais toujours adoré ce morceau de Jay-Z. Au moins, on ne pouvait pas dire que je manquais d'humour.

L'agent Scott baissa les yeux sur moi et se mordit l'intérieur de la lèvre, comme s'il n'attendait qu'un prétexte pour me tomber dessus. Il était du genre à tirer sur n'importe qui, en décrétant que le téléphone portable dans la main de sa victime avait ressemblé à un flingue.

Les rires s'estompèrent.

— Désolé, lâchai-je. Je suis vraiment très con.

Je lui fis signe de s'approcher et baissai la voix.

— Je sais comment tu me vois, déclarai-je. Comme un type ignare, arrogant, frivole… Mais je veux me réformer. Sérieux. Devenir déterminé, travailleur, honnête, intègre… Comme Emory. Ta sœur, c'est ça ?

Il redressa les épaules.

— Tu sais, poursuivis-je, c'est dingue qu'après toutes ces années que ta famille a passées à Thunder Bay, je ne la connaisse pas aussi bien que je l'aimerais.

Je me tournai vers mes amis.

— Vous avez entendu ça, les mecs ? Une nana que je ne connais pas.

Les rires fusèrent.

Je me retournai vers lui et constatai que ma menace faisait effet. Nous commencions à nous comprendre.

— Toutes ces heures passées à circuler ensemble dans les couloirs du lycée, raillai-je. Toutes ces heures dans le bus pour aller aux matchs et en revenir. Toutes ces soirées à l'entraînement de basket, elle à ses répétitions de fanfare.

— Ça laisse largement le temps d'apprendre à connaître quelqu'un, intervint Kai. Il n'a même pas fallu cinq minutes à Turner pour mettre Evie Lind en cloque.

— J'en connais qui tiennent plus longtemps que ça, plaisantai-je par-dessus mon épaule.

— Tu m'étonnes, renvoya Michael en me tapotant l'épaule.

Un peu, oui !

Je me retournai vers Scott, qui me dévisageait avec hostilité.

Je soutins son regard.

— Je te jure, grondai-je, que le pire reste à venir si tu…, m'interrompis-je en lui arrachant mon permis et mon porte-cartes des mains avant de chuchoter : m'arrêtes encore.

J'étais habituellement du genre enjoué, mais son obstination commençait à me porter sur les nerfs. Il n'en avait pas après Michael, Damon ou Kai. Il me cherchait, moi particulièrement, parce qu'il supposait que je n'avais aucun neurone.

Ils croyaient tous que comme j'aimais bien jouer les gentils, je ne savais pas faire le méchant.

Mais croyez-moi, j'en étais capable.

J'arrachai les clés des mains de Damon et, redémarrant le pick-up, décochai un dernier regard à Scott avant de reprendre la route et de monter le son, nos cheveux balayés par le vent.

— Fais gaffe, lança Michael au bout d'une minute. On s'est bien marrés, mais les gars comme lui ont la vue courte. Je doute qu'il ait assez de jugeote pour s'en tenir là. Reste sur tes gardes.

— Qu'il aille se faire foutre ! tempêtai-je en cognant le volant.

Tout le monde se tut pendant que nous nous engagions dans l'allée et que nous franchissions les grilles ouvertes du cimetière. Malheureusement, l'intérêt que je portais à Emory Scott n'avait rien à voir avec son frère. Si seulement ça avait été aussi simple.

Mais je n'étais pas contre faire d'une pierre deux coups. À quel point perdrait-il la boule s'il ne la retrouvait pas un soir, et qu'il apprenait qu'elle était avec moi ?

Cette idée m'arracha un sourire.

Je longeai les allées sinueuses. Repérant les lueurs des voitures et des lampes électriques, je me dirigeai vers elles et me garai derrière la Camaro noire de Bryce.

Nous descendîmes du pick-up d'un bond. Michael et Kai attrapèrent une glacière à l'arrière et nous marchâmes sur la pelouse, passant devant des arbres et des buissons, pour rejoindre le reste de l'équipe qui s'était déjà assemblée autour de la tombe.

— Salut mec, lançai-je à Simon en dressant le menton à l'intention des autres.

D'autres « salut » résonnèrent. Michael et Kai posèrent la glacière, et certains basketteurs se jetèrent aussitôt dessus pour prendre une bière.

Je baissai les yeux.

— Qu'est-ce que c'est que ce truc ?

Des fanions de marquage fichés dans le sol longeaient la pelouse du cimetière et formaient un rectangle de la même longueur et largeur qu'un cercueil.

— Ils le déterrent, décréta Bryce en s'ouvrant une bière. Pour de vrai.

Je jetai un regard par-dessus mon épaule à cette saloperie de tombeau flambant neuf des McClanahan, pourvu de colonnes arrogantes et de pompeux vitraux.

— Ça ne lui plairait pas, commenta Damon.

Je contemplai de nouveau la tombe d'Edward McClanahan, la vieille pierre tombale en marbre qui avait verdi avec les années, la pluie et la neige, à tel point qu'on peinait à lire les années de son existence. Mais son âge, on le connaissait. 1936 à 1954.

Dix-huit ans. Jeune, comme nous.

Dix-huit ans à tout jamais.

Les membres de sa famille qui étaient encore vivants voulaient que sa légende s'éteigne, et la notoriété de leur patronyme avec. Aussi avaient-ils construit une tombe eux-mêmes en pensant le cacher derrière une grille et des murs en pierre.

— Ils ne le déplaceront nulle part, déclarai-je.

Michael accrocha mon regard, un sourire entendu aux lèvres. Je sortis le téléphone portable de ma poche, l'allumai et lançai l'enregistrement afin de filmer notre pèlerinage annuel sur la tombe de McClanahan. Comme tous les ans depuis l'année de troisième.

Damon me jeta une bière, et nous ouvrîmes nos cannettes.

— À McClanahan, lança Michael.

— McClanahan, reprîmes-nous tous en chœur en levant nos bières.

— Le premier Cavalier, renchérit Damon.

— Donne-nous la saison, affirma un autre.

Michael, le capitaine de notre équipe, regarda à la ronde.

— Des offrandes ? lança-t-il.

Jeremy Owens tendit un bras derrière lui et dégaina une robe en tulle rose et au corsage en soie bon marché. Ça ressemblait à un costume de ballerine.

— Ça devrait le faire, décréta-t-il en jetant sur la tombe une copie de la robe de bal portée par la petite copine de McClanahan.

Simon but une lampée de bière.

— Tout ce que je veux savoir, c'est à quoi ressemblait cette garce écrasée sur les rochers.

— On ne le saura jamais, répliqua Michael. Seulement que le moment venu, il a fait ce qu'il devait faire. Il a offert un sacrifice pour le bien de l'équipe. Pour la famille. Au bout du compte, est-ce qu'on agirait pareil que lui ? C'était un roi.

Non pas « c'était », mais « c'est » un roi, bordel. Pour nous, il faisait partie intégrante de cette ville.

— Donne-nous la saison, chantonna Kai en brandissant sa bière.

— Rappelle-nous l'essentiel, ajouta un autre.

Puis, tout le monde chanta en chœur.

— Pour l'équipe.

— Pour la famille.

Je déplaçai le téléphone autour du cercle pour filmer tout le monde.

— Donne-nous la saison, crièrent-ils.

— Donne-nous la saison.

Encore.

Et encore.

Quelques-uns versèrent leur bière sur la tombe et sur la robe, faisant vaciller les flammes des bougies dans la brise légère.

Nous ne l'avions jamais expliqué à qui que ce soit. C'était un peu comme les gens qui ne croient pas vraiment en Dieu mais qui vont quand même à l'église.

C'était une question de tradition. De rituel.

C'était bon pour l'équipe.

L'équipe de basket venait ici depuis des décennies au début de chaque saison. Le contraire ne nous serait même pas venu à l'esprit.

Une heure plus tard, un petit feu de joie crépitait au sein des ruines de St Killian's, le fût déjà à moitié vide et les catacombes remplies de rires et de cris.

Assis sur une chaise de jardin dilapidée, Damon fixait les flammes du regard tandis que deux filles bavardaient en lui jetant des œillades depuis le sanctuaire.

— J'aurais aimé qu'il puisse vieillir un peu, dis-je en jetant une brindille dans le feu. Je me demande à quoi il ressemblerait aujourd'hui.

— McClanahan ? demanda Damon.

— Oui.

Il attendit. Dans ses yeux, les flammes dansèrent.

— Il ne serait pas à part s'il n'était pas mort.

— Il était déjà à part avant ça.

Il avait été capitaine d'équipe, comme Michael. C'était un leader, un altruiste, un battant…

Personne ne savait vraiment ce qui s'était passé cette nuit-là.

— Il n'aurait rien de spécial, insista Damon. Tout le monde change. On finit tous par grandir.

— Pas moi.

Il lâcha un rire.

— Il va bien falloir que tu deviennes quelqu'un un jour.

— Alors, je serai Indiana Jones.

Le sourire aux lèvres, il continua de fixer le feu du regard. Il n'essayait jamais de m'entraîner dans la réalité comme Michael et Kai. Je ne savais absolument pas ce que je voulais ni qui je voulais être. Mon seul désir était de rester avec ma bande, et d'avoir la fille de mes rêves.

Les filles gloussèrent encore. Damon les remarqua.

— Tu viens ? soupira-t-il.

Je suivis son regard, inspectai leurs jambes, leurs crinières, songeant combien il serait facile de m'amuser un peu et de prendre mon pied, mais…

— Je ne sais pas, lui dis-je. Tu as déjà pensé à faire ce genre de trucs dans ton pieu, par exemple ?

J'en avais marre de jouer dans les catacombes. Mais Damon, lui, n'aimait pas s'amuser seul. Il avait besoin de moi.

Et ça me plaisait qu'on ait besoin de moi.

— Pourquoi est-ce que personne ne voit jamais ta chambre ? insistai-je. Pas moi. Ni Michael. Ni Kai. Surtout pas les nanas. On ne pourrait pas aller dans un endroit plus confortable ?

— C'est mon pieu que tu veux voir ? taquina Damon.

— J'aimerais m'assurer que ce n'est pas un cercueil.

Il s'esclaffa, mais n'empêche… Il ne répondit pas à ma question. Que pouvait-il bien y cacher ?

Je me tournai de nouveau vers les filles, mais mon regard les traversa comme si elles n'avaient pas été là.

Je n'avais pas envie de ça ce soir-là. Je n'avais pas envie de jouer ici.

J'aurais préféré revivre la nuit d'avant, même si cette fille et moi n'avions rien fait d'autre que nous battre.

J'eus un petit sourire. La veille, elle s'était endormie avec ses lunettes sur le nez. Je les lui avais enlevées. J'adorais la façon dont sa cravate était toujours à moitié desserrée, ses manches trop longues et jamais boutonnées. Ces derniers temps, je vouais un putain de culte à sa peau. Surtout celle de sa nuque.

Je détestais le lycée, mais je mourais d'envie qu'on soit lundi. Quand je m'étais levé ce matin-là elle était déjà partie. Après la nuit passée, j'avais envie de sentir le poids de son regard.

Y aurait-il du changement ? La dureté dans ses yeux se serait-elle adoucie ?

— Tu n'es pas assez bien pour elle, décréta Damon en brisant le silence.

Je le dévisageai. Comment avait-il su à quoi je pensais ?

— Tu ne le seras jamais, souligna-t-il. Mieux vaut que tu l'entendes maintenant.

— Un pote m'aurait aidé à obtenir ce que je veux, lui fis-je remarquer.

Il sombra dans le silence. Je l'étudiai.

— Mais tu ne tiens pas à ce que j'aie ce que je veux, repris-je. Et c'est aussi valable pour Michael et Kai.

— Moi non plus, je ne devrais pas combler tous mes vœux, argumenta-t-il. Quand on obtient ce qu'on désire, on perd ce qu'on a déjà. Et rien ne doit jamais nous séparer.

Il leva les yeux et planta son regard dans le mien.

— Rien ne sera jamais aussi parfait que cet instant. Je n'aime pas le changement.

Il se détourna pour contempler le feu.

— Michael est toujours tellement maître de lui-même, poursuivit-il en parlant de plus en plus fort. J'adorerais lui montrer de quoi il a vraiment besoin. J'adorerais voir Kai inquiet et confus, carrément disjoncter. Je voudrais faire en sorte que rien de ce que j'ai ne m'échappe jamais. On dirait qu'ils n'ont pas besoin de nous. Si seulement ils se rendaient compte.

Je savais de quoi Damon était capable pour s'approprier ceux qui l'entouraient.

— Tu veux me baiser, moi aussi ? lâchai-je à mi-voix, un petit sourire en coin.

Il se dérida, tout en continuant de m'éviter du regard.

— Parfois, avoua-t-il enfin.

Je me figeai.

— Parfois, j'imagine qu'elle nous regarde, enchaîna-t-il. Je crois qu'elle aimerait ça, mais qu'elle s'en voudrait d'aimer ça.

Damon ne voyait jamais vraiment les individus. Ce qui l'attirait, c'était le contrôle. Pousser les autres à faire des choses qu'ils ne feraient pas en temps normal. Tel un hameçon, il s'immisçait dans la tête des gens et y restait, longtemps après.

Et ses amis étaient son bien le plus précieux. Il serait prêt à mourir pour nous. Mais le plus effrayant, c'était que ce n'était sans doute pas le pire qui puisse arriver.

— Elle ne sera jamais ce que nous sommes pour toi, m'assura-t-il. Elle est trop flippée, trop fière, trop fade.

Il s'interrompit et tourna enfin le visage vers moi.

— Elle ne t'aimera jamais autant que tu le mérites, parce qu'elle ne te respecte pas. Tu es trop superficiel pour elle.

Ses paroles me vrillèrent le ventre, créant un trou dans mes entrailles. Je savais qu'il disait vrai. Qu'il aille se faire foutre.

Que verrait-elle en moi ?

Et qu'est-ce que ça pouvait bien me faire ? J'étais William Grayson, troisième du nom. Petit-fils d'un sénateur. Meilleur marqueur de notre équipe de basket. Elle viendrait solliciter mon entreprise d'ici dix ans pour me supplier de lui accorder une subvention afin de financer une théorie débile sur la viabilité des fermes dotées de leur propre microclimat ou je ne sais quelle connerie.

Je n'avais pas besoin d'elle.

Je sortis mes clés de ma poche sans me soucier de savoir où étaient passés Kai et Michael. Chacun se débrouillerait pour rentrer.

Je tournai les talons.

— Je me casse.

— Will.

Mais je ne m'arrêtai pas. Une fois dehors, je sautai dans mon pick-up et mis les gaz pour foncer sur la route nationale. Je me foutais de me faire encore arrêter par ce connard de flic.

Je me frottai le visage en me repassant toute la discussion en boucle.

Emory Scott me détestait, mais elle détestait tout le monde, ou presque. Elle me donnait du fil à retordre. Et alors ? Le contraire m'aurait déçu. Elle ne respectait pas Michael, ni Kai ni Damon. Ça n'aurait pas dû me blesser.

Pourtant c'était le cas.

Je l'avais toujours bien aimée. Je l'avais toujours cherchée du regard.

Et, au fil des années, à force de la croiser dans les couloirs et de sentir sa présence à mes côtés en cours, je m'étais aperçu qu'elle était devenue super canon, ce que personne d'autre que moi n'avait semblé remarquer.

Et bon sang, quelle grande gueule. J'adorais son mauvais caractère, parce que j'avais le sang trop chaud et qu'un peu de froideur ne me faisait pas de mal.

Ça me faisait sourire.

Mais je percevais aussi des détails que personne d'autre ne relevait. Sa manière craquante de trébucher sur une dalle du trottoir ou de rentrer carrément dans une boîte aux lettres, parce qu'elle avait le regard perdu dans les arbres au-dessus de sa tête.

L'application avec laquelle elle poussait sa grand-mère en fauteuil roulant pour se rendre au village où elles allaient déguster des glaces en souriant. Emmy lui tenait la main du début jusqu'à la fin.

L'acharnement qu'elle mettait à travailler, toute seule, sans personne pour lui tenir compagnie, lors de ses projets créatifs un peu partout en ville.

Il y avait tellement de choses que les gens ne voyaient pas. Elle n'aurait pas dû être seule en permanence.

Mais Damon avait raison. Jamais elle n'accepterait d'être avec moi. Jamais elle ne baisserait la garde.

Je bifurquai, passai sa rue et, me dirigeant vers le village, m'arrêtai au belvédère qu'elle avait commencé à construire avant le début de l'année scolaire. Elle avait convaincu la ville de lui permettre de bâtir dans le parc au beau milieu de la place.

Souvent, elle travaillait là quand elle n'était pas au lycée ou en répétition avec la fanfare. Je m'immobilisai le long du trottoir devant

Sticks et contemplai les poutres qui se dressaient vers le ciel mais qui ne soutenaient pas encore de toit.

Elle n'y était pas.

On était samedi. Elle avait sûrement passé la journée ici, mais je l'avais manquée.

Je regagnai la rue et passai devant la cathédrale. J'allais rentrer chez moi, mais à cet instant, je l'aperçus.

Elle tirait la capuche de son sweat sur sa tête et, laissant ses longs cheveux châtains se déverser sur les côtés, serrait son sac sur sa poitrine.

Je continuai de conduire tout en lui jetant des coups d'œil derrière moi.

Ses lunettes cachaient un peu ses yeux, mais de toute façon, elle était collée à son téléphone.

Damon y était entré deux heures plus tôt. Y était-elle allée, elle aussi ? Combien de temps y était-elle restée ?

Je croyais qu'elle était juive. Si ce n'était pas le cas, j'allais me sentir con de lui avoir laissé ce cadeau dans son casier pour Yom Kippour.

Je poursuivis ma route en la regardant disparaître dans mon rétroviseur. J'avais envie de faire marche arrière pour la trouver, mais je savais qu'elle refuserait de monter en voiture avec moi.

Elle refuserait tout ce que je pourrais lui proposer.

Je n'étais rien, et elle le savait. Dans dix ans elle serait époustouflante, et moi je ne serais rien du tout.

Elle n'aurait jamais besoin de moi.

Quelques minutes plus tard, je m'enfonçais dans les catacombes d'où s'élevaient des murmures. Je savais quelle salle préférait Damon.

Prenant appui sur l'encadrement de la porte, je le regardai jeter son T-shirt au sol et décoller la bouche de la fille qu'il avait couchée sur la table.

Son regard croisa le mien. L'autre minette, encore vêtue, était assise à califourchon sur un tabouret dans le coin de la pièce.

Damon sourit et se redressa.

— Ramène ton cul par ici.

7

Emory

Présent

Je relevai la tête, les paupières lourdes de sommeil et le crâne en proie à une affreuse migraine.

Éblouie par l'éclat du blanc environnant, je tournai la tête à gauche et à droite.

Ce n'était pas un rêve. J'étais bien à Blackchurch.

Jetant un coup d'œil à la porte de l'autre côté de la pièce, je constatai qu'elle était fermée et que la chaise que j'avais calée sous la poignée était toujours en place. Je relâchai mon souffle et me relevai du coin où je m'étais accroupie pour surveiller tous les angles.

Je m'étais endormie sans le vouloir. Je cherchai une horloge, mais n'en trouvai pas.

Combien de temps m'étais-je assoupie ? Je me frottai les yeux et, entrouvrant les rideaux, m'aperçus qu'il faisait encore noir dehors. La forêt s'étendait derrière la rangée d'arbres, grande masse sombre sous la lune couverte de nuages.

Serais-je encore vivante si j'étais restée dehors ?

Je relâchai le rideau et épiai le miroir sans tain sur ma droite en me demandant s'ils m'observaient encore. Toutes les chambres disposaient-elles d'une glace de ce style ?

Si oui, pourquoi ?

Au-dessus de moi, le plancher craqua. Je levai les yeux en entendant les lattes gémir sous le poids de quelqu'un.

Où nous trouvions-nous ? *Réfléchis, bon sang.* Le feuillage, les arbres, la mousse sur les rochers, l'air lourd d'humidité… Peut-être au Canada ?

On n'était sûrement pas aussi isolés qu'ils le pensaient. Au vu de l'élégance des boiseries, des portes et des lustres que j'avais remarqués dans la maison, une chose était certaine : Blackchurch n'avait pas toujours été une prison.

À l'origine, cette construction avait été une maison, et une demeure de ces dimensions n'était pas uniquement destinée à accueillir une famille. Elle avait été conçue pour recevoir. Un endroit aussi grand avait besoin d'une population locale – domestiques, artisans, agriculteurs…

J'aperçus les pâtes qu'Aydin Khadir m'avait laissées sur le banc au pied de son lit, et la faim me tenailla. La sauce s'était figée et les nouilles avaient jauni et changé de consistance. J'en avais quand même l'eau à la bouche.

J'avais refusé d'en manger en craignant qu'on n'y ait mis des somnifères, inquiétude tout à fait plausible puisqu'on m'avait sûrement droguée pour m'amener ici, mais… J'avais dormi sans incident, aussi n'attendaient-ils manifestement pas que je baisse la garde pour m'attaquer.

C'était sa chambre, avait-il dit. Étant donné l'heure tardive, il aurait dû revenir dormir. Où était-il ?

Abandonnant la nourriture, je tournai sur moi-même pour chercher le canif, que je ramassai là où je l'avais lâché en m'endormant. Je me précipitai dans la salle de bains pour me remplir un verre d'eau que je bus d'une traite avant de m'essuyer la bouche et de passer devant son tapis de course pour gagner la porte.

Je n'hésitai qu'un instant avant d'écarter la chaise et de tourner lentement la poignée.

La veine dans mon cou se mit à battre, même si je savais que je ne courais pas plus de risques à l'extérieur de la chambre qu'à l'intérieur. S'ils avaient voulu entrer, ils l'auraient fait. Je n'avais mis cette chaise là que pour qu'elle puisse me servir d'avertissement en cas d'irruption dans la pièce.

Mais je devais manger un plat qui n'avait pas été préparé par quelqu'un d'autre, et j'avais besoin de mieux inspecter mes alentours.

Je scrutai le couloir, jetai un coup d'œil à gauche et à droite, m'attendant presque à voir quelqu'un monter la garde devant ma porte. Mais la nuit qui répandait son ombre de l'autre côté des fenêtres assombrissait les sols et les murs, et l'étage désert n'était éclairé que par la belle lueur du lustre en verre.

Il n'y avait personne.

C'était curieux. Ils étaient donc si sûrs que ça que je n'essayerais pas de prendre la fuite ?

Je regardai sur la droite, examinai le mur et repérai la fente dans les boiseries. Je balayai une dernière fois les alentours du regard pour m'assurer que j'étais seule, puis pénétrai dans le couloir et enfonçai les ongles dans la fente pour tenter de décoller le panneau en bois.

Je savais qu'il s'ouvrait. Peut-être que personne ne m'avait observée par ce miroir, mais bon sang, j'étais sûre que cette pièce existait.

Comme le panneau ne cédait pas, je plantai les deux paumes dessus et me mis à pousser. J'entendis le claquement des ressorts, et la porte s'ouvrit d'un coup.

Mon cœur manqua un battement.

J'ouvris et scrutai l'intérieur de la petite pièce. Une chaise qui trônait, un sol et des murs en béton. J'entrai et m'approchai de la glace pour considérer la chambre d'Aydin, qu'on voyait sur toute sa largeur.

Je secouai la tête. Incroyable. Will avait-il été là quelques heures plus tôt ? À m'observer ?

S'était-il agi de quelqu'un d'autre ?

Toutes ces questions, mais surtout… Y avait-il d'autres pièces secrètes, et avaient-elles existé à l'époque où Blackchurch avait encore fait office de demeure ?

Ou les avait-on installées quand ce lieu était devenu une prison ?

Parce qu'en ce cas, cela signifiait qu'on était effectivement sous surveillance. Que quelqu'un venait contrôler ces types plus souvent que tous les trente jours. S'il y avait des pièces secrètes, cela impliquait qu'on pouvait entrer et sortir par des moyens dérobés.

Je quittai les lieux et fermai la porte avant de parcourir le palier des yeux. Les ombres des feuilles dansaient sur la rampe qui surplombait l'entrée, et l'eau qui tombait dehors enveloppait la maison avec l'implacabilité d'un métronome – régulier et constant.

Je pris une inspiration, humant l'odeur des vieux livres et du bois qui brûlait. Mon canif fermement en main, je me mis à descendre les marches.

J'avais envie d'aller partout. De voir chaque pièce, d'inspecter chaque placard, de me familiariser avec mes alentours. Mais je n'avais pas la moindre idée de l'heure qu'il était, ni de quelles pièces seraient occupées.

Arrivée en bas de l'escalier, je traversai l'entrée, passai devant un petit salon de réception vide, une salle à manger sur ma droite, et une salle de bal et une bibliothèque sur ma gauche.

Autour de l'entrée, la flamme des bougies tremblotait sur d'anciens candélabres en argent qui étaient aussi hauts que moi. Je m'arrêtai devant l'un d'eux pour le fixer un instant.

L'électricité fonctionnait. Alors, pourquoi cette lumière d'ambiance ?

Je ramassai une boîte d'allumettes posée sur une table et en volai quelques-unes que je glissai dans ma poche.

Je traversai la maison d'un pas léger et me faufilai vers la droite, en direction de la cuisine, quand un cri résonna dans le couloir sur ma gauche.

Je me figeai, les poils dressés sur mes bras.

— Laisse tomber, Will ! gronda-t-on.

Aux aguets, je m'avançai doucement en direction de la voix tout en me retenant de courir.

Je passai un salon et un bureau et, voyant du mouvement sur ma gauche, poursuivis ma marche.

Je me trouvais face à une salle de sport qui ressemblait beaucoup à la salle de lutte de mon ancien lycée. Un grand espace ouvert entouré de toutes sortes d'équipements : tapis de course, vélos elliptiques, haltères…

Taylor Dinescu faisait des pompes sur le tapis. Il leva le regard et croisa le mien.

Ses cheveux châtains mouillés par la sueur lui collaient au front, et son torse et son dos dénudés luisaient. Une drôle de lueur passa dans ses yeux pendant que ses pompes s'accéléraient, et il continua de me dévisager comme si j'étais son dîner.

Le cœur battant, je me détournai en entendant un grognement un peu plus loin dans le couloir.

— Bon sang !

Puis, un fracas.

Mon canif au poing, je me mis à courir. Que se passait-il ? Me fiant au bruit, je m'arrêtai devant une porte entrouverte et jetai un coup d'œil à l'intérieur.

— Laisse tomber, je te dis ! gronda Micah en tombant sur un secrétaire en bois sombre, tandis que les livres dégringolaient des étagères derrière lui.

Il repoussa Will, les joues mouillées de larmes.

Je m'approchai insensiblement.

Micah avait le nez en sang. Il portait un pantalon noir, et Will était encore en jean. Torses nus, ils n'étaient éclairés que par la lueur d'une petite lampe.

Will agrippa Micah par la nuque et l'attira à lui, front contre front. Micah tremblait.

Mon cœur se serra un peu malgré moi. Qu'avait-il ?

Will le scruta pendant que leurs respirations se synchronisaient et devenaient de plus en plus bruyantes, comme s'ils se préparaient pour quelque chose. Puis, Will s'empara du bras de Micah, attrapa le côté de son cou avec l'autre main et poussa fort. Un petit bruit sec résonna et Micah poussa un cri.

— Ah !

Je tressaillis.

— Putain de merde ! hurla-t-il alors que son épaule se remettait brusquement dans sa cavité.

Suffoquant de douleur, il bouscula le secrétaire jusqu'à ce que le meuble s'écrase au sol.

La vache. Comment cela lui était-il arrivé ?

Les cheveux noirs de Micah, trempés de sueur, lui tombaient devant les yeux, sur les oreilles, dans le cou. Il s'appuya contre le mur, hors d'haleine, le visage blême.

Je n'aurais su dire quel âge il avait, mais à cet instant, on aurait dit un gosse de douze ans.

Will lui tendit un bol rempli de nourriture et un couvert.

Mais Micah le repoussa.

— Je crois que je vais vomir.

À cet instant, il attrapa la corbeille en cuivre et se pencha pour y vider le contenu de son estomac.

Je me détournai. D'autres grondements s'échappèrent du bout du couloir, mais je ne vis rien.

Micah s'essuya la bouche et reposa la corbeille tandis que Will posait le bol sur la petite table.

— Tu mangeras quand tu seras prêt, dit-il.

— Je ne peux pas prendre ta ration.

Will ramassa un pansement élastique, sûrement pour l'enrouler autour du bras de son compagnon.

Mais celui-ci le repoussa encore.

— Pas ça, protesta-t-il. Je ne veux pas qu'il le voie.

Qui ça ? Et voir quoi ? Qu'il était blessé ?

À cet instant, Micah leva les yeux et surprit mon regard.

Je me redressai alors que Will remarquait aussi ma présence.

Il s'avança et, d'un coup de pied, me claqua la porte au nez. Je cillai, prise de court.

Connard.

J'entendis du raffut au bout du couloir, suivi d'un grognement. Je jetai un coup d'œil vers la cuisine, tentant d'évaluer mes chances malgré mes genoux flageolants.

Je ferais mieux de regagner la cuisine. Personne ne prêtait attention à moi, et en ce qui concernait Aydin, j'étais endormie. Je pourrais attraper quelques provisions et avoir descendu la rivière avant même qu'il s'en soit rendu compte.

Sauf que…

Un autre cri déchira l'air, et ma curiosité eut raison de moi.

Poursuivant mon avancée, je suivis les bruits et bifurquai dans le couloir, voyant du bleu et du blanc devant moi, ainsi que de la vapeur qui s'élevait à travers la porte ouverte.

Je me cachai derrière l'encadrement et jetai un coup d'œil à l'intérieur, décontenancée par la vue d'une piscine intérieure.

Et chauffée, à en juger par la vapeur qui flottait à sa surface.

J'eus un petit rire moqueur. *Les gosses de riches…*

Deux hommes roulaient sur le tapis posé sur le pourtour du bassin carrelé de blanc. Alors que j'entrais, j'entendis Aydin s'adresser à Rory en le plaquant au sol.

— Demande-le, railla-t-il. Il peut l'avoir. Tu n'as qu'à le demander.

Rory Geardon se redressa brusquement pour attraper Aydin par le cou et tenter de le renverser, mais son adversaire le retourna et, son torse dénudé plaqué sur le dos nu de Rory, lui murmura quelque chose à l'oreille.

Rory serra les dents et une lueur de souffrance passa dans son regard en réaction à ce qu'il entendait. J'eus une impression de déjà-vu ; j'avais déjà assisté à un combat similaire avec Will.

Le bois craqua à côté de moi. Je m'arrachai au spectacle et regardai le mur, percevant une vibration contre mon épaule.

Ça me rappela le mouvement que j'avais perçu à l'étage.

Je me redressai et m'apprêtai à me pencher pour mieux écouter, mais j'aperçus des ombres derrière moi. Je me retournai et vis Taylor, suivi de Will et Micah, se diriger vers la piscine.

Ils passèrent devant moi d'un pas lourd et me décochèrent un coup d'œil avant d'entrer. Je restai clouée sur place, à regarder Rory gronder sous l'attaque d'Aydin.

— Tout le plaisir que tu as tiré de leur souffrance, lui disait Aydin. Tu savais que ça te reviendrait un jour dans la figure, non ?

Il lui mordit l'oreille pendant que Rory se tendait de part en part.

Aydin le relâcha.

— Mais non, poursuivit le mâle alpha. Tu ne passes à l'attaque que quand tu es sûr de gagner. Avec des filles qui n'auraient jamais imaginé que tu en avais après elles. Tu savais que ça ne durerait pas éternellement, pas vrai ?

De quoi parlait-il ? C'était pour ça que Rory était là ?

Taylor sourit, manifestement aux anges. Micah se tenait au bout du tapis, les yeux rouges, l'air impuissant.

Des filles qui n'auraient jamais imaginé que tu en avais après elles.

Qu'entendait-il par là ?

— Dis-le, espèce de malade, insista Aydin en se penchant de nouveau sur son oreille. Je. Suis. Tordu.

Rory résista, voulut se détourner, mais le sang de la coupure à son front coulait sur son œil, et il garda le silence.

— Je suis, récita Aydin en l'incitant à répéter, tordu. Puis, il baissa la voix pour poursuivre : complètement taré.

Rory laissa échapper un sanglot, et il ferma les yeux comme s'il craignait que ce ne soit vrai.

Je jetai un coup d'œil à Will, qui suivait la scène.

Mais il dut sentir mon regard, car il tourna le visage vers moi, l'air dur et impassible.

Pourquoi ne l'aidait-il pas ? Taylor était le seul à sembler profiter du spectacle. Était-ce ainsi que Micah s'était blessé ? En affrontant Aydin ?

— Ils ne te laisseront jamais sortir, affirma Aydin. Maintenant c'est moi, ta famille.

Rory haleta, visiblement contrarié par ces paroles. Aydin se leva et s'approcha de la petite table au bord de la piscine.

Il saisit une bouteille de Johnny Walker Blue, se servit un verre de scotch et le but d'un trait pendant que tout le monde le regardait.

Je croyais que Taylor m'avait dit qu'ils n'avaient pas d'alcool ici.

Will s'avança.

— Tu n'as qu'à demander, affirma Aydin en reposant son verre.

Mais Will fit mine d'attraper la bouteille et Aydin l'agrippa, lui enserrant la nuque d'une main et la gorge de l'autre.

— Regarde-moi, lui ordonna-t-il, leurs nez presque collés l'un à l'autre.

Puis, Aydin porta son regard sur moi, un sourire amer aux lèvres. Mon cœur se serra.

Il contrôlait tout.

Il repoussa Will et le gifla brutalement.

— Demande, répéta-t-il.

Will trébucha, dos à moi. Au bout d'un moment, il finit par se relever.

Aydin secoua la tête, fonça sur lui et le gifla du même côté, encore, et encore, le poussant en arrière jusqu'à ce qu'il perde l'équilibre, se retourne et tombe à quatre pattes.

Les yeux gonflés de larmes, je regardai Will reprendre son souffle avant de se redresser pour affronter Aydin et se préparer à encaisser la suite.

Que fichait-il ? Will savait se battre. Là, il n'essayait même pas.

Que lui était-il arrivé ?

Aydin s'approcha et plongea son regard dans le sien.

— Il souffre, affirma-t-il. Demande-moi ou bats-moi, et tu auras toute la bouteille.

La bouteille. Je considérai le whisky.

Puis, je tournai mon attention vers Micah. Rory et Will essayaient de mettre la main sur l'alcool d'Aydin pour apaiser la souffrance de Micah.

Sans attendre de réponse, Aydin serra le poing, recula le bras, décocha un coup et frappa Will à la mâchoire, avant de s'emparer de sa tête et de l'abattre sur son genou.

J'étouffai un cri en voyant le sang jaillir du nez de Will, qui tomba de nouveau par terre. Je voulus me précipiter vers lui, mais il leva une main à mon intention pour m'arrêter sans m'accorder un regard.

Il inspira un grand coup, les yeux fermés, et essuya le sang de sa bouche tout en tâchant de se relever.

Enfin, tremblant, il se redressa.

Aydin se contenta de s'éloigner en riant pour se servir un autre verre.

— Je ne peux pas faire affaire avec quelqu'un qui refuse de jouer, décréta-t-il.

Will restait planté là, en sang. Je remuai insensiblement pour tenter de happer son regard.

Mais alors que je pensais que j'allais y parvenir, il se détourna et quitta le tapis.

Que lui était-il arrivé ? Il n'avait jamais été le chef au lycée non plus, mais il ne s'était pas laissé brutaliser pour autant.

— Bien dormi ? s'enquit Aydin.

Je clignai des yeux, comprenant qu'il s'adressait à moi.

— Taylor était convaincu qu'on allait devoir te faire quitter la chambre de force, dit-il d'un ton songeur en attrapant une serviette pour essuyer son visage en sueur.

Il la jeta sur une chaise, et son regard se posa sur le canif que je tenais à la main.

— Tu ferais mieux de te détendre, me conseilla-t-il. Tu ne vas pas partir.

— Je ne vais pas rester.

Il éclata de rire et défit sa ceinture.

— Le déni. La première phase. Je m'en souviens bien, affirma-t-il en laissant son pantalon s'affaisser au sol, désormais plus qu'en boxer. Accepter la perte de choix et de liberté revient à admettre la perte d'un ami ou d'un parent. « Ce n'est pas possible. Cette vie ne peut être la mienne. Il doit bien y avoir une issue… »

Il me dévisagea avec une mine enjouée, puis finit de se déshabiller entièrement.

Les joues en feu, je gardai les yeux rivés à son sourire satisfait.

— Tu es sale, commenta-t-il avec un soupir en buvant une autre lampée d'alcool. Je t'avais prévenue qu'on te laverait nous-mêmes si tu ne t'en occupais pas.

— Tu peux toujours rêver, champion, ripostai-je. Je n'écoute jamais rien de ce que tu me dis, de toute façon.

— Ah, quel plaisir, se réjouit-il en se retournant pour s'enfoncer dans la piscine jusqu'à la taille. J'espérais justement que tu me compliquerais la tâche.

Je jetai un coup d'œil à la porte que j'avais franchie pour entrer, regrettant de ne pas m'être rendue à la cuisine comme j'aurais dû.

— Il y a d'autres personnes dans cette maison ? m'enquis-je.

— Qu'est-ce qui te fait croire ça ? répliqua-t-il en s'aspergeant le visage et le torse.

— J'ai entendu du bruit au-dessus de ta chambre quelques minutes plus tôt.

Peut-être que si je parvenais à les distraire, à les inciter à fouiller la maison, je pourrais en profiter pour filer dans la cuisine. Je ne m'échapperais probablement pas cette nuit-là, mais au moins, je ferais des réserves de nourriture.

— Et ici aussi, dans les murs, ajoutai-je. Pourtant, vous êtes tous là.

Je n'avais croisé personne en descendant, et ils s'étaient tous trouvés en bas à mon arrivée.

— Vous n'avez jamais rien entendu ? m'étonnai-je.

D'abord la salle de surveillance, sûrement une parmi d'autres, et ensuite du mouvement dans des coins où il n'était censé y avoir personne…

Il savait pertinemment où je voulais en venir.

— Tu ne trouveras aucune aide par ici.

Il s'enfonça dans l'eau, s'immergeant complètement, avant de remonter à la surface pour nager vers l'autre côté. L'eau lissait ses cheveux sombres tandis qu'une nuée de vapeur se formait autour de son corps.

Je ne pus résister à l'envie de le contempler. La seule vue des courbes et rainures de son ventre plat, de la peau hâlée qui lui donnait l'air d'évoluer sous la caresse du soleil méditerranéen plutôt que d'errer dans une demeure froide et isolée au milieu de nulle part, et de ses hanches en V qui s'enfonçaient dans l'eau aurait procuré du plaisir à bien des femmes… et des hommes.

Visiblement, il en était pleinement conscient.

— Viens par ici, dit-il doucement.

Je croisai son regard pendant qu'il battait des jambes dans l'eau pour s'approcher du bord, tel un dieu descendu sur Terre.

Dommage pour lui, je ne vouais de culte à personne.

— Pourquoi est-ce que tu contrôles la nourriture ? demandai-je, sans bouger.

— Oui, hein, pourquoi ? renvoya-t-il avant de regarder derrière moi. Taylor ?

Je jetai un coup d'œil derrière mon épaule et vis Dinescu s'approcher.

— Parce qu'on est en mode survie, répondit-il à la place d'Aydin. Quand on ne peut pas aller au supermarché ni commander à emporter au restaurant, il faut veiller à ce que personne ne mange trop.

— Ou alors, contrôler les besoins vitaux des autres te permet aussi de les contrôler tout court, contrai-je en faisant passer mon regard de Taylor à Aydin.

Il s'agissait d'une tactique courante chez les dictateurs. Quand on était contraint de se battre pour manger, s'abriter et assurer sa propre sécurité, on n'avait plus le temps ni l'énergie de se battre pour autre chose. Mieux valait qu'on reste pauvre, affamé et stupide.

— Quoi qu'il en soit, repris-je, tu n'as pas l'air sous-alimenté.

Contrairement à Will, qui donnait sa ration à Micah.

Mais Aydin se contenta de sourire.

— Si tu m'as à la bonne, tu ne le seras pas non plus.

Plutôt avaler des lames de rasoir.

Il sortit de la piscine. Taylor lui jeta une serviette, et je le regardai se sécher le visage dans son plus simple appareil.

— Tu as envie de sortir d'ici avec de l'eau et un sac de nourriture, pas vrai ? devina-t-il. Peut-être un pull ?

Oui.

— Alors, je vais te dire…, commença-t-il. Ici, on doit mériter ce qu'on mange. Tu dois te battre pour l'obtenir. Si tu gagnes, tu peux partir. Ou essayer, précisa-t-il. Mais si tu perds, je t'emmènerai dans ta chambre avec une baignoire privée et des habits propres en attendant que l'équipe de réapprovisionnement revienne dans vingt-neuf jours.

Il enroula la serviette autour de sa taille et s'approcha de moi.

— Ou alors, si tu préfères, on peut trouver un autre arrangement, reprit-il en me déshabillant du regard. Les femmes ont leurs avantages, après tout.

Taylor rit à voix basse et je toisai Aydin, tâchant de ne pas me laisser déstabiliser malgré mes nerfs en pelote.

Me battre ? Il craignait déjà tellement d'en avoir une plus petite que les autres qu'il les poussait tous à lutter – ou à supplier – pour obtenir ce qu'ils voulaient, ou ce dont ils avaient besoin.

Pensait-il vraiment que j'avais l'ombre d'une chance ?

— Prête à renoncer ? demanda-t-il, un sourire flottant sur ses lèvres.

Mais je restai sans bouger et réfléchis aux possibilités qui s'offraient à moi. Je pouvais tenir bon, gagner sa confiance, faire des provisions quand personne ne regardait, et puis prendre la fuite une nuit où ils baisseraient la garde.

Ce serait futé.

Mais rien ne me laissait croire qu'on ne me ferait pas vivre un enfer dans cette maison si je restais. Je ne pouvais pas courir ce risque.

— Tout ce que j'ai à faire, c'est gagner ? questionnai-je.

Will chancela en avant, tendu de part en part.

— Encore un pas, le prévint Aydin par-dessus son épaule, et le choix ne lui appartiendra plus. On explorera toute une série de nouveaux arrangements pour l'aider à gagner sa liberté.

Will s'immobilisa, le souffle court. Dans ses yeux passa la première lueur d'inquiétude que j'y avais vue depuis mon arrivée ici.

— Pas vrai, Micah ? lança Aydin. Et Rory ?

Les deux garçons se tenaient sur le côté, en sang, en sueur, vaincus.

— Carrément, murmurèrent-ils, les yeux baissés.

Taylor s'avança d'un pas, jeta la serviette autour de son cou et me tourna autour dans son pantalon de jogging noir.

Je contemplai son torse large, ses bras épais, ses abdos qui se tendaient à chacun de ses pas.

Lentement, je tournai sur moi-même pour le suivre des yeux.

Je n'avais besoin que d'un coup bien placé. La mâchoire était la cible de choix. Si je le frappais là, il s'effondrerait comme un château de cartes.

— Si tu mens, avertis-je en me retournant vers Aydin, ils sauront que tu n'as aucune parole.

Il eut un hochement de tête.

— Si tu gagnes, tu sors, confirma-t-il avant de mimer le signal du départ. Taylor ?

— Non, moi, protesta Will en s'avançant à côté d'Aydin. Laisse-moi me battre avec elle.

— Mais alors, comment feras-tu pour regarder ? riposta Aydin.

Cette question n'attendait pas vraiment de réponse. Il savait que, par amour ou par haine, Will me ménagerait, et je commençais à croire qu'Aydin tenait à ce que Will souffre aussi.

Des mains s'abattirent sur ma poitrine et me projetèrent en arrière. Le souffle coupé, j'atterris sur les fesses.

Merde.

Le coccyx traversé de douleur, j'aspirai une goulée d'air, prise d'un sentiment de déjà-vu.

— Au lieu de gagner, tu devrais peut-être te préoccuper de rester debout, taquina Taylor avant d'éclater de rire.

Mais c'était Martin que j'entendais à travers lui, cette noirceur qui me vrillait le ventre comme une vis.

Je poussai sur les mains pour me relever. Je sentais la présence de Will à mes côtés, prêt à intervenir à tout instant.

Je n'avais pas besoin de lui.

Je reculai le poing et visai la mâchoire de Taylor, mais celui-ci l'intercepta et, serrant mon poignet dans une main, projeta l'autre sur mon visage.

— Ah ! haletai-je, la joue en feu.

Il m'agrippa les cheveux et m'enfonça le poing dans le ventre. Je tombai à genoux juste avant qu'il m'envoie de nouveau sa main dans la figure. Le sang m'emplit la bouche, mes yeux s'embuèrent et je peinai à voir.

Non.

Je serrai les dents pour réprimer mon cri, mais me rappelai que ma grand-mère n'était pas à l'étage et ne pouvait rien entendre.

— Assez ! entendis-je Will hurler.

Je bandai les muscles des cuisses pour cesser de trembler. Will ne m'avait jamais vue souffrir ainsi. Il ne savait pas ce que j'étais capable d'encaisser.

Et ce que Taylor Dinescu m'infligeait n'était rien à côté de ce que j'avais déjà connu.

J'ouvris les yeux. Voyant son entrejambe à hauteur de mon visage, je puisai dans toutes mes forces et écrasai ma main sur sa queue avant de rouler vivement en arrière pour me mettre hors de sa portée.

Il poussa un hurlement et tomba sur un genou. Je lançai mes lunettes au loin avant de lui sauter sur le dos pour le prendre dans une clé d'étranglement. Je serrai le plus fort possible, sans me préoccuper des murmures ou des ricanements qui fusaient dans la pièce.

Taylor se voûta sous mon poids mais parvint à se relever, le souffle laborieux.

— J'ai retenu mes coups tout à l'heure, articula-t-il.

— Tu peux me croire, j'ai l'habitude d'en recevoir, ripostai-je.

Il se redressa brusquement et partit en arrière. Je lâchai un cri en voyant le sol s'approcher dangereusement derrière mon épaule. J'atterris sur le dos, écrasée sous son poids, suffoquant, les côtes en proie à une atroce douleur.

— Espèce de petite salope, marmonna-t-il.

Il roula sur le flanc pour s'écarter de moi, et j'ouvris les yeux à temps pour voir son pied s'abattre sur mon visage.

Le cœur battant la chamade, je roulai afin de m'éloigner à l'instant même où son orteil me percutait l'œil.

Merde.

Je fermai les paupières ; le sang dégoulinait sur ma joue.

— Putain ! s'écria Will. Ça suffit !

— Tu en as eu assez, Emory ? renchérit Aydin. Tu abandonnes ?

Je n'eus pas l'occasion de répondre. Taylor me chevaucha pour me flanquer une paire de gifles. À peine eus-je le temps de reprendre mon souffle qu'il planta sa main sur ma bouche et me boucha le nez.

Le visage couvert de sang, je voulus respirer, mais en vain. Mes poumons hurlèrent, mon cerveau cessa de fonctionner et, subitement, je me retrouvai chez moi avec Martin comme si ça avait été hier. Je me débattis, j'agitai les bras et les jambes, en cruel manque d'oxygène. Je cognai sur le torse de Taylor, lui égratignai le visage, lui griffai le cou, me contorsionnai dans son étreinte.

Il m'enserra entre ses cuisses, et je m'agitai, prise au piège. Je ne pouvais pas respirer. Je ne pouvais pas bouger. J'avais les larmes aux yeux, le sang qui me battait dans les tempes.

Non, non, non…

Il se pencha sur mon oreille.

— Il me suffirait de trois secondes pour te pénétrer, chuchota-t-il. Et c'est ce que je ferai quand…

Je lui flanquai un coup de poing dans la mâchoire. Il dodelina la tête et son corps s'affaissa.

Il desserra son étreinte et je pus écarter ses mains de mon visage pour aspirer une goulée d'air.

Me relevant précipitamment, je tournai sur moi-même et m'éloignai à reculons. Assis sur le tapis, il se tenait la mâchoire en me fusillant du regard.

Mais il ne faisait pas mine de foncer sur moi.

Je pivotai pour dévisager Aydin.

— Ouvre la porte, exigeai-je.

Il inclina la tête sur le côté, mais ne bougea pas.

Repérant la bouteille sur la table, j'agrippai l'ourlet de mon chemisier et le déchirai à la couture en courant vers la bouteille.

Je la saisis, fourrai le tissu dans le goulot et reculai vers la porte. Puis, je sortis une des allumettes de ma poche et m'inclinai pour la craquer sur le coulis sec du carrelage.

J'affrontai la salle remplie de mecs, du sang me dégoulinant du sourcil et du coin de la bouche.

Je croisai le regard de Will en espérant qu'il remarquerait la symétrie dans le cocktail Molotov. C'était un coup qu'il connaissait bien.

— Restez là où vous êtes ! leur ordonnai-je en tenant la bombe et sa mèche.

Aydin continua d'avancer à petits pas.

— Tu crois que je ne m'occuperais pas de toi personnellement si nécessaire ?

— Je crois surtout que tu veux aussi quelque chose de moi, alors… Mieux vaut m'avoir à la bonne.

Il éclata de rire.

— Bon, deuxième phase, lâcha-t-il. La colère. J'avais hâte d'y être.

Au lieu de craindre que je brûle leur toit à l'aide d'une seule bouteille, il semblait surexcité. Taylor se leva du tapis, et tous les cinq s'avancèrent vers moi tandis que je m'engageais dans le couloir.

C'était vraiment ce que j'allais faire ? Partir maintenant ? Sans nourriture, sans vêtements, sans aide ? Visiblement, Aydin n'abandonnait pas la partie. Ils ne me laisseraient pas m'enfuir.

Quoi que je fasse, je devais agir maintenant.

Je mis feu au tissu et brandis la bouteille au-dessus de ma tête ; j'entendais l'alcool clapoter à l'intérieur. Ils se figèrent, comme s'ils hésitaient entre me foncer dessus ou battre en retraite.

Et puis merde. Je jetai la bouteille, le verre se brisa et des flammes s'élevèrent pour dévorer le couloir. Ils se replièrent précipitamment et je tournai les talons pour me ruer vers la porte d'entrée.

Ils allaient devoir faire le tour. Il y avait une porte vers la piscine couverte. Je n'arrivais pas à croire à ce que je venais de faire, mais c'était moi tout craché. Si on m'en donnait la chance, je prenais toujours la fuite.

Je courus vers la porte et l'ouvris à la volée, quand tout à coup, Taylor apparut. Je me pétrifiai sur le perron.

Je trébuchai en arrière et il fonça sur moi, tandis que les autres hurlaient depuis l'extérieur.

Ils... Ils cernaient déjà la maison. *Ce n'est pas vrai.* Il ne me fallut qu'un instant pour prendre ma décision. Je pivotai et grimpai les marches à toute vitesse, me rappelant que j'avais vu un balcon surplombant la cascade quelque part au premier étage. Si j'arrivais à le trouver, je pourrais descendre le long d'un tuyau et m'échapper.

Avec Taylor sur les talons, et les autres garçons qui se précipitaient dans la maison, je traversai à la course le palier du premier étage. Quelqu'un m'empoigna par les cheveux et me tira en arrière.

Je fis volte-face pour repousser Taylor, mais je perdis l'équilibre et chutai par-dessus la rampe tandis qu'il me tenait en m'agrippant par le col et que je battais des jambes cinq mètres au-dessus du sol.

— Ah ! m'écriai-je en essayant de lui attraper les bras.

Je croisai son regard furieux tandis qu'il restait sans bouger. L'extincteur se déclencha au rez-de-chaussée, éteignant l'incendie, et le tissu de mon chemisier commença à se déchirer.

Je suffoquai.

Avec un grondement, Taylor voulut me hisser, mais... il perdit prise et tendit les mains pour tenter de me rattraper. Rory surgit et plongea après moi alors que je tombais.

Je glissai, chutai, Rory bascula au-dessus de moi, et nous fendîmes l'air en direction du sol.

Je poussai un hurlement et m'écrasai sur la surface dure en marbre. J'aperçus le garçon blond tomber droit sur moi. Il s'abattit par terre juste à côté. Sa tête partit en arrière et je tendis les mains pour la retenir avant qu'elle se fracasse sur le sol.

Nous avions tous les deux le souffle coupé. Sa tête calée dans mes paumes, il cligna des yeux et croisa enfin mon regard.

Puis il les referma, soulagé.

— Mon Dieu ! lâcha Will en se précipitant vers nous.

Il prit ma tête dans ses mains pour m'inspecter.

— L'incendie est éteint, annonça Micah.

Il courut vers Rory, se saisit de son visage et passa les mains sur son torse et ses bras.

— Rien de cassé ? s'inquiéta-t-il.

Rory secoua la tête, et Micah lui frotta la joue avec le pouce.

J'essayais de rétablir le lien avec mon corps, mais je n'arrivais pas à savoir si j'étais en un seul morceau. J'avais mal partout.

— Emmy, bon sang…

Will me lança un regard furieux avant de m'examiner de la tête aux pieds.

Avant qu'il ait pu en dire davantage, Aydin se précipita pour me prendre dans ses bras avec, dans les yeux, une lueur à la fois inquiète et renfrognée.

— Allez lui chercher à boire et à manger, ordonna-t-il à la ronde. Et apportez-moi ma trousse de secours, des pansements propres et un peu d'alcool.

Il me porta à l'étage. Will et Micah jetèrent les bras de Rory autour de leurs cous et le suivirent.

Will croisa mon regard par-dessus l'épaule d'Aydin. Je n'arrivais toujours pas à sonder ses pensées, mais cette fois, il ne se détourna pas.

— Tu es une battante, commenta Aydin. Tu me plais.

Quoi ? Je le regardai bouche bée, souffrant trop pour lever les yeux au ciel.

— Tu as vu les os dans ma chambre tout à l'heure ? demanda-t-il. C'est un ancien détenu qui a cru pouvoir s'enfuir, expliqua-t-il. On a trouvé ce qu'il restait de lui trois mois plus tard, lors d'une partie de chasse.

Un autre prisonnier avait essayé de s'échapper ?

Il n'y avait pas le moindre de doute qu'il s'agissait d'un os humain. Un fémur. Je l'avais su dès que je l'avais ramassé.

Je l'avais relâché aussi sec.

J'ignorais s'il était mort à cause d'un animal ou des éléments, et je n'avais pas envie de le savoir.

Et puis, je me souvins des paroles d'Aydin. *Une trousse de secours. Des pansements.*

Et tous ces trucs dans sa chambre. Le matériel de biologie. Les dessins. Les notes.

— Tu es médecin ? m'étonnai-je.

— Quand ça me prend.

— Ça fait combien de temps que tu es là ?

Il planta son regard dans le mien.

— Deux ans, un mois, quinze jours.

Je ravalai la boule dans ma gorge. M'imaginer Will rester aussi longtemps dans ce lieu m'était douloureux.

— Sers-toi de tes méninges, m'intima-t-il en me transportant dans sa chambre comme si je ne pesais rien. Tu vas en avoir besoin si tu veux rester en vie, parce que ce n'est pas comme ça qu'on va finir, Emory.

Malgré moi, j'en souris presque.

Mais je me retins.

Non. Ce n'était pas comme ça que je finirais.

Il me restait vingt-neuf jours.

8

Emory

Neuf ans plus tôt

Je soulevai un livre après l'autre, faisant voler les feuilles de partout tandis que je cherchais mes polycopiés pour *Lolita* dans le fond de mon casier. Des vieux devoirs de maths, froissés et déchirés, jonchaient le sol, et je sortis livre après livre en les secouant pour vérifier qu'ils ne contenaient pas mon devoir manquant.

Ce n'est pas possible.

J'avais déjà plus d'une semaine de retard. Où pouvait-il bien être ?

Les larmes me brûlaient les yeux. Je n'arrivais pas à croire que j'allais pleurer pour ça. J'aurais dû le rendre en temps et en heure plutôt que de traîner les pieds. *C'est bien fait pour moi.*

Je savais que j'avais perdu des trucs quand ce salaud d'Anderson avait encore fait tomber mes livres de mes mains deux jours plus tôt. Tout s'était éparpillé sur le sol du couloir bondé, et des élèves avaient flanqué des coups de pied dedans en passant.

Je l'avais perdu. Townsend ne m'en donnerait pas d'autre.

Plongeant les mains dans le fouillis, je rassemblai rapidement les feuilles qui s'étaient déversées par terre et les fourrai dans mon casier en sortant les livres posés sur l'étagère. Je les feuilletai également, dans l'ultime espoir qu'il puisse encore être quelque part.

— Ça va ?

Je jetai un coup d'œil par-dessus mon épaule. Eva s'avançait vers moi avec un sac à dos sur un bras et un étui de trompette sur l'autre.

— Nickel, répondis-je en retournant à mes recherches.

— Bon, tout le monde est plus ou moins parti, déclara-t-elle. Il commence à faire nuit.

Elle continua de marcher, mais se retourna pour me regarder tout en parlant.

— Tu veux que je te ramène en voiture ? proposa-t-elle.

— Non merci.

— Cool, à demain.

— À demain, renvoyai-je sans me donner la peine de lui accorder un regard.

Qu'allais-je bien pouvoir faire ? Les cours étaient terminés depuis deux heures. Les professeurs étaient partis, et la répétition de fanfare avait pris fin plus de vingt minutes plus tôt. Il était trop tard pour retrouver Joseph Carville, un de mes camarades musiciens qui assistait à ce cours avec moi, afin de lui demander de me photocopier son exemplaire dans la bibliothèque.

Mais bien sûr, il avait probablement déjà rendu son devoir la semaine dernière.

Je claquai la porte de mon casier. Le silence des couloirs déserts ne rendait que plus bruyantes les pensées qui tourbillonnaient dans ma tête.

C'était ma faute, et je ne pourrais même pas en vouloir à Martin quand il se mettrait en colère en apprenant que je n'avais pas rendu ce devoir. C'était presque comme si je cherchais à le provoquer.

J'étais têtue au point de l'autodestruction. Au fond, je le cherchais.

J'attrapai mon sac par terre mais, au lieu de me diriger vers la sortie pour rentrer chez moi, je revins sur mes pas. Je dévalai les marches et longeai le couloir, direction les vestiaires.

— Allez, quoi, entendis-je quelqu'un aboyer. Mets-y un peu du tien.

On aurait dit la voix de Damon Torrance. Je passai devant la salle de lutte et jetai un regard à la dérobée. Il plaquait un autre gosse sur le tapis tandis que les membres de l'équipe de basket soulevaient des poids et que ses amis suivaient la scène avec amusement.

Je poursuivis ma marche.

Et puis, j'entendis une autre voix.

— Pourquoi tu ne t'en prends pas à quelqu'un de ta taille ?

Je ralentis, et… me figeai net, prise de frissons. Après une hésitation, je reculai et glissai un regard dans la pièce.

Will grognait, plaqué contre le dos de Damon qu'il clouait au sol pendant que le pauvre gosse de tout à l'heure regardait d'un peu plus loin, le sourire aux lèvres de voir son tortionnaire en prendre pour son grade.

D'une secousse, Damon se libéra mais Will lui rattrapa les bras et les épingla de nouveau entre leurs deux corps en appuyant sur eux pour les immobiliser.

— Je suis en train de me laisser faire, grinça Damon.

— Oui, c'est ça.

Will s'étrangla de rire derrière son ami. Ça avait l'air de lui venir si naturellement que je commençai à sourire aussi, avant de me reprendre.

Il dut sentir ma présence, car il leva les yeux et croisa mon regard.

Mon cœur battit à tout rompre, mais je ne pris pas la fuite.

C'était bizarre. Il m'avait laissée tranquille depuis la nuit blanche. Plusieurs jours étaient passés, et pas un seul mot en cours de litté ni le moindre regard dans les couloirs.

Tant mieux. Je n'avais pas envie d'attirer son attention.

Je pivotai sur les talons et poursuivis mon chemin vers les vestiaires, dont je poussai les portes et allumai les lumières.

J'enfilai le bas de mon maillot de bain noir et mon haut de combinaison à manches longues assorti, puis ramassai mes cheveux dans une queue-de-cheval basse. J'attrapai une serviette propre sur le chariot et me dirigeai vers la piscine intérieure, en laissant les lumières éteintes vu que la rampe d'éclairage d'urgence était toujours allumée et que ça me suffirait. Je ne voulais pas que quiconque suspecte ma présence alors que personne n'était censé être là.

Je posai ma serviette sur un banc, ôtai mes claquettes et m'approchai du bord de la piscine. J'étirai les bras et roulai des épaules tout en sautillant sur place pour m'échauffer les muscles.

Je humai le chlore qui flottait dans l'air, tellement impatiente que le sang me fouettait les jambes.

Ça m'avait manqué. J'adorais l'eau.

Je grimpai sur la contremarche, baissai mes lunettes de natation sur mes yeux et me penchai en avant pour agripper le bord du plot de départ en lâchant quelques brèves expirations.

Puis, je pris une grande inspiration et plongeai pour fendre l'eau en zigzaguant.

Le froid glacial me fit l'effet de petites aiguilles qu'on m'enfonçait dans la peau, mais j'expirai par le nez et, balançant un bras après l'autre, avançai en nage libre jusqu'à l'autre extrémité.

Je n'étais pas là pour faire la course, mais j'avais envie d'une bonne suée malgré tout. Les yeux baissés, je penchais la tête pour respirer tous les trois mouvements de bras avant de replonger le visage dans l'eau.

Repérant la marque noire sur le carrelage en dessous, je me retournai pour repousser le mur et repartir dans l'autre sens.

J'aurais pu dire que la fanfare et la natation étaient une excuse pour sortir de la maison. Que mon projet dans le parc me permettait aussi d'éviter de rentrer. Que je pouvais pratiquer toutes ces activités relativement seule, sans que trop d'autres personnes, notamment mes camarades, interfèrent.

Mais pour être honnête, j'aimais montrer aux autres de quoi j'étais capable. À la ville, avec le belvédère. Aux quelques élèves et parents qui étaient venus nous encourager à des compétitions de natation à l'époque où j'avais fait partie de l'équipe. Au lycée tout entier, quand j'arpentais le terrain de football en jouant de la flûte.

Chaque petite chose qu'on pouvait faire nous rendait plus fort. *J'ai ceci, alors je n'ai pas besoin de toi. J'ai cela, alors je n'ai pas besoin de toi.*

Parfois, il m'arrivait de me convaincre qu'avoir ceci ou qu'être capable d'accomplir cela me permettait d'être trop occupée et trop importante pour penser à ce que je n'avais pas et tout ce que je ne serais jamais.

Du genre, quelqu'un de souriant.

Du genre, des amis.

Du genre, quelqu'un qui aimait me chatouiller et m'embrasser partout sur le visage, pas seulement sur la bouche.

Mais non. Parcourir cent mètres en nage libre en quarante-huit secondes, voilà ce qu'il y avait de plus important dans la vie. Voilà ce qui me rendait heureuse. Pas besoin d'autre chose.

Je fonçai vers l'extrémité du bassin, me retournai, poussai avec les pieds et repartis dans l'autre direction. J'avais trouvé mon rythme, et le stress et les soucis fondaient comme neige au soleil.

Je penchai la tête, pris une inspiration et replongeai le nez dans l'eau. À cet instant, j'aperçus un visage qui me regardait depuis le fond.

Je poussai un hurlement, et des bulles se déversèrent de ma bouche comme un fichu geyser. Qu'est-ce que c'était que ça ?

Je m'immobilisai et me dépêchai de sortir la tête de l'eau.

Mais avant que j'aie pu atteindre la surface, quelque chose s'enroula autour de ma cheville et me tira vers le bas.

Je hurlai de plus belle, mes cris étouffés par l'eau.

Puis, j'inspirai. Une gorgée d'eau se logea dans ma gorge et je flanquai un coup de pied à ce salaud, si fort que la douleur m'irradia le pied jusque dans la jambe.

Suffoquant et crachant, je fendis la surface en toussant.

Et puis… quelqu'un d'autre m'attrapa.

— Ouh là, du calme, dit-il en m'attirant contre lui et en enroulant une main autour de ma taille.

Je toussai, uniquement capable de petites inspirations en attendant que mes poumons se dilatent de nouveau, et je m'essuyai les yeux.

— Va te faire…, crachai-je, distinguant entre deux clignements d'yeux Will Grayson qui me tenait contre lui. Putain.

Mais je toussais trop fort pour paraître crédible, et il se contenta de s'esclaffer.

Je le repoussai.

— Lâche-moi.

— Ils déconnent Emmy, c'est tout.

Il me laissa partir, et je jetai un coup d'œil de l'autre côté. Debout dans l'eau jusqu'à la taille, Michael et Kai discutaient avec Diana Forester, tandis que Damon abattait son poing dans l'eau et me mitraillait du regard. Du sang coulant de sa narine gauche, il attrapa une serviette sur le rebord.

Connard. J'aurais pu me noyer.

Une blonde s'approcha de Will et nous observa avant de lui prendre la main.

— Je dois être rentrée pour 10 heures, annonça-t-elle. Viens me tenir un peu compagnie.

— Ça va aller ? me demanda-t-il sans me quitter du regard.

Je retroussai les lèvres et m'approchai du rebord.

— Alors, rentre chez toi, m'ordonna-t-il en se détournant.

Je fis volte-face, encore hors d'haleine.

— J'étais là avant toi.

Son regard passa de la fille à moi, et un éclat rieur étincela dans ses yeux.

— Comme tu voudras.

La délaissant, il s'approcha encore de moi et je reculai jusqu'à percuter le mur du bassin. Il s'arrêta et tripota quelque chose sous l'eau.

Un instant plus tard, il se pencha pour attraper le short de sport noir qu'il portait dans la salle de lutte et le jeta au-dessus de ma tête, jusque sur le rebord.

Je cessai de respirer.

Rires et sifflements résonnèrent dans la pièce et je plongeai le regard dans le sien. Les secondes s'étirèrent en une éternité pendant qu'il attendait que je fasse quelque chose. J'avais presque l'impression qu'il en avait envie.

Mais je me contentai de me retourner et d'attraper l'échelle.

Il me prit le bras et m'attira en arrière pour me plaquer contre son corps.

Je fis volte-face et poussai sur son torse, mais il bougea à peine.

La colère m'échauffa le sang. Sa main était encore enroulée autour de mon bras, et je faillis baisser les yeux pour voir s'il était vraiment nu.

Je levai une main et l'abattis sur son visage en le poussant sur le torse. La fille était partie. J'ignorais où.

— Si tu m'attrapes encore, je me foutrai des conséquences, grondai-je à voix basse.

Je me retournai et entrepris de gravir l'échelle.

Mais derrière moi, j'entendis :

— Reste.

— Non.

Je sortis de la piscine, toute dégoulinante d'eau au milieu des sifflements moqueurs qui fusaient dans la pièce.

— Pourquoi pas ? insista-t-il.

— Parce que tu me manques de respect, rétorquai-je par-dessus mon épaule. J'étais venue m'entraîner. Vous, vous avez tous des piscines dans vos manoirs. Alors barrez-vous et laissez-moi tranquille, OK ?

Il me dévisagea. Je m'apprêtais à tourner les talons, quand il cria :

— Les gars ! Vous voulez bien me rendre un petit service ? lança-t-il sans me quitter des yeux. Rentrez tous chez vous.

— Hein ? lâcha l'un d'eux.

— Quoi ? renchérit un autre.

— Je suis sérieux, s'obstina-t-il. Cassez-vous. Tout de suite.

Je plissai les yeux. *Que c'est gentil de sa part.* Il roulait des mécaniques. Avec l'autorité d'un tyran des bacs à sable et le sens moral d'une chaussette.

Je levai les yeux au ciel et m'approchai du banc pour ramasser ma serviette.

L'eau clapota derrière moi et les marmonnements s'estompèrent doucement tandis que les portes des vestiaires s'ouvraient et se refermaient.

Quand je me retournai, il ne restait plus que Will. Celui-ci me fixait depuis l'endroit où je l'avais laissé dans la piscine.

— Pourquoi tu me détestes autant ? demanda-t-il.

Je me mis à tordre ma queue-de-cheval pour l'égoutter tout en l'ignorant.

— Et qu'est-ce qui est arrivé à tes jambes ?

Je me tendis, mais ne baissai pas les yeux pour voir de quoi il parlait. Des bleus mineurs me parsemaient les jambes, mais c'était bien pire sur mes bras, mon torse et mon dos. C'était pour ça que j'avais veillé à les recouvrir à l'aide de mon haut de combinaison.

Tout en enfilant mes claquettes, je l'entendis remuer dans l'eau. Je me retournai et le vis penché sur le rebord, à m'observer.

— Qu'est-ce que tu faisais dans la cathédrale samedi soir ?

Je haussai un sourcil. *Tu me suis ou quoi ?*

Je jetai ma serviette sur mon épaule, enlevai mes lunettes de natation et me dirigeai vers les vestiaires.

— Reste, répéta-t-il.

Sa manière de le dire me fit fondre de l'intérieur. Lentement, je m'immobilisai.

Reste.

Je ne doutais pas une seule seconde que j'adorerais rester avec lui pendant une heure. Peut-être même deux, s'il y allait lentement.

Je le laisserais me chambouler l'esprit et m'emmener ailleurs, car chaque jour qui passait, j'en avais un peu plus besoin. J'avais besoin d'être ailleurs.

Mais…

— Qu'est-ce qu'on va faire ? demandai-je doucement.

Comme il ne répondait pas, je me retournai.

— On va jouer ? insistai-je. Tu vas me faire sourire ?

Il ne dit rien, se contenta de me contempler, son torse s'élevant et s'affaissant avec plus d'intensité.

— Qu'est-ce que tu aurais voulu qu'il se passe ? insistai-je. Comment ce serait si je restais là, avec toi ?

Je lâchai ma serviette et mes lunettes et m'approchai de lui pour m'accroupir au bord de la piscine.

— Peut-être que je rigolerais un peu avec tes potes, poursuivis-je, m'imaginant une scène qui ne se déroulerait jamais, et il le savait aussi bien que moi. Tu me toucherais, tu me chuchoterais des choses à l'oreille. Ils comprendraient et nous laisseraient seuls, et je ne pourrais pas te résister. Je n'aurais pas envie que tu t'arrêtes, c'est ça ?

Son regard se fit plus perçant, mais il garda le silence.

— Tu me plaquerais contre ce mur, enchaînai-je en désignant du menton la cloison qui se dressait près de la porte des vestiaires des filles, et je me laisserais faire, car j'aime être l'objet de ton attention.

Je savais pertinemment que cette partie-là serait vraie.

— Et demain, on marchera dans les couloirs main dans la main, et tout le monde saura qu'on est amoureux, c'est ça ?

Il inclina la tête sur le côté, le regard voilé, comprenant à présent où je voulais en venir.

Je lâchai un petit rire.

— Allez, Will. Je n'ai rien de ce que tu cherches. Je ne suis pas quelqu'un de joyeux. Je ne l'ai jamais été. On n'a aucune affinité. Pour moi, ton existence est futile, en dehors de toute réalité, et j'ai trouvé ta vision de *Lolita* répugnante. Pire que ça, dangereuse.

Il crispa la mâchoire, et une lueur de défi passa dans ses yeux verts.

— Je déteste tes amis, poursuivis-je. Je n'ai pas envie de les côtoyer. Sauf Kai, peut-être. Il fait partie des trois gosses asiatiques d'un lycée rempli de petits blancs. Lui, au moins, il a une petite idée de ce que ça fait d'être moi.

J'étais prête à parier que le seul autre gosse juif en dehors de moi avait quitté le lycée l'année dernière.

— Et tu n'as rien de ce que je veux, continuai-je. Tout te vient facilement, alors d'où tiens-tu ta personnalité ? Je n'ai pas envie de m'amuser avec toi, parce que tu te sers de tout et de tout le monde. Je n'ai aucun respect pour toi.

Il baissa le menton, l'air furieux.

— Dans vingt ans, vous serez tous devenus vos pères – puissants, avec une tripotée de maîtresses qui pousseront vos femmes à se droguer pour les oublier.

Je me relevai sans le quitter des yeux.

— Mais même quand il sera devenu Maître de l'univers, Will Grayson troisième du nom n'oubliera pas qu'il n'a jamais pu m'ajouter à son tableau de chasse. Je ne te laisserai pas gagner ce coup-ci. Au moins, j'aurai ça pour moi.

Je voulus m'éloigner, mais il sauta brusquement hors de l'eau et m'attrapa le bras pour m'entraîner dans la piscine.

Je hurlai et me débattis dans l'eau, mais il ne me laissa pas couler, m'attira contre lui et m'enveloppa dans ses bras. Je levai les yeux vers lui, le souffle laborieux, et il me contempla, nos bouches à quelques centimètres l'une de l'autre.

Des gouttes d'eau scintillaient dans ses cheveux et lui mouillaient les cils. L'espace d'un instant, toute volonté m'abandonna. Mes yeux se rivèrent à ses lèvres. Charnues, puissantes, magnifiques lorsqu'il souriait.

Je sentis les larmes monter. J'étais incapable de l'arrêter.

Ne fais pas ça. Je t'en supplie.

Je n'étais pas quelqu'un de joyeux. Je ne l'avais jamais été. *Je ne pourrai pas t'en empêcher.*

Il me pressa contre lui, et j'ouvris la bouche pour protester. Mais au lieu de m'embrasser, il me prit simplement dans ses bras, posa ma tête contre son épaule et serra si fort que j'eus l'impression que c'était lui qui allait se briser, pas moi.

Je me figeai, ne sachant trop quoi faire. Je sentais chacun de ses muscles se contracter tandis qu'il me tenait contre lui en prenant de grandes inspirations.

Lentement, je fermai les yeux, vidée de toute combativité, m'abandonnant à son étreinte.

Cela faisait si longtemps que je n'avais plus senti ça. Ma grand-mère était à peine assez lucide pour m'enlacer.

Ça me démangeait de le toucher. Bon sang, qu'est-ce que j'en avais envie.

Mais avant que j'aie pu trouver le courage de m'écarter ou de l'étreindre à mon tour, il chuchota :

— Je ne suis pas comme ça.

Et il se redressa pour me contempler, nos nez se frôlant presque.

— Et on se voit dans le bus demain soir, Emory Scott.

Il me relâcha et nagea vers le rebord, me laissant seule dans la piscine froide.

Quoi ?

L'air se rafraîchit subitement. Je le regardai grimper l'échelle et me retournai juste à temps pour éviter de voir son corps nu sortir de la piscine.

Merde.

Incapable de me retenir, je cédai à la tentation et jetai un coup d'œil par-dessus mon épaule.

Mais c'était trop tard. Il enroulait déjà une serviette autour de sa taille. Son dos musclé était intimidant, et tout en lui était parfait. Sans m'accorder d'autre regard, il ouvrit la porte des vestiaires pour hommes et disparut à l'intérieur.

Argh. Que faisait-il ? Pourquoi ne lâchait-il pas l'affaire ? Je nageai vers le bord, ramassai mes affaires sans me donner la peine de me sécher et entrai en trombe dans le vestiaire des filles.

Pourquoi ne me laissait-il pas tranquille ? Les garçons comme lui ne cherchaient-ils pas… quelque chose d'autre ? Ou quelqu'un d'autre ?

Il commençait à m'atteindre. J'étais à deux doigts de croire que je m'étais trompée sur son compte. Des années durant, il avait dégagé une sorte d'aura laissant penser qu'il n'y avait rien au-delà des apparences, et à présent, il voulait convaincre le monde que c'était faux.

Je n'avais pas besoin de ce genre d'embrouilles. J'avais de plus gros problèmes que lui, inutile d'en rajouter.

Je m'habillai et passai récupérer mon sac dans mon casier. Avant même de m'en être rendu compte, j'étais déjà à mi-chemin de chez moi et, perdue dans mes pensées, me repassais chaque scène avec lui dans mon esprit.

La gorge obstruée par une boule aussi grosse qu'une balle de golf, je m'imaginais ses bras autour de moi.

Ça avait été agréable.

Je ne voulais pas en désirer davantage. Tout ce que j'avais dit de lui était vrai. Il était superficiel, et il se servait de moi. Fin de l'histoire. Pas question de l'oublier.

Mais il y avait eu un instant, quand il m'avait enlacée, où il avait été moi, où j'avais été lui, et où nous n'avions plus été seuls. Comme s'il avait dû en être ainsi.

Je fermai les yeux en marchant, les cils mouillés de larmes.

Je cherchais un sens là où il n'y en avait pas, parce que je n'avais rien d'autre. Ce n'était pas réel, et il n'avait rien ressenti de son côté. *Souviens-t'en, Em.* Ne l'oublie pas. L'espace de quelques secondes, j'avais vu ce que j'avais eu envie de voir.

Je me dirigeai vers la place principale et gravis la petite pente qui traversait le parc. Je contemplai le belvédère que j'étais en train de construire, les poutres encore mouillées par la pluie, me laissant griser par son parfum. J'adorais l'odeur du bois.

Contournant la structure, je m'assurai qu'elle était encore en parfait état, que mes fondations tenaient encore et n'avaient pas été vandalisées.

Des pneus crissèrent dans la rue. Je tournai la tête vers Sticks, qui était bondé de monde, et aperçus quatre véhicules noirs qui s'approchaient à toute blinde pour se garer devant le trottoir, dont le pick-up de Will, chargé de passagers.

Au milieu des grondements de moteur et des volutes de fumée, les gens criaient et les autoradios beuglaient.

— Ça va ?

Je regardai par-dessus mon épaule. Trevor Crist tenait un ballon de foot, qu'il renvoya à son copain sur le trottoir.

— Salut, marmonnai-je en reportant mon attention sur Sticks.

Will descendit du côté conducteur, attrapa le T-shirt noir suspendu à l'arrière de son jean et l'enfila pendant que Damon s'approchait derrière lui et semblait lui murmurer à l'oreille. Je n'arrivais pas à voir leurs visages.

Ils traversèrent le trottoir pour entrer chez Sticks, et les passants leur cédèrent le passage.

— Vois-le sous cet angle, entendis-je Trevor énoncer. Une fois qu'ils auront quitté le lycée, la Nuit du Diable sera terminée. Et ce sera tant mieux, pas vrai ?

Je me retournai vers lui.

— Tu ne comptes pas perpétuer la tradition familiale ?

Trevor avait trois ans de moins que son frère Michael. Il lui restait pas mal de temps au lycée.

Mais il se contenta d'un rire moqueur.

— Tu parles de cette unique période dans l'année où mon frère et ses potes gonflent les muscles et poussent la ville à leur sucer la bite parce qu'ils sont trop cons pour se comporter en hommes les autres trois cent soixante-quatre jours de l'année ?

Il secoua la tête.

— Non.

Je pouffai. Je l'avais peut-être mal jugé. La cuiller d'argent qu'il avait dans la bouche était amère.

— Quand ils finiront par grandir et se rendre compte qu'ils ne sont rien, poursuivit-il. C'est là que je ferai la fête. Ou quand ils seront enfin arrêtés pour toutes les conneries qu'ils ont faites.

— Tu parles d'un frère !

Il haussa les épaules, mais j'esquissai un petit sourire. Il n'était peut-être pas si mal, après tout.

Et je voyais ce qu'il voulait dire. De mon côté, je ne pleurerais pas si mon frère s'attirait quelques ennuis.

Au loin, Will sortit un téléphone pendant qu'il entrait dans leur repaire préféré, l'air de filmer des gars en pleine bagarre.

— Mais c'est vrai, non ? repris-je en réfléchissant à haute voix. Qu'ils pourraient se faire arrêter, je veux dire. Ils filment tout avec ce téléphone. C'est risqué.

Trevor suivit mon regard. Tout le monde savait que les Cavaliers enregistraient leurs frasques. Ils gardaient une preuve de tous leurs mauvais tours et petits délits.

— On ne pourrait plus fermer les yeux sur leur comportement si ces vidéos étaient partagées au bon endroit, tu ne crois pas ? poursuivis-je. Tu imagines la honte ?

Les lieux qu'ils avaient cambriolés ? Vandalisés ? Les filles mineures – peut-être même les garçons aussi – ou, pourquoi pas, les femmes mariées qu'ils avaient filmées sur ce téléphone ? La ville péterait un plomb.

Il se tut un instant. Quand je lui jetai un nouveau regard, ses yeux étaient encore rivés à Sticks, mais il arborait un air grave. Ses méninges semblaient carburer à plein régime.

— Ils sont beaucoup trop à l'aise, ça c'est sûr, commenta-t-il.

J'acquiesçai d'un signe de tête.

— Ils se croient en sécurité.

Ils prenaient des vidéos, et sûrement aussi des photos, parce qu'ils se savaient invincibles. Même si quelqu'un les trouvait, écoperaient-ils d'une peine plus lourde qu'une petite claque sur le poignet de la part de quelques parents embarrassés ?

L'argent résolvait tous les problèmes.

Encore cloué sur place, Trevor les contemplait dans la salle de billard.

— Tires-en une leçon, conseillai-je. Ne garde jamais de trace de ce que tu fais. Internet conserve tout, pour toujours. Pigé ?

Mais je doutais qu'il m'ait entendue, car il hocha la tête d'un air absent.

— À plus, dit-il en tournant enfin les talons pour rejoindre son ami.

Je regardai de l'autre côté de la rue, sachant que j'avais pris la bonne décision. Je n'aurais pas été à ma place avec eux. Vous m'auriez imaginée ? Moi ? En train de m'amuser ?

Je me serais demandé ce que je fichais là. Impossible pour moi de ne pas être sérieuse, et lui ne l'était jamais.

Je ramassai mon sac, mais le rabat s'ouvrit d'un coup. À l'intérieur, il y avait un tas de polycopiés.

Je les sortis, les retournai. « Guide d'étude de *Lolita* » était inscrit sur le devant.

— Hein ?

Je l'avais cherché partout ! Y compris dans ce sac, mes deux casiers, chez moi, dans la poubelle…

C'était quoi, ce bazar ?

Mais, alors que je feuilletais le livret avec mon nom inscrit dessus, je m'aperçus que les questions avaient déjà été complétées. Toutes. En majuscules et au crayon.

Je tournai les pages, les inspectai une à une et lus chaque réponse. Tout le travail avait été fait, avec beaucoup de rigueur, même pour moi, malgré les quelques réponses qui me hérissaient le poil.

Je baissai les mains, le regard dans le vide. J'étais sûre que le Godzilla et la barre de céréales provenaient de Will, mais on avait aussi glissé ceci dans mon casier. Et on l'avait fait dans la soirée. Ces feuilles ne s'étaient pas trouvées dans mon sac avant que j'aille nager.

Il n'avait pas pu faire ça. À moins d'avoir soudoyé une fille pour qu'elle le fasse à sa place.

Mais l'écriture était bien celle d'un garçon.

Je levai les yeux, repérai son T-shirt noir et sa tignasse couleur chocolat tandis qu'il se tenait près d'une table de billard à l'intérieur de Sticks.

Il n'aurait pas à me chercher, car j'avais une question à lui poser.

On se voit dans le bus demain soir, Will Grayson.

9

Emory

Présent

Je cillai et ouvris les yeux. Autour de moi, la chambre floue apparut peu à peu. Comme écrasée sous le poids d'un trente-six tonnes, je décollai péniblement le visage de l'oreiller.

Mon bras était étendu sur l'autre moitié d'un lit vide.

Ce n'était qu'un rêve.

Je contemplai le plafond. J'avais beau ressentir encore sa présence à côté de moi, je savais qu'il n'était pas là. Même s'il était plus près que jamais, son absence ne s'était jamais autant fait sentir.

Des larmes me brûlaient les yeux au souvenir de ce qu'il avait éprouvé pour moi autrefois. J'aurais tant aimé qu'il le ressente encore.

La veille, il m'avait à peine regardée. Lui qui me regardait toujours.

Seigneur, qui m'avait donc enfermée à Blackchurch ? Mon frère n'aurait pas eu le bras assez long. J'avais entendu dire qu'il s'était marié, mais je ne l'avais pas revu depuis des années. Alors, pourquoi maintenant ?

Non, il devait s'agir de quelqu'un d'autre. Quelqu'un qui voulait accorder sa vengeance à Will et qui n'en avait rien à foutre de moi.

Les possibilités étaient nombreuses.

Je me redressai et, tressaillant sous le coup de la douleur, portai une main à ma lèvre fendue. C'était drôle. Je n'aurais pas su dire pourquoi, mais ça ne me dérangeait pas de souffrir. Ça me plaisait, même. La sensation était familière. Ça me rappelait que j'étais vivante.

Curieusement, malgré la liberté et l'autonomie dont j'avais joui ces dernières années, je n'avais pas ressenti ça depuis longtemps.

Je quittai le lit, saisis mes lunettes sur la table de chevet et les chaussai, puis baissai les yeux sur mon boxer et mon débardeur. Après m'avoir déshabillée pour me mettre au lit, Aydin m'avait proposé des sous-vêtements qu'il avait sortis de son tiroir. Je parcourus la chambre du regard. J'ignorais où il avait dormi la veille, mais il n'était pas revenu après m'avoir rafistolée.

Je m'approchai du miroir, tournai et inspectai mon reflet.

Mes cheveux en bataille, presque crépus à force de frisotter, me tombaient autour du visage, sur ma poitrine et mes bras. Du sang séché recouvrait ma narine gauche, et le coin intérieur de mon œil droit était violet. Ma joue était rouge là où il m'avait giflée, une coupure ornait ma lèvre inférieure, et un pansement blanc était enroulé autour de mon avant-bras droit.

Je tendis la main pour toucher mon reflet dans le miroir, en proie aux souvenirs.

Tous les poils de mes bras se dressèrent. Chaque centimètre de ma peau se mit à vibrer. L'air fila entre mes doigts, et les muscles de mes jambes se tendirent.

Je serrai ma prise sur la glace, me sentant vivante.

Autrefois, j'avais été une battante.

Les yeux fermés, j'aplatis une fois de plus ma paume contre le miroir, sentant une onde de chaleur provenir de l'autre côté.

L'un d'eux était-il là, à me surveiller ? S'agissait-il de Will ?

— Salut, lança quelqu'un.

J'ouvris les yeux et pivotai vers la porte. Micah se tenait sur le seuil en pantalon de treillis noir, les bras chargés.

Je m'écartai du miroir et attrapai le drap sur le lit pour me couvrir pendant qu'il entrait pieds nus dans la chambre.

— Quelques habits, annonça-t-il en indiquant la pile dans sa main gauche. Et au cas où tu aurais faim, ajouta-t-il en posant une assiette.

Je contemplai le jus, les fruits, la petite baguette et le morceau de fromage qui ressemblait à du brie. Mon ventre cria famine. Aydin m'avait fait servir de la soupe la veille, mais je ne me rappelai pas la dernière fois que j'avais mangé un repas digne de ce nom, et j'avais l'estomac dans les talons.

Je lâchai le drap pour attraper la baguette que je coupai en deux. Prenant un peu de fromage avec le couteau à beurre, je l'étalai sur le pain.

Je le portai à ma bouche et en arrachai un bout avec les dents.

Mon Dieu. J'avais tellement faim que le goût me flanqua presque la nausée. Avec un gémissement, je pris un peu plus de fromage et bus le jus.

— Tu veux un bain ? proposa-t-il.

Je le regardai ôter son T-shirt. Avec ses abdos contractés et ses cheveux qui lui tombaient dans les yeux, il était à la fois sexy et débraillé.

Je suffoquai et toussai la bouche pleine.

— Avec toi ?

Il se contenta d'un petit rire et fourra son T-shirt dans sa poche arrière.

— Je t'en fais couler un. Tu as l'air d'en avoir besoin. Comment tu te sens ?

J'ouvris la bouche pour dire « bien » ou « je tiens le coup », mais, curieusement, je me contentai de hocher la tête.

— Ça va.

Je pris une autre bouchée et avalai aussi un bout de pomme.

Je me sentais bien.

Bizarre.

Il s'approcha de la baignoire dans le coin de la pièce – elle n'était pas dans la salle de bains, peut-être l'ancien propriétaire de la maison aimait-il regarder sa femme se baigner depuis le lit –, fit couler l'eau, plongea la main sous le jet et ajusta la température.

— Rory m'a raconté ce que tu as fait, affirma-t-il en s'asseyant sur le rebord de la baignoire. Merci.

J'en avais assez vu au cours des dernières vingt-quatre heures pour savoir qu'ici il ne fallait pas se fier aux apparences. Rory était celui qui s'était exprimé dans le cellier la veille. Celui qui n'avait pas voulu de ma présence, qui avait espéré que je trouverais la mort à l'extérieur, qui préférait que les choses demeurent telles qu'elles étaient parce qu'il avait déjà tout ce dont il avait besoin.

— Toi et lui, vous… ?

Je n'achevai pas ma phrase, le laissant deviner la fin par lui-même.

Il sourit et reporta son attention sur l'eau, mais je le surpris en train de rougir.

Je mangeai quelques fruits et le reste du pain avant de finir le jus qu'il m'avait apporté. Tout avait si bon goût, sûrement parce que je savais qu'il n'y avait aucun danger. S'ils avaient voulu me droguer, ils auraient déjà pu le faire.

— Quelle heure est-il ? demandai-je.

— Midi, peut-être, répondit-il en haussant les épaules. Je ne sais pas. Ici, le temps n'a pas de sens.

Je m'essuyai la bouche avec la serviette et l'étudiai.

— Tu sais depuis combien de temps tu es là ?

— Un peu plus d'un an, à en juger par le nombre de fois où le personnel est venu pour le nettoyage et le réapprovisionnement, me confia-t-il. On est tous ici depuis un bout de temps. Rory a été le dernier à arriver, il y a environ sept mois.

Pas d'horloges. Pas de calendriers. Aucun lien avec le monde extérieur. La seule façon de compter les mois était de noter les réapprovisionnements.

C'était comme d'attendre constamment une chose qu'on n'était même pas sûr de voir arriver un jour.

— Ça paraît bizarre que tu sois là, commentai-je.

Il versa quelques sels de bain dans la baignoire et attrapa une serviette et un gant posés sur la table à côté.

Avec Stalinz Moreau comme père, j'aurais imaginé Micah autrement.

Il contempla l'eau.

— Mon père n'est pas apparu en public depuis neuf ans, expliqua-t-il. Il vit sur un yacht qui va de port en port, et le seul moyen pour que mes cinq frères et ma sœur puissent le voir est de prendre un hélicoptère et de suivre les coordonnées qu'il nous envoie.

J'avais entendu ça quelque part. C'était assez futé, d'ailleurs. Quand on fournit des armes à des terroristes et à des factions rivales dans des pays du tiers-monde, bouleversant la « cohérence » de la tyrannie déjà au pouvoir, beaucoup de personnes veulent votre mort.

— Les gens croient qu'être riche implique d'avoir le choix et d'être libre, poursuivit-il. Mais quand j'étais petit, qu'est-ce que j'ai pu envier ces gosses crasseux qui couraient pieds nus dans certains des pires quartiers que j'ai pu traverser !

Il leva enfin les yeux vers moi.

— C'est sympa de ne pas mourir de faim, mais je n'ai pas envie de mener la même vie que lui. Je ne veux pas être puissant. Je n'en ai rien à foutre du fric. J'en ai eu, et maintenant je préférerais un peu de sérénité.

Je m'approchai de lui.

— Alors comme ça, tu es le mouton noir ?

Il décocha un sourire triste.

— « Qu'on doit sermonner sur la loyauté à la famille et le devoir de ne pas être une fiotte », récita-t-il, sûrement en référence à son père.

Nous étions donc tous coincés ici. Je n'étais peut-être pas si seule que ça, après tout.

Gardant mon boxer et mon débardeur, j'entrai dans la baignoire. Une fois dans l'eau chaude, je fus parcourue de délicieux frissons.

Il sourit de me voir garder mes habits par pudeur, mais je n'avais pas envie qu'il parte tout de suite.

Je m'assis, fermant les yeux pour m'abandonner aux sensations. Il en profita pour incliner ma tête en arrière et verser de l'eau sur le sommet de mon crâne afin de me mouiller les cheveux. Puis, il remplit la tasse et réitéra l'opération plusieurs fois.

J'ouvris les yeux et regardai le miroir de l'autre côté de la pièce alors que l'eau ruisselait dans mon dos, sur ma poitrine, trempant mon débardeur.

— Qu'est-ce qui se passe quand l'équipe de réapprovisionnement revient ? l'interrogeai-je.

— Ils réapprovisionnent.

Forcément.

— Tu sais ce que je veux dire, insistai-je.

Quitte à être coincée ici, j'allais mettre mon temps à profit. Il me fallait dresser une carte de la maison, explorer le terrain et commencer à constituer des stocks d'eau et de nourriture. Peut-être me trouver une autre arme.

Micah leva son poignet pour me montrer son bracelet couleur bronze.

Je l'étudiai, prenant conscience du fait qu'ils en portaient tous un. Cela ne m'avait pas frappée la veille, mais à présent que je l'avais sous les yeux, je me souvins que chacun d'eux en était doté.

— Ils nous suivent à la trace, affirma-t-il. Impossible de l'enlever. Crois-moi, on a tous essayé.

Mais moi, je n'en avais pas.

— Ça vibre quand l'équipe arrive, expliqua-t-il. Les agents de sécurité viennent les premiers, et si on est tous dans nos chambres comme de bons petits garçons, ils se contentent de tirer le verrou pour qu'on ne bouge pas. Sinon, ils nous retrouvent et ils nous enferment. Quand les portes rouvrent, ils sont partis, le frigo est de nouveau rempli, les toilettes sont propres, il y a de nouveaux habits dans notre garde-robe, et tous les meubles brillent. Comme si on repartait à zéro tous les mois.

— Une nouvelle chance de ne rien casser ou renverser, ni de saigner par terre, hein ?

Il s'esclaffa.

— Oui.

— Vous pouvez leur parler quand ils viennent ?

— On peut essayer.

Il retira mon pansement, qui était désormais trempé.

— Mais au bout du compte, ce ne sont pas les responsables qu'on voit. L'équipe se contente de venir faire son boulot.

Il mouilla un gant et nettoya doucement le sang sur mon bras.

— Aydin a raison de te conseiller de rester dans le coin, parce que tu ne t'en sortirais pas vivante, enchaîna-t-il. Et je doute qu'ils viennent te sauver.

Je me crispai.

— Pourquoi tu dis ça ?

— Bon, ils ont forcément remarqué ton arrivée, pas vrai ?

Mon cœur cessa de battre, et je marquai une pause pour réfléchir. Il y avait de fortes chances pour qu'ils aient vu quelqu'un m'amener ici, ou qu'ils aient même aidé à me transporter jusque-là. Il avait raison. Même si Aydin ne m'enfermait pas dans le cellier comme il avait menacé de le faire, ils ne se préoccuperaient sans doute pas de moi lorsqu'ils viendraient dans un mois. Ils ne viendraient peut-être pas me sauver.

— Je te l'ai déjà dit, répéta-t-il. C'est leur boulot, rien de plus.

Eh bien, je n'allais pas rester là les bras ballants. Quelqu'un avait tenu à me faire venir ici, et ce n'était pas Will.

Je jetai un nouveau coup d'œil à la glace, l'imaginant m'observer pendant que Micah glissait le gant sous mon débardeur pour me nettoyer le dos.

— Comment est-ce qu'ils savent quand vous êtes « prêts » à rentrer ? questionnai-je encore. Enfin, il y en a bien qui sont rentrés chez eux depuis que vous êtes là, pas vrai ?

— Un seul, répondit-il. Mais on l'a renvoyé ici.

Le plancher craqua. Je levai la tête et aperçus Rory qui, appuyé contre l'encadrement de la porte, nous observait en mangeant une pomme. Son regard passa de Micah à moi.

— Pour mon plus grand plaisir, ajouta Micah d'une voix rieuse en le contemplant.

Je les considérai l'un après l'autre. Ils dégageaient des ondes qui me réchauffaient le cœur.

J'étais prête à parier que ces deux-là auraient été heureux de rester ici jusqu'à la fin de leur vie tant qu'ils étaient ensemble.

— Ça embêterait Rory si tu m'aidais avec mes cheveux ? demandai-je à Micah.

Avec un petit sourire espiègle, il ramassa le flacon de shampoing pour en verser une dose dans sa paume.

Je fermai les yeux pendant qu'il étalait le produit sur mes cheveux et le faisait mousser. Je savais que Rory nous observait, tout comme j'imaginais Will me contempler à travers la glace.

J'abandonnai la tête en arrière, et il me versa de l'eau sur le crâne, les cheveux, le corps. L'étoffe du débardeur blanc frottait contre mes tétons durcis.

Ses doigts s'enfoncèrent dans ma crinière pour en essorer l'eau. C'était si bon que j'en frissonnai presque.

À la merci de ce regard que je sentais posé sur moi depuis l'autre côté du miroir, j'agrippai les bords de la baignoire. Ça me plaisait.

— Je crois que je ferais mieux d'y aller, déclara enfin Micah.

J'ouvris les yeux. Rory, encore appuyé contre l'encadrement de la porte, avait cessé de manger et fixait Micah.

— Il a plus besoin de moi que toi en ce moment, taquina Micah.

J'avais l'entrejambe en feu. *Pas de chance.*

— Merci, soupirai-je, pas encore prête à renoncer à ses attentions.

Même si je comprenais tout à fait.

— Quand tu veux.

Il s'approcha de la porte, son T-shirt pendant encore de sa poche arrière, et se retourna avant de refermer derrière lui.

— Au fait, le cadeau vient d'Aydin, affirma-t-il en désignant le sol à côté de la baignoire.

Je jetai un regard par-dessus le rebord et aperçus une vieille boîte rectangulaire en bois. Je tendis le bras pour la ramasser et ouvrir le fermoir rouillé. Je soulevai le couvercle pour découvrir des porte-mines, un trace-courbes, une équerre en T, une gomme, un compas…

Je jetai un coup d'œil à Micah. Il s'agissait de matériel de dessin.

— Tu peux te déplacer librement dans la maison, m'informa-t-il. Personne ne doit te toucher, a dit Aydin. Sauf si tu nous y invites, ajouta-t-il avec un sourire.

Il referma la porte. Le rire de Rory résonna dans le couloir.

10

Emory

Neuf ans plus tôt

Alors que neuf cents paires de pieds battaient les gradins en acclamant leurs équipes respectives, Will marqua un nouveau panier à deux points depuis l'intérieur de la raquette.

Des hurlements emplirent l'air quand le ballon traversa le filet, et nous levâmes nos instruments pour jouer quelques notes en guise de célébration.

Eva pressa le bras contre le mien, et je dus remuer les pieds pour retrouver l'équilibre. Le gymnase était bondé. Je jetai un regard de l'autre côté du terrain, vers la section des supporters des Morrow Sands, qui était remplie de beaucoup plus de filles que de garçons.

C'était drôle de voir à quel point des beaux basketteurs pouvaient brusquement piquer l'intérêt d'adolescentes. À cet instant, tout le monde était fan de basket.

Le pivot fit une passe à Michael Crist, qui dribla le ballon en courant jusqu'au bout du terrain avant de le passer à Damon Torrance.

Damon l'attrapa et le fit rebondir par terre, pendant que deux filles lui faisaient signe là où il se trouvait à l'aile. Il lança le ballon, qui rebondit sur le bord du panier et retomba par terre.

Will s'en saisit, sauta et fit un *dunk*. La sirène de fin retentit dans le gymnase à l'instant où le ballon traversait le filet.

Je souris, relevant sa mine réjouie.

Maintenant, tout le monde est fan de basket.

Les hourras emplirent la salle, et je jetai un coup d'œil au tableau d'affichage.

59-65, Thunder Bay.

Ça s'était joué dans un mouchoir de poche.

Les entraîneurs et les joueurs assis sur le banc se déversèrent sur le terrain, et je levai ma flûte tandis que mes congénères faisaient de même avec leurs instruments. Nous exécutâmes la chanson de l'école, que tous les membres de notre camp entonnèrent en chœur.

J'observai Will qui, le sourire aux lèvres, se cramponnait à ses amis au milieu des bruits, des bavardages et de la musique, savourant la victoire.

Pour ma part, je n'y prêtais jamais beaucoup d'attention. Je savais uniquement que c'était à moi de jouer quand les autres autour de moi se levaient ou tenaient leurs instruments prêts.

Will retira son T-shirt pour le jeter sur son épaule en acquiesçant à ce que lui disait un type de l'équipe adverse. La sueur luisait sur son dos et assombrissait ses cheveux couleur chocolat. Mon regard dériva le long de sa colonne vertébrale.

Ce soir-là, pour une fois, j'avais suivi le match. Will avait été bon.

Et agréable à regarder.

Je suivis les autres membres de la fanfare et descendis les gradins pendant que tout le monde commençait à quitter le gymnase, nous dirigeant vers une pièce mise à disposition pour y ranger nos instruments.

Mais à cet instant, une fille cria :

— Emmy, attrape !

Je me retournai. Un gobelet rempli d'une boisson glacée me percuta la poitrine.

J'inspirai vivement, sentant du coca dégouliner sur mon uniforme bleu et blanc, s'infiltrer à travers mon pantalon, le long de mes jambes, et goutter sur ma flûte.

Je relevai les yeux aussi sec. *C'est une blague ?*

Maisie Vos, cramponnée à la rambarde des gradins, simula la surprise avant d'éclater de rire.

— Je t'ai prise pour la poubelle ! prétendit-elle en descendant au petit trot et en contournant les gradins pour s'approcher de moi. Enfin, c'est toi qui vides les poubelles au lycée, alors je me suis dit que tu allais m'aider. C'est ce que je voulais dire. Déso.

L'air entrait et sortait de mes poumons, mais je n'arrivais toujours pas à reprendre mon souffle. Elle l'avait fait exprès.

Eva s'arrêta à côté de moi, bouche bée, pendant que d'autres nous contournaient sur la pointe des pieds en riant dans leur barbe. Quelques types emboîtèrent le pas à Maisie, des élèves de terminale, et j'avais envie de leur cracher au visage toutes les injures qui me venaient à l'esprit.

Mais je me bornai à les ravaler, car sinon, ils gagneraient. Ils sauraient qu'ils comptaient.

Il ne s'agissait là que d'un simple rappel hebdomadaire : non, je n'étais pas l'un d'eux.

— Qu'est-ce qui se passe ? demanda Will en fendant la foule, son T-shirt encore sur l'épaule.

Maisie réprima un sourire. Les deux garçons qui étaient avec elle ne se donnèrent pas la peine de camoufler leur amusement.

Will me détailla du regard, avec le coca qui dégoulinait de mes habits et de ma flûte, puis se retourna vers les deux types.

— Couvrez-moi, grinça-t-il.

Ils arrêtèrent de rire, et Michael, Damon et Kai se mirent en position autour de Will tandis qu'il s'approchait de Hardy Reed et Silas Betchel.

Les deux garçons se raidirent, brusquement mal à l'aise, et personne ne dit rien pendant que les Cavaliers les dérobaient à notre vue.

Qu'est-ce que… ?

Je voulus voir ce qui se passait derrière Michael, mais j'aperçus seulement Will qui fixait Silas et Hardy dans les yeux tout en tripotant quelque chose.

Puis, il se figea, cligna des yeux, et je l'entendis. Le jet régulier, presque comme si on déchirait lentement un bout de tissu.

Un sourire mauvais se dessina sur les lèvres de Damon pendant que Silas fermait les paupières. Le torse de Hardy s'agita de plus belle, et il se détourna en pestant à mi-voix :

— Connard.

Je ne savais pas ce que Will était en train de faire, mais eux se contentèrent de rester là et d'endurer.

Au bout d'un moment, Will bougea. Sans les quitter des yeux, les Cavaliers se reculèrent, nous permettant de voir Silas et Hardy.

Au milieu des sifflements et des éclats de rire, je contemplai les ruisseaux de pisse qui trempaient leurs jeans et dégoulinaient sur leurs chaussures. Maisie avait le rouge aux joues. Son petit ami était la risée de tous.

Je souris. *À qui de rire, maintenant ?*

Will se pencha pour attraper le gobelet et le jeter dans la poubelle. Avant qu'il ait pu croiser mon regard, je tournai les talons.

J'avais la gorge en feu à force de retenir mes larmes.

Mais derrière moi, quelqu'un m'appela encore :

— Emmy, tiens !

Je me tendis. Une pom-pom girl accourut et farfouilla dans son sac à dos pour en sortir des habits et me les tendre. Comme les membres de la fanfare venaient directement en uniforme, je n'avais pas pris de vêtements de rechange.

J'avais presque envie de les refuser par pure fierté, mais Martin ne manquerait pas de me cuisiner si je rentrais dans cet état.

Je la remerciai d'un hochement de tête.

— Je te les rapporte lundi.

Et je me dirigeai vers les toilettes pour m'essuyer et me changer.

J'avais l'impression d'être sur le point de craquer, et je ne savais même pas pourquoi. J'avais pourtant déjà traversé ce genre d'épreuve. Ce n'était pas la mer à boire. Ça m'arrivait tout le temps.

J'aurais pu bousculer Maisie si je l'avais voulu. Lui crier dessus, peut-être. Lui rendre un peu la pareille, en tout cas.

Mais cette fois-ci, je ne voulais pas qu'on me voie, j'avais seulement envie de déguerpir. Comme si l'humiliation avait été telle que je préférais m'effacer de la mémoire des gens et cesser d'exister.

Disparaître, tout simplement.

Je nettoyai et rangeai ma flûte, changeai de vêtements et, mes écouteurs fourrés dans les oreilles, portai mon instrument et mon sac jusqu'au bus. Thunder Bay était à une heure de route. J'aurais préféré rentrer à pied.

La tête baissée, je fonçai vers l'arrière du véhicule, me glissai sur un siège vide et lâchai mon étui et mes habits par terre. Mon téléphone à la main, la chanson *Teenage Witch* dans les oreilles, je regardai par la vitre.

Des gens me passèrent devant en silence, sans émettre le moindre ricanement. Will Grayson avait jeté son filet et fait savoir à tout le monde que personne ne devait me toucher.

Mais ça ne me dérangeait pas. Que ce soit par peur ou non, la plupart d'entre eux ne se seraient pas assis à côté de moi de toute façon. Ils ne le faisaient jamais.

Le bus se remplit. Quand les portes se fermèrent, que les lumières se tamisèrent et que le moteur démarra, j'attendais encore que quelqu'un s'asseye sur le siège à côté du mien.

Je mordillai le coin de ma bouche pour cacher mes tremblements. Qu'est-ce que ça pouvait bien me faire ? Quelle importance que je subisse une humiliation de plus ? Quelle importance qu'il ait assisté à cette scène au gymnase ?

Les larmes affluèrent.

Il m'a vue. Il avait vu ce qu'on m'avait infligé.

Il avait vu ce que le monde entier pensait de moi, et voilà qu'il…

Voilà qu'il…

Sentant une main douce et chaude se glisser sous la mienne, je tournai vivement la tête vers la gauche. Will était assis à côté de moi.

Qu'est-ce que…

La gorge nouée, je scrutai son profil. J'aurais aimé être furieuse contre lui de me toucher une fois de plus sans ma permission, mais…

Il recourba les doigts, attrapa les miens et… Il me fallut un moment pour me reprendre.

Enfin, je me forçai à prendre un air renfrogné et à dégager ma main.

Ou, du moins, j'essayai de le faire.

Il refusait de me lâcher. Et de me regarder. Il se contenta de jeter son sweat à capuche noir sur nos mains et de discuter avec le type d'à côté comme si je n'avais pas été là.

Mon cœur battait si fort qu'il en éclipsait la musique dans mes écouteurs, et je dus lutter pour ralentir ma respiration.

Les yeux fermés, je me tournai vers la fenêtre. Pourquoi m'infligeait-il cela ?

Et moi, pourquoi restais-je sans rien faire ? Je percevais la chaleur de ses doigts puissants sur les miens. Je lui glissai un nouveau regard. Il était avachi sur son siège, ses longues jambes étirées dans l'allée, pendant que les basketteurs, pom-pom girls et musiciens continuaient de bavarder autour de nous.

Il se contentait de fixer son téléphone comme si rien ne se passait sous le sweat entre nous. Comme s'il n'était pas pleinement conscient de me tenir la main.

Au bout de trois tentatives, je parvins enfin à déglutir, tout en tirant sur son sweat pour mieux cacher nos deux mains. Il pensait peut-être que je ne voulais pas qu'on nous voie. Ou alors, c'était lui qui ne voulait pas qu'on nous voie. Quoi qu'il en soit, je m'en fichais.

Le bus avançait en cahotant pour regagner l'autoroute. Je serrai le poing à mon tour, sentant mon bas-ventre s'enflammer au contact de sa peau.

Un mouvement attira mon attention devant moi, mais je ne levai pas les yeux car je savais de quoi il s'agissait. Desi Castro était assise sur les genoux de notre pivot, dos à lui. À la faveur des ombres et de la faible lueur de la lune, j'étais à peu près sûre qu'ils faisaient preuve d'une extrême imprudence – en silence, au moins – sur le siège devant nous.

Les longues mèches rouges de la jeune fille ruisselaient sur l'arrière du siège, et je levai enfin les yeux alors qu'elle s'abandonnait contre lui. Leurs lèvres s'effleurant à peine, ils se balançaient de manière lente mais cadencée dans l'obscurité.

Will frotta son pouce sur mon doigt, en un geste réconfortant.

Mon téléphone émit un signal sonore et je retournai ma main droite pour déverrouiller l'écran avec le pouce. L'appareil éclaira mon coin près de la vitre martelée par la pluie alors que le bus fonçait dans la nuit sombre.

Laisse-moi te raccompagner chez toi.

J'éteignis ma musique, jetai un regard vers lui et remarquai son téléphone dans sa main – qui affichait le même texto.

Non.

Je ne pouvais pas lui permettre de me raccompagner. Ni aujourd'hui, ni jamais. Je voulus dégager ma main de la sienne, mais il m'agrippa fermement.

Il insista.

Laisse-moi te raccompagner chez toi.

Les dents serrées, je regardais par la vitre. J'essayai une fois de plus d'écarter ma main, mais il la serra dans son poing et me força à la poser sur ma cuisse, qu'il effleura du bout des doigts.

J'eus l'impression d'être foudroyée sur place. Sauf qu'au lieu de me mettre en colère, je fermai les yeux, toute chose.

Mon téléphone émit un bip, et il me fallut un moment pour le regarder.

J'ai envie de te tenir comme ça contre moi.

Je jetai un nouveau coup d'œil à Desi et Miller, qui la serrait dans ses bras. Je m'imaginai sur les genoux de Will, à l'abri d'une voiture sur une route sombre cinglée par la pluie, et je dus me retenir de ne pas le regarder. Sinon, il saurait…

Il saurait que je ne le détestais pas. Un fragment de mon être commençait à croire qu'il fallait peut-être aller au-delà des apparences.

Mais je repoussai sa main en mordant ma lèvre inférieure pour réprimer mes émotions.

— Des flics sont venus à l'entrepôt et ont embarqué tous les fûts, cria quelqu'un, assez fort pour couvrir la musique qui se déversait de mes écouteurs.

Je tournai la tête vers une pom-pom girl, Lynlee Hoffman, de l'autre côté de l'allée, qui observait Will.

Il resta sans bouger, sa main toujours cachée sous le sweat, comme si de rien n'était.

— Ah ouais ? renvoya-t-il.

Ça n'avait pas l'air de l'intéresser.

Lynlee me décocha un regard soupçonneux. S'ils avaient eu vent d'une fête, c'était forcément parce que je l'avais dit à mon frère, pas vrai ? Comme s'il fallait être un génie pour piger qu'une victoire impliquait toujours un fût de plus à l'entrepôt. Sans blague.

J'augmentai le volume pour écouter ma musique et noyer les bruits environnants tout en tapotant sur mon téléphone.

Raccompagne-la chez elle. Elle bavera d'envie face à ta coupe de cheveux à la con et ton expertise en matière de bières artisanales et de blagues débiles.

Enfin, c'était un sportif, quoi.

Je le sentis secoué de rire à côté de moi.

Il écrivit, et les lettres s'affichèrent sur son écran.

Je te raccompagne chez toi ou je te prends sur mes genoux là, tout de suite. Choisis.

Je crispai la mâchoire.

Tout le monde le verrait. Si mon frère en entendait parler, je…

Bon sang.

Damon se pencha derrière nous et serra les épaules de Will pour lui parler à l'oreille. Will rit aux éclats, sans que personne sache en quoi consistait leur échange.

Mon téléphone émit un nouveau bip.

On est presque arrivés.

Je secouai la tête.

Ça se verra.

Alors, débrouille-toi pour que ça ne se voie pas.

Il récupéra son sweat à capuche et l'enfila par la tête, recouvrant son T-shirt blanc sans manches et ses magnifiques bras hâlés et musclés qui me laissaient toujours bouche bée.

Nous entrâmes dans Thunder Bay et nous dirigeâmes vers notre campus, où chacun pourrait récupérer sa voiture et partir faire la fête. Sauf moi, qui rentrerais directement chez moi à pied, comme toujours.

Par la fenêtre, je vis filer le village, les lumières scintillantes du parc, et mon quartier, et puis nous gravîmes les collines où résidaient Will et ses amis fortunés. Une part de moi avait envie de ça. Une part de moi adorait être le centre de son attention, parce qu'il était effronté, sûr de lui, beau gosse et beau parleur. Il était populaire, un rien l'habillait, et il avait un sourire à tomber.

Il était intouchable, et il voulait me toucher.

Ce soir-là, en tout cas.

Je baissai les yeux. Même si j'en avais envie, mon frère ne l'accepterait jamais.

Le téléphone vibra une fois dans ma main, puis une fois de plus, et encore, mais je continuai de dodeliner la tête en rythme avec la musique comme si je ne m'en apercevais pas. Voyant le lycée apparaître, une chaleur m'inonda la poitrine, mais je n'en tins aucun compte. J'allais bientôt m'en aller, et il pouvait passer le reste de la soirée à raccompagner qui il voulait, je m'en fichais.

Entre nous, il ne se passerait rien.

Un autre texto arriva, et je le lus.

Quand le bus s'arrêtera, tu as intérêt à monter dans mon pick-up.

Je lâchai un rire amer. *Tiens, tiens, on dirait que quelqu'un pète un câble.*

Pourquoi ?

L'instant d'après, le bus s'arrêtait, Will tirait sur mes écouteurs, et je pris une vive inspiration pendant qu'il se penchait sur moi.

— Parce que tu es à moi, gronda-t-il dans un murmure.

Tout à coup, les Cavaliers se levèrent, attrapèrent leurs sacs et foncèrent dans l'allée pour descendre les premiers.

Mon cœur me martelait la poitrine.

Non, mais sérieux !

Parce que tu es à moi. Sans tenir compte de mon trouble, je m'emparai de mon sac et tripotai mes écouteurs qui pendillaient.

Franchement, quoi. Qu'est-ce qui lui prenait ? Je figurais dans une de ses chasses au trésor ? « Chope la binoclarde » ?

Je me levai en même temps que tout le monde et m'engageai dans l'allée pour m'apprêter à descendre.

Je ne suis pas à toi, Will Grayson.

Et je vais rentrer à pied, merci.

Le bus se vida. Dans le parking, les moteurs rugissaient déjà et les phares brillaient dans la nuit. Je m'approchai de la soute au cas où quelqu'un aurait besoin d'aide pour sortir ses affaires, mais elle était déjà vide. Les sportifs et les musiciens étaient tous sur le départ.

J'allais me sauver à toutes jambes avant qu'il me voie, mais Eva m'attrapa la main.

— On va se faire raccompagner, annonça-t-elle.

— Hein ?

— Will, expliqua-t-elle en m'entraînant derrière elle. Il nous ramène chez nous.

— Euh, non, contrai-je en arrachant ma main à la sienne. Pas question.

— Tu ne veux pas que je monte seule avec lui, si ? s'offusqua-t-elle en plantant les mains sur les hanches. Un mec mûr comme lui, qui a l'habitude d'avoir ce qu'il veut ?

— Alors tu n'aurais pas dû dire oui.

Je pivotai de nouveau et me dirigeai vers les grilles pour rentrer chez moi.

— Mais demain, je pourrai raconter à tout le monde que je suis montée dans son pick-up, pleurnicha-t-elle en me suivant au petit trot.

Et alors ?

— Non.

S'il lui avait proposé de la raccompagner, c'était uniquement parce qu'il savait que je viendrais aussi. Et je ne voulais pas l'encourager.

Eva s'arrêta, et je continuai d'avancer.

— C'est important de faire plaisir aux autres, Emmy, cria-t-elle derrière moi. S'il te plaît ?

Je ralentis le pas, me sentant coupable de l'entendre si larmoyante. Je m'arrêtai en soupirant. S'il la raccompagnait, elle serait aux anges.

Et puis merde à la fin. Même si je refusais ce soir-là, il n'abandonnerait pas la partie comme ça. Ce cinglé de harceleur me suivrait dans sa saloperie de pick-up. Jusqu'à ma porte d'entrée.

Me retournant, je la vis déjà regagner le parking, les épaules voûtées.

— Attends.

Elle fit volte-face, le sourire jusqu'aux oreilles.

Je la rejoignis, et nous marchâmes ensemble vers le pick-up de Will.

— Assieds-toi à l'avant, me dit-elle. Je descendrai avant toi.

Hein… ?

Mais elle me poussa vers la portière de l'immense Ford Raptor noire et ouvrit la portière arrière pour grimper à l'intérieur avant que j'aie pu protester.

Sérieux ?

J'ouvris à mon tour et m'affalai sur le siège passager sans un seul regard pour Will.

À cet instant, la portière arrière s'ouvrit de nouveau et, quand je jetai un coup d'œil par-dessus mon épaule, je vis Eva sortir à la hâte.

— Qu'est-ce que tu… ?

Elle passa devant ma fenêtre, se retourna et me décocha un clin d'œil tout en marchant à reculons.

— Conduisez prudemment, chantonna-t-elle en agitant la main d'un air taquin.

Je compris enfin et cessai de respirer. Je m'étais bien fait avoir.

Les portes se verrouillèrent. Le parking était encore bondé, et j'avais officiellement fini ma journée. Je secouai la tête en la regardant se fondre dans la foule.

— Ça m'apprendra à vouloir me faire une amie, marmonnai-je.

Je bouclai ma ceinture et décochai un sale regard à Will qui, le sourire aux lèvres, démarrait le moteur.

Il se croyait malin, hein ? Il avait dû arranger ça avec elle pendant les trente secondes qu'il m'avait fallu pour descendre du bus.

Il écrasa la pédale d'accélérateur et quitta le parking tout en montant le volume pour écouter *In Your Room*.

Nous longeâmes la route en direction du village. Je crispai les mains sur mes genoux, mon sac et ma flûte posés par terre.

À l'intérieur, ça sentait bon. Les sièges en cuir me rafraîchissaient l'arrière des cuisses, et mon estomac faisait une cabriole chaque fois que les roues rencontraient des creux et des bosses.

L'obscurité de la cabine nous enveloppait et instaurait un sentiment d'intimité. Comme si on avait été seuls dans un endroit interdit.

Risquant un regard, je contemplai ses longs doigts allongés sur le T du volant, puis son visage, ses yeux fixés sur la route et son air grave qui ne lui ressemblait pas.

Son torse s'élevait et s'affaissait, de manière régulière et maîtrisée. S'il y avait une chose que je savais de Will Grayson, troisième du nom, c'était que c'était justement lorsqu'il était maître de lui-même qu'il fallait s'inquiéter.

Comme la veille, dans la piscine.

Quand il devenait sérieux, il me troublait.

Je baissai de nouveau les yeux sur mes genoux, le souffle court, me sentant presque mal parce que mon corps était en proie à des sensations contradictoires.

Ça me plaisait.

Nous étions presque arrivés devant chez moi et il n'avait toujours rien dit, mais je m'en fichais. Je me contentais de savourer l'instant aussi longtemps que je le pouvais. Lui à côté de moi. Moi dans sa voiture. La chair de poule sur mes jambes, parce que je me sentais presque jolie en jupe. Et lui, ça lui plaisait ?

Quand il s'engagea dans ma rue, j'agrippai l'ourlet de ma jupe. Je voyais ma maison se profiler, mais je n'avais pas envie de le quitter.

Mais il conduisait trop vite. Pourquoi allait-il à cette vitesse ? Il allait devoir s'arrêter dans une seconde.

Nous passâmes devant chez moi sans nous arrêter ni même ralentir, et je tournai la tête pour contempler ma maison.

Il garda le pied sur l'accélérateur et ma maison disparut dans le rétroviseur.

Mon cœur tressaillit dans ma poitrine.

— Il faut que tu me ramènes chez moi, affirmai-je. Je ne peux pas arriver en retard.

J'étais incapable de parler au-delà d'un murmure, car je n'avais vraiment pas envie de rentrer. Mais je n'avais pas le choix.

Enfin, il me jeta un coup d'œil.

— De quoi as-tu peur ? Tu sais me dire « non », pas vrai ? Tu peux bien rester avec moi une heure de plus.

Je haussai un sourcil. Qu'allait-il donc essayer de faire qui me pousserait à dire « non » ?

Je vérifiai l'heure sur le tableau de bord. Il n'était que 21 h 19. Tant que j'étais rentrée pour 22 heures, Martin ne me poserait probablement pas de questions. Probablement.

En revanche, il saurait que le bus était déjà arrivé.

Will traversa le quartier et prit Old Pointe Road, direction Adventure Cove.

Je me tendis. Que mijotait-il ? Ça fermait à 20 heures, et il n'y avait rien d'autre dans les parages.

Il tourna pour entrer dans le parking du parc d'attractions déjà désert. Il immobilisa le pick-up sans se donner la peine de se garer sur une place en particulier, mais ne coupa pas le moteur et baissa la radio.

J'aventurai mon regard autour du parking, les guichets vides et manèges sombres se profilant derrière les grilles. Un lampadaire diffusait une lueur solitaire.

Je le regardai du coin de l'œil pendant qu'il s'abandonnait sur son siège pour tourner le visage vers la vitre et que le silence pesait sur les battements de mon cœur.

— Tu vois la grande roue ? demanda-t-il enfin.

Je suivis son regard et l'aperçus sur la droite, tout au bout du parc d'attractions.

— Si tu passes devant, poursuivit-il, à environ cinq cents mètres vers l'est, tu atteindras Cold Point.

Cold Point était le lieu où les falaises saillaient un peu plus que le reste du littoral entre ici et Falcon's Well. Mais, avec le parc d'attractions qui faisait obstacle, il était désormais quasi inaccessible.

Et pour une bonne raison, vu son passé.

— Tu connais l'histoire ? risqua-t-il.

— Un meurtre-suicide, marmonnai-je.

Il se tut.

— Peut-être, murmura-t-il enfin.

Je le considérai tandis qu'il appuyait la tête sur sa main et qu'il regardait droit devant lui.

— En 1954, Edward McClanahan avait mon âge, relata-t-il. C'était un élève de terminale, une star du basket, un peu *bad boy* sur les bords, mais seulement quand il le fallait…

Il m'adressa un sourire taquin.

— Il était là pour les autres. On pouvait compter sur lui, tu comprends ?

Je ne savais pas grand-chose d'Edward McClanahan, mis à part le fait que l'équipe de basket effectuait un pèlerinage annuel sur sa tombe. Ça ne m'avait jamais trop intéressée, à vrai dire.

Mais je gardai le silence.

— Cette saison-là était censée être leur meilleure, enchaîna-t-il. Ils avaient l'équipe, l'entraîneur, les années d'expérience… Ils étaient capables d'anticiper chacun de leurs coups, chacune de leurs pensées.

Il croisa mon regard.

— Voilà ce que leur avaient apporté des années passées à jouer ensemble. Ils formaient une famille. C'était même plus que ça. Ils étaient en parfaite symbiose.

Comme les Cavaliers. Quand on les regardait, on avait l'impression que les autres joueurs n'existaient pas. Michael, Kai, Damon et Will étaient comme les quatre membres d'un même corps.

— C'est rare quand ça arrive, poursuivit-il. Ils dépendaient les uns des autres et auraient fait n'importe quoi pour s'entraider. Ils allaient tous postuler pour entrer dans de grandes équipes. Tout le monde était surexcité à l'idée de la saison à venir. Les matchs, les soirées, les festivités…

Je me demandais si tout ce qu'il disait était vrai. Il brossait un beau portrait, mais on a tendance à croire ce qu'on a envie de croire. Rétrospectivement, tout paraît toujours mieux.

Il sourit.

— Elvis commençait tout juste à percer, tout le monde voulait une Chevy Bel Air, et la chanson *Sh-Boom* des Crew-Cuts était en tête du hit-parade.

Il se rembrunit un peu.

— Le soir du bal de rentrée, une fille de Falcon's Well – un de nos rivaux – s'est pointée à notre lycée. Elle était seule, et portait une robe rose en tulle et dentelle. Les lumières au-dessus de la piste de danse scintillaient sur ses cheveux et ses épaules nues, et tout le monde n'avait d'yeux que pour elle. Elle était morte de trouille, car elle savait qu'elle n'avait rien à faire là.

Il marqua une pause, tourna la tête et soutint mon regard.

— Elle se sentait comme une souris dans une fosse à serpents. Elle n'arrêtait pas de se tenir le ventre, comme si elle allait vomir ou un truc dans le genre. Mais elle était jolie. Si jolie. *Lui*, il ne la quittait pas des yeux.

McClanahan.

Je regardai au loin, au-delà de la grande roue et vers Cold Point, imaginant la jeune fille. La robe rose sans bretelles évasée à la mode des années 1950, les jeunes hommes en costards.

— On dit qu'elle était venue faire des embrouilles, m'exposa-t-il, sa voix douce et grave s'immisçant dans le creux de mon oreille. Que l'équipe rivale l'avait envoyée pour semer la discorde. On dit qu'elle a dragué toute notre équipe. Qu'elle a essayé de les pousser à lui faire des choses ce soir-là pour jouer les victimes le lendemain.

Pourquoi me racontait-il tout ça ?

— Personne ne sait comment ils ont fait pour retrouver le corps, ou même si elle a hurlé, mais on l'a repérée des heures plus tard à travers le brouillard matinal, déchiquetée sur les immenses rochers en dessous. Sa robe rose était tachée de rouge et les vagues plaquaient ses cheveux sur les pierres pendant que ses yeux morts fixaient la falaise au-dessus d'elle. La dernière chose qu'elle a vue était la personne qui l'a poussée.

Je voulus m'humecter les lèvres, mais ma bouche était trop sèche.

— On dit que l'équipe allait devoir abandonner la saison à cause des enquêtes et de l'omniprésence des médias.

Il inspira un grand coup et soupira.

— On dit que les gars qui ne venaient pas de familles riches allaient devoir renoncer à leurs rêves de bourses sportives à cause de ça. Qu'ils devraient faire une croix sur la fac.

Il s'interrompit.

— On dit qu'on allait devoir virer l'entraîneur et qu'il était sur le point de déménager avec sa famille, tout en sachant qu'il avait peu de chances de se trouver un autre boulot après un tel scandale.

J'ignorais tous ces détails. J'écoutai son histoire.

— Tout ce que je sais, poursuivit-il, c'est qu'une semaine plus tard, Edward McClanahan a laissé un aveu sur la table de la cuisine de ses parents et puis qu'il l'a suivie par-dessus la falaise. Les derniers mots de sa lettre disaient : « Nous voulons ce que nous voulons. »

Je tournai le visage vers lui, prise de sueurs froides.

Nous voulons ce que nous voulons.

— On dit que McClanahan s'est sacrifié pour que la saison continue.

Du genre, il avait joué les boucs émissaires ? Il n'était pas coupable ?

— Enfin, c'est ce qu'on raconte, ajouta-t-il, une lueur passant dans son regard. Mais il y a d'autres rumeurs qui courent.

Le ventre noué, j'attendis qu'il poursuive.

— Certains prétendent qu'elle s'est retrouvée coincée entre deux meilleurs amis – McClanahan, qui était amoureux d'elle, et A.P., son petit ami. Il n'était pas riche comme McClanahan, mais il était malin. Et ambitieux. À ne pas sous-estimer.

Ma curiosité était piquée. Un mystère.

J'aimais bien les mystères.

— On raconte qu'elle était enceinte. Et qu'elle aurait sauté.

Puis, il me décocha un nouveau regard.

— Et qu'Edward… ne l'aurait pas fait.

Il n'aurait pas sauté ? Donc, on l'aurait poussé ?

Un sourire me titilla les lèvres.

— On dit que le mot sur la table de la cuisine était bien un aveu, mais pas le sien.

Il prit une autre inspiration et se retourna vers le pare-brise. Tout le monde révérait Edward parce qu'on pensait qu'il avait trinqué pour sauver la saison de l'équipe. Pour permettre à certains gosses de conserver leur bourse universitaire, et au coach de garder son boulot.

J'avais toujours trouvé ça stupide. De toute évidence, Edward n'avait pas idée de tout ce que la vie pouvait nous réserver. Il y avait bien pire qu'un petit scandale.

Mais j'aimais bien la façon dont Will racontait cet épisode. Comme si rien n'était comme on le pensait, et qu'il y avait une histoire à déterrer.

Après tout, personne ne savait vraiment ce qui s'était passé au Point des décennies plus tôt.

— J'aime bien venir ici, murmura-t-il presque. J'aime les mystères. Parfois, je meurs d'envie de savoir ce qui s'est passé cette nuit-là, et d'autres fois j'espère ne jamais l'apprendre, parce que c'est plus intéressant comme ça. La réalité est toujours décevante.

Il pivota vers moi.

— Je crois que c'est pour ça que je préfère cette heure de la journée. Les gens se cachent dans le noir. On est plus nous-mêmes ici qu'ailleurs. Je peux être moi-même…, s'interrompit-il en déglutissant, les yeux rivés sur mon visage, quand la nuit tombe.

Je me perdis dans ses prunelles vert sombre. Son visage entier était plongé dans l'ombre de la cabine du pick-up, et je voulus…

J'avais l'impression que mes lèvres étaient chargées d'électricité, comme si une ficelle était tendue entre lui et moi et qu'elle rétrécissait à chaque instant.

Je veux…

— Nous voulons ce que nous voulons, chuchota-t-il.

Je baissai les yeux sur mes genoux, les poings serrés.

Puis sa voix se fit de nouveau entendre, à peine audible :

— Viens par là.

Mon cœur fit un bond dans ma poitrine, et j'en perçus les battements jusque dans mes doigts. Je regardai Will, qui avait les poings crispés sur le volant.

— Viens par là, répéta-t-il.

Je secouai distraitement la tête.

— Pourquoi ? demandai-je.

— Parce que je suis ton mec.

Mon cœur se fendit en éclats sous l'effet de ces paroles absurdes. Pour qui se prenait-il, au juste ? Ce n'était pas à lui de décider que quelqu'un lui appartenait pour satisfaire un simple caprice.

Et c'était tout ce que j'étais. Un caprice passager. Il n'écoutait pas, et n'acceptait pas qu'on lui dise non.

Si je me laissais faire, que je lui permettais de m'aimer et de me protéger, comme il le disait, je ne ferais que troquer un abus contre un autre.

Il se servirait de moi, me larguerait, et je serais plus mal que jamais. Je serais anéantie.

— Ramène-moi chez moi, ordonnai-je.

Il cligna des yeux, mais ne bougea pas.

Je déverrouillai ma portière, tirai sur la poignée et ouvris brutalement pour sortir d'un bond.

Je rentrerais à pied. *Va te faire voir.*

Je claquai la porte et l'entendis ouvrir la sienne. Il contourna le pick-up et se dressa devant moi avant que j'aie eu le temps d'atteindre le hayon arrière.

— Pourquoi tu as peur de moi ? aboya-t-il, me faisant reculer.

— Pourquoi tu m'as raconté cette histoire ? renvoyai-je.

— À ton avis ?

— Pour me prouver une fois de plus ce que je sais déjà ? hurlai-je. Que les gars de Thunder Bay s'en tirent toujours, quoi qu'il arrive ?

Je me figeai, et il m'imita.

— Tu trouves qu'Edward McClanahan s'en est bien tiré ? riposta-t-il.

Rien à foutre d'Edward McClanahan ! *Je veux… Je veux seulement… Je veux seulement rentrer chez moi !*

— Je t'ai raconté ça parce que j'aime cet endroit, répondit-il enfin. Et je voulais que tu sois là avec moi parce que…

Il chercha ses mots, enfonça une main dans ses cheveux et tira dessus.

— Parce que nous voulons ce que nous voulons, Em ! Putain !

— Ramène-moi chez moi.

Il se pencha vers moi, le regard enflammé.

— Non.

Je lâchai un petit rire, décontenancée. C'était une blague ?

— Qu'est-ce que tu crois ? crachai-je en m'avançant vers lui. Demain dans les couloirs du lycée, je ne vais pas te rouler des patins devant tout le monde. Je suis plutôt celle que tu caches parce que tu as honte !

— Parle pour toi, gronda-t-il. Je crois surtout que c'est toi qui as honte de moi. Alors qu'en vérité, c'est moi que tu veux. C'est ça que tu veux.

J'éclatai de rire.

— Qui t'a fourré cette idée dans la tête ? Ta société secrète de violeurs, qui est convaincue que le fait que je t'ai repoussé quinze fois est un « signe » ? lâchai-je en levant les mains pour mimer des guillemets.

Avec un grondement, il s'avança vers moi, puis recula et se retourna. Il passa de nouveau les mains dans ses cheveux en respirant péniblement.

— Si je pouvais, je n'arrêterais jamais de te toucher, dit-il, presque avec lassitude. Je ne toucherais que toi, et personne d'autre.

Il me regarda. Il était tellement beau que j'avais envie de le croire.

La pluie se remit à tomber et un éclair zébra le ciel, suivi d'un coup de tonnerre.

De tous les garçons du lycée, Will représentait la plus grande menace. Pas parce qu'il était beau ou qu'il faisait partie des rares garçons à s'intéresser à moi, mais parce que...

Il ne renonçait jamais. Tout au fond de moi, j'adorais ça, car il fallait forcément des efforts pour me conquérir, et qu'il ne se laissait pas décourager facilement.

Là, tout de suite, j'avais envie qu'il me prenne dans ses bras.

Mais à la place, je fis le tour du pick-up, me mis au volant et verrouillai les portes. S'il ne me raccompagnait pas chez moi, je rentrerais sans lui.

Sous la pluie qui cinglait la vitre, il vint se planter devant moi, une lueur de défi dans le regard.

J'attendis qu'il essaye de m'arrêter, mais... il n'en fit rien.

Je débrayai, mis les gaz et partis en trombe, faisant demi-tour dans un crissement de pneus.

Je lui filai devant et quittai le parking sans un regard dans le rétroviseur.

Je tournai sur la route sombre et écrasai l'accélérateur pour foncer vers Thunder Bay en agrippant le volant comme s'il s'agissait du cou de Will.

Pour qui se prenait-il ? Toutes les filles de la Terre se contentaient-elles de remercier le ciel d'être l'objet de son attention ? Était-ce ainsi qu'il avait gagné cette assurance ?

J'avais seulement envie de rentrer chez moi. D'étudier. De finir le lycée. Et de quitter cette ville.

Rien d'autre ne m'intéressait.

— Argh ! criai-je en montant le volume de la radio et en m'avançant sur le siège.

J'atteignais à peine les pédales et il faisait trop sombre pour trouver le moyen de régler la profondeur d'assise dans ce fichu pick-up.

Bon sang, quand s'arrêterait-il ? Il était du genre à dire : « Salut, poupée ! Je suis… (tout en rejetant ses cheveux en arrière et avec une voix de surfeur) Will Grayson. Tu ne veux pas qu'on sorte ensemble et qu'on tire un coup ? On pourrait carrément aller se taper un délire à Hawaï. Je ferai tamponner ton passeport et je réaliserai tous tes rêves. »

Même si, évidemment, on n'aurait pas besoin de passeports, vu que Hawaï faisait partie des États-Unis.

Je grommelai dans ma barbe tandis que la pluie tombait plus fort et floutait la route devant moi.

J'enclenchai les essuie-glaces, un peu plus calme à présent.

Bon, d'accord. Il n'était pas débile à ce point.

Il ne l'était pas du tout, d'ailleurs. Il saurait que Hawaï faisait partie des États-Unis.

Et il ne disait jamais « poupée » ni « se taper un délire ».

Je poussai un soupir. *Et parfois, il est même gentil.*

Et tendre.

J'hésitai un instant, contemplai la pluie désormais battante avant de ralentir sur la route déserte et de refaire demi-tour.

Il était tellement obstiné que c'en était épuisant, mais… je ne pouvais pas le laisser rentrer chez lui par ce temps. Je ne pouvais pas lui infliger ça.

Fonçant vers le Cove, je m'engageai de nouveau dans le parking et le repérai assis sur une butée de stationnement, capuche relevée et chevilles croisées.

Je m'immobilisai à côté de lui et baissai la vitre.

Il leva les yeux en battant des cils sous la pluie.

— Je ne t'aime vraiment pas, lançai-je d'une voix bien forte pour qu'il n'y ait aucune ambiguïté.

Il se releva en souriant, s'approcha du pick-up et, une fois sur le marchepied, me contempla.

— Ça me plaît, que tu ne m'aimes pas, railla-t-il.

Il baissa sa capuche, et la pluie ruissela sur son visage.

— Alors, je suis un défi pour toi ? lançai-je. C'est tout ?

— Non, protesta-t-il en secouant la tête. Mais tu me donnes envie d'être…

— Meilleur ? complétai-je à sa place en levant les yeux au ciel face à un tel cliché.

Mais il marqua une pause.

— Plus que ce que je suis, rectifia-t-il enfin. Personne n'attend jamais ça de moi.

Je l'étudiai, à court de mots.

Puis, je considérai le téléphone qu'il tenait à la main.

— Quelqu'un vient déjà te chercher ?

— Non, répondit-il en fourrant l'appareil dans sa poche. J'allais appeler ton frère pour signaler le vol de ma voiture.

J'écarquillai les yeux et manquai de hurler, mais gardai les lèvres serrées.

Espèce de salaud.

— Pousse-toi, dit-il.

En soufflant, je passai par-dessus la console centrale pour regagner le siège passager pendant qu'il ouvrait la portière et s'installait au volant.

— Je peux t'amener au lycée lundi matin ? lança-t-il en arrivant dans ma rue.

Je défis ma ceinture de sécurité.

— Non.

— Je te le demandais seulement par politesse, précisa-t-il avec agacement. Je passerai te chercher. Je n'aime pas que tu y ailles à pied.

— S'il te plaît…, lâchai-je en secouant la tête, prête à le supplier. S'il te plaît, ne fais pas ça.

Nous nous approchâmes de ma maison, et je m'emparai de mon sac et de ma flûte.

— Arrête-toi là.

— Ton frère ne me fait pas peur, Em.

— S'il te plaît, dépose-moi là. Arrête-toi, Will. Je t'en supplie.

— OK.

Il s'immobilisa aussitôt le long du trottoir, se glissant derrière la Buick de Mme Costa.

J'ouvris la portière, mais il m'attrapa la main.

Je lui jetai un regard par-dessus mon épaule.

— Je serai ici, insista-t-il. À 7 heures.

Je le dévisageai un instant en me demandant si lui dire « non » une fois de plus servirait à quelque chose. Mais je me contentai de prendre mes affaires et de descendre de la cabine.

Je croisai une dernière fois son regard avant de refermer la portière et puis longeai le trottoir à la course avant de remonter notre allée. J'inspectai mes alentours au cas où quelqu'un nous aurait vus mais, par chance, il était tard et la rue était calme.

Je grimpai les marches et tournai la poignée, le cœur un peu serré car cela signifiait que Martin était encore debout.

J'entrai dans la maison et entendis le pick-up de Will repartir enfin. Je fermai et verrouillai la porte, un petit sourire aux lèvres.

Il avait attendu que je sois bien rentrée pour s'en aller.

Un bruit de vaisselle provint de la cuisine. Je lâchai mon sac et mon étui par terre, prête à braver la tempête. Je n'avais pas la moindre idée de l'heure qu'il était, et je n'avais pas vérifié mon téléphone pour voir s'il y avait des appels manqués.

Les mains fourrées dans les poches de ma veste, je pénétrai dans la cuisine obscure.

Debout devant l'évier, Martin rinçait les assiettes avant de les entreposer dans le lave-vaisselle. Il tourna la tête et me toisa par-dessus son épaule.

— Le dîner est prêt, indiqua-t-il en désignant la table.

Mais je me précipitai pour lui prendre l'assiette des mains.

— Laisse, je m'en occupe. Tu as travaillé toute la journée.

Il me laissa prendre la relève, attrapa un torchon et se sécha les mains. Je pris la brosse à récurer et grattai les restes de notre petit déjeuner du matin.

— Tu sais, commença-t-il. C'est drôle. Quand j'ai vu que tu n'étais toujours pas rentrée à 22 heures, j'ai localisé ton téléphone.

Je chancelai, les poils dressés sur les bras. Il pouvait localiser mon téléphone ? Depuis combien de temps le faisait-il ?

— J'ai appris que tu étais au Cove.

Il s'appuya contre le plan de travail tout en continuant de me dévisager.

— Ce qu'il y a de drôle, c'est que le Cove a fermé à 20 heures ce soir, et quand j'y suis allé, le parking était vide. À l'exception du pick-up de Will Grayson.

Je frottai l'assiette plus fort pour ne pas trembler des mains.

— Je paye pour ton éducation, Emory, affirma-t-il. Pour tes activités extrascolaires, pour tes projets, parce que je tiens à ce que tu réussisses dans la vie. Je sais que tout ça sera un plus sur ton dossier pour entrer à la fac.

Je rangeai l'assiette dans le lave-vaisselle et en ramassai une autre, tout en l'évitant du regard.

Je regrettais de ne pas être restée dans le pick-up de Will.

— Et pendant que tu sors t'amuser, moi je bosse ou je suis ici, enchaîna-t-il en s'approchant doucement. Aucune femme ne veut de moi avec toi dans la maison. Elles me repoussent toutes parce que je ne pourrai jamais leur offrir une existence digne de ce nom tant que je payerai pour l'infirmière de grand-mère et pour toi.

Il s'immobilisa à mes côtés, et je ne pus retenir mes tremblements en rinçant l'assiette.

— Et toi, tu sors t'amuser, ajouta-t-il en me poussant sur le coin de la tête.

Je trébuchai sur le côté.

— Martin…

— Tu n'écoutes rien de ce que je te dis.

Il enfonça le bout des doigts dans mon crâne et poussa encore. Cette fois, je faillis lâcher la brosse.

— C'est si dur que ça ? De faire ce que je te dis ?

Il me cogna encore le crâne comme si j'étais une imbécile, et je tombai sur le côté en lâchant l'assiette et la brosse dans l'évier. Je me préparai à recevoir une gifle, mais il m'attrapa seulement le poignet et m'entraîna vers la table.

Me forçant à m'asseoir, il prit une poignée de spaghettis et me les fourra dans la bouche.

Je fermai les yeux, la gorge nouée par l'envie de pleurer.

— Comme si on n'avait pas assez de problèmes comme ça, toi tu sors jouer les petites putes, s'obstina-t-il en me fourrant une autre poignée dans la bouche. Tu crois que tu vas faire partie de leur bande.

Tu te prends pour je ne sais quoi, et eux croient qu'ils sont meilleurs parce qu'ils peuvent se servir de toi comme d'un jouet !

Des spaghettis me volaient dans le visage et me maculaient les lunettes pendant qu'il me forçait à ingurgiter des poignées entières, les nouilles pressant si fort dans mon gosier que je n'arrivais plus à respirer.

Des larmes silencieuses coulaient sur mes joues. J'écartai la tête, tâchant de tout recracher, mais il serra ma mâchoire dans son poing pour me forcer à ouvrir la bouche.

Prise de sanglots incontrôlés, je suffoquai. Incapable de respirer, j'agrippai les côtés de la table.

J'essayai de penser à mon belvédère. À Will, qui m'aiderait peut-être à le construire.

Ça me ferait tellement plaisir que ça arrive un jour.

Will et le belvédère… Will et le belvédère…

La brise sur mon visage était douce, et les feuilles des arbres sentaient bon l'été.

Mais, alors que Martin hurlait, et que je m'étouffais la bouche pleine de spaghettis, je n'étais plus capable de former la moindre pensée cohérente.

Je n'arrivais plus à réfléchir. Je n'arrivais plus à me rappeler à quoi ressemblait Will. À quoi ressemblait le belvédère.

Je n'avais pas de belvédère. Il n'y avait pas de Will Grayson.

Rien d'autre n'existait en dehors de ça.

Rien d'autre n'existe en dehors de ça.

11

Emory

Présent

Je m'enroulai dans la serviette. Sans tenir compte du regard que je sentais posé sur moi à travers le miroir, j'attrapai les vêtements apportés par Micah pour les emporter dans l'intimité – du moins l'espérais-je – des toilettes. Évidemment, il y avait peut-être aussi une glace sans tain à l'intérieur.

Je retirai mon boxer et mon débardeur trempés, m'essuyai les cheveux du mieux que je pus avec la serviette, me coiffai à l'aide de la brosse que j'avais trouvée à côté du lavabo, et m'habillai. J'enfilai les sous-vêtements propres que j'avais nettoyés la veille et fait sécher sur la porte de la douche, puis le boxer qu'on m'avait donné, ainsi qu'une chemise blanche.

Je retroussai le short pour qu'il ne glisse pas et boutonnai la chemise, dont je remontai les manches. Si j'avais dû deviner, j'aurais parié que ces vêtements appartenaient à Rory, qui était le plus petit de tous.

N'empêche que je nageais dedans.

Je regagnai la chambre, pliai mon canif et le calai dans ma poche de poitrine. J'ignorais encore pourquoi je le possédais. La personne qui m'avait amenée ici avait sans doute voulu me permettre de me défendre. Mais si on se souciait de mon bien-être, alors pourquoi m'avoir lâchée ici ?

Tant de questions me taraudaient l'esprit.

J'aperçus le mur d'ancien équipement sportif que j'avais vaguement repéré sans prendre le temps de l'étudier. Il y avait pas mal d'armes. Battes de cricket, anciennes rames d'équipes d'aviron, et…

Je m'approchai pour attraper la boîte vitrine de vieux hameçons. Je la retournai pour en arracher le fond et choisis quatre hameçons que je portai jusqu'à la commode où Aydin avait laissé les pansements.

J'enfonçai chaque hameçon dans une compresse de gaze, que j'enroulai autour de mes jointures. Je calai le bout des crochets entre mes doigts pour les maintenir en place, en laissant dépasser les extrémités recourbées telles des griffes.

Je réprimai un sourire tout en enroulant la gaze autour de ma main comme un gant. Puis, je l'arrachai au reste du rouleau et en glissai le bout sous le pansement au niveau de ma paume.

Le poing serré, je décochai un coup et entendis les griffes cingler l'air. Je voulais une arme que je n'aurais pas toujours à porter. Mon gant à la Freddy Krueger ferait parfaitement l'affaire.

Avec mes cheveux mouillés, mes armes et mes lunettes sur le nez, je quittai la chambre, aux aguets.

Je passai devant la porte secrète et, d'un pas léger, parcourus le couloir dont j'avais vu Taylor sortir la veille, à mon arrivée.

Je n'avais rien entendu de plus au-dessus ni à travers les murs depuis hier soir. C'était peut-être des petites bêtes, après tout.

Je passai devant deux pièces – une chambre et une nursery –, puis devant un bureau, avant de me retrouver face à une porte fermée. Je tendis la main vers la poignée, aux prises avec des idées contradictoires.

Je voulais savoir ce qui se trouvait dans chacune de ces pièces, s'il y avait des fenêtres, qui était installé où, mais je ne tenais pas à attirer l'attention.

Et puis tant pis.

Il fallait que je sache.

Doucement, je tournai la poignée, mais j'entendis des grognements de l'autre côté et m'arrêtai pour plaquer l'oreille contre le battant.

Encore un grognement, suivi d'un gémissement et de chuchotements étouffés. Je reculai d'un pas.

Pas de doute, il s'agissait de la chambre de Micah et Rory.

C'était noté.

Je fis le tour du premier étage, trouvai une autre chambre obscure aux draps défaits et au sol jonché d'habits, ainsi que deux autres qui venaient d'être nettoyées par l'équipe de la veille.

J'entrai dans l'une d'elles où trônait un lit immense à la tête de lit en bois dur très orné, avec un grand fauteuil rembourré dans le coin. Contrairement aux autres, celle-ci n'était pas blanche, ni noire. Des tons ocre et des lampes décoratives habillaient la pièce, où je me sentis tout de suite à l'aise.

Si elle n'était pas déjà prise, alors ce serait la mienne. Enfin, dans la mesure où je serais encore là ce soir-là. Je cherchai un verrou mais n'en trouvai aucun, tout comme dans la chambre d'Aydin. Là aussi, un miroir était accroché au mur.

Je pourrais bloquer la porte avec une chaise et suspendre un drap sur la glace. Au cas où.

Je m'approchai de la fenêtre et, à travers les rideaux, contemplai la cour délabrée. Il y avait des feuilles mortes qui recouvraient les carrés de pelouse, les restes d'un arbre tombé et, au centre de l'allée, une fontaine contenant quelques centimètres d'une eau de pluie devenue brune.

C'était le désordre par rapport à l'intérieur de la maison où, malgré la décoration démodée, les rideaux déchirés et le papier peint qui se décollait, tout était propre.

Pour l'instant.

Je quittai la chambre en refermant derrière moi pour finir d'inspecter l'étage. J'ouvris chaque porte, chaque placard, épiai par chaque fenêtre pour me faire une idée de mes environs.

Je me dirigeai vers l'escalier pour explorer le reste du rez-de-chaussée, mais une latte craqua au-dessus de ma tête. Je me figeai et levai les yeux au plafond.

Des pas se déplacèrent de ma gauche vers ma droite, et le plancher gémit sous le poids de la personne qui s'y trouvait. Je déglutis.

Je suivis les bruits tout en inspectant le plafond au cas où je trouverais une entrée vers le grenier. Peut-être que Will y était. La chambre en désordre que j'avais vue plus tôt devait être la sienne ou celle de Taylor, ce qui signifiait qu'il en manquait encore une.

Mais je n'arrivais pas à détecter d'accès à un grenier ou un deuxième étage.

Hmm. Je n'avais eu aucun mal à localiser la pièce secrète. Maintenant que j'y pensais, j'en avais toujours une à Thunder Bay.

Je descendis et inspectai le rez-de-chaussée dans ses moindres recoins. Taylor était encore dans la salle de sport, mais je filai avant qu'il puisse me voir.

J'entrai dans le *natatorium*. De la chaleur tourbillonnait au-dessus de la surface de la piscine et embrumait les fenêtres et le plafond en verre. Je contemplai l'eau, tentée de piquer une tête. J'étais seule, et je n'avais plus nagé depuis des lustres, mais je n'étais pas là pour m'amuser.

Repérant une cloison d'environ cinq mètres de hauteur de l'autre côté de la piscine, je m'en approchai pour l'examiner. Sûrement une sorte de coin vestiaire.

Toutefois, à mesure que j'approchais, j'entendis de l'eau qui coulait. Ce ne fut qu'en contournant le mur que je m'aperçus qu'il s'agissait des douches.

Je me tétanisai en voyant Will – nu, mouillé, tendu de partout, et…

Ma poitrine se serra.

Et dur.

Je reculai précipitamment pour me cacher derrière le mur.

Merde.

Les douches de la piscine.

C'était la mode ou quoi ? Aydin s'était mis à poil hier. Will l'était aujourd'hui.

Ma respiration devint haletante, mais je ne pouvais bouger, paralysée par le souvenir de la dernière fois que je l'avais vu dans son plus simple appareil. Il était en forme à l'époque, son corps n'avait pas la moindre marque. Avant d'avoir pu m'en empêcher, je risquai un nouveau regard vers ce qu'il en était maintenant, des années plus tard.

Il n'avait pas changé que de l'intérieur. Je promenai mes yeux le long de son corps, suivant le savon qui se déversait sur sa peau et les petites bulles qui parsemaient son ventre et ses bras.

Je sentis la chaleur m'inonder le cou tandis qu'il renversait la tête en arrière pour laisser couler l'eau chaude sur ses cheveux et que la vapeur tournoyait autour de sa peau dorée. Ses deux bras étaient couverts de tatouages qui s'étendaient jusque sur son torse et son dos, longeant ses mains et sa clavicule, mais je ne les distinguais pas assez bien pour tout déchiffrer.

Je remarquai son numéro de joueur de basket sur le dos de sa main droite, son masque de la Nuit du Diable sur son bras gauche avec Thunder Bay comme décor, le cimetière, la grande roue et St Killian's bien visibles. De l'autre côté, son bras et son épaule affichaient des feuilles de vignes qui tombaient en cascade autour d'un crâne avec des mots écrits sur le front que je n'arrivais pas à lire. Le reste de son corps était couvert de petites et grandes images ainsi que de mots, qui s'étiraient parfois le long de sa clavicule tel un collier.

J'avais envie de tout voir. J'avais envie de le toucher.

Il s'était rasé, et chacun de ses muscles avait doublé de volume depuis la dernière fois que je l'avais vu.

Je baissai les yeux et me figeai en apercevant ce membre dur comme le roc qui était presque à la verticale, long et épais entre ses jambes.

Mes poumons se vidèrent. Il se retourna et, plaquant une main contre le mur alors que l'eau lui ruisselait sur le visage, il se saisit de sa queue pour la caresser avec lenteur.

Je me cramponnai à la cloison pour ne pas tomber, l'entrejambe en feu, et me mordis l'intérieur de la joue.

Je fixai son érection. Dans les recoins pas si sombres de mon esprit, je me demandai à quoi il pensait.

À moi ?

À elle ?

Un murmure me caressa les cheveux.

— Tu as envie de lui ?

J'inspirai vivement et, faisant volte-face, décochai un grand coup de griffe avec mon poing.

Aydin sauta en arrière, le torse marqué de petites entailles rouges là où je l'avais écorché avec les hameçons.

Il baissa le menton pour se regarder avant de relever les yeux vers moi et de m'attraper la gorge d'une main, mon poignet et mon gant dans l'autre.

Je poussai un petit cri.

Il me plaqua contre la cloison, et se colla contre moi en me dévisageant avec dureté.

— Tu as dit que tu ne me ferais aucun mal, lui rappelai-je.

— Je ne te fais pas de mal, protesta-t-il tandis que la douche continuait de couler derrière moi. Je te fais peur.

Il pressa mon poignet contre le mur et étudia mon gant.

— Malin, commenta-t-il, le sourire aux lèvres.

En nage, le regard happé par le sien, je perçus son souffle sur mes lèvres. Je manquais d'air.

— Que s'est-il passé entre vous deux ? demanda-t-il. Tu n'es pas ici par hasard, tu sais.

Je l'étudiai. Oui, j'en étais consciente. C'était en rapport avec Will.

— Alors, tu penses que la personne qui m'a mise ici fait un cadeau à Will ?

— Peut-être, concéda-t-il en relâchant sa prise autour de mon cou. Mais ce n'est pas un ami à toi, en tout cas.

Il me fit me retourner et me força à m'approcher du bord du mur, où nous nous penchâmes tous deux pour observer Will.

— Tu crois qu'il te protégera ? murmura-t-il.

Je voulus me dégager de son étreinte, mais il tenait bon. La queue dans le poing, Will se penchait sur le mur, les yeux fermés et le souffle court.

— Il est censé me protéger ? m'étonnai-je. Pourquoi est-ce qu'on le regarde comme ça ?

— C'est toi qui le regardes, rectifia-t-il. Moi, c'est toi que je regarde.

— Pourquoi ?

Il ne répondit pas, et je tournai la tête vers lui. Ses prunelles d'ambre étaient fixées sur Will et ses sourcils froncés trahissaient sa préoccupation.

— Je ne sais pas, répondit-il enfin. Peut-être pour me rappeler ce que ça fait de ne pas être seul. Pour me remémorer l'époque où on pouvait compter sur d'autres et où on n'avait pas à se débrouiller sans aide.

Il baissa les yeux sur moi.

— Peut-être pour me souvenir de tout ce qu'on a abandonné. Et de tout ce qu'on a gardé.

De quoi parlait-il ?

— On a à peu près le même âge, Will et moi, poursuivit-il. Mais je crois qu'au lycée, on était très différents. Il était du genre bavard, pas vrai ? devina-t-il en souriant. Moi, j'étais plutôt discret.

Visiblement, les rôles s'étaient inversés.

— Je n'ai pas toujours été comme ça, me confia-t-il. Avant, j'étais un pauvre type. Un mètre quatre-vingts de faiblesse, de peur et de lâcheté.

Il reporta son attention sur Will tout en parlant.

— « Tu seras médecin », qu'ils disaient. « Tu étudieras ça. Tu travailleras là. Tu iras là-bas en vacances. Tu feras ceci pendant ton temps libre. Tu te marieras avec elle. Vous aurez trois enfants. Vous vivrez dans cette maison-là après une lune de miel à Londres, Paris et Rome. »

Malgré tous mes efforts pour l'imaginer comme il se décrivait, je n'y parvenais pas. Je n'arrivais pas à le voir docile.

— Et puis, un soir, le nez dans mes bouquins, je l'ai vue, poursuivit-il.

Je reportai mon attention sur Will pendant qu'Aydin me parlait à l'oreille.

— Ce n'était pas son corps ni son visage, expliqua-t-il. C'était le fait qu'avec elle, tout paraissait facile. Chaque geste. Chaque regard.

Will aspira de l'air entre les dents, ses caresses de plus en plus brutales, ses muscles tendus au maximum.

— Elle adorait aimer, reprit Aydin. Elle adorait toucher et caresser et envelopper quelqu'un de son souffle, parce que c'était une artiste.

J'avais l'impression de me réchauffer de l'intérieur. Je lui enviais la manière qu'il avait de parler d'elle. Qui qu'elle fût.

Et Will, que dirait-il de moi ?

— Ce n'était pas son boulot, précisa Aydin, mais sa vocation.

Il s'interrompit, et puis baissa la voix comme s'il réfléchissait tout haut.

— Ce n'était pas son boulot… à l'époque.

Tout comme Will. Il adorait aimer. Il adorait être heureux.

Autrefois, il avait voulu me rendre heureuse aussi.

— Je n'ai jamais rien voulu à ce point de toute ma vie, poursuivit Aydin. J'étudiais pour devenir chirurgien, et je me serais volontiers coupé les deux mains pour l'avoir, elle.

Will ferma les yeux. Je baissai le regard sur son érection, ma respiration presque synchrone avec ses caresses. À quoi pensait-il ?

— C'est peut-être moi le responsable, me confia Aydin. Au bout du compte, je n'ai pas poursuivi celle qui m'était destinée parce que j'étais un petit minable de vingt-deux ans qui ne savait rien.

Sa voix s'estompa, puis il reprit encore plus bas qu'avant.

— Mais plus tard, quand j'ai enfin pu relever la tête, j'ai préféré lui cracher dessus, parce que chaque souffle dont elle enveloppait les autres n'était qu'un clou de plus qu'on m'enfonçait dans le cœur. Je n'arrivais plus à la regarder en face.

Sans trop savoir pourquoi, j'eus envie de pleurer. Son histoire était presque banale. Nous avions tous souffert à notre façon.

Mais une chose était certaine : c'était à cause d'elle qu'il était là. Will m'attribuerait sûrement aussi cet honneur.

Une femme était entrée dans chacune de leurs vies.

— Je n'arrivais plus à la regarder, tout comme lui n'arrive plus à te regarder, affirma Aydin.

Ma poitrine se serra, et il me lâcha en reculant.

Je me retournai vers lui.

— Je me demande…, lança Aydin. S'il décidait de s'échapper, se donnerait-il la peine de t'emmener ?

Il tourna les talons et s'en alla, me laissant plantée là. Je me sentais plus seule que jamais.

Will m'abandonnerait, et il aurait raison.

Je restai clouée à côté de la piscine pendant un temps indéfini. Les paroles d'Aydin continuèrent de résonner dans mes oreilles même après son départ.

Will prévoyait-il de s'enfuir ? Que m'arriverait-il s'il n'était plus là ? Ou si on le renvoyait chez lui ?

Se battrait-il pour moi ?

Je l'avais abandonné une fois. Je l'avais laissé se faire arrêter et emprisonner, et dans son esprit, je n'en avais rien eu à faire de lui. Je méritais sans doute le même sort.

Je m'approchai du bord de la piscine, descendis les marches dans l'eau et plongeai.

Portée par l'eau, je remontai doucement vers la surface et flottai sur le dos.

L'eau salée me piquait là où ma lèvre était coupée, mais la douleur m'emplissait de colère et de souvenirs. J'avais su que ça finirait par arriver. Je l'avais toujours su.

Seulement, j'avais cru que ça se passerait à sa sortie de prison. Mais les années étaient passées, et toujours rien. J'avais pris mes aises.

Où en serions-nous tous les deux s'il m'avait laissée tranquille, comme je le lui avais demandé ?

Je me levai et m'approchai du bord de la piscine. Mon short et ma chemise me collaient telle une deuxième peau, et des larmes me brûlaient les yeux.

Avant, j'avais pensé que, si je quittais Thunder Bay et que je menais ma vie pour moi-même, que je faisais ce que j'aimais et n'invitais dans mon existence que ceux que je voulais, tout serait parfait.

Mais je détestais mon existence actuelle, et je regrettais ce à quoi j'avais renoncé… même si tout avait été gâché dès l'instant où il avait été déclaré coupable sept ans plus tôt, car je savais que je ne méritais pas d'être heureuse.

Le désespoir m'étreignit le cœur tandis que des larmes chaudes me coulaient sur les joues. Je ne me rendis compte que la douche s'était arrêtée qu'en le voyant debout devant moi.

Je levai les yeux. Une serviette enroulée autour de la taille, il me dévisageait. L'air s'alourdit, et je suffoquai, déchirée entre l'envie de courir vers lui et celle de prendre la fuite.

Va-t'en.

Je le suppliai dans mon esprit, mon regard embué croisant son regard dur. Il restait tellement de choses à dire. Mais si je n'expliquais rien, peut-être ne me cracherait-il pas dessus et ne me rejetterait-il pas pour de bon.

S'il te plaît, va-t'en.

Mais il m'attrapa par le col pour me hisser hors de l'eau, et j'étouffai un cri.

— Will, gémis-je.

Me prenant sous les bras, il me souleva jusqu'à ce que nos visages soient à la même hauteur, et me fusilla du regard tout en enfonçant les doigts dans ma chair.

Je laissai échapper une nouvelle plainte.

Mes jambes pendaient dans le vide et j'avais envie de détourner les yeux, mais je n'y arrivais pas.

Pétrifiée, j'attendais la suite.

Il semblait déchiré, les lèvres pincées et les sourcils froncés.

Pourtant, au lieu de cracher, il me secoua violemment, en grondant comme s'il était plus contrarié par lui que par moi. Je sanglotai de plus belle.

— Je suis désolée ! m'écriai-je.

Je m'en voulais tellement de l'avoir fait souffrir.

Alors que je pensais qu'il allait me rejeter dans la piscine, il m'attira à lui, enroula un bras autour de moi et colla son front au mien.

À travers la serviette, je sentais son sexe dur contre ma cuisse. Il prit mon visage dans sa main et me réchauffa de son souffle brûlant, sa bouche suspendue au-dessus de la mienne.

— Will…, commençai-je.

Il souleva mes cuisses pour les enrouler autour de sa taille et recula de nouveau dans la douche, me plaqua contre le mur et aspira ma lèvre inférieure entre ses dents.

Je voulus protester, mais la chaleur de son souffle me fit frissonner de part en part, et je crispai les cuisses autour de lui.

Il déchira le devant de ma chemise, et je laissai échapper un petit cri pendant qu'il pressait son torse contre mes seins nus et qu'il écrasait son bassin contre le mien.

J'enfonçai les ongles mais, quand il s'approcha de ma bouche, je me détournai.

— Lâche-moi, ordonnai-je. Je… On ne peut pas.

Il enroula les doigts autour de ma gorge et serra.

— Voilà ce qui aurait dû se passer, m'interrompit-il dans un murmure. Tu étais un joli petit cul, et je sais que tu aimais ça.

Il me lâcha le cou pour happer mon sein et le pétrir, avant de se pencher pour prendre le téton dans sa bouche.

Je gémis au contact de sa langue brûlante. Le clitoris en feu, j'ondulai contre lui.

— Les choses auraient pu être aussi simples que ça, pas vrai ? dit-il. Mais tu ne voulais pas que les gens sachent ce qu'on faisait.

Il s'empara de mes lèvres et me vola mon souffle en glissant la langue à l'intérieur comme pour me prendre tout entière.

— Pourquoi tu as fait ça ? questionna-t-il. Tu avais honte d'aimer ce que je te faisais ? Il nous restait encore tant à explorer, mais tu y as coupé court. On n'a même pas fait la moitié de ce que j'avais prévu.

J'ondulai encore contre lui, pantelante. *Oui.*

Et puis, brusquement, il me reposa par terre. Les genoux flageolants, je grelottai.

Hein ? J'ouvris les yeux.

Je me rendis à peine compte qu'il baissait mon short et ôtait ma culotte.

Quoi ?

— Et maintenant tu es là, reprit-il en m'empoignant par les cheveux.

Je suffoquai lorsqu'il approcha encore mon visage du sien et qu'il glissa une main entre mes jambes pour me caresser.

— On a tout le temps du monde.

Puis… Il tourna les talons et s'en alla. Sa menace resta suspendue dans l'air, et il me fallut un moment pour comprendre ce qui venait de se passer.

Je clignai des yeux, refermai vivement ma chemise et me couvris.

Mince alors.

Aydin avait raison.

Will n'était pas un allié.

12

Will

Neuf ans plus tôt

— Arion Ashby organise une fête chez elle, annonça Damon qui, couché sur le capot de sa voiture, recrachait sa fumée vers le ciel. Ses parents ne seront pas en ville.

Kai gémit, et Michael rit dans sa barbe.

— Quoi ? s'offusqua Damon. Tu t'ennuies, Kai ? Tu ne tiens plus en place ? Tu as besoin de t'amuser différemment ?

— Moi ? riposta Kai. Jamais. Non, je suis content. J'adore ma vie.

Damon eut un petit sourire et tira une autre bouffée de sa cigarette, l'air de ne pas y croire une seconde.

Le parking du lycée grouillait d'élèves profitant d'une des rares matinées douces d'octobre avant le début des cours. Une petite brise balayait les arbres, les nuages flottaient dans le ciel, et je cherchais autour de moi le moindre signe d'Emmy Scott.

Sans avoir l'air de la chercher.

Non pas que je tienne à cacher à mes amis qu'elle me plaisait. Ils étaient déjà au courant. Mais, si elle s'en apercevait, elle prendrait peur, et elle passait déjà son temps à me fuir.

Je balayai la foule du regard.

Ce matin-là, elle ne m'avait pas attendu.

Ce n'était pas étonnant, mais tout de même. Mon cœur se serait sûrement arrêté de battre si je l'avais vue m'attendre au coin de sa rue. J'aurais préféré ne pas le savoir, mais c'était comme ça : elle ne me faciliterait jamais la tâche.

Ou peut-être qu'elle ne le pouvait pas, après tout. Quelque chose me tracassait au sujet de vendredi soir. Quand je l'avais ramenée chez elle, j'avais perçu quelque chose dans sa voix lorsqu'elle avait exigé que je la dépose quelques maisons plus loin et non pile devant la sienne. De la peur.

Presque comme si elle paniquait.

Je nouai ma cravate, la laissant lâche autour du col, et regardai des voitures franchir les grilles, des parents déposer des élèves de troisième, et quelques lycéens traverser le parking à pied.

J'avais été l'un des premiers à arriver ce matin-là. Où pouvait-elle être ? Était-elle déjà à l'intérieur de l'établissement ?

— Toujours les mêmes soirées, marmonna Michael. Les mêmes filles. J'en ai ma claque.

— Je sais, soupira Kai. C'est pareil pour moi. J'ai envie qu'il se passe quelque chose.

— Quelque chose qui nous occupe l'esprit, ajouta Michael.

— On pourrait tuer quelqu'un, suggéra Damon.

Michael s'esclaffa, Kai leva les yeux au ciel, et j'attrapai la cigarette dans la bouche de Damon pour en tirer une bouffée en secouant la tête.

Michael fit mine de fouetter Damon avec son blazer d'uniforme.

— Je pensais au début de la saison, espèce de taré.

— Ou alors, peut-être que tu as besoin de tomber amoureux, avança Kai en sortant sa veste de sa jeep pour l'enfiler. Moi, je suis prêt à ce qu'on me mette le cœur en charpie.

Mais au lieu de regarder Damon ou Michael, Kai croisa mon regard avec un sourire entendu. Je lui décochai un doigt d'honneur, et il rit doucement.

— Du sang, ce serait mieux, contra Damon en récupérant sa cigarette pour tirer dessus et recracher la fumée vers le ciel avant de jeter son mégot au loin. Allez, quoi. On n'a qu'à choisir quelqu'un. Quelqu'un qui le mérite. On *la*, ou on *le* suit, on l'observe, on trouve la bonne façon de procéder, on se débarrasse du corps…

Je secouai la tête, n'écoutant qu'à moitié tout en cherchant Em des yeux sur le parking.

— Et on attend tranquillement que cette ville pète un câble face au danger qui rôde sous son nez, ajouta Damon. Une belle tranche de rigolade.

J'entendis quelqu'un lâcher un nouveau rire, mais ensuite le silence s'abattit et plus personne ne dit rien.

Aucun de nous n'était prêt à y voir autre chose qu'une blague, mais nous ne doutions pas un seul instant que Damon parlait sérieusement.

Il se pouvait même qu'il ait déjà quelqu'un en tête.

— Parfois, je suis soulagé que tu sois de notre côté, lui confia Michael.

Mais Damon se contenta de sortir une nouvelle cigarette et de l'allumer.

— On serait liés à tout jamais par ce secret, réfléchit-il à haute voix.

— Bon, moi je n'ai envie de tuer personne, décréta Kai.

Damon contempla le ciel avant de porter sa cigarette à sa bouche.

— Tu as de la chance, murmura-t-il.

Son regard était encore rivé aux nuages. J'avais un drôle de pressentiment.

Michael et Kai avaient envie que quelque chose se passe, et moi… je le sentais déjà venir.

La première sonnerie retentit, et nous nous dirigeâmes tous vers l'intérieur. Les lycéens gravirent les marches à la course avant de se faufiler dans les couloirs.

Elle sera en cours. Elle n'en manque jamais un.

Après être passé par mon casier en évitant les discussions avec les autres dans le couloir, je me précipitai dans mon cours de litté avec mon livre et mon classeur, cherchant de qui elle s'était entourée pour les virer et prendre leur place.

Mais dans la salle, il n'y avait que Chase Deery et Morgan Rackham. Personne d'autre.

Je me figeai un instant, hésitant. *Génial, bordel.* Voilà ce que je récoltais pour m'être dépêché sans en avoir l'air. Maintenant j'allais devoir rester assis là comme un con, et si elle s'installait loin de moi, je ne pourrais pas bouger, au risque de lui faire comprendre que je l'attendais.

Et je ne voulais pas qu'elle sache que je l'attendais.

Je m'approchai des fenêtres en sortant mon téléphone, histoire de paraître occupé.

Les élèves entrèrent et s'installèrent, mais je ne levai pas les yeux, même quand Kai, Michael et Damon vinrent s'asseoir autour de moi.

Les minutes passèrent et je me rendis à peine compte du prof qui parlait, du bruissement des feuilles, ou du petit tapotement sur mon épaule pour que je fasse passer les documents.

Une seule chose m'obnubilait.

Elle n'était pas là.

Peut-être prenait-elle son temps. Après tout, elle détestait ce cours.

Mais l'heure tournait, elle n'apparaissait toujours pas, et je n'entendis pas un traître mot de ce qui se raconta.

Nous commencions un nouveau livre. Le prof distribua les exemplaires et finit son cours. Il y avait quelque chose à rendre en fin de semaine, mais tant que ce n'était pas pour demain, je m'en foutais.

Où était-elle donc passée ?

La sonnerie résonna et tout le monde se leva pour quitter la salle. Mais, au lieu de tourner à gauche en sortant pour mon cours suivant, je pris à droite.

— Hé, où tu vas comme ça ? s'étonna Michael.

Nous avions un cours de sciences éco ensemble.

— On se revoit à l'entraînement.

Puis, je tournai les talons et me dirigeai vers la bibliothèque.

L'entraîneur me ferait courir des tours de piste lorsqu'il apprendrait que j'avais séché les cours, mais ça m'était arrivé si souvent ces dernières années que je commençais à exceller dans le domaine.

Je ne pouvais pas rester assis en cours. J'avais la tête en ébullition, prête à partir comme un fusible, mais je refusais de la chercher. J'avais beau me dire que ce serait uniquement pour m'assurer qu'elle allait bien, c'était surtout parce que j'étais en rogne.

Elle était vraiment prête à tout pour m'éviter, pas vrai ?

Je fonçai dans la bibliothèque, me faufilai entre les tables où étudiaient des élèves et gravis les marches de l'escalier ouvert qui menait au deuxième étage. Jetant mes livres et mon classeur sur une table, je sortis le téléphone de notre bande de ma poche, longeai l'allée et tournai à droite au niveau de la cinquième rangée. J'attrapai un gros volume bleu marine intitulé *Saisies de données et courbes transcendantes de polytopes non réguliers*, ouvrage que personne sur cette planète n'aurait envie de toucher.

Je l'ouvris, saisis la combinaison du boîtier contenu à l'intérieur, y rangeai le téléphone et refermai le livre que je reposai sur l'étagère. Le téléphone commun qui enregistrait tous nos mauvais coups devait être caché quelque part où personne ne penserait à regarder et auquel nous pouvions tous accéder facilement. Allez savoir pourquoi, vu qu'au bout du compte c'était toujours moi qui le récupérais et qui filmais la plupart de nos vidéos.

Puis, j'entendis une voix.

— Ce titre n'a aucun sens.

Regardant par-dessus mon épaule, j'aperçus une masse de cheveux châtains à travers les étagères de livres.

La main encore sur la tranche du livre, je me tétanisai. Avait-elle vu ce que je venais d'y cacher ?

Je lâchai le volume et, coulant un regard entre les livres, aperçus Emory adossée au mur du fond, tête baissée, avec ses cheveux et ses lunettes qui lui mangeaient le visage.

— Tu n'étais pas en cours, soulignai-je.

Sa poitrine se souleva, et je crus voir sa lèvre inférieure trembler.

Puis, elle se racla la gorge.

— Ah bon ? décocha-t-elle. Tu es super fort, dis donc. Pour ton prochain numéro, tu n'as qu'à faire du feu et dessiner des histoires par terre concernant ces drôles de petits trous dans le ciel qui laissent passer la lumière.

Hein ? Des trous dans le ciel ?

Ah, les étoiles. Elle me traitait d'homme des cavernes, c'est ça ?

Petite merdeuse. Enfin, je lui avais quand même fait son devoir de litté. Se rendait-elle compte à quel point j'avais galéré pour tenter de passer pour une ado en colère dénuée de tout humour ?

Puis une larme coula sur sa joue, et elle l'essuya aussi sec.

Je l'observai. Ses Converse grises usées et craquelées, sa jupe trop courte de cinq centimètres avec son motif écossais vert et bleu qui était passé de mode depuis deux ans. Ses magnifiques jambes olive, parsemées de quelques bleus ou éraflures, que j'adorais parce qu'elle se les était sûrement faits en construisant ce belvédère et en faisant des trucs géniaux que la plupart d'entre nous ne tenteraient jamais.

Sa chemise trop grande dépassait de son gilet bleu marine et, comme elle ne portait pas de cravate, le bouton du haut était défait. Une mèche de cheveux était coincée à l'intérieur de sa chemise et reposait sur sa poitrine.

Elle était là, habillée pour le lycée. Pourquoi se cachait-elle ici au lieu d'aller en cours ?

— Qu'est-ce qui s'est passé ? demandai-je.

Elle se contenta de secouer la tête.

— Laisse-moi tranquille, chuchota-t-elle. S'il te plaît.

« S'il te plaît » ? Bon sang, elle devait vraiment être à bout si elle se montrait aussi polie.

— On a commencé un nouveau livre en cours, lui appris-je.

Elle garda le silence, se mordillant la lèvre inférieure.

— On avait le choix, enchaînai-je. *Le Portrait de Dorian Gray*, *Les Raisins de la colère* ou *Mrs Dalloway*.

Je perçus un petit grondement, et réprimai un sourire.

— J'ai choisi à ta place.

Elle s'écarta doucement du mur et se mit à marcher en traînant lentement sa besace le long de l'allée tandis que je la suivais de l'autre côté de l'étagère de livres.

— J'ai ton exemplaire dans mon classeur, affirmai-je. Tu le veux ?

Elle ne répondit pas.

— Tu n'as pas envie de savoir lequel j'ai choisi pour toi ?

Elle continua de marcher, mais très lentement. Comme si elle était sortie de son corps.

— Je t'ai pris un truc cool.

— Il n'y a rien de cool dans cette sélection, alors file-moi mon exemplaire des *Raisins de la colère*. Les choses peuvent toujours empirer, et ce choix sera le couronnement de cette journée.

Sérieux ? Comment avait-elle pu deviner quel livre je lui avais pris ? Merde alors.

Je savais qu'elle les détesterait tous. La première semaine de cours, elle s'était lancée dans une diatribe sur le manque de diversité et de thèmes pertinents dans notre liste de lecture, et sur le fait que les « classiques » n'étaient « classiques » que parce que les romans écrits pour un public plus large n'étaient pas publiés à l'époque. Que tout le système était bidon et le pouvoir corrompu, etc.

Tout ce que je voulais, c'était la faire sourire. C'était une chose si j'avais été responsable de sa peine, mais je sentais que ce n'était pas le cas.

— Em, regarde-moi une seconde.

Elle s'arrêta, l'air de porter le poids du monde sur ses épaules. Qu'est-ce qui n'allait pas ?

Cependant, je savais que si je lui posais la question, elle ne me répondrait pas.

— Em ? murmurai-je.

Regarde-moi.

Mais elle ne se retournait toujours pas. Elle était là, mais à des kilomètres. Mon cœur se serra.

— Je t'ai aussi pris un guide d'études, ajoutai-je en sortant de ma poche un paquet de polycopiés plié. Tiens.

Je tendis le bras à travers les livres pour le lui tendre. Il ne lui fallut qu'un instant pour s'en emparer, mais quand elle finit par le faire, je le lâchai et lui pris la main.

Elle inspira vivement et voulut se dégager.

— Regarde-moi, chuchotai-je.

Elle cessa de résister, mais refusait obstinément de croiser mon regard.

Que s'était-il passé ? Pour mes amis, il y avait toujours eu quelque chose qui clochait chez elle, mais là elle avait l'air… vaincue. Comme un vase cassé qui tenait à peine avec de la colle.

Emory Scott n'avait jamais eu cet air-là.

Elle baissa les yeux, et je ne tentai pas de resserrer mon étreinte ni de lui caresser les doigts. Je me contentai de lui tenir la main.

— Regarde-moi, soufflai-je.

Elle lâcha un sanglot et détourna le visage pour que je ne le voie pas.

— Arrête, supplia-t-elle. S'il te plaît, ne sois pas si gentil. Je…

Elle se borna à secouer la tête, à court de mots.

La colère m'échauffa le sang. J'avais envie de savoir ce qui s'était passé. Qui lui avait fait du mal ? Ses pleurs me faisaient l'effet d'un coup de poignard dans le ventre.

Mais elle ne voulait pas me parler. Pas encore.

Peut-être jamais.

— Toc-toc, lançai-je.

Elle soupira, emmurée dans le silence.

Je savais que j'étais pénible. À sa place, je me serais flanqué une baffe.

— Allez, toc-toc ?

Elle secoua la tête et sécha ses yeux, sans tenir compte de ce que je venais de dire.

— Toc-toc, insistai-je d'une voix plus dure.

— Entrez, m'interrompit-elle, coupant court à ma blague.

L'espace d'un instant, je me pétrifiai. Comment parvenait-elle toujours à s'en sortir comme ça ?

Contrairement aux idées reçues, je trouvais rarement plus malin que moi, et encore moins de façon répétée.

Mais c'était futé de sa part. Je ris aux éclats et, au bout d'un moment, remarquai qu'elle essayait de cacher un petit sourire.

Je lui lâchai la main, contournai les étagères de livres et m'approchai d'elle. La tête baissée, elle continuait d'éviter mon regard.

— Regarde-moi, répétai-je.

Lentement, elle secoua la tête, mais on aurait dit que c'était plus pour elle que pour moi.

— Emory…

Elle fixa le sol et puis recula d'un pas, mais je m'emparai de son visage pour caresser ses cernes avec mes pouces. J'essuyai ses larmes, mais d'autres continuèrent de couler.

À cet instant, je ne voulais rien de plus que changer son monde, pour qu'elle ne ressente plus jamais ça. Bordel.

Elle voulut s'écarter, mais je ne la laissai pas faire. Je la pris dans mes bras et l'attirai contre moi. Elle poussa un petit cri. Prise de sanglots, elle se tendit, et je la tins serrée contre moi, l'aidant à tenir debout.

Ça m'était insupportable. Il fallait qu'elle arrête de pleurer.

Enfin, ses bras se détendirent, et toute résistance en elle fondit comme neige au soleil. Elle abandonna sa joue contre mon torse et, les bras ballants, se laissa enlacer.

Des gens nous passèrent devant, mais je m'en fichais tant qu'ils continuaient d'avancer.

Je lui caressai les cheveux, le bout des doigts comme électrisé à son contact. Quelle grande gueule, quel sale caractère pour une fille qui était pourtant si petite et si douce.

J'enfouis le nez dans ses cheveux. Son parfum me faisait tourner la tête et le contact de son corps réchauffait tous mes muscles.

— Barrons-nous de là, suggérai-je en prenant sa main dans l'une des miennes et son sac dans l'autre.

Je commençai à la tirer par le bras sans attendre de réaction de sa part.

Elle résista, brusquement sur le qui-vive.

— On ne peut pas.

— Si, on peut.

Je la traînai hors de la bibliothèque, laissant mes affaires sur la table parce que je savais qu'elles y seraient toujours à mon retour, et empruntai le couloir pour sortir du lycée. Je l'entendais respirer nerveusement derrière moi tandis qu'elle cherchait avec affolement des enseignants ou des caméras de surveillance.

Mais, pour une raison ou pour une autre, elle ne broncha pas.

Je me dirigeai vers mon pick-up, jetai son sac sur le plateau et lui ouvris la portière côté passager.

Elle croisa enfin mon regard. Elle avait l'air si fatiguée. Bon sang, ces cernes que je parvenais enfin à voir en plein jour… À quand remontait sa dernière vraie nuit de sommeil ?

Elle ouvrit la bouche comme pour protester, mais finit par grimper sur son siège. Je claquai la porte, contournai le pick-up et m'installai au volant.

J'avais presque envie qu'elle se rebelle. Emory Scott me laissait l'emmener loin du lycée pendant les heures de cours, et ne cherchait même pas à savoir où ?

Je n'aimais pas son regard éteint. Que se passait-il ?

Je démarrai, sortis mon téléphone et composai un numéro tout en quittant le parking pour me diriger vers le village.

Elle boucla distraitement sa ceinture.

Roger Culpepper me répondit.

— Allô ?

— Salut, c'est Will. Tu peux ouvrir les portes ?

— Il est 9 heures du matin.

— Contente-toi d'ouvrir la salle, insistai-je. Après, tu pourras retourner dormir.

Je raccrochai avant qu'il ait pu protester et jetai un coup d'œil à Em, qui regardait par la vitre. Elle ne pleurait plus et s'était abandonnée sur son siège, triste mais à l'aise.

Je reportai mon attention sur la route tandis que nous regagnions la ville, incapable de réprimer mon sourire. *Désolé, D. Maintenant, cette place lui appartient.*

À notre arrivée, Roger avait déverrouillé les portes du cinéma. Je me garai dans la ruelle de sorte que personne ne repère mon pick-up si loin du lycée. Emmy ne posa aucune question quand je l'installai dans une des salles et m'esquivai pour chercher de quoi grignoter.

Culpepper gérait le cinéma et s'était occupé des entrées pour le festival nocturne, qui n'avait pris fin que quelques heures plus tôt. Je m'en voulais de l'avoir réveillé et forcé à se pointer, mais depuis ma fête d'anniversaire improvisée en mai dernier après le bal de promo, mes parents avaient confisqué mon jeu de clés pour le cinéma, de sorte que je ne pouvais plus y entrer par moi-même.

Roger se détendit en constatant que je n'étais accompagné que d'une fille. Il chargea le film et baissa les lumières. De mon côté, je préparai le pop-corn et, après son départ, fermai à clé derrière lui et apportai une poignée de sucreries en salle trois.

— Tu as faim ? demandai-je en glissant sa boisson dans son porte-gobelet.

Elle se tourna vers moi. Ses yeux étaient encore rouges, mais toujours aussi magnifiques. Elle remua nerveusement sur son siège et jeta un regard vers les portes, probablement inquiète à l'idée de se faire attraper.

— Ça va aller, lui assurai-je en posant les sucreries et en reprenant le pop-corn tout en m'asseyant. Je connais un gars qui bosse à l'administration. Je l'ai déjà appelé pour lui dire de te noter présente dans tous tes cours d'aujourd'hui.

Et puis, je lui avais demandé d'éteindre son téléphone portable dans le pick-up, sachant que son frère risquait de la suivre à la trace. Mes parents me menaçaient régulièrement de le faire.

J'avalai un peu de pop-corn et lui en proposai pendant que le générique défilait à l'écran.

Mais elle se contenta de me dévisager.

— Tu connais un gars ? répéta-t-elle, son sarcasme habituel peint sur son visage comme à l'aide d'un gros pinceau bien épais. Évidemment, tu as infiltré tout le lycée, vu que…

— Un « merci » suffira, l'interrompis-je en mâchant.

Elle me regarda, bouche bée.

— Essaye un peu, pour voir ce que ça fait, insistai-je.

Elle ferma la bouche et redressa les épaules. Au bout d'un moment, elle finit par baisser son petit menton provocant.

— Merci, marmonna-t-elle.

Elle s'installa de nouveau dans son siège, prit son coca et le cala entre ses jambes. Quelques minutes plus tard, je lui proposai du pop-corn et elle en prit, picorant dans sa poignée tel un oiseau.

Pas génial comme petit déj, mais c'était toujours mieux que rien, et j'avais le sentiment qu'elle n'avait rien mangé de la journée.

Les bandes-annonces défilèrent. Lentement, je la sentis se détendre à côté de moi, les yeux rivés à l'écran.

Les scènes d'ouverture commencèrent mais, au lieu de regarder le film que j'avais déjà vu, je l'observai, elle. Ses yeux erraient vers le haut, le bas, et tout autour, fascinés par l'action, et elle était tellement captivée que sa main qui tenait un bout de pop-corn s'était arrêtée à mi-chemin de sa bouche.

— C'est quoi, ce film ? questionna-t-elle, sans décoller les yeux de l'écran. C'est… ?

J'eus un petit sourire en coin.

— *Underworld : Nouvelle Ère* ? acheva-t-elle enfin en tournant le visage vers moi. Il ne sort pas avant janvier. Comment tu as réussi à l'avoir aussi tôt ?

Je haussai un sourcil et elle leva les yeux, se rappelant qui j'étais.

— Bien sûr, riposta-t-elle. Ça doit être top de…

Je me retournai vers l'écran en me raclant bruyamment la gorge.

Elle retint l'insulte qu'elle avait sur le bout de la langue et lâcha un petit rire.

— Merci, me dit-elle. Merci, merci, merci.

— Ouais, la ferme, taquinai-je. Regarde le film.

Elle fixa de nouveau ses yeux étincelants sur l'écran, ses lèvres esquissant un sourire dont il m'était impossible de ne pas tenir compte. Il m'était arrivé de la voir seule au cinéma, aussi en déduisais-je qu'il s'agissait de son refuge personnel.

À mesure que le film se déroulait, elle se métamorphosa. Ses yeux s'agrandirent, elle retrouva des couleurs, et je l'entendis même rire une fois.

Je lui tendis les fraises Tagada et les Smarties histoire de lui donner le choix, mais lorsqu'elle opta pour les Smarties, j'ouvris le carton et en versai la moitié dans ma main avant de lui laisser le reste. Je lui avais donné le choix par pure gentillesse. Les Tagada ne me faisaient pas envie.

Nous grignotâmes tous les deux, et je lui glissai régulièrement des coups d'œil furtifs, plus attentif à elle qu'à l'action qui se déroulait à l'écran.

Elle s'en aperçut, car elle finit par me décocher un regard en coin.

— Quoi ? demanda-t-elle en se retournant vers l'écran.

— Tu es surprenante, déclarai-je. Tu aimes les films d'action, pas vrai ?

— Pas toi ?

Je m'esclaffai. Voilà qu'elle s'en prenait de nouveau à mes remarques antiféministes. Ouf, retour à la normalité.

— Je ne pense à personne quand je les regarde, expliqua-t-elle enfin d'une voix douce. Ils m'emmènent ailleurs. C'est une évasion. Et puis, j'aime bien voir les héros en mode survie. Des gens ordinaires qui deviennent extraordinaires. Qui sont appelés à faire des grandes choses.

Elle fit rouler un des Smarties entre ses doigts tout en considérant l'écran.

— L'enfer fabrique des héros, tu sais ? C'est ce que je sens quand je les regarde.

Mais qu'éprouvait-elle le besoin de fuir ? Je ne lui posai pas la question, car cela l'aurait mise sur ses gardes, et je ne voulais pas qu'elle prenne la fuite.

— Moi, je préfère les classiques, lui confiai-je. Arnold Schwarzenegger, Sylvester Stallone…

— Jean-Claude Van Damme, achevâmes-nous en chœur.

Elle pivota vers moi, et j'éclatai de rire.

— Oui, approuva-t-elle en souriant.

— Putain de oui, confirmai-je. Enfin, « The Muscles from Brussels » ? Plutôt deux fois qu'une !

— *Bloodsport*, ajouta-t-elle.

— *Kickboxer*, renchéris-je.

Super films. Les années 1980 étaient un âge d'or. Des gens ordinaires partaient en guerre et se battaient pour l'honneur. Je veux dire, on ne voit plus passer des pépites comme *L'Arme fatale*, *Le Flic de Beverly Hills* ou *Cobra*.

« Tu es une maladie et je suis le remède. » Un peu, ouais.

À cet instant, Em se mit à rire, et ses dents nacrées scintillèrent dans le plus grand sourire que je lui avais jamais vu.

Je haussai les sourcils.

— Quoi ?

Sur quel sujet allait-elle encore me tourner en ridicule ?

— *Kickboxer*, lâcha-t-elle entre deux gloussements. La scène où son prof lui bourre la gueule dans un bar pour voir s'il est capable de se battre dans cet état, et qu'il se met à danser. Ça me fait penser à toi.

— Pourquoi ?

Elle haussa les épaules.

— Un mec baraqué, hyper content, qui se marre… Je ne sais pas.

Elle avala un morceau de chocolat.

— C'est le genre de trucs que je te verrais bien faire.

Elle se carra le dos dans son siège et se retourna vers le film.

— À force de traîner avec moi, tu finiras peut-être par le savoir, la taquinai-je.

Je savais danser. Très bien, d'ailleurs.

Elle s'humecta les lèvres et son visage s'assombrit, mais sa respiration s'accéléra.

Nous sombrâmes de nouveau dans le silence. Malgré le son surround qui faisait résonner chaque baston, chaque explosion, j'aurais pu jurer ne rien entendre d'autre que mon cœur qui battait à l'unisson avec le sien.

Les minutes s'étirèrent. Je ne savais même plus quel film on regardait.

— Pourquoi est-ce que je te plais ? demanda-t-elle enfin.

Je me tournai vers elle et répétai les paroles d'Edward McClanahan, parce qu'il n'y avait pas d'autre façon de l'expliquer.

— Nous voulons ce que nous voulons.

Sa poitrine s'affola de plus belle, mais elle restait assise sans bouger, presque comme si elle s'enfonçait dans son siège.

Je baissai les yeux sur ses mains. L'une agrippait le carton jaune, l'autre sa jupe.

Que ferait-elle si…

— Tu veux toujours me prendre dans tes bras ? me demanda-t-elle subitement.

Je scrutai aussitôt son visage ; elle se contentait de fixer le siège devant elle. Mon cœur tambourina dans ma poitrine, et je sentis une chaleur m'envahir.

Putain, oui.

Je me penchai vers elle, insérai sa boisson dans le porte-gobelet et lâchai ses Smarties dans le pot de pop-corn posé par terre, lui attrapai la main et la mis debout. Elle s'approcha de moi et s'abaissa lentement sur mes genoux.

Je glissai plus bas sur mon siège et la pris dans mes bras pendant qu'elle enfouissait le visage dans le creux de mon cou. Désormais, le film n'intéressait plus personne.

Je fermai les yeux, savourant le plaisir de l'avoir enfin dans mes bras. Je dus serrer les poings pour m'empêcher d'aventurer les mains partout, craignant de me prendre une gifle.

Mais putain, qu'est-ce que c'était bon. Tout semblait plus léger quand je la tenais contre moi.

— Ne va pas t'imaginer des choses, me souffla-t-elle dans le creux de l'oreille. Mais tu sens bon.

Incapable de me retenir, je m'esclaffai.

— Continue d'être sympa comme ça, Em, et je vais avoir du mal à rester gentil. Qu'est-ce que tu essayes de faire au juste ?

Elle lâcha un gloussement, puis glissa une main dans ma nuque et me murmura encore à l'oreille.

— Tu te souviens de ce que tu disais sur la tombée de la nuit ? chuchota-t-elle en frôlant ma peau de ses lèvres. Tu n'as pas à jouer les gentils. Pas jusqu'à la fin de ce film.

La fin du film. Quand les lumières se rallumeraient.

Mon sexe grossit, et j'enfonçai les doigts dans sa crinière tout en effleurant sa bouche.

— Em, putain.

Elle se redressa, nous resserrâmes notre étreinte, et je perçus la chaleur de ses lèvres sur les miennes.

— Jusqu'à la fin de ce film, chuchota-t-elle.

J'étais en nage, à l'étroit dans mon pantalon. J'avais envie de tout à la fois, et mes mains tremblaient tellement que je craignais de ne pas pouvoir me maîtriser. Je ne voulais pas lui faire peur.

Nos bouches à quelques centimètres l'une de l'autre, je m'approchais tandis qu'elle s'éloignait, elle s'approchait pendant que je résistais, par jeu.

Et puis, enfin…

Je happai sa lèvre inférieure entre mes dents, elle émit un gémissement, et sa bouche s'abandonna sur la mienne, enflammant chacun de mes nerfs à mesure que je percevais sa chaleur sur ma langue et que son goût m'emplissait l'esprit.

Seigneur, j'avais tellement attendu cet instant ! Or, dès que ma bouche trouva la sienne et que son corps m'emplit les paumes, je ne fus plus pressé. Je ralentis, glissai lentement une main sous sa jupe et enserrai ses cuisses tandis qu'elle changeait de position pour me chevaucher.

J'avais envie que ça dure éternellement.

— Tu es si douce, haletai-je sur sa bouche.

Putain, que ses lèvres étaient soyeuses.

Je l'embrassai, nous accélérâmes la cadence et, quand elle s'approcha pour en avoir plus, je planais déjà complètement. Au comble de l'excitation, je lui agrippai les cuisses pour la presser sur moi.

Elle gémit, se pencha sur mon cou et tira sur ma cravate pour la desserrer et avoir accès à ma peau.

J'avais la tête dans les nuages, à la merci de sa bouche brûlante. Nous nous mordillions, nous titillions, et je mourais d'envie de la dénuder pour la voir, elle. De la toucher et de l'embrasser dans tous les recoins.

Mais il fallait que j'y aille lentement. Je ne voulais pas que ça se termine, et elle prenait facilement peur.

Ma queue gonfla, et je sentis que j'y étais presque. Je m'emparai de sa tête pour l'empêcher de bouger, sans la lâcher pour autant.

Je…

Elle se frotta contre moi tout en me mordillant la bouche.

J'inspirai vivement. Je…

— Merde, haletai-je.

J'enfonçai les doigts dans ses cuisses tandis que la salle tournoyait autour de nous.

On s'embrasse. On ne fait que s'embrasser, et je suis déjà sur le point de jouir.

Elle respira fort dans mon cou, et je sentis son cœur s'emballer aussi.

Je n'aimais pas quand les choses finissaient par se dérouler exactement comme on l'espérait.

Je me penchai pour l'embrasser doucement, en prenant mon temps.

Elle le regretterait sans doute le lendemain. Elle était d'humeur bizarre ce jour-là, et je jouais sûrement pour elle le rôle d'un film d'action. Je l'aidais à s'évader. Mais ça ne serait pas la même histoire quand je finirais par l'emmener dans mon lit.

Je voulais d'abord pénétrer son esprit.

Car, contrairement à ce qu'elle pensait, ça ne s'arrêterait pas quand les lumières se rallumeraient.

13

Emory

Présent

Il avait changé. Et ça ne me plaisait pas.

Plus d'une journée était passée depuis qu'il m'avait pris ma culotte dans les douches de la piscine, et il ne m'avait toujours pas adressé la parole. Will n'était jamais furieux à ce point. Non pas que je le connaisse si bien que ça, mais c'était moi la plus caractérielle des deux. Lui, c'était l'amoureux.

Je finirais peut-être par obtenir de l'aide de sa part, sauf que je n'avais pas le temps d'attendre aussi longtemps.

Les petits jeux psychologiques d'Aydin. Les œillades lubriques de Taylor. Les mines renfrognées de Rory.

Je ne savais pas trop pourquoi j'étais toujours protégée, mais ça ne durerait pas éternellement.

Will pourrait se venger de moi autant qu'il voudrait. Une fois de retour à Thunder Bay.

Il était temps d'élaborer un plan.

Je longeai le couloir et entrai dans la salle de jeux. Repérant les queues de billard au mur, j'en attrapai une, et marquai une pause pour contempler les tableaux qui ornaient la tapisserie bordeaux.

Avec tous ces coins et recoins, on se serait cru dans le château de Dracula. La même ambiance triste et mourante. Pourquoi envoyer ses enfants ici ? Pourquoi pas sur une plage, à se dorer la pilule au soleil ? La morosité ne faisait que peser sur l'humeur. Ce lieu était-il censé améliorer les choses ?

J'admirai les tableaux de bateaux et de pirates, de batailles navales et de créatures marines. Quel rapport ? Le propriétaire précédent avait-il été féru d'océans ?

Ou nous trouvions-nous au bord de la mer ?

Je me sentis brusquement alourdie par un poids qui me cloua au sol, pétrifiée par une nouvelle possibilité que je n'avais pas encore envisagée.

Si nous étions sur une île, j'étais fichue.

Il fallait que j'accède au toit. C'est ce qui me permettrait d'avoir la meilleure vue des alentours.

Je secouai la tête. Les problèmes étaient trop nombreux, et je n'arrivais à résoudre aucun d'eux. On était jeudi. Mes collègues auraient forcément remarqué mon absence à ce stade, non ? Manquer un jour de travail aurait pu paraître normal, mais deux ?

Je n'étais proche d'aucun d'eux. Personne n'avait la clé de mon appartement. Toutefois, ils contacteraient la police si je n'allais pas travailler ou que je ne répondais pas au téléphone. Non ?

Enfin, ça ne changerait rien. Personne ne viendrait me chercher ici.

— Tu es une petite bêcheuse, toi, hein ? lança-t-on depuis un coin sombre de la pièce.

Je sursautai et me retournai pour voir d'où on me parlait.

— On croirait que tu n'as peur de rien, ajouta-t-il.

Tournant de nouveau la tête vers la droite, j'aperçus enfin de longues jambes vêtues de noir. Le visage dans l'ombre, il était avachi sur une chaise derrière la table d'échecs.

Sans le quitter des yeux, je contournai lentement la table de billard pour me diriger vers la porte.

— Mais tu oublies, haleta-t-il, qu'on est tous là pour une raison.

Taylor.

Voyant du mouvement, je m'approchai, le cœur affolé. Il était assis là depuis le début. À m'observer. Pourquoi était-il hors d'haleine ?

Je serrai le poing autour de ma queue de billard.

— Demande-moi ce que j'ai fait, ajouta-t-il avant de poursuivre d'une voix lourde de sens : Demande à Rory ce qu'il a fait. Le musée de cire sous-marin près de sa maison familiale au bord du lac. C'était tellllllement réaliste.

Un frisson me remonta la colonne vertébrale. Un musée de cire. « *Réaliste* ». Qu'entendait-il par là ?

Et puis, je le vis.

Je remarquai sa queue dans sa main pendant qu'il se masturbait.

J'eus un mouvement de recul, le souffle coupé.

Il accéléra ses mouvements, et je repérai ma culotte bleue.

Elle était enroulée autour de sa bite pendant qu'il se donnait du plaisir.

Le cœur serré, je le fusillai du regard tandis qu'il gémissait en fermant les yeux au contact de la dentelle qui frottait contre sa peau.

Je reculai, écœurée.

— On aimerait partir, avoua-t-il. Mais on ne sera jamais vraiment libres, Emory.

Il reporta son regard sur moi.

— Tu peux toujours essayer de le ramener chez lui, mais il ne reviendra jamais vraiment.

Focalisé sur moi, il y alla de plus en plus fort. Prise de nausées et complètement pétrifiée, je le regardai faire.

— Suce-toi le doigt, me supplia-t-il dans un murmure. Mets-le bien au fond de la gorge. Suce fort.

Je n'arrivais pas à remuer les jambes. Je ne me rendis compte que j'avais cessé de respirer qu'en éprouvant une vive douleur dans mes poumons.

Je fonçai hors de la pièce, entendant son rire sombre me pourchasser dans le couloir.

Je n'eus même pas conscience de ma destination jusqu'à ce que je me retrouve dans la salle de sport. Sans me préoccuper de Micah, qui était aux haltères, je sautai sur le tapis de jogging et démarrai la machine pour me mettre à courir pieds nus.

J'avais besoin de me dépenser. D'être trop épuisée pour me préoccuper de quoi que ce soit.

Will lui avait donné ma culotte ? Je serrai les dents, et ma nausée se mua en rage.

Micah releva le visage, me scruta un instant, et puis quitta les haltères pour s'entraîner à la boxe avec un mannequin de frappe.

Rafraîchie par ma propre sueur, j'accélérai la cadence au maximum, histoire de faire passer mon inquiétude et ma colère.

Je n'allais pas rester sans rien faire pendant quatre semaines.

Je ne pouvais compter sur personne pour me protéger.

Certes, je ne pouvais peut-être pas m'enfuir, mais je pouvais tenter autre chose.

Neuf ans plus tôt, j'avais décidé de patienter. De subir, et puis de prendre la fuite.

Il n'en était plus question.

J'appuyai sur le bouton d'arrêt d'urgence et, sautant du tapis de jogging, m'approchai de Micah en haletant.

— Tu me montres quelques trucs ? demandai-je, le souffle court, tout en retirant mes lunettes.

Il s'arrêta et se redressa, la mine renfrognée.

— Pourquoi je ferais ça ?

— Qu'est-ce que tu veux en retour ?

Il sourit, et je haussai un sourcil.

J'étais à peu près sûre qu'il ne voulait pas *ça*.

— Un sandwich, répondit-il.

J'émis un rire de dérision, relevant au passage l'insulte sur la place d'une femme dans la société.

Mais l'idée n'était pas si mauvaise. Cela me donnerait une excuse pour traîner dans la cuisine et avoir accès à de la nourriture.

Même si quelqu'un me surveillait, je pourrais piquer des provisions en douce. Ce qui s'avérerait utile si je devais m'échapper ou me cacher pendant une période prolongée.

— Un sandwich *cheesesteak* de Philadelphie ? suggérai-je, doublant la mise.

Ce n'était pas kasher, alors je ne pourrais pas en manger. Il s'agissait d'une des rares règles que je respectais.

Mais je leur en préparerais. Il me faudrait plus de dix minutes pour faire cuire la viande, aussi bénéficierais-je de davantage de temps dans la cuisine.

Son visage s'éclaira.

— Vraiment ?

Pour toute réponse, je levai les poings et me campai sur mes jambes.

Avec un sourire, il se mit en position en face de moi et me fit signe d'attaquer.

— C'est parti.

Deux heures plus tard, j'étais en nage mais, curieusement, pas fatiguée. Je débordais d'énergie. Je m'essuyai le visage pour masquer mon sourire.

Incroyable. Isolée pendant deux jours avec cinq hommes, dont quatre étaient de parfaits inconnus, j'aurais dû me sentir un peu plus en danger.

Non pas que je ne me sente pas menacée. Seulement, j'y étais accoutumée. Cela m'était familier.

Tout en m'approchant de la porte, je jetai un coup d'œil derrière moi à Micah et Rory qui luttaient ensemble. Micah le cloua au sol en riant, mais il suffit que Rory lui décoche un regard pour qu'il baisse la garde. Le plus maigrichon des deux attrapa son adversaire, le renversa et essaya de l'étouffer, mais ils se tordaient tous les deux de rire.

Je secouai la tête en poursuivant mon chemin vers la porte. « S'amuser, survivre… »

Je me figeai, frappée par un souvenir.

Sa Majesté des mouches. Un roman classique dérangeant, un des seuls que j'avais réellement appréciés au lycée pour son côté sombre et… plausible.

Les garçons qui s'écrasent sur une île déserte sans adultes doivent obéir à trois règles. S'amuser, survivre, et… alimenter un feu pour qu'on vienne les chercher.

Il ne me fallut qu'un instant pour prendre ma décision. Je partis comme une flèche et, tout en regardant autour de moi pour m'assurer que j'étais seule, je fonçai dehors dans l'allée qui menait à la maison.

La fontaine vide trônait au centre de l'allée circulaire. Je levai les yeux. Pour une fois, le ciel était dégagé.

Je n'étais pas sûre que ça durerait, surtout si la pluie avait trempé le bois, mais je me devais d'essayer.

Rassemblant des bâtons, des branches et même des brindilles, j'apportai brassée après brassée jusqu'à la fontaine vide dans laquelle je les jetai afin de créer une immense pile. Je retournai vers les bords de l'allée pour en accumuler davantage et construire un tas plus haut, de sorte à faire un grand feu bien éclatant qui serait visible dans le noir et dont la fumée se verrait le jour.

Je courus un peu plus loin, vers la limite des arbres, pour ramasser encore plus de petit bois et revenir le jeter sur le reste.

C'est alors qu'on m'attrapa le poignet.

C'était Will, en jean et T-shirt. Dans ses yeux verts, nulle trace du garçon de mes souvenirs.

Je dégageai mon poignet et le bousculai. Il m'agrippa le bras et nous luttâmes. J'essayais de m'échapper, lui de me retenir.

— Quelqu'un finira bien par l'apercevoir, grondai-je.

— Non, personne, contra-t-il. Et si tu crois qu'il te laissera l'allumer, tu te fourres le doigt dans l'œil.

Je me débattis tant et si bien que je parvins à le repousser, et il me lâcha.

Oui, je sais. Ça avait peu de chances de réussir, et sans doute que, sans l'argent de maman et papa, ça ne leur servirait à rien d'essayer de s'échapper. S'ils quittaient cet endroit, ils ne pourraient aller nulle part ailleurs que chez ceux qui les avaient envoyés ici pour commencer. Ils n'allaient pas changer d'identité, se planquer à Brooklyn et devenir livreurs de pizza.

Mais moi, je n'avais rien à faire là. J'avais un boulot, et je n'avais besoin de rien ni de personne.

— Qu'est-ce que tu as fait pour qu'on t'envoie ici ? l'interrogeai-je. Enfin, ce sont bien tes parents qui t'ont fait venir ? Tu n'étais pas censé être leur fils préféré ?

Il se borna à soutenir mon regard sans rien dire.

Le temps avait passé – peut-être un an ou plus. D'après Micah, Rory avait été le dernier à arriver sept mois plus tôt, et même lui avait été renvoyé une fois chez lui avant de revenir.

Que Will s'infligeait-il ? Il avait pourtant la vie devant lui.

— Tu as vingt-six ans, lui rappelai-je. Qu'est-ce que tu vas faire après ? Où est-ce que tu vas aller ? Est-ce que tu vas enfin grandir ?

Je le cherchai des yeux.

— Si ça n'est toujours pas arrivé, ça n'arrivera jamais. Occupe-toi de toi, moi je m'occupe de moi.

Il s'approcha et baissa les yeux sur moi.

— J'ai entendu dire que tu préparais le dîner, se contenta-t-il de répliquer. Maintenant, on a faim. Allez, en cuisine.

Je lui décochai un regard noir. *Pardon ?*

Je le poussai sur le torse.

Je ne te servirai pas.

Je ne m'assiérai pas à ta table.

Tu peux foutre ta vie en l'air, ça ne changera rien pour moi.

Et aussi…

— Tu as donné ma culotte à ce pervers, soulignai-je.

Espèce d'ordure.

Un sourire flotta sur ses lèvres.

— Tu n'en avais pas besoin, c'est ça ? repris-je en tâchant de maîtriser ma voix. Tu as gardé ma culotte rose du bal de rentrée ? Tu t'en es beaucoup servi, ou tu t'es contenté de te lubrifier avec tes propres larmes ?

Il se pencha et approcha le visage du mien, le regard enflammé.

— Qu'est-ce qui te fait croire qu'il n'y a pas eu plein de culottes humides ces dernières années ?

Il tourna les talons et partit. Je fusillai son dos du regard pendant qu'il disparaissait dans les profondeurs de la maison.

Crois-moi, Will Grayson. Je sais parfaitement où tu as traîné.

14

Emory

Neuf ans plus tôt

— Il y a des coquillettes au beurre, du steak frites, du gratin de dinde, énumérait Erika Fane en s'adressant à une fille qui faisait la queue devant moi. Et aussi de la tourte au poulet, mais je te recommande plutôt les sandwichs. Ils sont délicieux et bien épicés.

Non, carrément pas. Les élèves de troisième étaient les seuls à ne pas avoir compris pourquoi ils se tordaient de douleur au beau milieu de l'après-midi.

L'autre blonde, qui aurait pu être sa sœur – sauf qu'Erika Fane n'avait pas de sœur –, restait plantée là, sans regarder les choix qu'on venait de lui présenter.

— Tout me va, affirma-t-elle. Je prendrai ce que tu me recommandes.

Fane s'empara du sandwich au poulet emballé dans de l'aluminium et le lui tendit. L'autre fille avança les mains en remuant les doigts.

Je l'observai en plissant les yeux. Lentement, le regard fixé devant elle, elle saisit le sandwich et le posa elle-même sur son plateau, un peu maladroitement.

Comme si elle ne voyait pas.

Là, je compris. Il s'agissait de Winter Ashby. La petite sœur de cette peste d'Arion Ashby.

J'avais entendu dire qu'elle était aveugle.

Bon, avec un peu de chance, elle était plus sympa que sa sœur. Quand était-elle arrivée ici ? Je prenais rarement le temps de déjeuner et nous n'étions pas dans les mêmes cours, aussi ne l'avais-je encore jamais croisée.

Elles avancèrent dans la queue. Ayant soudain mauvaise conscience, je m'emparai de son sandwich au poulet et le remplaçai discrètement par un hamburger sans qu'elle ou Fane le remarque. Elle ne saurait pas qui remercier, mais ce n'était pas grave.

J'attrapai un hamburger et une banane avant de prendre une bouteille d'eau et de la poser aussi sur mon plateau.

Un bras s'enroula autour de moi pour saisir ma cravate et la faire passer entre de longs doigts magnifiques à la main gonflée de veines.

— Jolie cravate, me murmura-t-il à l'oreille.

Mon cœur fit un bond, et je cessai de respirer.

Son souffle me caressa les cheveux.

— Merci de l'avoir portée.

Impossible de me retourner pour le regarder, j'étais sûre d'être rouge pivoine. Il m'avait donné sa cravate après le film en me déposant chez moi, et je n'avais pas compté la mettre, mais…

La veille, dans le cinéma, la mauvaise journée que j'étais en train de passer était devenue géniale. J'avais eu envie de porter quelque chose qui me rappelait Will.

Il se pencha pour glisser une main autour de ma taille et me humer le cou.

— Emmy…

Je fus envahie de chaleur en l'entendant prononcer mon nom de la même façon que la veille au soir, quand je l'avais chevauché dans le cinéma.

— S'il te plaît, le suppliai-je en repoussant sa main. Tu peux… retourner à ta table.

Je jetai un regard à leurs places habituelles, où Damon nous observait au milieu d'un groupe de jolies filles.

— Il y a de quoi s'occuper là-bas.

— Ce n'est pas ce que je veux, protesta-t-il en m'enserrant la taille de plus belle.

J'avançai dans la file, tout en regardant à la ronde au cas où quelqu'un nous aurait épiés.

— T'inquiète, lança-t-il en me lâchant pour ajouter un brownie et un lait chocolaté à mon plateau. Tout ce qu'ils voient, c'est que je cherche à te faire enrager. Ils ne soupçonneraient jamais…

— Que tu es sérieux ?

Il eut un petit sourire et lâcha un sac de bretzels et quelques frites sur mon plateau.

— Non, que tu m'aimes bien.

Il tendit le bras de l'autre côté et, sa joue contre la mienne, attrapa une coupe de fruits.

Le sentant pressé contre moi, mon cœur battit la chamade. Je tournai la tête, nos bouches à un souffle l'une de l'autre.

— S'il te plaît…

Va t'asseoir.

Mais les mots me manquèrent, et je ne finis pas ma phrase. Le cou en sueur, j'agrippai mon plateau pour me reprendre.

— Va t'asseoir, m'agaçai-je, avant de ciller en remarquant tout ce qu'il y avait sur mon plateau. Et arrête de poser toute cette bouffe là-dessus ! Tu ne manges pas avec moi.

— Mais c'est pour toi, protesta-t-il en sortant son portefeuille. Tu es trop pâle. Et tout ça est kasher, pas vrai ?

Je grondai et commençai à remettre la nourriture, mais il s'empara de mon plateau et tendit l'argent à la caissière.

— J'aimerais récupérer ma cravate, m'annonça-t-il. Ce soir.

— Je ne peux pas.

— Si, insista-t-il en prenant sa monnaie et en me tendant le plateau. Je passe te prendre au bout de ta rue à 23 heures.

— Je ne peux pas, m'obstinai-je, plus fort cette fois.

Mais il s'approcha, et m'épingla du regard.

— Et après, je t'emmène chez moi. Rien que nous deux. Je veux faire un marathon de *Mission : Impossible* avec toi ce soir.

Un marathon de *Mission : Imposs…* ? Je pouffai, malgré moi, et me détournai vivement en tâchant de masquer mon sourire. Seigneur, quel abruti.

Pourtant, je mourais d'envie d'y aller.

Je secouai distraitement la tête.

— Je ne peux pas, articulai-je.

Martin finirait par l'apprendre.

Ma grand-mère aurait besoin de moi.

On avait cours le lendemain.

Je laisserais se passer des choses que je regretterais.

Il s'approcha pour s'emparer de la cravate autour de mon cou et la frotter entre ses doigts.

— Viens à moi, dit-il. Ou c'est moi qui viendrai à toi.

Je décrochai un vingt sur vingt pour ce devoir sur *Lolita*. Plus d'une semaine de retard, et j'avais quand même une note excellente. Et le mieux, c'était que je ne l'avais même pas rendu. J'avais pourtant été tentée de le faire.

Mais je n'avais pas pu m'y résoudre. Chaque réussite scolaire que j'aurais obtenue par la suite s'en serait trouvée entachée. Le reste de ma vie aurait été fini.

Une fraudeuse. Une tricheuse. Un mauvais exemple pour mes enfants.

Tout ça à cause d'un devoir d'anglais truqué. Voilà à quel point j'étais névrosée.

Malheureusement, Will Grayson avait le bras long au point de parvenir à changer mon zéro en vingt dans le carnet de notes du prof, en dépit du devoir manquant.

Pas très discret. Un dix-neuf m'aurait parfaitement convenu. Même un dix-huit.

Demain, j'irais dire à M. Townsend que la note était fausse.

Si je n'oublie pas.

Je traversai les vestiaires vides et, ouvrant le rideau de douche, pénétrai dans la cabine et accrochai ma serviette à la patère. Je tournai le robinet et plongeai ma tête déjà mouillée sous le jet, frissonnant au contact de l'eau chaude.

Il n'était que 16 h 30. Il me restait encore des heures avant d'être censée retrouver Will. Même si j'avais passé le reste de la journée – et mon entraînement en douce dans la piscine après les cours – à essayer de me dire que ça ne me ferait ni chaud ni froid quand 23 heures sonneraient, et que je le laisserais tranquillement poireauter au bout de ma rue, j'étais contrariée de lui poser un lapin.

Mais j'aurais dû m'en foutre, pas vrai ? Je n'avais jamais accepté de me rendre chez lui ce soir-là. Il ne m'avait même pas posé la question, d'ailleurs. Encore un type qui forçait les filles à lui prouver leur reconnaissance sous prétexte qu'il prêtait attention à elles.

Je pompai du shampoing dans le distributeur vissé au mur et me lavai les cheveux en tâchant de me dépêcher. J'avais encore à préparer le dîner, faire mes devoirs, et j'avais promis à ma grand-mère qu'on regarderait un film ensemble dans sa chambre ce soir-là.

Je voulais aussi passer par le belvédère pour avancer sur les travaux.

Will pouvait toujours venir à moi. S'il arrivait à me trouver.

Je me rinçai les cheveux, pris du savon et frottai le chlore qui restait sur ma peau. Je m'immobilisai en palpant mes jambes rugueuses.

Je devrais peut-être me raser encore. *S'il me trouve, je…*

Mais je secouai la tête et redressai le dos. *Bon sang, reprends-toi meuf !*

Je finis de me nettoyer et passai de nouveau la tête sous l'eau pour rincer l'après-shampoing.

À cet instant, une ombre bougea de l'autre côté du rideau de douche. Je me tétanisai.

La silhouette s'immobilisa, sombre et menaçante.

Mon cœur cessa de battre. Seul l'éclairage d'urgence était resté allumé, puisque personne n'était encore censé être là une fois les cours terminés. Je clignai des yeux.

Merde, je n'avais pas mes lunettes. Je voyais à peu près sans elles, mais j'étais très myope.

— Ohé ? appelai-je. Qui est-ce ?

Oubliant de couper l'eau, je me penchai pour attraper ma serviette et la porter à ma poitrine.

— Martin ? risquai-je.

L'ombre écarta lentement le rideau. Ma gorge se serra en voyant Damon Torrance entrer dans la douche avec moi.

— Qu'est-ce que tu fous ? aboyai-je.

Mais il se contenta de refermer le rideau et de s'approcher de moi, une serviette à la taille et le sourire aux lèvres.

— Martin ? répéta-t-il. Que ferait ton frère dans les vestiaires des filles ?

— Et toi, qu'est-ce que tu fais là ?

Je reculai contre le mur, l'eau se déversant sur mes épaules et trempant la serviette que je serrais contre moi.

Il haussa les épaules.

— Je viens de finir l'entraînement. J'ai besoin de prendre une douche.

— Il n'y a pas d'entraînement ce soir, soulignai-je en le poussant sur le torse. Tu étais là depuis le début. Tu m'attendais ou quoi ?

Il revint aussitôt vers moi et me plaqua contre le mur.

— Chut…

Il me caressa les cheveux et se pressa contre moi tout en m'enveloppant de son souffle chaud.

Mes genoux se mirent à trembler et je serrai les cuisses. J'avais l'impression que j'allais me faire dessus.

Je m'écartai, le repoussant d'une main et retenant ma serviette avec l'autre.

— Qu'est-ce que tu veux ?

Il épingla mes poignets au mur et me décocha un sourire.

— Je veux savoir ce qu'il te trouve. Peut-être que j'arriverai à le voir, moi aussi.

Mon ventre se noua. *Plutôt crever.*

Je plongeai dans ses yeux noirs et, humant l'odeur de la saloperie qu'il fumait, sentis un hurlement se loger dans ma gorge.

Allez, hurle.

Hurle.

Il n'y avait personne pour m'entendre, et même si ça avait été le cas, Martin Scott ne m'aurait pas crue. Je payerais, quoi qu'il arrive.

— Dégage, grondai-je. Fous-moi la paix !

— Je pensais que tu résisterais plus que ça, commenta-t-il en m'étudiant. Tu es un peu décevante.

Quoi, tu ne bandes que si j'ai peur ?

J'avais peur.

— Dégage.

Je le mitraillai du regard et le giflai, mais il tendit les bras pour tenter de m'attraper les mains pendant que je me débattais.

Ma serviette tomba, et il m'agrippa les deux poignets en repliant mes bras aux coudes.

— Dégage !

— Alors, hurle, exigea-t-il.

Je crispai la mâchoire. J'essayais de passer pour une dure, mais j'avais du mal à respirer.

Il me sonda du regard pendant que l'eau nous ruisselait dessus.

— Pourquoi tu ne hurles pas ?

Tu ne comprendrais pas.

Ça devait être nouveau pour lui. Il s'attaquait à ses proies parce qu'il prenait son pied, mais son plaisir était gâché quand sa victime n'en était pas à sa première fois, pas vrai ?

Ce n'était pas le sang qu'il recherchait, mais la peur.

Pas le sexe, mais le pouvoir.

Il aventura son regard le long de mon cou, puis de mon bras.

Je ne hurle pas, parce que…

— Parce que hurler ne sert à rien, murmura-t-il. C'est ça ?

Mon cœur tambourinait dans ma poitrine, mais je restais figée pendant qu'il parcourait mon corps du regard, relevant les bleus en forme de doigts enroulés autour du haut de mon bras. Les éraflures sur mes jambes, les contusions sur mes épaules.

— Parce que tu en as marre d'être la victime, poursuivit-il, comme réfléchissant à haute voix. Et que c'est plus facile de se laisser faire.

Il leva les yeux vers les miens. Ma gorge m'élançait en sentant ses paroles creuser un trou dans mon âme.

Il me lâcha, mais je ne pris pas la fuite.

— De faire semblant qu'on maîtrise tout ce qui nous arrive, ajouta-t-il.

Il cligna des yeux, son comportement changé, sa mine préoccupée.

Mon menton se mit à trembler.

— Jusqu'à ce qu'on ne se souvienne plus de qui on était avant de devoir mentir à tout le monde, y compris à soi-même, reprit-il. Jusqu'à ce qu'on ne se souvienne même pas d'avoir souri un jour sans que ça fasse mal.

Mes yeux s'emplirent de larmes. Je serrai les dents pour ne pas m'effondrer.

Parfois, être maltraité donne l'impression d'être aimé.

Je me souvins de ce qu'il avait dit en cours de littérature.

Quand on crève de faim, on serait prêt à manger n'importe quoi.

Il reporta son attention sur mon corps. La tête penchée sur le côté, il inspecta le rouge et le violet sur le côté de mon torse et les autres bleus sur mes cuisses.

Lui ne présentait pas de marque visible, mais il existait d'autres sortes de douleurs.

— Will est comme ça, lâcha-t-il d'une voix plus douce et sombre. Pas vrai ?

Comme un sourire qui ne fait pas mal.

J'acquiesçai.

— Relax, normal, paisible…, enchaîna-t-il. La seule chose dans ma vie qui ne soit pas entachée par la laideur. Il n'a pas été sali. C'est le seul qui soit encore beau, et qui trouve le monde beau, et qui croie que les gens sont beaux et tout.

Exactement. Mais je ne pouvais pas le dire à voix haute, j'avais déjà du mal à retenir un sanglot.

— Tu ne peux pas me le prendre, m'affirma Damon en reculant.

À cet instant, je compris quel était son problème. Ce n'était pas qu'il ne m'aimait pas. Mais il en voulait à Will de m'apprécier à ce point.

Une journée passée à porter sa cravate, parce que j'avais envie de m'imprégner des sensations de la veille et de conserver une part de lui, ce n'était rien comparé aux années pendant lesquelles Damon avait compté sur Will pour être sa petite lueur d'espoir. Celle qui lui permettait de croire que le monde était encore un bel endroit.

— Tu sais que ça ne marchera pas de toute façon, souligna-t-il. Sa famille est l'une des plus riches du pays, Emory. Sa vie dépasse ton entendement, et vice versa. Tu sais que tu n'as rien à faire sur sa photo du bal de rentrée.

Je me penchai lentement pour ramasser ma serviette et couvrir mon corps.

— Je sais, poursuivit-il. Ça fait mal de l'entendre, mais c'est vrai, et tu en es consciente. Et en plus de tout ça ? Ça ne rime à rien, parce que tu sais comment tu es. Même moi, je le sais. Tout le lycée le sait. Il ne cadrera pas avec toi, parce que tu es abonnée au malheur, et tu ne feras que l'entraîner avec toi.

Je serrai les poings, me retenant de le griffer.

Je ne suis pas malheureuse. Je suis…

Le cœur serré, je détournai le regard.

Il avait raison. Qu'avais-je fait depuis le début, mis à part repousser Will ?

Je savais comment ça finirait. J'avais trop de jugeote pour démarrer une histoire avec lui.

— Il t'a usée jusqu'à la corde, enchaîna Damon, et tu as besoin d'un défouloir. Je comprends.

Il s'approcha encore de moi sous le jet de douche, toujours aussi imposant, mais différemment. Il me faisait encore peur, mais pas comme avant.

— Alors, vois les choses telles qu'elles sont, chuchota-t-il. Et défoule-toi avec moi.

Mon ventre se contracta. *Hein ?*

— Un jour il arrêtera de flasher sur toi, alors fais comme si c'était toi qui tenais les rênes, nargua Damon. Vois la réalité en face : ce n'est pas de l'amour. C'est une passade. Les hormones. Un assouvissement. Une déconnade.

Non. Pas du tout.

Ou si ?

Enfin, et s'il avait raison ? Que Will n'était rien de plus qu'un défouloir ? Serait-il davantage un jour ? Je savais bien que non.

Je pouvais faire ça avec n'importe qui. Je pouvais faire tout ce dont j'avais envie. Will n'était pas la seule personne avec qui je pouvais m'évader.

— Tu le sens, pas vrai ? insista Damon. Ce besoin que ressentent les gens comme nous, et que Will ne comprendra jamais ? Cette envie de détruire tout ce qu'il y a de bien, parce que c'est chacun pour soi, et que si on ne peut pas les vaincre, autant les rejoindre.

Il s'approcha pour me caresser les cheveux. Ma poitrine me faisait mal, comme si quelque chose voulait en sortir. Tout ce que je voulais, c'était ne plus souffrir.

Ne serait-ce que l'espace d'une minute.

Je voulais être aux commandes.

— Ce fourmillement entre tes cuisses te dit de te laisser faire, haleta-t-il. Parce que c'est sur la banquette arrière de ma voiture que tu te sentiras maîtresse de la situation.

Prise de frissons, je sentis les larmes monter. Quand il pressa son corps contre le mien, j'étouffai un cri et fermai les yeux.

— Et quand tu en auras fini avec moi, souffla-t-il sur ma bouche, tu pourras être la première à mettre fin à une histoire qui était déjà morte dans l'œuf de toute façon. Tu peux faire ça avec moi. Ne joue pas avec son cœur. Sers-toi de moi à la place.

J'aurais le contrôle, parce que je n'aimerais jamais Damon.

Je ne serais jamais brisée.

— Je suis un bon coup, murmura-t-il en soutenant mon regard. Un super bon coup, Emory, et grâce à moi tu n'auras pas à souffrir à cause de lui. Tant que tu casses tout, tout de suite.

Je plantai les mains sur son torse, m'imaginant comment ce serait.

Ce que je ressentirais avec lui au-dessus de moi.

Ce que ça me ferait de l'embrasser.

Je visualisai la scène… l'espace d'un instant.

Et puis, je cillai et me raclai la gorge.

Il était fort. Je me devais de le reconnaître. Pas étonnant qu'il se tape autant de filles ; si on ne cherchait rien d'autre qu'une partie de jambes en l'air, Damon Torrance était doué pour manipuler les esprits. Il avait le don de pousser les filles à voir le monde comme il avait envie qu'elles le voient.

Je n'enviais pas celle qui tomberait un jour amoureuse de lui.

Je fus tentée. J'en avais marre de moi-même, et c'était séduisant – la perspective de ne pas être moi pendant une nuit.

Mais Will aimait bien Em. Je préférais vivre éternellement dans le souvenir de cette unique séance de cinéma qu'en fabriquer d'autres avec de nouvelles personnes.

Je repoussai Damon.

— Et tu te prétends son ami.

Il resta sans bouger, un peu vacillant, puis se reprit et émit un petit rire.

— Son meilleur ami, rectifia-t-il. Il m'a peut-être envoyé pour te mettre à l'épreuve.

Je levai les yeux au ciel, enroulai la serviette autour de moi et coupai l'eau.

— Ou peut-être pas, reprit-il en me balayant lentement du regard. Ça t'aurait plu, tu sais ? Je crois qu'à moi aussi, d'ailleurs. Ça n'aurait pas été une corvée, en tout cas.

Salaud.

— Dégage, crachai-je.

Il hocha la tête et tourna les talons.

— Bon, j'aurai essayé.

Puis, il me regarda par-dessus son épaule.

— Au fait, Will a vu les bleus ?

Je me tendis.

— Prépare-toi pour ce qui va arriver quand ce sera le cas, m'avertit-il. Et ce qui peut lui arriver, à lui, s'il s'en prend à un flic.

Sur ces mots, il sortit, et je restai plantée là, les épaules un peu voûtées sous le poids de ce qu'il venait de dire.

Will ne devait jamais voir ces bleus.

La lune était basse dans le ciel, et seule sa lueur éclairait la cuisine pendant que je vidais le lave-vaisselle. J'empilai les verres et triai les couverts, refusant de jeter un coup d'œil à l'horloge murale dont le tic-tac égrenait les secondes.

— Tu devrais aller te coucher, lança une voix.

Je chancelai en entendant Martin derrière moi.

Il s'approcha et se baissa pour sortir deux assiettes du lave-vaisselle et me les tendre.

Je me tins prête pour la suite.

— J'y vais dès que j'ai fini, murmurai-je. Promis.

Je me retournai pour ranger les assiettes dans le placard en attendant qu'il pique une colère. Je passais mon temps à attendre.

— Tu as de bonnes notes, m'affirma-t-il à la place. Et le belvédère avance bien. On m'a fait des compliments à ce sujet.

Il mit le bol et la fourchette sales dans le lave-vaisselle pendant que je rinçais l'évier et que j'essuyais le plan de travail.

— Il te reste encore un an avant d'envoyer tes dossiers de candidature, mais je tâcherai de t'aider quelle que soit la fac que tu choisis, déclara-t-il. OK ?

Je cillai pour soulager mes yeux qui me piquaient. Ce genre d'humeur était parfois plus dur à encaisser que la violence.

Je nettoyai le dessus de la cuisinière, remis la cuiller en place et attendis qu'il parte.

Mais alors, je sentis ses doigts m'effleurer les cheveux et me figeai, tout en continuant d'éviter son regard.

— Je suis désolé, tu sais ? suffoqua-t-il avec des larmes dans sa voix.

Je crispai la mâchoire, tâchant de ne pas craquer.

— Je t'aime, Emmy, s'interrompit-il. C'est pour ça que je veux que tu y ailles. Tu serais la seule dans cette famille à ne pas être vouée à l'échec.

Je fermai les yeux.

Je t'en supplie, va-t'en. Par pitié.

— Mais ça finit par s'accumuler, expliqua-t-il dans mon dos. Toute la journée, tous les jours. Jusqu'à ce que je n'y voie plus clair, que je sois paumé et prêt à péter un câble. Comme si c'était plus fort que moi.

Et quand il rentre à la maison, il s'en prend à moi, parce que je ne dis rien à personne et que je ne prends pas la fuite.

— Je ne me rends même pas compte de ce que je fais quand je suis dans cet état, marmonna-t-il. Je ne peux pas m'arrêter.

Une larme roula sur ma joue, mais je gardai le silence.

— Tu sais que ce n'est pas moi, insista-t-il. Pas vrai ?

J'acquiesçai tout en finissant de nettoyer la cuisinière.

— Tu te souviens de quand je te laissais monter devant ? lâcha-t-il avec un petit rire. Maman disait que tu étais trop petite, alors j'attendais qu'on ait quitté l'allée devant la maison et puis je te laissais ramper jusqu'au siège avant.

Je me forçai à rire.

— Oui, approuvai-je en le regardant par-dessus mon épaule. En échange, je devais te jurer de ne pas dire à maman que tu avais organisé une soirée casino dans le sous-sol la fois où ils étaient allés à Philadelphie.

Il pouffa.

— Tu trouves ça bizarre que quelqu'un qui aimait autant enfreindre les règles soit devenu policier ?

— Non. Ce sont ceux qui font les meilleurs flics. Ils connaissent toutes les ruses.

Il sourit.

— Pas faux.

Et quelle meilleure façon pour un criminel de se cacher ?

Mais ça, je le gardai pour moi.

— Tiens, j'ai trouvé quelque chose pour toi aujourd'hui.

Il s'essuya les mains avant de s'approcher de la table sur laquelle était posé un sac en papier marron. Il farfouilla dedans pour en sortir un gros livre cartonné, qu'il me donna.

— Il est d'occasion, mais il m'a tapé dans l'œil quand je suis passé devant la librairie.

Les Plus Belles Plongées sous-marines.

Avec un sourire, je me mis à le feuilleter, m'appliquant à manifester mon intérêt.

— Il est génial, m'extasiai-je. Les photos sont magnifiques.

— Je me suis dit qu'il te plairait.

Quand il pivota pour attraper son thermos et sa boîte à sandwichs, j'éprouvai une pointe de soulagement. Il s'apprêtait à partir pour son service de nuit. J'aspirai une goulée d'air.

— J'adore les livres de photographies, lui assurai-je. Merci de t'en être souvenu.

Il vint m'embrasser sur le front et je me figeai, pour me détendre uniquement lorsqu'il recula.

— Ferme bien tout à clé, me conseilla-t-il. Et dors bien. Je serai rentré à 7 heures.

— Salut.

Il partit pour le travail, mais ce ne fut qu'en entendant sa voiture s'éloigner dans la rue que je me remis en mouvement.

Je jetai le sac en papier au recyclage et, mon livre à la main, m'assurai que les portes étaient fermées et les lumières éteintes avant de monter dans ma chambre. Sans allumer ma lampe, je m'avançai vers ma bibliothèque, où je redressai la rangée de volumes qui s'y trouvait pour insérer le dernier ajout à ma collection.

Barcelone : L'histoire de son architecture.

Les 101 Grottes les plus époustouflantes.

Always Audrey : Six photographes mythiques. Une star légendaire.

L'Ouest : Le cow-boy américain.

L'Histoire du monde par les cartes…

Je reculai pour lire le dos des livres rangés sur les deux étagères qui croulaient sous un poids dépassant celui de simples ouvrages cartonnés. J'aimais les poser là chaque fois qu'il m'en offrait un. Ça lui faisait plaisir de me voir mettre ses cadeaux en évidence, mais aussi… C'était un peu comme un accomplissement. Un trophée.

Quand les bleus s'estompaient, et que je n'avais plus de preuve tangible de ce qui ne s'effacerait pourtant jamais de mon esprit, il me restait ça.

Un livre pour chaque fois que je m'étais relevée.

Encore.

Encore.

Et encore.

Il m'avait fait d'autres cadeaux aussi au fil des années, à chaque fois qu'il avait déchargé sa colère et que la culpabilité le rongeait, et ces objets-là étaient également disposés dans ma chambre. Je les laisserais quand je partirais, de sorte que, lorsqu'il entrerait dans cette pièce, il verrait et se rappellerait tout. Mais moi, je serais partie.

Je baissai les yeux.

C'était du moins ce que je me disais.

Ma grand-mère dormait au bout du couloir. Le tourne-disque dans sa chambre allait bientôt atteindre la fin de la première face, et j'aurais aimé qu'elle vive éternellement, mais parfois…

Martin serait tellement plus violent si elle n'était pas là. Elle était la seule à m'aimer. Il fallait qu'elle reste en vie.

Mais elle souffrait.

Et, si elle était toujours vivante au moment de mon départ pour la fac, je ne pourrais pas partir. Impossible de la laisser seule avec lui. Je n'aurais pas d'autre choix que de rester là.

Je m'en voulais de penser ça, mais…

Il fallait que je me barre de là.

Qu'allais-je bien pouvoir faire ?

Uniquement vêtue de mon short de pyjama et de mon débardeur, j'enfilai un gilet et me retournai pour fermer mes rideaux.

Sauf que quelqu'un était assis là, dans le coin de ma chambre.

J'étouffai un cri et esquissai un mouvement de recul.

— Salut, lança Will.

J'écarquillai les yeux et suffoquai un peu, le cœur encore logé dans la gorge.

— Qu'est-ce que tu fais là ?

Je me précipitai vers la fenêtre et collai la joue à la vitre pour mieux voir l'allée et m'assurer que mon frère était parti.

— Pas de bougie à ta fenêtre ce soir ? s'étonna-t-il.

— Tu es dingue ou quoi ? rétorquai-je, sans tenir compte de sa question.

Je scrutai la rue à travers l'arbre devant la maison, mais ne vis pas le pick-up de Will. Avec un peu de chance, il l'avait garé loin d'ici.

Comment avait-il fait pour entrer ? Mon frère venait de partir. Il aurait pu le voir.

— Il faut que tu allumes une bougie, Emmy.

— Je ne le fais jamais ! grondai-je à mi-voix, de sorte que ma grand-mère n'entende pas. Je n'en ai rien à foutre d'EverNight. Tu dois partir.

Il resta sans bouger. Il portait un jean et un T-shirt vert kaki qui faisait ressortir la couleur de ses yeux. Le gel qu'il avait mis dans ses cheveux ce matin-là était parti, et il était plus beau que jamais avec ses mèches qui lui flottaient sur les tempes.

— Qu'est-ce que j'ai dit ? rétorqua-t-il à voix basse. Si tu ne viens pas à moi, c'est moi qui viendrai à toi.

Je ne m'étais pas rendue au bout de la rue, et alors ? Malgré l'importance primordiale d'un marathon de *Mission : Impossible*, j'avais autre chose à faire. En plus, il avait omis de me demander si j'étais disponible ce soir-là.

Il leva les yeux vers moi, les bras reposant sur son siège. Malgré l'excitation qui me traversait en sa présence, je me forçai à adopter un air renfrogné.

— Je n'arrive pas à croire qu'Emory Scott a une affiche de Sid et Nancy au mur, blagua-t-il. Quel couple de junkies odieux ! En plus, il savait à peine jouer de sa basse.

— Je t'en supplie, le priai-je sans tenir compte de ses taquineries. Tu ne peux pas être ici.

Il se leva lentement, sans jamais me quitter des yeux.

— Ou alors, peut-être que tu as un faible pour les histoires d'amour vouées à l'échec.

Je reculai pendant qu'il s'avança.

— Pars, c'est tout, insistai-je.

Cependant, il continuait de s'approcher.

— Tu es tellement jolie, murmura-t-il.

Je secouai la tête et serrai les poings.

— Mais je commence vraiment à en avoir marre que tu me regardes comme ça, ajouta-t-il, brusquement sérieux. Comme si je n'étais pas digne de confiance.

C'était le cas, non ? Et, même si j'avais été sûre qu'il nourrissait des bonnes intentions à mon égard, je n'étais pas prête pour cette histoire. Je ne voulais pas qu'il fasse partie de ma vie. C'était un service que je lui rendais.

J'avais adoré le cinéma, et je chérirais ce souvenir à jamais.

Mais Damon avait raison. Hier avait été agréable, et c'était fini.

— Tu dois partir, m'obstinai-je.

Il me décocha un regard perçant.

— Je commence à en avoir ma claque que tu me dises ça aussi. Il est où, le problème ? Hier, c'était génial. Pourquoi est-ce que tu dois toujours trop réfléchir, au point de tout déformer ?

— Je ne te dois rien, crachai-je. Et je ne t'ai jamais invité à entrer, alors va-t'en !

Il s'immobilisa, son regard noir presque aussi captivant que son sourire.

— J'ai été plus sympa avec toi que j'aurais dû l'être, souligna-t-il en carrant les épaules. Tu sais combien de filles je pourrais avoir comme ça ?

Il claqua des doigts, et le gentil protecteur des derniers jours s'évapora.

Croyez-moi, j'étais parfaitement consciente qu'il pouvait avoir n'importe quelle meuf qu'il voulait, et que ça ne datait pas d'hier. Je n'étais pas la première à le toucher ni à l'embrasser.

— Alors, je devrais remercier le ciel que tous les efforts pour me suivre comme un minable petit chiot dans le seul but d'attirer ton attention aient enfin porté leurs fruits ! hurlai-je, le démasquant une bonne fois pour toutes.

C'était lui qui m'avait couru après, pas le contraire !

Il s'approcha de moi, mais à cet instant quelqu'un m'appela et il se figea. Nous nous toisâmes en silence.

Je bouillais de l'intérieur, et je voyais que lui aussi.

L'ambiance était torride. Il faisait sombre, nous étions proches, et mon lit était juste là.

Sentant battre mon clitoris, je cessai de respirer.

— Emmy, appela encore une petite voix.

Je clignai des yeux et relâchai le souffle que je ne m'étais pas rendu compte d'avoir retenu.

— Emmy ? appela encore ma grand-mère.

Will se détendit un peu et son regard s'adoucit.

Je baissai les yeux et secouai la tête.

— S'il te plaît, va-t'en, soufflai-je.

Je quittai la chambre, bifurquai à droite et me dirigeai vers celle de ma grand-mère, où la brise nocturne faisait gonfler les rideaux blancs.

Elle voulut se redresser sur son lit, encombrée par sa volumineuse chemise de nuit rose.

— Ouh là, lâchai-je en me précipitant pour soulever le cordon vers le masque à oxygène de sorte qu'elle ne l'accroche pas. Je suis là.

Elle s'assit plus droit et s'abandonna sur ses oreillers pendant que je l'aidais à retirer son masque.

Je l'écoutai respirer et m'assurai qu'elle allait bien.

— Ça va ? m'inquiétai-je.

— J'ai juste un peu soif.

Je m'emparai de son verre et le remplis avant de le lui tendre en tenant la paille en place.

— Tu as oublié d'allumer ma bougie, fit-elle remarquer tout en buvant une gorgée, les yeux fixés sur moi.

Je la dévisageai, les sourcils encore froncés après ce que je venais de vivre. On aurait cru que le monde entier cherchait à mettre ma patience à l'épreuve.

— Ne me regarde pas comme ça, m'avertit-elle. Va l'allumer. C'est sûrement ma dernière.

Je pinçai les lèvres. Je ne pouvais rien dire à ça. Elle ne serait peut-être plus là pour la prochaine EverNight.

Très bien.

Je m'approchai de la cheminée, attrapai les allumettes que nous conservions pour une cheminée qui ne lui servait plus, et apportai une de ses bougies à la senteur de patchouli vers l'appui de fenêtre. Je la posai et l'allumai en veillant à ce que la flamme soit visible à travers la vitre.

Quelle tradition débile.

Cela dit, elle me semblait plus séduisante à présent que Will m'en avait raconté un peu l'histoire. Chaque 28 octobre, depuis 1955, un an après le meurtre à Cold Point, les habitants de Thunder Bay allumaient des bougies à la fenêtre de leurs chambres en souvenir de Reverie Cross. Le jour de l'anniversaire de sa mort.

Si l'équipe de basket effectuait son pèlerinage annuel sur la tombe d'Edward, le reste de la ville honorait sa victime, persuadée que sinon, pas même la mort ne saurait l'empêcher de se venger. Si votre bougie était toujours allumée au petit matin, cela signifiait que vous étiez dans ses bonnes grâces.

Dans le cas contraire, il vous arriverait malheur avant la prochaine EverNight.

C'était aussi rationnel que de jeter du sel par-dessus son épaule pour éviter le mauvais œil.

Je contemplai le reflet de la bougie qui vacillait sur la vitre, puis fermai l'autre fenêtre. Si elle voulait que sa bougie reste allumée, elle allait devoir se passer de son cher vent.

Je jetai un autre coup d'œil dehors en me demandant si Will était parti.

Je m'approchai du lit, lui pris son verre et le reposai sur sa table de chevet, puis lissai ses cheveux en arrière. Elle avait quatre-vingt-deux ans, mais en paraissait cinq cents.

Exception faite de ses yeux. Elle avait toujours le regard d'une ado de seize ans qui complotait de piquer la bagnole de son père pour faire une virée entre copines.

— Il y a un garçon dans ta chambre ? demanda-t-elle.

Je me figeai.

— *Non, grand-mère*, répondis-je en français.

— *Menteuse*, riposta-t-elle, en français elle aussi. *Qui c'est* ?

— De qui tu parles ?

Elle fit un geste du menton pour désigner un endroit derrière moi, et je fis volte-face. Will se tenait sur le pas de la porte.

Ce n'est pas vrai. Je lui avais pourtant dit de partir.

Il se contenta d'entrer avec un doux sourire.

— *Bonjour*, lança-t-il, également en français. *Je m'appelle Guillaume*.

Je le regardai, bouche bée, en l'entendant parler dans une langue étrangère comme si de rien n'était. Il s'était présenté comme « Guillaume », la version française de « William ».

Sérieux ?

Franchement, j'étais déjà étonnée d'apprendre qu'il parlait anglais. J'aurais cru qu'un type dans son genre ne se serait exprimé qu'en émojis.

Mais ma grand-mère sourit.

— *Parlez-vous français ?*

— *Un peu*, répondit-il en écartant son pouce et son index d'un centimètre. *Très, très peu*.

Elle éclata de rire, et ce sourire qui donnait l'impression qu'elle était faite pour les câlins se dessina sur son visage.

Il la considéra, et je levai les yeux au plafond.

« Un peu », c'est ça ouais.

Ma grand-mère était née ici, mais ses parents étaient originaires de Rouen, en France. Ils avaient fui le vieux continent dans les années 1930 sous la menace croissante que représentait l'Allemagne, et même si elle avait grandi ici en parlant anglais à l'école, ses parents avaient veillé à ce qu'elle conserve ses racines.

À son tour, elle avait appris le français à ma mère. Pour ma part, je ne le parlais pas aussi bien que je l'aurais voulu, mais je le comprenais.

Will s'exprima de nouveau en français, et je l'écoutai.

— *J'espère qu'on ne vous a pas réveillée*, s'inquiéta-t-il d'un air attentionné. *Votre petite-fille me remettait à ma place, comme je le méritais. Toutes mes excuses.*

Mon cœur s'emballa un instant, mais ma grand-mère s'esclaffa.

— Mérité, peut-être, reprit-elle. Ce qui est sûr, c'est qu'elle a hérité de mon mauvais caractère.

Je lui décochai un regard.

Elle se coucha de nouveau dans son lit et attrapa le masque sur son crochet.

— Ça faisait longtemps que je n'avais pas rencontré quelqu'un capable de me faire front, expliqua-t-elle. C'est ce qui se passe avec les gens brisés, Guillaume. Quand nous donnons notre cœur, c'est uniquement à ceux qui le méritent vraiment.

Je sentis les larmes me monter aux yeux, juste l'espace d'un instant.

— Il était patient avec moi, lui confia-t-elle, le regard au loin.

Mon grand-père.

Il était parti depuis longtemps, mais ils avaient été très amoureux l'un de l'autre. Du moins avait-elle connu le bonheur pendant un temps.

— Maintenant, allez-vous-en, lâcha-t-elle en commençant à mettre son masque. Je suis fatiguée.

Tu parles ! On avait prévu de regarder un film ensemble.

— *Grand-mère…*

— Partez ! s'écria-t-elle. Profitez de votre jeunesse !

J'avais envie de rire, de lui dire que de toute façon je menais une vie de quarantenaire, et que je n'en étais plus là. Mais elle serait heureuse de me savoir heureuse, alors…

Elle remit son masque et nous quittâmes la chambre pour regagner la mienne.

Une fois à l'intérieur, je fermai la porte et regardai Will poser une bougie sur mon appui de fenêtre. C'était celle qui avait trôné sur la commode de ma grand-mère. Il avait dû la prendre en douce.

Il sortit un briquet de la poche de son jean et l'alluma avant de la poser au centre de la vitre. La petite flamme s'anima et brilla dans la nuit noire.

Il pivota, la lueur de la flamme scintillant dans ses yeux.

— Bon, pas de films ce soir ? conclut-il en faisant le tour de ma chambre.

Je secouai la tête, évitant son regard.

— Et je suppose, poursuivit-il en s'avançant vers moi, que même si tu pouvais sortir, tu ne le ferais pas.

Je reculai d'un pas. Nous nous tournions autour.

Je secouai encore la tête.

— Parce que tu te méfies de tout ce qui peut te faire du bien, asséna-t-il.

Je gardai le silence, continuant de m'éloigner pendant qu'il s'approchait.

— Et ça ne s'arrêtera pas quand tu partiras pour la fac ou que tu quitteras cette ville, Em. Rien ne changera. Tu ne trouveras toujours rien qui te fasse du bien.

Je tentai d'avaler la boule dans ma gorge, mais en vain.

— Parce que c'est comme ça que tu es, ajouta-t-il.

Je pris quelques inspirations, et puis les mots m'échappèrent avant que j'aie pu les retenir.

— J'aimerais laisser les choses se faire, lui dis-je, levant enfin les yeux vers lui. Une partie de moi en a vraiment envie, Will. Tu sais pourquoi ?

Il me dévisagea, et je me rendis à peine compte que nous nous étions immobilisés.

— Parce que dès que ce sera fini, je sais que je n'aurai plus jamais de tes nouvelles.

Je soutins son regard sans ciller. Ses magnifiques yeux d'émeraude se firent plus perçants.

Oui, coucher avec toi serait la meilleure façon de ne plus jamais te revoir. C'était presque tentant.

Puis, il pinça les lèvres et une lueur passa dans son regard.

Il sombra dans le silence, comme pris de court, et je flanchai en voyant mes paroles s'immiscer dans son esprit et tailler un chemin sanglant que je regrettai aussitôt.

Il baissa les yeux, rangea le briquet dans sa poche et lâcha un soupir résolu.

— Pourquoi tu es aussi méchante ?

Mais il n'attendait pas vraiment de réponse. Tournant les talons, il quitta ma chambre et entreprit de descendre l'escalier. À cet instant, je m'effondrai de l'intérieur. J'étais allée trop loin.

Ce n'était pas ce que je voulais.

Je ne voulais pas qu'il parte, parce qu'alors il ne me parlerait plus jamais. J'irais au lycée le lendemain, je le croiserais dans les couloirs, mais cette fois il ne me jetterait pas le moindre regard.

Non, pas ça.

Je lui courus après, dévalai les marches et, sautant par-dessus les dernières, poussai sur la porte d'entrée pour la refermer alors qu'il était en train de l'ouvrir.

— Je suis désolée, bafouillai-je en lui agrippant son T-shirt au niveau de la taille et en plaquant le front sur son dos. Je ne suis pas…, articulai-je d'une voix tremblante. Je ne suis pas… une personne heureuse, Will. Et tu as raison, je ne le serai jamais.

Des larmes me nouèrent la gorge, et je clignai des yeux pour les ravaler. Je ne voulais pas me remettre à pleurer devant lui.

Il resta debout sans bouger, secoué uniquement par les battements de son cœur.

— Je ne suis pas celle qui te convient, achevai-je.

Pas parce qu'il était riche et populaire, mais parce qu'il me rendait la vie plus tolérable. J'étais toujours impatiente de le voir.

Et moi, que lui donnerais-je en retour ?

— C'est noté, rétorqua-t-il froidement. Maintenant, laisse-moi partir.

Je fermai les yeux en entendant son ton cassant.

Il ne reviendrait pas.

Je me sentis submergée par quelque chose, comme un rideau qui tombait – ou qui se levait. Pour une fois dans ma vie, je refusais de m'arrêter.

J'étais tellement froide.

Et lui était si chaud. On aurait dit qu'une corde invisible m'attirait vers le bord malgré moi.

— Tu voulais récupérer ta cravate, murmurai-je.

Son dos se soulevait à chacune de ses respirations.

— Garde-la, me dit-il. Ou jette-la à la poubelle.

Il fit mine d'attraper la poignée de la porte.

— Tu veux que je te donne quelque chose en retour ? lâchai-je à l'étourdie.

Il se figea, la main sur la poignée.

Mon cœur se déchaînait dans ma poitrine, et je compris que j'y étais encore allée trop fort. J'allais le regretter. Je le détesterais. Il me détesterait. Mon frère pouvait très bien venir me faire une visite-surprise…

Mais… Je n'en avais rien à foutre.

J'avais envie d'être là, maintenant.

Je repoussai mon gilet sur mes épaules, baissai les manches sur mes bras et le brandis sous son nez.

— Ça, peut-être ? soufflai-je.

Puis, je le laissai glisser au sol.

— Non, je ne pense pas qu'il t'ira.

Il fixa du regard mon gilet tombé. Je peinais à respirer mais, voyant qu'il ne partait toujours pas, je poursuivis.

Je saisis l'ourlet de mon débardeur et le passai par-dessus ma tête. L'air frappa mes seins nus, et mon corps tout entier se sentit intensément vivant.

— Ou ça ? murmurai-je en lui tendant mon haut blanc.

Son torse s'éleva et s'affaissa de plus belle. On aurait dit qu'il s'était transformé en statue de marbre.

Je me penchai et me pressai contre son dos, tout en lâchant mon débardeur au sol.

— Il sera trop petit aussi, lui murmurai-je à l'oreille. Je te l'ai déjà dit, Will Grayson. On… n'est… pas… faits… l'un… pour… l'autre.

Il expira brutalement et me regarda par-dessus son épaule.

— Je suis prêt à parier qu'il y a bien une partie de toi qui est faite pour moi, blagua-t-il.

Je me mordis la lèvre inférieure pour contenir mon excitation. Je glissai les mains sous son T-shirt et, encerclant sa taille, promenai les doigts sur son ventre et le long de ses abdos.

Une chaleur brûlante naquit au creux de mes cuisses et je faillis gémir, tout en continuant de caresser sa peau soyeuse, ses muscles et les courbes de son corps, tout ce que j'avais envie de sentir sur ma bouche, là, tout de suite.

Will Grayson était parfait en tout point. Seigneur…

— J'ai envie de t'enlever ton T-shirt, affirmai-je.

Il plaqua une main sur la porte pour se stabiliser, et une goutte de sueur perla sur sa tempe.

Il semblait sur le point de craquer. Je réprimai un sourire.

Au bout d'un moment, il se redressa, et je pris ça comme un signe.

Je tirai sur son T-shirt pour le lui ôter et le lâcher par terre. Puis, je passai les bras autour de sa taille et collai ma peau contre la sienne tout en lui mordillant le dos.

Il étouffa un cri, claqua de nouveau sa main sur la porte, et je souris.

Traînant les dents sur son dos, je lui léchai la peau avant de l'embrasser. Il gémit, et je le serrai contre moi, les yeux clos, savourant chacun de ses frémissements. Son odeur, chaude et grisante, m'envahit l'esprit.

Je voulais qu'il sache qu'il méritait mieux. Je voulais qu'il sache que, si j'avais été une autre, j'aurais été à lui, et je l'aurais aimé comme il fallait.

J'aventurai les mains un peu plus haut et suivis des doigts les contours de sa clavicule avant de redescendre le long de ses pectoraux et d'égrener des baisers sur son dos.

Je tendis le bras pour attraper un foulard en soie à motif cachemire accroché au portemanteau et l'appliquai sur ses yeux.

Il eut un mouvement de recul et voulut se retourner, mais je l'en empêchai.

— Qu'est-ce que tu fais ? demanda-t-il.

Les bleus qui me marquaient le corps m'élancèrent, et je ne répondis pas tout de suite.

— Ce sont les règles, parvins-je enfin à répondre.

Il ne comprenait pas, mais ne broncha pas pour autant. Je fis un nœud au foulard afin de lui permettre de me faire face.

Sa respiration s'accéléra quand la vue lui fut dérobée. Je le fis pivoter vers moi et levai les yeux vers son visage.

— Tu vois quelque chose ? questionnai-je.

— Non.

Me dressant sur la pointe des pieds, je me pressai contre lui, guidai ses bras pour qu'il les enroule autour de moi et puis me pendis à son cou.

— Et maintenant ?

Le sourire aux lèvres, il se mit aussitôt à laisser errer ses mains et à prendre possession de moi. Il promena ses doigts partout sur mon dos, faisant monter la pression à mesure qu'il se familiarisait avec le terrain, et puis glissa une main le long de mon ventre pour happer un de mes seins dans sa paume tout en se penchant pour s'emparer de ma bouche.

J'inspirai vivement, lâchai un petit gémissement sous l'effet de la chaleur qui prenait chacun de mes nerfs d'assaut. Il me souleva en continuant de me dévorer la bouche et, quand il glissa sa langue entre mes lèvres, je le sentis jusque dans mes orteils.

Un petit bruit perça l'air, mais je le remarquai à peine. J'enroulai les jambes autour de sa taille, perdue dans mes sensations.

Ses lèvres glissèrent jusqu'à mon cou en me suçotant au passage, et je resserrai mon étreinte, tâchant d'être le plus près possible de lui. Je commençai à chavirer.

— Will…

Il me pétrit les fesses à pleines mains pendant que je retrouvais sa bouche, presque trop affamée pour prendre conscience du petit bruit lointain qui résonnait encore.

Il me mordit les lèvres et me retira mes lunettes pour les poser sur la table.

Le bruit – un tintement – me fit dresser l'oreille, et je clignai enfin des paupières pour ouvrir les yeux.

Mon téléphone. Je m'écartai de lui, tournai la tête pour regarder vers la cuisine en entendant la sonnerie particulière que j'avais allouée au numéro de Martin.

Merde.

Je voulus repousser Will.

— Il faut que je réponde.

— Ne fais pas ça.

Il me serra contre lui et continua de m'embrasser doucement tout en me titillant le téton avec le pouce.

— S'il te plaît, gémis-je, ne voulant pas le lâcher. C'est mon frère.

— Et maintenant, je suis ton mec, déclara-t-il en retirant son bandeau pour me regarder droit dans les yeux. Et je te demande de m'accorder cette nuit.

Il entreprit de me porter dans l'escalier pour me ramener dans ma chambre, mais le téléphone sonna encore.

C'était la troisième fois qu'il m'appelait.

Je me tortillai pour échapper à Will et redescendre les marches à la course.

— Si je ne réponds pas, il pourrait venir voir si je vais bien. Et il te trouverait là.

Il m'attrapa le bras.

— Alors laisse-le faire, lança-t-il d'une voix dure. Je n'en ai rien à foutre. Il ne m'empêchera pas de te voir, alors plus vite il saura de quoi il en retourne, mieux ça vaudra.

J'étais presque nue, à l'exception de ma culotte. Malgré l'obscurité, il pourrait remarquer les bleus. Je devais me couvrir.

— Laisse-moi partir, grondai-je, impatiente.

Mais il n'en fit rien. Il m'attira à lui, me souleva de nouveau dans ses bras et me regarda dans les yeux.

— Je..., s'interrompit-il, cherchant ses mots. Je... tiens à toi.

Ça ressemblait à « je t'aime ». Mon menton se mit à trembler.

— Depuis toujours, enchaîna-t-il. Si tu vas lui parler, le charme sera rompu et la nuit sera finie parce que tu n'es pas la même à la lumière du soleil. Demain, tu me sortiras encore toutes sortes de raisons pour justifier le fait que je ne peux pas t'avoir. Reste avec moi cette nuit. Ne lui parle pas. Ne laisse rien s'immiscer entre nous ce soir.

Sentant des sanglots monter de ma poitrine, je me cramponnai à ses épaules. J'avais envie d'enrouler les bras autour de lui, parce qu'il avait sans doute raison.

— Ou alors, tu m'accompagnes au bal de rentrée, ajouta-t-il, comme pour me laisser le choix. Demain soir.

Le bal de rentrée ?

Le téléphone sonna encore, mais nous restions là, à nous dévisager, pendant qu'il me tenait dans ses bras et que je restais les jambes ballantes.

Je ne pouvais pas aller à cette soirée. Je n'avais pas de robe. Je ne dansais pas. Je n'avais pas envie de côtoyer sa bande.

Martin ne le permettrait jamais.

Tout le monde se moquerait de moi.

Je me dégageai de son étreinte et plongeai au sol pour récupérer mon gilet tandis que le téléphone continuait de sonner. Je lui jetai un coup d'œil par-dessus mon épaule tout en me couvrant.

— Non, répondis-je. Maintenant, tu peux partir. Désolée de t'avoir retenu.

Il voulut s'approcher, mais je pivotai sur les talons et fonçai vers la cuisine tout en enfilant mon gilet.

Je décrochai.

— Allô ?

— Qu'est-ce que tu fichais ? fulmina Martin. Ça fait quatre fois que je t'appelle.

Je faillis me retourner pour voir si Will était derrière moi, mais mon cœur cognait tellement fort dans ma poitrine que j'avais peur que Martin n'entende le tremblement dans ma voix.

— Excuse-moi, je…, balbutiai-je. Je me suis endormie en bas avec mon téléphone.

— Ça ne m'étonne pas, s'agaça-t-il. Il va y avoir du vent ce soir. Vérifie bien que toutes les fenêtres sont fermées, que les poubelles sont rentrées, et…

Mon esprit se mit à vagabonder pendant qu'il m'aboyait à l'oreille les mêmes ordres que j'avais entendus des centaines de fois.

Je m'humectai les lèvres. Elles portaient encore le goût de Will. Je sentis le vide grandir en moi en entendant la porte d'entrée se refermer.

J'avais envie de pleurer.

Martin finit par raccrocher, et quand je regagnai l'entrée, Will était parti.

Je restai là sans bouger. J'en avais marre d'être constamment tenaillée par la culpabilité, et de me détester en permanence. Je n'étais qu'une lâche amère et condescendante, et avec un peu de chance, il finirait par se trouver quelqu'un comme lui. Gaie, pétillante… marrante.

Du moins ne serais-je pas au bal de rentrée pour le voir s'éclater avec une autre.

Regagnant l'étage à contrecœur, je passai jeter un dernier coup d'œil sur ma grand-mère et puis regagnai ma chambre, où je refermai la porte et branchai mon téléphone pour le recharger.

Je m'approchai de la fenêtre et contemplai la flamme de la bougie, me demandant si je devais la laisser allumée.

Je ne croyais en rien.

Encore moins en Reverie Cross.

Je soufflai la bougie, plongeant la chambre dans le noir.

À l'exception de deux phares qui brillaient de l'autre côté de la vitre. Je me raidis et, regardant vers le trottoir, vis une voiture d'un noir mat s'éloigner subitement en faisant crisser ses pneus.

Je plissai des yeux, mais ne voyais pas bien sans mes lunettes qui étaient restées en bas. Là où Will les avait laissées.

Ce n'était pas un pick-up, enfin je ne pensais pas. Ce n'était pas Will.

Et puis, je l'aperçus. Le scintillement doré qui provenait de l'arbre.

Elle s'agitait et tintait dans la brise légère. Une chaîne en bronze accrochée à une branche où il n'y avait rien un instant plus tôt.

Je m'avançai insensiblement. Qu'est-ce que c'était que ce truc ?

15

Will

Présent

Je tressaillis quand Aydin m'effleura avec les petits ciseaux en coupant le fil.

Une cigarette pendait de sa bouche et je m'en emparai pour en tirer une bouffée. J'étais assis sur la table de la cuisine et, debout à côté de moi, il retirait les points sur le haut de mon bras, au niveau de l'épaule. Ce n'était qu'une petite coupure que je m'étais faite en tombant un jour, avant l'arrivée d'Emmy.

Je l'observais pendant qu'elle travaillait.

Elle était maligne. Je devais le reconnaître. Toutes ces années passées à se prendre des raclées lui avaient appris à se cacher.

Emmy avait remis le pantalon noir dans lequel elle était arrivée, mais avec un des T-shirts blancs de Rory, et faisait frire de la viande à laquelle elle ajoutait des poivrons, des oignons et du fromage.

Elle me jetait des regards à la dérobée, tandis que je la dévisageais ouvertement.

Un morceau de pain par-ci, une tranche de fromage par-là. De la mousseline à fromage pour emballer le tout, une orange, et un peu plus de pain.

Je dus réprimer un sourire en admirant son habileté à détourner l'attention de la main qui chipait de la nourriture, au profit de celle qui attrapait une assiette ou qui sortait une fourchette d'un tiroir.

Aydin ne s'en était pas rendu compte, car il avait demandé à Taylor de la surveiller et que Taylor était un crétin. Debout dans le coin, sous l'horloge cassée, il décollait l'étiquette de sa bouteille d'eau et se contentait de lui décocher quelques coups d'œil de temps en temps.

Sauf que ses regards finissaient par s'attarder sur son corps quand elle tendait le bras pour attraper un ustensile ou se penchait pour sortir une casserole d'un placard.

Aydin était l'unique frein qui le retenait. Sans lui, je savais précisément ce que Taylor essayerait de faire avec elle.

— Ça t'est déjà arrivé de demander autre chose que de l'alcool et des clopes ? questionnai-je Aydin à mi-voix, tirant une dernière bouffée avant de lui remettre la cigarette dans la bouche.

Il inspira une dernière fois et laissa tomber le mégot dans sa tasse de café.

— Oui.

— Du genre ?

Il ne répondit pas, et je lui lançai un regard. Un sourire flottait sur ses lèvres. Il avait des relations. Quelqu'un lui apportait de la contrebande tous les mois, et il avait beau être un bagarreur agressif qui ne reculait devant rien, l'alcool et le tabac étaient les seuls autres moyens pour lui de nous contrôler.

Ou de contrôler les autres, en tout cas. Micah et Rory étaient sans doute de mon côté, mais on n'irait pas très loin sans Taylor ou Aydin. Il fallait que je rallie l'un d'eux à ma cause avant de pouvoir partir.

Ça n'aurait pas dû prendre autant de temps. Seulement, je ne m'étais pas attendu à ce qu'il s'avère aussi coriace. Je n'avais pas la moindre idée d'où il planquait sa contrebande. Après plus d'un an, je ne l'avais toujours pas trouvée.

Taylor s'avança derrière Emmy, attrapa une mèche de ses cheveux et la huma. Je crispai la mâchoire.

— Alors, tu l'as eu ou pas ? insistai-je à l'égard d'Aydin. L'autre truc que tu avais demandé ?

Il finit d'enlever les points et ramassa la pince à épiler pour tirer le fil hors de ma peau.

— Oui.

— Donc, tu peux la faire sortir d'ici, conclus-je. Je veux qu'elle parte.

— Tu veux qu'elle soit en sécurité. Elle l'est.

Je le considérai avec méfiance. Elle ne l'était pas, et même si ça avait été le cas, elle contrariait mes projets et précipitait mes plans. Je n'avais pas besoin de ce genre de distractions.

— Elle croit que c'est moi qui me suis débrouillé pour la faire venir, lui confiai-je.

— Et ta fierté en prend un coup.

Oui. Là, tout de suite, elle était persuadée que j'étais encore exclusivement obnubilé par elle, et que chaque instant que nous avions passé ensemble était resté gravé dans ma mémoire.

Je ne voulais pas qu'elle sache que c'était vrai.

J'aurais dû être quelqu'un d'autre à ce stade. J'étais censé lui faire regretter de ne pas avoir voulu de moi. Cette situation était humiliante. Elle n'aurait pas dû être là.

— Je peux m'arranger, me promit-il.

Je le regardai.

— Une fois qu'on en aura fini avec elle, précisa-t-il.

La pluie tambourinait sur la fenêtre au-dessus de l'évier et le soleil s'était déjà couché quand Rory et Micah entrèrent dans la pièce, sur leur trente et un. Micah se précipita vers elle et renifla la nourriture.

Elle ne lui rendit pas son sourire, mais ne s'écarta pas pour autant.

— Elle t'a déjà dit quel genre d'alcool elle aimait ? me demanda Aydin. La vodka, le rhum… ? Ça aiderait à la décoincer un peu. Ce soir, j'ai envie qu'on partage des choses.

Je me tournai vers lui, me raidissant à cette menace.

La faire boire. Faire picoler tout le monde.

Non.

Il enleva le dernier point et j'émis un sifflement. Les autres se retournèrent vers nous.

— Tu crois que je ne sais pas que tu mijotes quelque chose ? me glissa Aydin à l'oreille.

Sentant son souffle dans mon cou, je me sentis paralysé par la peur. Je n'aimais pas qu'il soit si près.

— Tu as passé un an à leur chuchoter à l'oreille pour essayer de les retourner contre moi, gronda-t-il. Mais tu ne seras jamais capable de faire ce qu'il faut pour prendre le pouvoir, ici ou ailleurs, Will Grayson.

Il lâcha son outil et croisa mon regard.

— Tu n'as pas idée de ce qu'il faut pour être moi.

Il s'éloigna, et je soutins le regard d'Emmy, qui avait cessé de remuer le contenu de sa casserole pour nous observer.

Cela me rappela une remarque dont elle m'avait fait part plusieurs années plus tôt, et même des paroles prononcées par mes amis.

Sur ce point, rien n'avait changé pour moi.

Pas encore.

Dehors, le tonnerre grondait et la pluie fouettait les fenêtres. Je fusillais Emmy du regard pendant que tout le monde s'asseyait à la table de la salle à manger et attaquait les sandwichs. Sa présence compliquait tout.

Une fois rentré, j'allais tuer Michael. Je maculerais son beau costard de son propre sang pour l'avoir envoyée ici.

— Comment tu as su que j'étais architecte ? demanda brusquement Emmy.

Je jetai un coup d'œil à Aydin.

Il la dévisagea, déconcerté.

— Le cadeau, lui rappela-t-elle.

Quel cadeau ?

— Je… l'ignorais, répondit-il. Il n'y a pas grand-chose à faire par ici. Je me suis dit que tu aimerais dessiner.

Il lui avait offert des crayons ? Où avait-il réussi à s'en procurer ?

Il était vêtu de son onéreux costume noir assorti à sa chemise noire. Sur ses ordres, nous nous étions tous apprêtés et rasés de près.

Je devais reconnaître que porter des beaux habits me donnait l'impression de revivre un peu, mais je n'aimais pas ce prélude à ses manigances, quelles qu'elles soient. Micah, Rory et Taylor savouraient le bourbon qu'Aydin avait apporté en guise de cadeau, et dévoraient leurs sandwichs tout en buvant abondamment.

Emmy, elle, mangeait à la cuiller la soupe qu'elle avait préparée en entrée, tandis que j'essayais de résister au sandwich autant qu'à l'alcool.

Je scrutai la bouteille. Dans ma bouche, j'avais l'impression que ma langue était aussi rugueuse que du papier de verre. Je mourais d'envie de sentir la brûlure familière dans ma gorge. J'étais clean depuis presque deux ans, mais je n'avais arrêté de boire que depuis un an, et c'était encore difficile.

J'étais sûr qu'Aydin le savait. Me corrompre faisait partie de ses projets.

Je poussai vers Micah le verre qu'il m'avait offert.

— Dans quoi es-tu spécialisée ? s'enquit Aydin. Les maisons ? Les gratte-ciels ?

— La rénovation de vieux bâtiments, marmonna-t-elle. Églises, hôtels, immeubles… et belvédères, ajouta-t-elle en me regardant.

Je me forçai à esquisser un sourire suffisant. Elle savait ce que j'avais infligé au sien.

Elle ne l'avait peut-être pas mérité, mais…

Bon, d'accord, elle l'avait plutôt mérité après m'avoir déchiqueté le cœur. J'avais eu envie de casser une chose qui lui appartenait.

Et puis merde. Ce soir-là, j'étais bourré et en rogne.

— Alors, tu es venue au bon endroit, commenta Aydin.

Elle regarda autour d'elle avec un petit sourire.

— Tu crois que ça les dérangerait si j'arrangeais un peu cette maison ?

— Ta seule présence suffit.

Elle éclata de rire, et je crus la voir rougir un peu.

Elle continua de manger sa soupe, et je penchai la tête sur le côté pour l'étudier.

Elle était toute rouge. Pourquoi ?

— Will t'a déjà parlé de la Nuit du Diable ? lui demanda-t-elle. On la fête à Thunder Bay. C'est pour bientôt, d'ailleurs.

Puis elle me regarda, le dos calé dans son siège, et tira sur le col de son T-shirt comme si elle avait chaud.

Je me tendis. Quelque chose clochait chez elle.

— D'ailleurs, j'ai entendu dire qu'un de ses meilleurs amis allait se marier ce soir-là, annonça-t-elle, s'adressant moins à lui qu'à moi.

Michael et Rika ? Je l'ignorais, mais elle n'avait pas à le savoir. Je dissimulai mon étonnement.

— Il ne parle pas souvent de ce qui se passe chez lui, répliqua Aydin.

Quand les gens savent ce qu'on aime, ils connaissent nos faiblesses, et je n'avais pas confiance en Aydin. J'étais ici pour gagner en force. Pas pour que ma famille se fasse encore plus d'ennemis.

— C'est une sorte de festival annuel, poursuivit Emmy. Mais au bout du compte, ça se résume à des gosses riches du coin qui abusent de leurs privilèges.

Il lâcha un rire.

— Oui, je vois le genre. Trop bêtes pour mettre la barre plus haut parce qu'ils n'ont jamais eu à faire d'efforts.

Ses yeux brillaient, sa peau luisait un peu. Que se passait-il ?

— Ça tombe la veille d'Halloween, précisa-t-elle, exposant ses vastes connaissances d'un événement qu'elle connaissait à peine. Et il est d'usage de faire une farce en guise de rituel.

— Ça t'est arrivé de prendre part aux festivités ? l'interrogea-t-il.

— Une fois.

Elle croisa mon regard.

Une fois ? Quand ?

— Il ne te l'a jamais dit, Will ? me lança-t-elle.

Qui ça ? Me dire quoi ? Elle était sortie pour la Nuit du Diable ? Avec qui, et quand ?

Mais je restai muet, comme si je savais pertinemment de quoi elle parlait et qu'aucune question ne me taraudait.

Elle posa les avant-bras sur la table et se pencha en avant.

— Tu as trouvé ce que j'ai enterré sous le belvédère quand tu l'as réduit en cendres ? questionna-t-elle. Ou c'est toujours là, sous terre ?

Je serrai les poings.

— Il y a tellement de choses que tu ne sais pas, enchaîna-t-elle. Tu es complètement largué. C'est presque réconfortant de voir à quel point tu n'as pas changé.

Je bondis de mon siège. Elle avait dépassé les bornes, et je ne me contrôlais plus. Je balayai la table avec mon bras, envoyant valser mon assiette et tout le reste avec.

— Tu n'as pas le droit de te ramener comme une fleur dans cette maison et d'ouvrir ta grande gueule comme si tu avais traversé ne serait-ce que la moitié de ce que j'ai vécu ! hurlai-je.

Elle leva ses yeux perçants vers moi.

— C'est ta vie, et ce n'est pas ma faute, décocha-t-elle d'une voix dure. La drogue et l'alcool, et encore plus de drogue et d'alcool, avec je ne sais combien de nanas au fil des années.

Elle promena son regard autour de la table et s'attarda tout d'abord sur Micah.

— Je connais ton histoire.

Elle passa ensuite à Taylor.

— Et je suppose que tu dois avoir toutes les tares du monde, vu ton côté vicelard. Qu'est-ce qui s'est passé ? Tu as failli buter une nana en gardant le sac plastique un peu trop longtemps sur sa tête pendant que tu la culbutais ?

Elle secoua la tête.

— Vous n'êtes pas des monstres. Vous êtes des blagues.

Ses mots restèrent comme suspendus dans l'air et personne ne dit rien, parce que tout le monde attendait de voir ce qu'Aydin allait faire. Personne ne lui parlait de cette manière.

Mais elle était comme ça, Emory. Prompte à juger, parce qu'elle se sentait mieux en repoussant les autres. Si elle ne nous comprenait pas, elle n'aurait pas à renoncer à la moindre part d'elle-même.

Était-elle soûle ?

C'est là que je compris. Rougeurs, transpiration… Je trouvai son bol de soupe et m'en emparai pour le renifler.

Le bourbon était léger, mais bien là. Je décochai un regard à Aydin, et son air amusé le trahit. Il avait mis de l'alcool dans sa soupe.

Le salaud.

Mais avant que j'aie pu faire quoi que ce soit, Rory prit la parole.

— J'ai tué une fille, annonça-t-il.

Nous nous tournâmes tous vers lui. Il paraissait calme et détendu.

— Trois, en fait, précisa-t-il en buvant une gorgée de son bourbon avant de reposer le verre. Et quatre hommes aussi. Je les ai drogués et je les ai emmenés au lac.

Il marqua une pause.

— Dans le noir. La nuit. Tout était désert. On était seuls.

Em le dévisagea, immobile.

— Au début je leur ai fait du mal, poursuivit Rory, les souvenirs se déroulant dans son esprit. Je les ai brûlés, noyés, lacérés… Histoire de voir si ça éveillerait suffisamment de compassion en moi pour ne pas les tuer. Si je pouvais m'empêcher de franchir cette limite.

Emmy fronça les sourcils.

J'avais entendu des fragments d'histoire sur ce qu'il avait fait, mais jamais de sa bouche. J'avais gardé mes distances en arrivant, le temps de tâter le terrain, mais au bout d'un moment j'avais compris que les apparences étaient souvent trompeuses.

— Arrivé au troisième, enchaîna-t-il, je me suis contenté de les ligoter et de les jeter par-dessus bord.

Il chuchotait presque à présent.

— Une nuit, quelqu'un m'a vu, nous narra-t-il. Par chance, c'était ce bouseux de shérif qui s'était laissé soudoyer par mes parents.

Il but une gorgée de plus, vida le verre et se leva de sa chaise.

Emmy pencha la tête en arrière sans le quitter des yeux.

— Et vous pouvez me croire, ils ont mérité ce qui leur est arrivé, décréta-t-il. Je suis trop content que personne ne m'ait attrapé avant que j'en aie fini avec tous les sept.

Il boutonna la veste de son costume et inspira longuement avant d'expirer.

— Merci pour le dîner, acheva-t-il en quittant la table.

Il sortit de la pièce, et Micah resta assis un bref instant avant de lui courir après. Em baissa les yeux. Elle devait se sentir bête.

Finirait-elle un jour par comprendre ?

— Je veux qu'elle parte, répétai-je à Aydin.

Il me décocha un regard.

— Je ne peux pas t'aider.

Puis, il se tourna vers elle.

— Tu as raison, lui dit-il. Nous ne sommes pas des monstres.

Il tendit la main par-dessus la table pour prendre le bourbon et en verser dans son verre.

— Le mal n'existe pas. Ce n'est qu'un prétexte pour les gens qui cherchent des réponses rapides à des questions compliquées qu'ils sont trop paresseux pour gérer. Il y a toujours une raison pour laquelle les choses sont telles qu'elles sont.

— Je veux qu'elle parte ! grondai-je.

Sans rien dire, il sirota son verre en soutenant mon regard.

Je secouai la tête et me tournai vers Em.

— Tu sais pourquoi il aime être ici ? Parce que, sans cet endroit, il serait seul.

Quels que soient les liens d'amitié qui se tissaient entre eux, ils n'avaient rien d'authentique en ce qui le concernait. Aydin Khadir n'avait pas envie de partir, et à présent qu'il avait une femme dans la maison, il n'avait plus de raison de le faire. C'était son empire, et je sentais que tout allait bientôt partir en vrille.

— Tu n'as pas pu supporter la honte, pas vrai ? lançai-je à Aydin. Tous ces gens qui apprenaient ce que tu aimais. Ta perversité, tes goûts en matière de cul. Tout était un secret au sein de ta famille coincée, et ça n'a pas posé problème, jusqu'à ce que… jusqu'à ce que tu en aies marre de le cacher.

Il gardait le silence, comme impassible.

— Je connais quelqu'un comme ça, poursuivis-je. Il n'a pas pu se battre pour la vie qu'il voulait jusqu'à ce qu'il soit forcé de le faire seul. Il s'est tellement cramponné à sa sœur et à ses amis qu'il a failli nous tuer. Parce qu'il ne supportait pas de nous voir partir, et qu'il aurait préféré qu'on soit morts.

Aydin cilla, et je compris que quelque chose se fêlait enfin en lui. S'il n'y faisait pas attention, il mourrait ici. Seul.

— Tu lui as pardonné ? demanda-t-il, d'une voix douce pour une fois.

— Obligé, il fait partie de la famille.

Il cligna des yeux, l'air de réfléchir à cent à l'heure.

— Mais il a dû se soumettre.

J'eus un sourire en coin.

— Obligé, il fait partie de la famille.

Damon avait compris. Il avait merdé, mais il avait compris.

Il avait fait tellement de mal autour de lui qu'il avait fini par tout perdre. Mais en fin de compte, cela lui avait permis de comprendre que sa fierté importait moins que l'amour.

Sentant le regard d'Em, je me tournai vers elle, presque secoué par sa façon de me fixer. Comme si un petit fragment du mur en elle s'était brusquement effrité.

Le silence emplit la pièce. À côté de moi, Taylor sirotait tranquillement son verre, pendant qu'Aydin et Em restaient sans rien faire.

J'avais envie de me bagarrer. Contre lui, Taylor… Tant que ça me permettait de déverser la rage brûlante qui montait en moi.

Un éclair zébra le ciel et éclaira brusquement les fenêtres, suivi d'un coup de tonnerre. Puis, toutes les lumières autour de nous s'éteignirent et la pièce plongea dans le noir, à l'exception de l'unique chandelle allumée sur la table.

— Merde, grommela Taylor. Pas encore.

Aydin se leva de son siège, dressa le menton à l'intention de Taylor pour lui intimer de le suivre, et ils quittèrent la pièce. Sûrement pour jeter un coup d'œil à la boîte à fusibles ou au groupe électrogène.

Moi, je me rassis tout en dévisageant Emmy.

— Tu n'étais pas si géniale que ça, décochai-je. Rien qu'un emmerdement auquel j'ai cédé pendant trop longtemps.

Elle soutint mon regard.

— Je sais.

— Il y avait des filles qui étaient bien plus sympas.

Elle acquiesça.

— Je sais, répéta-t-elle, plus doucement cette fois.

Je frottai mon pouce contre la pulpe de mes doigts.

— Des amis qui étaient plus gentils.

— Oui.

— Je ne t'ai pas appelée, soulignai-je. Je ne t'ai pas contactée, de quelque manière que ce soit, en près de neuf ans.

Elle ouvrit la bouche et puis la referma, le souffle plus court.

— Je me fiche de savoir ce que tu as traversé, déclarai-je.

Encore, elle hocha la tête.

— Il y avait des gens qui m'aimaient, et j'ai perdu du temps avec une fille qui ne m'aimait pas.

Le cœur battant, je contemplai son cou olivâtre qui luisait sous une fine couche de sueur.

— Je comprends, dit-elle.

Salope. Ma queue durcit à mesure que ma colère grimpait en flèche.

— Tu as eu des années pour me contacter mais tu n'en as rien fait, crachai-je. Crois-moi, j'ai bien eu le temps de piger que tu n'en avais rien à foutre. Et maintenant, moi non plus.

Je vis sa glotte monter et redescendre.

— Je suis passé à autre chose.

La bougie vacilla sous l'effet d'un courant d'air.

— J'en ai embrassé d'autres, j'ai touché leurs visages comme j'ai touché le tien, et j'ai passé du temps avec elles comme je ne l'avais jamais fait avec toi.

Tu ne comptes pas pour moi.

Elle crispa la mâchoire. Je contemplai sa jolie petite gorge, et mes doigts me démangèrent ; j'avais envie de la clouer sur la table pour la dévorer jusqu'à ce qu'elle hurle.

— Des années entières peuplées de nuits interminables, repris-je, ne sachant trop si je parlais pour elle ou pour moi. Des années à ne pas penser à toi. Presque une vie de souvenirs, un passé dont tu ne fais pas partie. Tu n'étais rien.

Elle me fixait sans réagir.

— Elle, elle s'est occupée de moi.

Je parlais à présent dans un murmure. Je me moquais qu'elle ignore à qui je faisais allusion.

— Elle, elle m'a écouté. M'a fait sourire.

Aucun mouvement.

— Est restée à mes côtés, articulai-je. S'est intégrée à ma bande d'amis. Elle est intelligente, futée, débrouillarde. Elle a encaissé sans broncher toutes les crasses que la vie lui a jetées au visage, mais elle est capable d'aimer malgré tout. Contrairement à toi.

Son regard s'enflamma.

— Elle est sexy sous la douche, narguai-je. Sur la plage, contre un mur, sur le capot de la voiture sous la pluie, sur ma banquette arrière…

Avec un grondement, elle bondit de sa chaise et envoya sa main sur la chandelle, qui s'éteignit en tombant par terre.

Je ne pus retenir un sourire de branleur.

Elle fonça vers la porte, et je l'attrapai et la fis reculer jusqu'au mur.

Avant que j'aie pu remuer le couteau dans la plaie ou enrouler ma main autour de son joli petit cou, elle me poussa fort sur le torse.

Je trébuchai et tombai sur la chaise. Elle se précipita sur moi pour enserrer mon cou dans son poing.

Je suffoquai, à présent dur comme le roc.

Le souffle court, elle bouillait de rage, l'air de vouloir me déchiqueter avec les dents.

Putain.

Je gémis. *Bon Dieu, chevauche-moi, je t'en supplie.*

Je sondai son regard, attendant qu'elle perde les pédales. Qu'elle montre qu'elle avait mûri, qu'elle n'avait pas peur. Qu'elle était prête à avouer que ça lui plaisait, et même un peu plus que ça, si je l'inclinais par-dessus cette table, là, tout de suite, et que je la baisais par-derrière en me cramponnant à ses cheveux.

Mais ça n'arriva pas. Elle lâcha un nouveau grondement et tourna les talons pour quitter la pièce d'un pas lourd. Il ne me fallut que deux secondes pour foncer derrière elle.

J'ouvris les portes de la salle à manger d'un coup, entrai en trombe dans le couloir et la repérai courant dans l'autre direction.

Je m'élançai à ses trousses.

Elle jeta un coup d'œil derrière son épaule et accéléra le pas en me voyant, mais je la rattrapai.

Je la pris dans mes bras et lui arrachai un petit cri en pressant mon torse contre son dos. Je la poussai de force dans l'entrée sombre du petit salon et lui saisis la mâchoire.

Elle voulut se tortiller pour m'échapper, mais elle pouvait me faire saigner ou me déchirer la gorge, ça ne changerait rien. J'irais jusqu'au bout.

J'avais des questions. Du genre, pourquoi ne m'avait-elle pas dit ce qui se passait en ville ? Et pourquoi ne me faisait-elle pas confiance ?

J'étais patient. J'aurais compris.

Je ne l'aurais pas déçue.

Or, non seulement elle ne me faisait pas confiance, mais elle était passée à l'attaque, et maintenant je n'en avais plus rien à foutre de savoir pourquoi. On avait tous morflé.

Je me penchai vers son oreille. Je voulais finir de lui raconter ce que j'avais commencé à table et la contraindre à m'écouter, parce qu'elle me devait au moins ça, mais…

J'entendis des halètements et des gémissements, un bruit mat contre le mur, et glissai un regard par la porte entrebâillée du salon. Micah était plaqué contre les étagères de livres. Derrière lui, Rory le prenait sauvagement dans le noir.

— Putain, lâcha Rory en empoignant les cheveux de Micah et en lui mordant le cou.

La poitrine d'Em s'affaissa, et elle s'abandonna en arrière contre moi pendant que je pressais la joue contre la sienne afin de regarder la scène avec elle.

Bon, s'ils avaient tenu à leur intimité, ils se seraient enfermés dans leur chambre.

Micah, torse nu, se cramponnait aux étagères devant lui, ses cheveux noirs dans les yeux, pendant que Rory le pénétrait en lui agrippant la jambe et l'épaule, leurs pantalons baissés sur les cuisses.

Emory s'était immobilisée, et elle ne résistait plus.

Le dos de Micah luisait de sueur. Quant à Rory, ses mèches habituellement bien coiffées reposaient en désordre sur son front et ses sourcils étaient froncés sous l'effet d'un mélange de passion, de douleur et d'un désir incontrôlable. Sa bouche errait sur la peau de son amant, qu'il mordait et humait tout en le pilonnant de plus belle.

Je relâchai mon souffle et, la serrant plus fort contre moi, contemplai le visage de Micah.

D'instinct, on aurait supposé que c'était Micah qui tenait les commandes. Il était plus grand, plus large, plus musclé, et il dégageait une aura sombre et dangereuse.

C'était pourtant le contraire. Rory était le dominant, et Micah adorait ça, car il ne voulait rien d'autre qu'être aimé.

J'étais comme ça, moi aussi. Emmy, elle, était comme Rory.

Parfaite pour moi.

Quand elle se laissait faire.

Nous regardâmes Rory sortir le sexe déjà long et raide de Micah, et le caresser tout en le pénétrant avec frénésie. Il renversa la tête en arrière, gronda, et Micah secoua les étagères en faisant tomber des livres pendant que Rory jouissait en éjaculant.

Prenant à peine le temps de reprendre son souffle, il poussa Micah sur le divan, lui baissa son pantalon, s'agenouilla et prit son amant aux cheveux noirs dans sa bouche afin de lui rendre la pareille.

Les abdos et les bras crispés, Micah s'affaissa sur son siège et caressa la tête de Rory, l'abaissant encore et encore sur sa queue.

— Tu as déjà fait ça à un homme ? questionnai-je Emory.

Elle voulut s'écarter, comme si elle venait de se réveiller et de remarquer ma présence.

— Jamais à toi, rétorqua-t-elle.

Je la retournai et glissai ma main dans son pantalon pour plonger les doigts dans sa chatte, qui était aussi chaude et humide que je me l'étais imaginée.

Elle émit une petite plainte, et le contact de sa chair au bout de mes doigts me parcourut de picotements. Je mordis sa lèvre inférieure, tellement excité après tout ce temps où elle ne s'était pas donnée à moi.

Mes amis aimaient contrôler. Ils adoraient immobiliser leurs nanas jusqu'à ce qu'elles les supplient, comme si Rika, Banks et Winter étaient leurs jouets.

Pas moi.

Elle me dominait, et je n'aurais pas voulu qu'il en soit autrement. En cours, dans la bibliothèque, au cinéma, dans mon pick-up… Me soumettre à elle, c'était encore mieux que le sexe.

Même s'il m'arrivait d'être un *bad boy*, et qu'il fallait me discipliner.

Elle gronda, voulut me bousculer, mais je levai une main et frottai mes doigts luisants sous son nez.

Puis je m'emparai brutalement de sa bouche, la mordillai, la suçotai, tirai sur sa chair tendre et l'entendis pousser un gémissement avant d'essayer une nouvelle fois de me repousser.

— Je sais que tu t'es souvent fait maltraiter, murmurai-je sur ses lèvres. Mais pas comme ça.

Je percutai les portes du salon et la poussai en arrière sur l'autre divan, sans un regard pour Micah et Rory qui poursuivaient leurs affaires juste à côté. Je lui tombai dessus et déchirai le devant de son T-shirt avant d'attraper son soutien-gorge et de tirer de toutes mes forces jusqu'à ce qu'il craque et expose la peau dorée de sa superbe poitrine.

Elle se débattit et m'infligea des claques pendant que je m'abaissais sur elle, le sourire aux lèvres de la voir écarter les cuisses.

— Frappe-moi, chuchotai-je sur ses lèvres avant de me baisser pour l'embrasser. Frappe-moi pour toutes les meufs que je me suis tapées après toi. Pour toutes les nuits où je t'ai oubliée, où j'ai été expédié dans l'autre monde par des nichons et des culs dix fois plus bandants que les tiens.

— Dix fois ? railla-t-elle. Vraiment ? Arrête un peu, tu vaux mieux que ça. Sûrement vingt fois plus bandants ! Tu as gardé leurs numéros de téléphone au moins ?

Avec un rire amer, je lui baissai son pantalon, sachant qu'elle ne portait pas de culotte, car je la lui avais prise la veille. Je me baissai de nouveau et, ma bouche épousant la sienne, me mis à me frotter contre elle.

Je promenai les mains partout sur son corps. Bon sang, qu'elle était canon.

— Damon avait raison, décréta-t-elle en me repoussant. Il est mieux doté que toi.

Mon cœur me martelant la poitrine, je me baissai pour me jeter sur son intimité et la couvris de ma bouche.

— Will… Ah ! cria-t-elle.

Je n'étais pas moins bien doté que lui. Et je n'avais pas besoin qu'elle me rappelle qu'elle savait à quoi il ressemblait à poil.

J'aspirai et titillai, embrassai et mordillai, dégustant cette petite garce sans la moindre pitié ni hésitation. Je la léchai sur les côtés, lui mordis la peau et lui lapai le clitoris pendant qu'elle se tortillait en essayant de s'échapper.

Elle était hors d'haleine, et son ventre plat luisait de sueur tandis que ses tétons se durcissaient.

Puis… des gémissements s'élevèrent, elle frémit de part en part et ses cuisses s'ouvrirent en grand pendant qu'elle levait la tête pour me regarder la dévorer.

— Will…, haleta-t-elle en enfonçant les doigts dans mes cheveux.

Je me levai, me débarrassai de ma veste et jetai un coup d'œil par-dessus mon épaule. Micah nous observait, le sourire jusqu'aux oreilles, pendant que Rory lui léchait le sexe et lui procurait autant de plaisir que j'en donnais à Emmy.

Je me baissai de nouveau et, ralentissant un peu la cadence, embrassai sa chair intime et lui administrai un coup de langue avant de plonger dans sa chaleur.

Elle s'arc-bouta sur le canapé, la tête renversée en arrière, et me griffa les épaules en frissonnant.

Je lui léchai le clitoris et l'aspirai dans ma bouche, encore et encore, pendant que ses seins rebondissaient et qu'elle venait à ma rencontre en se frottant contre mes lèvres.

— C'est bon, meuf ? lui lança Micah.

Elle hocha la tête, haletante, les yeux clos.

— Oui.

— Ramène son cul près de moi quand il aura fini avec toi, insista-t-il en aspirant de l'air entre ses dents. Tu te mettras à genoux comme Rory, et je pourrai vous regarder nous sucer tous les deux.

Mon sexe gonflé tressaillit de désir.

— Oui, lâcha-t-elle.

Je plaquai une main sur son ventre, perçus ses tremblements tandis que sa respiration devenait laborieuse. Lorsqu'elle retint son souffle, plusieurs fois, je sus qu'elle était sur le point de chavirer.

Avide et fiévreux, je me redressai.

J'avais envie de la pousser dans l'abîme. De ne jamais m'arrêter.

Le Will d'antan, lui, aurait continué.

Il me fallut un moment pour reprendre haleine. Elle battit des cils et ouvrit les yeux en s'apercevant que je m'étais arrêté.

— Que…, souffla-t-elle.

Je me penchai sur son visage.

— Quand tu seras prête pour la suite, tu viendras me voir.

Elle fronça les sourcils, bouche bée.

— Mon lit est au deuxième étage, déclarai-je en attrapant ma veste. Viens me le demander.

Sur ces mots, je partis, très à l'étroit dans mon pantalon. Le rire de Micah résonna dans le couloir pendant que je montais l'escalier. Suivi du fracas du vase qu'Emmy jeta dans le salon deux secondes plus tard.

Je n'avais jamais rien eu à faire d'aussi difficile.

Plus difficile que la taule, la cure de désintox et la double séance de films de Doris Day à laquelle ma mère m'avait demandé de l'accompagner quand j'avais dix-sept ans.

Réunis.

16

Emory

Neuf ans plus tôt

— Tiens, me dit M. Kincaid en me tendant une liasse de brochures universitaires entourée d'un élastique. Mais tu sais, quand tu candidateras, tes lettres d'admission seront envoyées chez toi.

Il me décocha un clin d'œil. Le sourire crispé, je me penchai pour m'emparer des livrets.

— Merci.

Sans blague. Je savais bien que j'allais devoir gérer ça tôt ou tard.

Je quittai son bureau et traversai le secrétariat pour gagner le couloir. Mon frère attendait de moi que j'aille à l'université. C'était un des rares sujets sur lequel nous tombions d'accord et où il ne m'opposait pas de résistance, mais ça changerait sans doute lorsqu'il prendrait connaissance de mes choix. Je n'étais pas prête à ce qu'il donne son avis là-dessus, aussi avais-je demandé au proviseur de commander les brochures à ma place. Il me restait encore un an pour candidater et braver les disputes.

Je poussai les portes et ouvris le premier livret tout en croisant quelques élèves dans le couloir.

— Waouh, Berkeley !

On m'arracha le livret des mains.

Je tournai la tête et aperçus Eva, qui feuilletait la brochure.

— Arrête ! la réprimandai-je en voulant la récupérer.

Elle s'écarta et poursuivit sa lecture.

— On ne peut pas faire plus loin d'ici, fit-elle remarquer. Mais j'imagine que c'est ce que tu veux.

Je récupérai le livret.

— Ouaip.

Berkeley était à l'autre bout du pays, et je pourrais sans doute me permettre deux années d'études avec le fonds en fidéicommis que mes parents avaient institué pour moi.

Mais je n'avais aucune intention de m'en servir.

J'avais à peine fermé l'œil après le départ de Will, me repassant en boucle les scènes avec lui. Une part de moi se disait que j'aurais dû le laisser partir quand il avait essayé de le faire la première fois, et l'autre regrettait de l'avoir laissé filer la deuxième fois.

Malgré tout, j'avais enfin pris une décision difficile. Si ma grand-mère était encore vivante à mon départ pour l'université, mon fonds suffirait largement pour lui payer une année dans la meilleure maison de convalescence de Meridian City.

Ça lui permettrait de s'éloigner de mon frère, et je pourrais aller à la fac sans m'inquiéter.

Il me suffisait de décrocher une bourse – ou dix – pour payer mes études.

Je regardai devant moi en entendant rire un groupe d'élèves.

Will était appuyé contre les casiers, entouré de ses amis. Davinia Paley dans les bras, il la souleva du sol pour la regarder dans les yeux. Elle lui sourit.

Mon cœur se serra dans ma poitrine.

L'espace d'un instant, je vacillai, clignai des paupières et regardai ailleurs. *On dirait qu'il a trouvé sa cavalière pour le bal de rentrée.* Quel connard.

Eva s'arrêta à côté de moi et suivit mon regard. Il soulevait Davinia comme si elle ne pesait rien et bavardait gaiement avec elle. Tout le monde autour d'eux, avec leurs habits et leurs voitures et leurs amis, avait l'air tout droit sorti d'une publicité pour *Teen Vogue* dans laquelle je n'aurais jamais ma place.

Il me jeta une œillade et je me détournai. C'était tout aussi bien.

Je poursuivis le long du couloir, sentant son regard quand je lui passai devant. Eva et moi tournâmes pour nous arrêter devant mon casier.

— On se revoit en cours ? demanda-t-elle.

— Argh.

Elle pouffa de rire. Elle savait pertinemment que je détestais le cours de litté.

— Peut-être à l'heure du déjeuner, alors, enchaîna-t-elle en me touchant le bras.

— À plus.

Je fourrai les brochures dans mon casier, préférant les cacher pour le moment, puis sortis mes cahiers, *Les Raisins de la colère* et mes autres affaires pour la matinée, que je rangeai dans mon sac.

Celui-ci sembla peser une tonne quand j'entendis les rires de Will et de ses amis résonner. J'étais à bout. Pas question d'aller en cours.

J'aurais tellement aimé, pourtant. Histoire de lui montrer qu'il n'avait aucune prise sur moi. Que Davinia n'avait aucune prise sur moi.

J'aurais voulu lui présenter une façade dure, indifférente.

C'était un jeu que je connaissais bien.

Mais je claquai la porte de mon casier et, longeant le couloir, dépassai la pièce où se déroulait mon cours de litté pour gagner l'étage supérieur et entrer dans la salle d'arts plastiques.

Elle était toujours déserte pour la première heure de cours, et M. Gaines n'arriverait pas avant un moment. Je l'aurais à moi toute seule pendant une bonne heure.

Lâchant mon sac à côté de ma table à dessin habituelle, je sortis mes rouleaux de papier de mon petit casier et m'installai sur mon tabouret pour me mettre au travail.

La sonnerie résonna et les élèves filèrent dans les couloirs, et bientôt le silence revint. Je n'entendis plus que les professeurs qui débutaient leurs cours au-delà des murs sombres et silencieux de mon petit refuge.

À l'aide de mes règles, je continuai de redessiner la Bell Tower, le clocher près du cimetière qui était tombé en ruine depuis que St Killian's avait été abandonnée bien des années plus tôt. Je mesurai les pignons, traçai des traits pour chacune des petites lucarnes décoratives que j'ajoutais. Il s'agissait d'un devoir imposé, mais j'aurais adoré le voir réalisé un jour.

Malgré ma haine pour cette ville, j'aimais cet endroit. Son histoire. Tous ses secrets, ses traditions. Ses mystères qui avaient survécu aux années et à l'architecture. Ses coins et recoins dans lesquels on pouvait se perdre, et pas seulement dans des lieux comme les catacombes ou le labyrinthe végétal des Torrance qui avait été ouvert au public une fois par an quand j'étais gamine. Chaque rue, chaque partie du littoral semblait avoir sa propre histoire.

Une construction était une construction. Elle appartenait au monde extérieur. Un bâtiment conçu à Thunder Bay ne serait pas un projet isolé, il ferait partie d'un tout.

J'avais presque fini mon plan, même s'il nous restait encore quelques semaines pour le rendre. Je voulais que la Bell Tower se dresse de nouveau, plus haut qu'avant, qu'on puisse monter dedans et voir la mer, et j'avais envie d'y ajouter d'autres cloches.

Et peut-être de la lumière. Une lumière clignotante tout en haut.

— « Accroche une lanterne en haut à l'arc du clocher, récitai-je en dessinant. Une, si par terre, deux, si par mer… »

Sauf que ce ne fut pas la suite de *La Chevauchée nocturne de Paul Revere* qui surgit dans mon esprit. Je me figeai, plongée dans mes pensées.

Ou peut-être… genre, une chandelle – même électrique – perpétuellement allumée pour Reverie Cross, tout en haut.

Je secouai la tête pour chasser cette idée au loin.

Crétine.

J'attrapai ma sacoche par la bandoulière.

Je la soulevai et furetai dans la poche pour trouver la babiole brillante en bronze qu'on avait nouée à mon arbre la veille au soir.

Je la sortis, lâchai le sac et m'accoudai à la table pour l'inspecter.

J'étudiai le passe-partout usé et rouillé, cherchant encore des indices de son usage. Puis, je passai la chaîne à travers mes doigts pour examiner le porte-clés qui y était attaché.

On aurait dit une sorte de pot. Ou un brûleur d'encens, peut-être ?

Je le retournai dans ma main, troublée. Pourquoi m'avoir donné cet objet sans me dire à quoi il servait ? Il y avait peu de chances pour que ce soit Will qui me l'ait laissé. Il lui aurait suffi de me le donner la veille en me voyant.

Et cette voiture garée devant ma maison…

Je ne pouvais pas m'empêcher de me dire qu'il s'agissait d'une preuve, et que quelqu'un essayait de me la mettre sur le dos, mais ça paraissait un peu exagéré.

Et puis, ça me sauta aux yeux.

Les fentes sur le porte-clés. Dans le brûleur d'encens.

Comme des petits trous d'aération.

Il s'agissait bien d'un encensoir. Du genre qu'on voyait dans les églises.

Il y en avait un dans la cathédrale en ville. Un grand qui se balançait comme le battant d'une cloche.

J'enroulai mes plans, les fourrai dans mon casier et attrapai mon sac avant de quitter la salle en courant.

Je pénétrai dans la cathédrale en levant les yeux, comme à chaque fois que j'y entrais. J'adorais venir ici. C'était paisible, et vous aviez beau être seul dans un lieu public, personne ne vous regardait bizarrement. C'était normal.

Évidemment, j'aurais adoré qu'il y ait un temple à Thunder Bay lors des rares occasions où Martin, ma grand-mère et moi avions voulu nous y rendre, mais ç'aurait été trop beau. On avait dû prendre la voiture pour se rendre à Meridian City.

Au fond, ça m'arrangeait. Si je devais me cacher, Martin ne viendrait jamais me chercher dans une église catholique.

— Emory ? appela-t-on derrière moi.

Je me retournai vers le père Behr. Tout le monde le connaissait.

— Tu es venue te confesser ? me taquina-t-il. Je vais devoir te baptiser d'abord.

Je lâchai un petit rire en agrippant la sangle du sac sur ma poitrine.

— Je n'ai toujours pas compris comment être une juive agnostique, mon Père. Ne compliquons pas les choses.

Je lui souris.

— Mais ça me fait plaisir de vous voir.

Il vint se tenir à côté de moi. Quelques croyants étaient agenouillés sur les bancs et d'autres étaient assis, absorbés dans leurs réflexions. Près de moi, les flammes des bougies allumées en prière tremblotaient.

Les stations du chemin de croix tapissaient les murs autour de nous. Je renversai la tête pour admirer les colonnes qui semblaient se scinder dans les voûtes nervurées et les arcs-boutants, tel un tronc d'arbre se divisant en plusieurs branches. Une fantastique peinture ornait le plafond.

— Tu viens souvent par ici, fit-il remarquer.

— C'est l'architecture, expliquai-je, sans décoller les yeux du plafond. Et le calme.

Il soupira.

— Oui, malheureusement.

Ça avait l'air de le contrarier. Je compris qu'il aurait mieux valu pour lui, et pour l'église, qu'il y ait plus de monde.

Il me tapota l'épaule.

— Promène-toi, me dit-il. Et prends ton temps.

— Merci.

Il partit, et je ressortis la clé, en me demandant quel genre de serrures j'allais devoir chercher. Je fis rouler l'encensoir miniature entre mes doigts et, levant les yeux, inspectai celui qui pendait au plafond, sûrement grand comme moi et deux fois plus large. Il était suspendu à une corde et fixé au côté de l'église, près d'un arc brisé au-dessus du chœur.

Puis, je levai les yeux un peu plus haut et aperçus la galerie qui le surplombait. Il y avait une porte à l'étage.

Serrant la clé dans ma main, je regardai à la ronde pour m'assurer que personne ne prêtait attention à moi.

Je traversai ensuite la nef pour gagner le bas-côté, passer devant la travée et tourner à gauche au transept.

Je gravis les marches et, suivant l'escalier en colimaçon, parvins au balcon surplombant la nef.

Sur ma droite, une porte voûtée en bois faisait face à des seaux et des bâches éparpillés au sol, signes de travaux qui semblaient avoir été interrompus depuis longtemps. Plus personne ne s'asseyait dans la galerie depuis que le père Behr peinait à remplir les bancs de l'étage du dessous.

Il n'y avait rien ni personne à cet étage, mis à part la lumière qui filtrait à travers les vitraux et éclaboussait le vieux tapis de rouge et de bleu.

J'ouvris la paume et regardai la clé, puis la serrure.

Mon cœur battit un peu plus fort sous l'effet de l'inquiétude mêlée d'excitation.

J'en avais presque la nausée.

Je m'approchai de la porte et glissai la clé dans la serrure. Mais, quand je voulus tourner la poignée, celle-ci s'ouvrit sans que je doive déverrouiller quoi que ce soit.

Je sortis la clé et la fourrai dans la poche de mon blazer d'uniforme. Puis, j'ouvris la porte en grand et tressaillis quand grincèrent les vieux gonds.

Je regardai nerveusement autour de moi, mais il n'y avait toujours personne.

Enfin, je jetai un coup d'œil de l'autre côté de la porte. Encore un escalier en colimaçon.

Je plissai les yeux. Ça menait peut-être à la flèche.

Je sortis mon téléphone, allumai la lampe torche et gravis les marches. Sous mes semelles, la pierre était maculée de terre. Je continuai de monter et aperçus une porte sur ma droite.

Je sortis encore la clé, mon champ visuel rétréci par ce petit espace étriqué qui me faisait trembler des mains.

Je toussai. La poussière me grattait la gorge.

C'était probablement imprudent de ma part. Je ne savais pas de qui venait la clé, ni ce qui se trouvait de l'autre côté de cette porte. La personne qui me l'avait donnée me compliquait la tâche en n'expliquant rien, histoire de m'intriguer.

Je mis la clé dans la serrure et tournai, mais la porte ne bougea pas. Je la secouai un peu plus et agitai la poignée ; elle ne s'ouvrait toujours pas. Je fis volte-face, regardai à gauche puis à droite, et repérai une autre porte en haut de l'escalier.

Brandissant ma lampe torche, je grimpai jusqu'en haut, trouvai la serrure à tâtons et y glissai la clé. Je la tournai et l'entendis céder dans un petit bruit sec.

La boule au ventre, j'hésitai un instant.

Je l'avais trouvée.

Quelqu'un attendait peut-être à l'intérieur. Je poussai malgré tout sur le battant et me repérai à l'aide de ma lampe torche. Assaillie par un flot de lumière, je pénétrai dans une pièce dont les chevrons s'élevaient du plancher pour s'étirer jusqu'au plafond. Je regardai autour de moi les fenêtres par lesquelles la lumière du soleil frappait le sol.

Où étais-je ?

J'éteignis mon téléphone et le lâchai, lui et la clé, dans ma poche avant de refermer doucement derrière moi.

Des malles et des boîtes longeaient le pourtour de la pièce, sous les fenêtres, et toutes sortes de vieilles affaires d'église étaient éparpillées çà et là : nappes d'autel, bougeoirs, et ces récipients qui contiennent l'eau bénite… Il y avait même des portes pour les confessionnaux qui ressemblaient à celle d'en bas.

Je m'avançai dans la pièce, mais me figeai en remarquant le lit.

Duvet blanc, draps blancs tirés sur les oreillers. Tout avait l'air propre, et assez grand pour dix.

Où étais-je tombée ?

J'aperçus alors un bout de papier sur le duvet. Je m'approchai et le ramassai, le parfum frais du linge me chatouillant les narines.

Le papier était jauni et s'effritait presque aux endroits où on l'avait plié des milliers de fois.

Elle est à toi maintenant, fais-en ce qu'il te plaît.

Tiens ta langue, nul autre ne sait.

Quand tu auras fini, fais passer.

La chambre Carfax nous cache

De ce que nous voulons effacer.

Je lus et relus, mais ne comprenais toujours pas.

— La chambre Carfax ? m'interrogeai-je à voix haute.

L'écriture était en cursive noire, un peu passée. Je repliai le papier et le glissai dans ma poche.

C'était idiot. Quelqu'un m'avait donné la clé de cette pièce sans expliquer pourquoi, et j'ignorais si j'étais la seule à y avoir accès.

Je comprenais une partie du message. Garder le secret d'accord, mais en quoi cette chambre me cachait-elle au juste ? De toute évidence, quelqu'un d'autre était au courant, puisqu'on m'avait donné la clé.

Et si je devais la faire passer à un autre, alors la personne qui me l'avait donnée devait la tenir de quelqu'un d'autre aussi, pas vrai ?

Pourquoi moi ?

J'errai dans la chambre, fouillant dans des cartons qui contenaient un peu de tout, lampes, outils, habits, costumes et maquillage de scène. Soudain, quelque chose accrocha mon regard. Après une hésitation, je me dirigeai vers une malle posée par terre et en sortis une robe rose, bouffante et sans bretelles, dotée d'un jupon en tulle.

Je souris. J'adorais son look *fifties*. Resserrée à la taille, avec un motif à petites fleurs, le genre de rose bonbon qui était à la mode plusieurs décennies plus tôt… Que faisait-elle là ?

Ce n'est peut-être pas si bizarre, après tout. Une des caisses contenait aussi un chapeau haut de forme et un gaufrier.

Ah là là, toutes les histoires que cette chambre pourrait sûrement raconter.

Je reposai la robe dans la malle, la repliai doucement et rabattis le couvercle avant de m'approcher du lit et de porter un oreiller à mon nez.

Il sentait le propre. La lessive et le printemps. Il y avait un tourne-disque avec des vinyles à côté, et des bougies sur la table de chevet.

Il était hors de question que je reste là, sans rien savoir de cet endroit, ni si quelqu'un d'autre avait une clé ou pas. Mais bon, c'était plutôt cool. Encore un coin. Un recoin.

Une histoire.

Je regardai une dernière fois autour de moi et sortis en refermant à clé, histoire de ne pas courir de risques. Pour ce que j'en savais, il s'agissait du refuge secret du père Behr, où il donnait libre cours à son identité secrète, et cette robe était la sienne.

Agrippant mon sac, je dévalai les marches, glissai la clé dans ma poche et sortis dans la galerie en refermant derrière moi.

J'avais manqué trois cours, mais si je me dépêchais, je pourrais assister au quatrième.

Je descendis l'escalier, traversai l'église et franchis les portes avant d'emprunter le sentier qui donnait sur la rue et de tourner à droite. Les feuilles bruissaient dans les arbres. Jaunes, orange et rouges, elles voletaient par terre. Une goutte de pluie froide me frappa la joue. Je humai la brise automnale. La clé me paraissait légère dans ma poche.

Tiens ta langue.

Une partie de moi était convaincue qu'il s'agissait d'une farce. Sinon, on m'aurait donné de vraies instructions.

Mais j'avais envie que ce soit réel. L'idée d'avoir accès à une cachette rien qu'à moi me donnait l'impression de faire enfin partie d'une ville dans laquelle j'avais vécu toute ma vie.

Comme si j'avais finalement ma place ici.

Alors que je marchais le long du trottoir, perdue dans mes pensées, je remarquai à peine la voiture qui commençait à ralentir à côté de moi.

Je dus y regarder à deux fois. À la vue du véhicule de police, j'éprouvai un petit pincement au cœur.

Merde.

— Il commence à pleuvoir, lança Martin à travers la vitre ouverte du côté passager. Monte.

— Je retourne au lycée, lui assurai-je. J'ai promis d'aider avec les décorations pour le bal de rentrée.

Je me remis à marcher.

Mais il m'appela.

— Emory, j'aimerais te montrer quelque chose. Tout de suite.

Je m'arrêtai, hésitante.

Ça ne servait à rien. Il avait localisé mon téléphone. Je m'étais trouvée en dehors du lycée pendant les heures de cours. Il était venu me chercher.

Pleine d'appréhension, je rejoignis la voiture et ouvris la portière côté passager.

Je me glissai sur le siège et refermai la portière, tendue de partout.

— Un peu de musique ? proposa-t-il.

Mais il n'attendit pas ma réponse. Il alluma la radio et trouva une station diffusant des vieux standards, en mettant le volume si bas qu'on l'entendait à peine.

Il fit demi-tour et prit la direction opposée à celle du lycée pour m'emmener dans les collines, passant devant les manoirs, St Killian's et la Bell Tower. Je gardais mon sac plaqué contre moi, comme en guise de bouclier.

Martin tourna dans le cimetière et ralentit pour emprunter le sentier qui serpentait autour d'une mer de pierres tombales. La pluie frappait le pare-brise. Il immobilisa la voiture sur le côté.

Je laissai errer mon regard autour de moi, serrant les poings pour les empêcher de trembler. Il n'y avait pas âme qui vive.

Toutes les excuses possibles surgirent dans mon esprit. Quel ton devais-je adopter ? Ou peut-être ferais-je mieux de garder le silence. Parfois, si je le laissais parler, le simple fait de crier le soulageait.

Il leva le bras et je tressaillis, avant de me rendre compte qu'il cherchait à attraper quelque chose sur la banquette arrière.

Il posa un sac blanc à côté de moi et prit une cannette dans le porte-gobelet, une paille déjà glissée à l'intérieur.

— Mange, ordonna-t-il. C'est presque l'heure du déjeuner.

J'éprouvai un léger soulagement, tout en sachant que je n'étais pas forcément sortie d'affaire. Il aimait jouer avec moi.

— Edward McClanahan, affirma-t-il en montrant la vitre devant nous. Ils déplacent son corps, Em.

Je vis la petite pelleteuse et constatai que l'excavation avait déjà commencé, mais personne ne travaillait sous la pluie. Il n'y avait rien d'autre qu'un tas de terre et une bâche bleue qui recouvrait le trou.

— Sa famille tient à ce qu'il repose tranquillement dans leur nouveau caveau, m'informa-t-il. Ils espèrent que la ville finira par oublier la fille morte, et il y a de fortes chances pour que ce soit le cas. Loin des yeux, loin du cœur.

Je croisai les mains sur mes genoux, n'écoutant qu'à moitié.

— Tous les ans, cette bande de petits cons arrogants font leur pèlerinage ici comme s'ils allaient à l'église, poursuivit-il. Mais l'année prochaine, ce ne sera pas Edward qui reposera dans cette fosse. Je l'ai achetée aujourd'hui. Pour grand-mère.

Pour ma *grand-mère*. Pas la sienne. Il ne s'était jamais vraiment préoccupé d'elle. Elle ne lui appartenait pas. Il faisait ce qu'il devait faire pour sauver les apparences, et avait acheté une tombe de seconde main pour une femme qui n'était même pas morte.

Une tombe catholique. C'était permis, au moins ?

Pas question. Je ne laisserais pas faire ça. Je…

— Mange ! aboya-t-il.

Je me dépêchai de glisser la main dans le sac pour en sortir le hamburger.

Je mordis dedans et mastiquai une bonne centaine de fois avant d'avaler.

— Je l'ai eue pour pas cher, déclara-t-il. Parce que le terrain avait déjà servi, bien sûr. On a pu garder la pierre tombale, en plus. On la poncera. Ils commenceront à graver son nom la semaine prochaine.

Le menton tremblant, je sentis la bile me monter dans la gorge.

— Une de moins, murmura-t-il. Il ne me reste plus qu'une source d'embarras à dégager.

Je restai sans bouger, le hamburger dans lequel j'avais mordu sur les genoux.

— J'ai des projets, Emory.

Il défit sa ceinture, et je fermai les yeux.

— Et tu te caserais dedans sans problème si tu voulais bien rester en cours et arrêter de causer des ennuis.

Sa main me fouetta brusquement le visage et propulsa ma tête contre la vitre. Je lâchai un petit cri, une douleur cuisante me traversant la joue et le crâne.

Non... Je me mis à trembler de part en part.

J'avais beau guetter les signes et m'y préparer, c'était toujours mille fois pire que je l'avais prévu.

— Je n'ai jamais demandé ça ! hurla-t-il en m'attrapant par le col pour me projeter de nouveau contre la portière. Ce n'était pas ce que je voulais ! Pourquoi est-ce que tu ne m'aides pas ? Pourquoi est-ce que tu ne peux pas devenir meilleure ?

J'ouvris la bouche pour crier, mais finalement je serrai les dents et me laissai gifler sans broncher.

— Merde à la fin ! beugla-t-il, en m'agrippant si brutalement par le col que la peau de mon cou me brûla. Si seulement..., souffla-t-il, et je vis ses yeux s'emplir de larmes. Si seulement tu pouvais être normale ! Pourquoi tu n'y arrives pas, hein ? Pourquoi ?

— Martin, arrête..., suffoquai-je.

Je me retournai pour ouvrir la portière, mais il s'empara de la poignée et la referma. Il m'agrippa le bras et me flanqua une autre gifle.

Je fermai les yeux, fort.

— Pas le visage ! l'avertis-je.

Il n'écoutait pas, incapable à présent de réfléchir ou de se préoccuper de qui pouvait bien voir ou savoir. Il avait perdu les pédales.

La pluie martelait la voiture, noyant le bruit de ses poings et de ses insultes pendant que j'enfonçais les ongles dans la banquette et que le goût du sang m'emplissait la bouche.

Le pick-up de Will surgit dans ma mémoire. Son odeur. Le souvenir de sa présence à côté de moi.

Au bout d'un moment, je ne fus plus en mesure de penser à quoi que ce soit. Je ne me rappelais plus rien.

Plus d'yeux verts. Ni de beau sourire. Ni de bras chauds qui m'enveloppaient.

Mes lunettes tombèrent par terre et puis... une substance gluante me goutta dans l'œil.

Son visage finit par s'effacer de ma mémoire.

Assise là, sans bouger, le regard perdu au-delà du pare-brise et des essuie-glaces, je peinais à trouver la motivation nécessaire pour respirer.

Martin se cala le dos dans son siège et s'alluma une cigarette pendant que le sang dégoulinait de mon sourcil et que les coupures me brûlaient l'intérieur de la bouche.

— Demain, c'est la Nuit du Diable, affirma-t-il tandis que nous attendions au feu rouge près du village sur le chemin du retour. Ces petits démons se croient dangereux, mais eux ne sont pas prêts à faire ce que personne d'autre n'ose faire.

Je jetai un regard de côté et remarquai sa carabine dans son support. Des sanglots se logèrent dans ma poitrine.

J'en étais capable. Tout serait enfin fini.

Je pourrais dormir la nuit.

— Cette ville m'appartient, Em, poursuivit-il sans me regarder, sa voix gagnée par un épuisement serein. Ce sera le cas un jour. Tout ça ressemblera à un rêve comparé au cauchemar qui attend ceux qui se dresseront sur mon chemin.

Je pourrais dormir à tout jamais.

Je contemplai la pluie qui tombait et qui me paraissait floue à travers les larmes qui n'arrêtaient pas de couler.

J'étais fatiguée. Et triste.

Si ce n'était pas lui qui mourait, ce serait moi, et il fallait que ça arrive cette nuit même. À l'intérieur, je hurlais. J'étais à bout.

Je serrai les poings, tendue de partout, et mes jambes se mirent à bouger d'elles-mêmes. J'ouvris la portière et bondis sous la pluie. Je l'entendis brailler mon nom et me dire de revenir, mais je continuai de courir.

J'avais atteint ma limite, et je ne voulais pas m'arrêter.

Tout en pataugeant dans les flaques, je courus ventre à terre, le long du trottoir et à travers l'herbe, pour regagner la cathédrale.

Les cheveux collés au visage, je ne regardai pas derrière moi. Je savais qu'il ne descendrait pas de la voiture pour me courir après, et il se douterait peut-être que j'irais dans l'église, mais il ne me trouverait jamais.

Je fonçai dans la cathédrale et, ralentissant le pas afin d'éviter d'attirer l'attention, je franchis de nouveau la nef pour monter les marches. Je m'échappai vers la galerie, poussai la porte, gravis l'escalier, et pénétrai dans la chambre Carfax avant de verrouiller derrière moi.

En sécurité.

Cachée.

Je m'approchai des malles près des fenêtres, trouvai la robe et la sortis.

Emmy Scott était triste et fatiguée.

Reverie Cross, elle, se rendait au bal de rentrée.

17

Will

Présent

Mon entrejambe me démangea et je me retournai sur le lit, ma queue en érection sous le drap.

Je l'empoignai pour me caresser avec lenteur.

Putain.

Comment se débrouillait-elle toujours pour m'infliger ça ? J'étais à deux doigts de craquer et d'aller lui demander de prendre les rênes. Je savais qu'elle ne viendrait pas dans ma chambre après la nuit dernière, quand je l'avais laissée dans le petit salon. J'en étais conscient.

Seulement, j'espérais me tromper.

Bon sang, qu'est-ce que j'avais envie d'elle. J'aurais pu l'attribuer au fait que je n'avais pas eu de nana depuis longtemps, mais non… C'était Emory Sophia Scott, et ses sourires qui me mettaient sens dessus dessous.

J'étais prêt à subir toutes ses mines renfrognées en échange d'un seul sourire.

C'était du moins ce que j'avais cru.

La lumière matinale ruissela par la petite fenêtre de ma chambre dans le grenier et me réchauffa le torse. Mon érection s'affirma davantage.

Je gémis et, fermant les yeux, m'humectai la paume avec la langue avant de me masturber de plus belle.

Dès l'instant où j'avais posé les yeux sur elle, tout en elle m'avait excité. Je ne pensais plus qu'à la culbuter. Une vraie obsession.

Mais pourquoi ?

Elle était lunatique, intolérante, condescendante… Et j'avais beau savoir d'où lui venaient sa méfiance et son cœur dur comme la pierre, elle s'obstinait à garder ses distances. Si elle ne s'était toujours pas ouverte à moi à ce stade, elle ne le ferait jamais.

Je commençais à comprendre qu'aimer une fille méfiante relevait d'une victoire à la Pyrrhus. Les rares instants de bonheur coûtaient trop cher.

N'empêche qu'elle hantait tous mes rêves. Belle et nue, elle s'abandonnait à moi et je me perdais dans ses lèvres, dans son parfum.

Je me caressai encore et encore, mon sexe dur et en érection, tout en l'imaginant enfouie dans mes draps, douce et soyeuse.

Je lâchai prise. *Et puis merde.*

J'avais essayé de l'oublier avec d'autres. Je m'étais tapé des nanas qui ne lui ressemblaient en rien, histoire de ne plus penser à elle. Mais au bout du compte, ça m'avait fait plus de mal que de bien.

Je crispai le ventre en sentant venir la jouissance. Je m'imaginai plongeant en elle, la martelant, la faisant gémir.

Peut-être que, si je pouvais la sauter, j'arriverais à l'oublier. Ce serait comme si quelqu'un appuyait sur un interrupteur et qu'elle n'avait plus la moindre importance.

— Baise-moi, chérie, grondai-je en tirant de plus en plus fort sur mon sexe. Allez, écarte les cuisses.

Dans ma tête, elle était là : plaquée sur le matelas, écrasée sous mon poids. Le nez enfoui dans ses cheveux, je la pilonnais. Elle m'embrassait en souriant et, bon sang, elle en voulait. La peau douce de son ventre était collante de sueur tandis que j'allais et venais au-dessus d'elle.

Je me tendis, me redressai et jetai les draps au loin alors que ma jouissance jaillissait et se déversait sur ma main. J'aurais pu jurer sentir la chaleur étroite d'Emmy sur mon sexe.

Je suffoquai et expirai, m'affaissant sur le lit pendant que l'orgasme me traversait.

Putain.

Enfin, j'ouvris les yeux.

Une victoire à la Pyrrhus. Me revoilà au point de départ, à peu près sûr qu'aucun sacrifice n'était trop grand tant que j'avais le plaisir de la tenir dans mes bras. Le prix que j'étais prêt à payer m'effrayait presque.

Je me levai du lit, attrapai une serviette et m'essuyai avant de la jeter dans la descente de linge et d'en attraper une propre pour l'enrouler autour de ma taille.

Rory allait toujours au hammam avant que tout le monde soit levé. J'avais besoin de passer un peu de temps seul avec lui, et il fallait que ce soit aujourd'hui.

Je descendis les marches et longeai le couloir. Je marquai presque une hésitation devant la chambre d'Emmy, tenté de m'assurer qu'elle allait bien, mais je finis par passer devant au petit trot en me dirigeant vers l'entrée.

Tournant à gauche dans la maison silencieuse, je poursuivis dans le couloir sombre, en direction de la piscine couverte, et ouvris à la volée la porte en verre dépoli du hammam.

Aussi routinier qu'un tueur en série, Rory Geardon était assis sur le banc carrelé, adossé au mur au milieu d'un tourbillon de vapeur.

Il ouvrit les yeux.

— Salut, lançai-je.

Il m'adressa un signe du menton.

— Salut.

— Tu vas bientôt chasser ?

— Oui, soupira-t-il. Toi aussi ?

— Peut-être.

Un peu d'air frais me ferait du bien, mais il n'était pas question que je la laisse seule dans la maison.

Je m'assis à quelques mètres de lui, laissant la chaleur m'envelopper comme une couverture.

J'adorais les hammams. Ça me détoxiquait, me détendait, et me rappelait mon chez-moi. Celui de Hunter-Bailey à Meridian City était deux fois plus grand, et c'était là que Michael, Kai et moi avions tenu la plupart de nos grandes réunions d'affaires. Quand je n'avais pas trop eu la gueule de bois.

— Alors, la Nuit du Diable, hein ? lâcha Rory à côté de moi. Ce Thunder Bay commence à prendre des allures de Disneyland.

Je souris.

— Ça me manque.

Il attrapa la serviette qu'il avait prise en plus et s'essuya le visage.

— Même si ta famille habite là-bas ?

Il supposait que je n'avais pas envie de la voir, que c'était mes parents qui m'avaient envoyé ici. Pourquoi donc aurais-je eu envie d'y retourner ? Tout comme Micah et Aydin, Rory n'avait aucune confiance en ceux qui avaient renoncé à lui. Pas question pour eux de rentrer à la maison.

Mais ma situation était différente.

— Je ne méritais pas d'aller en taule, mais… j'ai peut-être mérité de venir ici.

Ça m'avait permis d'être clean.

— Et puis, la famille que j'ai choisie ne m'aurait jamais envoyé ici, lui confiai-je. C'est elle que je vais retrouver.

— Ben moi, je ne rentrerai jamais chez moi, rétorqua-t-il. Sûr à 100 %. Ma mère ne courrait pas ce risque.

Il entendait par là que le choix ne s'offrait même pas à lui. Il était convaincu qu'il ne sortirait jamais.

Et après ce qu'il avait fait, je devais reconnaître que leurs inquiétudes n'étaient pas tout à fait infondées.

Rory était semblable au Terminator. Loi ou pas, il ne voyait rien d'autre que sa mission. Un peu comme s'il portait des œillères. Ces gosses avaient mérité ce qu'il leur avait infligé. Sa prétendue mauvaise conduite n'était qu'une question d'opinion.

En tant que fils d'un ambassadeur du Japon, il représentait un handicap.

Pour moi, il était parfait.

— Et même si je sors d'ici un jour, poursuivit-il, elle me donnera un hôtel à gérer sur une île à moitié déserte où je n'attirerai pas l'attention.

— Est-ce que tu attireras l'attention ? m'enquis-je.

Il lâcha un rire, mais ne répondit pas.

— Tu n'es pas le seul, lui affirmai-je en reposant la tête contre le mur et en fermant les yeux. On connaît tous cet instant de clarté absolue où la conscience n'existe plus. Nous sommes qui nous sommes, nous voulons ce que nous voulons, et ce qui doit arriver doit arriver. La seule différence entre toi et le reste du monde, c'est que tu as atteint ce point alors que la plupart des gens n'y arriveront jamais.

Peu sont ceux qui connaissent un jour un tel excès de désespoir ou de survie, et qui regardent le danger en face.

— Ce que tu as fait était calculé, ajoutai-je avec douceur. Il n'y avait pas d'autre possibilité.

Il avait trouvé Micah, mais n'avait toujours pas de chez-lui, et je n'avais aucune intention de le laisser moisir ici.

— J'ai de la chance, affirmai-je presque pour moi-même. J'ai une famille qui sait ce que ça fait de dépasser les limites. Elle sait qu'il existe une part enfouie en nous où nous créons nos propres règles au lieu de les suivre. Je ne suis pas seul.

Du coin de l'œil, je le vis tourner la tête pour me regarder.

— Ils sont semblables à une tempête, lui dis-je.

Il garda le silence un instant, et je le sentis plongé en profonde réflexion. Il s'entendrait bien avec mes amis.

Le laissant digérer mes paroles, je me levai et m'approchai de la porte pour aller me doucher.

— Qu'est-ce qu'elle a fait pour qu'on l'envoie ici ? questionna-t-il avant que j'aie eu le temps de partir.

J'agrippai la poignée, tétanisé.

Je fus saisi d'appréhension. Elle avait interrompu mes projets et, que je le veuille ou non, la situation avait changé.

Devais-je poursuivre, sachant qu'elle était un facteur de risque ?

La question ne se posait même pas.

— Comme nous tous, répondis-je, elle sait ce qu'elle a fait. Personne ici n'est innocent.

Je quittai la pièce, mais au lieu d'aller me doucher, je fonçai vers ma chambre dans la maison encore endormie. Je fermai la porte et calai une barre d'acier sous la poignée.

Je m'approchai du lit, retirai le drap-housse, soulevai le matelas et le retournai. Il bascula, à moitié sur le lit et à moitié sur la table de chevet. La lampe se renversa et s'éteignit.

Je passai le bras par une déchirure et glissai la main entre les ressorts pour en sortir l'ordinateur portable noir. Je m'approchai de la table près de la fenêtre pour mieux y voir.

Je l'ouvris, l'allumai et attendis que le chat se lance.

Tu es là ?

Il répondit après une pause.

Bien reçu. *Il* veut t'extraire. Bientôt.

Pas encore. Il y a… du nouveau.

Je ne voulais pas en dire trop de peur que quelqu'un nous espionne. En ce qui la concernait, j'ignorais qui était impliqué. Je demandai :

Il y a quelque chose que tu ne me dis pas ?

Du genre ?

Je haussai un sourcil.

Tu as envoyé quelqu'un d'autre ici ?

J'attendis sa réponse un moment, puis les lettres s'affichèrent en vert.

Non.

Tu es sûr ?

Je ne te mentirais pas.

Je soupirai, décrispai les épaules. Bon, d'accord. Ça ne venait pas de mon camp.

Soit Michael, Kai et Damon travaillaient seuls, soit quelqu'un d'autre était derrière tout ça. J'étais encore dans le noir, mais au moins j'avais exclu une intervention de mon côté.

Je vis arriver plus de texte.

Combien et quand ?

Au moins quatre.

À cet instant, je remarquai la présence de Taylor à l'extérieur. Penché vers la porte en verre du solarium, il épiait quelque chose à l'intérieur.

Que fabriquait-il ?

Je me hâtai de rédiger la fin de ma phrase :

Peut-être cinq. Je te tiens au courant.

À travers le toit en verre, je repérai deux silhouettes en mouvement. Je plissai les yeux pour tâcher de les discerner.

Aydin.

Il tenait Emory.

J'eus un mouvement de recul. Il me demanda :

Tout va bien ?

Mais j'étais déjà sur le départ.

Je fermai l'ordinateur et le rangeai, j'enfilai un pantalon de jogging et dévalai les marches. Je retirai la barre métallique et ouvris précipitamment la porte de ma chambre.

18

Emory

Neuf ans plus tôt

J'entrai dans les couloirs sombres du lycée, où de la musique pulsait dans le gymnase. Le bal de promo se déroulait toujours à Meridian City, dans une salle de réception ou un hôtel luxueux.

Mais pour le bal de rentrée, on restait ici.

La robe rose sans bretelles que j'avais trouvée dans la chambre Carfax m'effleurait les genoux, et l'air frais caressait mes épaules et mon dos nus. Mes longs cheveux châtains, coiffés avec la raie au milieu, se déversaient autour de moi, et j'avais laissé mes mèches rebelles au naturel. J'avais pioché dans le maquillage de scène trouvé dans la chambre pour appliquer du mascara et de l'eye-liner. Du rouge à lèvres colorait ma bouche.

Rien ne recouvrait le sang séché qui avait dégouliné sur ma tempe, le bleu et le pourpre qui me cerclaient l'œil ni la coupure à ma lèvre. Mes bras nus portaient les empreintes de ses mains. Avec tout l'ibuprofène que j'avais pris, je n'avais plus tellement mal.

Ce soir-là, je pouvais me cacher aux yeux de tous car c'était presque Halloween, le seul moment de l'année où on pouvait exposer ce qu'on dissimulait à l'intérieur.

J'ouvris la porte du gymnase et entrai, aussitôt recouverte de chair de poule. Les haut-parleurs crachaient de la musique et des lumières roses et bleues tourbillonnaient autour de la salle obscurcie où ballons et décorations ornaient chaque table.

Quelques dizaines de couples dansaient sur la piste. Le cœur battant à tout rompre, je regardai autour de moi.

Était-il là ?

Le bal battait son plein. Les photographes et contrôleurs de billets avaient déjà abandonné leurs postes près de la porte, mais je sentis quelques regards se poser sur moi à l'instant où j'entrais. La plupart des gens étaient déguisés. D'autres portaient de simples masques avec leurs costumes et robes de cocktail.

Ils me dévisagèrent, certains se penchèrent pour se chuchoter à l'oreille. Peut-être s'étonnaient-ils de ma présence, ou de mon apparence. Quoi qu'il en soit, je m'en fichais.

J'avançais au radar, claquant des talons au milieu du bruit, des gens qui dansaient, des regards insistants.

En temps normal, j'aurais pris la fuite. Je me serais évadée dans mon téléphone, dans un livre ou dans une autre pièce. En temps normal, je…

Et puis… je l'aperçus.

Et je m'immobilisai.

Adossé au mur, il était entouré de ses amis, loin de la foule, beau à tomber dans son costume noir et sa chemise blanche sans cravate.

Il ne m'avait pas encore vue. J'attendis, comme paralysée.

Je regrettais de ne pas avoir mon téléphone, un sac à main, quelque chose à tenir, histoire de ne pas me sentir si seule et vulnérable. Mais j'avais laissé ma sacoche avec mon portefeuille dans la voiture de police de Martin, ainsi que mes lunettes, qui avaient dû tomber par terre. Mon téléphone reposait dans la cathédrale, éteint.

Je m'approchai, attirée par son odeur, ses bras et son sourire. Moi qui étais si assoiffée, si affamée, si vide.

Je détestais être chez moi. Je n'aimais plus le belvédère. J'en avais marre du lycée, marre d'être complètement drainée de mon énergie, tout le temps.

J'avais envie de le voir. De sentir sa main dans la mienne.

Sans tenir compte des murmures sur mon passage, je le regardai parler et hocher la tête, une main dans la poche de son pantalon et l'autre tenant ses clés, comme s'il s'apprêtait à déguerpir.

Pas l'ombre d'une cavalière.

Il se détourna de Kai et croisa mon regard, puis m'inspecta, de la tête aux pieds, sans ciller. La robe de soirée rose, le sang et les bleus… Il n'y avait rien de drôle dans la chute de Reverie Cross, et rien de drôle dans la mienne.

Ce soir-là, je me montrais. Que tous me voient.

Ses amis se retournèrent et suivirent son regard.

— Tu veux danser ? demandai-je doucement, le cœur battant si fort que ma voix tremblait.

Du coin de l'œil, je vis les gars lâcher un rire qui n'était pas vraiment méchant. Plutôt surpris.

Will me fixa, et je dus me retenir de ne pas me mordre la lèvre ou serrer les poings.

J'étais allée trop loin. Il n'était peut-être pas seul. Je savais qu'il avait pu venir accompagné, et voilà que je jouais les harceleuses. Je passais mon temps à l'embrouiller, à lui envoyer des signaux contradictoires. Certes, il y était allé trop fort, et non c'est non, quel que soit le nombre de fois où j'avais changé d'avis, mais…

Lui et moi savions tous les deux que j'avais envie de ça. Seulement, il ne comprenait pas pourquoi je gardais mes distances.

Peut-être réaliserait-il enfin que je n'en valais pas la peine.

À ma grande surprise, il s'écarta du mur et s'avança vers moi avec un doux sourire.

Il me prit la main et me guida vers la piste de danse. Je le voyais détailler du regard le sang séché qui avait ruisselé de mon sourcil et les bleus qui me marquaient le corps.

— Ça fait partie de mon costume, expliquai-je.

Je le sondai du regard, incapable de me détourner. Rien que de le voir, j'avais le cœur qui m'élançait.

Je n'avais qu'une nuit. *Une seule nuit avec lui.*

— Tu n'es pas déguisé ? m'étonnai-je.

Il soutint mon regard.

— Je tenais à ce que tu me trouves facilement.

Les joues en feu, je souris. Il était donc venu seul.

Une fois au centre de la piste, il s'arrêta, et je pivotai vers lui. *Mr Sandman* de SYML démarra, et j'allais lever les bras vers ses épaules, mais je me figeai.

— En fait, je ne sais pas vraiment danser, lui confiai-je.

C'était une première pour moi.

Il s'empara de ma taille et m'attira contre lui. J'étouffai un cri et me pendis machinalement à son cou.

— Pose tes pieds sur les miens, m'ordonna-t-il.

Sans protester, j'appuyai mes talons roses sur ses chaussures, ravie de ne rien avoir à faire d'autre que me cramponner. Je le contemplai pendant qu'il me serrait contre lui et se mettait à bouger, tournant lentement sur lui-même à petits pas pour que je puisse suivre facilement.

— Tu es magnifique, complimenta-t-il. Malgré cette mauvaise chute sur les rochers à Cold Point.

Il effleura mon visage, ne voyant rien d'autre que le costume. Les gens nous observaient, mais je me fichais de ce qu'ils pouvaient bien penser. J'étais incapable de le quitter des yeux. On aurait dit que cette lente chanson obsédante ne jouait rien que pour nous.

— Reverie Cross, lançai-je, pensive. Elle avait l'air du genre à avoir sa propre salle de bains.

— Non, contra-t-il. Elle n'était pas très riche. Et ça ne la dérangeait pas, parce qu'il l'aimait quand même. Rien d'autre ne lui importait.

Je resserrai mon étreinte, les genoux un peu tremblants.

Ils étaient jeunes, et je comprenais parfaitement. Seul l'instant présent comptait, rien d'autre n'avait d'importance. Pourquoi ne pas les laisser vivre leur rêve ?

Mais Will fronça les sourcils en m'étudiant.

— Il y a quelque chose qui cloche.

Je secouai la tête.

— Pas ce soir, non.

Rien qu'une nuit.

Et quitte à ce qu'il n'y en ait qu'une seule, je refusais de la partager avec qui que ce soit d'autre.

— On peut partir ? demandai-je brusquement.

Il cessa de danser.

— Tu veux que je te ramène chez toi ?

— Non, sauf si c'est ce que tu veux, répliquai-je en continuant de me tenir à lui. Je ne veux pas te quitter tout de suite.

Il sourit et me prit la main pendant que je descendais de ses chaussures.

— On y va, acquiesça-t-il.

Il m'entraîna hors de la piste de danse. Les gens, le bruit et toutes mes préoccupations me quittèrent à mesure que l'excitation me fouettait les veines.

— Tu sais quel mauvais tour tu vas faire demain pour la Nuit du Diable ? lui demandai-je alors qu'il poussait les portes.

— J'ai quelques idées, répondit-il avec un air suffisant.

— Moi aussi, renvoyai-je.

— Tu es sûre de ce que tu fais ? s'inquiéta-t-il pendant que nous déversions la marchandise sur l'herbe. Techniquement, c'est du vol. Et du vandalisme.

— Je tremble dans mes bottes, Will. Vraiment.

Sur la marche menant vers la crypte, je disposai les bougies comme pour une veillée tout en restant à l'affût du gardien. On n'était pas censés venir la nuit tombée, mais ça ne voulait pas dire pour autant que personne ne se promenait dans le coin.

Et de toute façon, cet acte de vandalisme n'était pas irréparable. Je n'avais rien contre la famille McClanahan.

Je voulais seulement les faire un peu flipper, histoire qu'ils repensent leur stratégie. Will et moi poursuivions le même but, même si nos raisons étaient différentes.

La tombe était devenue une légende locale. Dans l'esprit de Will, Edward McClanahan appartenait à tout le monde.

Pour moi, si Edward restait dans sa tombe, mon frère n'aurait plus aucun intérêt à l'acheter.

Will longeait la grille en fer forgé qui entourait la crypte pour y caser tous les épouvantails que nous avions volés parmi les décorations d'Halloween de M. Ganz. En guise de têtes, nous leur mettions les ballons de basket que nous avions également fauchés dans le placard à fournitures.

Je scrutai la tombe McClanahan, ses vitraux sombres et sa nouvelle pierre tombale. Flambant neuve et prête à l'usage.

— C'est mal de le déplacer, pas vrai ? demandai-je pour m'assurer que nous étions bien sur la même longueur d'onde.

— Carrément.

Après avoir quitté la fête, je l'avais envoyé dans le gymnase pendant que je fonçais vers le labo de biologie y voler tous les animaux morts qui flottaient dans des bocaux remplis d'urée. Je les avais posés sur un chariot que j'avais poussé jusqu'à une fenêtre, et Will était arrivé en pick-up pour m'aider à le charger.

Nous avions effectué quelques haltes de plus avant de venir. Prêts à montrer aux McClanahan ce qui se passerait s'ils déplaçaient Edward.

La veillée... le suivrait. Année après année, sans faille, le tout avec le genre d'ambiance à la Stephen King dans *Les Démons du maïs*.

S'ils ne voulaient pas que leur ultime demeure devienne un lieu de pèlerinage pour ados destructeurs et surexcités, ils changeraient d'avis.

Tout en allumant les bougies, je regardai une dernière fois autour de moi pour m'assurer que nous étions seuls.

Seule l'ombre des arbres sur l'herbe – bleue au clair de lune – remuait alors que la brise secouait les feuilles sur les branches.

Je m'attendais presque à ce que Will tente de sortir son téléphone pour filmer la scène, mais il n'en fit rien, et heureusement. Je n'avais aucune envie de me retrouver dans une de ses vidéos.

Je disposai les offrandes d'animaux morts et vérifiai que Will en avait fini avec les épouvantails. Sur les têtes en ballons de basket, il avait dessiné au marqueur des visages flippants.

Je pouffai et levai les yeux au ciel en l'entendant rire de sa propre ingéniosité.

J'installai autour de la crypte les torches tiki provenant du garage de Will et les allumai, puis sortis un morceau de craie verte d'un des sacs que j'avais pris dans le labo de bio.

Je me précipitai à l'intérieur de la clôture et portai la craie à la pierre, sur le point d'exécuter un acte de vandalisme, mais considérai alors les vitraux, hésitante.

— C'est bien vide ? questionnai-je encore. Pas vrai ?

Je ne culpabilisais pas pour le vandalisme ou le vol, mais je m'en voudrais s'il y avait des gens qui reposaient là-dedans.

Il se contenta de secouer la tête.

— Ils viennent de la terminer. Aucun occupant pour le moment.

Je hochai la tête et serrai la craie entre mes doigts. *Alors va te faire voir, Martin.*

Je traçai à la hâte des séries de trois « X » partout sur le mur. Dans un de mes livres de photos, j'avais lu un passage au sujet d'un rituel où on devait dessiner des symboles sur une tombe en faisant un vœu. Si les morts l'accordaient, il fallait revenir laisser une offrande et entourer les « X ».

C'était effaçable, et la tombe serait comme neuve une fois qu'ils l'auraient nettoyée. Mais, si ça prenait auprès du public, ils devraient nettoyer régulièrement cette tombe pendant un siècle.

Will attrapa un bout de craie bleue et m'aida. Nous nous dépêchions tous les deux en souriant. Tout ça ne servirait à rien si on se faisait prendre, surtout moi, et il le savait.

Je m'emparai du sac dont je m'étais servie pour transporter les bougies et nous reculâmes, les yeux rivés au dernier cauchemar en date des McClanahan.

— Hé ! cria quelqu'un.

J'inspirai vivement.

— Merde.

Will me prit la main et nous descendîmes la pente en courant. Je regardai derrière moi. Un homme en uniforme kaki nous courait après.

Seigneur !

Je poussai un petit cri perçant et me mis à rire pendant que Will me traînait à travers les arbres avant de contourner une tombe et de dépasser une fontaine.

Je tâchai de suivre le rythme, le visage fouetté par l'air frais.

Will me tira derrière une immense pierre tombale, et il épia sur le côté pour s'assurer que nous n'étions plus suivis.

Il avait garé le pick-up de l'autre côté de la rangée d'arbres, sinon n'importe qui aurait reconnu son véhicule. Ça avait été casse-pieds de porter toutes les affaires en trois trajets, mais franchement, ça en avait valu la peine.

Je me cramponnai à son bras, encore secouée de rire.

Il se retourna, le sourire aux lèvres, et me regarda dans les yeux.

— J'adore te voir rire.

Je collai le front au sien, débordant d'excitation et d'un sentiment de liberté plus intense que tout ce que j'avais pu ressentir dans ma vie.

— Encore, suppliai-je.

Il prit ma main dans la sienne et me caressa la mâchoire.

— Oui ? Je sais où aller.

Une heure plus tard, la main dans la sienne, j'éclatais de rire en me sentant tomber dans le bateau pirate qui tanguait d'un côté et de l'autre.

Une nuée de papillons dans le ventre, je criai, fébrile, pendant que le manège ralentissait, que les pneus crissaient et que nous remontions avant d'avaler une goulée d'air l'espace d'une brève seconde et de redescendre, le vent dans les cheveux.

Pourquoi n'étais-je pas venue ici plus souvent ? Combien de gens ont la chance de faire des montagnes russes tous les jours ?

C'était un peu cher, j'imagine. Le prix du ticket allait crescendo à mesure qu'Adventure Cove peinait à rester ouvert au fil des ans.

Les barres se relevèrent et Will et moi descendîmes en riant.

— C'est mon manège préféré, décréta-t-il. Rien de tel que la sensation d'être en chute libre.

Non. C'était encore mieux que le meilleur des manèges. Je le regardai sortir de l'argent de son portefeuille et prendre un bâton de barbe à papa rose pour me le tendre en récupérant sa monnaie.

— Tu veux ma veste ? proposa-t-il alors que nous nous remettions à marcher.

J'arrachai un morceau de sucre floconneux.

— Ça va.

Je fourrai la sucrerie dans ma bouche, un peu frissonnante à vrai dire, mais j'aimais trop le vent. Sur ce point, je ressemblais à ma grand-mère.

Nous marchâmes, tandis qu'autour de nous les bruits du parc se déchaînaient – hurlements, rails de manèges, sonneries des stands de jeux…

L'air marin me chatouilla les narines. Je regardai au-delà de la grande roue, dans l'obscurité où je ne voyais rien, même si je savais que c'était là.

La côte, l'océan, Cold Point. La falaise qui tombait à pic sur les rochers et dans la mer.

Will se pencha pour prendre un peu de barbe à papa et je l'imitai, réchauffée par son bras qui effleurait le mien. Son autre main reposait sur la chute de mes reins, et je le sentais qui me regardait.

— Tu as déjà entendu parler de la chambre Carfax ? lançai-je en continuant de mâcher.

— Bien sûr, répondit-il. C'est comme Edward McClanahan, Blackchurch et EverNight. Une autre légende urbaine de Thunder Bay.

Je tournai la tête pour l'observer.

— C'est quoi, Blackchurch ?

— Une maison.

Il haussa les épaules.

— Il paraît.

Il marqua une pause pour manger de la barbe à papa, et nous passâmes devant des stands de jeux où s'amusait un groupe de personnes. Il n'y avait pas foule ce soir-là, même si quelques collégiens étaient plus bruyants que la moyenne.

— Personne ne sait où c'est, poursuivit-il, ni même si ça existe vraiment. Mais on raconte qu'on y envoie de jeunes hommes riches qui se conduisent mal pour les cacher.

Il hésita, comme s'il n'arrivait pas à trouver de meilleure formulation.

— Les cacher ? insistai-je.

Il rit dans sa barbe.

— Bon, on ne peut pas te mettre en taule, souligna-t-il comme si j'avais dû le savoir. Ça la ficherait mal pour la famille, tu vois ? Du coup, maman et papa t'envoient à Blackchurch si tu dépasses les bornes. Tu disparais. Comme ça, d'un jour à l'autre. D'après la légende, c'est un endroit lointain, isolé, perdu.

Je me rendis compte que je m'étais presque immobilisée en le dévisageant.

— Et on t'y envoie pour toujours ?

— Jusqu'à ce que tu apprennes à bien te conduire, précisa-t-il. Mais pour certains, ça a l'effet inverse. Ils pètent un câble. Alors oui, il se pourrait qu'ils y restent pour toujours.

Je le regardai, bouche bée. Qui ferait ça ? Qui enverrait ses gosses dans un tel lieu par peur de la publicité ?

Suivaient-ils une thérapie pendant ce séjour, ou les laissait-on à l'abandon ?

Il se mit à rire.

— Ça n'existe pas, Em. Ce sont des conneries que les gens racontent quand ils s'ennuient.

Il arracha un autre bout de barbe à papa et le fourra dans sa bouche.

— Et même si ça existait, mes parents ne m'enverraient jamais là-bas. Tout le monde m'adore.

Je lui décochai un regard. Il était trop sûr de lui. Sauf que chez lui, c'était adorable.

— Mais la chambre Carfax, reprit-il. Ça, je suis sûr que ça existe.

— Qu'est-ce que c'est ?

— Une chambre mythique cachée quelque part en ville, révéla-t-il. Ce qui est tout à fait plausible, vu que cette ville recèle toutes sortes de cachettes. C'est un peu comme une pièce sécurisée si j'ai bien compris. Elle passe d'une personne à l'autre. Chaque occupant doit chercher le suivant, celui qui aura besoin d'un tel endroit. On peut la garder aussi longtemps qu'on veut, il n'y a pas de limites. Il faut simplement rendre la pareille quand on a fini. Ou un truc dans le genre.

À présent, je comprenais un peu mieux le message.

Une pièce sécurisée. Quelqu'un qui en a besoin.

Fais-en ce qu'il te plaît. Fais passer.

Mais…

On me l'avait donnée. De tous les habitants de la ville, c'était à *moi* qu'on l'avait donnée.

J'ouvris la bouche, tentée de dévoiler à Will que je l'avais trouvée.

Mais je n'étais pas sûre de vouloir que quiconque le sache.

— Donc, c'est un peu comme la Salle sur demande dans *Harry Potter*.

— Je ne sais pas de quoi tu parles, répliqua-t-il, mais… si ça existe, chaque occupant doit être soigneusement choisi, et l'endroit doit imposer un grand respect.

— Pourquoi tu dis ça ?

— Sinon, on l'aurait déjà trouvée, affirma-t-il en baissant les yeux sur moi. Si cette chambre existe, son emplacement aurait été divulgué à un moment ou à un autre après toutes ces années, tu ne crois pas ? La personne qui en hérite doit en avoir besoin pour autre chose que pour des beuveries ou…

Je croisai son regard. *Ou des coucheries*, se retint-il d'achever.

Pas faux. La personne qui l'avait eue avant moi n'en avait pas parlé, et m'avait fait confiance – allez savoir pourquoi – pour que je fasse de même.

J'avalai un autre morceau de barbe à papa mais m'aperçus que Will m'observait encore. Il regarda mon bras, pensif.

— Ça ne ressemble pas à du maquillage, fit-il remarquer en voulant toucher le bleu.

Je m'écartai, mais lui décochai un sourire enjoué pour faire bonne mesure.

— On tente un autre manège ? lâchai-je pour changer de sujet. Quelque part où il fait sombre.

Oubliant le bleu, il se fendit d'un grand sourire et me prit la main pour me guider vers le fond du parc.

Je jetai le reste de la barbe à papa à la poubelle et le suivis, passant devant les courses de bateaux, le Gravitron, les cloches et sonneries qui résonnaient dans la nuit et les collégiens qui couraient de part et d'autre.

Tout en se dirigeant vers Cold Hill, le train fantôme, Will adressa un signe de tête au type blond qui gérait le manège. Celui-ci ouvrit la grille en faisant signe à la personne suivante de patienter.

Le rouge me monta aux joues à l'idée de passer devant les autres. Nous aurions pu attendre notre tour.

Mais je n'en dis rien, et me contentai de jeter un coup d'œil à Will.

Je n'avais jamais aimé Cold Hill parce que c'était sombre, flippant, et qu'on était confiné dans un wagon qui ne permettait qu'un seul véhicule par section, de sorte que lorsqu'on finissait par franchir les portes pour pénétrer dans la salle suivante, la voiture de devant était déjà partie. Pas si grave en temps normal, à moins d'être seul. Là, ça flanquait la trouille.

Mais maintenant… Je n'avais envie d'être nulle part ailleurs qu'avec lui. Peut-être que la personne qu'il connaissait nous laisserait même refaire le manège deux fois. Voire plus.

Passant devant les candélabres aux flammes vacillantes, nous mîmes pied sur le tapis roulant et nous installâmes dans une voiture vide où une barre s'abaissa sur nos genoux.

Laissant la lumière derrière nous, nous avançâmes sur les rails et prîmes un virage. Le noir et le froid nous engloutirent. Au milieu des gémissements et des hurlements, le mur sur ma droite se mit à trembler et une lumière rouge clignota entre les panneaux de bois comme si quelqu'un donnait des coups de l'autre côté. Puis un souffle d'air nous balaya alors qu'un nuage de fumée montait autour de nous et qu'un bruit de chaînes claquait au-dessus de nos têtes.

Couverte de chair de poule, je me serrai contre Will, les yeux écarquillés.

Nous franchîmes l'Enfer, le Monde souterrain, et l'Hadès. Masques et miroirs clignotaient de terreur sur les murs, squelettes blancs et créatures nous sautaient dessus.

Je ris, tout en serrant sa main dans la mienne et en contemplant le lustre au-dessus de nous. Ses fausses bougies projetaient une douce lueur sur le plafond noir, prêtant à l'obscurité une aura plus mystérieuse qu'effrayante. J'avais envie de vivre dans sa beauté.

Je faillis rire de moi-même, mais c'était vrai. Will avait raison. Il y avait quelque chose qui changeait dans l'air quand la nuit tombait, mais…

En ce qui me concernait, tout le charme venait de la lueur qui adoucissait les ombres. C'était plus beau que le soleil.

Une lanterne, une bougie, une…

Je fus brusquement prise d'une idée pour le belvédère et les arbres qui l'entouraient dans le parc : je pourrais les décorer avec des lustres. Une dizaine accrochée aux branches, éclairant la canopée de feuilles.

Je souris encore et renversai la tête en arrière pour contempler toutes les lumières qui scintillaient sur les cristaux, brusquement exaltée à l'idée de retourner travailler. C'était faisable. Il devait y avoir toutes sortes de vieux chandeliers qui accumulaient la poussière quelque part. J'étais prête à parier que je pourrais en trouver des pas chers.

Je tournai le visage vers Will pour lui exposer mon idée, mais il me contemplait déjà, comme fasciné.

Une bouffée d'émotion me monta dans la poitrine, et brusquement, j'eus du mal à reprendre mon souffle. Des lumières rouges dansèrent sur son visage et puis s'estompèrent, ses yeux à peine visibles puis de nouveau éclairés, toujours rivés à moi.

Je…

Bon sang, je n'avais envie de rien d'autre que de m'agripper à lui et de ne plus jamais lâcher prise.

Des cris et des hurlements s'élevèrent autour de nous, et je crispai la main dans la sienne tout en m'approchant de ses lèvres, les yeux clos.

— Will, soufflai-je, torturée par les centimètres qui nous séparaient.

Je pris sa main et la guidai sous la barre tout en tirant sur ma robe pour glisser ses doigts entre mes cuisses. Il inspira un grand coup et enfonça aussitôt les ongles dans ma peau.

Tout excitée, je sentis battre mon clitoris. J'avais envie qu'il continue.

Je soutins son regard à mesure qu'il plongeait davantage entre mes cuisses, où je mouillais de plus en plus.

Une caricature de loup-garou bondit du mur de l'autre côté de Will et j'étouffai un cri. Le sentant écarter ma culotte de mon intimité, je tendis les bras en arrière pour défaire la fermeture Éclair de ma robe.

Je passai une main dans sa nuque et me penchai vers lui.

— Will, murmurai-je encore.

Les portes devant nous s'ouvrirent, la pièce plongea de nouveau dans le noir, et nous pénétrâmes dans l'antre de Davy Jones. Les yeux rivés aux siens, je baissai lentement le haut de ma robe.

Oui. Je ne pouvais plus m'arrêter. Je n'en avais pas envie.

L'air frais chatouilla mes seins nus, dont la pointe se durcit. Will les contempla.

J'adorais sentir le poids de son regard. J'ignorais si ce qu'il voyait lui plaisait, mais à cet instant, plus rien ne m'importait. Je savais que cette histoire serait finie avant même d'avoir commencé. Je savais qu'il en viendrait forcément à se désintéresser.

Mais je ne voulais que cette nuit.

Il plongea et m'effleura les lèvres, sans m'embrasser, pendant que je calais mon pied sur le devant de la voiture et que je me cambrais pour m'ouvrir à lui. Il me caressa, doucement, lentement, entre les cuisses, me titillant encore et encore tout en enfonçant les doigts à l'intérieur.

Il cueillit mon sein dans son autre paume et le pétrit doucement. Je sentis son souffle chaud sur mes lèvres.

Il joua avec mon clitoris, m'arrachant un gémissement. Une onde de plaisir me traversa et une boule de feu se nicha au creux de mes jambes. J'en voulais plus. Je voulais tout.

Il glissa un doigt encore plus loin, taquinant ma fente, mais je lui attrapai la main à travers ma robe pour l'arrêter.

Il se tendit, les sourcils froncés par la frustration.

— Emmy…

— Pas tes doigts, chuchotai-je. Toi. C'est toi que je veux en moi.

Il siffla, serra le poing entre mes jambes, et lâcha un gémissement de douleur.

Il écarta les mains et s'empara des barres.

Mais elles refusèrent de bouger.

Il grogna, les souleva, se démenant pour nous libérer, et je me penchai pour lui embrasser la joue.

— Merde, rugit-il en secouant la barre de plus en plus fort.

Mais ça ne marchait pas. Il voulut se glisser en dessous, mais il était trop imposant.

Je lui ris à l'oreille tout en lui mordillant le lobe.

— Fais-nous sortir, suppliai-je. J'ai envie de toi, et ce soir je ne vais pas dire « non ».

— Putain ! s'exclama-t-il en continuant de se débattre désespérément avec la barre. Ce n'est pas vrai.

Il m'agrippa et m'embrassa, remontant la fermeture Éclair de ma robe pendant que nous nous dévorions.

— Dès qu'on sera sortis, on filera dans mon pick-up, haleta-t-il. Et puis on ira chez moi.

J'attrapai sa lèvre inférieure entre mes dents, les yeux fermés pour me laisser griser par son goût et sa chaleur.

— Dans ton pick-up, pas plus loin, gémis-je. Je ne peux pas attendre. J'ai besoin de t'avoir dans mes mains. Dans mes bras…

La porte suivante s'ouvrit, et la lumière nous inonda tandis que nous nous tenions serrés l'un contre l'autre.

J'ouvris les yeux. Nous avions atteint la fin et la pluie s'était remise à tomber. Dehors, les gens couraient se mettre à l'abri.

Je m'écartai de lui et, quand la barre se leva, nous sortîmes d'un bond. Il me prit la main. Sans tenir compte du regard de l'assistant, je tâchai de rajuster ma robe.

Elle était toute troussée et de travers. *Merde.*

Will me guida hors du manège, enleva sa veste et la posa sur mes épaules avant de m'entraîner dans un sprint vers l'extrémité du parc.

La pluie froide et cinglante nous tombait dessus, mais je sentais encore sa bouche sur la mienne, et l'humidité entre mes jambes devenait de plus en plus brûlante.

J'avais seulement envie de me retrouver avec lui dans un lieu exigu, de le sentir en moi jusqu'à ce que le temps n'ait plus de sens. Je me fichais de savoir où.

— Merde, marmonna-t-il.

Je me figeai et suivis son regard vers le parking. Au milieu des gens qui se dépêchaient de partir, Martin faisait le tour du pick-up de Will avec une lampe torche, trempé sous la pluie dans son uniforme noir.

Mon cœur se serra dans ma poitrine.

— Mon frère, soufflai-je.

Je n'avais pas pris mon téléphone. Comment avait-il su que j'étais là ?

— Ce n'est pas possible ! s'agaça Will. Pourquoi est-ce que le monde entier veut nous arrêter ?

— Trouve-nous un endroit, le priai-je. Vite.

Une main sur ma nuque, il pressa les lèvres sur mon front et puis regarda à la ronde. Si Martin me voyait avec lui, tout serait fini. Je me fichais que ça se passe dans un stand de jeux ou vers les autos tamponneuses. J'avais envie de lui.

— Viens.

Il m'entraîna loin du portail, vers la droite.

Je jetai un coup d'œil derrière moi. Au loin, Martin regardait par la vitre arrière du véhicule. Je hâtai le pas.

Il fonça vers un bus scolaire jaune, probablement celui qui avait amené les collégiens pour leur nuit de folie, et cogna dans la porte pour l'ouvrir de force.

Je m'y précipitai la première et il me suivit en refermant derrière lui.

Je jetai sa veste sur un siège et voulus épier par les fenêtres pour voir si Martin nous avait aperçus, mais Will m'agrippa le bras et me pivota vers lui. Je m'écrasai contre son torse, il me prit dans ses bras, et sa bouche s'abattit sur la mienne.

Je gémis en m'ouvrant à lui, parcourue au contact de sa langue d'une onde de plaisir qui vint se nicher jusqu'entre mes jambes.

Quand il m'attrapa par l'arrière des cuisses, je tressaillis de douleur, mais je m'en fichais. Pas question d'interrompre ça. Il me porta dans l'allée, mes jambes enroulées autour de lui.

Je pris son visage entre mes mains et écartai mes lèvres des siennes.

— Tu as ce qu'il faut ? chuchotai-je. Je t'en supplie, dis-moi que oui.

— Oui, répondit-il en souriant.

Ma bouche trouva de nouveau la sienne, et j'émis une petite plainte tout en croisant les chevilles dans son dos.

Je déposai une traînée de baisers sur sa joue, sa mâchoire, et le long de son cou pendant qu'il serrait mes cuisses contre lui.

— Ah, Em, hoqueta-t-il.

Une fois au fond du bus, il me reposa et défit la fermeture Éclair de ma robe sans jamais quitter ma bouche. Il baissa le haut et, la robe pendant à ma taille, promena les mains sur mon dos nu et m'embrassa dans le cou tout en me tenant serrée contre lui.

— Tu es à moi, me chuchota-t-il à l'oreille.

Je renversai la tête en arrière, savourant sa chaleur sur ma gorge et ne tenant pas compte de la douleur qui s'éveilla lorsqu'il frôla la coupure à mon sourcil.

— Pour ce soir, précisai-je avec un sourire.

Il me gratifia d'un baiser qui me parcourut de fourmillements jusqu'aux orteils.

Je tripotai les boutons de sa chemise.

— Je vais m'occuper de toi, murmura-t-il. Tu n'as pas à t'inquiéter de quoi que ce soit.

J'arrachai sa chemise pendant qu'il se penchait sur la boucle de sa ceinture. Blottie contre lui, je glissai le bout des doigts sur sa taille et son ventre musclé.

— Je n'ai pas besoin que tu t'occupes de moi, articulai-je entre deux baisers. Tout ce que je veux, c'est cet instant avec toi. Je n'ai pas envie de penser à demain.

Il gronda et me poussa en arrière. Je tombai sur la banquette, surprise par l'air frais qui lapait ma peau dénudée. Les dents serrées, il tira sur sa ceinture pour l'ouvrir et défit son pantalon.

Les nerfs en pelote, je promenai lentement mon regard sur son torse nu, en manque de lui.

Seigneur. Une peau dorée parfaite. Des bras musclés, un ventre plat, de magnifiques pectoraux…

Un sourire à tomber.

Tendre, drôle et adorable.

Tout ça pour moi ?

Cependant, il affichait un air renfrogné. Mon refus de parler de l'avenir le contrariait. C'était plutôt mignon, parce que ses yeux n'arrêtaient pas de dériver vers mes seins et que sa respiration devenait laborieuse.

Il ne pouvait pas s'arrêter, tout comme moi.

Il se pencha et m'agrippa la gorge pour me pousser vers le bas. Avec un gémissement, je cambrai mon dos nu et fermai les paupières à l'instant où il se baissait pour happer un téton entre ses lèvres.

— Ah, lâchai-je.

Il retroussa ma jupe, s'empara de ma culotte et tira dessus.

Le tissu se déchira dans un crissement et j'écartai les cuisses en grand, tandis qu'il m'enserrait le cou.

— Bon sang, j'ai envie de te mettre en cloque, déclara-t-il en se relevant pour sortir un préservatif, les yeux toujours baissés sur moi. J'ai envie de te punir pour toutes les fois où tu m'as fait croire que tu ne voulais pas de moi. Je veux te donner une partie de moi à laquelle tu ne pourras jamais échapper.

Ses sourcils étaient froncés par la colère. L'espace d'un instant, j'aurais aimé qu'il le fasse. J'aurais adoré avoir un prétexte pour l'entraîner dans ma vie cauchemardesque et l'y garder pour toujours.

Je me dressai pour lui prendre le préservatif des mains et le déballer moi-même tout en l'embrassant sur le ventre.

— Alors imagine que tu le fais vraiment, chuchotai-je. Imagine que tu vas me mettre en cloque et qu'on va faire ça tous les jours.

Je jetai l'emballage au loin, plongeai la main dans son pantalon et empoignai sa queue. Il haleta à mon contact et m'aida à baisser son pantalon.

C'était si bon de le sentir dans ma main ! Prise de vertiges, je contemplai son membre durci et caressai sa peau soyeuse.

— Tu me prendras comme ça demain, affirmai-je en déroulant la capote et en égrenant des baisers sur ses abdos. Après les cours, dans ton pick-up. À midi, dans la bibliothèque. Sur tes genoux au cinéma.

Il empoigna mes cheveux, sa queue au garde-à-vous n'attendant plus que moi.

— Mon joli petit secret, murmura-t-il.

Le souffle lourd, il me repoussa sur la banquette et, plantant son regard dans le mien, glissa une main entre nous pour se guider.

La pointe épaisse de son sexe poussa sur ma fente. Elle entra à peine, mais je me tortillai avec gêne.

— Will…

— Tu seras à moi, chuchota-t-il en plongeant plus profondément.

Je gémis, toute à lui.

— Tu peux faire semblant de ne pas me voir, grogna-t-il en penchant la tête en arrière, les yeux clos. Tu peux courir. Tu peux partir. Tu peux te cacher…

Il s'enfouit entièrement, à tel point que je lâchai un cri.

— Mais un jour, tu seras à moi, rugit-il. Quoi qu'il arrive, Emory Scott. Tu es ma meuf, et tu rentreras avec moi tous les soirs et tu t'assiéras à ma table et tu réchaufferas mon lit.

Il m'embrassa.

— Et tu me donneras un Will Grayson, quatrième du nom. Tiens-toi-le pour dit.

Je poussai un petit cri plaintif et remuai pour adopter la bonne position pendant qu'il se retirait avant de me pénétrer une nouvelle fois, plus rapide et plus brutal.

— Mon Dieu, haletai-je, décollant mon dos en sueur de la banquette pour m'arc-bouter.

Il m'agrippa de nouveau le cou et se cala avec l'autre main tout en multipliant les coups de reins, les yeux rivés aux miens.

Je me cramponnai à ses épaules, la gêne s'effaçant pour laisser place au plaisir.

C'est tellement bon.

— Tu en auras envie, me promit-il en m'enserrant le cou. Tu me supplieras, et tu m'aimeras tellement que ça sera insupportable.

Il accéléra la cadence, mes seins s'agitant et mes yeux roulant dans leurs orbites pendant que sa queue glissait aisément en moi tellement j'étais mouillée.

J'écartai les cuisses le plus grand possible, savourant ses poussées de hanches. *Oui, mon Dieu, oui.*

— Encore, suppliai-je. Plus fort, Will.

Je me cramponnai à lui, et il gémit tout en plaquant ses hanches contre moi pour me baiser.

Seigneur, je…

En nage, j'ouvris les yeux pour contempler son beau visage et son torse luisant. Tout ça, pour moi.

Je tendis les bras derrière lui et glissai les mains dans son pantalon pour agripper ses fesses et l'aider à y aller plus vite, plus fort.

Tu en auras envie.

C'était déjà le cas.

Tu me supplieras, et tu m'aimeras tellement que ça sera insupportable.

— Will, je…, haletai-je, sentant mon orgasme venir et m'agrippant à lui de toutes mes forces, même si ça ne suffirait jamais. Will, je…

— Will, quoi ? demanda-t-il.

Je fermai les yeux, sentant sa queue frapper mon point sensible, et je lâchai un cri, parcourue par l'orgasme. Le corps parsemé de frissons euphoriques, je sentis le monde tournoyer autour de moi.

Putain. *Putain, putain, putain…*

Je me laissai retomber sur la banquette, et il écarta les cheveux de mon visage en sueur tout en continuant de me pilonner.

— Quoi ? demanda-t-il encore, impatient de savoir ce que j'allais dire.

Je me contentai d'ouvrir les yeux, incapable de me souvenir de quoi il s'agissait.

Je moulai mes lèvres aux siennes et le serrai fort contre moi pendant qu'il se laissait entraîner par sa propre jouissance. J'avais les larmes aux yeux.

Il avait voulu me donner une part de lui à laquelle je ne pourrais pas échapper, mais lui détenait une part de moi que je ne récupérerais jamais.

Ce ne serait jamais aussi bien avec un autre. J'étais foutue. Il tenait déjà sa vengeance.

19

Emory

Présent

On frappa trois fois à la porte, et je levai vivement la tête en claquant le tiroir dans ma chambre.

J'étais réveillée depuis vingt minutes et j'en avais profité pour fouiller la penderie et les tiroirs, mais ceux-ci ne contenaient pas d'habits. Et dehors, la température chutait de jour en jour.

Je m'approchai de la porte et y collai l'oreille.

— Qui est-ce ?

Le soleil se levait à peine, même si un orage couvait. J'avais cru être la seule à être debout aussi tôt.

— C'est Rory.

Mon cœur s'arrêta de battre et je me redressai, les yeux fixés à la poignée.

Que voulait-il ?

— Je me suis dit que tu aurais besoin d'un nouveau haut, lança-t-il. Et peut-être d'un pantalon.

Je baissai les yeux sur le boxer et la chemise dans laquelle je nageais, vu que Will avait arraché tous les boutons de celle que j'avais portée la veille. Il me restait encore un pantalon, mais je n'étais pas en position pour refuser des vêtements. Après tout, c'était justement ce que j'étais en train de chercher.

Après une hésitation, j'écartai la chaise de la porte et ouvris. Rory se tenait là, une serviette enroulée autour de la taille et tout ébouriffé, une pile d'habits à la main.

Il me dévisagea sans ciller, et j'éprouvai une bouffée de chaleur en me rappelant ce qui s'était passé dans le petit salon la veille. J'avais été tellement en rogne après le départ de Will que j'avais jeté un vase avant de sortir en trombe, trop exaspérée à mon goût pour aller lui demander de finir ce qu'il avait commencé même si j'avais été à deux doigts de le faire. Cet instant avait été aussi bon que celui de la nuit dans le bus, et ce n'était que grâce à un dernier sursaut de fierté que je m'étais traînée sous une douche froide pour ne pas m'abaisser à le supplier de me prendre.

J'aurais tellement aimé ne jamais me rappeler à quel point c'était bon avec lui.

J'arrachai les vêtements des mains de Rory.

— Tu peux le découper si tu veux, précisa-t-il en montrant le pantalon noir. Il est probablement trop long pour toi.

— Merci.

Je restai plantée là, à me forcer à le regarder dans les yeux. Il n'avait pas l'air prêt à partir.

Le silence s'éternisa.

— Je vais faire un petit tour au hammam, et puis Micah et moi allons chasser un peu, déclara-t-il en se raclant la gorge. On emmènera peut-être Will. Je te conseille de nous accompagner, ou alors de rester ici et de fermer à clé.

J'allais me retrouver seule à la maison avec Aydin et Taylor ? Ce n'était pas l'idéal, mais ils seraient moins nombreux pour me surveiller, et je pourrais explorer.

Et piquer quelques provisions, en plus.

— Je vais rester, affirmai-je. Vous serez partis combien de temps ?

— Plusieurs heures, répondit-il en m'inspectant de la tête aux pieds. Si tu as faim, va te prendre de quoi grailler tout de suite.

J'acquiesçai, mais il ne faisait toujours pas mine de partir. Les pupilles de ses yeux pâles étaient cerclées d'un bleu nuit qui rendait son regard perçant et me flanquait la chair de poule.

Je déglutis.

— Alors, tu es… une sorte de… de tueur en série, c'est ça ?

Il sourit jusqu'aux oreilles.

— Ça te fait flipper ?

— Tu essayes de me dire que je ne devrais pas ?

Il secoua la tête.

— Non.

Il s'éloigna sans donner de détails. Je le suivis du regard avant de retourner dans ma chambre en refermant derrière moi et de caler de nouveau la porte sous la poignée.

J'avais bien senti que quelque chose clochait chez lui. Il n'était certes pas malveillant, mais il restait capable du pire. Il avait prémédité les meurtres de sept personnes. Je devinais que l'histoire ne s'arrêtait pas là, mais s'il avait pu commettre ces crimes avant, il pourrait les refaire un jour.

Taylor avait raison sur ce point. Ils étaient tous là pour une raison, et aucun d'eux n'était mon ami.

Je retirai le haut et le boxer dans lesquels j'avais dormi et passai un de ses T-shirts blancs avant de découper son pantalon noir au genou et de l'enfiler. Je l'enroulai autour de la taille pour qu'il ne tombe pas, et mis mes baskets en faisant un double nœud.

Je nettoyai mes lunettes, les chaussai sur mon nez et passai un peigne dans mes cheveux avant de me brosser les dents. J'ignorais d'où provenaient les savons, shampoings et produits d'hygiène, mais je les avais trouvés là quand j'étais entrée dans la chambre la veille au soir, encore emballés et flambant neufs. J'aurais aimé que la personne qui me les avait apportés se soit également donné la peine de me procurer une culotte et un soutien-gorge.

Dès que Micah et Rory seraient partis, je me faufilerais dans leur chambre pour voler un sweat à capuche.

Quittant la chambre, j'inspectai mes alentours. Dehors, la pluie commençait à frapper les vitres sous un ciel gris. Je dévalai les marches et me dirigeai vers la cuisine.

J'avais du pain, du fromage, quelques fruits et une barre de céréales. Je trouverais bien le moyen de sortir mes victuailles du placard de la cuisine où je les avais entreposées, mais il me fallait aussi de l'eau.

Tout en m'approchant de la cuisine, je glissai un regard à l'intérieur. Il y faisait sombre, l'unique éclairage provenant de la lumière au-dessus de la cuisinière. Je contournai l'îlot central et m'avançai vers la porte du fond, sur le qui-vive.

J'ouvris le placard et glissai le bras derrière le faitout pour chercher à tâtons le petit balluchon enveloppé dans de la mousseline à fromage. Il était toujours là.

Je souris.

Bon, de l'eau. Je pris une pomme du panier sur le plan de travail et croquai dedans tout en cherchant dans les placards une sorte de gourde ou de bouteille. Je dénichai des gobelets en acier inoxydable dotés de couvercles.

J'en sortis un et le remplis avant de le ranger rapidement avec la nourriture. Je tâterais le terrain plus tard pour voir si je pourrais gagner le sous-sol avec le balluchon sans me faire détecter. Je l'entreposerais là-bas pour pouvoir le prendre à la dernière minute si je devais fuir ou me cacher.

Je glissai la bouteille derrière le faitout, percutai le mur au passage et me figeai, la pomme coincée entre les dents.

Bizarre.

Je palpai le panneau du fond et, constatant qu'il recouvrait tout le mur, ressortis le bras avant de me ruer sur le placard d'à côté pour vérifier ce qu'il y avait derrière.

La même chose.

Ces placards n'étaient pas aussi profonds qu'ils auraient dû l'être. Je refermai l'un et l'autre et me levai, les mains plantées sur les hanches. Ce plan de travail faisait au moins quinze centimètres de largeur en moins que l'autre, qui se trouvait sur le mur nord, là où était la cuisinière. Prenant à gauche, j'ouvris la porte qui donnait sur la terrasse et jetai un coup d'œil dehors.

La maison se prolongeait sur près d'un mètre et demi au-delà du mur de placards.

Je sentis les poils sur ma nuque se dresser, et ne pus retenir le sourire qui se dessina sur mes lèvres.

Certes, les murs devaient être un peu plus profonds afin de permettre un espace suffisant pour l'électricité, la plomberie, l'isolation… Mais pas sur un mètre et demi.

Cette maison était jonchée de passages secrets.

La vache ! Étaient-ils au courant ?

Je refermai la porte et me tournai vers le mur, derrière lequel se trouvaient sûrement un tunnel secret et peut-être un escalier. J'ignorais où menaient ces passages, mais j'avais l'intention de le découvrir. Si les autres ignoraient son existence, ce serait la cachette idéale. Il y avait aussi de fortes chances pour que l'équipe de sécurité s'en serve pour épier les détenus à leur insu.

C'était le moment de le savoir. Aydin et Taylor étaient sans doute encore couchés. Les autres n'allaient pas tarder à partir à la chasse.

Je revins sur mes pas et tournai sur moi-même afin de voir la maison sous un nouvel angle. Et si les tunnels menaient hors de l'enceinte ? Vers une équipe domiciliée bien plus près que les autres le pensaient ? Je pourrais m'échapper sans que personne s'en rende compte. Les possibilités étaient infinies. Il fallait que j'explore.

Passant devant la cuisinière, l'évier et la fenêtre de la cuisine, j'aperçus le solarium à côté de la maison. De l'autre côté se dressait un abri de jardin. Si on y avait entreposé des outils (ou, du moins, un tournevis), je pourrais ouvrir les panneaux en faisant levier, enfin, dans le cas où je ne parviendrais pas à trouver le mécanisme conçu pour les ouvrir. Dans les films, il s'agissait toujours d'un livre qu'on faisait basculer à l'aide d'un levier ou d'un mécanisme de verrouillage.

Comment avais-je pu passer à côté de ça ?

Je rouvris la porte du fond, sortis et traversai la terrasse. Les bras et les jambes éclaboussés de gouttelettes, je fonçai vers la serre.

J'ouvris la porte, me dépêchai d'entrer et enlevai mes lunettes pour essuyer la buée à l'aide de mon T-shirt.

Une vague de chaleur frappa aussitôt ma peau glacée. Brusquement enveloppée par une moiteur étouffante, je humai une odeur de fougère, de terre et de bois.

Je remis mes lunettes et regardai à la ronde. J'entendais le « tap, tap, tap » des gouttes sur les panneaux de verre qui constituaient le toit et les murs, ainsi qu'une douce mélodie classique qui s'élevait des profondeurs de la serre.

Je ralentis pour contempler autour de moi le vieux jardin d'hiver, la peinture blanche écaillée et rouillée des cadres des fenêtres métalliques. Marchant sur les petits carreaux blancs au coulis noir et crasseux, je gagnai un escalier en colimaçon. Celui-ci donnait sur une passerelle qui grinçait à chaque coup de tonnerre.

Mais la végétation était magnifique. Verte, abondante, luxuriante… Les arbres s'élançaient jusqu'au plafond, les palmiers s'étiraient de tout leur long tandis qu'une abondance de plantes ornait les parterres et massifs le long de la passerelle. Cet endroit était visiblement bichonné.

L'équipe de ménage s'occupait-elle aussi de ce lieu lorsqu'elle venait ? Ça paraissait dénué de sens si ces petits merdeux n'en avaient rien à carrer.

Je sentis de l'eau me couler sur la tête. Levant le visage, je m'aperçus qu'un panneau de verre était ouvert. Sa chaîne rouillée était coupée et pendillait, laissant entrer la pluie.

Il allait falloir réparer ça au plus vite. Avec les températures qui chutaient, il serait bientôt impossible de maintenir la chaleur nécessaire.

Je déambulai dans la serre. Je n'avais pas la moindre idée du nom de ces plantes, mais on se serait cru dans un autre monde. Pas froid et sombre, ni dangereux, comme Blackchurch. Plutôt calme et décadent, comme une île perdue, dont la chaleur et le parfum collaient à la peau et montaient à la tête.

J'avais l'impression de m'éveiller d'un cauchemar. Ou d'ouvrir les yeux et de me retrouver entourée de biscuits et de cadeaux. C'était plaisant.

Cherchant d'où provenait la musique, j'aperçus Aydin un peu plus loin. Je m'immobilisai.

Comme moi, il était en pantalon noir et T-shirt blanc, sauf que les siens étaient tachés de terre. Penché sur une plate-bande, il était occupé à couper quelque chose. Ses cheveux, habituellement lissés en arrière, tombaient en mèches désordonnées sur son front et ses tempes, et ses avant-bras étaient couverts d'une fine couche de sueur.

Je le regardai fixement, incapable de bouger. Je n'arrivais plus à me souvenir de la raison de ma venue, mais je savais que c'était un secret. Je n'avais pas voulu croiser qui que ce soit. Je croyais qu'il dormait encore.

Il me jeta un coup d'œil, lâcha sa récolte dans un bol et se remit à couper.

Je passai d'un pied sur l'autre, prête à tourner les talons. Impossible de me rendre dans la cabane à outils maintenant.

Mais il me héla.

— Viens par ici.

Je relevai les yeux vers lui. Le voyant concentré sur sa tâche, j'obtempérai et m'avançai vers lui.

Il attrapa une fraise dans le bol et me la tendit, feuilles, tige et tout le reste.

Je lui décochai un regard méfiant, mais l'acceptai. Il venait de la cueillir. C'était sûrement sans danger.

Je croquai dans le petit fruit et, le pressant entre ma langue et la voûte de mon palais, en aspirai le jus. Sa saveur explosa dans ma bouche.

Je hochai la tête, avalai et grignotai le reste.

— C'est bon ? demanda-t-il.

— Oui, c'est... sucré.

C'était surprenant.

— Hmm..., convint-il en retournant à son travail. Oui.

J'inspectai les restes. Seules les vraies fraises étaient aussi petites que celle-ci. Son potager miniature comportait des tomates, du basilic, des poivrons, de la laitue... Je n'aurais pas cru que ce serait son truc, mais je savais désormais qui s'occupait de la serre.

— Avant, quand j'étais gosse, les fraises étaient sucrées, me remémorai-je. Je ne sais pas. Maintenant, elles sont toutes amères.

— Ces vingt dernières années, les fraises industrielles ont été cultivées pour être grosses et belles, mais c'est tout, souligna-t-il. Elles ont mauvais goût. J'ai du mal à manger ce qui pousse aux États-Unis.

Je baissai les yeux sur lui.

— Tu n'es pas d'ici ?

Il tourna le visage vers moi et haussa un sourcil.

— Tu n'es pas américain, je veux dire.

Bon, d'accord, j'avais supposé que nous étions aux États-Unis. Je m'étais peut-être trompée.

Il retourna à sa tâche.

— Je suis né en Turquie, révéla-t-il. Ma famille a déménagé quand j'avais quinze ans.

Donc, c'était un immigré. Cette différence lui avait-elle posé problème à l'école ? Avait-il eu du mal à s'adapter ?

— Tu t'es vite intégré ? demandai-je.

— En partant du principe que je suis du genre à m'intégrer facilement ? renvoya-t-il sur le ton de la plaisanterie.

Je ne pus m'en empêcher : je souris.

Je voyais ce qu'il voulait dire.

J'étais la seule gosse à l'école qui ne fêtait pas Noël. Qui ne prenait pas part au spectacle d'hiver et n'échangeait pas de cadeaux avec les autres membres de l'équipe de natation.

Mais, même si j'avais pu faire semblant, je ne l'aurais pas fait. Ce n'était pas mon genre de m'intégrer. Qu'ils aillent tous se faire foutre.

— Et avec elle, tu as réussi à t'adapter ? risquai-je, presque en chuchotant.

La femme dont il avait parlé vers les douches de la piscine. Celle qui était faite pour lui.

Il chancela, et puis s'immobilisa, le regard perdu au loin.

Je déglutis, mais esquissai un petit sourire en coin. J'avais trouvé son talon d'Achille.

— Tu entends toujours des bruits ? s'enquit-il, sans tenir compte de ma question.

— Non.

Mais je savais peut-être d'où ils provenaient.

Je jetai un coup d'œil au phonographe près des fenêtres qui jouait encore du Schubert.

— Qu'es-tu venue faire ici ? questionna-t-il.

Je lui décochai un regard, à court de mots.

Et puis, ça me revint.

— Je, euh… j'ai vu l'abri de jardin, balbutiai-je. Je pensais y trouver des outils. Peut-être une échelle. Ce panneau est sorti de ses gonds.

Je montrai le toit et le panneau de verre brisé.

Mais il ne regarda pas, se contenta de continuer de couper et d'arracher les mauvaises herbes.

— Viens voir, dit-il en tendant la main pour m'inciter à approcher.

J'eus un mouvement de recul, mais… ce fut comme si on me poussait en avant.

J'avançai à petits pas, et il me prit par la taille pour m'asseoir sur ses genoux.

Je protestai, voulus me relever, mais il m'attrapa les mains et les poussa sur la plate-bande, paumes tournées vers le bas, les glissant sous la terre.

Qu'était-il en train de faire ?

Je tournai la tête tandis qu'il m'enserrait les poignets pour maintenir mes mains dans la terre. Qu'est-ce que… ?

— Qu'est-ce que tu sens ? questionna-t-il.

J'hésitai, sans voix. Que voulait-il dire par là ?

— La terre, répondis-je.

Évidemment.

Il pencha la tête sur le côté, l'air blasé.

Il était obligé de maintenir mes mains comme ça ?

Avec un soupir, je remuai un peu les doigts, sentant la terre fraîche sur ma peau.

C'était presque comme enfouir le visage dans un oreiller bien propre.

— La terre fraîche, répondis-je enfin. Douce comme l'eau. Légère. Un peu comme de la farine.

Je tournai le visage vers lui, nos nez séparés d'à peine quelques centimètres.

— Épaisse mais… propre entre mes doigts.

Il me relâcha, et je restai là à le regarder attraper un petit pichet en verre pour verser de l'eau sur la terre qui me recouvrait les mains.

L'eau glacée me frappa les pores tandis que la matière poudrée devenait visqueuse.

— Et maintenant ? reprit-il.

— Lourde, répliquai-je. Pesante. Boueuse. Gluante.

Je regardai dans le vide, presque écœurée.

— C'est étouffant. Comme si j'étais enterrée.

Il hocha la tête.

— Il n'y a pas grand-chose qui soit mauvais pour toi, à condition de ne pas en abuser. Un peu d'eau est nécessaire pour que les plantes poussent. Trop, et elles meurent.

Il soutint mon regard et s'empara de nouveau de mes poignets pour les clouer au sol.

— Tu veux des outils ? interrogea-t-il. Pour réparer… des gonds ?

Je le dévisageai. La lueur dans son regard ne me plaisait pas.

— Tu es venue chercher des outils pour des gonds cassés que tu n'as pas pu voir avant… de venir ici.

Il me scruta, l'ombre d'un sourire sur le visage.

— Tu peux avoir tous les outils que tu veux, Emory. À condition de ne pas en abuser.

Je ravalai la balle de golf qui s'était logée dans ma gorge pendant qu'il continuait de maintenir mes mains et de soutenir mon regard.

Il savait que je racontais des bobards.

Il l'avait su dès l'instant où il m'avait vue entrer. Était-il au courant pour mes provisions ?

Je tâchai de garder mon sang-froid, mais il pencha la tête en me jaugeant.

— Tu as grandi avec un toxico ? s'enquit-il.

— Pourquoi ?

Il haussa les épaules.

— En général, je repère assez facilement les menteurs. Leurs explications sont vagues, ils gigotent, m'évitent du regard… Toi, tu as de l'entraînement.

— Je ne mens pas pour les outils.

— Si, riposta-t-il tranquillement. Mais ce n'est pas grave. J'aime qu'on joue avec moi. À condition de ne pas abuser.

Je fus parcourue de frissons, mon cœur s'accéléra dans ma poitrine, et puis… quelque chose me frôla le bout du doigt sous la terre.

Je tressaillis.

— Qu'est-ce que c'est que ça ?

Mais il me maintint au sol.

— À ta place, je ne bougerais pas, me prévint-il.

Quoi ?

Je sentis un glissement sur mes doigts et me tétanisai, incapable de respirer.

Je voulus me dégager de son emprise mais il me poussa vers le bas en me fixant de son regard perçant. Sous la terre, le corps était lisse et épais. Interminable.

Long. Donc, pas un ver de terre.

Je déglutis.

— Un serpent ? soufflai-je.

— L'un d'eux.

« L'un d'eux » ? Je promenai mon regard autour de la plate-bande, tâchant de repérer les autres. Un mur en plastique transparent encerclait le jardin, et le panneau devant nous avait été enlevé pour permettre à Aydin de travailler.

— Qui était le toxico dans ta famille ?

— Hein ?

— Regarde-moi, Emory.

Je levai les yeux vers lui, les sourcils froncés par l'anxiété. Je tentai d'extraire les mains de la terre, mais il me tenait fermement. *Merde.*

Où était Will ?

— Qui t'a conditionnée à mentir aussi bien ? questionna-t-il d'une voix calme et régulière en me regardant droit dans les yeux.

— Il…, m'interrompis-je alors que le serpent, ou cette créature, quelle qu'elle soit, s'arrêtait sur ma main et remuait ou… commençait à se lover.

Une nouvelle boule m'obstrua la gorge.

— Aydin…

— Qui ? insista-t-il en m'enserrant de plus belle.

— Il…, suffoquai-je. Il n'était pas toxico. Mon frère était colérique.

Où est Will ? Des larmes m'embuèrent les yeux.

— Et il s'en est pris à toi physiquement ? s'entêta Aydin.

Un petit coup heurta mon petit doigt. Sa langue ?

— Mon Dieu, hoquetai-je. Je t'en supplie.

Lâche-moi.

— Ne bouge pas, ordonna-t-il. Regarde-moi.

Je reportai mon attention sur lui.

— Comme une pierre, commanda-t-il. Tu fais partie du paysage. Elle ne te remarquera que si tu le veux. Comme une pierre, Emory.

— Aydin…

— Ne bouge pas, répéta-t-il.

Je fermai les yeux, prise au piège. Je sentais sa présence. Impossible de fuir. Le moindre geste brusque, et… *Bon sang, enlève-moi ça. Par pitié.*

— Ça te fait penser à lui, pas vrai ? demanda Aydin. À ton frère.

Pardon ?

— Quand tu attendais que le danger frappe, poursuivit-il. Et que tu savais qu'il arrivait.

Je gardai les yeux clos, tâchant de noyer ses paroles, mais mes genoux se mirent à trembler. J'avais envie de le frapper. Mes bras étaient tendus, la colère présente, comme avant, mais je ne pouvais rien en faire. Pas encore. J'étais incapable de bouger.

— Dans l'impossibilité de vivre, à deux doigts de te pisser dessus, tu attends l'inévitable.

La ferme. Il ne me connaissait pas.

— Tu avais la nausée juste avant qu'il rentre à la maison ? insista-t-il. Tu courais peut-être à la salle de bains pour vomir ?

J'ouvris les yeux et croisai son regard à travers le flou de mes larmes.

À ce souvenir, des aiguilles se fichèrent dans ma gorge.

— L'évier de la cuisine, lui confiai-je. C'était plus près que la salle de bains. En général, je préparais le dîner.

Il hocha la tête, pensif.

La tête du serpent glissa encore sur ma main, incrustant la terre dans ma peau.

— Il est vénéneux ? m'enquis-je.

— Une chose n'est vénéneuse que si on la mange, précisa-t-il. Les organismes qui mordent et injectent du poison sont décrits comme venimeux.

Putain de merde.

— Bon, alors il est venimeux ?

— Ce sont des couleuvres agiles, souligna-t-il, comme si ça voulait dire quelque chose pour moi. Si je te disais qu'elles sont venimeuses, mais que j'ai de l'antivenin ?

— Lâche-moi.

— Si je te disais qu'elles ne sont pas venimeuses, mais qu'elles peuvent mordre ?

Je serrai les dents, sentant la tête du serpent me frôler la peau entre les doigts. Que foutait-il, bon sang ? Pourquoi ne s'en allait-il pas ?

— Si je te disais qu'elles ne mordent pas, mais qu'elles compriment ?

— Qu'est-ce que tu fabriques ?

— Ou peut-être qu'elles ne sont pas dangereuses du tout, enchaîna-t-il, mais que je pourrais en mettre une dans ton lit cette nuit ? Tu aurais moins peur ?

— Aydin…

Je voulus tirer sur mes bras.

— Si tu bouges, elle passera à l'attaque, aboya-t-il en me décochant un regard noir. Saisis cet instant, Emmy. Vis-le à fond.

Quoi ? Je secouai la tête, les cuisses tendues, prête à me battre et à courir, mais…

— Ne t'enfuis pas, me prévint-il, comme s'il lisait dans mes pensées. Ne pleure pas. Ne te mets pas en colère. Lâche prise.

N… non. Que… ? La terre bougea à quelques mètres de là, et j'émis une plainte. Un autre qui approchait ?

— Lâche prise ! hurla-t-il.

Je tressaillis, résistant à l'envie de recroqueviller les doigts dans la terre.

— Regarde-moi, ordonna-t-il. Regarde-moi dans les yeux.

Je levai brusquement le visage vers le sien. *S'il te plaît…*

— Regarde-moi, répéta-t-il. Soutiens mon regard. Ne te bats pas. Ne t'agace pas. Ne hurle pas. Ne lui donne pas ta peur.

Je haletai, plongeant mon regard dans ses yeux noisette, sombrant dans ses profondeurs de miel et d'ambre.

— Je suis là, récita-t-il. Me voilà, et je n'ai pas peur.

J'expirai, puis inspirai tout en commençant à m'apaiser.

— Je n'ai pas peur, reprit-il. Je suis l'œil du cyclone. Le calme dans la folie.

Je relâchai mon souffle et inspirai de nouveau, plus lentement.

— La paix au milieu du chaos. La patience, en attendant mon moment.

Ma main se mit à fondre dans la terre, tandis que le serpent se dérobait et que les battements de mon cœur ralentissaient.

Ni lui ni moi ne battions d'un cil.

— Je suis l'œil du cyclone, murmura-t-il, et j'étais comme changée en statue. Il ne s'est pas imposé à toi, Emory. Tu t'y attendais. C'était censé se passer comme ça. Ça faisait partie du plan. Tu savais que ça finirait par arriver.

J'étais rivée à ses yeux, et sa voix m'enveloppait telle une musique alors que le calme se répandait dans mes veines.

— Rien n'est jamais une surprise, enchaîna-t-il. Comporte-toi toujours comme si tu savais que ça allait arriver depuis le début. Fais comme si ça faisait partie du plan. Tu bouges avec le cyclone, Emory. Calme, tranquille, patiente, et puis… Et puis, c'est toi qui t'imposes à lui.

Ma poitrine s'élevait et s'abaissait au rythme de mes respirations régulières.

— C'est moi qui m'impose à lui, répétai-je.

— Il te frappera peut-être encore, souffla-t-il, mais il ne te fera jamais de mal. Tu souriras, et puis…

— Je m'imposerai à lui, murmurai-je.

Une onde de chaleur me parcourut, un rideau se souleva, et mes poumons s'ouvrirent tandis que ma peau se recouvrait d'acier et que des lames acérées poussaient sous mes ongles.

La couleuvre ondula sur mon doigt et remonta vers la surface de la terre pour s'éloigner vers d'autres plantes. Je baissai les yeux. Mes paumes étaient encore enfouies, mais Aydin ne me tenait plus.

Quand m'avait-il lâchée ?

Je les sortis et me tournai vers lui. Il m'adressa un petit sourire. Puis, il se pencha et attrapa le serpent noir, le gardant dans son poing tandis que le reptile sifflait, se tordait en arrière et lui mordait le dos de la main pour enfoncer ses crochets dans sa chair.

Aydin le relâcha, et je le regardai sucer les deux piqûres rouges avant de recracher le sang dans les plates-bandes.

— Comme presque toutes les souffrances, me dit-il, ça mord, mais tu survis.

Rafraîchie par ma propre sueur, j'avais la tête dans les nuages, et un poids que j'avais cru sentir toute ma vie avait disparu.

Quand Aydin s'inclina pour m'embrasser sur la tempe, je ne songeai même pas à m'écarter. Ses lèvres étaient chaudes et douces… presque comme un…

Comme un père.

— Tu es Lilith, chuchota-t-il sur ma peau. Tu ne peux pas te brûler si c'est toi la flamme.

Il recula pour planter son regard dans le mien, et je n'eus même pas envie de sourire. Je ne le dédouanais pas pour cet instant de panique, mais j'étais entrée ici avec un fardeau que je ne portais plus. Tout me paraissait plus fort, plus léger.

Comment avait-il réussi à accomplir cet exploit ?

Lilith… Ses paroles flottaient dans mon esprit. Était-il juif ? Elle faisait partie de notre folklore. Première épouse d'Adam, elle avait été chassée du jardin d'Éden parce qu'elle refusait de se soumettre.

Elle était sombre et légère. Elle n'avait pas peur de tomber, ni de brûler trop fort.

Elle était une flamme.

Quelque chose remua sur ma droite, et nous tournâmes tous deux la tête. Will se tenait là, à l'intérieur de la serre.

Il portait un pantalon de jogging gris qui pendait sur ses hanches, et rien d'autre. Avec ses cheveux en bataille, il était adorable.

Mon cœur se serra en constatant la colère qui brillait toujours dans son regard, mais j'étais enfin prête à essayer d'y remédier.

Son regard passa d'Aydin à moi, assise sur ses genoux. Sa mine renfrognée devint neutre, comme s'il s'en fichait. Il resta planté là, sans bouger, et je me levai en me rappelant la soirée sur la piste de danse au bal de rentrée.

Tout le monde nous avait dévisagés car nous n'avions rien à faire ensemble, mais nous n'avions été conscients de rien d'autre que des atroces petits centimètres qui nous avaient séparés. Brusquement, ce fut comme si Aydin n'était plus là, avec nous.

— Micah et Rory sont partis chasser ? s'enquit Aydin en se rasseyant.

Will acquiesça, évitant à présent mon regard.

— J'ai dit à Taylor de les accompagner.

Aydin ricana dans sa barbe et lui jeta un coup d'œil par-dessus son épaule.

— Alors on est seuls tous les trois, conclut-il en me regardant. Vous avez envie d'aller jouer dans la piscine, les enfants ?

Je contemplai Will, sans tenir compte de la suggestion voilée d'Aydin que je me déshabille. Puis, Will prit la parole.

— Tu peux la prendre, décréta-t-il. Je l'ai déjà eue.

Je le sondai du regard. Il cherchait évidemment à me provoquer. Dix minutes plus tôt, je l'aurais rembarré ou j'aurais tourné les talons, mais à présent je sentais des racines pousser sous mes semelles et me donner de l'aplomb.

Un chêne.

L'œil du cyclone.

Avec un petit rire, Aydin se leva, remit en place le panneau qui enfermait les serpents, et se dirigea vers la sortie en m'ébouriffant les cheveux au passage.

— Tu sauras où me trouver, lança-t-il. Quand tu seras prête pour le niveau supérieur, Miss Scott.

Il partit et Will me regarda en secouant la tête. À ce stade, il ne m'aurait même pas empêchée de sauter sur tous les mecs de la maison. Il s'en fichait, parce qu'il me détestait.

— Il ne s'est rien passé, affirmai-je.

— Je m'en fous, rétorqua-t-il. Et même si ce n'était pas le cas, tu n'en aurais rien à carrer.

Sans un autre mot, il pivota pour partir.

Mes poumons se comprimèrent.

— *Godzilla*, lâchai-je en m'avançant d'un pas.

Il s'arrêta. Se retourna vers moi, les yeux plissés.

— Quoi ?

Je fis un pas de plus, tentée de gigoter, de regarder ailleurs ou de me dérober, comme j'avais pour habitude de le faire quand je flippais. Mais je gardai mon regard fixé sur lui.

Même si ça me faisait un mal de chien.

Rien de ce qui est en train de se passer n'est surprenant. Tu savais que ça viendrait. Gère-le.

— Tu, euh…, commençai-je, ravalant la boule dans ma gorge. Tu as raté un *Godzilla* depuis que tu es parti. *Godzilla 2 : Roi des monstres*, précisai-je. C'était plutôt pas mal, mis à part l'histoire.

Il restait figé, à me considérer avec méfiance.

J'avançai encore.

Il pouvait se volatiliser d'un instant à l'autre, mais je ne le laisserais pas faire. *Reste.*

— Bonne cinématographie et scènes d'action, énumérai-je. En plus, il y a des apparitions de Mothra.

Au-dessus de nous, le système d'arrosage se mit en route, mais je ne me détournai pas tandis que la pluie tiède se déversait sur les arbres, les plantes et le jardin, trempant mes habits.

Je retirai mes lunettes et les posai sur le bord d'une autre plate-bande.

— J'ai acheté des Smarties et des Tagada, révélai-je avec un petit rire. Je ne sais pas pourquoi, vu que j'étais seule et que c'était trop pour moi. Et je n'ai même pas mangé les Smarties.

Je déglutis et le regardai droit dans les yeux.

— Je n'ai pas pu m'empêcher de penser… « Will aurait adoré ça. »

Mes yeux me piquaient, mais je ravalai mes larmes. Je savais précisément pourquoi j'avais acheté les Smarties. Ils étaient pour Will.

De l'eau ruisselait sur son torse nu. Malgré mon cœur battant, je restai imperturbable.

— Je n'arrêtais pas de me demander ce que tu aurais dit du film, poursuivis-je. Et ce qui t'aurait plu.

Il gardait les yeux rivés aux miens pendant que je m'avançais doucement. De l'eau dégoulinait de sa bouche et ruisselait sur sa peau.

S'il te plaît, reste.

Sa pomme d'Adam montait et descendait à mesure que je m'approchais, et il baissa les yeux, le souffle court.

— Mothra ? murmura-t-il.

— Et King Ghidorah aussi, ajoutai-je. Tous les titans. Les effets spéciaux étaient géniaux.

Je m'arrêtai devant lui, sentant mon T-shirt frôler son torse nu. La chaleur envahit mon ventre.

— Ils vont bientôt sortir *Godzilla vs Kong*, précisai-je en me déchaussant d'un coup de talon.

Son torse s'éleva et s'affaissa, et je contemplai sa peau que mes doigts brûlaient de toucher. Je serrai les poings.

— Ce sont tous les deux des héros, commenta-t-il. La fin sera ambiguë, Emory.

— Non, contrai-je en ôtant mon T-shirt et en le laissant glisser au sol. Les réalisateurs ont annoncé qu'il y aurait un vainqueur.

Il détailla mon corps, le souffle laborieux.

— Pour quoi faire ? s'agaça-t-il. Ces putains de scénaristes.

Le bas-ventre en feu, je fixai sa bouche, brûlant de la goûter et de me pendre à son cou.

— Du coup, ce sera Kong, déclarai-je en déboutonnant le pantalon de Rory enroulé autour de ma taille. C'est toujours plus stimulant quand c'est l'outsider qui gagne.

Il m'observa, sans ciller.

— Le Japon interdira le film si Godzilla ne l'emporte pas.

— J'imagine qu'il pourrait gagner, concédai-je en laissant tomber mon pantalon tandis que la pluie frappait mes seins, mes bras, mon dos. Avec tout l'arsenal qu'il a, et sa capacité à se battre à la fois sur terre et en mer...

— Et dans les BD, il combat Dieu et le diable, bon sang ! Kong, lui, n'a jamais servi à rien.

Je me dressai sur la pointe des pieds, nos lèvres plus qu'à quelques centimètres.

— Et maintenant, Godzilla émet un rayon laser omnidirectionnel.

— Sérieux ?

J'acquiesçai.

— Tu as raté ça.

Je promenai le bout des doigts sur son torse, la gorge sèche.

— C'est bien ce que je disais, fanfaronna-t-il. Comment veux-tu que Kong survive à une attaque à échelle moléculaire ?

Je me pressai contre lui, plaquai mes petits tétons durcis contre sa chaleur.

Il frémit au contact de mes mains, et c'en fut trop pour moi. Je serrai de nouveau les poings, le corps en feu. Peu importait le fait que j'avais envie de l'étrangler la plupart du temps ; là, je brûlais de partager son lit.

Sauf que je ne réclamais rien. Je prenais ce dont j'avais besoin.

Le cœur battant à tout rompre, je le poussai sur la chaise à ma gauche et, la bouche au-dessus de la sienne, glissai une main sur son torse.

Il s'esclaffa et agrippa les bras du siège.

— Tu en veux ? taquina-t-il. Tu n'en auras pas.

Je frôlai des lèvres sa joue, sa mâchoire, son cou, tellement assoiffée que je sentais battre mon clitoris et que je dus retenir une plainte au contact de la pluie qui tombait sur mon corps nu.

— Tu n'as rien à faire du tout, murmurai-je sur sa peau. D'ailleurs…

Je plongeai une main à l'intérieur de son pantalon et empoignai sa queue en érection.

Il étouffa un cri, les yeux écarquillés.

— Tu n'as même pas à bouger, ajoutai-je en le caressant lentement. Reste là, le temps que je te suce.

J'enserrai son cou d'une main douce mais possessive avant de tomber à genoux tout en lui griffant le torse, puis les cuisses.

Il était à moi. Redressant le dos, je sentis son regard sur mes seins pendant que je dénouais le cordon à sa taille et que je baissais son pantalon, juste assez pour sortir son érection.

L'eau aspergeait mes cheveux, ma poitrine, son ventre et son visage. Il m'observait, le regard éclairé d'une lueur à mi-chemin entre la colère et l'excitation.

En tout cas, il ne faisait rien pour m'arrêter.

Son sexe dans mon poing, je le caressai tout en embrassant et léchant son ventre, passant ma main libre autour de sa taille, sur son dos, le long de son torse. Je mordillais, tirais sur sa peau avec mes dents avant de l'aspirer dans ma bouche. Son corps s'affaissait à chaque souffle.

— Putain, gémit-il.

Tout en redescendant, je lui jetai un bref coup d'œil. Les jointures blanches, il agrippait les bras du siège. Soutenant son regard, je portai son gland à l'ouverture de ma bouche et le titillai sans le glisser entre mes lèvres.

Je donnai des coups de langue, goûtant sa chaleur. Son regard s'adoucit, envahi par le désir.

— Emmy, haleta-t-il.

Et mon cœur commença à se briser. J'entendais un Will plus jeune et plus heureux me supplier de me tenir encore dans ses bras.

Je fermai les yeux et le glissai dans ma bouche, poussant les lèvres le long de son membre jusqu'à sentir son extrémité toucher le fond de ma gorge.

Avec une vive inspiration, il enfouit les doigts dans mes cheveux pour me tenir la tête.

Je détendis la gorge et tâchai de l'engloutir tout entier, mais j'avais faim et envie de sucer. Je montai et redescendis, le laissant ressortir lentement avant de l'avaler de nouveau.

Il empoigna mes cheveux, et je sentis sa verge se raidir. Je passai la langue le long de son membre pour en lécher les veines et aspirer la goutte qui perlait tout au bout.

Il gronda et me fusilla du regard.

— Profiter d'un homme qui sort de taule n'est pas classe. Pas classe du tout.

— Tu n'es pas à Blackchurch, chuchotai-je en l'embrassant sur toute la longueur de son sexe. On est au lycée, à la nuit blanche, et on a filé en douce pour que je puisse t'embrasser. Là, en bas.

Il gémit et abandonna la tête en arrière, les yeux clos, afin de s'adonner au fantasme. De replonger dans le passé, avant que je lui fasse du mal. Avant qu'il me fasse du mal. Avant tout ce merdier, avant toutes ces années…

J'accélérai la cadence, le suçai avec plus de fougue, un peu gênée par la taille imposante de son membre qui essayait de s'immiscer au fond de ma gorge tandis qu'il poussait des hanches à ma rencontre.

— Will, suppliai-je, prise d'une moiteur brûlante entre les cuisses.

Je glissai une main entre mes jambes et dessinai des petits cercles autour de mon clitoris, brûlant de le sentir en moi.

Je portai mes doigts mouillés à son gland et soutins son regard tout en le reprenant dans ma bouche pour lécher ma propre moiteur sur lui. Ses yeux perçants s'enflammèrent alors que je l'enveloppais de ma chaleur.

Mais brusquement, il m'attrapa par les bras.

Quoi ?

Il me dévisagea un instant avant de me retourner pour m'asseoir sur ses genoux.

Il enroula un bras autour de moi et, tout en me soufflant dans le cou, me tint serrée contre lui.

— Qu'est-ce qu'on va faire d'autre ? haleta-t-il. Avant que le prof arrive.

Sa queue se pressa contre mon cul et il s'empara de ma chatte pour y enfouir un doigt, suivi d'un deuxième.

Je suffoquai lorsqu'il cueillit un de mes seins dans sa paume afin d'en titiller la pointe entre ses doigts.

— Hein, petite Emmy ? hoqueta-t-il.

Je fermai les yeux. L'eau nous ruisselait dessus dans la serre et je visualisais tous les plaisirs qu'on aurait connus si je m'étais donnée à lui tant d'années plus tôt.

Seigneur, qu'est-ce que j'avais envie de lui.

Je m'écartai, me relevai et me tournai face à lui pour le regarder se caresser, les yeux posés sur moi.

Sans attendre une seconde de plus, je m'assis à califourchon sur lui, écrasai ma bouche sur la sienne et lui dévorai les lèvres en lui enserrant la gorge.

À moi.

Il s'écarta, avec le sourire suffisant d'un chat qui avait gobé un canari. Mais je m'en fichais, parce que je tenais à me donner à lui.

Il se positionna sous moi, son gland à l'entrée de ma fente, et je frétillai d'impatience en lui mordillant la mâchoire.

Je m'abaissai et l'enfouis en moi.

J'étouffai un petit cri en le sentant me pénétrer profondément avant de remonter, l'enveloppant de ma moiteur, puis de redescendre pour le ficher entièrement.

— Ah, lâcha-t-il en serrant mes fesses dans ses deux mains.

Je me figeai, savourant la sensation d'être comblée par lui.

Je l'embrassai sur la joue, contemplai son visage et ses yeux clos tout en déposant une traînée de petits baisers sur sa tempe, son front et jusqu'à la commissure de ses lèvres. Une main plongée dans ses cheveux, je descendis le long de son cou pour goûter l'eau sur sa peau brûlante, assaillie de fourmillements au souvenir de son odeur.

Je me reculai pour le dévisager et me mis à onduler doucement, le dos cambré. Je glissai d'avant en arrière, le baisant lentement pour commencer. Il ouvrit les paupières et m'agrippa les hanches en me dévorant du regard.

Il plongea en avant pour aspirer mon sein dans sa bouche, et j'enfonçai les ongles dans ses épaules, la tête chavirée en arrière, parcourue d'une onde euphorique.

— Tu m'as foutu en l'air, gronda-t-il en tirant sur mon téton avec les dents.

— Toi aussi, tu m'as foutue en l'air, renvoyai-je en relevant la tête tandis que l'eau me coulait sur le visage et qu'il me mordillait un sein avant de passer à l'autre.

Une partie de ce merdier était ma faute. Mais pas tout.

Je roulai des hanches, encore et encore, le souffle de plus en plus court à mesure que le plaisir allait crescendo.

— J'ai envie de t'embrasser, murmurai-je. Sur les lèvres.

— Oui ?

— Oui.

— Pourquoi ? railla-t-il.

Je me redressai, haletante, et rebondis sur lui tout en le tenant serré contre moi.

— Parce que, soufflai-je sur sa bouche. Parce que je veux être ta nana.

Il m'encercla la taille avec les deux bras pour m'arrêter.

— Et tu te souviens de ce que ça signifie ?

Je baissai les yeux sur lui et tentai de cacher mon sourire en me rappelant tout ce qu'il voulait.

Que je rentre avec lui tous les soirs.

Que je m'asseye à sa table et me couche dans son lit.

Que je lui donne des enfants.

Je fis « oui » de la tête.

— Dis-le, ordonna-t-il.

Je déglutis, l'excitation me brûlant les veines.

— Ça veut dire que tu vas jouir en moi.

Il n'y avait pas de préservatifs ici.

Le sourire aux lèvres, il se leva en m'entraînant avec lui et s'approcha de la plate-bande derrière nous avant de se baisser pour me poser par terre. Puis il se releva, me retourna, et j'émis une petite plainte en comprenant ce qu'il allait faire.

Je gémis. Mon clitoris battait comme un marteau-piqueur. Il s'abattit sur mon cul, me força à écarter un genou et s'enfonça avidement dans ma chatte.

— Will…, criai-je.

Il enroula une main autour de mon cou.

— Dis-le encore, chuchota-t-il contre ma joue.

Il me pénétra profondément en multipliant les va-et-vient, et je fermai les paupières pour me laisser prendre.

— Ça veut dire que tu vas jouir en moi.

— C'est ce que tu veux ?

— Oui.

Enfin, il tourna mon visage vers le sien et s'empara de mes lèvres pour m'embrasser à perdre haleine.

Sa langue plongea en moi et mon cœur fit un bond dans ma poitrine.

— Ma petite Em, murmura-t-il en glissant une main entre nous pour soupeser mon sein. Ma petite Em aime les secrets. Petite binoclarde le jour, elle aime qu'on la prenne sauvagement la nuit.

— Oui, chantonnai-je. Oui.

Ma chatte se contracta et je pressai les mains sur la terre pour me cambrer à sa rencontre.

Mes cheveux collèrent à mon dos pendant que je m'arc-boutais, et je ne pouvais penser à rien d'autre qu'à tout le temps qu'on avait perdu au lycée. Ça, c'était mieux que tout, et j'aurais dû le savoir. On aurait dû s'éclipser et s'y adonner à chaque occasion qui s'était présentée à nous. Je n'aurais pas pu connaître pire que ce que j'endurais déjà chez moi. Je n'aurais pas dû me laisser dominer par la peur.

L'orgasme commença à monter, et je poussai un cri pendant qu'il enfonçait inlassablement sa queue en moi pour me baiser par terre, électrisant chaque centimètre de ma peau.

Il grogna, et je compris qu'il y était presque.

— Dis-le encore, reprit-il.

— Jouis en moi, gémis-je, sentant le plaisir croître. Oh ! mon Dieu.

— Encore.

— Jouis en moi, Will, suppliai-je. S'il te plaît.

Il me pénétra encore, et j'explosai, l'orgasme me faisant trembler de part en part. Le monde tourbillonna autour de moi, et il me pilonna de plus en plus fort, jusqu'à éjaculer tout en me serrant le sein.

Je poussai un hurlement. Le plaisir déferla en moi, ma chatte palpita autour de sa queue, et il se retourna pour s'effondrer au sol à côté de moi.

— Putain, haleta-t-il.

Je fermai les yeux et posai la tête, incapable de déglutir tellement ma bouche était asséchée. Je priais pour que les serpents soient cloîtrés dans le jardin et ne puissent pas venir jusqu'ici.

Même dans le cas contraire, j'étais trop épuisée pour bouger.

Aydin devait probablement nous observer. Il se pouvait que les gars soient rentrés plus tôt pour une raison ou pour une autre, mais je n'en avais rien à carrer. J'avais envie de me doucher, et de dormir, le tout avec Will.

Or, sans me gratifier de la moindre caresse ni du moindre baiser, il se leva et enfila son pantalon de jogging mouillé avant de le nouer à la taille.

Je me retournai et m'assis pour le regarder faire. Il s'approcha afin de ramasser mes vêtements trempés.

Et me les jeta.

— Va pisser, ordonna-t-il. Grouille-toi.

Je restai sans bouger, le menton un peu tremblant.

L'œil du cyclone…

Je me forçai à ravaler la boule dans ma gorge.

— C'est un vieux mythe, décrétai-je en me levant à mon tour pour m'habiller. Je prends la pilule, ne t'inquiète pas.

Connard.

Certes, je n'étais pas prête pour avoir des enfants, mais de son côté ce n'était pas qu'il n'en voulait pas. Il m'avait dit ça parce qu'il n'en voulait pas avec moi.

Le genre de trucs qu'on sort après un plan baise, quoi.

Je déglutis péniblement, refusant de lever les yeux avant qu'il soit parti en me laissant seule sur la terre mouillée.

Alors, je me levai et remis mes lunettes, mon pantalon découpé et mon T-shirt, avant de ramasser mes chaussures et de traverser la maison silencieuse jusqu'à ma chambre.

Je verrouillai la porte, perdue dans mes pensées. Je me douchai et nettoyai la terre dans mes cheveux, le sentant encore enfoui en moi.

Je vais lui montrer de quel bois je me chauffe. J'étais forte, et je ne le supplierais pas.

J'allais me barrer de là, et je vivrais la tête haute.

Le calme dans la folie. La paix au milieu du chaos. La patience, en attendant mon moment.

Je me séchai les cheveux et m'enroulai dans une serviette avant de regagner ma chambre sombre et de m'effondrer sur le lit.

Je fermai les yeux, écoutant la pluie à l'extérieur et tâchant de me concentrer sur la phase suivante de mon plan d'évasion.

Un peu plus de nourriture, un sweat à capuche, et il fallait encore que je trouve un outil dans l'abri de jardin. Ça me tiendrait lieu d'arme si nécessaire.

Je sentis un courant d'air et me frottai les yeux, brusquement épuisée.

Mais je n'arrivais pas à dormir, et ouvris les paupières. Remarquant subitement une forme sombre sur le côté de mon lit, j'inspirai brusquement.

Qu'est-ce que c'est que ça ?

Mais avant que j'aie pu m'enfuir, elle prit la parole.

— Tu les as laissés regarder pendant qu'il te léchait hier soir ? demanda-t-elle.

Puis, la lampe de chevet s'alluma. Ses cheveux étaient un peu plus courts que la dernière fois que je l'avais vue et elle était vêtue comme une cambrioleuse, avec un bonnet noir sur la tête.

— Salut copine, gazouilla-t-elle avec un sourire d'approbation. Je savais bien que tu en étais capable.

J'arrêtai de respirer et ouvris les yeux en grand.

— Alex ?

Elle lança les mains en l'air comme pour prendre la pose, et je me redressai pour l'attirer contre moi pendant que nous retombions en arrière sur le lit.

Seigneur !

— Qu'est-ce que tu fais là ? m'écriai-je.

Elle plaqua une main sur ma bouche pour me réduire au silence, secouée de rire.

— Tu m'avais manqué, petite conne, chuchota-t-elle.

Je m'esclaffai en silence, et la serrai si fort dans mes bras qu'elle grogna.

20

Will

Neuf ans plus tôt

Elle s'arrêta et regarda à la ronde pendant que je lui prenais la clé des mains pour déverrouiller sa porte de derrière.

Il était plus de 1 heure du matin. Je me dépêchai de tourner la poignée et de l'entraîner à l'intérieur pour l'abriter de la pluie.

— C'est bon, la rassurai-je. La voie est libre. Il est encore au travail.

Je fermai la porte, la verrouillai et m'agenouillai pour lui retirer ses talons. Puis, je lui pris la main et la tirai vers l'escalier.

— Il va vraiment falloir qu'on lui tienne tête un jour.

Elle abandonna sa tête sur mon bras en bâillant.

— Il fait peur, lâcha-t-elle.

Je secouai la tête tout en la portant dans l'escalier.

— Ce type est une blague, renvoyai-je en la serrant contre moi tandis qu'elle se pendait à mon cou. Maintenant, je suis ton mec. Il va devoir passer par moi.

Elle lâcha un petit rire dans le creux de mon cou, mais ne dit rien de plus.

Je n'essayais pourtant pas d'être drôle.

— Paige ? appela quelqu'un.

Je me figeai, le poids de mes pas interrompant le grincement du plancher.

Emmy releva la tête et quitta mes bras pour entrer à la hâte dans la chambre de sa grand-mère.

— Oui, *grand-mère*.

Je restai en retrait. Je ne voulais pas qu'on lui demande pourquoi elle était restée si tard avec moi.

— Où est ton père ? demanda sa grand-mère.

J'entendis Em marcher dans la chambre, remplir un verre d'eau et remuer des couvertures.

Son père ?

— Il a dû retourner chez le fleuriste, répondit Emmy sans se laisser démonter. Il t'avait acheté des fleurs jaunes, tu imagines !

— Des fleurs rouges, rectifia sa grand-mère d'une voix rauque teintée d'humour. Comment a-t-il pu oublier ?

— Endors-toi, dit Em d'un ton apaisant. Quand tu te réveilleras, elles seront là.

Emory regagna le couloir et bâilla de nouveau en refermant la porte, qu'elle laissa entrouverte.

— Je t'aime, ma chérie, décréta sa grand-mère.

— Je t'aime aussi.

Elle leva les yeux vers moi dans le couloir sombre, me prit la main et laissa reposer sa tête sur mon torse. Elle était éreintée.

Je la guidai vers sa chambre.

— Ton père ? m'étonnai-je.

Adam Scott et la mère d'Emmy étaient morts depuis des années. Coincés dans leur voiture quand la rivière avait débordé lors de l'ouragan Frederic qui nous avait frappés de plein fouet environ cinq ans plus tôt.

— Mon grand-père, précisa Emmy. Son mari. Parfois, elle me prend pour ma mère.

Je hochai la tête, sans trop savoir quoi dire. Ça faisait beaucoup à gérer pour une lycéenne. À cet instant, je lui fus reconnaissant de m'accorder du temps, vu tout ce qu'elle portait sur ses épaules. J'étais trop dur avec elle.

Nous entrâmes dans la chambre, et j'allumai la lumière.

— Non, laisse-la éteinte, protesta-t-elle en se dirigeant vers son lit. Je suis tellement fatiguée.

Elle s'effondra, sans prendre la peine de se déshabiller. J'éteignis de nouveau, plongeant la pièce dans le noir.

— Mais je n'ai pas envie de dormir non plus, reprit-elle dans un nouveau bâillement. Parce qu'à la fin de la nuit, ce sera terminé. La fête sera finie.

Je m'approchai, incapable de réprimer mon sourire.

— Rien ne sera fini.

Je tirai sur son duvet, puis sur les couvertures afin de les rabattre sur elle.

— Pour moi, ce n'était pas que de l'amusement, Emmy. Tu le sais, ça ?

Je la regardai se tourner sur le flanc et la couvris.

Nous n'avions pas fini. Il m'en fallait plus.

— Tu ne me fais toujours pas confiance ? m'inquiétai-je.

Elle resta sans bouger ni parler, refusant de me regarder. Était-elle déjà endormie ?

— Il y a une partie de moi qui aimerait t'avoir, avoua-t-elle enfin. Une partie de moi qui adorerait que tu sois mon mec, mais…

Je l'entendis déglutir, et elle soupira.

— Demain, tout redeviendra réel.

Comme si ça expliquait tout.

Je m'approchai de la fenêtre et tirai les rideaux.

— Un jour, tu seras grand et puissant, poursuivit-elle.

Je me retournai vers elle. Assise sur le lit, elle tapotait les oreillers pour leur donner la forme qu'elle voulait.

— Autant qu'aujourd'hui ? blaguai-je.

— Et canon, avec un costume trois-pièces et une super coupe de cheveux, enchaîna-t-elle en réfléchissant à voix haute comme si je n'étais pas là.

— Je le suis encore plus tout mouillé.

— Et tout le monde t'aimera.

Elle s'affala lourdement sur ses oreillers, couchée sur le dos.

— C'est déjà le cas.

— Tu seras le clou de toutes les soirées.

Je m'avançai vers elle, rajustai ses couvertures et réprimai un sourire.

— Hm-hm.

— Avec des enfants qu'on croira tout droit sortis d'un magazine.

— Mon sperme fera rêver les ménagères.

— Et tu seras marié…

— Plusieurs fois, je parie.

— Qu'à des blondes.

Tout en pouffant de rire, je me penchai sur elle, humant son odeur et la mienne sur sa peau et mourant d'envie de me mettre au lit avec elle.

Mais la journée était finie pour elle.

— Et les seules fois où tu t'apercevras que je suis vivante, continua-t-elle, c'est quand tu me signeras des chèques pour m'être occupée de tes caniches.

— Tu crois vraiment qu'un dieu aussi fabuleux et débordé que moi s'embêtera à accomplir d'aussi basses besognes ? ripostai-je. Mon épouse de dix-huit ans, Heidi, ancien mannequin *Playboy*, s'en chargera.

Un ricanement lui échappa, et je m'esclaffai.

— Mais il y a une chose dont tu te souviendras, Will Grayson, décréta-t-elle en jouant les dures. Ce soir, je t'ai retourné la tête. Même pour une minute.

Elle se retourna, m'offrant son dos, et je souris en écartant les cheveux de son visage et de son cou.

Tu me retournes la tête depuis toujours.

— Maintenant, barre-toi, dit-elle d'un ton taquin en me poussant et en fermant les yeux.

Je la dévisageai. Les ombres des arbres dansaient sur son dos, et je brûlais encore de désir.

Elle était incroyable, mais personne d'autre que moi ne semblait voir sa beauté. Dans ce bus, j'avais été au septième ciel.

Son corps se soulevait au rythme de ses longues respirations régulières, et je regardai ses lèvres se toucher, si doucement, à chaque souffle.

— Je t'aime, murmurai-je.

Elle ne bougea pas, n'ouvrit pas les yeux, sombrant de plus en plus profondément dans le sommeil.

Je me redressai et reculai d'un pas, puis mon regard s'attarda sur son dos et j'aperçus les éraflures et les bleus.

Comment avait-elle fait pour se peindre le dos ? Son frère l'avait-il aidée ?

J'en doutais.

Je m'accroupis et me penchai pour étudier les marques à la faible lueur du clair de lune qui filtrait par les fins rideaux.

Je me léchai le pouce et frottai l'ombre violette cerclée de rouge, mais…

Le maquillage ne partait pas.

Je plissai les yeux, m'humectai encore le pouce et frottai plus fort.

Elle émit un petit cri plaintif et s'écarta comme si ça lui faisait mal.

Je frottai mon doigt contre mon pouce. Je ne sentis pas le gras du maquillage.

J'inspectai son visage, la goutte de sang qui coulait de son sourcil et qu'elle avait dit faire partie de son costume.

Brusquement, mon pouls résonna dans mes oreilles tandis que les pensées se bousculaient dans mon esprit.

Les bleus que j'ai vus sur ses jambes à la piscine…

Le bleu sur sa jambe en cours de litté.

Ses habits trop grands, et le fait qu'elle ne se dénude jamais.

Je me levai en la contemplant, tenté de la traîner hors du lit.

Mais il était tard, et elle avait besoin de dormir.

Ce soir-là, c'était la Nuit du Diable. Je la laisserais se reposer.

Mais tôt ou tard, je finirais par découvrir ce qui se passait une bonne fois pour toutes.

21

Emory

Présent

Je me reculai et la dévisageai pour m'assurer qu'elle était bien réelle. *Alex*… Je souris jusqu'aux oreilles.

— Mon Dieu !

— Chut, siffla-t-elle en jetant un coup d'œil vers la porte. Je sais. Je sais. Mais ne débouche pas le champagne tout de suite. Aucun de nous n'est encore sauvé des eaux.

Elle bondit du lit et se précipita vers la porte, l'oreille aux aguets, avant de faire volte-face pour foncer dans la salle de bains.

Je la suivis du regard pendant qu'elle remplissait un verre d'eau et le buvait d'une traite. D'où sortait-elle ?

Est-ce que… ? Comment… ?

Et puis, j'aperçus le portrait au mur. L'immense tableau encadré d'une fillette et de ses corgis gambadant dans un jardin était ouvert comme une porte.

Un passage secret.

J'eus un petit sourire. Finalement, je n'aurais pas besoin de ce tournevis.

Elle revint dans la chambre, retira son bonnet et me sourit. Elle s'était coupé les cheveux. Son carré droit qui lui descendait jusqu'aux épaules encadrait son long cou, et des mèches lui pendaient dans le visage et voilaient ses beaux yeux, d'un vert à peine plus sombre que ceux de Will.

— Comment tu as fait pour venir ici ? m'étonnai-je.

Je détaillai du regard son jean serré qui était bien plus pratique que le pantalon que j'avais porté en arrivant, et sa veste en cuir marron près du corps assortie à ses bottes en cuir brun aux semelles en caoutchouc.

Elle était habillée pour courir. La joue tachée de terre, elle ôta ses gants, révélant des ongles noircis par la crasse.

Là, je pris conscience de ce qu'elle avait dit un instant plus tôt et je me raidis. Elle nous avait vus dans le petit salon hier soir ?

Elle avait été là, cachée. Depuis au moins un jour.

Je sautai du lit.

— C'est toi qui m'as amenée ici ?

Je fronçai les sourcils. La colère avait remplacé mon soulagement.

Mais elle me décocha aussitôt un regard interloqué.

— Non, nia-t-elle. Mon Dieu, non. Je te le jure. Je ne sais pas pourquoi toi, tu es là.

— Alors, pourquoi tu es venue ? m'entêtai-je, serrant la serviette autour de moi. Comment… D'où est-ce que tu sors ? Comment tu as su pour les passages secrets ? Où sommes-nous ?

Trop de questions se bousculaient dans ma tête, et la confusion que j'avais connue à mon arrivée me regagna de plein fouet. Personne n'avait de réponses.

Elle ouvrit le tableau en plus grand et se pencha pour attraper un sac en toile noir. Elle s'approcha de moi, en sortit quelques habits et me les tendit sans rien dire.

Je baissai les yeux sur le jean, le T-shirt noir à manches longues et…

Yes. Une culotte et un soutien-gorge.

Elle avait prévu son coup à l'avance. Elle savait qu'elle venait ici, contrairement à moi.

Je déglutis.

— Alex ?

Pourquoi ne disait-elle rien ?

Elle farfouilla dans son sac, tout en m'évitant soigneusement du regard.

— Alex.

— On est sur une île, lâcha-t-elle enfin à voix basse. En Amérique du Nord.

— Au Canada ?

Elle hésita.

— Où ça, en Amérique du Nord ? insistai-je. Côte Est, côte Ouest, Nouvelle-Angleterre… ?

Mais elle se contenta de pivoter sur les talons et de porter sa gourde dans la salle de bains pour la remplir.

Une île…

Était-elle déserte ? Se trouvait-elle près du continent ? Il y avait des milliers de possibilités.

— Alex ? aboyai-je.

Ce n'est pas vrai.

— Emmy, boucle-la, chuchota-t-elle.

Je jetai un nouveau regard vers la porte, me rappelant que nous étions dans une maison remplie d'hommes qui ignoraient sa présence.

Et j'avais beau être contente qu'elle soit là, j'étais mal à l'aise.

Je ne sais pas pourquoi toi, *tu es là*, avait-elle dit. Elle connaissait donc la raison de sa propre présence ?

— Tu es ici depuis combien de temps ? questionnai-je.

Depuis quand se cachait-elle dans les murs ? J'avais entendu des bruits le soir de mon arrivée. Elle n'avait pas pu se cacher aussi longtemps, si ?

À l'instant même où cette pensée traversait mon esprit, je vis son regard changer pendant qu'elle remplissait sa gourde. La rage s'empara de moi.

— Je suis arrivée avec la cargaison, tout comme toi, répondit-elle tout bas.

Je fonçai, attrapai sa gourde et la balançai au loin. Je l'empoignai par le col et la bousculai en grondant. Elle vacilla en arrière, trébucha sur les toilettes et tomba par terre sur les fesses. Elle amortit sa chute avec les mains et leva aussitôt les yeux vers moi.

— Qu'est-ce qui cloche chez toi ? articulai-je, le plus bas possible. As-tu la moindre idée de ce qui aurait pu m'arriver ?

Tout ce temps. Elle nous avait observés. Que se passait-il, à la fin ?

Elle avait le souffle lourd, mais ne cillait pas. Elle savait qu'elle avait merdé.

— Tu étais cachée dans les murs, soulignai-je. Ça ne t'est jamais venu à l'esprit de m'emmener avec toi ?

— Bien sûr que si, protesta-t-elle en se relevant et en ramassant sa gourde. Mais c'est devenu compliqué.

Je comblai la distance qui nous séparait et la tapai une quinzaine de fois sur la poitrine. Qu'elle aille se faire voir.

— Tu me frappes les seins ? s'offusqua-t-elle en repoussant mes mains. Franchement.

J'ignorais ce qui se passait. Certes, je me félicitais momentanément de ne pas être aussi seule que je l'avais cru, mais j'étais sûre qu'elle détenait les réponses que je voulais et qu'elle refusait de me les donner.

Elle reprit son souffle, et je restai plantée là. Elle pouvait me rendre mes coups, je n'avais pas peur.

Mais elle n'en fit rien. Elle se contenta de hausser un sourcil.

— Garde ça pour les ploutocrates, décocha-t-elle. Tu as besoin de moi.

J'étais à deux doigts de la cogner de nouveau, mais elle avait raison. J'avais de bien meilleures chances de sortir de là avec elle.

Elle remplit la gourde que j'avais renversée, et je regagnai la chambre avec raideur pour enfiler la culotte et le soutien-gorge qu'elle m'avait donnés. Je laissai les habits pour l'instant, craignant que les gars se demandent où je les avais trouvés.

Je mis la chemise d'Aydin et attachai mes cheveux mouillés en une queue-de-cheval à l'aide d'un élastique que j'avais trouvé autour d'une botte d'asperges dans le frigo.

— Écoute…

Alex revint dans la chambre, fourra la gourde dans le sac et le jeta de nouveau dans le passage.

— On s'est doutés que Will avait été envoyé ici il y a quelques mois, peut-être un an ou plus, on ne sait pas quand exactement. Il abusait de l'alcool et de la drogue, et on s'est dit qu'avec la réélection de son grand-père qui arrivait, le sénateur Grayson avait pris l'affaire en main avant que Will lui pose problème.

Un an… Ça faisait donc aussi longtemps que ça qu'il était là. Au moins.

— On n'a pas pu le sortir de là parce que personne ne voulait nous dire où c'était, enchaîna-t-elle, mais on a réussi à infiltrer quelqu'un.

Moi ?

Mais non. Elle m'avait dit qu'elle ne savait pas pourquoi j'étais là.

Donc, ils l'avaient envoyée, elle ?

— Michael, Kai, Damon…, énumérai-je. Et c'est toi qu'ils envoient ?

Elle me dévisagea, mais l'hésitation dans son regard était révélatrice.

— Non, avoua-t-elle enfin. C'était Michael qui était censé venir. Je… J'ai trafiqué sa boisson avant le départ.

Je plissai les yeux. Elle l'avait drogué ?

— Pourquoi ? lâchai-je, à court de mots. Alex, pourquoi t'être lancée dans cette histoire ? C'est beaucoup plus dangereux pour une femme. C'est n'importe quoi.

Son regard se troubla, et elle ne répondit pas. Pourquoi s'être exposée à de tels risques quand n'importe qui aurait pu venir chercher Will ?

Sauf si…

Sauf si elle l'aimait.

C'était l'unique raison pour laquelle elle était venue à la place de Michael Crist. Elle s'était dit qu'elle serait la seule capable de ramener Will.

Mon ventre se noua, et une vague de jalousie me traversa. *C'était à moi de le sauver. Pas à elle.*

Mais c'était ridicule de ma part de nourrir de telles pensées. J'en étais consciente.

N'empêche que j'étais jalouse. Je connaissais leur passé, et j'aimais bien Alex, même un peu trop à mon goût. Mais, pour une raison ou pour une autre, je n'en avais pas souffert jusqu'à présent, car elle donnait envie de la suivre coûte que coûte. Il était impossible de la détester.

Et j'avais été plutôt contente de le savoir avec elle. Tant que je ne me demandais pas si elle était meilleure pour lui. Si elle le rendait heureux.

À présent, je n'arrivais pas à chasser cette pensée de mon esprit.

Elle était venue pour lui. Moi pas.

Elle était meilleure pour lui.

J'ouvris la bouche.

— Alex, je…

Elle pressa un doigt sur ses lèvres.

— Chut.

Devant ma porte, le plancher du couloir grinça. Elle m'attrapa la main et m'entraîna dans le passage secret.

Elle referma le tableau et, en silence, farfouilla dans le sac à nos pieds.

— Ils sont au courant pour les passages ? demandai-je à voix basse.

— Je ne crois pas. J'ai pu rôder sans me faire repérer.

— Ça me paraît bizarre, commentai-je. Il y a une pièce secrète à côté de la chambre d'Aydin avec un miroir sans tain. Ils devraient se douter qu'il existe d'autres pièces et tunnels dissimulés.

Elle se redressa. Je l'entendis remonter un mécanisme, et la lampe torche rechargeable s'alluma tandis qu'elle sortait une grande feuille de papier qui ressemblait à une carte.

Je baissai les yeux. Ce n'était pas du papier. Pas du papier normal, en tout cas.

Je le lui arrachai des mains, et il me parut aussitôt familier au toucher. Du vélin. Il s'agissait d'un plan d'architecte.

Comment est-ce que… ? Où… ? Je lui arrachai sa lampe torche et inspectai les plans.

— Si je suis en train de me faire avoir, je vais te tuer, sifflai-je en étudiant le plan de l'étage. Si c'est une farce, et qu'on est à Thunder Bay…

— Ils auraient importé la cascade que tu as vue dehors ? s'agaça-t-elle. Réfléchis un peu, Em.

Elle me reprit les plans et la lampe des mains et me passa devant pour s'enfoncer dans le tunnel. Je ne pus m'empêcher de la fusiller du regard alors qu'elle retournait le document plié dans sa main pour l'étudier pendant que nous marchions.

Non, il n'y avait pas de cascade à Thunder Bay. Mais il y en avait pas mal en Nouvelle-Angleterre, et sûrement d'autres encore sur les centaines d'îles éparpillées le long de la côte.

Il fallait que je revoie ces plans. J'étais capable de les décrypter bien plus vite qu'elle.

Apercevant une faible lueur, je m'arrêtai.

— Alex…, chuchotai-je en m'approchant du mur et de la lumière. Qu'est-ce qui est prévu pour la suite ?

Si nous nous trouvions sur une île, il devait y avoir un bateau ou quelqu'un qui allait nous évacuer par pont aérien. Elle était sûrement équipée d'une sorte de mouchard pour qu'ils sachent où venir.

— J'ai un téléphone satellite, me révéla-t-elle. La cavalerie est en route.

— Comment ça ?

— Les Cavaliers, explicita-t-elle. Ils ont suivi ma trace quand j'ai été transportée jusqu'ici. Il faut qu'on patiente.

Patienter ?

— Ça fait des jours, m'emportai-je. J'aurais eu le temps de faire un aller-retour jusqu'en Chine ! Deux, même ! Tu leur as parlé, au moins ? Comment tu peux être sûre qu'ils t'ont bien suivie ? Les téléphones satellites consomment beaucoup d'énergie. Il aurait fallu que tu le laisses allumé pour qu'ils te suivent.

— Ou que je les appelle, riposta-t-elle.

Je plissai les yeux.

— Tu les as appelés ?

— Oui.

— Et ils arrivent ?

— Oui.

Mes épaules se détendirent un peu, mais tout de même… Quelque chose me chiffonnait encore.

— Tu leur as parlé récemment ? insistai-je.

Elle me dévisagea.

— Pourquoi ?

— Ça fait trop longtemps. Ils auraient déjà dû arriver. Quand est-ce que tu les as eus pour la dernière fois ?

Elle passa d'un pied sur l'autre, l'air hésitant.

— La nuit de notre arrivée, murmura-t-elle.

Je fermai les yeux et me détournai.

— Merde, soufflai-je.

— Il n'y a pas de souci, Emory, assura-t-elle d'une voix ferme et décidée. Ils sont en route, des orages ont éclaté, et je n'ai pas pu me servir du téléphone à plusieurs reprises, parce que j'avais peur qu'on nous entende. Ils finiront par arriver.

Quand ? Dans un jour ? Huit ?

Nous devions partir tout de suite. Gagner la côte et attendre le bateau. Il pouvait arriver n'importe quoi, et je ne savais toujours pas qui m'avait laissée ici, mais ce n'était qu'une question de temps avant que la situation dégénère.

Elle longea le tunnel. Les murs en béton étaient parsemés de fentes par lesquelles filtrait la lumière des pièces.

— Que sais-tu de ces types ? m'enquis-je.

Pour ma part, je ne savais que ce qu'ils avaient bien voulu me dire.

— Ne t'approche pas de Taylor, conseilla-t-elle en braquant sa lampe torche droit devant. Ni d'Aydin Khadir.

Bon, mieux vaut tard que jamais.

Je lui tirai sur le bras pour l'arrêter.

— Pourquoi ?

Elle soupira et se dégagea afin de poursuivre le long du tunnel.

— Micah est inoffensif à moins que tu t'en prennes à Rory, enchaîna-t-elle. Et Rory Geardon…

— A tué des gens, achevai-je à sa place.

Elle s'immobilisa pour épier par un petit trou.

— Sa sœur jumelle est née avec une paralysie cérébrale, révéla-t-elle en chuchotant. Elle s'est retrouvée en fauteuil roulant. Un soir, un petit groupe d'ados est entré chez eux par effraction et l'a brutalisée.

Elle me jeta un coup d'œil.

— Je veux dire, vraiment brutalisée.

Je cessai de respirer, me rappelant ce qu'il m'avait raconté. *Et l'un après l'autre, il les a noyés au fond d'un lac.*

Pour sa jumelle.

Je ravalai la boule dans ma gorge, refusant de songer en détail à ce qu'ils avaient dû faire subir à cette jeune fille. *Mon Dieu.*

— Certes, il avait un motif, mais il ne lui en faut pas beaucoup pour passer à l'acte, précisa-t-elle. Fais attention à toi. Sa mère est ambassadrice du Japon, et sa famille est l'un des plus grands promoteurs immobiliers de la côte Est, particulièrement pour les prisons privées. Ce petit massacre n'était pas son unique incursion dans le monde du crime. Oui, ils l'avaient bien cherché, mais ça ne veut pas dire qu'il ne renouvellera pas l'expérience. Alors, prudence.

Je fronçai les sourcils. Il y avait peu de chances pour qu'il sorte d'ici un jour. Il n'avait donc rien à perdre.

— Taylor a toute sa place ici, continua-t-elle. Le week-end, il aime faire des virées dans les campus, mettre le feu aux dortoirs et aux maisons d'associations d'étudiantes, et puis agresser les filles qui essayent de s'échapper. Quand il finit par les relâcher, elles craignent tellement l'incendie qu'elles n'essayent même pas de riposter ou de l'identifier.

Je le revis avec ma culotte dans les mains et tressaillis.

— Et Aydin ?

— Ne t'approche pas de lui, c'est tout. Il n'a pas le droit de gagner.

Gagner quoi ?

— Comment tu sais tout ça ? questionnai-je.

Elle se retourna et se remit à marcher, sans répondre. Elle avait dû se renseigner en cherchant Will, mais…

Je lui empoignai le bras.

— Tu ne me dis pas tout.

Elle me repoussa et me mitrailla du regard.

— Je ne sais pas ce que tu fais ici ou qui s'est débrouillé pour te faire venir, chuchota-t-elle. Mais je suis venue aider Will à s'évader, et toi, tu vas m'aider.

Je la dévisageai.

— Je ne veux pas être relou, poursuivit-elle, mais tu ferais mieux de suivre le rythme et de ne plus poser de questions débiles. Je t'aime bien, Em, mais je ne partirai pas sans lui, alors mets-y du tien.

Pourquoi fallait-il se dépêcher tout à coup ? On n'en était plus à un jour près.

— Un an, assénai-je, le regard dur. Il est parti depuis au moins un an. Tu le savais quand on en a parlé l'été dernier.

— Et alors, qu'est-ce que tu comptais faire ? riposta-t-elle. T'en inquiéter ?

Qu'est-ce qu'elle venait de me dire, là ?

J'eus tout à coup envie de la gifler, mais je me contentai de serrer les poings.

— Ce n'est pas ma faute, affirmai-je en lui tenant tête.

Oui, j'étais responsable de pas mal de choses, mais pas de tout.

— Vous êtes ses amis, repris-je. Vous l'avez vu tous les jours, et vous saviez ce qu'il s'infligeait. C'est votre faute.

Elle avait peut-être un peu raison, au fond. Peut-être que je m'en voulais parce qu'elle était venue pour lui, et que je n'étais pas sûre que j'aurais agi de même. Peut-être que ça n'aurait rien changé du tout si j'avais eu vent de cet endroit plusieurs mois plus tôt.

Ou peut-être qu'elle ne savait rien de moi et qu'elle ferait mieux de la fermer.

Elle soutint mon regard, et puis baissa la tête en soupirant.

— Je suis désolée. Je ne voulais pas dire ça. Je m'inquiète pour Will. Je flippe, parce que je n'ai pas eu de nouvelles de mes amis. Je n'ai pas envie d'être découverte ici.

Elle secoua la tête comme pour s'éclaircir les idées.

— Je suis contente de ne pas être seule. Je suis contente que tu sois là.

— Pas moi, blaguai-je en pouffant malgré moi.

Elle posa une main sur mon épaule et la serra de manière rassurante.

— Il ne va rien nous arriver. Je suis navrée de ne pas être venue te chercher plus tôt.

— Pourquoi, au fait ?

Elle hésita, cherchant ses mots.

— J'ignorais ta présence avant de te voir cavaler dans la forêt le premier soir. Je t'ai aperçue par une fenêtre quand ils se sont lancés à tes trousses. On ne pouvait pas sortir avant l'arrivée de l'équipe, et tu avais déjà été découverte, alors…

Alors, tu es restée cachée.

J'avais été droguée à notre arrivée, car on m'avait amenée ici contre mon gré. Quant à elle, elle était arrivée clandestinement et avait probablement été consciente quand elle était entrée dans la maison. Elle disposait d'infos, de plans, de provisions. Elle s'était sûrement dépêchée de se planquer.

— Je…, s'interrompit-elle. Je surveillais la situation depuis mes postes d'observation, prête à intervenir s'il le fallait.

Je l'étudiai. Ça n'avait aucun sens. Elle n'aurait pas été en mesure d'empêcher qui que ce soit de me faire du mal. Elle aurait pu s'interposer à n'importe quel moment, me récupérer et me cacher quelque part. Pourquoi m'avoir laissée à leur merci ? Chaque instant passé ici avait été un pari qu'elle faisait.

— Et si Will n'a pas envie de partir ? lui demandai-je.

Il était loin d'être heureux, mais il avait fini par renoncer. Il s'était fait à une existence d'éternel second couteau, que ce soit celui de Michael Crist, de Kai Mori, de Damon Torrance ou d'Aydin Khadir.

Alex se tut tout en cherchant l'entrée du tunnel suivant.

— Faut qu'on le réveille.

Peut-être.

Peut-être qu'entendre Alex le tirerait de sa torpeur.

Une nouvelle vague de jalousie me submergea. Elle, il l'écouterait.

Je perçus une voix de l'autre côté des murs et quelqu'un qui tambourinait. Je tendis l'oreille.

— Chut.

— Emory ?

Au loin, on frappait à la porte.

Je jetai un regard à Alex. *Merde !*

Je tournai les talons et courus vers ma chambre.

— Emory, non, chuchota-t-elle derrière moi.

Je me retournai vers elle tout en avançant à reculons.

— La chaise est coincée sous la poignée, expliquai-je. Il sait que je suis là. S'il force la porte et constate ma disparition, il va se demander comment j'ai fait pour filer.

Il ne fallait pas qu'il sache pour les passages secrets.

— Va voir Will, criai-je en regagnant ma chambre à la course. Reviens me chercher.

Je poussai sur le tableau pour l'ouvrir, sautai au travers, le refermai et courus vers la porte pour enlever la chaise.

J'ouvris la porte. Aydin se tenait là, avec un tas de vêtements à la main.

Je tâchai de calmer ma respiration haletante, histoire qu'il ne se demande pas pourquoi j'étais hors d'haleine.

— Pourquoi tu n'ouvrais pas ? s'enquit-il.

— Je dormais.

Il eut un regard méfiant.

Mais il n'insista pas et me tendit les habits.

J'avais envie de les prendre, puisque tout ce que je possédais était mouillé, sale ou déchiré, mais...

Dans ma lucidité, j'étais un peu en rogne.

— Mon frère aussi m'apportait des cadeaux, soulignai-je. Après m'avoir fait saigner.

Je voulus fermer la porte, quand il avança promptement le pied pour m'en empêcher.

Il plissa les yeux. Il devait croire qu'on avait sympathisé, et c'était peut-être un peu le cas, vu qu'il ne me faisait plus peur. Mais je ne le dédouanais pas pour autant. Il s'était montré hostile à mon égard.

Et puis, plus je détournais son attention, plus Alex pourrait passer du temps avec Will.

— À quoi tu joues ? lui demandai-je. Qu'est-ce que tu veux de moi ?

Il baissa la main qui tenait encore les habits et me força à reculer dans la chambre avant de claquer la porte derrière lui sans me quitter des yeux.

— Les habits ne sont pas un prétexte pour te présenter des excuses, déclara-t-il en les jetant derrière moi sur le lit. C'est une preuve de respect, rien de plus.

Il me balaya du regard, toujours vêtu de son pantalon noir et de son T-shirt blanc taché. Curieusement, au lieu de me sentir acculée ou sur la défensive, je…

Je ne pouvais pas m'empêcher d'éprouver du réconfort. Je n'aurais pas dû avoir besoin de son respect ou de son admiration, mais quelque part, ça m'insufflait de la force.

Bizarrement, il ne m'avait pas nui plus que ça, pas vrai ?

J'attrapai le pantalon de jogging noir sur le lit et l'enfilai avant de nouer le lacet à la taille, ravie de constater qu'il m'allait parfaitement. Puis, j'ôtai sa chemise de costume, sentant son regard sur mon soutien-gorge.

Je me retournai pour ramasser le T-shirt blanc, que je passai.

Il s'approcha.

— Il est au courant pour ton frère ? questionna-t-il derrière moi.

— Oui.

— Et il est toujours aussi froid ?

Je baissai le T-shirt sur mon ventre et ajustai le col.

L'espace d'un instant, j'oubliai l'existence d'Alex.

— Tu vois Micah ? lançai-je d'une voix douce. Un peu enjoué, le sourire facile, qui préfère laisser les rênes aux autres par peur de rompre l'équilibre ?

Je marquai une pause, pendant laquelle il tira sur ma queue-de-cheval pour me la sortir du T-shirt.

— Par peur d'échouer ? achevai-je.

— Oui.

— Ça, c'était Will. Le blagueur. L'éternel insouciant. Heureux, parce qu'il ne voulait pas être malheureux. Du genre à voir la vie du bon côté.

Je me retournai, tellement lasse que je n'avais envie de rien d'autre que de me mettre au lit. Quelque part, la présence d'Alex ne me faisait ni chaud ni froid.

— Il n'a pas souri depuis que je suis arrivée ici, ajoutai-je. Pas comme avant, en tout cas. Il n'a pas ri, ni joué, ni blagué ne serait-ce qu'une fois.

— Ça ne lui arrive jamais.

Je hochai la tête, soutenant son regard.

— C'est moi qui lui ai fait ça, révélai-je. Je l'ai tué.

Avant que j'aie pu me retenir, les larmes me brûlèrent les yeux. J'ignorais ce qui clochait chez moi.

À cet instant, je n'avais plus envie de partir. De faire du mal à Will. D'affronter le monde.

Aydin prit mon visage dans ses mains et essuya mes larmes avec les pouces.

— Arrête de pleurer. Maintenant, tu es en compagnie d'assassins. Tu n'as rien de particulier par rapport aux autres.

Les larmes continuèrent de couler et je pris une grande inspiration.

— Bienvenue dans la tribu, me dit-il.

J'éclatai de rire tandis qu'il essuyait encore mon visage. Je ne savais pas ce qui n'allait pas chez moi, mais ça faisait du bien d'avoir quelqu'un à qui parler.

— Arrête de pleurer, répéta-t-il. La vie n'est pas toujours facile, et tu as fait de ton mieux.

Je le dévisageai. Ses paroles me faisaient l'effet d'un verre d'eau fraîche sur mon crâne brûlant. J'avais envie de le croire.

Et je ne pouvais rien changer à ce que j'avais fait.

N'empêche que, si j'avais imposé à Aydin ce que j'avais infligé à Will, il n'aurait sans doute pas sympathisé à ce point avec moi.

Au fond, j'avais toute ma place ici.

22

Emory

Neuf ans plus tôt

Je m'humectai les lèvres et puis me mordis celle du bas pour m'empêcher de sourire.

En vain. Le feu me monta aux joues. Mon esprit ne cessait de me ramener à la veille, au Cove. À son corps contre le mien, à son goût, son odeur, ses paroles.

Bon sang, il était incroyable. À tel point que ça ne m'aurait probablement pas dérangée s'il m'avait mise enceinte. J'avais envie de lui appartenir.

Je secouai la tête. Nous avions commis un crime au cimetière. Qu'est-ce qui m'avait pris ? On aurait facilement pu nous surprendre !

Quand je m'éveillai à 4 heures du matin, il était parti, mais j'avais été bordée et la maison était fermée à double tour. Mon frère n'était toujours pas rentré de son poste de nuit, alors je nettoyai la robe, la mis à sécher, et pris une douche avant de jeter un coup d'œil à ma grand-mère et de préparer le petit déjeuner de Martin.

Quelques minutes avant que mon frère doive rentrer, l'infirmière arriva. J'attrapai la robe et ma sacoche que Martin avait déposée devant la porte d'entrée, et lui laissai un mot pour fuir le conflit imminent.

J'entrai dans la cathédrale, sortis la clé de ma poche et dépassai l'allée centrale au pas de course. Tout en contournant une des colonnes, je me heurtai à un obstacle et trébuchai en arrière. Face à moi se trouvait une fille aux yeux sombres qui me regardait, bouche bée.

Elle m'attrapa avant que je tombe.

— Désolée, souffla-t-elle, l'air pressée.

Je ris doucement, tout en serrant la robe contre moi.

— Ce n'est pas grave. C'est un accident.

J'hésitai un instant, le temps de contempler son jean usé, son sweat-shirt noir et la vieille paire de Vans noires qu'elle portait sans chaussettes. Un bonnet de ski noir recouvrait sa tête, et une queue-de-cheval basse et sombre tombait sur son épaule et sa poitrine.

Jolie.

Belle, en fait.

Mais sûrement pas sortie de Thunder Bay Prep. Dommage. J'aurais bien aimé côtoyer une autre fille aussi bien lookée que moi.

— Faut que je file, lâchai-je avant de poursuivre mon chemin.

Je me dirigeai vers l'escalier tout en jetant un regard par-dessus mon épaule. Je la vis ouvrir la porte centrale du confessionnal afin d'entrer dans le compartiment où s'assied le prêtre pour écouter les pécheurs.

Elle regarda à la ronde et me surprit en train de l'observer. Elle porta un doigt à ses lèvres pour m'inciter au silence, puis se glissa à l'intérieur avec un sourire espiègle et referma derrière elle.

J'eus un petit rire et me retournai pour gravir les marches jusqu'à la porte de la galerie. J'agrippai la poignée et, regardant une dernière fois derrière moi, aperçus Kai Mori.

Il s'avançait vers le fond de l'église. Mon cœur cessa de battre quand je le vis entrer dans le confessionnal pour se glisser dans la loge à gauche de celle du prêtre.

Sauf qu'il n'y avait pas de prêtre là-dedans. Je pouffai de rire. *Putain.*

Je secouai la tête en ouvrant la porte pour gravir les marches cachées vers la chambre Carfax. J'ignorais ce qu'elle manigançait, mais qui étais-je pour gâcher son plaisir ? J'avais mes propres problèmes.

Je refermai derrière moi et balayai la pièce du regard. Tout était resté comme je l'avais laissé. Le lit était encore incliné là où je m'étais allongée la veille après avoir fui Martin, et le vieux maquillage était toujours éparpillé par terre devant le miroir calé sous le vitrail.

Je m'approchai, accrochai la robe à un chevron et la lissai. Je frissonnai au souvenir de la veille.

Qui d'autre l'avait portée avant moi ? Leur nuit avait-elle été aussi belle que la mienne ?

Je posai mon sac et me mis rapidement au travail. Je ramassai le maquillage, arrangeai le lit, fourrai mes habits de la veille dans ma sacoche. Mon téléphone reposait sur la table de chevet. Je m'en emparai pour l'allumer.

14 %.

Il n'avait presque plus de batterie, et j'avais des tas d'appels de Martin. Ainsi qu'un message de Will. Je l'ouvris.

Salut ! Souris.

Ou pas. Le choix t'appartient. Ne laisse pas un mec te dire que tu es plus jolie quand tu souris. Tu n'as pas à être jolie pour qui que ce soit. Ta valeur ne dépend pas de mon opinion. Au diable la patriarchie.

Je me tordis de rire, au point d'en avoir les larmes aux yeux. Quel crétin.

Mon sourire finit par s'estomper. Je n'avais pas le droit de le garder. Mais qu'est-ce qu'il me plaisait.

Trop, même.

Je rédigeai un message à Martin pour lui faire savoir que je rentrerais juste après le lycée et que je préparerais le dîner. Là, j'avais cours.

Avant de quitter la chambre, je m'approchai de la fenêtre pour couler un regard par un coin de verre transparent. Deux garçons traversaient la rue pour gagner leurs voitures.

Damon vers sa BMW, et Kai vers sa jeep Wrangler. Damon était venu, lui aussi ?

Je me demandais un peu ce qui avait pu se passer entre Kai et la fille dans le confessionnal, mais j'allais finir par être en retard si je ne me dépêchais pas.

Je soupirai en les observant partir en direction du lycée. C'était la Nuit du Diable, et il était temps d'assumer les conséquences.

Je quittai la pièce et verrouillai derrière moi.

— La Nuit du Diable ! hurla quelqu'un en courant dans les couloirs et en sautant en l'air pour saisir la bannière du bal de rentrée qui flottait au-dessus de nos têtes.

J'agrippai la lanière de ma sacoche avec les deux mains ; l'excitation ambiante me flanquait la chair de poule.

— Allez, dégage ! cria une fille.

Je tournai la tête. Rika Fane bousculait un type qui était rentré dans Winter Ashby. Celle-ci se contenta de rire en se cramponnant au bras d'Erika pendant qu'elles détalaient.

— Tu as vu ce qui est arrivé ? chuchota Tabitha Schultz à l'oreille de ses amies quand je les dépassais. David et moi, on est passés devant en voiture ce matin. Quel bazar !

Je vacillai un peu, mais poursuivis mon chemin.

Parlait-elle de la crypte ? L'estomac noué, je me sentis brusquement coupable.

Mais… je n'étais pas triste. J'étais désolée pour les McClanahan, pas pour mon frère.

S'il vous plaît, faites que je ne me fasse pas prendre.

Je tournai pour entrer dans la salle de classe de mon premier cours, mais une main s'empara de ma cravate.

Will pivota vers moi et, le sourire aux lèvres, se baissa pour m'embrasser.

Je le repoussai, m'assurant que la salle de classe était vide.

— Arrête.

Il agrippa ma cravate pour m'attirer vers lui.

— Je ne peux pas.

Le creux de mes cuisses s'embrasa, et son souffle me chatouilla les lèvres.

J'inspirai un grand coup au souvenir de son goût.

— Une histoire sans lendemain, lui rappelai-je en le contournant pour m'asseoir à une table. On était d'accord.

— Je ne me souviens pas de cette conversation. J'étais là ?

Je haussai un sourcil. D'autres élèves entrèrent pendant que je posais ma sacoche par terre.

Il se baissa, et parla contre mes cheveux, près de mon oreille.

— Ce n'est pas assez, dit-il à voix basse. C'est même loin de l'être. Je ne peux plus penser à rien d'autre qu'à la nuit dernière. J'ai envie de la revivre, mais cette fois dans ma voiture, dans mon lit, dans le tien, sous la douche, dehors…

J'expirai, le front perlé de sueur. Je fis volte-face et plaquai une main sur son ventre pour le maintenir à distance.

— Toi aussi, c'est ce que tu veux, insista-t-il en empoignant ma cravate. Sinon, tu n'aurais pas mis ça.

D'accord, je portais sa cravate. Et alors ?

Vois un peu plus loin que le bout de ton nez. Allez, quoi. On se plaisait. J'avais adoré la nuit d'avant, et j'espérais que lui aussi, seulement la vie était plus compliquée que ça. Cette histoire n'irait jamais nulle part, et à notre âge, il était ridicule d'attendre quoi que ce soit de plus.

Je sortirais en douce quelques fois, on s'amuserait un peu, l'un de nous tomberait amoureux, et puis on finirait par s'engueuler quand il en aurait marre de tout ce que je ne pouvais pas faire, marre de ne pas réussir à m'intégrer.

Il ne perdrait rien.

— Tout est un jeu pour toi, décrétai-je en m'apprêtant à me glisser sur mon siège.

Il m'entraîna sur ses genoux en s'asseyant à côté de ma table.

— Pas tout.

Je le repoussai. Michael nous dévisagea en s'installant devant Will et se retourna juste à temps pour camoufler un sourire goguenard.

— Will, marmonnai-je d'une voix suppliante.

Il prit ma joue dans sa main.

— Il faut que je te parle, affirma-t-il, à présent sérieux. Les bleus sur ton dos. Tu as eu un accident ou…

J'arrachai mon regard du sien et vis Townsend entrer.

— Le cours va commencer.

Je m'écartai de ses genoux, mais il m'attira de nouveau.

— J'ai besoin de te parler, articula-t-il. Et ça ne peut pas attendre.

En voulant lui donner un petit coup, ma paume atterrit sur son cou. Je remarquai alors tous les suçons que je lui avais donnés la nuit précédente. Ou peut-être que certains remontaient à la soirée cinéma. Impossible de me rappeler.

Je me sentis toute chose en constatant à quel point j'étais différente dans le noir.

Seigneur, que me faisait-il ?

Il me chercha des yeux.

— Je te plais, Em ?

Subitement, ma gorge me brûla. Je n'avais pas envie de répondre à sa question, cependant, je ne voulais pas mentir pour autant. J'avais seulement envie de l'embrasser.

Je m'approchai insensiblement, et il baissa les yeux sur mes lèvres tout en me prenant par la taille.

— M. Townsend ? appela Kincaid via l'Interphone.

Je me figeai et tournai la tête vers le professeur.

— Oui ? répondit-il.

Je bondis des genoux de Will et m'installai sur ma chaise.

— Vous voulez bien m'envoyer les élèves suivants dès qu'ils arriveront, je vous prie ? Michael Crist, Damon Torrance, Kai Mori et William Grayson. Je vous remercie.

— Ohhhh, rugit tout le monde dans la classe.

Mon pouls s'affola. Damon soupira pendant que les deux autres se levaient.

Will secoua la tête pour tenter de me calmer. *La crypte.* Je n'y avais même pas pensé. Tout le monde supposerait qu'il s'agissait des Cavaliers. Était-ce pour cette raison que Kincaid les convoquait dans son bureau ?

— Prenez vos sacs et vos livres, au cas où, conseilla Townsend.

Au cas où il leur arriverait quoi ? Une expulsion ? Une arrestation ?

Ils se dirigèrent en file indienne vers la porte. L'un après l'autre, chacun tourna la tête pour me dévisager.

Le sourire aux lèvres, Damon leva un doigt pour l'agiter à mon intention.

Kai le vit faire et éclata de rire tandis qu'ils disparaissaient par la porte. Je ne clignai pas des yeux pendant une bonne minute.

Merde !

Le cours fini, je ne tournai pas à droite comme je l'aurais dû, ne fis pas de halte à mon casier pour récupérer mon manuel de chimie, et ne passai pas par la case « Départ ». Je fonçai au secrétariat. J'avais envie de sortir voir si une voiture de police était garée devant l'établissement, mais je me retins de le faire.

— Je dois parler à M. Kincaid, informai-je la secrétaire en posant les mains sur le long comptoir.

Elle décolla les yeux de la pile de livrets qu'elle était en train de compter.

— À quel sujet ?

J'ouvris la bouche, mais quelqu'un d'autre parla à ma place.

— Pas question qu'elle entre avant moi.

Je fis volte-face. Trevor Crist, les cheveux trempés, tenait des mouchoirs sur son nez.

— J'attendrai, dis-je à la secrétaire.

Je jetai un coup d'œil à la porte de Kincaid. Des ombres remuaient derrière le verre dépoli. J'eus la gorge nouée en imaginant toutes les scènes possibles. Je m'assis à quelques sièges de celui de Crist et essayai d'écouter ce qui se disait à l'intérieur, mais ne perçus que des marmonnements.

J'étais presque tentée de les laisser porter le chapeau s'ils me le proposaient, parce qu'ils s'en sortiraient et pas moi. Mais ce n'était pas mon genre.

— Tu ne vas pas me demander ce qui s'est passé ? questionna Trevor.

Je lui jetai un regard, sentant une once de compassion me parcourir les veines.

Ce n'était cependant qu'un jour parmi d'autres à Thunder Bay.

— Je m'en fiche un peu, répondis-je. Désolée.

Je l'entendis ricaner pendant que je scrutais les ombres, l'écoutant à peine.

— Un jour, ils vont tout se prendre dans la gueule, cracha-t-il.

Il parlait des Cavaliers. Je devinai que c'était avec eux, ou l'un d'eux, qu'il s'était bagarré.

— C'est ce que tout le monde dit, soupirai-je.

Même moi, à un moment donné.

— Ça finira par arriver, insista-t-il. Et à ce moment-là, je ne serai pas le seul à rire.

Je tournai mon regard vers lui. Il crispait la mâchoire, l'air très en colère pour un élève de troisième.

Une part de moi l'admirait un peu. Il détestait son frère, et semblait obnubilé par sa haine. Je le comprenais, ce qui n'était sans doute pas le cas de tout le monde.

La porte du bureau de Kincaid s'ouvrit et je me levai. Une flopée de gens en sortit, y compris mon frère.

Il me vit et je redressai le dos, me creusant la tête pour trouver une excuse.

— Bon, retournez en classe, ordonna Kincaid aux garçons. Je vais vous laisser vous entraîner pendant la septième heure de cours, histoire que vous puissiez sortir plus tôt pour les festivités de ce soir. Ne me le faites pas regretter. Je ne plaisante pas, Torrance.

Damon émit un petit rire. Martin, lui, me dévisageait d'un air furieux.

— Qu'est-ce que tu fais là ? demanda-t-il.

— Je suis venue chercher des informations sur le salon universitaire, dis-je en m'approchant des brochures épinglées au mur.

J'en saisis une.

Que s'était-il passé là-dedans ? De quoi avaient-ils parlé ? Martin était-il au courant ?

— Trevor, enchaîna Kincaid. Entrez.

En se dirigeant vers le bureau du proviseur, Trevor se retrouva face à Damon. Il gonfla le torse et joua les durs, comme s'il ne faisait pas trente centimètres de moins que son aîné.

— Tu sais, un jour, je ne serai plus un gosse, menaça-t-il. Et tu devras te battre contre quelqu'un de ta taille.

— Ça ne sera toujours pas équitable, princesse, renvoya Damon. Mais tu peux essayer. N'oublie pas d'apporter un tube de vaseline.

Will pouffa de rire, et Michael écarta Damon.

— Assez. Retournons en cours.

Les deux garçons restèrent cloués sur place. Aucun d'eux n'avait envie de céder le premier.

— Tous en cours… tout de suite ! aboya Kincaid.

Les gars reculèrent enfin, tout en continuant de se toiser quelques instants de plus pour faire bonne mesure avant de quitter le secrétariat. Je restai plantée là, à essayer de comprendre ce qui s'était passé.

Ils n'étaient pas dans la merde. Bon, tant mieux.

Devais-je cracher le morceau ? J'attendis de voir si mon frère repartait, mais Will me poussa doucement par la porte.

— Ne dis rien, me chuchota-t-il pour que Martin n'entende pas.

Mes mots, mes excuses et mes explications se coincèrent dans ma gorge, et j'adressai un sourire crispé à mon frère tout en repartant en cours. Je compris néanmoins à son regard qu'il savait que je ne disais pas tout.

Nous partîmes. Damon cogna des casiers et fit un boucan de tous les diables pendant que nous le suivions dans le couloir.

— On se revoit en cours d'économie, lança Will à Michael en laissant les autres nous distancer.

Nous nous arrêtâmes dans le couloir désert. La deuxième heure de cours avait déjà commencé, et les autres bifurquèrent ou montèrent l'escalier.

— Il est au courant ? demandai-je d'une voix douce. Kincaid ?

— Oui, confirma-t-il. Enfin, il croit que c'est seulement les gars et moi. Il ne peut rien prouver, et il n'a aucune intention de le faire.

Comme ça, ils l'avaient tous laissé croire que c'étaient eux, les fautifs ? Mais pourquoi ?

— J'imagine que tu as de la chance d'être toi, affirmai-je, reconnaissante.

Will s'approcha et baissa les yeux sur moi.

— Ils ont de nouveau comblé la tombe de McClanahan. La famille a changé d'avis.

Il se racla la gorge pour me réciter les informations du jour.

— « C'est devenu un repère historique. » Ce qui veut dire, en gros, qu'ils n'ont pas envie de devoir gérer des actes répétés de vandalisme, et qu'ils préfèrent le laisser là où il a toujours reposé.

Donc, ça avait marché.

Ça avait vraiment marché.

— Tout est réel, affirma-t-il.

Hein ?

— C'est ce que tu as dit hier soir en te mettant au lit. Aujourd'hui, tout est réel. Est-ce que je suis moins réel la nuit ? C'est pour ça que tu m'évites ce matin ?

Oui. Je ravalai la boule de douleur logée dans ma gorge.

Enfin, on s'était bien amusés. J'aurais adoré que ça arrive encore, mais…

— Qui t'a infligé ces marques sur ton corps ? questionna-t-il.

Je me tendis et reculai d'un pas.

— Tu as des bleus de partout, s'obstina-t-il en portant son regard sur mon front et sur la petite coupure que j'avais couverte de maquillage. C'est ton frère ?

Mes mains se mirent à trembler.

Il commençait à comprendre.

Je savais que ça finirait par arriver. Je battis des cils pour refouler les larmes qui me brûlaient les yeux.

— Emmy, arrête de me mentir, me pria-t-il doucement. Je sais que quelque chose ne va pas. Je le sais. Parle-moi.

La boule dans ma gorge enfla. Je brûlais de tout lui avouer.

Je ne voulais pas perdre ça. J'avais envie de le laisser me prendre dans ses bras et me protéger.

J'avais beau vouloir prétendre le contraire, je savais qu'il tenait à moi.

Et mon cœur souhaitait tellement le garder que ça me faisait plus mal que tout ce que Martin avait pu m'infliger.

Mais je ne pouvais pas tout avouer. Si je laissais cette histoire se poursuivre, il s'interposerait. Il sèmerait le désordre, prendrait ma défense, et je serais séparée d'elle.

On pourrait m'envoyer ailleurs. Je ne voulais pas que ma grand-mère se retrouve seule.

Les mots pesèrent sur le bout de ma langue. Ce serait si bon de plonger dans ses bras et d'attendre impatiemment la suite. De tout lui raconter.

Mais je me contentai de serrer les dents, si fort que j'en eus mal à la mâchoire, et de reculer encore en me forçant à émettre un sifflement de dérision. Je secouai la tête avec un sourire amer.

Je contemplai sa bouche, puis ses mains, me rappelant que tout ça avait été à moi la nuit dernière.

Nous ne pouvions pas être ensemble.

Peut-être un jour. Pas aujourd'hui.

Il m'agrippa le coude pour m'attirer à lui.

— Tu n'as toujours pas compris que tu pouvais avoir tout ce que tu voulais ? murmura-t-il, répétant les paroles qu'il avait prononcées quelques semaines plus tôt. Je défoncerais n'importe qui pour toi. C'est qui, bordel ?

Je me bornai à rire, les joues mouillées de larmes. *Bon sang, va-t'en.*

Je serrai les poings et dégageai mon bras de son emprise.

— Lâche-moi, m'agaçai-je. Va t'amuser avec tes potes. C'est tout ce que tu as, alors ne les laisse pas partir. Je ne t'aime pas, je ne veux pas de toi.

Ces mots me firent l'effet de rasoirs au fond de ma gorge. J'avais envie de vomir.

Mais je tins bon. Une flamme s'alluma dans son regard, et il se mit à respirer péniblement.

— Emmy…

Lâche l'affaire, bon sang ! Arrête de me torturer avec tout ce que j'ai toujours voulu et que je n'aurai jamais. Je rendrais son existence invivable.

— Laisse-moi tranquille.

— Tu me repousses. Tu devrais…

— On est trop différents, toi et moi, assénai-je en reculant encore. Tu croyais que c'était sérieux, cette histoire ? Tu t'es tapé la moitié des nanas de terminale ! Si j'avais su que tu penserais que cette nuit signifiait plus que ça, je ne serais jamais venue au bal de rentrée.

Il retroussa les lèvres.

— Arrête, cracha-t-il. Tu m'entends ? Arrête. La nuit dernière, c'était tout pour moi. Je ne veux personne d'autre que toi.

Les larmes me montèrent aux yeux, et je ravalai le sanglot logé dans ma gorge.

Bon sang, je l'aimais. Je souffrais comme jamais. Il fallait que je m'en aille.

Je refusais qu'il s'occupe de moi. Je refusais de lui imposer des fardeaux trop lourds à porter.

J'inspirai à pleins poumons et me forçai à articuler, le ventre à l'agonie.

— Moi aussi, je voulais t'avoir, lançai-je d'une voix dure. Et je t'ai eu. On s'est bien marrés. C'était même mieux que ce qu'on raconte. Maintenant, c'est fini.

— Merde alors.

— J'aurai du mal à trouver quelqu'un de mieux au pieu, avouai-je. Ça, c'est sûr.

Il fit volte-face pour enfoncer son poing dans les casiers, et je le regardai les yeux écarquillés. Il paraissait prêt à tuer.

Oui. Déteste-moi.

Par pitié, déteste-moi.

— Non mais quelle…, s'interrompit-il, trop lâche pour ajouter « salope ».

Il se retourna vers moi.

— Tu sais à quel point tu es facile à remplacer ? C'est ce que tu veux, c'est ça ? Ce serait aussi facile que ça, lâcha-t-il en claquant des doigts sous mon nez.

J'en étais malade de jalousie. Je savais que c'était une menace en l'air, mais j'avais tout de même envie de l'envoyer aux tréfonds de l'enfer s'il mettait la main sur une fille.

N'empêche que je me sentais plus forte. Je me nourrissais de la haine, de la souffrance et de la colère.

— Alors ne t'en prive pas pour moi ! criai-je. Tu peux crever en enfer, je n'en ai rien à foutre.

Je partis en trombe vers mon casier, et attendis d'avoir bifurqué dans le couloir pour fondre en larmes.

Je fermai les yeux et m'abandonnai aux sanglots tout en me mettant à courir.

Will.

23

Emory

Présent

Aydin quitta ma chambre en m'annonçant qu'on dînait dans une heure, et que c'était Taylor qui régalait. Je n'avais pas franchement envie de manger ni de boire quoi que ce soit préparé par ce type, mais il avait décrété que je serais la première servie. Donc, si je voulais que les autres mangent, il fallait que je sois là.

J'acquiesçai en gardant le silence, et refermai la porte sans la bloquer avec la chaise cette fois-ci. Si quelqu'un entrait dans ma chambre, il supposerait simplement que j'étais partie me promener ailleurs.

Je me glissai de nouveau dans le tunnel, refermai soigneusement le tableau et m'accroupis pour farfouiller dans le sac en toile d'Alex, en quête d'une autre lampe torche. J'y trouvai un fatras d'habits, de barres de céréales, une gourde d'eau, une couverture, un couteau et un peu de ficelle.

Pas de lampe torche.

Ne s'était-elle nourrie que de barres de céréales ? Aydin n'avait pas laissé entendre qu'il manquait quoi que ce soit dans la cuisine, mais Alex était habile. J'espérais qu'elle était parvenue à piquer de la nourriture pendant que tout le monde dormait.

Elle était du moins forcément sortie de sa cachette pour aller aux toilettes.

Je passai la main à l'intérieur du sac pour chercher le téléphone satellite à tâtons, mais en vain. L'avait-elle caché quelque part ?

Je refermai le sac et m'élançai dans le passage sans lampe torche, ni la moindre idée d'où Alex était allée. Il devait y avoir des tunnels à chaque étage, et elle avait eu plusieurs jours pour les explorer. Je ne savais même pas où se trouvait la chambre de Will.

Je longeai le couloir secret à la course. L'odeur de la terre et de la mer m'enveloppait comme dans les profondeurs d'une cave, et l'écho de la cascade résonnait tout autour de moi.

Des rais de lumière filtraient dans le couloir sombre depuis les chambres que je passais, et je jetai un rapide coup d'œil dans chacune d'elles afin de m'assurer qu'Alex et Will ne s'y trouvaient pas.

Une fois arrivée au bout du couloir, je remarquai que le tunnel se poursuivait sur ma gauche. En face de moi, une échelle descendait.

En général, Will se douchait vers la piscine couverte. Après la serre, il se pouvait qu'il soit venu ici.

Je descendis l'échelle, qui gémit sous mon poids. J'avais entendu ce bruit l'autre jour. Dans les murs du couloir qui donnait sur la piscine.

Alex avait été là, juste à côté de moi, et je ne l'avais pas vue. Elle aurait pu me signaler sa présence. Pourquoi ne l'avait-elle pas fait ?

Je secouai la tête, tâchant de chasser ma colère tandis que des échardes de bois me piquaient les paumes. J'atteignis le bas de l'échelle et me mis à courir dans le tunnel.

Panneaux et portes apparaissaient ici et là, indiquant les entrées de diverses pièces. Je priai pour que personne d'autre ne soit au courant pour ces passages. On pouvait s'y planquer afin d'observer les autres et, si j'avais besoin d'un raccourci pour me rendre quelque part rapidement, ce serait parfait.

Mais je ferais mieux de ne pas trop espérer. Aydin était intelligent, et il vivait ici depuis deux ans. J'aurais été étonnée qu'il n'ait pas déjà découvert cet endroit.

Je passai devant la salle de sport, tout en me demandant quand les gars allaient rentrer de la chasse et où se trouvait Aydin. Je ne l'avais pas encore vu.

Un bruit mat résonna tout près, comme un meuble qu'on heurtait. Je m'immobilisai un instant avant de me précipiter dans cette direction.

— Ah ! cria-t-on.

Je m'arrêtai pour coller l'oreille au mur.

— Allez, tu peux faire mieux que ça, déclara Taylor.

Taylor ? Je le croyais parti à la chasse avec Micah et Rory.

Je perçus des marmonnements, et je sus qu'ils étaient de l'autre côté de ce mur. Je cherchai un trou pour épier, le trouvai à trente centimètres de là et m'en approchai.

Taylor était accroupi de l'autre côté de la table de billard. Seule sa tête était visible, et remontait de temps à autre. Les mains d'un autre lui enserraient le cou.

— Que se passe-t-il ? dis-je à mi-voix.

Puis, je repérai une forme sur la droite et plissai les yeux.

Un épais bougeoir en bois à la main, Alex avançait derrière Taylor à pas de loup. J'écarquillai les yeux et inspirai vivement.

Qu'était-elle en train de faire ?

Mais avant que j'aie pu localiser l'ouverture par laquelle elle était passée, elle leva le bras et abattit brutalement le bougeoir sur l'arrière du crâne de Taylor.

Il sursauta, se tétanisa et tomba à la renverse pour s'écraser au sol. Elle resta sans bouger, le souffle court.

Un instant plus tard, Will s'était levé d'un bond et essuyait le sang sous son nez.

— Alex ? lâcha-t-il, bouche bée.

Elle n'avait pas l'air ravie.

— Qu'est-ce que tu fous ? s'agaça-t-elle, chuchotant au-dessus de Taylor. Tu aurais pu te le faire, ce type. Je te regarde te faire casser la gueule depuis des jours !

Il la dévisagea, stupéfait.

— Qu'est-ce que tu fous là ?

— C'est tout ? renvoya-t-elle après une pause. C'est tout ce que tu trouves à dire ?

Elle agita une main en montrant sa tête.

— Pas un mot sur ma coiffure ?

Je faillis m'esclaffer, malgré mon cœur battant. Je ne les avais encore jamais vraiment vus interagir avant. J'avais rencontré Alex longtemps après que Will avait été envoyé ici.

Elle semblait si à l'aise avec lui.

Il cligna des yeux, essuya son nez qui dégoulinait encore de sang, et puis s'empara de la main de la jeune femme.

— Merde, jura-t-il en ouvrant la porte et en la tirant hors de la pièce. Saloperie de…

Il fonça avec elle, et je me figeai, me demandant si je devais sortir courir avec eux. Choisissant de rester dans les murs, je me précipitai le long du couloir.

Je regardai dans chaque pièce que je passais, craignant qu'il ne l'emmène en haut dans sa chambre. Mais la garder trop longtemps à découvert aurait été risqué.

Je jetai un coup d'œil dans le petit salon et m'apprêtai à courir vers la pièce suivante. À cet instant, je le vis se glisser à l'intérieur en l'entraînant derrière lui, puis refermer la porte et la bloquer à l'aide d'une chaise.

J'épiai par la petite fente creusée dans la bibliothèque qui se trouvait de l'autre côté du mur. Elle se jeta à son cou, manquant de le renverser.

Je me collai au mur, sur le point d'ouvrir, mais… je préférai observer.

Au début, il resta les bras ballants, puis se reprit et les enroula autour d'elle pour la serrer fort contre lui. Elle sanglota doucement, déposa un baiser sur sa joue pendant qu'il fermait les yeux. Sur les lèvres de Will se dessinait un sourire, un vrai sourire, pour la première fois depuis mon arrivée.

Mon cœur se serra.

— Tu m'avais manqué, gamine, lança-t-il.

Elle hocha la tête, toujours serrée contre lui.

— On rentre à la maison.

Ils restèrent enlacés quelques secondes de plus avant de s'écarter, les yeux dans les yeux.

— Comment as-tu fini par deviner ? demanda-t-il en ôtant son T-shirt pour s'essuyer le visage des restes de sa bagarre avec Taylor.

— Je n'ai rien deviné du tout, répliqua-t-elle.

— Rika ?

— Misha et Damon, en fait.

Il lâcha un gloussement qui me rappela un autre temps. Lui, ado, au Cove.

Rika. Il parlait d'Erika Fane. J'avais entendu dire qu'elle était fiancée à Michael Crist, un de ses meilleurs amis. Kai était marié et père de famille, tout comme ce connard de Damon Torrance. *Incroyable.*

Misha Grayson était son jeune cousin. Lui aussi avait fréquenté Thunder Bay Prep, mais à cette période, j'avais déjà quitté le lycée.

Alex les connaissait tous. Désormais, elle faisait partie de la vie de Will. Elle était amie avec tous ses amis.

— Damon et Misha…, pouffa Will. Genre, ensemble, dans la même pièce ?

— Du sang a peut-être un peu coulé, blagua-t-elle.

Les entendre bavarder ainsi me nouait l'estomac.

Puis il l'attrapa et la serra dans ses bras.

— Tu peux me dire ce que tu fais là ? Hein ? C'est vraiment idiot de ta part.

Elle le regarda, inquiète, et puis il la relâcha avant de s'éloigner pour jeter son T-shirt sur une chaise. Dans la lueur tamisée, les tatouages noirs qui recouvraient son corps semblaient se fondre les uns dans les autres.

Elle s'approcha de lui.

— Ça fait un an. Tu te doutais forcément qu'on finirait par piger que quelque chose clochait. Tes parents racontaient à tout le monde que tu étais en mission humanitaire à… genre, au Soudan du Sud.

Il se mit à rire tout en se frottant le front.

Elle fronça les sourcils.

— Pourquoi tu rigoles ?

— Je ne sais pas ce qui me vexe le plus : le fait que vous ayez pris autant de temps pour me chercher, ou que vous ne m'ayez pas cru capable de m'en tirer tout seul.

— Au moins, tu n'es pas furax qu'ils aient envoyé une fille, riposta-t-elle en haussant les épaules.

Il lui décocha un regard.

— Je sais de quoi tu es capable, lâcha-t-il, presque avec respect.

J'ignorais ce que je m'étais imaginé, mais je ne les avais pas crus si proches. Quand on les voyait ensemble, il avait l'air d'être avec un de ses potes. À l'aise.

Elle valsa d'un pied sur l'autre. Entre eux, le silence s'étira.

— Bon, euh… Si tu veux emporter des trucs, je peux les prendre tout de suite. J'ai un plan de fuite, mais je ne sais pas quand il s'enclenchera. Il faut que tu te tiennes prêt.

Il ne bougea pas.

— Comment tu as fait pour arriver là ? demanda-t-il. Tu peux repartir ?

— Comment ça ?

Il s'humecta les lèvres, cherchant ses mots.

— Il faut que tu te barres de cette maison. Maintenant. Tout de suite.

Elle parut désorientée.

— C'est quoi ton problème ? murmura-t-elle avec inquiétude. Je te ramène chez nous.

— Non, c'est toi qui pars. Et tu vas leur dire que je peux me débrouiller tout seul. Je n'ai pas besoin d'aide.

— Et Emory ?

Il la considéra.

— Tu es au courant de quoi ? C'est toi qui l'as amenée ici ? C'est Michael ?

— Elle vient de me poser la même question. Pourquoi aurait-on fait une telle connerie ? Je ne sais pas qui l'a envoyée ici ni pourquoi, mais je miserais sur son frangin.

Mon frère n'avait pas les fonds suffisants, et puis, je n'étais pas si importante que ça à ses yeux.

Will la considéra.

— Tu la connais ? s'étonna-t-il.

Elle acquiesça.

— On s'est rencontrées au printemps dernier.

Will haussa les sourcils.

— Ne me regarde pas comme ça, s'offusqua-t-elle. Elle était à Thunder Bay pour l'enterrement de sa grand-mère. On s'est croisées par hasard.

— Tu es ici depuis combien de temps ?

Alex garda le silence. Il changea de visage, devinant la réponse.

— Donc, tu es arrivée en même temps qu'elle il y a plusieurs jours, et quoi ? Tu l'as aperçue et tu as décidé de lancer les dés en restant cachée pour voir ce qui se passait entre elle et moi ?

Elle croisa les bras, un petit sourire satisfait aux lèvres.

— Sors-la de là, cracha-t-il. Et barrez-vous toutes les deux.

Je cessai de respirer. Voilà pourquoi elle m'avait laissée seule ces derniers jours. Elle n'avait pas voulu courir le risque de se faire prendre et de retarder la communication avec ses amis qui étaient en route, ce que je comprenais, mais elle avait aussi voulu voir ce qui allait se passer entre Will et moi. Peut-être pour son propre intérêt, peut-être pour celui de Will.

Il ne voulait pas partir. Pourquoi ?

Alex s'approcha de lui et planta son regard dans le sien.

— Damon va bientôt avoir son deuxième enfant, lui apprit-elle.

Michael et Rika vont se marier le soir de la Nuit du Diable. Ils s'apprêtent à démolir le Cove et à construire le complexe touristique. Il faut qu'on parte.

— On dirait que tout se déroule à merveille sans moi.

Elle lui asséna deux petits coups, pas très fort, mais j'entendis sa paume claquer sur le torse de Will. Il eut un mouvement de recul.

— Je te préférais défoncé, gronda-t-elle à voix basse. Maintenant, je ne sais plus qui tu es. Qu'est-ce que je t'ai dit quand on s'est rencontrés ?

Il resta là, sans bouger. Silencieux, penaud.

— « Je peux tout supporter tant que j'ai assez de rouge à lèvres », récita-t-elle. Je planque tout sous une couche supplémentaire, comme tu l'as toujours fait avec tes sourires. Rika, Michael… Tous, ils font partie de ma famille.

Elle parla d'une voix plus douce, presque étranglée par ses larmes.

— Mais toi… tu es mon reflet. Maintenant, reprends-toi. Soit tu rentres avec moi, soit…

— Fais-moi confiance, OK ? lança-t-il subitement en se redressant enfin de toute sa hauteur. Je sais ce que je fais. Fie-toi à moi, rien qu'une fois.

Il prit son visage dans ses mains et je m'écartai du mur. Je ne pouvais pas voir ça.

Elle était meilleure que moi pour lui. Mille fois meilleure.

Et j'avais beau savoir que c'était imprudent, comme tout ce que j'avais pu commettre au lycée en craignant que Martin ne finisse par l'apprendre et que j'en subisse fatalement les conséquences, je me mis à courir. J'accrochai un tuyau avec ma basket et un bruit métallique fendit l'air, mais je me fichais qu'ils entendent. Je courus, à perdre haleine, avec la ferme intention de me tirer de là une bonne fois pour toutes. Il était temps.

J'ignorais où je me trouvais, où j'allais, comment j'allais bien pouvoir survivre dans la forêt glaciale, mais c'était toujours comme ça avec moi : d'une façon ou d'une autre, je finissais toujours par m'en sortir.

Je montai l'échelle qui menait jusqu'à ma chambre, fonçai le long du tunnel et traversai le tableau une fois de plus. J'attrapai le sweat-shirt qu'Aydin m'avait apporté, l'enfilai, et glissai le canif dans ma poche arrière en laissant mon gant à griffes. Puis, je courus hors de ma chambre, dévalai les marches et parcourus rapidement l'entrée du regard. Les statues et bougies tremblotaient comme sous l'effet d'une présence invisible. Je filai dans la cuisine pour attraper mon ballot dans le placard.

Je relevai ma capuche et fonçai vers la porte du fond.

Mais à cet instant, le panneau du mur coulissa sur le côté pour laisser passer Alex, qui me bloqua la route.

Will s'avança derrière moi. Tous les deux avaient le souffle court, comme s'ils s'étaient précipités pour me rattraper. Ils avaient dû m'entendre trébucher sur le tuyau dans le tunnel.

— Emmy, attention à ne pas faire de bruit, chuchota Alex en regardant par-dessus mon épaule au cas où quelqu'un viendrait. Je ne pourrai pas te sortir de là s'il m'enferme.

« Il ». Aydin.

— Bon, tu veux partir ? lui décochai-je. OK, partons tout de suite. Toi, tu as choisi d'être là. Pas moi. Je veux rentrer chez moi.

Je n'avais pas envie de rester là avec eux deux. D'ailleurs, je n'avais pas envie d'être là tout court. Quitte à crever dehors toute seule.

Tu es mon reflet. Mes yeux me brûlaient atrocement.

Elle secoua la tête.

— Je ne pars pas sans lui.

— Comme tu voudras.

Je contournai l'îlot central, poussai le seul bocal en verre restant vers Will, qui recula quand celui-ci s'écrasa au sol.

Je quittai la pièce en trombe, traversai la maison au pas de course et me précipitai vers la porte principale. S'il n'était pas prêt à partir, je ne l'attendrais pas. Mes choix m'appartenaient.

J'ignorais pourquoi j'étais aussi hors de moi. Je savais pourtant ce qui s'était passé entre eux, et il ne me devait rien, surtout pas à moi, mais je n'avais encore jamais vu leur relation d'aussi près. Leurs liens étaient plus forts que je ne l'avais cru.

Il ne m'était pas venu à l'esprit qu'ils aient pu tisser une relation aussi solide. Quelle idiote.

Ça faisait un mal de chien.

Quelqu'un m'empoigna. Je lâchai mon sac de nourriture et dévisageai Alex.

— Tu vas mourir de froid, me prévint-elle à voix basse. Tu ne tiendras pas la nuit.

— Alors, qu'est-ce que tu prévoyais de faire ici ? aboyai-je en montrant du menton Will, qui entrait nonchalamment. Te servir de moi comme d'une distraction pendant que tu t'enfuyais avec lui ?

— J'avais prévu de m'échapper avec lui le jour de mon arrivée et de nous cacher jusqu'à ce que les renforts débarquent, répliqua-t-elle. Mais tu t'es pointée et tu as fichu tous mes plans en l'air. Maintenant, j'ai deux personnes à extraire.

Navrée pour le dérangement.

Quoi qu'il en soit, je n'allais pas traîner ici. Il ne voulait pas partir, et elle ne partirait pas sans lui, alors tant pis pour eux.

— Personne ne te sauvera, lançai-je à Will en le regardant dans les yeux. C'est ta faute, et celle de personne d'autre. Tu vas devoir te sauver tout seul.

Il resta planté là comme une statue, en me fixant durement de ses yeux verts. Ses cheveux châtains, encore mouillés depuis la serre, rebiquaient n'importe comment.

Il ne se défendait pas. Il ne prenait pas parti…

Il ne l'avait jamais fait.

— Tu as toujours été minable, raillai-je. Tu le sais, ça ? Naïf, incapable, minable.

Une gifle me cingla la joue, faisant jaillir du sang dans ma bouche là où mes dents avaient entaillé la chair à l'intérieur.

Je pris deux inspirations et, lentement, me retournai vers Alex.

— Emmy, je suis désolée, grinça-t-elle. Vraiment. Mais je ne partirai pas sans lui, et tu ne partiras pas non plus parce que tu mourras dehors. Réfléchis un peu. Tu ne sauras pas où aller, et tu me feras perdre encore plus de temps que tu ne l'as déjà fait.

Comme si c'était ma faute.

Je m'en allais, putain, que ça lui plaise ou non ! Je n'avais aucune importance pour elle.

Ou lui.

— Qu'est-ce que ça peut bien te foutre ? grondai-je en la bousculant si violemment qu'elle trébucha. Tu l'auras tout à toi maintenant. Plus de rivale.

À ma grande surprise, elle eut un petit rire, et fondit de nouveau sur moi pour me plaquer une main sur la bouche et me réduire au silence.

Je la giflai à son tour, tâchant de me libérer mais en vain.

— C'est ce que tu es, Emory ? me taquina-t-elle. Une rivale ?

Je me tiens devant la tombe de ma grand-mère. La brise se lève et agite les arbres.

J'essuie une larme sur ma joue.

Je devrais être heureuse, pas vrai ? En fin de compte, elle est restée bien plus longtemps qu'on ne l'aurait cru. Comme si elle avait su que j'avais besoin d'elle.

Ça fait plus de six ans, presque sept, que je n'étais pas rentrée. Même maintenant, je cherche Martin du regard. J'ai peur de le croiser, peur de tout ce qui emplit cette ville.

Tôt ou tard, je vais devoir assumer les conséquences. J'espère seulement que ça ne sera pas aujourd'hui.

Je marche jusqu'à ma voiture de location en enroulant les bras autour de moi pour affronter l'air encore frais du printemps, et je me glisse sur le siège conducteur avant de démarrer. Mon vol de retour pour la Californie n'est pas avant demain, ce qui veut dire que je vais devoir passer la nuit à Meridian City. Pas question de traîner à Thunder Bay plus que de raison.

N'empêche que… Maintenant, j'ai appris à me lisser les cheveux, et je porte des lunettes de soleil adaptées à ma vue ainsi que des habits assortis et repassés à ma taille. Personne ne me reconnaîtra.

Je quitte le cimetière, sans un regard pour la tombe d'Edward McClanahan, même si je sais pertinemment où elle se trouve quand je passe devant. Je monte la musique. L'autoradio crache White Flag *de Bishop Briggs. Je m'élance sur l'autoroute, tentée de contempler les manoirs au passage, ceux des Crist, des Fane, des Torrance et des Ashby, mais je n'en fais rien. J'espère seulement qu'il a retrouvé un semblant de sa vie d'avant, même si je sais déjà qu'il a forcément changé.*

Je prie pour qu'il soit parti. Voyager, vivre… aimer, et être aimé.

Les larmes me montent encore aux yeux, mais je les refoule, prise de nausée. J'ai fait ce que je devais faire, pas vrai ? Je lui ai sans doute même épargné un sort bien pire.

J'ai beau me le répéter, je n'arrive pas à l'intégrer.

Il faut que je l'affronte, que je lui déballe tout. Ça me ronge de l'intérieur. S'il n'est pas encore venu me voir, c'est qu'il n'est pas au courant, et il devrait l'être.

Je ne peux plus continuer comme ça.

J'entre dans le village et cours le risque de passer devant mon ancienne maison. Le gazon est envahi par les journaux et la végétation, la poubelle repose sur le côté.

Martin vit-il encore ici ? Je ne vois aucune voiture dans l'allée.

Quand grand-mère est morte une semaine plus tôt, j'ai envoyé un e-mail à mon frère en espérant qu'il ne répondrait pas. Il m'a demandé de lui faire savoir ce que je comptais faire.

Je n'ai pas répondu.

Je lui dirai une fois que je serai repartie. Ce n'est qu'à ce moment-là qu'il pourra venir se recueillir sur la tombe. Il n'est pas venu la voir depuis des années, Dieu merci, alors il n'a rien d'un petit-fils éploré. Ça, je le sais.

Je continue de conduire, sans savoir où je vais. Devant moi, j'aperçois le Cove et je tourne dans le parking. J'ai entendu dire qu'on allait le démolir. Quelque temps auparavant, un membre du comité des anciens élèves m'a envoyé une invitation à une « Soirée nostalgie » mais, bien sûr, je ne me suis pas donné la peine de venir.

Moi, venir ici, alors que c'était presque la Nuit du Diable ? Jamais de la vie.

Je repère quelques voitures dans le parking autrement désert et m'immobilise sur une place à peine délimitée où les mauvaises herbes poussent à travers le béton et où les lignes peintes se sont estompées.

Je coupe le contact, descends du véhicule et fourre les clés dans la poche de mon jean. Tout en regardant autour de moi, je déambule et me faufile à l'intérieur du parc.

La mer s'étend au-delà de la grande roue, et je goûte l'air salé en passant les billetteries pour me diriger vers le bateau pirate. La peinture jaune et marron s'est effritée, et je distingue ses boulons rouillés de loin. Autour du manège figé et silencieux, un sentiment de mort sinistre s'abat sur le parc et me provoque des frissons.

Dans ma tête, j'entends presque la musique de cette fameuse soirée tout en m'approchant de l'endroit où nous nous étions assis.

Un poing me comprime le cœur. Il me manque. À l'époque, je ne m'étais pas doutée que j'en souffrirais autant, ni que ça durerait aussi longtemps.

— Bon, évidemment que tu n'es pas d'accord, ronchonne un type, parce que dès que tu sauras ce que je veux, tu décideras du contraire.

Je tourne la tête à gauche et à droite, comprenant que je ne suis pas seule.

— Quel menteur ! riposte-t-elle. Tu délires complet. Ce lieu ne rime à rien, et j'en ai déjà parlé avec Kai.

Kai ?

Enfin, je remarque trois personnes qui marchent près des bateaux tamponneurs. Je me glisse derrière un stand de jeux pour les observer sans être vue.

Michael Crist porte un rouleau de documents qui ressemblent à des plans d'architecte. Il est accompagné de deux femmes, une brune et l'autre aux cheveux châtains.

Je plisse les yeux derrière mes lunettes de soleil. La brune me rappelle quelqu'un, mais je ne crois pas la connaître.

— Tu ne peux pas construire une marina ici, s'énerve-t-elle contre Crist. En plus, les clients n'auront pas accès à une plage. Il n'y a que des rochers, tu te souviens ? Et quand les tempêtes maritimes frapperont, personne n'aura envie de traîner dans le coin pour endurer de la pluie, de la neige et des vents de la force d'un cyclone. Toute la côte est en érosion, et ce phénomène va se poursuivre jusqu'à ton fichu terrain de golf.

Je réprime un sourire. Je n'avais jamais entendu quelqu'un parler à Crist de cette manière.

Elle me plaît.

— Ça prendra mille ans, gémit-il avant de regarder l'autre femme. Alex, tu veux bien m'aider un peu ?

— Oh ! non, décline-t-elle en tapotant sur son téléphone. Je ne voudrais pas vous interrompre.

Il secoue la tête avant de les mener à travers le parc pour regagner le parking. Dans son costume noir, il est encore plus canon qu'il l'était au lycée. Malheureusement.

Je n'ai pas suivi sa carrière de basketteur, mais je sais qu'il joue encore dans une équipe professionnelle.

Génial. S'il est là, ça veut dire que les autres ne sont pas loin non plus.

Mais qui sont ces femmes ?

— Il faut que je parle à Kai, grommelle-t-il.

— C'est ça, cours voir papa, rétorque la brune. Ce que je dis est trop sensé.

Il lève les yeux au ciel et continue d'avancer, pendant que les femmes lui emboîtent le pas.

On dirait qu'il s'apprête à acheter le terrain. Et pour en faire un golf ? Elle a également parlé de clients, ce qui fait un peu penser à un hôtel.

J'éprouve une bouffée de nostalgie, sans trop savoir pourquoi. Je n'en ai pas le droit.

Seulement, cette soirée était inoubliable, et tant que ce lieu existe, j'ai l'impression que tout n'a peut-être pas disparu.

J'attends encore une minute de plus, et jette un coup d'œil au-delà de la grande roue, en direction de Cold Point. Je suis presque tentée d'aller m'y balader, mais j'étais déjà à deux doigts de me faire prendre. Il est temps de partir.

Je repars vers le parking, tout en sortant mon téléphone pour vérifier l'heure. Alors que je m'approche de ma voiture de location, je m'aperçois que quelqu'un est assis sur le capot.

C'est la fille aux cheveux châtains que j'ai vue à l'intérieur, dans son débardeur blanc trop court pour couvrir son ventre. Elle me dévisage, avec ses lunettes de soleil posées sur le bout du nez et sa moue boudeuse couleur prune.

Je m'arrête et regarde à la ronde. Les autres voitures ont disparu, et je ne vois ni Michael ni l'autre femme.

— Salut, lancé-je en m'approchant avec hésitation. Je ne cherchais pas à mal. Je voulais juste jeter un coup d'œil.

Visiblement, ce lieu leur appartient à présent. J'ai donc dû pénétrer illégalement ?

Mais elle se borne à m'adresser un petit sourire.

— Tu es Emory Scott.

Je fronce les sourcils.

— Je t'ai déjà vue une fois en photo, précise-t-elle.

— Et toi, tu es qui ?

— Alex Palmer, répond-elle en croisant les jambes et en s'inclinant en arrière sur une main. Une amie de Will Grayson.

Je me tends, contemple sa silhouette en me disant qu'aucun homme n'a d'« amis » qui ressemblent à ça.

— Je t'ai vue faire, taquine-t-elle.

— Quoi ?

— Ce petit regard pour m'inspecter de la tête aux pieds histoire de jauger ta rivale avec une pointe de jugement, décrète-t-elle en faisant rouler sa tête avec provocation.

Une rivale ? C'est ce qu'elle est ?

Avec un petit rire, je farfouille dans ma poche pour en sortir mes clés tout en m'approchant de la portière du côté conducteur.

— Je ne te regardais pas comme ça.

— Tu me reluquais, alors ?

— Oui, confirmé-je en ouvrant la portière. C'est ça.

— Tu es revenue en ville pour de bon ?

— Non.

— Tu ne fais que passer ?

— Oui.

— Et tu es venue au Cove. Pourquoi ?

— Ça ne te regarde pas, décoché-je, debout à l'intérieur de la portière, en la fixant du regard. Tu veux bien descendre de ma voiture ?

Franchement, quelle fouineuse.

— J'ai besoin qu'on me dépose quelque part, me confie-t-elle. Si ça ne te dérange pas.

Je marque une pause.

— Pardon ?

— Je peux monter dans ta voiture ? précise-t-elle, comme si j'étais stupide.

— Je ne suis pas un taxi.

Et… je ne te connais pas.

— Culottée, souligne-t-elle. Il avait raison sur ton compte.

« Il » ? Will lui avait dit que j'étais culottée ?

Bon, si c'est ce qu'il a raconté de pire sur moi, j'imagine que j'ai de la chance.

J'ouvre la bouche, mourant d'envie de la questionner sur lui.

Est-il en ville ? Va-t-il bien ?

Est-il heureux ?

Mais je garde le silence, sachant que c'est lui son ami. Pas moi.

Elle saute du capot et se tient devant la portière.

— Tu me prends en voiture, et je paye la pizza et les margaritas, propose-t-elle.

Pizza et margaritas… C'est une blague ?

— Qu'est-ce que tu veux de moi ? questionné-je.

Elle ne me connaît pas. Je suis persuadée qu'il s'agit d'une ruse.

Cela dit… j'imagine toujours le pire chez les autres, alors…

— Je ne sais pas, répond-elle d'une voix douce. Mais ça t'est déjà arrivé d'avoir l'impression que tu as besoin de quelque chose, sans savoir quoi ?

Elle me regarde d'un air pensif.

— Genre, un verre, une crise de larmes, ou sauter dans le premier avion qui t'emmènera loin d'ici ? poursuit-elle. Sauf que rien de tout ça ne te satisfait, et que tu ne sais toujours pas ce que tu veux ?

Ses mots me parlent plus qu'elle ne l'imagine. Mais moi, je sais ce que je veux. Et je ne peux pas l'avoir.

— Eh bien, quand je t'ai vue à l'intérieur du parc tout à l'heure, et que je t'ai reconnue… j'ai eu le sentiment qu'on avait trouvé.

« On » ?

Pourquoi aurait-elle besoin de moi ?

— Sticks reste un incontournable, chantonne-t-elle. La meilleure pizza.

— Non, protesté-je. Pas là. Je ne veux pas…

— Qu'on te voie ?

De la pizza, ça me dit bien. Et des litres de margaritas, encore plus. Ma triste chambre d'hôtel en ville ne me tente plus du tout, mais…

— Je n'ai envie de croiser personne, lui confié-je. Merci quand même.

Elle soutient mon regard.

— Il n'est pas en ville en ce moment. Si c'est ce qui t'inquiète.

Je la dévisage juste ce qu'il faut pour qu'elle comprenne qu'elle a raison, et elle contourne le devant de la voiture à la course pour s'installer côté passager.

Il n'est pas en ville ? Où est-il, alors ?

Mais ça ne me regarde pas. Il fait ce qu'il veut.

Je m'assieds pendant qu'elle boucle sa ceinture de sécurité. Je démarre la voiture. Je ne suis pas super à l'aise, mais je pressens qu'elle n'aime pas qu'on lui dise non, et moi je n'aime pas les conflits.

— Où est-ce que tu habites ? lui demandé-je.

Je peux bien la déposer chez elle.

Mais elle se contente de remonter ses lunettes de soleil sur son nez.

— D'abord, des margaritas.

Le lendemain matin, j'avais la gueule de bois et elle me traînait jusqu'à l'aéroport pour que je ne rate pas mon vol. On avait commencé au Sticks avant de prendre un taxi jusqu'à Meridian City où on avait bu plus que de raison au Realm, pour s'écrouler dans ma chambre d'hôtel.

Je la détestais, elle, son corps magnifique et son joli minois, et toutes les fois où je n'avais pas pu m'empêcher d'imaginer Will la toucher. Pourtant je ne pouvais pas la haïr, parce qu'elle était absolument splendide malgré sa vie difficile.

Je m'étais réveillée avec une atroce migraine, et je l'avais détestée encore plus à cause de ma gueule de bois, mais… elle avait envoyé des SMS, appelé, pris de mes nouvelles au fil des mois jusqu'à ce que je sois persuadée qu'elle n'était pas si détestable que ça.

Jusqu'à ce que je me rappelle qu'elle était l'amie de Will, et que je détenais un secret pour lequel elle risquait de m'en vouloir.

Will se tenait dans l'entrée face à moi, le regard brûlant. J'avais envie de l'emmener dans ma chambre, de fermer la porte et de le garder contre moi à tout jamais, mais il savait comment ça finirait ce soir-là.

Je ne ramperais pas. Je mettais les voiles.

Je bousculai Alex et fonçai vers la porte, mais elle m'attrapa et me projeta par terre.

Je m'écrasai sur le sol en marbre, le souffle coupé, et la fusillai du regard.

Sans perdre une seconde de plus, je me relevai subitement et me jetai sur elle, prête à la déchiqueter en deux s'il le fallait, parce que…

Parce que je ne savais me battre pour personne d'autre que pour moi.

24

Emory

Neuf ans plus tôt

Je pliai lentement la cravate et la rangeai dans le sac de congélation, dans lequel je glissai également mon bracelet d'entrée au Cove, ainsi que le carton de Smarties vide qu'il m'avait acheté au cinéma.

J'appuyai sur le sac pour en vider l'air et le fermer, les larmes aux yeux, avant de le lâcher dans une boîte de café vide que j'abaissai dans un trou de soixante centimètres de profondeur.

Je ne pouvais pas le garder avec moi, mais je ne pouvais pas non plus m'en débarrasser complètement. Peut-être qu'un jour je déterrerais ma petite capsule de souvenirs et je pourrais rire du peu de signification qu'elle revêtait désormais.

Je l'espère.

Un moteur rugit sur ma droite. Je levai les yeux de là où je m'étais agenouillée, sur les fondations du belvédère, et vis la BMW de Damon s'insérer sur une place dans la ruelle à côté du Sticks.

Il bondit hors de la voiture et se rendit dans la pizzeria qui grouillait d'activités.

Mon frère était rentré un moment dans l'après-midi. Il m'avait trouvée là où j'avais dit que je serais, mes devoirs finis et le dîner prêt. Il m'avait à peine adressé deux mots pendant qu'il mangeait, puis il s'était couché avant de se rhabiller pour ressortir travailler.

Ce soir-là, ils allaient avoir besoin de toute l'aide possible, aussi enchaînait-il deux services. Tant mieux.

Grand-mère m'avait assuré qu'elle allait bien, et je la voyais en direct sur mon téléphone, alors je m'étais rendue au village pour travailler un peu.

Mais d'abord, j'avais eu un truc à faire.

Je me repenchai sur mon trou. Le sol était flou devant moi tandis que j'attrapais la pelle de jardinage pour le combler. J'avais pris la bonne décision. Heureusement qu'il m'avait dit toutes ces choses affreuses ce jour-là, parce que j'avais été sur le point de craquer, et il fallait que la souffrance me fasse avancer.

J'espérais vraiment qu'il me remplacerait.

Dès ce soir.

Il ferait mieux de danser avec elle, de la caresser de partout et de l'aimer comme un dingue, comme ça je ne pourrais plus regarder en arrière. Ça me broierait le cœur, et plus rien ne me lierait à lui.

Jetant la pelle sur le côté, j'attrapai le reste de la terre à pleines mains pour la jeter dans le trou et recouvrir la boîte de café avant de la tasser fermement. J'agrippai une latte flambant neuve et l'alignai à côté de la dernière, puis saisis le pistolet à clous et la fixai à l'encadrement. J'avançai rapidement, dressant les huit poteaux autour de moi depuis leurs points d'ancrage pour former le plancher, chaque latte découpée conformément à mes exigences.

Un vrombissement déchira subitement l'air, et je jetai un nouveau coup d'œil de l'autre côté de la rue. Damon enfourchait une moto. Debout à côté de lui, Winter Ashby enfilait un casque.

Je me crispai, sur le point de me demander ce qu'il avait l'intention de faire avec cette gamine.

Mais, alors qu'elle grimpait derrière lui, il la regarda par-dessus son épaule avec un sourire qui véhiculait une émotion que je n'avais encore jamais vue chez lui.

De la tendresse.

Elle enroula les bras autour de sa taille et poussa un cri strident lorsqu'ils filèrent hors de la place pour disparaître au coin d'une rue.

Je ne pus m'empêcher de sourire, me rappelant le bateau pirate et le cri similaire que j'avais poussé.

Moi aussi j'ai adoré ça, Winter Ashby.

Mais ça ne suffit pas, ma chérie. Ça ne suffit pas.

Des heures plus tard, la place était déserte et silencieuse, et je rentrai chez moi pour la deuxième fois. Un peu plus tôt, j'avais déjà emprunté le raccourci passant par des jardins particuliers et à travers des rues pour vérifier que ma grand-mère allait bien et récupérer d'autres fournitures.

Je fourrai dans les poches de ma salopette en jean mes mains couvertes de sciure de bois, sentant le vent pénétrer à travers les mailles de mon pull.

— On soulève ! cria quelqu'un.

Je me tétanisai et posai mon sac d'outils pour regarder par la fenêtre à l'arrière de la maison.

Des lumières rouges et bleues clignotaient. Le souffle coupé, je déverrouillai rapidement la porte. Je courus à travers la cuisine en lâchant mon sac d'outils sur la table et jetai un coup d'œil vers le haut des marches avant de me précipiter par la porte d'entrée.

Mon frère se tenait sur le porche vêtu de son uniforme et d'un épais blouson noir. Des auxiliaires médicaux hissaient ma grand-mère sur un lit à roulettes à l'arrière d'une ambulance.

— Grand-mère ! criai-je en dévalant les marches. Grand-mère !

Ils refermèrent les portes. Un type vêtu d'un pantalon bleu foncé et d'une chemise bleu clair était assis à l'arrière avec elle.

Je cognai sur les portes, mais il m'accorda à peine un regard.

Je fis volte-face pour dévisager Martin.

— Qu'est-ce qui s'est passé ?

Je l'avais surveillée toute la soirée. J'étais rentrée un peu plus tôt pour vérifier si tout allait bien et il n'y avait pas eu de problème !

— Ses niveaux d'oxygène ont chuté, répondit-il en descendant quelques marches, les mains dans les poches de son blouson. J'ai appelé l'ambulance quand je suis rentré pour manger. Va à l'intérieur.

— Non, il faut qu'on la suive.

— Elle ne se réveillera pas ce soir. Elle est entre de bonnes mains. On ira la voir demain matin, avant les cours.

Le moteur s'emballa derrière moi, et je me retournai pour voir la chauffeuse embrayer.

Non.

— Elle va bien, Emmy.

Je n'aimais pas le ton qu'il avait adopté. Pourquoi était-il aussi calme ?

— Merci Janice, lança-t-il à la chauffeuse tandis qu'elle allumait ses phares et nous saluait de la main. Remercie Ben de ma part.

Ils s'éloignèrent, et je leur courus après.

— Si tu vas plus loin, elle ne reviendra plus jamais, menaça-t-il.

Je me figeai, ravalant la boule dans ma gorge.

— Maintenant, à l'intérieur, ordonna-t-il.

Comme clouée sur place, j'entendis le bruit de ses pas et la porte d'entrée qui s'ouvrait. J'avais envie de courir après elle, mais il me retrouverait.

Je fermai les yeux, alourdie par l'épuisement de toutes ces années. Will m'avait montré à quel point je serais heureuse si les choses étaient différentes. Depuis, tout n'en était que plus dur à encaisser.

J'étais fatiguée.

Je faillis osciller sur mes jambes. *Je suis tellement fatiguée.*

Un rideau tomba doucement entre mes yeux et mon esprit tandis que je traversais la rage, la colère, la souffrance, la tristesse et le désespoir que j'avais déjà ressentis mille fois avant.

Mais maintenant, je comprenais une chose pour la première fois.

Rien n'avait de sens.

Martin, ma maison, la terreur… C'était ainsi, et parfois il fallait se résigner à tout se prendre dans la figure.

J'entrai dans la maison et fermai la porte, sans me crisper puisque ça ne servait à rien.

— Ça, c'était pour la nuit dernière, décréta-t-il alors que j'entrais dans la cuisine et que je le regardais enlever son blouson. Un simple avertissement.

Je battis des cils.

— C'est toi qui lui as fait ça.

Ce n'était pas une question. Je connaissais la réponse.

Il enroula la main autour du dossier de la chaise, et ses jointures blanchirent.

— Elle représente la seule emprise que tu aies sur moi, affirmai-je. Si elle meurt, plus rien ne me retiendra ici.

— Et sans moi, elle serait en hospice ou dans une maison de retraite quelconque, délaissée et souffrant le martyre.

Nous nous toisions de part et d'autre de la table. Que voulait-il au juste ?

Il faisait mine de me détester, mais serait-il heureux pour autant si je n'étais plus là ?

Essayerait-il de m'arrêter quand il serait temps pour moi de partir ?

— Tu t'es enfuie hier, souligna-t-il. On t'a vue au bal de rentrée, et puis au Cove.

Il redressa la colonne vertébrale, leva le menton et pinça les lèvres.

— Et je sais que tu sais ce qui est arrivé à cette crypte.

Donc, il s'était débarrassé de grand-mère pour la soirée histoire de me montrer tout le bruit qu'il pouvait faire en son absence.

Je serrais tellement les dents que j'en avais mal à la mâchoire. Tous ces gens qui me forçaient la main. Qui me poussaient. Me tiraient. Tous ces gens, tous ces gens à la con…

Je lui avais dit de ne s'en prendre qu'à moi. Que c'était moi, la responsable.

Je leur avais tous dit de me laisser tranquille et d'arrêter de me pousser et de me tirer. Je le leur avais dit et redit. *Personne n'écoute.*

Le sang me monta au visage. J'avais l'impression que quelque chose rampait sous ma peau avec des griffes. Je me frottai les yeux.

— Tu n'as qu'à t'en prendre à moi, articulai-je. Laisse-la tranquille.

— Mais c'est comme ça que je m'en prends à toi, répliqua-t-il, le regard rieur, moqueur. Et crois-moi, ce n'est qu'un avant-goût.

Je vis rouge et lâchai un hurlement, trop furieuse pour me préoccuper des larmes qui m'emplissaient les yeux. J'agrippai le bord de la table de la cuisine pour la pousser de l'autre côté de la pièce. Les outils dans mon sac cliquetèrent pendant que la table plaquait Martin contre le plan de travail.

Je lui écrasai les jambes et il gronda. Je plongeai la main dans le sac pour en sortir un marteau et il projeta la table sur le côté, envoyant valser tous les outils.

— Espèce de petite salope ! hurla-t-il.

Je brandis le marteau, mais il m'attrapa le poignet et me balança un coup de poing dans le visage avec l'autre main, me faisant lâcher mon outil.

La joue en feu, je me retournai aussitôt et lui décochai un coup de genou entre les jambes sans perdre une seconde.

Arrête-toi.

Arrête-toi, bon sang.

Il se plia en deux, et je le poussai avec les deux mains pour l'envoyer par terre. La vue floutée par les larmes, je pivotai pour m'enfuir de la maison.

— Emory !

Il cria derrière moi et, tout en sanglotant, je dévalai les marches du porche et franchis la pelouse avant de courir ventre à terre vers la ville.

Je traversai le village, longeai la route et m'enfonçai dans la forêt sombre. Derrière moi, l'écho s'estompait pendant qu'il me cherchait en vain.

— Emory !

Je plongeai à travers les arbres, le visage fouetté par les branches, et ajustai mes lunettes alors que les lumières de la ville disparaissaient et que mon dos se couvrait de sueur.

J'avais un point de côté, les jambes douloureuses et le visage couvert de larmes séchées. Je ralentis l'allure, au point de marcher.

J'aurais dû me rendre à la cathédrale. La clé était dans ma poche. Si je n'avais pas eu mal de partout, j'aurais ri de ce lieu qui m'était devenu indispensable alors que je m'en étais très bien passée jusqu'à présent.

Je fermai les yeux et clignai des paupières.

Que pouvais-je faire ? Il allait me tuer.

Ou pire.

Ma grand-mère devait être à l'hôpital maintenant. Il fallait que j'y aille, ne serait-ce que pour patienter dans la salle d'attente jusqu'à ce qu'on me permette de la voir. Mais ce serait le premier endroit où il me chercherait, et comme j'étais encore mineure, il serait en mesure de m'embarquer sans que personne lui dise rien.

Seigneur…

Je continuai de marcher. J'entendais les voitures de l'autre côté des arbres qui allaient et venaient sur la route. Même sans lever les yeux, je savais où j'allais.

Le plus loin possible.

Je franchis le pont, au-dessus de l'étroite rivière tumultueuse, puis gravis la pente qui donnait sur les falaises où se dressaient les manoirs. Ceux des Fane, des Crist, des Torrance, des Ashby, et ainsi de suite…

En deux temps trois mouvements, je trouvai mon chemin jusqu'à leur petit sentier sombre, uniquement éclairé par les lanternes à gaz accrochées à leurs hauts murs et portails.

Will ne vivait pas ici. Sa famille possédait la forteresse de l'autre côté de la ville, près du lycée, haut dans les collines. L'immense demeure qui nous surplombait tous.

J'aurais dû le retrouver le soir où il avait voulu me ramener chez lui pour regarder des films. Voir l'intérieur de cette baraque m'aurait sûrement remis la tête à l'endroit et aurait renforcé ma détermination avant qu'il soit trop tard.

Maintenant que j'avais couché avec lui, c'était encore plus difficile qu'avant.

Je suivis la route, passant devant les belles propriétés, l'église déserte de St Killian's, et puis traversai la forêt, au-delà de la Bell Tower, pour pénétrer dans le cimetière.

J'ignorais quelle heure il était, mais seuls restaient les vestiges d'une fête à laquelle les Cavaliers avaient pris part un peu plus tôt. Il ne devait pas être plus de minuit ou une heure du matin, et St Killian's était plongée dans l'ombre. Ils n'étaient plus dans les catacombes.

Je déambulai dans le cimetière, constatant les dégâts que nous avions causés à la crypte. La tombe d'Edward McClanahan, creusée depuis peu, avait été de nouveau comblée. Mon frère ne pourrait plus s'approprier cette fosse à prix réduit.

Mais les ténèbres enveloppaient chaque recoin du cimetière, et le clair de lune était à peine visible derrière les nuages.

Silencieux.

Désert.

Solitaire.

Était-ce pour cette raison que j'étais venue ? Je savais qu'ils faisaient la fête ici ce soir-là. Était-ce lui que je cherchais ?

Je marchai entre les pierres tombales, parcourant l'herbe sans un bruit et remarquant à peine le moteur qui ronronnait, de plus en plus fort et de plus en plus près à chaque seconde qui passait.

Je levai les yeux et me figeai.

Une voiture d'un noir mat avançait lentement le long du petit sentier, les phares éteints et le conducteur invisible à travers le pare-brise teinté.

Le cœur à l'arrêt, je reculai de quelques pas pour m'abriter derrière une pierre tombale de trois mètres de haut.

Sans accélérer ni allumer les phares, la voiture continua d'avancer jusqu'à ce qu'elle soit suffisamment près pour que je puisse affirmer qu'il ne s'agissait pas de mon frère.

Le véhicule s'immobilisa. Au bout d'un moment, le coffre s'ouvrit dans un déclic et un homme descendit, la capuche de son sweat noir rabattue sur sa tête. Je le regardai contourner la voiture.

Qui était-ce ? Le cimetière était fermé.

Évidemment, ça ne voulait rien dire. Le sol était jonché de gobelets rouges, de bougies et d'un fourbi pas possible. Il était peut-être venu faire le ménage.

Il ouvrit le coffre pour en sortir quelque chose, et j'aperçus des pieds qui pendaient.

Une sueur froide me glaça la nuque. Qu'est-ce que… ?

Il souleva le corps et le jeta sur son épaule. Les longs cheveux noirs de la femme se déversèrent du drap et ses jambes effilées étaient nues dans sa tenue.

Je plissai les yeux. Elle portait un costume noir sans bretelles, un peu comme une ballerine.

Était-elle morte ? Je plaquai une main sur ma bouche. J'avais une furieuse envie de détaler, mais la peur me clouait au sol.

Il s'approcha de la pelouse, se pencha et la jeta par terre. Le corps s'abattit lourdement à côté de la tombe de McClanahan.

Tout en le regardant regagner péniblement sa voiture pour sortir une pelle du coffre, je glissai une main dans ma poche.

Mon téléphone n'y était pas. Je cillai, tâtant la clé, mais pas de portable. Je fouillai l'autre poche, mais elle était vide aussi.

Merde.

Je ne savais pas trop si j'avais voulu appeler à l'aide ou filmer la scène, mais quoi qu'il en fût, je jouais de malchance.

Il retourna vers la tombe et se mit à creuser. Je l'observai en agrippant les côtés de la pierre tombale.

Était-il dingue ou simplement idiot ? Nous étions sur la côte. Il aurait suffi de prendre un bateau, de lester le corps et de le balancer par-dessus bord.

Je clignai des yeux. Bon, ce n'était pas comme si j'y avais réfléchi, hein.

Le vent se leva et écarta le drap du visage de la femme. Je la contemplai, la gorge sèche. Elle ne me semblait pas familière, mais je n'étais pas assez près pour en être sûre. À première vue, elle paraissait avoir mon âge, mais la façon dont sa peau se plissait par endroits me disait que ce n'était pas le cas. Elle devait avoir au moins la trentaine.

Je regardai autour de moi, dans l'espoir que le gardien fasse sa ronde ou que des gosses reviennent faire la fête, mais nous étions complètement seuls.

Il creusa encore et puis s'arrêta. Les épaules voûtées, il contemplait le corps, presque hébété.

Tout à coup, ce fut comme si j'étais lui. Je me tenais là où il était. Je venais de tuer quelqu'un, et je me débarrassais des preuves.

Il leva sa botte noire pour l'abaisser lentement sur le cou de la femme et appuyer, les dents serrées.

De la colère.

Il est en colère.

J'avais beau me dire que cette scène était horrifique, j'étais incapable de m'en détourner.

C'était peut-être un tueur en série. Un violeur qui la faisait taire à tout jamais. Un prédateur d'innocentes.

Elle n'était peut-être même pas encore morte. Je pouvais courir, aller chercher de l'aide, lui sauver la vie. Au moins le mettre derrière des barreaux.

Puis il se mit à sangloter en tremblant, et je me retrouvai à sa place. J'en serais là si Martin me poussait trop.

Un jour, ça finirait par arriver. Je perdrais la tête et je riposterais. Jusqu'à ce que lui ou moi cesse de respirer.

Une brise balaya les arbres et sa capuche tomba de sa tête. Là, devant moi, se tenait Damon Torrance, une pelle à la main et le corps d'une femme morte à ses pieds.

J'étouffai un cri et il leva brusquement les yeux, pétrifié. Nos regards s'accrochèrent.

Merde.

Le souffle me manqua et je sentis tout mon sang me quitter.

Il lâcha la pelle pour foncer vers moi, dévalant la petite pente pendant que je trébuchais en arrière, trop effrayée pour le quitter des yeux.

Quelque chose attira mon attention, et je jetai un coup d'œil derrière lui. La main de la femme s'agitait mollement et sa tête remuait.

— Elle bouge, suffoquai-je en heurtant l'arrière de la crypte.

Il s'arrêta à un mètre de moi et me dévisagea.

Lentement, il se retourna pour la regarder par-dessus son épaule. Le doigt de la femme tressaillit. Je remarquai les larmes encore suspendues aux coins des yeux de Damon.

Le vent continua de souffler au-dessus des pierres tombales, l'odeur de ses cigarettes m'enveloppa et, à cet instant, je songeai que j'aurais aimé être lui.

Il allait s'en tirer en toute impunité. Que ferions-nous tous si nous avions cette chance ?

C'était sans doute mieux si je ne l'apprenais jamais. Peut-être que pour lui, c'était la seule manière d'échapper à sa souffrance.

— Qui est-ce ? demandai-je doucement.

Je contemplai leurs cheveux. À elle et à lui. Le même noir de jais, tellement sombre qu'il luisait d'un éclat bleuté au clair de lune. La même peau, pâle et translucide, comme s'ils étaient faits de marbre.

J'inspectai le costume de la femme.

— Ta mère ? chuchotai-je.

J'avais entendu dire qu'elle avait été ballerine autrefois.

Il se retourna vers moi, méfiant mais un peu tremblant.

Je tentai de reprendre haleine.

— Will a pris part à ça, Damon ?

Il secoua la tête.

Il fit un pas vers moi et je retins mon souffle en fermant les yeux, attendant la suite.

Mais il ne me toucha pas.

Il se contenta de s'approcher et puis de rester immobile. Même si je l'avais voulu, je ne pouvais pas bouger. J'avais le tournis.

— Tu ne vas pas te battre cette fois ? murmura-t-il.

Au bout d'un moment, je levai le regard pour croiser le sien.

— C'est plus facile de faire semblant qu'on maîtrise tout ce qui nous arrive, lançai-je, répétant ses propres paroles. C'est presque paisible. De se laisser faire.

Il me dévisagea, et puis… acquiesça d'un signe de tête. Quand il voulut me toucher le visage, j'eus un mouvement de recul. Il leva alors sa main pour me montrer le sang qui s'y trouvait.

Je me touchai le visage à mon tour, tapotai l'égratignure. Avait-elle été causée par Martin ou par ma fuite ?

— Will est au courant ? demanda-t-il en frottant le sang entre ses doigts.

— Non.

Il planta son regard dans le mien.

— Parce que c'est la seule chose dans nos vies qui ne soit pas entachée par la laideur, rappela-t-il, répétant ce qu'il avait dit dans la douche. Et que c'est pour ça qu'on l'aime.

Je restai sans bouger, malgré tout ce qui se brisait en moi. Ma gorge me brûlait à force de retenir un cri.

En fin de compte, les Cavaliers n'étaient pas comme je me les étais imaginés. L'argent avait beau payer pour les conséquences de leurs actes, ça n'empêchait pas de souffrir.

Il tourna la tête pour contempler le corps.

— Elle a commencé à me toucher quand j'avais douze ans, chuchota-t-il. Au bout d'un moment, on finit par en avoir marre de faire semblant de maîtriser tout ce qui s'impose à nous.

Il marqua une pause et se retourna vers moi.

— Et on commence à s'imposer aux autres.

Il pivota de nouveau sur les talons pour se diriger vers sa mère, s'accroupit à côté de son corps et, tout en me faisant face, enroula une main autour de son cou.

Je le regardai serrer les doigts, ses jointures de plus en plus blanches luisant dans l'obscurité.

Il leva les yeux vers moi, m'observant pendant que je l'observais. Je crispai les orteils, sur le point de fuir, mais…

Je la sentis. Pas sa main, mais la mienne. Mes doigts fourmillèrent. J'avais le souffle lourd, le cœur qui battait fort, la bile qui me remontait dans la gorge, mais…

Bon sang, qu'est-ce que j'avais envie d'être lui. De faire ce qu'il faisait.

J'aimais cette sensation.

J'avais envie de tuer. Je crispai les poings jusqu'à ce qu'ils me fassent mal, mais je ne bougeai pas avant qu'elle cesse de tressauter, de suffoquer et de trembler, une jambe pendant sur le côté de la tombe.

Damon soutint mon regard du début jusqu'à la fin.

La part de moi qui cédait toujours aux larmes n'était plus. Les larmes ne résolvaient rien.

Je n'aurais su dire quand je commençai à marcher vers lui, mais un instant plus tard, je me trouvai à côté de la tombe et, du bout du pied, je l'aidai à la faire basculer dans la fosse. Son corps frappa la terre, maculant ses jambes, ses pieds et ses bras, et il s'empara de la pelle. Je tombai à genoux et me mis à combler le trou.

Nous ne parlions pas. Je ne crois même pas que nous nous rendions compte de ce qui se passait ou de ce que nous faisions, mais il était trop tard à présent. Même si je le dénonçais pour meurtre, je l'avais aidé à enterrer le corps. Plus le temps de paniquer.

Et j'avais beau appréhender ce que je ressentirais le lendemain à la lumière du jour, une fois que j'aurais les idées plus claires, je continuai de jeter la terre à vitesse grand V. J'avais envie qu'elle crève.

Une fois que nous eûmes recouvert la fosse du mieux que nous le pouvions, Damon rapporta le drap et la pelle dans le coffre pendant que je piétinais la tombe afin de tasser la terre.

Je contemplai l'herbe tout autour. Elle était dans un sale état. Ils devaient se servir d'une souffleuse ou d'un truc dans le genre pour nettoyer la terre éparpillée sur la pelouse, mais on n'avait pas ça sous la main. Et s'ils le remarquaient ?

À cet instant, une goutte de pluie frappa mon visage, et je levai le regard vers le ciel.

D'autres gouttes d'eau fraîche s'abattirent. Je fermai les yeux en souriant presque.

Damon se précipita pour m'aider à finir d'aplatir la terre, et puis me poussa sur le côté, se mit à genoux et passa les mains sur la tombe afin d'effacer nos traces de pas.

— La pluie va tout embourber, déclarai-je. Ils ne se rendront sans doute pas compte qu'on a creusé une nouvelle tombe.

Il hocha la tête.

— En voiture. Tout de suite.

Bon, il allait sans doute me tuer, mais je ne réfléchis pas. Je courus ouvrir la porte du côté passager et grimpai dans sa BMW.

BMW.

J'avais déjà vu cette voiture. Quelque part.

Mais je secouai la tête.

Évidemment que je l'avais déjà vue. Tout le monde au lycée connaissait les véhicules des Cavaliers.

Damon ferma le coffre et s'installa au volant. La pluie commençait à marteler le toit. Je regardai par la vitre la tombe de McClanahan, où la terre se creusait à chaque goutte pesante.

On n'aurait pas dû la mettre là. D'où lui était venue cette idée ?

Cette tombe était importante. Damon et ses copains la vénéraient.

Comment avait-il pu la laisser là ? Ça ne revenait pas un peu à profaner la mémoire de McClanahan ?

D'accord, ce n'était pas si bête, au fond. Cacher un corps où personne ne trouverait bizarre de trouver un cadavre, surtout vu que cette tombe avait été creusée de peu et qu'il y avait de fortes chances pour que personne ne remarque qu'on y avait touché. Mais on aurait pu nous voir. C'était peut-être même le cas.

Je regardai autour de moi, scrutai la rangée d'arbres, les buissons, cherchant un mouvement parmi les cryptes et les pierres tombales.

Je glissai l'ongle de mon pouce dans ma bouche et goûtai la terre sur mon doigt. Il y en avait aussi qui s'était glissée sous mon pull.

Je jetai un coup d'œil à Damon, qui n'avait toujours pas démarré.

Il se cramponnait au volant. Sa lèvre inférieure tremblait et, les yeux embués de larmes, il regardait fixement par le pare-brise.

— Je ne l'aimais pas, avoua-t-il, presque pour lui-même.

Mais son visage était tordu par le chagrin et le désespoir, et les larmes ruisselaient sur ses joues sales.

— Je ne sais pas pourquoi ça fait si mal. Je ne l'aimais pas.

— Si, tu l'aimais, soulignai-je dans un murmure. C'est même elle qui t'a appris à aimer.

Je reportai mon attention sur la vitre et fixai la tombe.

— Voilà le résultat.

J'avais été élevée par mes parents, mais aussi par Martin. Il m'avait façonnée.

Pas étonnant que je sois incapable de donner à Will ce qu'il voulait.

Les larmes me montèrent enfin aux yeux, jusqu'à ce que tout soit tellement flou que je ne voie plus rien.

Damon démarra. Je ne savais pas où nous allions mais, lorsqu'il s'engagea dans le parking du lycée, j'éprouvai un certain soulagement.

Je n'avais pas envie de rentrer.

Et surtout pas dans cet état. Il fallait que je trouve des habits propres. L'horloge sur le tableau de bord indiquait 2 h 02.

Damon contourna le lycée pour se rendre à l'arrière et se gara entre les bus et le complexe sportif.

Il coupa le moteur, tendit le bras à l'arrière pour attraper une casquette de base-ball, et me la jeta tout en relevant sa propre capuche.

— Mets-la, ordonna-t-il. Et allons-y.

J'hésitai, mon penchant naturel m'incitant à protester ou à réclamer des réponses, mais… il semblait avoir un plan, au moins. Moi, je ne savais même plus comment je m'appelais.

J'enfilai la casquette et descendis de voiture pour le suivre jusqu'à la porte, où il sortit un jeu de clés.

J'ignorais comment il était entré en possession du trousseau du lycée, et je n'avais pas envie de le savoir.

Il déverrouilla la porte et je me dépêchai d'entrer à sa suite jusqu'au vestiaire des garçons. Il attrapa deux serviettes et me guida vers une immense douche dotée de plusieurs pommeaux, où il lança les serviettes sur une cloison de séparation.

Je regardai autour de moi pendant qu'il ouvrait l'eau.

Les filles, elles, jouissaient de cabines séparées. Un peu d'intimité, quoi.

— Désape-toi, m'ordonna-t-il. Maintenant.

Il ôta son sweat-shirt et entreprit de défaire son pantalon. Je voulus protester, mais me retins.

Bon, au moins, il n'était pas en train de me tuer.

Il se déshabilla entièrement et, lentement, je l'imitai, presque au radar.

Je dégrafai ma salopette, tirai mon pull par-dessus ma tête et me débarrassai du reste, chaussures, chaussettes et sous-vêtements, trop inquiète à l'idée de laisser la moindre preuve.

Nous plongeâmes tous deux sous nos pommeaux respectifs et nous rinçâmes. Le sang dégoulinait de son corps pour s'écouler dans l'évacuation. Je remarquai un chapelet noir qui pendait autour de son cou. Le portait-il en permanence ?

Je fermai les yeux en frissonnant sous l'eau.

— Tu sais qui est mon père, n'est-ce pas ? lança-t-il.

J'acquiesçai.

— Et tu sais ce qui t'arrivera si tu parles à quiconque ?

J'ouvris les yeux et me tournai vers lui, croisant son regard à travers les mèches qui me masquaient le visage.

— Je ne ferai jamais ça. Je n'ai pas autant de fric que toi, je ne m'en tirerais pas comme ça.

Il me considéra avant de se pencher pour se frictionner les jambes, puis les bras.

Prise de frissons incontrôlables, je sentis le jet d'eau couler sur la coupure que j'avais au sourcil.

— Je te revaudrai peut-être ça un jour, décréta-t-il en se redressant. Quand tu seras prête à l'affronter.

Il balaya mon corps du regard, s'attardant sur tous les bleus qu'il avait déjà relevés.

— Je suis un détail gênant dans ton histoire, fis-je remarquer. Pourquoi tu ne m'as pas tuée quand tu m'as vue ce soir ?

Il eut l'air d'y réfléchir.

— Pourquoi tu ne t'es pas enfuie en me voyant ? riposta-t-il à la place.

Il avait raison. J'étais intervenue de mon plein gré.

Pour quelle raison ? Pour l'aider ? Je ne l'appréciais même pas, et comment savoir s'il disait la vérité ? Sa mère était peut-être très sympa.

J'avais tout risqué en me fiant à sa seule parole. Tout ça pour quoi ?

Je secouai la tête.

— Il y a…

Je déglutis, portai une main à ma tête.

— Il y a eu un bug aujourd'hui. Je ne sais pas ce qui cloche chez moi.

Il me dévisagea sans rien dire.

Je baissai les yeux, perdue dans mon souvenir de tout à l'heure. Quand je l'avais observé en m'imaginant ce que ça ferait de tuer un être que je détestais.

— Je voulais te voir te débarrasser d'elle, soufflai-je.

Il resta sans bouger, comme pour m'étudier ou tenter de comprendre quelque chose. Puis, il soupira et frotta l'eau sur son visage.

Il se racla la gorge.

— J'ai une sœur, me confia-t-il. Son nom est Nik, mais tout le monde l'appelle Banks.

Il croisa de nouveau mon regard.

— S'il se passe quelque chose, et que je ne peux pas être là pour elle, s'ils m'arrêtent pour ça, il faut que tu ailles chez moi et que tu l'aides. Elle n'a personne d'autre. Tu as compris ?

Hein ?

— C'est à moi que tu le demandes ? m'étonnai-je, déconcertée. Pourquoi ?

Il pouvait compter sur tellement de gens.

Il se borna à se retourner pour couper l'eau, avant de lisser ses cheveux.

— Je ne suis pas sûr que quelqu'un d'autre m'aurait aidé à enterrer un corps, murmura-t-il.

Je remarquai des petites cicatrices sur l'intérieur de ses bras.

Pas même ses amis ?

— Elle a ton âge, précisa-t-il. Personne n'est au courant pour elle, et ne demande pas pourquoi. Elle n'a personne d'autre que moi. Jure-le-moi.

Au bout d'un moment, je finis par faire « oui » de la tête.

— Une sœur. Nik. De mon âge. Pigé.

Il m'adressa un sourire, petit mais sincère, et puis attrapa les serviettes avant de venir éteindre ma douche et m'en tendre une.

— Un bug…, répéta-t-il tout en passant un bras autour de moi afin de m'entraîner hors de la douche. Allez, viens. Allons trouver Will.

25

Will

Présent

Évidemment.

Évidemment qu'elle voulait s'enfuir. C'est ce qu'elle avait toujours fait.

Sauf qu'à présent, plutôt que d'en éprouver de la vexation, j'étais furieux. Des années plus tôt, je m'étais trouvé toutes sortes d'excuses : je n'étais pas assez bien pour elle, elle avait trop de névroses pour vouloir de moi, mais à présent le doute n'était plus permis. Elle était aussi égoïste et sans cœur que Damon avait toujours dit qu'elle l'était pour m'avoir rejeté, et elle pouvait aller se faire foutre.

Je n'avais besoin de personne pour me sauver, et encore moins d'elle.

Je me penchai pour l'écarter d'Alex et entendis son T-shirt se déchirer lorsque je la poussai sur le côté. Si elle voulait partir sans moi, elle pouvait aussi rester ici sans moi. Merde à la fin.

Elle s'élança de nouveau et plongea vers son sac de nourriture, mais je l'agrippai par le col, le visage fermé.

— Si tu crois que tu vas où que ce soit, tu rêves, grondai-je.

Elle me bouscula, ses lunettes quelque part au sol, tandis qu'Alex se relevait.

— Tu ne t'es jamais demandé ce que Damon et moi faisions ensemble ce soir-là quand tu nous as retrouvés au lycée ?

J'eus l'œil qui tressauta, et elle ricana.

— Tu n'as pas envie de savoir ce qui s'est vraiment passé le jour où tu t'es fait arrêter, pas vrai ?

— Je sais ce qui s'est passé, m'agaçai-je.

Elle rit encore, mais son regard s'éteignit, noyé par les larmes.

— Oui. Tout, sauf ma version de l'histoire. Peut-être que tu aurais agi différemment, et que tu me détesterais toujours autant si tu savais tout, mais au moins je dirais ce qui doit être dit. Sauf que tu refuses. Tu sais pourquoi ?

J'entendis bouger à l'étage. Il fallait qu'on se cache. Tout de suite.

— Parce que tu ne veux pas affronter les choses, murmura-t-elle. Damon le savait. Moi aussi. Tout le monde le savait. Tu n'avais pas de problèmes, parce que tu ne voulais pas en avoir. Tu te laisses entraîner par le courant. C'est comme ça.

Je crispai les poings autour de son T-shirt.

— Tu étais l'enfant que tout le monde protégeait, poursuivit-elle. Damon a dit que tu n'avais pas été sali par quoi que ce soit, et que c'est ce qui te rendait important à nos yeux. Que cette qualité devait être préservée.

Ils parlaient de moi ? Ensemble ? Dans mon dos ?

— Tu n'as jamais trouvé ça bizarre ? insista-t-elle. Damon et moi, on se détestait. Alors, qu'est-ce qu'on faisait ensemble cette nuit-là ? Pourquoi j'étais la seule à savoir pour sa sœur ?

Je supposais qu'elle parlait de Banks, pas de Rika. Aucun de nous n'avait été au courant pour Banks jusqu'à un peu plus d'une année après notre sortie de prison.

Emmy savait déjà qu'elle existait à l'époque du lycée ?

Elle soutint mon regard, les yeux brillant de larmes.

— Pourquoi tu n'as jamais posé ces questions ?

— Parce que je…

— Parce que tu n'avais pas envie de connaître les réponses, acheva-t-elle à ma place. Si tu ignorais ce qui se passait, alors tu n'avais pas à l'affronter.

— C'est faux.

— Ah oui, mais bien sûr ! renvoya-t-elle. J'avais oublié que tu avais une méthode pour gérer tes problèmes après tout, contrairement à nous autres petits êtres faibles.

Mon regard s'enflamma. Comment ça ?

Comment avait-elle su que je m'étais camé ? *Merde.*

Son regard flancha. Visiblement, elle avait vu mon visage changer et songeait sans doute qu'elle n'aurait pas dû dire ça. Je la bousculai, les muscles échauffés par l'envie d'en découdre.

Alex lui attrapa le bras et l'entraîna vers l'escalier.

— Boucle-la, Emory, grinça-t-elle. Tout le monde morfle. Tu n'es pas seule sur Terre. Il faut qu'on se serre les coudes.

Em dégagea son bras et recula vers la porte en nous regardant à tour de rôle.

— Tu ferais mieux d'aller te cacher, conseilla-t-elle à Alex. Et j'espère que tu pourras rentrer sans souci.

Elle partait. Elle allait vraiment s'échapper, et mourir, parce qu'elle était tellement fière qu'il n'y avait plus de place pour le bon sens dans sa tête.

Pourtant, tout à l'heure, elle allait bien. Enfin, plutôt bien.

Elle refusait de rester ici avec nous deux. Elle m'abandonnait.

— Et quand l'équipe arrivera ? insista Alex dans un chuchotement. On ne quittera pas cette île sans toi, et tu ne feras que retarder notre fuite pendant que tout le monde fouillera les alentours pour ton cadavre, petite conne !

— C'est lui qui s'est fait envoyer ici, soutint Emmy. C'est sa faute si on est tous coincés là.

Elle se retourna, ramassa son sac et agrippa la poignée de la porte. Alex se précipita vers elle et tira sur son poignet pour l'écarter.

Emmy se tordit pour bousculer Alex, la projetant en arrière. Elle trébucha, pivota et atterrit à quatre pattes…

Pile aux pieds d'Aydin.

Mes poumons se vidèrent.

Oh merde.

Il se tenait entre l'escalier et la salle à manger. Taylor entra derrière lui tandis que Rory et Micah patientaient à la rampe au sommet des marches.

Je me raidis le temps qu'ils prennent tous conscience de la présence de la nouvelle venue. Il m'aurait peut-être laissé en avoir une, mais pas deux. Je ne pouvais pas les protéger toutes les deux.

Alex se tétanisa, les yeux baissés sur ses chaussures. Puis, lentement, elle leva la tête pour le considérer dans son costume noir et sa chemise blanche sans cravate. Je ne me rendis pas compte que je retenais mon souffle avant de sentir mes poumons me brûler.

Il crispa la mâchoire, et son regard se durcit.

— Micah ? lança-t-il. Rory ?

— Oui, répondit Micah d'en haut.

— Je veux qu'on fouille la maison et le terrain, décréta Aydin en continuant de fixer Alex. Maintenant.

Les deux hommes restèrent un instant sans bouger, puis ils entamèrent leur inspection, en commençant par le premier étage.

Il était facile de voir l'arrivée d'Emmy comme un simple hasard – ou un coup de veine, pour certains d'entre eux –, mais la présence d'Alex signifiait que sa venue n'avait rien d'un accident. On était en train de nous infiltrer. Or, Aydin aimait faire croire que nous étions ici de notre plein gré et que cette maison était son domaine.

Il se pencha pour relever Alex et, le regard plongé dans le sien, essuya le sang sous son nez avec le pouce.

Elle hésita un instant, puis… s'écarta brusquement.

Il leva sa main, les yeux rivés au sang qui dégoulinait de son doigt.

Puis il reporta son attention sur elle et lécha le sang sur sa main.

— Alex, lâcha-t-il en avalant. Palmer.

— Vous vous connaissez ? m'étonnai-je.

Comment était-ce possible ? Je jetai un coup d'œil à Alex, mais elle restait plantée là, le dos droit et le visage fermé.

— Vous êtes combien ici ? la questionna-t-il. Et où sont les autres ?

Je les observai. Je n'aimais pas le calme qu'il affichait. Il avait toujours l'air de s'attendre à tout ce qui arrivait, comme s'il avait déjà une idée en tête pour la suite.

C'était la seule chose que j'avais apprise de lui. L'apparence du contrôle était aussi puissante que le contrôle lui-même. On prend une décision, et puis on laisse croire que c'était ce qu'on comptait faire depuis le début.

Comme elle ne réagissait pas, il se fendit d'un sourire suffisant.

— Tu n'as pas agi seule, déclara-t-il. Comment tu as fait pour trouver cet endroit ?

Sans attendre de réponse, il la délaissa pour s'approcher d'Emmy, encore debout près de la porte d'entrée.

Il inspecta le bleu qui se formait sur sa joue.

— On dirait que tu as trouvé d'où provenait le bruit que tu entendais dans les murs, commenta-t-il.

Elle garda le silence et le laissa tourner son visage d'un côté et de l'autre pour évaluer les dégâts.

Il me flanquait la nausée. J'avais envie de lui arracher la tête.

— Comment tu sais qu'on ne m'a pas amenée ici contre mon gré, comme Emory ? railla Alex.

Mais Aydin fit mine de ne pas l'avoir entendue.

— Pourquoi vous vous battiez ? questionna-t-il Emmy à la place. Pour lui ? ajouta-t-il en me décochant un coup d'œil.

Une fois de plus, Em ne desserra pas les dents, ni pour nier ni pour confirmer.

— S'il doit choisir un jour, ce n'est pas toi qu'il choisira, l'informa-t-il. Tu vas devoir t'occuper de toi-même. Il faut que tu t'y fasses.

— J'ai l'habitude, décréta-t-elle d'une voix douce, mais ferme.

Il lui fit un clin d'œil, signifiant qu'il approuvait sa réponse.

Je les dévisageai. Qu'était-il en train de faire ? Ils avaient tissé des liens ou quoi ?

Il baissa les bras et, regardant par terre aux pieds d'Emmy, aperçut le sac de nourriture. Il croisa son regard avant d'attraper le manteau noir accroché près de la porte et de le draper autour de ses épaules.

— Taylor ? appela-t-il.

L'intéressé s'avança de quelques pas.

— Oui ?

— Tiens Will.

Je me tendis. *Quoi ?*

Avant que j'aie pu me retourner, Taylor m'agrippa, glissant les bras autour des miens depuis l'arrière pour m'immobiliser.

— Qu'est-ce que tu fous, bordel ? hurlai-je.

Aydin ouvrit la porte d'entrée, regarda Emory et se pencha pour ramasser son sac de victuailles afin de le lui tendre.

Elle hésita, son regard passant de lui à moi pendant que je me débattais.

— Tu me laisses partir ? s'étonna-t-elle. Après tout ça ?

Je repoussai Taylor et l'entendis trébucher sur les candélabres.

Je fonçai en avant.

— Je préférerais que tu ne le fasses pas, lui répondit Aydin. Mais tu peux.

Elle me regarda, et je m'immobilisai, évaluant mes choix. Si elle fuyait, Alex avait raison. Nous perdrions notre temps en la cherchant pour nous assurer qu'elle n'était pas en danger de mort. Je ne savais même pas pourquoi son bien-être m'importait encore.

Qu'ils aillent se faire foutre. Michael, Kai, Damon et eux tous. S'ils n'avaient pas été en route, je n'aurais pas été si pressé. Je n'étais pas encore prêt à partir.

Ils n'avaient pas pu s'empêcher de venir me sauver.

Emmy me dévisagea, attendant sans doute de voir si j'allais la retenir, ou espérant que j'allais le faire. Je n'avais pas envie d'affronter Aydin à ce stade. Pas encore.

Parce qu'elle ne partirait pas, quitte à ce que je doive me battre contre eux tous et me rompre les os.

Une lueur passa dans son regard, la même que j'avais vue ce matin-là dans le cinéma si longtemps auparavant. Comme si elle avait envie de se fondre dans mes bras.

Comme si elle ne voulait pas vraiment partir, parce qu'elle préférait rester avec moi.

Mais avant que j'aie pu lui prendre la main, claquer la porte et trouver le moyen de combattre Aydin et Taylor pour défendre ces deux femmes, il se pencha vers elle et lui chuchota à l'oreille tandis qu'elle soutenait mon regard.

Elle écoutait pendant que les lèvres d'Aydin remuaient. Trois secondes passèrent, puis dix, et… elle baissa les yeux, comme pour digérer ses paroles, et hocha la tête.

Il ferma la porte, lui enleva son manteau, l'accrocha et lui prit le sac de nourriture des mains avant de me décocher un semblant de sourire.

Je me raidis.

Il passa devant moi et quitta la pièce, Taylor dans son sillage. Je restai sans bouger, le regard noir, pendant qu'Emory était plongée dans le silence.

Elle avait voulu me fuir. S'était battue contre Alex pour partir.

Et voilà qu'elle restait ?

Parce qu'il exerçait sur elle plus d'influence que moi.

— Ramasse tes affaires, lançai-je à Alex sans quitter Em des yeux. Tu vas dormir avec moi.

— Will…

— Maintenant ! aboyai-je, coupant court aux protestations d'Alex.

Et puis merde. Elle récupérerait ses affaires plus tard. Je lui pris la main et la traînai en haut des marches, laissant Emory plantée dans l'entrée. Nous disparûmes dans le couloir, franchîmes la dernière porte et grimpâmes les marches jusqu'au deuxième étage.

Emory était en sécurité. Désormais, elle était sous la protection d'Aydin.

Je claquai ma main sur un mur alors que nous déambulions dans le couloir.

— Écoute, je ne sais pas ce qui se passe, déclara Alex en dégageant la main de la mienne. Mais quand on partira, elle viendra avec nous. Vous réglerez vos comptes une fois qu'on aura regagné la civilisation. Quand je prendrai la tangente, vous m'accompagnerez tous les deux.

Je verrouillai ma porte et allumai la lumière, me demandant si je devais attraper mon ordinateur portable et dire à mon contact d'intercepter Michael et son équipe. Sauf qu'à présent, il fallait qu'ils viennent tout de suite pour mettre Emory et Alex en lieu sûr.

— Quand est-ce qu'ils arrivent ? demandai-je.

— D'un jour à l'autre.

J'enfilai un T-shirt et m'approchai de la fenêtre pour tirer les rideaux.

— Tu as envie de rentrer, pas vrai ? demanda Alex.

Je lui décochai un regard.

— Will…

J'arpentai la pièce, agité.

— Tes parents…, commença-t-elle d'une voix plus douce. Tu as toujours parlé d'eux d'une telle façon… Ils t'aiment. Ils t'ont toujours tout donné, ils t'adorent.

Elle s'approcha.

— Pourquoi tu es encore là ? Ils se seraient vraiment passés de toi pendant si longtemps ? Ça n'a aucun sens.

J'aurais dû tout lui raconter. Mais rien ne me laissait penser que je n'allais pas échouer, et il fallait que je m'en sorte seul. J'y avais consacré trop de temps et de travail.

Il fallait que je rentre grandi. Que j'aille jusqu'au bout.

Elle saisit mon menton et l'inclina vers elle.

— Damon, Winter, Michael, Rika, Misha, Kai, Banks…, énuméra-t-elle, comme si j'avais pu les oublier. Ta place est chez toi. Tu n'as pas envie de rentrer ?

Évidemment que si.

Qu'est-ce qui pouvait bien lui faire croire que je ne le voulais pas ?

Kai et Banks.

Winter et Damon.

Michael…

J'avais su ce que je devais faire à mon arrivée ici, mais je ne cessai de ressasser les paroles d'Alex. Surtout maintenant. Surtout face à une décision que j'allais devoir prendre plus tôt que prévu.

Peut-être que j'avais peur.

Peut-être que… une toute petite part de moi ne voulait jamais quitter cet endroit. Ici, il n'y avait pas de drogue. Pas de femmes. J'avais pu éviter l'alcool sans trop d'efforts. Je n'avais pas à prouver ma valeur avec une carrière, des projets ou des relations.

Il fallait seulement que je survive. Aucune occasion ne s'offrait à moi, donc pas de risque de foirer.

Nous étions tous dans le même bateau.

Peut-être que ça me plaisait, au fond. Avec la sobriété venait la lucidité. J'avais eu le temps de réfléchir à mon passé, et j'avais honte. Je voulais que tout le monde ait confiance en moi. Puisse compter sur moi.

Mais ça impliquait de risquer l'échec, et de temps en temps, l'espace de quelques minutes, l'idée de rester ici pour toujours me paraissait séduisante.

Difficile à croire, mais c'était plus facile.

Je remontai les marches pour gagner ma chambre en portant un bol de ragoût. Micah l'avait mis de côté pour moi, mais je refusais de supplier Aydin afin d'obtenir une portion supplémentaire pour Alex. Elle m'avait dit qu'elle avait à manger dans les tunnels, mais je tenais à ce qu'elle savoure son premier vrai repas depuis des jours. Moi, je me contenterais d'une de ses barres de céréales.

J'entrai dans ma chambre et entendis des clapotis de l'autre côté du paravent. Je me figeai et contemplai son ombre à travers le tissu couleur crème.

Debout dans la baignoire, elle se penchait pour se nettoyer. Lentement, je posai le bol sur la table et l'observai, la boule au ventre.

Il avait toujours été si facile de disparaître en Alex. Je n'avais pas à parler ni à me donner une contenance. Je n'avais pas à la séduire ni à faire semblant.

Elle était mon ancre au milieu de la tempête, et j'étais la sienne.

Je regardai bouger sa silhouette pendant qu'elle se lavait les bras et les jambes. Sa main passa dans la nuque, laissant l'eau du linge dégouliner dans la baignoire.

Elle était la seule personne avec qui je m'étais senti complètement en sécurité. La seule que je n'avais jamais peur de décevoir, car elle n'exigeait de moi qu'une seule chose : que je sois là.

Pourquoi étais-je donc incapable de l'aimer ? Elle s'entendait bien avec mes amis. Elle me faisait rire, et sa présence était toujours un réconfort. Toujours.

Elle cadrait parfaitement avec ma vie.

Tout en la regardant, je serrai les poings, presque convaincu de devoir le faire. De devoir la prendre dans mes bras, la poser sur le lit pour m'enfoncer en elle et…

Je secouai la tête en soupirant.

Impossible.

Parce qu'à chaque fois que je fermais les yeux, je voyais celle qui me donnait envie d'être meilleur. D'être plus.

Je voyais Emmy Scott.

Alex était comme Damon. Ils m'aimaient. Ils encourageaient mon côté sombre.

Ils étaient trop indulgents, trop complaisants.

Ils m'empêchaient de me sentir seul. Emory, elle, m'avait appris que ce que je voulais vraiment ne me viendrait pas facilement. Qu'il y avait des choses pour lesquelles j'allais devoir me battre, et que le monde contenait une souffrance que mon existence superficielle m'empêchait de connaître.

Avec elle, j'avais l'impression d'être un homme.

Ses paroles avaient beau être acérées, et la lutte qu'elle menait constamment dans son cœur me faire l'effet d'un poignard plongé dans ma poitrine, ses yeux m'insufflaient de la force.

Ses bras autour de moi me donnaient envie de tout affronter.

Quand je fermais les yeux, je voyais une fille avec des lunettes qui lui mangeaient le visage, et j'entendais une voix douce et timide me demander si j'avais encore envie de la prendre dans mes bras.

Je la sentais blottie tout contre moi.

Laissant le ragoût, j'appuyai sur le panneau en bois qu'Alex m'avait montré plus tôt et plongeai dans le passage caché en refermant derrière moi.

Les gars étaient encore debout, à vaquer à leurs diverses occupations, mais je n'avais pas vu Emory quand j'étais allé prendre à manger.

Alex disait avoir laissé son sac en toile dans le tunnel devant la chambre de la jeune femme, et j'avais beau me dire que j'allais seulement prendre une barre de céréales et un peu d'eau, je tenais à m'assurer qu'elle était bien dans son lit.

Avec la porte fermée à double tour.

Et qu'on la ramènerait saine et sauve à Thunder Bay pour qu'elle puisse assumer les conséquences de ses actes.

Je me faufilai à travers les tunnels, me dirigeant vers l'aile est où je savais que se trouvait la chambre d'Emory. Je finis par repérer le sac noir par terre à la faible lumière qui brillait par les trous d'observation.

Depuis tout ce temps, ces tunnels avaient été là. Il paraissait inconcevable qu'Aydin n'ait pas été au courant.

Cependant, Alex avait rôdé autour de la maison pendant des jours sans se faire détecter, alors…

Je laissai le sac par terre, entendant les plaintes d'Emmy avant même d'avoir trouvé le judas qui donnait sur sa chambre.

Le cœur battant, j'ouvris presque machinalement la porte pour pénétrer dans une pièce noire comme dans un four. Je la repérai aussitôt, couchée dans son lit sous les couvertures.

Le souffle rauque, elle se tordait sous les draps en poussant des petits cris plaintifs. Je jetai un coup d'œil à la porte. Une chaise était coincée sous la poignée. Puis, je me retournai vers le lit et m'en approchai doucement.

Elle serrait le drap dans son poing. Je m'accroupis à côté du lit et contemplai son dos, comme je l'avais fait cette nuit-là après l'avoir ramenée chez elle du Cove et l'avoir bordée. Elle portait un débardeur et une culotte en dentelle violette qu'Alex avait dû lui prêter. Le drap était baissé sur sa taille et sa poitrine s'agitait trop rapidement.

Elle laissa échapper un cri. Je me penchai sur le lit et plaquai les mains sur l'oreiller au-dessus d'elle.

Elle avait un œil au beurre noir. Je parcourus son corps du regard et aperçus d'autres coupures et éraflures qui n'y avaient pas été avant.

La chute dans les bois, le petit feu, la bagarre avec Taylor, celle avec Alex… Je ne pus pas m'en empêcher. Je passai une main sur ses cheveux, les écartant de son visage alors que son cauchemar se poursuivait et qu'elle tremblait.

J'avais aimé Emory dès l'instant où j'avais posé les yeux sur elle, à l'âge de quatorze ans.

Je la revoyais encore. Cet été-là, assise sur son vélo devant le grillage qui entourait le parking de l'école, elle nous regardait, moi et mes amis, faire du skate-board.

À partir de cet instant, je n'avais cessé de la voir partout, et je n'avais plus rien fait sans avoir le sentiment qu'elle m'observait.

Toutes les blagues que j'avais proférées en cours. Chaque fois que j'étais entré dans la cantine. Chaque nouvelle coupe de cheveux, chaque nouveau jean.

Même le Raptor. Quand mes parents me l'avaient offert, je m'étais tout de suite demandé à quoi elle ressemblerait assise à l'intérieur.

Ce fantasme idiot où je l'imaginais courir vers mon pick-up après les cours en souriant et sautillant à côté de moi, collée à moi parce que j'étais son petit ami et que je ramenais toujours ma copine chez elle après les cours.

Je n'aimais pas la savoir seule. Elle l'était toujours, et elle n'aurait pas dû l'être. Elle aurait dû être avec moi.

Toutefois, au fil des années, sa colère était allée *crescendo*, de même que mon besoin de l'oublier. Il fallait que ça s'arrête.

Ça ne s'était jamais arrangé avec elle. Ça n'avait fait que se dégrader.

Jamais elle ne reposerait serrée contre moi dans un lit qui nous appartenait.

— Will, je t'aime, chuchota-t-elle.

Je me tétanisai, la main figée sur sa tempe.

Quoi ?

Les jambes en coton, je restai bouche bée, tâchant de voir si ses yeux étaient ouverts ou fermés, si elle dormait encore, mais…

Je savais qu'elle était réveillée. Sa respiration s'était apaisée, son corps détendu.

— Tu te souviens de la nuit où tu t'es faufilé dans ma chambre ? demanda-t-elle, toujours dos à moi. Quand tu en as eu marre de moi et que tu as essayé de me quitter ?

EverNight. La nuit où j'avais rencontré sa grand-mère pour la première fois.

Elle renifla.

— Je t'ai prévenu que je n'étais pas heureuse, et qu'il existait de nombreuses raisons pour lesquelles je ne voulais pas m'ouvrir à toi, mais…, s'interrompit-elle, cherchant ses mots. La seule fois que j'ai jamais aimé dans ma vie, c'est quand j'étais avec toi.

Ma main s'attardait encore sur sa tempe, immobile.

Maintenant ? C'est maintenant qu'elle me dit ça ?

— J'ai toujours été ta Em, ajouta-t-elle dans un murmure. Peu importe ce que je disais, ce que je faisais ou toutes les fois où j'ai laissé la vie l'emporter sur le reste… Cette nuit-là, je n'avais aucun doute. J'étais amoureuse de toi.

Les yeux brûlants, je serrai les dents.

— Tu peux partir, je survivrai, enchaîna-t-elle. Je survis toujours. Je voulais seulement que tu le saches.

Et voilà qu'une fois de plus, je n'arrivais pas à me rappeler en quoi elle était mauvaise pour moi. J'avais seulement envie qu'elle soit là où elle était censée être.

Avec moi.

Toute ma haine et ma colère fondirent comme neige au soleil. J'aurais tellement aimé m'allonger à côté d'elle et la tenir serrée contre moi toute la nuit, mais je savais qu'au lever du jour mes yeux seraient ouverts et que la lumière me ferait mal.

Tout me ferait mal.

Je serrai le poing. J'avais envie de rester, mais je ne pouvais pas continuer comme ça.

Je m'étais débarrassé de tous mes vices, mis à part un, et il fallait que je renonce à elle. C'était à cette unique condition que je rentrerais chez moi.

Je partis, mais j'avais trop de fierté pour disparaître dans le passage secret. J'ouvris la porte et sortis, la refermant derrière moi et laissant Emmy dans le noir.

J'avais envie de savoir ce qu'il lui avait dit, ce qu'il lui avait murmuré à l'oreille près de la porte d'entrée, mais je ne pouvais pas rester une seconde de plus. Sinon, plus rien en dehors d'elle ne m'importerait jusqu'à la fin de la nuit.

Elle m'aimait.

Elle m'aime.

Le monde tourbillonnait autour de moi.

Cela ne faisait que confirmer ce que je pressentais depuis longtemps : on me traitait comme de la merde parce qu'on était convaincu que ma colère ne durerait pas.

Enfin, Damon avait failli me tuer. À tel point que c'était à peine si j'étais capable de mettre un pied dans l'eau, mis à part dans une baignoire. Pourtant, je n'avais pas eu de mal à le pardonner.

Je ne me montrerais pas aussi conciliant avec d'autres.

— Will, appela Aydin quand je passai devant sa chambre.

Je m'arrêtai, tendu.

Je n'avais pas envie de lui parler, ça ne ferait que m'embrouiller davantage. Bon sang, que n'aurais-je pas donné pour fumer une bonne clope. Je priai pour que Winter n'ait pas complètement sevré Damon, sinon j'allais devoir m'acheter mes propres paquets en rentrant.

Micah passait la lame d'un rasoir le long de la gorge d'Aydin, qui était assis la tête en arrière.

J'entrai et avançai la main pour prendre le rasoir. Micah n'hésita qu'un instant avant de me le donner et de sortir.

Debout derrière Aydin, je repris là où Micah s'était arrêté, donnant un nouveau coup de lame. Je le rasais mieux que quiconque, aussi préférait-il que je m'en occupe.

— Tu crois que ce serait toi, le chef ? demanda Aydin. Si je n'étais pas là ?

Je serrai la poignée dans ma main tout en faisant glisser le rasoir sur son cou. Rien qu'un geste brusque, et je serais effectivement le chef.

Il le savait.

Et puis, il se croyait courageux de me permettre de le raser alors qu'il me serait si facile de me débarrasser de lui pour protéger Emmy et Alex.

— Je suis jaloux que tes amis aient envoyé quelqu'un pour toi, affirma-t-il avec un petit rire. Je crois que les miens m'ont oublié.

— Trouve des gens qui ne t'oublieront pas.

Je passai la lame sur sa mâchoire, sentant la chaleur de son regard.

— C'est le cas, décréta-t-il.

Nous ? Nous n'étions pas les siens. Pas encore, en tout cas.

— Exiger l'obéissance par l'intimidation n'incite pas à la loyauté, soulignai-je. Il faut la mériter.

Il sombra dans le silence, me scrutant pendant que je lui rasais la joue et le menton. Il savait ce que je voulais dire. Micah, Rory et Taylor ne le respectaient pas. Ils le craignaient.

— Exactement, répliqua-t-il enfin. Tu n'as pas pu la faire rester. Moi, si. Sans avoir à lever le petit doigt.

Il me considéra.

— Sans même devoir élever la voix. C'est ça, la loyauté.

Je tressaillis.

— Tu as son cœur, mais maintenant je suis dans sa tête, nargua-t-il. Qui crois-tu qu'une femme comme Emory Scott écoutera ?

Inutile d'y réfléchir. Je lui nettoyai la lèvre inférieure d'une main tremblante.

— Quand tu prendras la fuite, tu crois qu'Emmy s'échappera avec toi et ta pute ? questionna-t-il.

Je me redressai subitement, la lame fermement en main, et le mitraillai du regard.

Pas question qu'elle reste ici avec toi.

— Je crois que quand je m'enfuirai, rétorquai-je, j'emporterai bien plus que ces filles.

Il éclata de rire, retira la serviette autour de son cou et s'essuya le visage.

— Elle est canon, commenta-t-il. J'ai bien aimé quand elle t'a agrippé la gorge aujourd'hui. Beaucoup d'hommes ne savent même pas à quel point ils aimeraient être dominés. Mais c'est tellement bandant. Elle t'a baisé comme il fallait. J'ai vraiment l'impression qu'ici, elle s'épanouit enfin.

Je crispai la mâchoire, puisant dans toutes mes forces pour ne pas péter un câble.

Il nous avait vus dans la serre. Il l'avait vue me chevaucher.

Je lâchai le rasoir et quittai la pièce, tendu de part en part.

Il n'était pas question qu'elle lui appartienne.

Je fonçai de nouveau vers la chambre d'Emmy, ouvris la porte à la volée et m'approchai du lit alors qu'elle se redressait pour me contempler dans la lumière qui filtrait depuis le couloir.

— Qu'est-ce qui te prend ? s'inquiéta-t-elle.

Je ne dis rien.

J'attrapai ses lunettes sur la table de chevet, glissai les bras sous elle, draps et tout le reste, et la soulevai pour l'emmener dans ma chambre avec Alex et moi.

Je ne la quitterais pas des yeux cette nuit.

Elle enroula fermement les bras autour de mon cou et garda les yeux rivés à moi pendant tout le chemin jusqu'au deuxième étage et dans mon lit.

Bon sang, qui l'avait donc fait venir ici ? Elle foutait tous mes projets en l'air.

26

Will

Neuf ans plus tôt

Un casier se referma brutalement et son claquement résonna dans le couloir. Je portai la bouteille à ma bouche pour boire une nouvelle rasade de bourbon.

Les enfoirés. Que foutaient-ils ? Depuis combien de temps cela durait-il ?

J'avais bien remarqué qu'il y avait quelque chose de louche.

Adossé à une pile de matelas de sol dans la salle de lutte, j'entendis la porte des vestiaires s'ouvrir au fond du couloir pendant que *Apologize* sortait à bas volume de l'enceinte à côté de moi.

J'avalai une lampée de plus. Et moi qui l'avais bordée dans son lit la veille.

Comme un imbécile.

Après notre engueulade au lycée ce jour-là, j'étais sorti fêter la Nuit du Diable avec mes potes, comptant bien passer à autre chose. Me bourrer la gueule et voir si je ne pouvais pas me trouver une meuf qui me permette de l'oublier, parce qu'elle me traitait comme de la merde et que j'en avais marre de courir après celle que je savais être faite pour moi mais qui ne voulait pas de moi.

Elle ne m'avait presque jamais rien donné en retour.

Mis à part hier soir.

Mais aujourd'hui, c'était reparti comme en quarante. À croire qu'elle avait baisé avec moi par pitié. Que je n'étais pas assez bien pour elle.

Je m'étais rendu au cimetière avec les potes et on s'était mis une race.

On était allés au Pope à Meridian City.

Et on avait continué de s'éclater.

Seulement, impossible de l'oublier, malgré l'alcool. J'avais pris un taxi pour regagner Thunder Bay, mais au lieu de rentrer chez moi, j'avais rappliqué au lycée. J'étais monté en douce dans le bus garé dans le parking et je m'étais affalé sur la banquette arrière, perdu dans mes souvenirs de la soirée que j'y avais passée avec elle. Le désir et l'amour qu'elle m'avait montrés m'avaient fait tellement de bien.

J'avais continué de boire en songeant à elle, et puis j'avais regardé par la fenêtre et je les avais aperçus.

Damon et elle. Ils entraient dans l'établissement.

J'avais cligné des yeux, ne sachant si je voyais clair étant donné que tout tournait autour de moi, mais… J'avais fini par descendre du bus pour les suivre.

Les yeux clos, j'inspirai à fond en entendant leurs pas s'approcher dans le couloir.

Je n'avais eu aucun mal à les trouver. Dans un lycée aussi ancien que celui-ci, et quasi désert à cette heure de la nuit, j'avais entendu l'eau couler dès que je m'étais engagé dans le couloir. Les jambes chancelantes et l'estomac en vrac, je m'étais glissé dans les vestiaires et les avais vus en contournant une rangée de casiers.

Ensemble, nus sous la douche.

Je serrai la bouteille dans ma main. Impossible de se tromper.

Voilà pourquoi il avait quitté l'hôtel plus tôt hier soir. Voilà pourquoi elle refusait de se donner à moi.

Personne ne me choisirait, moi, plutôt que Damon. Ou que Michael, ou Kai. À côté d'eux, j'étais un moins que rien.

En passant devant la porte ouverte, Damon entendit la musique et s'arrêta. Elle s'immobilisa à côté de lui. Je la regardai de la tête aux pieds ; elle portait le pantalon de jogging noir de Damon, retroussé aux genoux, et son T-shirt blanc bien trop large pour elle. Tous deux avaient les cheveux mouillés, et il était torse nu.

— Tu l'as baisée ? questionnai-je.

Sans rien dire, Damon pénétra dans la pièce sombre et m'aperçut enfin.

Emmy le suivit lentement.

— Franchement ? lâcha-t-il en penchant la tête sur le côté tout en tentant de me deviner dans le noir. Je ne suis pas si prévisible que ça. Arrête un peu.

Il s'approcha et la désigna.

— En plus, elle n'est même pas belle.

— Merci, marmonna Emory.

Je balançai la bouteille de l'autre côté de la pièce, et elle s'écrasa contre le mur pendant que je me jetais sur lui.

Il trébucha en arrière en riant. Em se précipita, puis s'arrêta.

— Ce n'est pas une bonne nuit, Will, m'avertit-il. Ne sois pas con.

Je leur tournai autour, la dévisageant.

— D'où viennent tes bleus ?

Elle baissa les yeux.

Je scrutai Damon et secouai la tête.

— Je te savais brutal, mais pas à ce point.

Il ricana, passa une main dans ses cheveux avec agacement.

— Dis-lui, ordonna-t-il à Emmy.

Mon regard alterna entre elle et lui tandis qu'elle lui décochait un coup d'œil inquiet.

— Dis-lui, aboya-t-il encore.

Fils de pute. Je reculai le poing et cognai ce salaud en pleine mâchoire. Il s'écroula par terre avec un grognement et prit son visage dans ses mains.

Pas question qu'il sache des trucs sur elle que j'ignorais. Qu'il aille se faire foutre.

— C'était bien avec lui ? demandai-je à Em. Ça t'a plu ?

J'avais trouvé curieux de les surprendre tous les deux à la cathédrale le même soir. Depuis combien de temps se voyaient-ils ?

Les yeux baignés de larmes, elle leva les mains devant elle avec impuissance, comme si j'allais la frapper ou je ne sais quoi.

Que pouvait-il bien savoir sur elle que j'ignorais ? C'était ma nana, pas la sienne.

La poitrine meurtrie, je clignai des yeux pour apaiser la brûlure que je ressentais.

— Hier soir, je t'ai dit que je t'aimais. Tu ne m'as même pas entendu, pas vrai ?

Elle s'approcha d'un pas.

— Ne gâche pas tout. Souviens-toi de ce qui était bien. Je t'en supplie.

— Pourquoi ? hurlai-je en retirant ma capuche d'un geste et en commençant à défaire ma ceinture tout en l'incitant à reculer vers les tapis. Si c'est fini entre nous, pourquoi en garder le moindre souvenir ? Je n'ai pas envie que tu me manques !

Les yeux embués de larmes, j'ôtai ma ceinture et arrachai mon T-shirt. Je l'entendis pleurer pendant que je me pressais contre elle.

— On n'a qu'à tout gâcher pour de bon, ici et maintenant ! criai-je. Rappelle-moi que je n'étais qu'un plan cul.

Je lui agrippai le visage, mais elle jeta les bras autour de moi, secouée de sanglots.

— C'est… C'est vraiment toi que je veux, chuchota-t-elle en pleurant. Il n'y a que toi au monde.

Haletant, je peinai à respirer.

— Mais en même temps, tu ne me supportes pas, grinçai-je. Tu ne me fais pas confiance, et tu penses que je ne serai jamais rien de plus, jamais assez bien pour toi, c'est ça ?

Si elle m'avait fait confiance, elle m'aurait dit ce qui se passait.

Elle ferma les yeux derrière ses lunettes et secoua la tête.

Elle ne protesta pas.

Elle ne m'aimait pas.

Damon me poussa en arrière.

— Tu es bourré.

Et alors ?

— Qu'est-ce que vous foutiez ensemble ? criai-je en lui passant un bras autour du cou pour nous entraîner tous deux au sol.

Je reculai le poing et l'écrasai une fois de plus sur son visage. Du sang coula du coin de son œil.

Avec un grondement, il me renversa, me chevaucha et me flanqua une gifle du revers de la main. La brûlure gagna tout mon visage, et je lui agrippai le nez pour lui enserrer la gorge.

— On ne l'a pas fait ! cria-t-il. Plutôt baiser une lame de rasoir.

Il balança un autre coup de poing dans mon ventre, et je lui cognai l'entrejambe.

Il écarquilla les yeux de rage, mais ne tomba pas dans les pommes comme je m'y attendais. Il montra les dents et me balança une nouvelle baffe.

— Espèce de connard. Tu as de la chance d'avoir manqué ton coup.

Il me saisit les poignets et les plaqua contre mon torse en pesant sur moi pour m'immobiliser.

— Facile, crachai-je.

J'étais bien plus imposant, après tout.

Il me donna un coup de tête dans le nez et je grondai, les larmes aux yeux.

— Putain, Damon ! m'écriai-je. Merde.

Je me débattis pour essayer de voir si je saignais, mais il ne me lâcha pas.

— Bon, tu vas t'arrêter ? demanda-t-il. Je ne suis pas d'humeur ce soir, et elle non plus. On a vécu l'enfer. Tout ne tourne pas autour de toi, tu sais.

— Ça a déjà été le cas un jour ?

Je le considérai malgré le flou de mes larmes. Je n'étais pas le chef. Je n'étais pas le cerveau. Je n'étais pas la passion.

Sans moi, mes amis ne perdraient rien.

Une seule chose me plaisait vraiment. Une seule chose me poussait à essayer. Une seule chose me donnait l'impression d'être un homme.

Damon se tenait au-dessus de moi et me sondait du regard. Lui aussi avait les yeux rouges. Que s'était-il donc passé cette nuit-là ?

Il colla son front au mien et me lâcha les mains. Nos torses s'élevaient et s'abaissaient en rythme.

— On a vécu des trucs pas cool ce soir, murmura-t-il. Je ne peux pas en parler, mais tu es mon meilleur pote. Ne l'oublie jamais.

Son souffle me réchauffa les lèvres. Il retint un sanglot, les yeux fermés.

— J'ai besoin de toi, murmura-t-il. Tu n'imagines pas à quel point on a tous besoin de toi.

Je me mordis le coin de la bouche pour réprimer mes émotions, mais mes yeux me piquaient.

Ses lèvres restèrent comme suspendues au-dessus des miennes, la chaleur fit tournoyer la pièce, et puis… J'ouvris les yeux et les tournai vers elle. Elle était assise contre les tapis et nous observait, les genoux serrés contre elle, sans ciller, tandis que la bouche de Damon hésitait au-dessus de la mienne, et… Comme je ne m'écartais pas, il s'empara de mes lèvres et glissa sa langue à l'intérieur.

— On ne sourit pas sans toi, chuchota-t-il. Elle ne sourit pas sans toi.

Ma queue durcit, et je gémis en le sentant passer une main sous ma braguette pour me caresser. Emmy nous contemplait, bouche bée.

Elle ne prenait toujours pas la fuite.

Et à chaque seconde que je ne l'arrêtais pas, à chaque seconde qu'elle restait assise là, sans faire mine de partir, mon érection s'affirmait.

Elle était peut-être en train de revivre la nuit dernière, ou alors il s'agissait du dernier instant que j'allais pouvoir vivre avec elle, mais j'étais parcouru de frissons en la voyant nous regarder. J'empoignai les cheveux de Damon, qui avait enfoui le nez dans mon cou pour me suçoter.

— Putain, grondai-je.

Je fermai les yeux un instant, chassant mes inquiétudes et m'abandonnant complètement. *Et puis merde.*

Je tripotai sa braguette pendant qu'il ouvrait la mienne, mais avant que j'aie pu sortir son membre et montrer à Em ce que je savais faire, il s'abaissa pour me prendre dans sa bouche d'un geste lent et puissant.

Je gémis.

— La vache.

Je crispai les doigts dans ses cheveux pendant qu'il montait et descendait. J'étais de plus en plus dur, excité par le poids du regard d'Emmy. Je la dévisageai. Son T-shirt pendait sur une épaule et dévoilait sa peau, et ses tétons dardaient à travers l'étoffe.

Elle aimait ça.

Les ongles enfoncés dans le tapis sur lequel elle était assise, elle était super canon. On aurait dit qu'elle avait envie de venir prêter main-forte à Damon.

Qu'elle regarde.

Qu'elle sache ce que ça fait de voir quelqu'un d'autre prendre mon sexe dans sa bouche.

Je baissai les yeux sur Damon, qui m'aspirait entre ses lèvres chaudes.

— Elle est super belle, haleta-t-il en remontant pour me mordre la mâchoire. Et elle ne va pas aimer te voir heureux sans elle.

Je crachai dans ma paume et la glissai dans son jean pour le caresser à son tour tout en lui rendant son baiser, sentant son chapelet m'effleurer le torse.

Grondements et gémissements emplirent la pièce à mesure que

la cadence devenait frénétique, en quête de l'orgasme, et j'aurais pu jurer entendre Em gémir à son tour en nous observant.

J'avais envie qu'elle se caresse. J'espérais qu'elle allait le faire.

— Plus fort, mec, gronda Damon contre ma bouche.

— Tu n'auras pas plus fort que ça, rétorquai-je. Tu ne vas pas me fourrer ce truc dans le cul.

Il s'esclaffa.

— Tu as raison. Ta bite est plus petite que la mienne. À toi de me prendre.

— Va te faire foutre.

Il rit, et je souris tout en poussant dans sa main. Curieusement, nous avions recommencé à nous chambrer comme à notre habitude.

Les yeux clos, le dos en sueur, je continuais de le caresser. Suffoquant et grondant, nous poussions de plus en plus fort. Puis, j'éjaculai subitement, un instant avant lui.

— Putain, lâchai-je en me cambrant.

Je gémis, renversai la tête en arrière et luttai pour reprendre ma respiration.

Les muscles en feu, j'étais parcouru de délicieux frissons.

Il s'écroula à côté de moi sur le tapis, sa chaleur répandue sur ma main. Je gardai un instant les yeux fermés, savourant le souvenir du regard d'Emory sur moi.

Mais, quand je les rouvris, elle nous dévisageait avec un air de désespoir mêlé de douceur, les ongles fichés dans ses cuisses.

Elle avait adoré ça. Et détesté ça à la fois.

Elle se leva du tapis, s'humecta les lèvres et me contempla avec détermination.

— J'aurai toujours envie de toi, dit-elle doucement.

Puis, elle partit.

Je la suivis des yeux, mon plaisir subitement envolé.

Elle ne fléchirait pas, et c'était fini. Même si tout ça lui faisait envie.

Je fermai les yeux, regrettant d'avoir brisé cette bouteille.

Je ne pouvais plus lui courir après. Elle n'était pas l'une d'entre nous. Elle ne se battrait jamais pour moi.

Je ravalai la boule dans ma gorge et pris une longue inspiration, avant d'expirer la douleur dans mon ventre.

Damon se releva et remonta son jean.

— Je serai sous la douche, soupira-t-il. Une fois de plus.

27
Emory

Présent

Il ne nous était encore jamais arrivé de dormir dans le même lit.

Bien sûr, ce n'était pas comme si on avait eu une vraie relation. Rien que quelques instants volés.

Je le contemplai. Il était allongé à côté de moi, la tête tournée de l'autre côté, et son torse s'élevait au rythme de sa respiration. Sa peau luisait à la lueur matinale qui traversait les rideaux et prêtait à ses sourcils une teinte chocolatée.

Il m'avait amenée ici la nuit dernière et m'avait ordonné de dormir. J'avais failli protester, avant de me rendre compte que je n'en avais pas envie.

J'étais fatiguée. Lui aussi. *Et puis tant pis.*

Mon bras reposait à côté du sien, nos auriculaires se frôlaient. J'avais presque envie de les entrelacer mais, si je bougeais, il ferait de même, et je n'étais pas prête à ce qu'il se réveille.

Je tournai la tête à gauche. Alex dormait en chien de fusil, face à moi, cramponnée à l'oreiller sous sa tête.

Elle portait un des T-shirts de Will. J'avais beau avoir souffert de les voir si proches la nuit dernière, j'aimais bien Alex. Beaucoup, même.

Elle ne voulait pas me faire de mal. Je le savais.

Je ne pus retenir un petit sourire. Son nez était un peu retroussé, presque comme un personnage de dessin animé, et je voyais l'intérieur de ses narines.

Elle était superbe en tout point. Des pieds à la tête.

Je secouai la tête et me remis à scruter le plafond, me demandant si j'aurais dû me sentir mal à l'aise de me retrouver au lit entre mon premier amour et sa petite copine, mais au fond, cette question semblait superficielle comparée au reste.

Je roulai sur le flanc, me redressai lentement et passai par-dessus Alex, les contemplant tous les deux dans leur sommeil. Je me rendis de l'autre côté du paravent, attrapai un gant et le mouillai sous le robinet de la baignoire.

J'en pressai l'eau chaude et portai le gant à mon visage. Les yeux fermés, je laissai la chaleur apaiser ma mâchoire meurtrie ainsi que l'œil sur lequel Alex m'avait giflée la veille.

Un bain me tentait bien, mais je ne voulais pas les réveiller.

À cet instant, quelque chose me frôla la jambe. Je baissai les bras et ouvris les yeux. Alex m'observait, assise sur le bord de la baignoire.

— Désolée de t'avoir réveillée, m'excusai-je en repassant le gant sous l'eau chaude.

— Ce n'est pas grave.

J'essorai le gant et m'approchai d'elle pour le presser sur sa joue et le méchant bleu qui s'y formait.

Elle voulut s'en emparer, mais je la repoussai.

— Je n'allais pas partir sans toi, affirmai-je.

Au cas où elle en aurait douté.

Simplement, sur le moment, il m'avait paru plus facile de disparaître que de braver l'orage.

— Et lui ? demanda-t-elle. Tu allais partir sans lui ?

Je m'approchai encore, mes jambes de part et d'autre de sa cuisse, pour tapoter doucement son visage.

— Il vaut mieux pour lui qu'il soit le plus loin possible de moi.

Mais au lieu d'essayer de me convaincre du contraire, elle se contenta de pouffer.

— Tu n'es qu'une poule mouillée.

Je me tendis un peu tout en continuant de déplacer le gant chaud autour de son visage.

Je n'étais pas toujours une poule mouillée.

— Emmy, je dois le ramener à la maison, me confia-t-elle. Aide-moi. Je sais que tu l'as aimé. Comment faire autrement ?

Malgré ma gorge nouée, je laissai échapper un petit rire. *C'est vrai.*

Contente d'apprendre que je n'étais pas la seule à être sensible à son charme.

Tout le monde adorait ce garçon.

— Cet homme hier soir, cet accès de colère, ce n'est pas lui, chuchota-t-elle. Tu le sais bien.

Vraiment ? Il avait beaucoup morflé. Elle avait sans doute passé plus de temps avec lui ces dernières années, mais elle ne l'avait pas connu au lycée. Notre discussion de la veille sur Godzilla était le premier aperçu que j'avais eu du Will d'avant depuis mon arrivée.

— Tu sais te battre, commenta-t-elle d'un air surpris.

Je ne savais pas trop si elle parlait de notre empoignade dans l'entrée, ou si elle avait assisté à ma séance de catch avec Taylor l'autre jour.

Mais je secouai la tête.

— Je sais me relever, c'est tout.

— C'est le nerf de la guerre.

Elle m'étudia pendant que je lui essuyais le visage.

— Kai possède un dojo à Meridian City, déclara-t-elle. Tu étais au courant ? C'est là que s'entraîne notre famille.

Je la regardai dans les yeux, et quelque chose d'implicite passa entre nous. J'aurais pu jurer que ça sonnait comme une proposition.

Elle se fourrait le doigt dans l'œil si elle croyait que j'étais la bienvenue là-bas. Et puis, j'avais mon travail.

Enfin, je l'espérais.

Je jetai le gant au sol et me frottai les yeux, ne sachant plus où Will avait posé mes lunettes.

— Tu as besoin de prendre une autre douche, décréta-t-elle.

— Et toi, alors ?

Trois personnes dans un petit lit… Nous avions sué toute la nuit.

J'attrapai un peigne posé sur la petite table et entrepris de démêler mes nœuds.

— Micah et Rory sont plutôt sympas, l'informai-je. Taylor pose problème, mais personne ne désobéira à l'ordre d'Aydin selon lequel on ne doit pas nous toucher.

— Nous, ou toi ?

Je plissai les yeux.

— Qu'est-ce qu'il a contre toi, Aydin ?

Pourquoi me protégerait-il moi, et pas elle ?

— Rien, répondit-elle avec un haussement d'épaules. Il ne me connaît même pas.

— Pourtant, j'aurais pu jurer le contraire.

Il savait comment elle s'appelait. Il l'avait reconnue.

Elle n'en dit pas plus. Nous entendîmes le plancher grincer, et Will passa devant nous. Il s'immobilisa en nous apercevant.

Les cheveux ébouriffés de manière sexy, son jean sur les hanches, le bouton supérieur défait, il nous embrassa du regard.

J'étais en culotte et débardeur, tandis qu'Alex portait encore son T-shirt et pas de pantalon.

— Merde alors, grommela-t-il en secouant la tête et en poursuivant son chemin vers les marches qui menaient jusqu'à sa porte. Prenez la baignoire si vous voulez. Les habits sont dans le bureau. Je vais chercher le petit déjeuner. Restez là. Toutes les deux.

La porte s'ouvrit et se referma, et je me penchai pour ouvrir le robinet.

— Si tu as un plan de fuite, pourquoi est-ce qu'il ne saute pas sur l'occasion ? demandai-je. Je l'ai entendu hier. Il n'avait pas envie de partir.

Bizarre, non ? On aurait cru qu'il bondirait au plafond à l'idée d'être sauvé, mais il n'avait pas eu l'air de se réjouir de la présence d'Alex.

Ni de la mienne, d'ailleurs.

Parfois, certains prisonniers s'habituaient tellement à rester enfermés qu'ils avaient peur de partir. Ils jouissaient d'un foyer, de trois repas par jour, d'une routine…

Tôt ou tard, le désespoir familier devenait plus facile à gérer qu'un monde inconnu plein d'espoir.

Mais ce n'était pas Will. Il avait une maison, des amis, de l'argent, des opportunités…

Quelque chose nous échappait. Quelque chose qu'il ne nous disait pas.

Alex secoua la tête et baissa les yeux sur le bas des marches.

— Va savoir. Mais s'il y a une chose que je sais de Will, c'est qu'il ne faut rien supposer. Il en sait plus qu'on ne croit, et il est plus patient qu'un crocodile.

Plusieurs jours étaient passés. Je n'étais toujours pas retournée au travail. Je ne répondais toujours pas au téléphone.

J'avais dû être portée disparue à présent. En avait-on notifié Martin ?

Il s'en ficherait, mais il se sentirait probablement forcé de s'en occuper malgré tout.

Sauf qu'il ne saurait pas où me trouver. Le plus sûr restait de prendre la fuite avec Alex et d'emmener Will de force s'il le fallait. Je n'aimais pas la façon dont Aydin l'avait regardé la veille. Quelque chose se tramait.

Entre-temps, je tâcherais de l'avoir à la bonne. S'il allait falloir patienter jusqu'à l'arrivée de l'équipe de réapprovisionnement, je devais éviter à tout prix qu'il m'enferme au sous-sol pour me cacher.

Will voulut avoir la chambre à lui tout seul, sûrement histoire de prendre un bain, et Alex disparut dans les tunnels pour… faire ce qu'elle avait pour habitude d'y faire. Will m'ordonna de regagner ma chambre et d'y rester. Évidemment, je ne tins aucun compte de sa consigne et me dirigeai de nouveau vers la serre pour aller chercher des outils dans l'abri de jardin.

Je n'en avais plus besoin pour accéder aux tunnels, mais je pourrais leur trouver d'autres utilités : m'en faire des armes, me construire une cachette, m'enfuir…

Aydin, Micah et Taylor étaient dans la salle de sport, et je ne savais pas où se trouvait Rory, mais je ne pouvais pas laisser passer cette occasion.

Je poussai la porte de la cuisine, traversai la terrasse, contournai la serre et pénétrai dans l'abri de jardin. J'entendis le bruit de la cascade de l'autre côté de la maison et perçus sa brume.

À quoi ce lieu ressemblait-il l'été ? Brusquement, je m'imaginai assise sur le balcon avec un livre, sur fond de chute d'eau.

Je faillis lever les yeux au ciel. J'espérais ne pas rester aussi longtemps.

J'entrai dans la structure humide et repérai une table de travail. J'attrapai une vieille clé anglaise rouillée, un marteau et quelques tournevis. J'essayai de tous les caser dans mes poches, puis je repérai une ceinture à outils accrochée au mur. Je souris, la saisis et l'enlevai du crochet.

Parfait.

Je nouai la ceinture tachée de rouille à ma taille en plaçant la charge sur le côté plutôt que sur le devant, car je détestais marcher avec toutes sortes de trucs qui me claquaient sur les cuisses. Je m'en étais rendu compte en construisant le belvédère plusieurs années plus tôt.

Je ramassai des clous et des pinces, marquant une pause en songeant à ce petit belvédère. Avec son toit en chapeau de sorcière, je l'avais bâti à l'aide de matériaux de seconde main récupérés à St Killian's après son abandon. J'avais voulu lui donner une allure patinée. Comme s'il avait toujours été là, peut-être même avant la ville.

Ce n'était pas ma meilleure construction, mais c'était ma première, et son exécution m'avait procuré plus de satisfaction que je ne l'aurais cru.

Cela m'avait pris beaucoup plus de temps que prévu parce qu'à un moment donné, plus rien ne m'intéressait, y compris mon travail. J'avais passé des mois sans y toucher, allant jusqu'à éviter volontairement le village pour ne pas le voir. Au bout d'un moment, j'avais fini par me forcer à le terminer, à lui donner la touche finale sans les lustres dont j'avais rêvé. Chaque fois que je les aurais regardés, j'aurais pensé à lui, et ça aurait été trop douloureux.

Je n'avais plus eu envie de construire ou de concevoir. Je n'avais plus rien eu envie de faire à cause de lui.

J'étais en deuil, et plus rien ne m'importait.

Toutefois, j'avais fini la construction. Quand je m'étais enfin remise au travail, c'était parce qu'une fois de plus, je m'étais relevée. Tout comme les gros livres cartonnés, le belvédère était un trophée de plus que je collectionnais en l'honneur des journées que je parvenais à traverser.

Seulement je ne reverrais plus ce belvédère. J'avais quitté la ville.

Je sortis de la cabane à jardin pour fouler l'herbe mouillée. Au lieu de regagner la cuisine, je fis un détour par la serre, tirai l'échelle que j'avais repérée la veille et la calai sous le panneau cassé du toit.

Je montai, m'assis sur le sommet de l'échelle et entrepris de rattacher la chaîne rouillée en me servant des pinces pour ouvrir le maillon et y enfiler l'autre bout.

Je n'en avais rien à foutre de cet endroit. Je savais que ce que je faisais n'avait aucune espèce d'importance.

Mais j'étais comme ça, et je n'allais pas passer mon temps à m'apitoyer sur mon sort, à attendre que mon cœur se mette au diapason avec mon esprit. Si je devais m'occuper les mains pour survivre à Will Grayson et oublier mon envie de tout recommencer à zéro, alors c'est ce que je ferais.

Le calme au milieu du chaos.

C'était ça, ou perdre mon temps à réfléchir à des choses que je ne pouvais pas changer. La veille, il n'avait pas dit qu'il m'aimait aussi. Le contraire m'aurait étonnée, mais si j'avais encore eu des doutes sur ce qu'il ressentait, j'avais ma réponse.

Le passé était mort.

Je serrai pour refermer le maillon, sortis un fil de fer de mon tablier et renforçai le lien au cas où le poids du carreau refaisait des dégâts. Puis, je redescendis et tournai la manivelle au mur. Je regardai les carreaux s'ouvrir à l'unisson, et je tournai en sens inverse pour les refermer.

J'éprouvai une bouffée de fierté. Le plaisir d'avoir résolu un problème était un sentiment familier qui me donnait presque l'impression d'être redevenue normale.

Voilà l'unique partie de moi que je voulais bien conserver. Au moins, j'avais trouvé une tâche que j'aimais et en laquelle j'étais compétente.

Je reposai l'échelle contre le mur et quittai la serre, évitant le lit de serpents caché sous la terre à gauche. Je traversai la maison, en quête d'une autre activité à même de m'aider à passer le temps.

Qui avait construit cette maison, et pourquoi ? Le décor ne semblait comporter que très peu de touches personnelles. Pas de portraits de famille, de boîtes à bijoux ni d'horloges gravées. Rien qui trahissait l'histoire de la demeure. Je n'avais pas vérifié si les livres de la bibliothèque étaient en anglais, mais tout le monde ici parlait cette langue, donc…

Existait-il d'autres Blackchurch ? Forcément, non ? Dans différentes parties du monde ? Les cinq fils incarcérés ici ne devaient pas être les seuls à mal se comporter. L'image d'une maison nichée dans les montagnes du Népal, ou d'une cabane au fond de la forêt tropicale passa furtivement dans mon esprit. Toute une armée de petits merdeux se baladait sur Terre, pas de doute là-dessus.

Je bifurquai dans le couloir juste avant la salle de sport, et passai devant une porte à double battant qui avait toujours été fermée. Sur un coup de tête, je m'arrêtai pour l'ouvrir.

Une plus petite salle de bal que celle que j'avais vue de l'autre côté de la maison s'étirait devant moi. J'avançai sur la piste de danse pour contempler les murs rouges et la rangée d'appliques dorées.

Un lustre reposait au sol, fracassé. Je levai les yeux au plafond, mais l'obscurité m'empêchait de bien y voir. Je m'approchai de la fenêtre et ouvris les rideaux d'un geste, faisant voler la poussière. En toussant, je reculai pour examiner tout ce fatras dans la lumière qui filtrait à présent par la vitre.

Qu'était-il arrivé ici ?

Cette magnifique salle faite de boiseries, de miroirs et de cristaux décoratifs resplendissait à la lumière du jour. Le seul détail qui clochait était l'éclairage brisé et le verre éparpillé partout au sol.

Le lustre, plus large que je n'étais grande, penchait sur le côté, ses pendeloques répandues tout autour. Les rayons du soleil se reflétaient dans les bris de verre en projetant des petits arcs-en-ciel sur les murs, et je penchai la tête en arrière pour inspecter le plafond.

Des fils avaient été arrachés, le treuil électrique qui servait à l'abaisser pour des questions d'entretien avait été coupé. Je m'approchai du mur près de la porte et tournai le cadran. Les appliques le long des murs dorés s'éclairèrent.

Je levai de nouveau les yeux. Par chance, le mécanisme de suspension semblait encore intact. On devait être en train d'abaisser le lustre pour le nettoyer ou le réparer quand il s'était effondré.

Il suffisait de le remonter.

Mais, bien sûr, le câble du treuil était cassé.

Je l'aurais entendu s'écraser. L'incident avait dû se produire avant mon arrivée. Peut-être même longtemps avant. Cette porte avait toujours été fermée, sans doute l'équipe de nettoyage n'avait-elle jamais eu l'occasion de s'en occuper.

Je quittai la salle, repérai les panneaux de disjoncteurs au sous-sol afin de couper l'électricité et attrapai une corde, puis l'échelle dans la serre, avant de regagner la salle de bal à la hâte. Je n'avais pas envie d'être interrompue, et l'avantage d'une grande demeure comme celle-ci était qu'il était facile de ne croiser personne si on en avait envie.

Comme le câble du treuil était cassé, et qu'il était impossible de le remplacer, je vérifiai les raccords du lustre pour m'assurer que rien n'était défait ni desserré avant de poser l'échelle. À l'aide de la perceuse manuelle que j'avais trouvée dans la cabane à jardin, je perçai un trou dans le mur près de la cheminée.

Je posai la mèche et tournai la manivelle pour l'enfoncer dans le plâtre. Normalement, quelques secondes m'auraient suffi avec une perceuse électrique, mais je n'en avais pas à disposition. On se serait cru en 1898, comme si j'allais devoir battre le beurre pendant trois heures pour pouvoir manger des biscuits le soir.

Je grognai, les muscles en feu. Quel matériel merdique.

Je lâchai la perceuse, glissai la vis à œil dans le trou et la vissai.

Je tournai et tournai, puisant dans mes forces pour la serrer au maximum avant de monter tout en haut de l'échelle de près de dix mètres. Assise à califourchon, je fis de même au plafond, près de la sortie de commutation d'origine.

L'échelle vacilla sous moi, et mon cœur cessa de battre. Je vissai la vis à œil à la hâte et tirai dessus pour m'assurer qu'elle tenait. Rien ne m'indiquait qu'elle porterait le poids du lustre, mais au moins elle tenait.

En général, je ne me contentais pas de dessiner les plans. J'aimais mettre la main à la pâte.

Et j'adorais travailler seule. C'était sans doute pour ça que je préférais les petits projets au cabinet. Les rénovations plus personnelles.

Je descendis de l'échelle, fixai la corde au lustre, remontai avec sur l'échelle, la glissai à travers le crochet du plafond, puis redescendis, déplaçai l'échelle vers le mur et passai la corde dans l'autre crochet.

Je regagnai le sol, enroulai la corde autour de ma main, pris appui au sol et tirai, avec force et lenteur. Les bris de verre remuèrent et chantèrent en s'entrechoquant, mais le lustre ne quitta pas le sol.

Merde. Je faillis rire tellement j'avais présumé de mes forces.

Ça devait peser un quart de tonne. Le souffle lourd, j'essayai de nouveau, pesant sur la corde pour tirer de toutes mes forces, mais en vain. Même si je parvenais à soulever ce lustre du sol, je n'arriverais jamais à l'y maintenir.

— Non, j'arrive ! entendis-je gronder Rory.

Je bondis.

— Rory ! hélai-je en lâchant la corde et en me redressant. Rory, tu peux venir s'il te plaît ?

L'instant d'après, il se tenait sur le seuil de la porte, torse nu et les yeux ensommeillés, comme s'il venait de se réveiller.

Il planta les deux bras de part et d'autre de l'entrée et haussa un sourcil sans me demander ce que je faisais. Il n'en avait sûrement rien à carrer.

— Tu peux m'aider ? demandai-je en montrant le lustre. C'est trop lourd pour que je…

Je l'entendis rire, et quand je regardai derrière moi il était parti, sans même m'avoir laissé finir ma phrase.

Salaud !

Avec son aide et celle de Micah, il ne faudrait pas plus de dix secondes. Il avait autre chose à faire ce jour-là ?

Je fis la moue et étudiai le lustre, tâchant de trouver une solution. Il y avait toujours moyen de résoudre un problème.

Il y avait toujours moyen d'exécuter ce que j'avais besoin de faire.

Ou alors… J'eus un petit sourire, comme si une ampoule s'allumait au-dessus de ma tête. *Il existe toujours un moyen de pousser quelqu'un d'autre à exécuter ce que j'ai besoin de faire.*

Je me demandais si…

Je lâchai ma ceinture à outils, quittai la salle de bal et gagnai la cuisine, où je sortis aussitôt le beurre, les œufs, le sucre et tous les ingrédients dont j'avais appris la liste par cœur à l'époque où grand-mère m'avait enseigné la pâtisserie quand elle avait été trop faible pour s'en charger elle-même. Elle adorait que la maison embaume, et tenait à ce que ça fasse partie de mes souvenirs. Pour que, chaque fois que je humerais l'odeur des sablés ou du cake à la banane, je me rappelle des jours heureux avec elle et ma mère.

Après avoir fait préchauffer le four, je sortis deux moules et un saladier, et me mis à tourner les ingrédients en un mélange chocolaté dont l'odeur me rappela les jours d'octobre après une matinée passée au marché de producteurs pendant que mon père ratissait les feuilles dehors.

Je disposai les deux moules dans le four, pris une pomme dans la coupe à fruits et mordis dedans en attendant.

La cuisine se réchauffa à mesure que l'odeur sucrée se répandait. Les poils se dressèrent sur mes bras et mon ventre gargouilla.

— Qu'est-ce qui se passe par ici ? entendis-je enfin Micah lancer dans le couloir.

Réprimant un sourire, je me retournai précipitamment avec ma manique en entendant sonner le minuteur pour sortir un des moules du four.

Je le posai sur la grille de refroidissement, plantai la pointe d'un couteau au milieu et la sortis pour m'assurer qu'il était parfaitement cuit.

Micah entra, suivi d'Alex et de Rory, et son regard se posa sur le moule. Il grimpa sur le plan de travail tel un chat appâté par des friandises et renifla à fond, les yeux fermés.

— Est-ce que c'est…

— Des brownies ? acheva Alex à sa place, bouche bée.

— Tu as fait des brownies ? s'étonna Rory.

Je haussai les épaules, sortis une fourchette et la tendis à Micah, mais il se contenta de se dresser au-dessus du moule et d'y enfouir les doigts en sifflant sous la chaleur avant d'en engouffrer une poignée.

Rory ouvrit la bouche en grand. Je savais qu'il essayait de réprimer son envie, mais en vain. Il m'arracha la fourchette des mains et passa à l'attaque. Tous deux s'empiffrèrent de brownies sans la moindre manière ni retenue.

Non, mais franchement. Ce n'était pas comme s'ils n'avaient pas pu s'en faire avant. Les ingrédients étaient tous là.

Je me hâtai d'en découper une tranche avant qu'ils aient tout mangé et de la poser sur une assiette alors qu'Aydin, Will et Taylor, alléchés par l'odeur, arrivaient d'un pas traînant.

Je tendis l'assiette à Aydin, sentant le regard de Will.

Aydin me dévisagea, ravi. Il voulut s'emparer de l'assiette et je la reculai, joueuse.

Avec un rire, il l'attrapa et commença à manger.

Je décochai un regard à Will et me retournai pour éteindre le four et tendre la main à l'intérieur.

— Tu aurais dû mettre des noix dedans, se plaignit Rory.

Je pivotai vers lui et lui montrai le deuxième moule, dont la surface était parsemée de noix.

Micah cessa de manger, la bouche et les dents couvertes de chocolat.

Il voulut s'emparer du moule, mais je l'écartai.

— D'abord, j'ai besoin d'aide pour le lustre.

Rory prit un air méfiant, qui ne suffit pas à dissimuler son sourire. Il savait exactement ce que j'étais en train de faire, et j'avais gagné.

S'il voulait des brownies aux noix, alors…

Il soupira.

— Micah ? Taylor ? Vous venez ?

Leurs épaules s'affaissèrent, mais ils y allèrent quand même, quittant la pièce avec Rory pour regagner la salle de bal.

Je coupai deux tranches dans le nouveau moule.

— Wendy et les garçons perdus, plaisanta Aydin.

— Ça fait donc de toi Peter Pan ? renvoyai-je.

Il eut un petit rire pendant que je tendais une part à Alex et que je poussais l'assiette vers Will.

Mais, d'un geste brusque, Will claqua l'assiette et le moule sur le plan de travail, les envoyant valser par terre.

Je lui jetai un regard.

— On n'est pas au Pays imaginaire, fit-il remarquer en s'approchant de moi, l'air mauvais. Sinon, tu ne serais pas là. Les adultes y sont interdits.

Mon cœur se serra un peu, mais je ne cillai pas.

Il tourna les talons et sortit en trombe.

Alex hésita et, avec un regard contrit, partit après lui.

Aydin m'observa, mais je ne lui laissai pas l'occasion de réagir. Je me retournai, ressortis le saladier de l'évier et me remis à mélanger des ingrédients, tenant à m'occuper car je n'avais pas d'autre distraction possible.

J'avais pigé. *Tu n'as pas ta place ici, alors arrête de te la jouer.*

Ça n'avait rien de surprenant. Ça ne me dérangeait pas.

Aydin avait l'air de vouloir parler, mais il était temps de mettre sa leçon à l'épreuve. Rien ne s'imposait à moi. C'était moi qui m'imposais aux autres. Etc., etc.

Lorsqu'il partit, j'enfournai les brownies aux noix, fis la vaisselle et me préparai un sandwich que je finis par ne pas manger, car Micah et Rory revinrent. J'avais envie d'être seule.

— J'ai mis le minuteur pour les brownies, les informai-je. Quand ça sonnera, sortez-les et éteignez le four.

Ils se demandaient sûrement pourquoi j'en avais préparé autant, mais je partis avant qu'ils aient pu me poser la question.

N'y pense pas, c'est tout.

Le fait qu'il ait voulu dormir avec moi la veille n'avait rien à voir avec nous. Quand il m'avait prise dans ses bras, je m'étais abandonnée au plaisir d'être avec lui et j'y avais accordé plus de signification que je n'aurais dû.

Je n'aurais jamais ma place à ses côtés. Je l'avais toujours su, car Thunder Bay était le Pays imaginaire et les Cavaliers sa tribu, et je n'aimais pas jouer. M'amuser, ce n'était pas mon truc.

J'avais quitté la ville, et ça ne m'avait pas guérie pour autant.

J'entrai dans la salle de bal. Pendu tout en haut, le lustre projetait une douce lueur au sol. Ils avaient balayé les bris de verre et remis le courant. J'enlevai mes chaussures et tournoyai dans le grand espace, la tête en arrière.

Voilà pourquoi j'adorais construire et concevoir des choses. Bâtir le monde d'un autre. Ça me donnait des ailes, et pour ça, il me suffisait d'une belle pensée bien agréable.

Et j'en avais trouvé une. Rien qu'une, à laquelle je m'étais accrochée tout ce temps.

Je repérai un tourne-disque près de la cheminée et m'en approchai pour fouiller dans la caisse en dessous qui contenait quelques dizaines de disques empilés les uns sur les autres.

J'y trouvai tout et n'importe quoi, de Mozart à Benny Goodman en passant par les Eagles, mais rien de ce siècle-ci. Aucune famille n'avait dû habiter les lieux depuis longtemps.

J'en choisis un et le posai sur la platine, décidant d'embrasser tout ce que je détestais, y compris cette chanson à la gomme. Le saphir frappa le disque qui tournait, et *If You Wanna Be Happy* de Jimmy Soul résonna. Un sourire se dessina aussitôt sur mes lèvres au souvenir de ma mère et de mon père dansant sur ce titre dans la cuisine quand je devais avoir sept ou huit ans.

Je me mis à bouger, à trémousser des épaules, à sautiller tout en chantant. Je tourbillonnai autour de la pièce, la musique faisait vibrer l'air autour de moi. L'espace de quelques précieux instants, la culpabilité et tout le reste s'estompèrent.

Qu'il aille se faire voir pour avoir cru que j'avais tout compris à seize ans. Qu'il aille se faire voir pour avoir exigé de moi ce que je n'arrivais même pas à m'accorder à moi-même. Lui, Aydin et Martin étaient tous des dictateurs, et je n'avais jamais eu l'occasion d'entendre ma propre voix.

Jamais.

C'était ma faute. J'aurais dû parler plus fort. J'aurais dû hurler. Ça ne me plaisait pas, pourtant c'était ma faute si j'avais sombré dans le silence.

Je n'étais pas une adulte. Il se trompait. Je n'avais jamais grandi. J'étais toujours un tas de feuilles mortes qui volait dans le vent et laissait les saisons, quelles qu'elles soient, me transformer et me piétiner. Jamais je ne m'étais battue pour quoi que ce soit.

Je tournoyai sans m'arrêter, le visage mouillé de larmes, jusqu'à ce que quelqu'un me prenne dans ses bras. J'ouvris les yeux et vis Micah, qui me fit tourner tandis que j'enroulais les jambes autour de sa taille.

Il plaqua le front contre le mien et sourit doucement alors que j'éclatais de rire et que le saxophone vibrait dans la pièce.

« Si tu veux être heureux toute ta vie, ne te marie jamais avec une jolie femme… », chantions-nous à tue-tête.

Et il tourna et tourna, et je me mis à rire très fort tout en le serrant contre moi alors que je me rendais compte que les autres nous observaient près de la porte.

Eux aussi avaient dû entendre la musique.

Franchement, je m'en fichais. Je donnai un coup de poing dans l'air, hurlant les paroles en chœur avec Micah comme de vrais idiots. Personne n'avait à me dire ce que je devais ressentir. Plus maintenant.

Personne ne pouvait me forcer à ressentir une chose dont je n'avais pas envie. C'était moi qui étais aux commandes.

Et j'étais prête à partir à l'aventure.

28

Emory

Neuf ans plus tôt

Mon frère immobilisa la voiture devant le lycée et coupa le moteur.

Je n'avais pas fermé l'œil de la nuit mais, malgré le nuage qui m'embrumait l'esprit, je ne me sentais pas fatiguée.

J'avais plutôt l'impression que ma tête flottait deux mètres au-dessus de mon corps, détachée et en retard sur la réalité.

— Tu es jolie aujourd'hui, me complimenta Martin.

J'essayai de sourire.

— Merci.

Ma jupe et ma chemise étaient repassées, mes cheveux coiffés et maintenus à l'aide d'un bandeau, ma cravate serrée et, pour une fois, je portais le blazer bleu marine qu'il m'avait acheté l'année précédente et qui m'allait encore.

— J'espère te trouver à la maison quand je rentrerai du travail.

J'acquiesçai.

— Je suis désolée pour tout, soufflai-je.

Je sentis le poids de son regard.

Puis, sa voix douce s'éleva dans l'habitacle.

— Il faut qu'on s'entende, Emmy. Je suis tout ce que tu as, affirma-t-il avant de m'ébouriffer les cheveux en riant. Enfin, je suis gentil, non ? Je t'achète plein de trucs et je te laisse ta liberté. Je t'ai trouvé une place dans ce lycée parce que je voulais que tu aies ce qu'il y a de mieux. J'essaye, pas vrai ?

Je hochai encore la tête.

— Ce soir, je vais te préparer le maïs au caramel maison que tu aimes tant, décrétai-je.

Il gémit, le sourire aux lèvres.

— Ça marche.

Je descendis en prenant mon sac et le saluai de la main avant de traverser le parking.

Il ne nous arrivait pas souvent de nous réconcilier aussi facilement, mais la veille, après être rentrée, je n'avais même pas essayé de dormir. J'avais repris une douche, je m'étais lavé les cheveux et je m'étais rasée, comme pour brandir un nouveau moi en guise d'armure.

J'avais rangé ma chambre, nettoyé la cuisine et préparé des roulés à la cannelle, que j'avais laissés cuire pendant que je mettais la table et que je finissais mes devoirs. Même celui pour *Les Raisins de la colère* que je n'étais pas censée rendre avant une semaine.

J'avais ramassé ma sacoche, je m'étais habillée et j'avais mis un peu de mascara avant que Martin arrive dans une maison redevenue parfaite.

Je ne me sortirais pas de cette situation. Et je ne pouvais pas le tuer.

Je devais survivre et, tout comme la veille quand j'avais dit à Damon qu'il y avait un bug, je m'étais rendu compte au fil des heures que je ne m'en tirerais pas comme ça.

Quelque chose avait disjoncté. Chaque souvenir de sa main sur mon visage ou de son poing dans mon ventre me faisait l'effet d'un rêve dans l'esprit d'une autre.

Je n'étais pas là.

Je n'étais pas ici, maintenant.

Je n'avais plus l'énergie de me préoccuper de quoi que ce soit.

Les cours du matin passèrent. Je n'aurais même pas su dire si Will y était, car la matinée sembla finir avant même que je m'aperçoive qu'elle avait commencé.

Je fixai mon bureau. La scène dans la salle de lutte tournait en boucle dans mon esprit, et quelque chose dans mon cœur enflait tout en le déchirant de l'intérieur.

J'étais contente qu'il ait des amis. Will méritait de ne jamais être seul.

Malgré tout, je n'aimais pas l'idée que d'autres que moi puissent le rendre heureux.

Rendre Will heureux, rien n'était plus génial.

J'aurais aimé être tous les jours la fille que j'avais été au Cove, mais c'était fini. Le poids avait écrasé cette étincelle, et je n'avais plus l'énergie de réessayer.

— Punaise, je n'ai vraiment pas envie que la saison de basket commence, déclara Eva en posant son plateau de déjeuner à côté du mien dans la queue. Elle chevauche celle de foot pendant une quinzaine de jours, on va être complètement HS.

— Pas moi, marmonnai-je en avançant dans la queue. Ce matin, j'ai arrêté la fanfare.

— Quoi ?

Je pris un filet de poulet et une salade sans lui accorder un regard.

— Ma grand-mère est malade, expliquai-je doucement. Enfin, plus malade qu'avant. On a besoin de moi à la maison.

Je ne m'étais même pas donné la peine d'en parler en personne à la directrice de la fanfare. Je le lui avais annoncé par e-mail, certaine que mon frère conviendrait que me concentrer sur mes études et mes projets d'architecture me serait plus profitable.

Moins je serais au lycée, à des matchs ou dans le bus, mieux ça vaudrait.

— Je vais m'asseoir avec Gabrielle aujourd'hui, décréta-t-elle brusquement. Il faut qu'on parle d'un… projet.

Elle prit son plateau et passa devant moi, en direction de la caisse. Je restai là, sans répondre ni lever les yeux.

Je m'en fichais.

Je payai, m'avançai vers une partie vide de la table dans le coin de la pièce et m'assis, tout en insérant mes écouteurs dans les oreilles et en lançant l'iPod caché dans ma poche.

Je levai les yeux un fragment de seconde et croisai le regard de Damon. Il était assis à une vingtaine de mètres, à une table circulaire avec ses amis. Le chaos faisait rage autour de lui, mais lui restait calme et figé, tel l'œil du cyclone. À croire que la rage et les larmes de la veille n'avaient jamais eu lieu.

Je m'étais attendue à ce que la culpabilité me ronge, mais ce n'était pas arrivé. L'inquiétude était bien présente, cependant je ne pouvais rien y faire pour l'instant, et si j'avais pu remonter le temps, je n'aurais sûrement pas agi différemment. Il avait autant à perdre que moi, et il n'était pas du genre très soigné. Il avait sûrement laissé des preuves un peu partout.

Sans trop savoir pourquoi, j'avais l'impression de mieux maîtriser la situation en me fichant de tout.

Je baissai les yeux, ouvris mon lait et ma salade et commençai à manger tandis qu'*Army of Me* s'infiltrait dans mes écouteurs. À cet instant, je perçus une vibration dans l'air et entendis un rythme différent.

Je sortis mes écouteurs de mes oreilles et aperçus Will, debout sur sa table de déjeuner.

Autour de lui, ses amis le regardaient en riant alors qu'il commençait à danser sur une chanson pop des années 1980 ou 1990 tout en retirant son blazer, beau comme un dieu dans sa chemise et sa cravate.

Un jour, il porterait un costard et il serait à tomber.

Il sauta de la table pour se déplacer dans la salle au milieu des hurlements et des acclamations. Il ressemblait à...

Je ris dans ma barbe, le sourire jusqu'aux oreilles.

Il ressemblait à Jean-Claude Van Damme dans *Kickboxer.*

À force de traîner avec moi, tu finiras peut-être par le savoir.

Mon sourire s'estompa lentement, mais je n'arrivais pas à le quitter des yeux. C'était pour moi qu'il faisait ça.

Je décochai un nouveau regard à Damon, qui s'était détourné. Ses yeux étaient rivés à une autre table : Winter Ashby et Erika Fane, qui déjeunaient au milieu d'autres élèves.

Que faisait-il avec elle la veille sur cette moto ? Lui et moi avions sans doute tissé des liens plus forts que n'importe qui, mais je n'étais pas une idiote. Damon baisait, abusait, se servait des autres. Pour lui, tout le monde était une proie. Je ne savais pas ce qui l'intéressait chez elle, mais elle finirait forcément par en pâtir.

— Descends ! hurla-t-on.

Je reportai mon attention sur Will, qui était remonté sur la table. Kincaid lui aboyait dessus. La musique cessa de cracher par les haut-parleurs et tout le monde se plia de rire pendant qu'il descendait de la table d'un air goguenard.

Le nuage qui avait flotté au-dessus de ma tête ces douze dernières heures s'estompa un peu. L'espace d'un instant, il me manqua.

Il aurait adoré que ce soit moi qui fasse le premier pas, pas vrai ? Que j'entre en douce dans sa chambre ce soir-là. Que je traîne à la piscine tous les après-midis en attendant qu'il vienne.

Que je l'appelle.

Erika Fane guida Winter Ashby hors du réfectoire, et toutes deux posèrent leurs plateaux avant de sortir pendant que Damon et moi les suivions du regard. Je baissai les yeux, remis mes écouteurs et tâchai de manger.

J'entendais à peine la musique pendant que je grignotais, ne tenant aucun compte des regards que je sentais peser sur moi et des rires qui provenaient de sa table.

Alors que tout le monde s'apprêtait à retourner en cours et que la salle se vidait, l'alarme à incendie se mit à hurler et ce fut le branle-bas de combat.

Je retirai mes écouteurs. La sonnerie stridente assortie des lumières clignotantes des alarmes accrochées au mur était assourdissante. Je me levai précipitamment de mon siège.

— Tous en file indienne ! cria un professeur.

Je regardai autour de moi, et aperçus Will et quelques amis qui se dirigeaient déjà vers la porte.

Un incendie ? Je rêve ou quoi ?

Il me jeta un regard par-dessus son épaule, mais je me détournai pour contourner la table.

Abandonnant mon plateau, je me dépêchai de rejoindre la queue, et un enseignant ouvrit la marche tandis que d'autres restaient en arrière pour s'assurer qu'on n'avait oublié personne. Le couloir se remplit d'élèves. Tout le monde cherchait à quitter le bâtiment sous les cris des professeurs qui nous intimaient de rester calmes.

— Ne courez pas ! ordonna l'un d'eux.

— Revenez par ici, commanda un autre. Pas question d'aller aux toilettes.

Nous sortîmes à la queue leu leu. Des élèves se rendirent de l'autre côté du parking pour attendre que la sirène cesse de déchirer l'air.

Je regardai à la ronde. Assis sur les briques qui longeaient le lit d'arbres et de fleurs, les coudes posés sur les genoux, Will me contemplait.

Victoria Radcliffe et Maisie Vos le flanquaient, et Tori, un bras sur l'épaule de Will, exhibait ses cuticules à 100 dollars tout en bavardant avec une camarade.

Will, lui, restait assis sans bouger. Je croisai les bras.

— Où est passé Damon Torrance ? entendis-je quelqu'un demander.

Je relevai brusquement la tête et vis le proviseur fendre la foule.

— Il était dans la cafétéria à l'instant. Quelqu'un sait où il est allé ?

Je parcourus la foule du regard, cherchant deux têtes blondes et finissant par repérer Erika qui discutait, affolée, avec un professeur.

— Winter Ashby a disparu aussi, fis-je remarquer.

Kincaid me jeta un coup d'œil, avant d'inspecter la masse d'élèves. Les lèvres pincées, il fonça vers le lycée.

— Pourquoi gâcher le plaisir de Winter, Emory ?

Derrière moi, Maisie affichait un sourire suffisant.

Tous les membres de leur petit groupe me dévisageaient.

— Elle a quatorze ans, fis-je remarquer.

Non, mais franchement.

— Et si tu t'en allais ? ricana-t-elle.

Les joues en feu, je portai mon regard sur Will. Toujours immobile, il continuait de m'observer avec une lueur satisfaite au fond des yeux.

Leur mépris me fit l'effet d'un coup de poing. Je fréquentais ce lycée depuis deux ans et je ne m'étais jamais sentie aussi exclue. Je me fichais de ce que les autres pouvaient bien penser de moi. Mais lui, c'était différent.

Je pivotai sur les talons et m'éloignai. Le nuage au-dessus de ma tête s'assombrit. Je souffrais tellement de ne pas être avec lui, d'avoir dû le rejeter, que je finissais par devenir accro à la douleur.

À partir de cet instant, cette souffrance ne cesserait de grandir. De me nourrir.

Me détruire, moi et tout ce que j'aimais et désirais, devint l'unique chose sur laquelle j'avais le contrôle.

Je pouvais faire semblant de ne pas le voir en cours. Passer devant lui dans les couloirs sans un regard. Faire comme s'il n'existait pas.

Prétendre que j'étais au-dessus de tout ça, et qu'ils n'étaient rien.

Le temps passa, les saisons changèrent, il partit pour la fac et, un an plus tard, je fis de même.

Ce que j'ignorais à l'époque, c'est que tout le mal que nous nous étions infligé n'était qu'un début.

29

Will

Présent

Micah la reposa par terre, lui prit les mains et la fit tourner sur elle-même avant de l'attirer contre lui et de la serrer dans ses bras. Ils dansèrent en riant et j'eus un petit pincement au cœur, assailli par trop d'émotions à la fois.

Je ne pus retenir un petit sourire en la regardant. On avait tous entendu la musique et, l'un après l'autre, on avait longé le couloir jusqu'à la salle de bal.

Micah n'avait pas pu résister et s'était aussitôt dirigé vers elle. Quand il l'avait prise dans ses bras, j'avais remarqué les larmes sur le visage d'Emmy.

Elle n'avait cependant pas tardé à retrouver le sourire, et ça m'avait fendu le cœur, parce que je savais que c'était moi qui l'avais fait pleurer. J'avais beau me répéter qu'elle méritait de souffrir, ce n'était pas dans ma nature.

J'aurais été perdu si je ne m'étais jamais accordé de deuxième chance. Chaque histoire présentait toujours deux facettes. Tout n'était qu'une question de point de vue.

J'avais presque été soulagé d'apprendre que c'était elle qui nous avait envoyés en prison. Enfin, j'avais eu une bonne raison de la détester, et pas seulement parce qu'elle m'avait rejeté.

Micah la fit pivoter, elle virevolta sur la pointe des pieds, et tous les deux entamèrent le mashed potato ou je ne sais quelle danse débile. Mon sourire s'élargit de plus belle.

L'espace d'un instant, nous n'étions plus à Blackchurch. Nous étions une bande de copains qui s'amusaient.

Soudain, mon chez-moi me manqua terriblement.

— Rejoins-la, m'encouragea Alex.

Taylor, Aydin et Rory restèrent en arrière avec un petit air enjoué, et une partie de moi avait envie d'y aller. J'avais l'impression de pénétrer dans un tout autre monde quand je la voyais comme ça.

Mais des années de doute et de déception m'incitèrent à rester cloué sur place.

— Aïe, aïe ! cria soudain Emmy.

Je la vis trébucher, et Micah se précipita pour la relever et la stabiliser.

Elle siffla en soulevant sa jambe du sol, la plante du pied en sang.

J'avançai d'un pas, mais Aydin fonça vers le milieu de la piste et je me figeai.

— Aïe, grogna-t-elle, avant de regarder autour d'elle en gloussant. Merde, le verre.

Aydin dévisagea Micah.

— Je croyais que tu avais tout nettoyé.

— C'est le cas, répondit-il précipitamment.

Aydin prit Emmy dans ses bras, le talon dégoulinant de sang. En la voyant serrée contre lui, j'en eus presque la nausée.

Ce n'est pas vrai ! Si mon esprit pouvait se contenter d'une seule émotion en ce qui la concernait, ce serait vraiment top. *Je la déteste, mais elle est à moi. Va-t'en, mais pas avec lui !*

Il passa devant nous en la portant. Nous lui emboîtâmes le pas, et je me focalisai sur les mains d'Emmy enroulées autour du cou d'Aydin. Il gravit les marches jusqu'à sa propre chambre, et la posa sur le lit pendant que nous attendions tous à la porte.

Il aurait pu l'emmener à la cuisine. Là aussi, il gardait une trousse de secours.

Elle leva le pied et le posa sur son genou, probablement pour éviter de saigner sur le tapis, mais il s'agenouilla devant elle et s'en empara afin d'y appliquer un linge.

— Ça va, affirma-t-elle en voulant tenir le linge elle-même.

Il refusa de lâcher.

Il souleva son pied pour inspecter les dégâts, et ma colère grimpa en flèche. Elle avait marché sur un bout de verre. Elle était architecte. *Les échardes, ça la connaît, espèce de con.*

Aydin leva les yeux et montra les gars du menton.

— Il y a une bouteille dans le garde-manger, affirma-t-il. Amusez-vous bien.

— Pas de problème, déclara Taylor en s'éloignant.

Rory claqua le ventre de Micah.

— Fiesta dans la piscine !

Ils s'éloignèrent en riant, me laissant avec Alex, Aydin et Emory.

Je suivis des yeux les gars qui disparaissaient dans l'escalier, la boule au ventre. D'ici une heure, ils seraient tous soûls.

C'était ce qu'Aydin voulait.

Je m'approchai en les observant tous les deux, tendu par avance.

— Moi aussi, je boirais bien un coup, blagua Em.

Aydin leva les yeux vers elle, l'air enjoué. Sans la quitter du regard, il tendit le bras dans le placard de la table de chevet pour en sortir une bouteille et un verre, qu'il posa à côté de la lampe.

Elle sourit en le voyant ouvrir le bourbon et lui en verser deux doigts.

— Voilà, lança-t-il en le lui tendant.

Je sentais l'alcool ambré de là où j'étais, et ma langue se transforma en cendres dans ma bouche.

Alex demeurait près de la porte. Je mourais d'envie de sortir Em de la chambre et de mettre les deux filles à l'abri, mais j'avais des projets pour Aydin, et je n'étais pas prêt à passer à l'action tout de suite.

Même si cette décision semblait m'échapper un peu plus à chaque seconde.

Emmy posa le verre sur ses genoux et inspecta son contenu.

— Une fois, mon frère s'est soûlé avec ça, raconta-t-elle. Je me souviens du goût comme si c'était hier.

Aydin déchira l'emballage d'une lingette antibactérienne avec les dents et planta le regard dans celui d'Emmy avant de lui nettoyer le sang sur le pied.

— Je n'ai jamais compris pourquoi il me détestait autant, poursuivit-elle. D'où lui venait cette colère, tu sais ? On avait de bons parents. Ils ne nous ont jamais violentés. On ne l'a pas embêté à l'école.

Elle s'interrompit, scrutant son verre.

— Mais il a toujours été comme ça. Aussi loin que je me souvienne, tout devait être parfait. Mes cheveux. Ce que je portais.

Sa respiration s'alourdit à mesure que les souvenirs se déroulaient dans son esprit.

— Il y avait toujours un truc qui n'allait pas, il n'était jamais content. Je faisais tout de travers.

Elle sombra dans le silence. J'oubliai la présence des autres, perdu dans le souvenir de ses manches sales et fripées, de ses cheveux qui lui tombaient toujours dans le visage.

— Alors j'ai arrêté de parler, chuchota-t-elle presque. Les accès de colère se sont aggravés, et puis il s'est mis à crier. À me réveiller en pleine nuit parce que j'avais oublié de vider le lave-vaisselle, ou qu'il y avait des traces sur le miroir de la salle de bains.

Elle avait l'air absente.

— Un soir, au dîner, j'ai fait pipi dans ma culotte, se rappela-t-elle. J'avais quinze ans.

Je fronçai les sourcils, m'imaginant retrouver ce genre d'ambiance tous les soirs après l'école.

— J'ai compris qu'il était malade, et que rien ne serait jamais assez bien, déclara-t-elle pendant qu'Aydin lui bandait le pied. Du coup, j'ai arrêté d'essayer. Mes habits seraient fripés et mes cheveux décoiffés, parce qu'il me frapperait quoi qu'il arrive, alors…, lâcha-t-elle en croisant le regard d'Aydin. Alors, il pouvait bien aller se faire foutre.

Je les observai, prenant conscience de l'espace qui se réduisait entre eux tandis qu'il lui tenait la jambe sans qu'aucun bouge.

— Je ne l'ai presque jamais vu soûl, précisa-t-elle. Mais un soir, il a perdu connaissance en laissant un quart de cette bouteille. J'en ai vidé le contenu dans une gourde que j'ai emportée à l'école.

Elle eut un petit rire, mais une lueur de tristesse passa dans son regard à ce souvenir. Quand cela s'était-il produit ? Lui avais-je parlé ce jour-là ? L'avais-je exaspérée ? Avais-je été gentil ?

— Il pensait avoir tout bu. Il ne l'a jamais su.

Elle marqua une pause avant de poursuivre.

— Ce n'était qu'une fois, mais j'ai passé une bonne journée. Je n'ai rien ressenti du tout. Même pas la côte fêlée.

Je me rembrunis, songeant à Emory Scott qui sirotait du bourbon en cours de maths ou qui trébuchait dans la cafétéria, et à la facilité avec laquelle elle avait dû y parvenir, étant donné que personne ne prêtait jamais attention à elle.

Ce jour-là, le bourbon lui avait été plus vital que de l'oxygène. Je comprenais tout à fait.

Je comprenais vraiment.

On sourit, on rit, pas parce qu'on a l'esprit plus léger, mais parce que quand on est bourré ou défoncé, c'est un peu comme des vacances. On s'éloigne des mêmes gens, des mêmes endroits, du même travail… on n'y pense plus. On coupe avec tout ce qui nous inquiète, nous angoisse ou rend notre monde petit et superficiel, avec ceux qui veulent prendre une partie de nous. Plus rien n'a d'importance. Soudain, on voit le Machu Picchu sur le pas de sa porte, et on n'a même pas besoin de quitter la ville.

Elle s'était soûlée, et avait pu aimer son frère à nouveau.

Elle était toutefois plus forte que moi, car elle ne l'avait fait qu'une fois.

Les yeux fermés, elle porta le verre à ses lèvres, et je compris à son air d'envie qu'elle s'échappait encore. Je fonçai sur elle et m'emparai du verre pour le jeter par terre.

Il s'écrasa contre le mur, où il vola en éclats.

Ne fais pas ça.

Plutôt crever que de la voir s'infliger ça, la voir devenir ce que j'étais devenu : quelqu'un qui avait besoin de se faire du mal jour après jour pour garder le sourire.

— Nettoie, ordonna Aydin.

Je ne bougeai pas. Je ne savais toujours pas ce que je voulais faire d'elle, mais ça – ce qui était en train de se passer entre eux –, c'était hors de question. Je refusais qu'elle s'épanouisse avec Aydin Khadir. Elle partait avec moi.

— Il ne t'a pas sauvée à l'époque, lui rappela Aydin. Il ne te sauvera pas aujourd'hui.

Il l'observa, et elle m'observa à son tour. J'avais beau savoir qu'elle n'avait pas menti la veille dans son lit quand elle m'avait dit qu'elle m'aimait, je savais aussi qu'Emmy était solide comme un chêne. Ses racines s'enfonçaient profondément, et l'amour n'était pas une solution miracle.

— Et moi, je vais te sauver ? lui demanda Aydin.

— Personne n'a besoin de me sauver, répondit-elle sans me quitter des yeux. Je gère.

— Tout à fait.

Il finit sa tâche, posa le pied d'Emmy par terre et se releva en s'essuyant les mains.

— J'arrive presque à le voir, pas toi ? reprit-il en portant son regard sur Alex, puis sur moi. Tous les deux. Ils vont bien ensemble, pas vrai ? Tu le vois la pénétrer, comme il l'a déjà fait mille fois, en la regardant dans les yeux ?

Je me tendis.

— Toutes les fois où il a été seul avec elle, à la posséder, à jouir en oubliant ton existence. Tu le vois aussi ?

Espèce de salaud.

— Mais on s'en fiche, enchaîna-t-il. Pas vrai ? On se fiche de savoir qu'il retombera dans le lit d'Alex à la première difficulté.

Je crispai la mâchoire, l'odeur des lingettes antibactériennes me piquant les narines. J'avais le cerveau en vrille. Je ne savais plus comment faire pour obtenir ce que je voulais sans le prendre directement.

— Vas-y, m'incita Aydin en me montrant Alex du regard. Prends-la. J'ai envie de voir comment ça se passait entre vous deux. Tout ce qu'elle t'a laissé faire, avec quelle facilité elle oublie et passe à autre chose. Nous, on va vous regarder, ajouta-t-il en indiquant Em.

Avant que j'aie pu réagir, il m'attrapa et me poussa sur le lit. Je tombai, et Em s'écarta du matelas d'un bond pendant qu'Aydin se jetait sur moi et m'enfonçait un genou dans le ventre. Je grondai lorsqu'il m'immobilisa d'une main et me flanqua une gifle de l'autre.

Je fermai les yeux, la moitié du visage endolorie. Puis, je me retournai lentement vers lui, prêt à encaisser la suite.

Allez.

Le regard perçant, il se pencha, et son souffle me réchauffa les lèvres.

— À moi, lâcha-t-il. Tu es à moi. Tu ne partiras pas. Elles non plus. Et quand tes petits merdeux arriveront, je les pendrai dans le cellier par les chevilles comme des cerfs morts.

Il me redressa, et je trébuchai en arrière. Puis, il me flanqua un coup dans l'estomac et je me pliai en deux.

— Will…, s'affola Alex en avançant.

— Reste où tu es, lui ordonnai-je en tendant le bras. Ne bouge pas.

Il me fallut quelques secondes pour me relever et lui refaire face. J'étais prêt à prendre tout ce qu'il me donnait, mais pas couché. *Je veux bien faire partie de l'équipe, mais je reste fort.*

Il s'approcha de moi, me flanqua un nouvel uppercut dans le ventre. La bile me monta dans la bouche. Je me voûtai de nouveau, à bout de souffle, pris de vertiges.

— Tu n'as pas ce qu'il faut pour prendre ma place, grinça-t-il en se tenant au-dessus de moi.

— Will, entendis-je Emmy appeler.

— Qu'est-ce que tu fous ? me gronda Alex. Fais quelque chose !

— Il ne peut pas, lui dit Aydin. Parce que ce n'est pas un meneur. Voilà tout ce qu'il est. Tu ne le vois pas ?

Je me relevai, et constatai qu'il la mitraillait du regard.

— Tu ne le vois pas ? hurla-t-il encore à l'intention d'Alex.

Aydin multiplia les coups de pied et de poing, et les larmes me montèrent aux yeux à mesure que mon corps s'enflammait. Il me fit tomber par terre et m'empoigna la gorge tandis que nous roulions au sol. Je refusais de riposter. Pour l'instant.

Pas encore.

Je ne courberais pas l'échine pour autant. C'était la seule solution. Les hommes comme lui éprouvaient le besoin de se sentir puissants, mais il ne me respecterait pas si je suppliais comme Micah.

Il avait besoin de moi.

Le jour viendrait où il ne parviendrait même plus à nouer ses lacets sans mon aide.

J'avais le nez en sang, les côtes qui m'élançaient. Je m'aperçus à peine que les filles essayaient de nous écarter, mais nous continuions de rouler en les repoussant. Je calai mes coudes et poussai sur sa mâchoire pour l'écarter. J'avais le front couvert de sueur, et il respirait fort. Sur sa joue, l'égratignure que je lui avais infligée sans le faire exprès était rouge et à vif.

— Divertis-moi, dit-il. Laisse-moi regarder, et laisse ta nana regarder aussi, qu'elle sache à quel point elle t'a manqué pendant que vous étiez séparés.

— C'est vrai qu'elle m'a manqué, chuchotai-je de sorte qu'il soit seul à entendre. Plusieurs fois par jour, dans toutes sortes d'endroits.

Son regard s'enflamma, et il gronda.

— Espèce de salaud !

J'éclatai de rire, malgré la douleur, parce qu'il pétait les plombs.

Voilà, j'y étais. Pour une raison ou pour une autre, il était jaloux. C'était moi qu'il voulait ? Ou peut-être Alex ?

— Allez ! hurlai-je. Frappe-moi encore !

Vas-y, craque, il est temps.

Il recula le poing, et je me préparai à encaisser, mais quelque chose s'abattit sur sa nuque.

Il tressaillit, les yeux emplis de douleur, et s'affaissa. Je levai les yeux. Alex se dressait derrière lui, une lampe dans les mains.

Il tourna sur le flanc et siffla à travers ses dents en accrochant son regard.

— Tu as intérêt à finir ce que tu…

Elle lui flanqua un coup de lampe dans le crâne et il tomba en arrière, du sang plein la bouche. Il se tint le visage.

— Alex…, m'affolai-je.

Merde.

Mais l'instant d'après, je me prenais aussi la lampe sur le nez et une douleur fulgurante me traversait le crâne. Je m'effondrai par terre à côté d'Aydin pendant que les filles se mettaient au travail.

J'avais les yeux qui larmoyaient et je ne pouvais pas les ouvrir, mais je sentis l'une d'elles m'enlever ma ceinture. Je me rendis à peine compte qu'on me traînait vers le mur, entrapercevant les filles qui nous déplaçaient péniblement.

Quand je finis par reprendre connaissance et que je pus rouvrir les yeux, mes bras étaient immobilisés et je ne pouvais pas bouger.

Mon poignet droit était attaché au tapis de course à l'aide d'une des cravates d'Aydin, et l'autre était fixé à son poignet avec ma ceinture. Je lui décochai un regard, voyant que sa main gauche était elle aussi ligotée avec sa ceinture au crochet qui retenait les rideaux.

Je lâchai un grondement en agitant les bras tout en fusillant les filles du regard.

— Qu'est-ce que vous faites ? criai-je.

Elles déambulaient dans la pièce, affairées, sans s'occuper de nous. Je dévisageai Em, qui refusait de m'accorder une once d'attention. Quelqu'un avait vrillé, et ce n'était pas moi.

— Ohé ! lança Micah en se précipitant vers la porte avec Rory et Taylor. Qu'est-ce qui se passe ici ?

Mais Emmy se précipita pour claquer la porte d'un coup de pied et la caler avec une chaise.

— Bordel ! hurlai-je.

Aydin, lui, se contenta de rire en secouant la tête. Il ne se sentait pas menacé par elles.

Emmy se servit un autre verre de bourbon et ôta son T-shirt. Désormais, elle ne portait plus qu'un soutien-gorge et le short de Rory.

Elle essaya de regarder par-dessus son épaule, et je remarquai une rougeur qui se formait dans son dos. S'était-elle fait mal dans la mêlée ? Je me rappelai brièvement qu'elles s'étaient approchées de nous, mais j'ignorais qu'elle était tombée.

Elle but une gorgée pendant qu'Alex étudiait les dégâts.

— Je vais bien, lui assura Em.

Mais Alex se retourna vivement pour nous jeter un regard assassin.

— Rien de tout ça n'est bien !

Elle essuya la sueur sur son visage et entra dans la salle de bains pour tourner le robinet pendant qu'Emory vidait son verre avant de le remplir de nouveau. Elle restait sans rien dire, et je continuais de tirer sur le tapis de course de près de trois cents kilos comme si j'avais pu m'en libérer. Que comptaient-elles faire ? Prendre les rênes ? Gagner les autres à leur cause ?

Emory regarda vers nous, ou vers moi, à travers ses lunettes. Après une hésitation, elle prit son verre et vint s'asseoir sur le tapis devant nous, assez loin pour qu'on ne puisse pas l'atteindre.

Je soutins son regard.

— La fois où tu m'as ramenée chez moi après le match à l'extérieur, dit-elle. Quand on s'est arrêtés au Cove, j'ai pensé à un truc.

Ce soir-là, elle n'avait rien fait d'autre que réfléchir. Elle réfléchissait toujours trop.

— Une partie de moi t'a résisté parce que je ne voulais pas t'entraîner dans mon horrible vie, me confia-t-elle. J'avais honte, et j'étais en colère, sans espoir. Je n'avais rien à te donner.

Je dressai le menton.

— Mais une autre partie de moi résistait aussi parce que je craignais de troquer une violence contre une autre, expliqua-t-elle. Toi, tu me forçais la main, tu me poussais, tu refusais de me laisser tranquille quand je te le demandais… Tu cherchais à me faire peur.

Mon œil tressauta pendant que je l'étudiais. Je ne l'avais pas violentée. Certes, j'étais un peu pourri gâté et trop sûr de moi, mais je n'avais jamais voulu lui faire de mal.

Elle baissa les yeux et but une gorgée.

— Cette pensée m'a quittée aussi vite qu'elle est venue, ajouta-t-elle, parce que j'avais envie de toi, et qu'au fond de moi je me cramponnais à l'espoir que tu représentais. J'en avais besoin.

Elle releva les yeux.

— Mais maintenant, je me demande si j'avais raison. Me revoilà couverte de bleus. Après tout, peut-être que ton monde est aussi sombre que le mien.

Je secouai la tête, et toutes mes protestations se noyèrent dans ma gorge.

— Qu'est-ce que tu veux de moi ? demanda-t-elle, comme si Alex et Aydin n'avaient pas été là. Hein ? ajouta-t-elle d'une voix plus ferme. Qu'est-ce que tu veux ?

Alex s'installa derrière elle et regarda par-dessus son épaule. Les deux femmes restaient assises, à nous défier.

— Qui m'a amenée ici ? insista Emmy. Qui s'est dit que je devais être avec toi ? Damon, peut-être ? Michael ?

— Ou alors, quelqu'un qui te déteste ? ripostai-je. Ton frère ?

Elle hésita.

— Pourquoi maintenant ?

Je me redressai en grognant, me servant de mon épaule pour essuyer le sang qui dégoulinait de ma lèvre supérieure.

— Je crois que tu sais pourquoi.

Nous échangeâmes un regard, car elle savait de quoi je parlais. Pour lui, elle restait un détail gênant à régler. La seule autre personne qui savait ce qu'ils avaient orchestré pour nous envoyer en taule, moi et mes amis, plusieurs années plus tôt.

— Cet endroit coûte de l'argent, protesta-t-elle.

— Sa nouvelle femme est pleine aux as.

— Ah bon ? Je ne l'ai jamais rencontrée.

Elle réfléchit.

— Si j'étais vraiment une menace pour lui, il économiserait cet argent et me tuerait directement, contra-t-elle.

— Vraiment ? rétorquai-je. Dans sa tête, je suis sûr qu'il t'aime. Comme Humbert Humbert. Peut-être qu'il avait envie de te donner une leçon, suggérai-je en haussant les épaules. De te faire souffrir.

À ma grande surprise, une lueur d'amusement brilla dans ses yeux.

— Parce qu'il m'aime, c'est ça ?

L'agresseur typique. Il ne l'avait jamais détestée, tout comme la mère de Damon n'avait jamais détesté son fils, comme aucun de nous n'avait détesté Rika quand nous avions volé son héritage, kidnappé sa famille et incendié sa maison. L'esprit malade ne voit que ses propres intentions. Toutes ses fins justifient ses moyens.

Le chemin qui mène vers la personne qu'on aimerait être est semé d'embûches. Tout nous paraissait justifié parce que nous étions les victimes de notre propre histoire.

— Il n'y a personne que nous ne fassions plus souffrir que ceux que nous aimons, renchérit Aydin.

Son bras posé sur le mien, nos poings collés l'un à l'autre, nous tentions de nous dégager. En contemplant Emmy, le creux de ses seins olivâtres et son ventre ferme, j'avais presque l'impression de la tenir dans mes mains.

Elle était si près. *Tu veux toujours me prendre dans tes bras ?* Je clignai fort des yeux, tâchant de réprimer mon érection grandissante.

— Tu veux savoir ce que j'ai fait pour atterrir ici ? lui demanda Aydin. Le crime affreux que j'ai commis ?

Elle le considéra et, malgré l'air frais, une légère couche de sueur recouvrit mon cou et mon torse.

— J'ai refusé… de me marier, répondit-il. Et voilà.

Alex baissa les yeux, comme si elle aurait préféré être n'importe où sauf ici.

— Et je peux sortir quand je veux, poursuivit Aydin. Dès que je changerai d'avis.

Je l'ignorais, mais ça ne changeait rien. J'avais eu vent d'Aydin avant d'arriver ici. Il venait fréquemment à Meridian City, et on avait souvent fréquenté les mêmes clubs et soirées, même si on ne s'était jamais rencontrés.

— Tu croyais que j'avais tué quelqu'un ? lança-t-il à Emmy. Ou que j'avais baisé ma sœur ?

Sans doute, de nous tous, avait-il été envoyé ici pour le moins grave des crimes, mais c'était lui qui était capable du pire, car il cernait les gens dès qu'il les rencontrait. C'était ce qui s'était passé avec Rory, Micah et Taylor. Même moi, j'étais resté ici bien plus longtemps que nécessaire, car il s'était avéré trop difficile à gérer.

— Ma future femme est belle, intelligente, issue d'une famille respectable, énuméra-t-il. La parfaite épouse triée sur le volet, future mère de mes enfants. Et j'étais plus que partant… jusqu'à un soir.

— L'artiste…, avança Emmy.

Je levai vivement les yeux, les considérai à tour de rôle et le vit hocher la tête.

« L'artiste » ? Pourquoi était-elle au courant de cette histoire ?

— Qu'est-ce qu'elle a fait ? demanda-t-elle.

Il fixa les deux femmes du regard. Emmy et Alex étaient si belles que je me serais cru de retour dans ma chambre d'avant, chez mes parents, au fond de mon lit, sous les draps réchauffés par la lumière matinale.

— Ça, répondit-il.

Le menton posé sur l'épaule d'Emmy, Alex glissait les doigts autour de la taille nue de son amie.

— Ça ? nargua Alex.

Aydin et Alex se toisaient du regard, sans ciller, et je sentis pulser la veine dans mon cou.

— Je l'ai regardée à travers l'écran de mon ordinateur, déclara-t-il, comme en transe. J'avais l'impression que ma poitrine s'était ouverte et relâchait toute la pression qui pesait sur ma vie.

Son torse s'élevait et s'abaissait de plus en plus vite.

— J'arrivais enfin à respirer, à voir les couleurs. J'avais chaud, et brusquement le monde a paru changé, parce que…

Il déglutit en regardant Alex ouvrir la main sur le ventre d'Emmy pour la caresser doucement. Em resta figée mais, au bout d'un moment, elle se laissa aller, incitant Alex à continuer.

— Parce qu'aucune lame ne coupe aussi profondément qu'une telle beauté, murmura-t-il.

Une lame… Je baissai les yeux sur le tatouage que je lui avais fait sur l'épaule. Des griffures qui lui marquaient la peau à tout jamais.

— Elle avait de ces yeux, poursuivit-il en dévisageant Alex avec un air aussi effrayé que désespéré, comme si ce souvenir le faisait souffrir. À sa manière de me regarder et de faire disparaître tout le reste, j'aurais pu jurer pouvoir tendre la main à travers l'écran et la toucher. Je me moquais de ce que je perdais, de ce que je risquais. Il fallait qu'elle soit mienne.

Je contemplai Emmy. Je l'avais crue têtue, mais en réalité elle était parfaitement sensée, et je lui en avais voulu pour ça. Nous faisions partie de deux mondes diamétralement opposés. Mes amis lui auraient mené la vie dure ; j'étais extraverti et très sociable, alors qu'elle préférait rester seule. Nous étions tellement différents.

Cependant, ces instants-là, comme celui où je l'avais tenue dans mes bras au cinéma, confirmaient ce que je savais déjà.

Ça en valait la peine.

— Quand j'ai enfin trouvé le courage de faire ma déclaration, elle avait survécu sans moi, expliqua Aydin. Ça m'a fait un mal de chien. Moi, je m'étais déchiré de l'intérieur, à devenir fou, et elle… elle avait offert à tout le monde ce qui n'était qu'à moi. Je n'étais plus qu'un souvenir. Je n'avais plus d'importance.

— C'était une pute, conclut Alex.

Elle soutint le regard d'Aydin tout en abaissant la bretelle du soutien-gorge d'Emmy, qui ne faisait rien pour l'arrêter.

— Non, protesta Aydin, contemplant les filles pendant que l'autre bretelle d'Emmy glissait vers le bas et qu'Alex passait les mains sur son corps. Elle pose un pied devant l'autre, elle fait ce qu'elle a à faire et elle vit honnêtement. Elle n'éprouve aucune honte et marche la tête haute. Elle est loyale, poursuivit-il d'une voix plus forte. C'est une mère pour tout le monde avec ses bras chauds et son sourire plein de bonté, une survivante, et elle résout les problèmes sans s'attarder sur ce qu'elle a perdu.

Son regard se durcit, empli de fierté.

— C'est une putain de Viking, acheva-t-il. Et je ne voudrais jamais personne d'autre qu'elle.

Je regardai Em, le cœur serré, car tout était vrai. Rien d'autre n'avait d'importance. Quitte à en crever, c'était elle, la femme de ma vie. À cet instant, je me fichais de ses péchés, de savoir qui d'autre que moi l'avait touchée, ou du fait que nous étions devenus nos pires ennemis.

C'était ma nana, avec son âme meurtrie, son âme en miettes. Elle était magnifique.

Alex se leva pour reculer lentement, et Aydin se dressa lui aussi, les yeux rivés à elle.

Portant sa main et la mienne à sa bouche, il défit la ceinture à l'aide des dents. Alex respirait si fort que je l'entendais.

La ceinture se défit et je tirai dessus afin de libérer ma main gauche, puis nous nous penchâmes pour nous détacher tout à fait.

Aydin gronda, incapable de se dégager, et Alex poussa un petit cri lorsqu'il arracha le crochet au mur et se jeta sur elle. Elle se précipita dans la salle de bains, et il la prit sous les aisselles pour la serrer contre lui.

— Touche-moi, haleta-t-il sur sa bouche.

Elle ferma les yeux et sanglota.

— Pas maintenant, gémit-elle. Pas après tout ce qui s'est passé. Comment peux-tu faire ça maintenant ?

Il enfouit la bouche dans son cou et lui plaqua la tête contre son torse.

Je regardai Emmy. Ses yeux étaient bordés de larmes. Elle se leva pour s'écarter de moi, et j'avançai en contemplant ses épaules dénudées et ses bretelles qui pendaient mollement sur ses bras.

Elle courut, je la rattrapai, et l'instant d'après nous nous effondrions dans la douche en un vrai chaos de bras et de jambes. J'ouvris le robinet et fis couler l'eau, la trempant, la prenant au piège, tout en happant sa bouche. Je m'immisçai entre ses lèvres pour lui caresser la langue, et la chaleur se diffusa jusqu'à mon entrejambe tandis que je la pressais contre le mur et embrassais sa douceur brûlante.

— Prends-le, Emory, lui dit Aydin à côté de nous. Laisse-le te toucher partout.

Je la regardai droit dans les yeux, presque amusé à l'idée qu'il puisse croire qu'il exerçait encore un pouvoir sur elle.

— Qu'il essaye un peu de m'en empêcher, lâchai-je avant de demander à Emory : Tu es prête ?

— À moins que tu me dises de boucler ma ceinture, riposta-t-elle, ferme-la, Will.

Je souris, lui arrachai son short et son soutien-gorge avant de la retourner pour baisser sa culotte sur ses cuisses.

Elle émit une plainte, et j'enroulai une main autour de sa gorge tout en lui retirant ses lunettes pour les poser sur le porte-savon.

— Ce n'est pas un amour de jeunesse, lui soufflai-je à l'oreille en pressant sa poitrine contre la paroi de la douche. Ce n'est pas un flirt. C'est un homme qui n'a que trop tardé à te montrer ce dont il est capable.

Et je plaquai de nouveau la bouche sur la sienne tout en ouvrant la braguette de mon jean.

30

Will

Sept ans plus tôt

Ma mère cria depuis l'étage du dessous, et j'entendis des voix masculines suivies de pas dans l'escalier.

Ma porte s'ouvrit à la volée. Couché à plat ventre sur le lit, je levai aussitôt la tête pour regarder par-dessus mon épaule.

Je clignai quelques fois des yeux. Kai se tenait dans l'embrasure de ma porte, torse nu et en bermuda kaki.

— Comme ça, tu ne nous appelles pas quand tu viens ? décocha-t-il.

En proie à une migraine lancinante, je roulai sur le flanc en gémissant. La fac avait un mauvais effet sur moi. Je n'avais jamais eu une gueule de bois aussi monstrueuse.

Quelqu'un d'autre poussa la porte, et puis j'entendis la voix de Damon.

— Merde alors ! Je pensais qu'il serait au moins accompagné.

Ils entrèrent, et je regardai mon réveil. Il était 10 h 13.

— Qu'est-ce que tu fous, Will ? gronda Kai. Ça fait des mois. Si tu reviens dans le coin, tu nous le fais savoir.

— Ça ne doit pas remonter à plus de dix semaines, corrigeai-je en attrapant une cigarette sur ma table de nuit. On s'est vus à Miami pour les vacances de Pâques. Lâchez-moi.

Kai s'approcha et me prit la clope de la bouche avant que j'aie pu l'allumer. Il se rendit dans la salle de bains et fit couler l'eau.

Je lui décochai un regard.

— En plus, je ne suis rentré qu'hier, soulignai-je. Tard.

Je n'avais encore eu le temps de contacter personne. Ça faisait déjà deux semaines qu'ils étaient de retour pour les vacances d'été, mais je n'avais pas pu me résigner à faire de même jusqu'à ce que ma mère m'appelle et me fasse culpabiliser. Apparemment, tout le monde était perdu sans moi, et si je ne venais pas, elle me couperait ma carte de crédit. En vrai, elle en avait marre de se coltiner les visites quotidiennes de Damon et Kai.

Évidemment, elle blaguait. J'étais son bon petit garçon.

N'empêche que ma première année à Princeton s'était mal passée, et je n'avais pas hâte d'aborder le sujet. Je n'aimais pas décevoir mes parents. La lettre de mon conseiller trônait sur ma table de chevet, parce que j'avais manqué trop d'heures de cours et échoué à trop d'examens du tronc commun.

J'avais du mal à m'en préoccuper. Je n'avais pas envie d'être là-bas, mais je m'étais retrouvé à rester dans le New Jersey même après la fin du semestre parce que Thunder Bay me faisait l'effet d'un désert.

Presque deux années étaient passées depuis que je l'avais touchée, et rien ne s'était amélioré. Je me frottai le visage avec les deux mains, puis sentis qu'on me tombait dessus. Voyant Damon me chevaucher, je poussai un hurlement.

Je le fusillai du regard, assailli par son odeur de crème solaire et de cigarettes.

— Tu vas à la plage ? lui demandai-je.

— Oui, encore, répondit-il. On y était déjà hier, mais certaines de ces nanas ont bien mûri depuis la dernière fois qu'on les a vues en bikinis.

Il me donna des petites tapes et me hurla au visage :

— C'est l'heure de la récolte !

— Barre-toi, putain !

Mais je ne pouvais pas m'empêcher de rire. Ça faisait du bien de les voir.

Peut-être que je me sentirais revivre ici.

Il s'écarta d'un bond, et Kai revint avec un verre d'eau.

— Tu as une brosse à dents en rab ? s'enquit Damon en entrant dans la salle de bains.

Sans attendre de réponse, il se mit à fouiller dans les tiroirs sous le lavabo.

Il trouva un paquet, le déchira et en sortit une des brosses à dents neuves achetées par ma mère. Elle aimait parer à toute éventualité.

Je pris le verre d'eau et le posai sur la table de chevet alors que Damon mouillait la brosse à dents et y ajoutait du dentifrice.

— Tu as vu la petite Fane hier sur la plage ? demanda-t-il à Kai. Elle a pris de l'arrogance. Ça va donner de la couleur au rôti.

Kai fit la grimace.

— Bon sang, quelle *lose*. Un étudiant qui rentre de la fac pour se taper des petites lycéennes ? Grandis un peu.

— Je t'ai vu la reluquer aussi, riposta Damon en lui adressant un doigt d'honneur.

— En plus, c'est la meuf de Michael, souligna Kai. Il ne l'a pas encore compris, alors ne va pas la lui mettre à l'envers pendant qu'il n'est pas là.

Je me redressai, posai les pieds par terre et enfouis ma tête douloureuse dans mes paumes. Je n'avais envie ni de sable ni de soleil.

Je n'avais pas non plus envie de me promener en ville en sachant qu'elle était déjà partie en Californie suivre des cours d'été à la fac et qu'elle était passée à autre chose.

Kai se dressa au-dessus de moi et ramassa la lettre à côté de ma lampe pour la lire.

Son regard croisa le mien, et il laissa retomber la feuille avant de farfouiller dans le bazar qui jonchait ma table de chevet. Du fric, des pilules dans un flacon de médicaments sans étiquette. Une fiole de coke.

Il crispa la mâchoire.

J'ouvris le petit tiroir et balayai tout dedans, puis le refermai.

— Dehors, leur dis-je sans tenir compte de son air accusateur. Je vais me doucher.

Damon se rinça la bouche et sortit de la chambre, mais Kai resta. La chaleur de son regard m'irrita.

— Vous deux, vous finirez en taule d'ici la fin de l'année si vous ne vous prenez pas en main, siffla-t-il. Je ne peux pas être Michael. J'ai assez à faire comme ça. Débarrasse-toi de ce merdier, ou je le ferai à ta place.

Il quitta la chambre en claquant la porte, et je tressaillis.

Il était surpris ? À quoi pensait-il que je devais ma personnalité charmante ?

Quelques heures plus tard, Kai était parti dîner avec ses parents et Damon et moi roulions jusqu'au Cove pour admirer la vue. Le soleil ne s'était pas encore couché, et j'étais tout poisseux de la plage. Au moins, j'avais tellement transpiré que ça m'avait fait passer ma gueule de bois.

— On se croirait dans une ville fantôme, marmonna Damon tandis que nous traversions à pied le parking vide en direction de Cold Point. Ils vont le garder ouvert jusqu'en septembre, mais la prochaine fois qu'on rentrera, ce sera fermé.

Je regardai au-delà de l'entrée et de la billetterie, repérant les poutres qui maintenaient le bateau pirate. J'entendais encore son rire de cette nuit-là.

Mon cœur se comprima dans ma poitrine. Bon sang, cette robe. Ce sourire.

Emmy Scott heureuse. Il n'y avait rien de plus beau au monde.

— Toi aussi, tu ressembles à un fantôme, ajouta Damon.

Je me détournai du Cove et me dirigeai droit sur les falaises.

— Je vais bien, décrétai-je.

Enfin, ça finirait par aller. Un jour.

— C'est faux, riposta-t-il. Cette connasse…

— Arrête.

— Elle peut aller se faire foutre.

— Arrête, je te dis.

Je lui décochai un regard excédé, et puis nous grimpâmes sur le rocher pour contempler la mer grise. Le phare de Deadlow Island était l'unique point brillant à l'horizon qui s'assombrissait.

C'était sûrement pour le mieux si Adventure Cove allait fermer ses portes à l'automne. Un jour, tout finissait par mourir.

Je baissai les yeux, m'approchai du bord et observai les vagues qui s'écrasaient sur les rochers.

— Il y a aussi quelqu'un pour toi, tu sais ? le chambrai-je avec un sourire forcé.

— Je n'ai jamais dit le contraire, déclara-t-il en recrachant la fumée de sa cigarette et en jetant son mégot par-dessus la falaise. Sûr qu'il y a quelqu'un pour moi. Un jour, elle sera à moi et elle me donnera des enfants, mais pas question qu'elle me foute en l'air, ou qu'une autre foute en l'air Michael et Kai, de la même façon qu'Emory t'a retourné la tête.

Je soupirai, resongeant à ma dernière année au lycée et à toutes ces fois où elle m'était passée devant comme si je ne l'avais jamais possédée.

La fierté est une saloperie. Si je lui avais couru après, je me serais méprisé. Aussi m'étais-je endurci et lui avais-je rendu la monnaie de sa pièce. J'avais fait comme si elle n'existait pas. Et vous savez quoi ?

Je me méprisais quand même.

— J'aurais été gentil avec elle, lâchai-je en donnant un coup de pied dans un caillou qui sombra par-dessus le bord. Je l'ai été, d'ailleurs.

— Et elle, elle ne t'a pas fait confiance, renvoya-t-il. C'est une petite salope prétentieuse qui s'est crue meilleure que toi.

Je me détournai. Ses mots me faisaient bouillir de l'intérieur. Il agissait pourtant en ami, cherchait à me défendre.

Mais j'aurais préféré qu'il se la ferme. Emmy n'était pas comme ça.

Moi, je pouvais lui en vouloir. Personne d'autre.

Au fond de mon cœur, elle restait ma nana.

— Et tu vas passer le reste de ta vie à lui montrer qu'elle a eu tort, enchaîna-t-il. Qu'elle est passée à côté du meilleur.

Oui. J'allais essayer.

Je pris une grande inspiration et penchai la tête sur la gauche et sur la droite, faisant craquer mon cou.

Il avait raison. Il était temps que Will Grayson remonte en selle. Avec ou sans elle.

— Ce soir, fêtons la Nuit du Diable, lui proposai-je. Je suis d'humeur à retrouver le bon vieux temps.

Il sourit, toujours prêt à tout.

Je ne savais pas trop quand j'avais fini par comprendre. Damon ne me dirait jamais ce qui s'était passé la nuit où je les avais surpris dans les vestiaires. Seulement qu'il avait croisé Emory par hasard et qu'elle l'avait aidé.

Au fil du temps, j'avais continué d'observer Emmy. Les détails de sa routine m'auraient procuré toutes les informations nécessaires, mais j'avais été trop aveugle pour les accepter plus tôt.

Les bleus, les éraflures, les coupures n'auraient pas pu provenir d'ailleurs que chez elle. Elle n'avait pas d'amis. Elle n'allait nulle part ailleurs qu'au lycée, au cinéma, ou par-ci par-là pour s'occuper de ses petits projets.

À moins qu'elle ne fréquente un club de lutte clandestin sans que je le sache, ce salaud la violentait.

Je savais pourquoi elle ne me l'avait pas dit. Je savais pourquoi elle pensait ne pas pouvoir me le dire.

Martin Scott ne constituait qu'un seul des obstacles qui nous séparaient, seulement il n'y avait qu'à lui que je pouvais casser la gueule.

— Tu es sûr de ton coup ? s'inquiéta Kai d'une voix hésitante. Un flic, c'est un crime. Un vrai crime, Will. C'est bien compris, les gars ?

Il était assis sur la banquette arrière, moi devant côté passager, Damon au volant d'un des SUV de son père.

Fire Up the Night résonnait dans la voiture. J'enfilai des gants tout en regardant par le pare-brise. L'agent Scott s'en prenait à une voiture remplie de gosses qu'il venait d'interpeller de l'autre côté de la rue.

— Va-t'en si tu veux, lui dis-je.

Ce n'était pas une menace. Je ne m'étais pas attendu à ce qu'il m'aide, et je n'en avais pas besoin. Kai avait beaucoup à perdre, et je ne le jugerais pas s'il passait son tour ce coup-ci. Non pas que je n'aie rien à perdre de mon côté. Seulement, je m'en fichais.

— Qu'est-ce qu'il fout ? demanda Damon, presque pour lui-même, en jetant sa cigarette par la fenêtre.

Martin Scott guida une fille vers sa voiture de patrouille, l'installa à l'arrière et s'assit au volant avant de démarrer. Nous l'avions suivi depuis le poste où il avait commencé son quart, et il n'avait pas perdu de temps pour arrêter une voiture pleine d'ados qui fonçait à travers le village.

— C'est River Layton, affirmai-je, reconnaissant l'élève de seconde. Elle n'avait que seize ans. Que fabriquait-il ?

Abandonnant l'autre type et la fille dans leur voiture, il s'éloigna avec la mineure. Au lieu de tourner à gauche vers le poste ou à droite vers les collines où elle habitait près de chez moi, il fit un virage à 180 ° et prit la route vers la côte et Falcon's Well.

— Suis-le, ordonnai-je.

Damon enclencha la marche arrière et quitta le parking à reculons avant de foncer derrière lui.

Il était plus de 22 heures, et même si les vacances d'été avaient commencé, il n'y avait pas grand monde dans les rues. À cette époque de l'année, toutes les soirées se déroulaient sur la plage, sur le bateau de papa et maman, ou dans des jardins avec piscine.

Damon resta en arrière, assez loin pour ne pas se faire repérer, mais pas au point de ne plus voir les phares arrière de Martin.

Je fouillai dans mon sac en toile et jetai à Kai son masque de paintball argenté, tendis à Damon son masque noir et laissai le masque rouge de Michael dans le sac tout en sortant le mien, qui était blanc barré d'une rayure rouge.

Au loin, les feux de freinage s'allumèrent, et nous le vîmes tourner dans l'entrepôt. Il n'y avait rien de prévu là-dedans ce soir-là. Qu'y fichait-il avec cette gosse ?

Damon gara le SUV sur le bord de la route et coupa le moteur tandis que nous sortions tous d'un bond en relevant les capuches de nos sweats noirs. Il faisait trop chaud pour en porter, mais c'était la routine.

Les capuches et les masques nous rendaient méconnaissables sur les vidéos, du moins l'espérions-nous. Tout le monde savait qui nous étions, mais personne ne pouvait le prouver.

Nous traversâmes les broussailles et les arbres au petit trot en nous dirigeant vers l'entrepôt dans lequel nous avions été des centaines de fois. Nous savions pertinemment que la voie n'allait pas plus loin que la vieille usine abandonnée.

Focalisé sur l'instant présent, j'étais déjà en nage.

C'est sa faute, à lui. Tout était sa faute, et même si ça ne l'était pas, ça faisait du bien d'avoir enfin quelqu'un d'autre à accuser que moi. D'imaginer qu'elle avait mis fin à notre histoire à cause de lui. Pas parce qu'elle ne m'aimait pas.

Quoi qu'il en soit, il lui avait fait du mal, et à présent qu'elle était hors d'atteinte, plus rien ne me retenait.

Au moins, après ce soir, il ne la toucherait plus jamais.

Nous nous arrêtâmes au niveau de la limite des arbres pour considérer, au-delà du parking de gravier, la vieille usine à chaussures aux murs sombres et dilapidés. Nous le regardâmes couper le moteur et rester sur son siège, avec elle à l'arrière.

Il était tourné vers elle et hochait ponctuellement la tête tout en parlant, mais elle restait immobile.

Enfin, il ouvrit la portière et grimpa à l'arrière à côté d'elle.

Mes poumons se vidèrent.

Et je souris presque, toute trace de doute ou de culpabilité à présent évaporée.

Quand j'en aurais fini avec lui, son visage ne serait plus que du steak haché.

— Il n'a plus Emmy à malmener, souligna Kai, et j'entendis sa colère dans sa voix aller croissant alors qu'il mettait son masque.

J'acquiesçai, ravi qu'il nous rejoigne. J'avais besoin de lui, en fin de compte.

— Tu veux parier que mon père le protège aussi ? intervint Damon en enfilant le sien. Ils ont des tas de points communs.

— Allons changer sa vie à tout jamais, grondai-je en m'élançant vers la voiture, les poings serrés, flanqué des deux gars.

J'aurais aimé que Michael soit là – nous étions meilleurs en équipe –, mais on allait devoir se contenter de le mettre au jus lorsqu'il rentrerait de son stage de basket à Atlanta.

— Il ne faut pas qu'il entende nos voix, les prévins-je en sortant mon couteau. Chuchotez.

Je jetai la lame à Kai. Il la dégaina rapidement pour l'enfoncer dans un pneu qui commença aussitôt à se dégonfler, tandis que Damon et moi ouvrions chacun une porte arrière.

River poussa un hurlement lorsqu'on la tira hors de la voiture, et je décochai un coup de poing en plein dans la figure de cette ordure.

Je le sortis du véhicule. Il toussa et crachota, le sang dégoulinant de son nez jusque dans sa bouche.

— Rentre chez toi, ordonna Damon à la jeune fille.

River nous considéra avec inquiétude, le visage déjà mouillé de larmes après ce que Scott avait tenté de lui infliger là-dedans.

Je devinais déjà. *Tu es mineure. Je vais te ramener chez toi, mais à bien y réfléchir, je ne te coffrerai pas et ne parlerai pas à tes parents de la drogue et de l'alcool que j'ai trouvés dans ta voiture si tu viens t'asseoir avec moi quelques instants et que tu ne dis rien à personne.*

Je me jetai sur lui et le cognai de nouveau.

Encore, et encore, avant de me redresser pour lui flanquer un coup de pied dans la nuque.

Salaud. Quel salaud.

Il voulait maltraiter River comme il avait maltraité sa sœur. La brutaliser, la faire pleurer…

Ou pire.

Si jamais il infligeait ça à Emmy, je n'hésiterais pas une seule seconde. Il serait mort.

River s'enfuit en direction de l'autoroute, tandis que Kai faisait le tour de la voiture pour taillader les autres pneus. J'ouvris la portière avant, défonçai la radio et arrachai les fils, pendant que Damon s'emparait de la caméra témoin et la piétinait au sol.

Avec un peu de chance, le flic avait déjà tout éteint en se garant, mais je ne voulais pas qu'il puisse appeler à l'aide.

Je plongeai la main dans la poche de mon sweat pour en sortir le téléphone portable et le jetai à Damon par-dessus le toit de la voiture avant d'extraire une corde épaisse.

Je m'avançai, plantai le pied sur son dos et le repoussai au sol.

— Ne viens pas nous chercher quand ce sera fini, chuchotai-je pour masquer ma voix. Et ne touche plus jamais à une femme. Ni River Layton. Ni Emory. Personne.

Je me baissai afin d'enrouler la corde autour de son cou.

— Si jamais on apprend que tu l'as fait quand même, la prochaine fois, tu ne t'en relèveras pas.

Le souffle coupé, il grogna, et je le fis basculer sur le dos. Son regard croisa le mien à travers le masque.

Il se débattit, roula au loin et voulut se relever, mais l'instant d'après, nous étions tous sur lui et faisions pleuvoir les coups de pied et de poing.

Je fis signe à Kai, et nous ramassâmes Scott pour l'emmener dans l'entrepôt, où nous lui ligotâmes les poignets avant de les fixer au-dessus de sa tête à une poutre en acier.

Nous reculâmes. Les gars attendaient probablement que je me lance le premier. Damon sortit le téléphone et se mit à filmer.

J'eus une hésitation. C'était idiot de garder une trace de cette scène, mais…

Bouillant de rage, je m'humectai les lèvres. Elles avaient encore le goût du bourbon que j'avais bu dans la voiture.

J'avais envie de regarder ça. De le revivre. De le voir souffrir, en boucle.

— Regarde-moi, chuchotai-je.

Il respirait fort, et je m'approchai pour lui retirer sa ceinture, que je lâchai au sol.

— Regarde-moi, grondai-je encore à voix basse.

Lentement, il leva les yeux et planta son regard dans le mien. Malgré le masque, il sembla me reconnaître.

Et puis… ce salaud sourit.

— Tu crois que c'est ma faute ? demanda-t-il d'une voix douce. Si elle t'a rejeté ?

Je serrai les poings.

Il rit, montrant ses dents luisantes de sang.

— J'aurais été content, me confia-t-il. Encore plus que ça si elle était tombée enceinte. Avoir accès à tout ce fric, ce pouvoir, ces relations ? Génial. Elle m'aurait enfin été utile.

Je restai figé, le souffle coupé.

Il cracha, me couvrant du sang qu'il avait dans la bouche.

Mais je ne cillai même pas.

— Elle savait que tu étais un pauvre type, souligna-t-il. Que tu deviendrais l'alcoolo coureur de jupons que tu es aujourd'hui. Pas assez bien pour elle.

Mon sang se mit à bouillir dans mes veines.

Il savait qui nous étions, seulement je m'en fichais. Les masques et les chuchotements étaient pour la caméra, pas pour lui.

Disait-il vrai ? Non, absolument pas. Même si elle ne l'avait jamais reconnu, je savais qu'elle m'aimait. Je le sentais.

C'était lui, le problème. Il la forçait à m'oublier. Il la forçait à avoir peur.

— Et ça, ce n'est qu'une petite piqûre de rappel, poursuivit-il. Du fait qu'elle est partie loin d'ici et qu'elle s'en sort très bien sans toi, mais que tu ne seras jamais plus que ça. Tu ne seras jamais assez bien.

Je secouai la tête. Les yeux me brûlaient.

Derrière moi, Kai s'éclaircit la gorge.

— On ne peut pas rester éternellement, Will, murmura-t-il. Finissons-en.

Mais Martin Scott se contenta de sourire en constatant l'effet qu'il avait sur moi.

— Elle ne t'a plus jamais regardé, affirma-t-il. Je me trompe ?

Je cessai de respirer.

— Elle n'a jamais appelé. Depuis qu'elle a fini le lycée et qu'elle a trouvé la liberté, pas vrai ?

Comment le savait-il ?

Elle aurait pu m'appeler. Il n'y avait plus eu de raison de ne pas le faire une fois qu'il avait quitté sa vie.

Il rit encore.

— Tu ne seras jamais assez bien.

Je reculai le poing, serrai les dents et grondai tout en le frappant au visage.

Va te faire foutre.

Un sanglot m'échappa, mais je me ressaisis aussitôt.

Salaud.

Je le cognai encore, multipliant les coups jusqu'à ce qu'il arrête de rire et que mes jointures me brûlent.

Les larmes enflèrent et coulèrent, et le monde entier chavira pendant que j'abattais mon poing sans m'arrêter.

Va te faire foutre. Va te faire foutre.

Kai intervint, l'avertit de ne plus jamais s'approcher d'une mineure, et puis je me remis à l'abreuver de coups jusqu'à ce que mes mains dégoulinent de son sang et du mien, et que je ne puisse rien faire d'autre que rire.

Jusqu'à ce qu'il perde connaissance et qu'ils doivent m'arracher à lui.

Nous lâchâmes son corps sur le côté de la route, repartîmes dans le SUV de Damon et, à l'aide d'un téléphone prépayé, appelâmes la police pour leur dire où le trouver.

Je me fichais de savoir si ça la ferait revenir ou pas. Il l'avait mérité.

S'il était intelligent, il la bouclerait. On savait qu'il était avec River Layton.

Des témoins.

Si elle parlait, elle serait peut-être prise pour une menteuse.

Mais pas nous quatre.

Damon déposa Kai chez lui, puis me ramena chez moi.

— Tu veux qu'on aille boire un coup ? proposa-t-il.

Je secouai la tête. J'avais mieux dans ma chambre, mais il ne serait pas partant.

— À demain.

Je claquai la portière et il s'éloigna alors que je gravissais les marches de ma maison en contemplant mes mains maculées de sang.

Je n'avais pas envie d'entrer. Je levai les yeux vers ma maison – de la pierre grise avec deux étages, une cave à vin et un terrain de basket à l'arrière.

J'étais un petit veinard.

Et un pauvre minable.

Il avait raison, et je ne me sentais pas mieux.

Je tournai les talons, laissant mon pick-up et agrippant le téléphone dans ma poche.

Je n'avais aucune envie de revoir cette scène un jour.

Je longeai l'allée devant ma maison pour me diriger vers la route qui menait au village dans la nuit noire tandis que je sortais le téléphone pour supprimer la vidéo. Je voulais qu'elle disparaisse.

Je voulais tout effacer de moi, parce que je me détestais autant qu'elle me haïssait.

— Salut ! lança-t-on.

Je levai les yeux, éteignis le téléphone avant d'avoir pu finir et le fourrai dans ma poche.

Bryce s'approchait en voiture et me regardait à travers la vitre baissée. Une fille se trouvait avec lui, et je me penchai avec un sourire forcé, mes mains ensanglantées dans les poches.

Il m'étudia, percevant quelque chose.

— Je te dépose quelque part ?

— Non, répondis-je. Merci.

Il hocha lentement la tête, encore incertain.

— Bon… d'accord.

Puis il fila, et je sortis les mains des poches, mal à l'aise.

Scott avait raison. Ça faisait presque deux ans, et je me languissais encore alors qu'elle restait impassible. Pas le moindre regard, indice ou murmure de sa part.

Pour elle, je n'étais rien.

Je continuai de marcher, passant le village et le belvédère. La dernière fois que j'étais rentré pour Noël, on m'avait dit qu'elle l'avait abandonné.

Je ne voulais pas le voir, ni elle, ni tout ce qui était en rapport avec elle. Je voulais seulement que la souffrance s'en aille.

Avant même de m'en être rendu compte, je traversai dans la maison de Damon, empruntai l'escalier que la bonne m'avait indiqué, et montai jusqu'au deuxième étage, où je frappai.

J'entendis des chuchotements étouffés et des bruits de pas, puis il m'ouvrit. En pantalon de jogging, torse nu, tout juste sorti de la douche.

Il haussa les sourcils.

— Tu es venu voir mon cercueil ? blagua-t-il.

Je regardai derrière lui, vers le lit.

— Il a l'air confortable.

Une lueur passa dans son regard, mais il baissa les yeux, hésitant.

Je fus submergé par les larmes.

— Je suis foutu, suffoquai-je.

— Je sais, acquiesça-t-il. Mais si tu entres, je ne t'aiderai pas à aller mieux.

Il était aussi paumé que moi. Le lendemain ne serait pas plus radieux, ni pour lui ni pour moi.

— Aide-moi à aller mieux, murmurai-je. Rien qu'une nuit.

Plonge, détruis et montre-moi comment me perdre. Rien qu'une nuit.

Il se poussa sur le côté, m'invita à entrer, et je refermai la porte derrière moi.

Un odieux junkie.

Au moins Sid, lui, savait jouer de la basse.

31

Emory

Présent

Je me cambrai à la rencontre de Will, qui m'attrapait la hanche et me plaquait contre lui pour se glisser en moi.

— Ah, lâchai-je, comblée par sa chaleur brûlante.

Au milieu des volutes de vapeur, il tourna mon visage vers le sien pour s'emparer de mes lèvres et me martela de coups de reins pour me prendre brutalement sans rompre notre baiser.

Je lui léchai la langue et pris les rênes, reculant contre lui tout en guidant sa main entre mes jambes.

Il me caressa le clitoris, en des cercles lents mais réguliers.

— Je ne t'aime pas, me souffla-t-il à l'oreille avant de me mordre le lobe.

— Je sais.

Il écarta ma main, la plaqua contre le mur et se remit à caresser mon intimité en me pilonnant de plus belle.

Je fermai les yeux et gémis.

Sentant une main s'emparer de la mienne, j'attrapai les doigts fins d'Alex.

— Dis-moi que tu es désolée, lâcha Will.

— Je l'ai déjà fait.

Il se retira, me retourna, et je lâchai la main d'Alex pour lui permettre de me soulever.

— Dis-le, exigea-t-il.

J'enroulai les bras et les jambes autour de lui en me laissant pénétrer de nouveau.

— Qu'est-ce qui se passera alors ? demandai-je. Hein ?

Je butinai son visage et enfouis la bouche dans son cou tout en le serrant contre moi.

— Une fois que tu auras ce que tu voudras, tu t'arrêteras, lui dis-je. Et je n'ai pas envie que tu t'arrêtes.

Tout en poursuivant ses mouvements de va-et-vient, il prit mon cul dans ses deux mains, et je léchai l'eau sur sa peau.

Il gémit.

— N'arrête pas, haletai-je. Je ne t'aime plus. Tu ne m'as jamais rien apporté de bon.

— Mais n'arrête pas, c'est ça ? s'esclaffa-t-il. La réunion d'anciens élèves est l'année prochaine, et je vais raconter à tout le monde ce que tu aimes faire quand tu n'as pas le nez dans un livre. Je vais leur dire que je te plais et que tu me laisses jouer avec ton corps quand personne ne regarde.

Je m'abandonnai contre le mur, tournai la tête et collai le front à celui d'Alex. Je ne le lui avouerais jamais, mais ça m'excitait de savoir qu'il me désirait autant.

Aydin plaqua Alex contre le mur à côté de moi et, alors qu'elle me faisait face, il la contempla, presque immobile à l'exception de la main qu'il glissait lentement sous son T-shirt. Elle avait le souffle court, les lèvres tout près des miennes. En un battement de cils, il lui arracha son soutien-gorge et le lâcha sur le sol de la douche pendant que l'eau trempait doucement le haut d'Alex.

C'était à cause de lui qu'elle était là. Voilà pourquoi c'était elle qui était venue chercher Will à la place de Michael.

Tout tournait autour d'Aydin. Elle était son artiste, et c'était en cherchant Will qu'elle avait appris qu'il était ici.

Il glissa la main sur le T-shirt de la jeune femme avant de l'aventurer sur son ventre et entre ses seins. L'eau collait le tissu à sa peau, révélant les petites taches sombres de ses tétons.

Elle refusait de le regarder, et je pressai les lèvres sur son front pour tenter de l'apaiser. On aurait presque dit qu'elle avait peur. Or, s'il y avait une chose que je savais d'Alex Palmer, c'est qu'elle n'avait pas souvent peur.

Je me retournai vers Will et le regardai jeter la tête en arrière, au bord de l'orgasme.

— Je vais glisser, m'affolai-je.

Il me redressa.

— Je suis là.

Je moulai mes lèvres aux siennes, sentant mes cheveux mouillés me coller au cou et au visage. J'aurais voulu retourner dans cette salle de lutte avec lui et ne pas avoir été aussi timide. Si j'avais pu revenir en arrière, je l'aurais aimé, je serais restée avec lui toute la nuit.

— Embrasse-la sur la bouche, entendis-je Aydin dire à Alex.

Je me tournai vers mon amie, qui leva les yeux vers lui.

— C'est toi que j'ai envie d'embrasser sur la bouche, chuchota-t-elle.

Il secoua la tête, le visage calme mais la respiration laborieuse.

— Touche-lui la chatte, murmura-t-il en s'humectant les lèvres. Comme le soir où je t'ai regardée à l'écran. Fais-le.

Il lui effleura les seins à travers son T-shirt et elle entrouvrit la bouche.

— Touche-la, supplia-t-il, à un souffle de ses lèvres. Baise-la sur le lit.

Elle déglutit.

— Non, chuchota-t-elle. Je fais ce que je veux, quand je veux, et rien pour ton plaisir.

— Rien ? insista-t-il en lui touchant les lèvres avec les doigts. Pour lui, mais pas pour moi ?

Elle le fusilla du regard.

— Avec lui, je me sens en sécurité. Avec toi, j'ai l'impression d'être une pute.

Il crispa la mâchoire, et ses doigts se recourbèrent sur son sein comme des griffes. Les tétons de la jeune femme se durcirent, repoussant l'étoffe comme des petites balles.

Will abandonna la tête dans mon cou. Il était sur le point de chavirer.

Mes veines s'enflammèrent, mon plaisir grimpa en flèche, et je me laissai aller à la jouissance. J'émis une plainte et me cramponnai à lui pendant qu'il me martelait de coups de reins, gémissant bruyamment et me moquant de qui pouvait bien entendre.

Une partie de moi détestait Alex. Elle était belle, dure, et tout ce qu'Aydin avait dit d'elle dans la chambre. Elle était plus l'amie de Will que je ne l'avais jamais été, et le pire, c'est qu'elle était superbe en tout point.

Elle avait dû en baver dans la vie, étant donné sa profession. Elle avait souvent dû verser des larmes, mais nul ne le saurait jamais.

Nous autres, nous souffrions, et nous nous en servions de prétexte pour nous détruire. Elle, elle se contentait d'avancer envers et contre tout.

— Et si un jour, j'ai envie de te caresser ? chuchotai-je à Alex, tout en penchant la tête vers celle de Will. Si j'ai envie de les virer et de me mettre au lit avec toi, rien que nous deux ?

Will sourit et m'embrassa tout en écoutant.

Si je me sentais en sécurité avec elle aussi, qu'elle méritait quelqu'un qui la traite mieux qu'Aydin, et que j'avais envie qu'elle le sache ?

Elle déglutit, et Will remua en moi. Les deux hommes nous tenaient dans leurs bras en nous observant.

J'observai chaque détail en elle, jusqu'aux gouttelettes qui scintillaient sur sa peau, pendant que Will me mordillait le coin de la bouche.

— Qu'est-ce que tu ferais ? insista-t-elle en approchant la tête de la sienne. Si les garçons n'avaient pas le droit d'entrer ?

Je ne pus réprimer un sourire.

— Oui, qu'est-ce que tu ferais ? haleta Will à mon oreille.

Les yeux fermés, je savourai le pouvoir qu'ils m'accordaient.

— Je ne pourrais pas me retenir, confiai-je à Will, assez fort pour qu'Aydin et Alex puissent entendre. Je fermerais la porte à clé, j'éteindrais la lumière et je la chevaucherais pour lui sucer les tétons avant de lui écarter les cuisses et de goûter à sa chaleur.

Will trembla de part en part tout en multipliant les coups de reins, sur le point de perdre les pédales. Regardant sur le côté, je remarquai qu'Aydin avait ouvert le pantalon d'Alex et qu'il la caressait à travers sa culotte. Elle prit ses mains dans les siennes, comme si elle voulait l'arrêter mais n'en avait pas la force.

— Et ensuite ? me questionna Aydin tout en la contemplant, les sourcils froncés par la douleur.

— Je l'embrasserais. Si j'étais toi et qu'elle était couchée en dessous, je l'embrasserais et je m'imprégnerais d'elle et je sentirais son corps pressé contre le mien pendant que je goûterais à elle…

— Tu aimes goûter les choses, me taquina Will en gémissant. Montre-moi. Montre-moi ce que tu ferais avec elle dans ta bouche.

Une onde de chaleur me monta dans le ventre pendant qu'il continuait de me pénétrer.

— Quel goût elle a, Emory ? haleta Aydin.

Je jetai un coup d'œil au couple à côté de nous. Les muscles des avant-bras bandés, il jouait avec le sexe d'Alex qui, les yeux fermés, s'abandonnait à son plaisir.

— Chaude, répondis-je. Elle est chaude et douce, et j'adore le contact de son clitoris contre mes lèvres pendant que je la lèche entre les jambes.

Aydin gronda, et je vis son érection s'affirmer derrière sa braguette tandis qu'Alex lui agrippait l'épaule.

— Ouvre les yeux, lui ordonna-t-il. Regarde-moi.

Elle obéit et soutint son regard pendant qu'il insérait un doigt en elle.

— Elle écarte les cuisses, poursuivis-je. Et elle plaque ma bouche sur elle parce qu'elle prend son pied.

— Oui, souffla-t-elle en lui mordant la lèvre inférieure.

Je me tournai vers Will.

— Je la lèche sur les côtés, lui narrai-je en glissant le bout de ma langue sur ses lèvres et en lapant celle du haut tout en plongeant mon regard dans le sien. Et je tire sur son clito pour l'aspirer dans ma bouche.

Je happai sa lèvre supérieure entre mes dents avant de la suçoter fort en faisant tourner la langue.

Il émit un grondement bas, et je serrai les cuisses en continuant de l'accueillir en moi.

— Je la lécherais de bas en haut, décrivis-je en faisant de même sur le coin de sa bouche. Et je jouerais avec elle pendant des heures, jusqu'à ce qu'elle devienne brûlante, parce qu'elle aime qu'on lui lèche la chatte.

— Emmy, gémit Alex en renversant la tête en arrière. Bon sang…

— Mais tu sais ce que j'ai vraiment envie de faire ? demandai-je.

Will frissonna.

— Quoi ?

— J'ai envie de la baiser, suffoquai-je en lui mordillant la bouche. J'ai envie de la rendre dingue, de frotter nos chattes l'une contre l'autre comme des animaux jusqu'à être en sueur. Histoire qu'il se souvienne bien de tout ce qu'il va manquer le jour où il sera assis comme un roi à la table de sa salle à manger, seul, à rêver de sa petite Viking nue baisant son homme. Il a beau tout contrôler, c'est elle qui le contrôle, lui.

Alex poussa un cri, se pendit au cou d'Aydin et jouit dans un frémissement. Sa tête partit en arrière, le visage caressé par un nuage de gouttelettes et de vapeur, et il lui tint la nuque, les lèvres à quelques centimètres des siennes.

Les yeux brillants, il hésita, comme sur le point de l'embrasser tout en luttant pour se retenir.

Je m'élevais et m'abaissais sur Will, la bouche écrasée sur la sienne, sans éprouver la moindre honte ni inquiétude pour la première fois de ma vie. Je me fichais de ce qui pouvait se passer ensuite ou de ce qu'il pourrait retenir contre moi. Je me sentais bien, courageuse, au sommet de tout.

Je roulai des hanches, en quête de l'orgasme, et puis enfin... des feux d'artifice explosèrent entre mes cuisses et je jouis en tremblant. Je gémis, me cramponnai de toutes mes forces, le dos brûlant à force de frotter brutalement contre le mur.

Mais il n'avait pas fini, et je n'allais pas lui dire d'arrêter.

— Dis son nom, entendis-je Aydin ordonner à Alex.

Je respirais fort, la chaleur fusant dans mes veines.

— Dis son nom, répéta-t-il.

Je regardai vers eux. Il la caressait en essayant de la faire jouir de nouveau.

— S'il te plaît, la supplia-t-il.

— Will ? souffla-t-elle, troublée et encore ensuquée par son orgasme.

— Encore.

— Will.

Je me figeai, sentant Will ralentir en moi.

— Encore, s'obstina-t-il. Encore.

Quoi ? Les muscles crispés, il affichait la même souffrance que plus tôt.

Elle le fouilla du regard.

— Will, murmura-t-elle.

— Dis-le en gémissant, gronda-t-il en enfonçant ses doigts en elle.

Elle ferma les yeux, hors d'haleine, sur le point d'avoir un nouvel orgasme. Will s'immobilisa, et nous les regardâmes faire.

Que lui prenait-il ? Les choses avaient été différentes quand j'avais fantasmé sur elle, parce que j'avais voulu qu'il la voie à travers moi. Mais que croyait-il faire en inversant les rôles ? Ce n'était pas pareil.

— Tu ne te souviens plus de mon nom, alors dis le sien, nargua-t-il en accélérant la cadence. Va au plus profond de ton esprit, là où je n'ai aucune importance parce que tu l'as déjà fait des centaines de fois, et que j'ai toujours été là, à te regarder jouir, espèce de salope.

Elle se mit à sangloter sans larmes, et il se pencha sur elle en la caressant brutalement.

— Allez, gémis pour lui. Sa queue est tellement bonne.

Will se ramollit en moi, et je posai les pieds par terre, brusquement glacée.

— Tu ne t'es pas contentée de le baiser, poursuivit Aydin. Vous étiez proches. Il a des sentiments pour toi.

Je baissai le regard, et Will voulut relever mon menton, mais je m'écartai.

— Emmy, dit-il.

Ils étaient proches. Sans doute avait-il éprouvé pour elle des sentiments que lui et moi ne connaîtrions jamais. Une parfaite connivence. De l'amitié.

— Allez, dis-le, s'agaça-t-il. Will, Will, Will…

Elle le repoussa en lui plaquant la paume sur le visage, et Will le bouscula aussi avant d'attraper son jean trempé.

Aydin glissa une main à l'intérieur de la culotte d'Alex, mais il l'avait déjà ressortie avant qu'elle ait pu s'écarter.

Il nous montra ses doigts luisants, nous montra à quel point elle mouillait.

— Pendant que tu t'enfouissais là-dedans, dit-il à Will, elle était triste et désolée.

Il me décocha un regard, et Will resta sans bouger tandis qu'Alex se dépêchait de reboutonner son pantalon.

— C'est évident qui a vraiment souffert pendant votre séparation, cracha-t-il. Elle ne te doit rien.

Je ne pouvais pas regarder Will.

Une partie de moi n'avait pas envie d'arrêter Aydin. Pas parce qu'il s'en prenait à Will, mais parce qu'il trouvait toujours le moyen de me faire comprendre que je n'avais pas à me sentir coupable.

Il était un peu comme une béquille. C'était un curieux coup de théâtre, vu que j'avais été persuadée qu'il allait m'enchaîner à son lit par le cou la première fois qu'on s'était rencontrés.

Peut-être que si j'avais grandi avec lui plutôt qu'avec Martin, mon monde aurait été différent.

Il sortit de la douche, lâcha ses habits mouillés au sol et noua une serviette autour de sa taille tout en regagnant sa chambre. J'abandonnai mes vêtements et sortis aussi, repoussant la main de Will lorsqu'il voulut m'attraper.

Je n'étais pas en colère. Je ne savais pas ce qui clochait.

Tout ce que je voulais, c'était m'habiller.

Je m'enroulai dans une serviette et me dirigeai vers la porte, mais je m'immobilisai en entendant la voix d'Aydin.

— Emory, viens par ici, intima-t-il.

Je tournai le regard vers lui. Il se tenait dans sa penderie et sortait des habits des étagères.

Il me jeta un boxer rouge et un T-shirt noir, et je les attrapai au vol en regrettant d'avoir laissé mon soutien-gorge sur le sol de la douche.

L'eau cessa de couler, et Will et Alex sortirent de la salle de bains en me considérant avec méfiance.

Will observa ce que je tenais à la main.

— Viens par là, ordonna-t-il.

Je jetai un coup d'œil à Aydin sans même réfléchir.

— Ne le regarde pas, s'emporta Will.

Mais je restai clouée au sol.

— Fais ce que tu veux, Emory, me conseilla Aydin d'une voix calme. Peu importe.

Mon cœur se fendit un peu plus et je me détournai en secouant la tête. Que n'aurais-je donné pour que Will me dise ça, rien qu'une fois. Ou mon frère.

Pour que quelqu'un me guide. Je ne m'étais pas rendu compte à quel point ça m'avait manqué depuis la mort de mes parents.

Si Will ou Martin m'avaient donné cette liberté, il m'aurait été plus facile de vouloir d'eux. C'était tout ce qu'il aurait eu à faire. Me laisser venir à lui. Comme le soir du bal de rentrée.

J'étais comme ça. Il me fallait un peu plus de temps qu'aux autres pour réagir. Je n'étais pas du genre à plonger la tête la première. Aydin, lui, semblait l'avoir compris.

Il fallait le reconnaître… À présent, je savais pourquoi c'était le mâle dominant.

— Emory…, dit Will.

Je ne bougeai pas.

Aydin s'habilla, et je serrai les habits contre moi en me retenant de foncer dans ma chambre.

Mes yeux s'embuèrent de larmes, et j'entendis Aydin lâcher un petit ricanement.

— Micah et Rory sont bourrés à l'heure qu'il est, affirma-t-il à Will. Et toi, tu vas partir sans la seule chose que tu voulais.

Moi.

Aydin passa son T-shirt par la tête et croisa mon regard.

— Tu t'es imposée à lui.

Rien ne s'est imposé à moi. Je n'étais pas une victime, et c'était la dernière fois que j'hésitais.

J'enfilai le short et l'enroulai quelques fois sur mes cuisses. Quand Aydin quitta la pièce, je sentis le regard de Will sur mon dos. Je n'avais même pas encore mis le T-shirt que Will sortait en trombe, claquant la porte au passage. Je pivotai vers Alex.

Un fracas résonna à l'étage inférieur, et elle s'élança à leur poursuite.

J'enfilai mon T-shirt, retirai la serviette et écartai mes mèches mouillées de mon visage tout en courant hors de la chambre. Je regardai à gauche et à droite mais ne vis rien. Entendant le bruit d'une bagarre, je me penchai au balcon et aperçus Aydin qui cravatait Will sur le sol de l'entrée.

Merde.

Alex se précipita, mais Will avança une main.

— Arrête, cria-t-il. Reste où tu es.

Elle s'immobilisa, et je dévalai l'escalier tandis que Will et Aydin roulaient par terre. Aydin étranglait Will, qui luttait pour respirer.

— Arrêtez ! hurlai-je.

Will s'allongea sur Aydin et projeta la tête en arrière pour tenter de le frapper avec le crâne, mais son adversaire se dégagea juste à temps. Tous deux se relevèrent tant bien que mal, leurs cheveux sombres mouillés et décoiffés. Will pivota et essaya de s'emparer du cou d'Aydin.

Ils tombèrent de côté, le candélabre bascula et les bougies roulèrent aux quatre coins de la pièce.

En regardant les hommes lutter, je me sentis désarçonnée. Will était bel et bien capable de se battre. Que se passait-il ?

Et, s'il ne pouvait pas vaincre Aydin, pourquoi lui avoir couru après ?

Assez. J'allais les enfermer tous les deux dans le cellier pour la nuit.

Je courus dans le petit salon pour m'emparer de l'arme d'épaule accrochée au mur – visiblement une antiquité remontant à la Première Guerre mondiale –, et regagnai l'entrée à la course afin d'écarter Aydin d'un coup de pied.

Il tomba par terre. Avant qu'il ait pu repasser à l'attaque, je braquai l'arme, la baïonnette dirigée droit sur son cou.

— Assez ! hurlai-je.

J'avais oublié mes lunettes dans la douche, mais je distinguais parfaitement le sourcil haussé d'Aydin.

Will se leva d'un bond pour se jeter de nouveau sur lui, seulement Alex l'attrapa par son jean et lui flanqua un coup sur la tête.

Je dus réprimer un rire. Je devais avouer que la situation était comique. *Deux hommes adultes...*

Je n'eus pas le temps d'aller plus loin. Taylor, Micah et Rory arrivèrent trempés de la piscine et embrassèrent la scène du regard.

Taylor finit par poser les yeux sur moi, qui braquais mon fusil sur Aydin. La suite se déroula dans le flou.

Will fonça sur Taylor, Aydin se releva précipitamment et se jeta sur Will, et l'instant d'après, Taylor m'avait arraché mon arme pour la jeter au loin et m'agrippait la nuque d'une main pour me flanquer un coup de poing dans le ventre avec l'autre.

Mon estomac s'écrasa contre ma colonne vertébrale, la bile me monta dans la gorge et je tombai à genoux en toussant.

Mes yeux s'emplirent de larmes tandis que tous, en un spectacle flou, se dépêchaient de séparer Will et Aydin. Taylor me souleva et me plaqua contre l'escalier, enserrant mon visage entre ses doigts.

— Ça fait longtemps que j'attends ça, grinça-t-il.

J'avais mal de partout, et je tâchai de respirer alors que l'intérieur de ma bouche se fendait au contact de mes dents.

Mais on le tira en arrière, on lui attrapa la main, on plia son doigt vers l'arrière et on le força à s'agenouiller. Il poussa un cri. Je clignai des yeux, suffoquant. Aydin prit le fusil, le cala par terre pour le faire tenir en équilibre, et abattit la baïonnette, coupant l'auriculaire de Taylor.

J'écarquillai les yeux en voyant le sang jaillir et se déverser sur le sol en marbre. Tout le monde se tétanisa.

Taylor hurla, mais Aydin ne perdit pas de temps. Il le hissa sur son épaule et se dirigea vers l'arrière de la maison.

— Amenez-moi Will aussi ! cria-t-il.

Quoi ?

Je regardai Rory et Micah, qui paraissaient incertains. Puis Rory serra les dents et réagit le premier en se jetant sur Will.

— Non !

Alex et moi nous précipitâmes, mais Micah nous repoussa, protégeant Rory.

Que se passait-il ?

Tous deux forcèrent Will à avancer derrière Aydin tandis qu'Alex et moi leur emboîtions le pas. J'attrapai le fusil en chemin, et Alex piqua un bougeoir. Nous étions armées à présent. Une traînée de sang dégoulinait le long de ma lame, et le doigt de Taylor reposait par terre quelque part.

Pourquoi Aydin avait-il fait cela ? Pourtant, Taylor était son petit chien.

— Aydin, s'il te plaît, suppliai-je.

Où les emmenait-il ?

Il ouvrit la porte du cellier, descendit les marches avec les garçons, et nous leur courûmes après, dévalant l'escalier en pierre. Ils jetèrent Will au sol pendant qu'Aydin ligotait Taylor par les poignets qu'il fixa à un crochet au-dessus de sa tête. Du sang lui dégoulinait sur le bras et il respirait fort, le visage tordu par la douleur.

Ensuite, il passa à Will, et nous jeta un coup d'œil.

— Tenez-les ! ordonna-t-il à Micah et Rory.

— Non !

Nous brandîmes nos armes, et ils se pétrifièrent alors qu'Aydin s'accroupissait à côté de Will.

Couché au sol, du sang au coin de la bouche, les yeux baissés, il ne faisait pas mine de se battre.

Qu'est-ce qui cloche chez toi, bordel ?

Alex avait raison. Will était plus fort que ces types. Bon sang ! C'était encore plus douloureux que le point qui me vrillait le ventre. Je ne pouvais pas voir ça.

— Je t'aime bien, lui décréta Aydin en défaisant le nœud d'une corde. J'en suis le premier étonné. La vie a un curieux sens de l'humour, tu ne trouves pas ? Je t'ai vu avec elle à des soirées. Je t'ai vu avec elle aux restaurants. Et puis, voilà que tu te pointes ici. Notre nouveau codétenu.

« Elle ». *Alex.*

Je me raidis. Une pensée se forma dans mon esprit. N'était-il pas étrange que, de toutes les personnes au monde, ils se soient retrouvés ensemble au même endroit ? Deux hommes qui connaissaient Alex ?

Dont l'un haïssait clairement l'autre.

— Tu sais, quand tu m'as demandé si je pouvais obtenir autre chose que de l'alcool et des cigarettes ? demanda-t-il à Will.

Là, je déglutis. *Non.* Il avait fait venir Will ici. Soit par vengeance, soit pour l'éloigner d'Alex.

Mon Dieu.

Puis, brusquement, Aydin pivota et me montra du menton à la place.

Quoi ?

Mon cœur se serra.

— Espèce de salaud, cracha Will.

Je m'avançai, lâchant mon arme.

— Toi ? lançai-je, tout en sachant la réponse. C'est toi qui m'as amenée ici ?

Malgré tous mes ennemis, et ceux qui en auraient eu après moi s'ils avaient connu mon secret, il s'était agi en fin de compte d'une personne que je n'avais jamais rencontrée ?

Il n'avait pas condamné Will à Blackchurch. Il m'avait fait entrer pour se venger.

Aydin serra la corde autour du poignet de Will.

— Je veux qu'il sache ce que ça fait, murmura-t-il. Quand celle qu'on désire tellement que ça nous tord le ventre accorde son temps et sa loyauté à un autre.

Il me fusilla du regard.

— Je veux qu'il comprenne.

Alex s'approcha de moi.

— Alors pourquoi ne pas avoir tenté de me séduire ? décochai-je avant qu'elle ait pu dire quoi que ce soit.

Pourquoi avoir cherché à jouer les grands frères ?

Il se contenta de ricaner.

— L'unique chose qui soit plus puissante que le cœur est l'esprit, et il m'était beaucoup plus utile de m'immiscer dans ta tête que dans ton lit.

Je secouai la tête.

— Ou peut-être que ce n'était pas moi que tu voulais éloigner de Will, mais Alex. Peut-être que c'était elle que tu voulais blesser.

Il haussa les épaules.

— C'est du pareil au même.

La pièce sombra dans un silence uniquement rompu par les tremblements de Taylor. Je lui jetai un coup d'œil. Je ne m'inquiétais pas trop pour lui, mais Aydin allait devoir s'en occuper. Ne serait-ce que pour refermer la plaie ou un truc dans le genre.

Je n'en revenais pas. C'était lui qui m'avait amenée ici.

Mais cela signifiait aussi qu'il m'avait donné le canif. Avait-il vraiment cru qu'il s'agirait d'une protection suffisante ?

Le plancher au-dessus de nous craqua, ainsi que le bois dans les murs, et je m'aperçus que l'air était chargé de fumée. Puis, le tonnerre gronda, les lumières vacillèrent, et je brandis de nouveau mon arme en ouvrant la bouche pour parler.

Aydin s'exprima le premier.

— Vous allez rester ici tous les deux, dit-il à Will, et si Micah et Rory tiennent à leur santé, ils rentreront dans le rang.

Il se tourna vers les gars.

— Emmenez les femmes dans ma chambre, leur ordonna-t-il avant de nous regarder. Mesdames, je monterai vous voir sous peu.

Je me tendis.

— On va peut-être faire un peu d'exercice ce soir, affirma-t-il en s'adressant à Will. Je vais les emmener à la piscine. On fera la fête à trois, ajouta-t-il en baissant la voix. Peut-être qu'Emmy va mettre son petit fantasme à exécution avec Alex, puisque ça a l'air d'être la tendance par ici.

Je plongeai.

— Will !

Micah s'empara de moi. Je lâchai le fusil et abattis la paume sur son nez tandis qu'Alex agrippait le bras de Rory pour le retourner et le pousser contre le mur.

Le crâne du jeune homme percuta la pierre. Je me baissai pour ramasser ma baïonnette et fonçai vers Will.

Mais Aydin y était déjà, et m'intercepta en enroulant les bras autour de moi afin de me prendre en otage.

— Wendy, Wendy, railla-t-il. Alors, c'est vrai. Une fille vaut effectivement vingt garçons. Je suis ravi que tu fasses partie de mon équipe.

Il plaqua la bouche sur la mienne et je perçus sa sueur et sa barbe naissante sur mes lèvres pendant qu'il me volait mon souffle.

Will.

Je grognai, un sanglot coincé dans la gorge, pressée contre son T-shirt imbibé de sang.

Seigneur.

Et puis… un murmure s'approcha – calme, dur, profond.

— Tu n'es pas Peter.

J'ouvris les yeux à l'instant même où Will se dressait derrière Aydin, libre de ses liens.

Il passa un bras autour de son cou et lui attrapa le poignet pour me dégager, en tirant si fort sur son bras qu'Aydin poussa un cri, le forçant à se baisser jusqu'au sol. D'un geste vif, Will plaqua le pied sur l'articulation où le bras de son adversaire rejoignait son épaule, faisant entendre un craquement. Le hurlement d'Aydin résonna d'un bout à l'autre du cellier.

Je restai bouche bée devant Will, qui avait mis Aydin à genoux en moins de deux secondes et ne paraissait même pas essoufflé.

— Qu'est-ce que c'est que ce délire ? marmonnai-je.

Alex et moi restâmes immobiles pendant que Will considérait Aydin, un couteau dentelé dans une main et la corde qui lui avait lié les poignets dans l'autre.

Où avait-il trouvé ce couteau ?

Il inspira un grand coup et redressa le dos, rengaina la lame et la remit dans sa poche.

— Will…, lâchai-je en m'avançant.

Il secoua la tête, me faisant signe de me taire tout en dévisageant l'homme sur le sol de briques.

Aydin se releva brusquement, mais Will abattit son poing sur sa gorge.

Je plissai les yeux, rivée à la scène.

Aydin suffoqua, voûté, incapable de parler ni même de respirer.

Will tourna autour de lui pendant que Taylor regardait et que Micah et Rory restaient interdits, ne sachant trop ce qui était en train de se passer.

— J'ai été en taule, rappela Will à Aydin. Une vraie. Tu me croyais vraiment dépassé par les événements ?

Aydin leva les yeux vers lui, avec un air d'inquiétude et de perplexité que je ne lui avais encore jamais vu.

— J'attendais, poursuivit Will. J'étais prêt à être aussi patient que possible pour que tu finisses par me suivre.

Il se baissa pour agripper la nuque d'Aydin et lui flanquer deux coups de poing dans la figure.

Le sang gicla du nez d'Aydin, qui recula pour frapper Will à son tour. Celui-ci tomba sur le côté et rampa au loin avant de se relever péniblement.

Ils se tournèrent autour, puis Aydin se jeta sur Will. Ils s'effondrèrent de nouveau par terre, et je fonçai sur eux, mais Micah m'arrêta en tendant le bras.

— J'ai envie de voir ça, déclara-t-il.

Je jetai un coup d'œil inquiet à Will. Tout rouge et en sueur, il roulait, cognait, s'agenouillait, se débattait, le tout avec une lueur de rage au fond du regard.

Il ne se contentait pas d'encaisser, comme il l'avait fait depuis mon arrivée ici.

Enfin, je retrouvais Will.

En sang, le souffle court, il frappa Aydin au ventre et se leva en lui flanquant un coup de pied dans le crâne.

— Ça aurait été parfait, gronda-t-il. Tu le savais, ça ? On aurait fait équipe. On aurait été égaux. Mais je n'avais pas envie de te gagner à ma cause par la peur. Je ne voulais pas te contrôler par la violence.

Aydin voulut se relever aussi, mais il n'arrêtait pas de retomber par terre.

— Je voulais être important à tes yeux, lui expliqua Will. Dans ce cas, tu m'aurais suivi partout.

Le suivre ? De quoi Will parlait-il ? Pourquoi voulait-il qu'Aydin le suive ?

— Ça aurait été parfait, parce que tu étais l'un des nôtres, haleta Will en tournant autour de sa proie. Mais il semblerait que je n'ai plus de temps à perdre avec toi. Visiblement, je n'avais pas anticipé le fait que tu avais tes propres projets.

À savoir, moi – et mon arrivée ici.

Il essuya le sang sur son visage en reniflant.

— Rory, lança-t-il en montrant du menton la corde posée sur la table. Micah, aide-le.

Ils ligotèrent Aydin qui, trop épuisé, se défendit à peine.

— Alex, appela-t-il en se reculant pour les regarder faire. Emory.

Alex le rejoignit aussitôt, tandis que je restai sans bouger.

Son regard lança des éclairs.

— Je vais tout mettre à sac et réduire cette maison en cendres si tu hésites encore une seconde de plus ! me hurla-t-il avant de me faire signe d'approcher. Maintenant !

Je sursautai, l'entrejambe assailli de fourmillements, et m'approchai en serrant les dents.

— Tout ce temps ? souffla Aydin. Tous ces mois, toutes ces bagarres. Toutes les fois où tu as perdu, c'était exprès ?

— Tu n'as pas ce qu'il faut pour être moi, lança-t-il à Aydin d'une voix de gorge qui me parcourut de frissons.

Il avait fait semblant. Pour tout. Il avait manipulé la maison pour une raison bien à lui, s'était débrouillé pour que tout le monde se mette de son côté, et avait enduré des mois de ce merdier parce qu'il voulait gagner la loyauté d'Aydin, mais pas par la force.

Micah et Rory achevèrent leur tâche et nous rejoignirent. Nous contemplâmes tous Aydin, couché par terre.

Will se dressait de toute sa hauteur tel un puissant chêne, et j'avais l'impression de devoir pencher la tête en arrière pour le regarder.

— Tu peux venir avec nous, proposa Will. Je ne voulais pas de Dinescu, mais de toi, oui.

De l'autre côté de Will, Alex contemplait Aydin avec une lueur de souffrance dans les yeux.

Aydin se contenta d'émettre un rire amer.

— Tue-moi, dit-il.

Will resta figé un instant de plus, digérant sa réponse alors que le tonnerre grondait de nouveau. Je me mis à reculer, et les autres m'imitèrent.

Les garçons tournèrent les talons et filèrent dans l'escalier tandis qu'Alex traînait des pieds. On aurait dit que la distance qui la séparait d'Aydin n'existait pas, tant la chaleur de leurs regards allait *crescendo*.

— C'était moi que tu voulais, affirma-t-elle en s'éloignant de lui.

Il acquiesça, assis par terre et les mains liées à un tuyau rouillé.

— Maintenant, je veux seulement gagner.

Elle secoua la tête.

— Tu as déjà perdu.

— Pas encore, riposta-t-il. Je sais où tu vas, mon amour.

Les poils se dressèrent sur mes bras, et elle hésita alors que ses paroles restaient suspendues dans l'air. Puis, nous pivotâmes toutes deux, fonçâmes dans l'escalier et claquâmes la porte derrière nous.

— Alex…, commençai-je.

— Tais-toi, supplia-t-elle d'une voix chargée de larmes. J'ai déjà oublié son nom.

Nous filâmes à l'étage, et une odeur âcre me fouetta les narines lorsque nous poussâmes la porte.

— Qu'est-ce qui se passe ici ?

Entendant de l'agitation, nous regagnâmes l'entrée et stoppâmes net en voyant les rideaux dévorés par les flammes qui s'élevaient jusqu'au plafond et léchaient les murs.

— Mon Dieu ! s'écria Alex.

Je cherchai Will du regard et l'aperçus courant de la cuisine avec un extincteur.

La chaleur me brûlait le visage, et je trébuchai en arrière alors qu'il essayait d'éteindre les flammes.

Ces fichues bougies avaient dû être allumées quand ils les avaient bousculées.

— Will ! criai-je.

Il fallait qu'on sorte de là. Le feu dévorait l'entrée. Je toussai, la gorge en feu, et remarquai que les flammes s'élevaient bien au-delà de notre portée. Impossible de les arrêter.

— Will ! appelai-je encore, mais il était en train d'arroser la porte pour éteindre le feu autour de l'encadrement.

Alex passa devant moi pour gravir l'escalier.

— Qu'est-ce que tu fais ? hurlai-je en voyant les flammes vaciller sur le bord des marches.

— Mon téléphone satellite ! me renvoya-t-elle. Il est dans le passage secret, on en a besoin !

— Alex, non ! hurla Will.

Je fonçai après elle, quand j'entendis un fracas contre la porte d'entrée et me tétanisai.

Alex s'immobilisa au milieu de l'escalier, et je me retournai vers Will, qui ne bougeait pas.

Un autre fracas fit trembler les murs alors que la fumée emplissait la pièce. Je clignai des yeux, tâchant de voir qui passait la porte.

Il devait y avoir une équipe de sécurité tout près. Une alarme à incendie était sûrement en train de sonner quelque part.

Un autre craquement, et puis… La porte s'ouvrit à la volée, la fumée se précipita par l'ouverture, et je vis des bras et des jambes vêtus de noir entrer dans la pièce.

— Will ! cria-t-on.

Je m'accroupis en entraînant Will avec moi, de sorte que nous puissions respirer.

— C'est l'équipe de sécurité ? lui demandai-je en essayant de voir à travers la fumée.

— Je ne crois pas.

J'aurais aimé que ce soit le cas, mais en même temps, ils nous auraient sans doute transférés vers un autre Blackchurch.

Je regrettai mon arme.

— Will ! lança une autre voix, également masculine. Où es-tu ?

Pourquoi l'appelaient-ils, lui, et pas les autres ?

— Will Grayson ! cria une femme en toussant.

Je dressai l'oreille, car cette voix m'était familière. À côté de moi, Will inspira vivement.

— Mon Dieu, chuchota-t-il.

Il se leva d'un bond et me tira sur le bras.

— Ici ! cria-t-il.

Alex arriva en courant dans l'escalier tandis que des silhouettes habillées de noir évoluaient dans la fumée. Je distinguai trois grands hommes au torse enroulé de paracorde et chargés de sacs en toile.

— Qu'est-ce qu'on fout avec de la paracorde ? demanda Kai Mori en regardant Michael Crist. Je croyais que tu disais qu'on allait devoir grimper aux murs.

Michael se contenta de sourire et attrapa Will par le cou pour le serrer contre lui.

Will se tendit, comme sous le choc, mais expira enfin.

— Vous avez fini par venir me chercher, hein ?

— Toujours, répondit une autre voix.

Damon surgit de la fumée en riant et se baissa pour coller le front à celui de son meilleur ami.

Une femme s'avança, sa queue-de-cheval blonde drapée sur l'épaule, le dessus du crâne couvert d'un bonnet de ski noir.

Erika Fane ?

— Fichons le camp d'ici, déclara-t-elle avant de regarder par-dessus mon épaule : Alex !

L'intéressée se précipita et, m'effleurant au passage, se jeta dans les bras de Rika.

— Vous êtes là, souffla-t-elle dans un rire.

Erika hocha la tête.

— Tu flippais ?

— Non, s'esclaffa Alex. Bien sûr que non.

La bande se rua vers la porte, mais Alex et moi hésitâmes, regardant à travers la fumée vers l'arrière de la maison.

— Attendez ! cria-t-elle. Il y en a d'autres par ici !

Tout le monde regagna la maison, mais le feu s'était avancé dans le couloir, en direction de la cuisine et à droite, vers la piscine.

Nous courûmes vers les flammes.

— Emmy ! hurla Will.

— Emory Scott ? entendis-je dire Damon. Alex, tu ne nous avais pas dit qu'elle était là.

Personne n'avait le temps d'expliquer quoi que ce soit.

Je scrutai la fumée, tâchant de trouver un chemin au travers, mais en vain. Nous ne pouvions pas les laisser brûler ici.

Alex et moi essayâmes de passer en piétinant sur la gauche et la droite, mais des bras puissants me retinrent.

— Prends-la, ordonna Will.

L'instant d'après, quelqu'un me saisit et me jeta sur son épaule. Je me débattis en hurlant.

Je pouvais parfaitement marcher.

— Ne la pose pas par terre, gronda Will. Elle n'est pas du genre à coopérer.

Le salaud !

— Lev ! appela-t-on.

Puis j'entendis quelqu'un dire « David », et des murmures mentionnant Shen et Misha.

Où allions-nous ?

Nous quittâmes la maison. La peau cinglée par la pluie, je vis l'entrée rapetisser dans mon champ de vision et la maison devenir visible dans son ensemble.

L'incendie atteignait les fenêtres à l'étage et les rideaux étaient éclairés d'une lueur orangée. Je gardai les yeux rivés à l'entrée, espérant voir apparaître Aydin.

Je ne voulais pas qu'il meure.

— Donne-la-moi, gronda Micah.

On m'enleva de l'épaule de quelqu'un pour me mettre dans les bras de Micah. Je jetai un coup d'œil derrière moi et m'aperçus que c'était Michael qui m'avait portée.

Je fis la grimace.

— C'est bon, affirma Micah.

Michael hocha la tête et courut en avant. Dès qu'il fut parti, Micah me lâcha au sol, me prit la main et nous courûmes avec les autres. Je regardai par-dessus mon épaule en trébuchant.

La serre était séparée de la maison principale. Non pas que je m'inquiète pour les serpents, mais c'était une sale façon de mourir pour un être vivant, quel qu'il soit.

Nous nous enfonçâmes dans les bois. Je remarquai à peine le froid tandis que le tonnerre grondait au-dessus de nous et que la pluie s'intensifiait.

— Où sommes-nous ? leur demanda Will.

— Tu ne devineras jamais, répondit Damon.

— Combien de temps il va nous falloir pour rentrer ? insista Will.

Et tout le monde rit, allez savoir pourquoi.

Nous filâmes à travers les arbres. J'étais hors d'haleine et j'avais les jambes en coton.

— Micah, le suppliai-je de ralentir.

Mais il se contenta de me traîner derrière lui. Et puis, je l'aperçus au loin.

Je plissai les yeux, tâchant de dissiper le flou qui m'encombrait encore la vue. Merde. J'avais besoin de mes lunettes.

Était-ce un… Un train ?

Nous fonçâmes sur les feuilles et les rochers, dépassâmes la limite des arbres pour atteindre un train qui s'étirait à gauche et à droite, aussi loin que je puisse voir.

Aydin savait-il qu'il était là ? Ils étaient sûrement tous au courant. On n'avait pas couru si longtemps que ça, peut-être dix minutes.

Ils avaient dû le croire abandonné.

Tout le monde courut vers un wagon au milieu, et je contemplai la magnifique locomotive à vapeur noire, vieille mais bien restaurée. Des rideaux encadraient les fenêtres, et la locomotive haletait à un rythme régulier.

— Allez ! cria Erika. On y va !

Nous grimpâmes à l'intérieur. Je regardai derrière moi une dernière fois, à la recherche d'Aydin ou Taylor.

« Je sais où tu vas », avait-il dit.

Moi aussi je le savais, au fond.

On rentrait à Thunder Bay.

— Fermez les portes ! hurla Michael en faisant signe par l'ouverture, sûrement au chef de train.

Nous nous entassâmes dans le wagon, et une femme brune attrapa le poignet de Will pour lui trancher son bracelet à l'aide d'un coupe-boulons. Elle planta un petit baiser sur sa joue avant de passer l'instrument à Micah et Rory pour couper les leurs et jeter le tout par la fenêtre.

Le train bougea sous nos pieds, et je vacillai. Mais avant que j'aie pu regarder autour de moi ou comprendre qui étaient les autres femmes, quelqu'un m'attrapa le bras et me fit me retourner.

— Tu as hésité, gronda Will, couvert de traces noires après avoir traversé le feu. Dans le cellier… Tu as hésité ! Encore ! Et tu étais prête à retourner le chercher, lui, alors que tu ne l'as jamais fait pour moi. Jamais !

Je tressaillis, me remémorant l'instant où, quelques minutes plus tôt, il m'avait dit de le rejoindre.

Dans son esprit, je m'étais rangée du côté d'Aydin.

Dans le mien, j'avais affirmé mon indépendance.

— Will…

— Après tout ce que tu nous as fait, tu as hésité ! hurla-t-il, le visage déformé par la colère.

Tout le monde nous entourait en silence, et je sentis le poids de leur regard comme si j'étais une souris et eux, des serpents.

— De quoi tu parles ? lui demanda Damon. Comment ça, « nous » ? Qu'est-ce qu'elle a fait ?

Je dévisageai Will, secouai lentement la tête en supplication. *Pas ici. S'il te plaît, pas ici. Pas maintenant.*

Il se redressa et recula de quelques pas. Enfin, il m'avait prise au piège, et savourait cet instant.

— C'est à cause d'elle qu'on est tous allés en taule il y a sept ans, révéla-t-il.

32

Emory

Sept ans plus tôt, quelques mois après l'agression de Martin Scott

— Salut, lança Thea en entrant dans notre chambre.

Je décollai les yeux de ma table de travail. Elle ôta sa perruque Mia Wallace et la jeta sur notre futon, ainsi que la seringue d'adrénaline qu'elle m'avait demandé de lui plaquer sur la poitrine plus tôt dans la soirée. Son petit ami était censé compléter son déguisement à la *Pulp Fiction* en s'habillant en Vincent Vega, mais ils s'étaient disputés une heure plus tôt et il l'avait laissée partir seule à la fête.

Quel connard.

— Salut, renvoyai-je avec un sourire tout en contemplant son visage barbouillé de maquillage. Tu t'es amusée ?

À en juger par le rouge à lèvres sur sa joue, Vincent avait dû la retrouver et ils s'étaient rabibochés.

Toutefois, elle se contenta de hausser les épaules.

— Euh, je ne m'en souviens pas.

Je lâchai un reniflement de dérision tandis qu'elle sautillait vers moi, l'haleine chargée de bière.

— Mais j'ai pensé à toi, déclara-t-elle en me tendant une petite citrouille d'Halloween au sourire édenté. Je l'ai piquée sur le devant d'une maison d'étudiants en rentrant.

Je l'attrapai en riant.

— Merci.

En termes de colocation, on peut dire que j'étais bien tombée.

Je posai la citrouille sur le bureau en secouant la tête. Après avoir fini le lycée au printemps dernier, j'avais persuadé Martin de puiser dans mon fonds d'études pour installer grand-mère dans la meilleure maison de retraite possible, étant donné que moi, je n'en avais pas besoin. Avec la bourse que j'avais décrochée grâce à mes projets pour Thunder Bay, où j'avais montré comment rendre des ruines fonctionnelles tout en conservant leur caractère, je n'avais plus eu besoin de ce fonds. Et, pour ce que la bourse ne couvrait pas, j'avais contracté des emprunts. Carrément.

J'avais aimé m'occuper d'elle moi-même, mais c'était lui qui avait officiellement le pouvoir de gérer ses soins, et ce n'était pas près de changer. Il avait fini par céder quand je lui avais souligné les avantages d'avoir la maison pour lui tout seul, en plus du respect et de l'admiration des gens qui penseraient qu'il payait à sa mamie une maison de retraite de première classe avec son modeste salaire de fonctionnaire.

J'appelais ma grand-mère tous les jours, et je n'avais plus parlé à mon frère depuis mon départ. J'avais fait un stage à San Francisco pendant l'été, j'étais repassée en ville en douce à la fin juillet pour la voir, et puis j'étais repartie aussi sec pour emménager dans ma résidence universitaire.

— Tu aurais dû venir, affirma Thea. Pour une fois, dis… « oui ». Oui, oui, oui ! gémit-elle bruyamment.

Berkeley ne manquait pas de fêtes ni de divertissements. Toutefois, deux mois étaient passés depuis le début des cours, et j'avais eu plus de mal que prévu à m'adapter à mon nouvel environnement.

Ce qui était idiot, au fond. Personne n'aurait convenu que je m'étais particulièrement adaptée à Thunder Bay, alors que j'avais grandi là-bas.

Malgré tout, j'avais le mal du pays.

— Je gâcherais ton plaisir, lui décrétai-je avec un demi-sourire. Crois-moi.

Je sortis un paquet d'allumettes de mon tiroir et allumai le photophore qui se trouvait à l'intérieur de la citrouille. La lueur chaude brilla par ses yeux et sa bouche. On n'était pas censé allumer de feu dans les chambres, mais personne n'en saurait rien.

J'éteignis ma lampe de bureau. Dans l'obscurité, la petite bougie vacillante parut sinistre.

Thea se déshabilla, enfila son peignoir et attrapa une serviette ainsi que son valet de douche.

— Joyeux Halloween, chantonna-t-elle en partant se doucher.

— C'est la Nuit du Diable, rectifiai-je.

— Hein ?

Elle se figea, la main posée sur la poignée de la porte.

— Halloween, c'est demain, lui rappelai-je. Ce soir, c'est la Nuit du Diable.

— Comme dans *The Crow* ?

Je pouffai de rire. La Nuit du Diable, la Nuit des Malices, la Nuit du Chou… J'avais oublié que le monde en dehors de Thunder Bay, et peut-être de Detroit, n'en avait jamais entendu parler, mis à part au cinéma.

Elle se pencha pour regarder le réveil sur sa table de chevet.

— Bon, il est 1 heure passée, déclara-t-elle. Maintenant, c'est Halloween.

Elle tira la langue et partit, s'engageant dans le couloir pour aller prendre une douche.

Bien vu.

J'enlevai mes lunettes et me frottai les yeux en refermant mon manuel pour la soirée. Je passai un élastique autour de mes fiches de révision, les jetai sur le bureau et ramassai le chapeau de la citrouille pour la remettre en place.

Je fixai son sourire du regard.

— Emory Scott aime Will Grayson, murmurai-je.

J'avais tellement envie de pleurer que ma gorge me faisait mal.

Je ne lui avais jamais dit que je l'aimais. Un vide s'était installé en moi au fil du temps. Certes, j'avais eu l'impression d'être plus forte chaque fois que je m'étais détournée de lui lors de sa dernière année au lycée – j'avais été fière de lui survivre, à lui, à Martin et à Thunder Bay –, mais je n'avais pas eu le sentiment d'en sortir gagnante.

Le désir n'avait fait que grandir. À tel point que, s'il était entré dans cette chambre à cet instant, je l'aurais laissé me prendre dans ses bras, j'aurais enroulé les jambes autour de lui et je l'aurais caressé sans m'arrêter jusqu'au petit matin.

Mes bras brûlaient de l'enlacer.

Je considérai la peluche Godzilla qui trônait sur les tiroirs de fournitures posés sur mon bureau. J'avais fait ce qu'il fallait. Pas vrai ? Je n'avais pas voulu qu'il sache ce qui se passait dans cette maison.

J'avais dû le laisser partir.

Seulement, je regrettais malgré tout de ne pas lui avoir accordé ma confiance. J'avais déjà perdu tout ce que j'avais à perdre. J'aurais dû lui dire que je l'aimais, que ce n'était pas sa faute, et qu'un jour peut-être…

Un jour peut-être.

Je m'essuyai les yeux et ramassai mon téléphone, tentée d'appeler ou d'envoyer un texto, pour m'excuser par exemple. Il était peut-être à Thunder Bay ce soir-là. Ou revenu de Princeton pour faire la fête, même s'il n'était pas rentré de toute l'année quand j'avais été en terminale.

Ou alors, il était resté là-bas pendant que tous les autres perpétuaient la tradition après le départ des Cavaliers pour la fac.

J'avais envie de voir ma ville natale.

J'ouvris Instagram, cherchai #nuitdudiable et cliquai sur « Récent » pour voir s'il y avait des publications ce soir-là, et…

Un flot d'images et de vidéos m'assaillit. Mon cœur se mit à battre à tout rompre alors que leurs visages envahissaient l'écran.

Je souris, réchauffée de l'intérieur à la vue de son sourire dans un carré et de son beau visage, quoiqu'un peu plus mince que dans mes souvenirs, dans un autre.

J'aperçus le masque rouge de Michael, le masque argenté de Kai, Damon qui embrassait une blonde sous la douche. Puis, je repérai une vidéo dans un des carrés. Avec mon frère dans le fond.

Je remis mes lunettes et approchai le téléphone pour étudier la vidéo.

Qu'est-ce que c'était que ce truc ?

Des types masqués et en sweats noirs passaient à tabac mon frère qui était pendu par les mains dans une pièce sombre. Il était éclairé par la lumière de la caméra du téléphone, le visage ruisselant de sang et ses cheveux noirs trempés de sueur.

Ma tête se mit à tourner. *Non, non, non…*

Je jetai un coup d'œil à la porte, inquiète à l'idée que Thea revienne, et m'emparai de mes écouteurs pour les brancher sur mon téléphone avant de cliquer sur la publication et de monter le volume.

— Ah ! grogna Martin avec une expression de douleur.

Un des hommes en noir s'approcha de lui. Je dressai l'oreille pour les entendre, mais ne perçus que des marmonnements.

Au bout d'une minute, le rire sombre de Martin résonna, et je tressaillis.

Cette vidéo remontait à l'été dernier, quand mon frère s'était fait agresser. Il avait voulu m'en parler, mais j'avais refusé de répondre au téléphone, et n'en avais eu vent que par ma grand-mère. Il avait été hospitalisé plus d'une semaine, et ça ne m'avait fait ni chaud ni froid. Il avait eu du bol que je n'aie pas prié pour sa mort.

Un des hommes en noir péta les plombs. Je retins mon souffle en le voyant cogner Martin, abattre son poing de multiples fois tandis que le badge argenté de mon frère scintillait.

La vache.

Pas besoin de voir son visage pour savoir de qui il s'agissait.

Un autre s'approcha de derrière la caméra, le premier type se retourna, et…

Le cœur serré, je le regardai soulever son masque.

Will.

Non.

Avec un sourire suffisant, il éteignit la caméra. La gorge nouée, je fis défiler les commentaires. Il y en avait tellement. La vidéo avait été postée partout.

Absolument partout. Tout le monde savait ce qu'il avait fait.

— Mon Dieu, dis-je à mi-voix.

Je quittai la page pour revenir sur la précédente. J'aperçus une vidéo de Damon et Winter Ashby ensemble dans une douche, en train de se galocher, et la signalai aussitôt à Instagram.

Elle était mineure. Qui avait publié ces saloperies ?

Quelqu'un avait-il mis la main sur leur téléphone ?

La première vidéo avait été publiée une heure plus tôt, à partir d'un compte fantôme semblait-il, et l'unique personne que je n'y voyais pas était Michael.

J'enlevai mes écouteurs, composai le numéro de Martin. Il était plus de 1 heure du matin ici, il devait donc être 4 heures passées à Thunder Bay.

Comme il ne répondait pas, je rappelai aussitôt. Toujours pas de réponse. J'hésitai un instant, puis tentai Will.

Là encore, pas de réponse.

Bon, il n'était peut-être pas encore réveillé.

Je restai médusée, pendant que mon téléphone se mettait à vibrer à mesure que les gens de chez moi apprenaient la nouvelle en se réveillant. D'anciens camarades de classe qui tenaient sûrement à être les premiers à m'alerter au sujet de la vidéo avec Martin.

J'inspirai et expirai. Ça allait bien se passer.

Pas vrai ? Ils allaient s'en tirer.

Mais alors que cette pensée se formait dans mon esprit, je sus que c'était faux. Le responsable de ces publications cherchait à les accuser publiquement. Même s'ils s'en tiraient sans inculpation, ils se feraient virer de leurs universités.

Ce qui vaudrait à leurs familles une humiliation d'ampleur.

Michael.

Pourquoi ne se trouvait-il dans aucune d'elles ?

La personne qui avait posté ces vidéos détenait le téléphone. Michael y était forcément. C'était plus ou moins lui, le chef.

Progressivement, je commençai à comprendre. C'était soit Michael qui les avait publiées, soit quelqu'un qui ne voulait pas lui attirer d'humiliation.

À lui, ou à sa famille.

Je respirai à peine, submergée par trop de pensées qui me brûlaient la gorge tandis que mon esprit cernait enfin la situation.

On ne pourrait plus fermer les yeux sur leur comportement si ces vidéos étaient partagées au bon endroit, tu ne crois pas ? Tu imagines la honte ?

Oh ! non.

Je fermai les yeux et expirai longuement.

Merde.

Le taxi arriva à Thunder Bay plusieurs heures plus tard, dépassant à peine les trente kilomètres-heure avec tout ce monde qui grouillait dans les rues.

On se serait crus à Mardi Gras, sauf que personne ne souriait.

Des caméras, des équipes de journalistes… Will allait se trouver au centre de tout ça. Son grand-père était sénateur.

Nous entrâmes dans le village, où le Sticks était bondé et les trottoirs, noirs de monde. Tous avaient envie d'être au centre de l'action, et il y avait même des enfants qui déambulaient.

C'était ma faute. Seigneur, qu'avais-je fait ?

Voyant que je n'arrivais à contacter personne, je n'avais même pas pris le temps de faire mon sac. Je m'étais habillée à la hâte et j'avais traîné Thea hors de la douche pour m'amener à l'aéroport.

Je n'avais pas pu avoir de vol avant 6 heures du matin, heure locale, et il était désormais 18 heures à Thunder Bay. J'avais pu suivre les événements sur mon téléphone en escale à Chicago.

Ils avaient été arrêtés.

Martin était sûrement aux anges.

Je regardai à la ronde. Autour de moi, des gens que je ne reconnaissais pas erraient dans les rues. Je tâchai de déglutir quelques fois, malgré ma gorge sèche. Tout ce que je voulais, c'était qu'il sorte. Qu'il retourne à la fac.

Will.

Puis, l'odeur m'assaillit.

Un feu.

Je tournai la tête pour repérer ce qui brûlait, et mon regard s'arrêta sur le ruban jaune déroulé sur la butte.

Mon estomac se noua.

— Arrêtez-vous, soufflai-je.

Le chauffeur poursuivit.

— Arrêtez-vous ! criai-je en cherchant de la monnaie dans ma poche.

Le taxi s'immobilisa. Dehors, les gens parlaient et hurlaient. Je jetai l'argent sur le siège avant et bondis de la voiture pour traverser la rue et fendre la foule.

Je levai les yeux tout en gravissant la petite pente. Le bois calciné, le toit effondré, les débris de partout.

Mon belvédère.

Pourquoi... Qui... ?

Je tournai sur moi-même, contemplai le village et remarquai les planches clouées sur ce qui avait été autrefois la vitrine de la bijouterie Fane.

Que s'était-il donc passé la veille ?

Les larmes me montèrent aux yeux, mais je les essuyai rageusement et fonçai vers le bas de la pente pour zigzaguer entre les passants jusqu'à avoir l'impression de ne plus pouvoir respirer.

C'était moi qui avais construit ça. Rien d'autre n'avait brûlé. Pourquoi ce belvédère ?

À croire qu'on avait voulu m'effacer de cette ville.

Je me mis à courir, pris à droite dans une rue plus calme et filai vers le poste de police.

J'ouvris la porte brutalement, forçai un chemin entre tous les gens qu'il y avait à l'intérieur et dépassai l'accueil pour me diriger vers les bureaux du fond.

— Emory ! aboya-t-on.

Je fis mine de ne pas entendre. Sûrement un flic qui me disait que je n'avais pas le droit d'entrer.

— Emmy ! cria un autre.

Je plaquai les mains sur les deux battants de la porte et fonçai vers le bureau de mon frère.

Il était vide. Je considérai Bryan Baker, qui regagnait sa table avec un café.

— Il est où ?

— Aux chiottes, répondit-il en buvant une gorgée. Assieds-toi.

Je partis, longeai le couloir et fis irruption dans les toilettes des hommes.

J'étais en nage, hors d'haleine, sur le point d'exploser. Ce n'était pas son jour. Il ne gagnerait pas.

Martin était debout à l'urinoir. Visiblement, personne d'autre ne s'y trouvait.

Je le fusillai du regard alors qu'il tournait lentement la tête vers moi.

Il n'avait pas l'air surpris de me voir.

Une cicatrice s'étirait sur sa mâchoire.

— Tu me déçois, affirma-t-il en se retournant pour finir. Tu aurais eu des milliers de raisons pour revenir à Thunder Bay, et c'est celle-là que tu choisis.

Il remonta sa fermeture Éclair et boucla sa ceinture.

— Tu n'es pas venue me voir l'été dernier quand je me suis retrouvé à l'hosto.

— Relâche-les, ordonnai-je.

Il se dirigea vers le lavabo avec un petit rire, puis ouvrit le robinet et fit mousser le savon sur ses mains.

Je m'approchai.

— La vidéo a été trafiquée, décrétai-je en gardant mon calme. Quelqu'un a fait un montage avec leurs visages. Après tout, qui serait assez bête pour se montrer en train de commettre un crime aussi atroce ?

Il haussa un sourcil en écoutant la petite histoire que j'avais inventée dans l'avion.

Je croisai les bras.

— Enfin, pourquoi avoir porté des masques pour commencer ? Les Grayson, les Mori et les Torrance payeront n'importe quel expert pour appuyer cette histoire, et je suis sûre qu'ils te seront très reconnaissants de bien vouloir soutenir leurs familles.

Il se rinça les mains, un petit sourire aux lèvres.

— Et Griffin Ashby ? revint-il à la charge. Je suis censé ne pas tenir compte du fait qu'il veut justice pour sa fille ?

— Elle a seize ans, grondai-je à voix basse. Pas douze. Cette loi est risible. Damon ne l'a pas forcée.

Personne n'aurait pu dire le contraire. C'était évident sur la vidéo.

Certes, il était un peu pervers sur les bords, et il savait se montrer insistant. Il avait peut-être profité d'elle. Elle était aveugle, alors…

Mais mon frère était mal placé pour défendre les jeunes filles.

— Ces accusations ne tiendront pas, affirmai-je en continuant de m'approcher. Tu ne réussiras qu'à faire de toi l'ennemi.

Il attrapa des serviettes en papier et se sécha les mains tout en écoutant, trop à l'aise. Pourquoi était-il aussi calme ?

Il avait beau être sûr de lui, Martin n'aimait pas que je lui réponde. Que se passait-il ?

— La ville est dans tous ses états, lâcha-t-il d'une voix songeuse en me considérant avec une lueur dans les yeux. Tu as vu les rues ? Leurs héros sont morts. C'est magnifique.

Il éclata encore de rire et jeta les serviettes à la poubelle.

— J'ai collé tous ces petits merdeux dans des cellules. Mis à part Crist. Ma patience a fini par payer. Il ne me reste plus qu'à patienter un peu plus.

Que voulait-il dire par là ? Savait-il qui avait publié ces vidéos ?

— Je vais dire la vérité à tout le monde, annonçai-je. Je vais leur raconter tout ce que tu m'as fait. Will Grayson et Kai Mori seront des héros.

Il s'approcha, et je reculai d'un pas.

— Viens avec moi, Emory, lança-t-il. Je veux te montrer quelque chose.

Il passa devant moi et quitta les toilettes des hommes. Le ventre noué par la peur, je n'arrivais plus à déglutir.

Trop calme. Il ne l'était jamais à ce point.

Je pivotai sur les talons et le suivis dans le couloir.

Il n'avait pas cillé en m'entendant parler. Allait-il vraiment inculper le petit-fils d'un sénateur pour lui avoir flanqué la correction qu'il méritait ?

Il ouvrit une porte sur la gauche et entra dans une pièce sombre. Je m'arrêtai et glissai un regard à l'intérieur.

De l'autre côté d'une cloison en verre trônait une table où quelqu'un était menotté.

J'entrai à mon tour. Dans la pièce d'à côté, Will était assis, attaché seul à une table. Kai et Damon, eux, n'y étaient pas.

Je me précipitai vers la cloison et y pressai le bout de mes doigts.

Il avait une mine épouvantable.

Cependant, un parfum de bergamote et de cyprès bleu m'enivra comme si on avait été hier et qu'il se tenait juste à côté de moi.

Haletant, je contemplai les poches sous ses yeux, sa bouche qui avait perdu son sourire.

— Je vais raconter à tout le monde que tu es amoureuse de lui, décréta Martin. Que tu dirais n'importe quoi pour le protéger. Je suis sûr de pouvoir trouver des témoins pour confirmer les une ou deux fois où vous vous êtes galochés. Le Cove. Le bus scolaire, c'est bien ça ?

Je dévisageai Will. Je m'étais doutée que quelqu'un nous avait vus courir à travers le parking cette nuit-là.

— Et toi, tu as des preuves de tes accusations ? questionna Martin. Des témoins ? Des photos ?

Je serrai les poings. Il vint se tenir à côté de moi pour regarder Will à son tour.

— C'est lui qui a incendié ton belvédère, Em, révéla-t-il d'une voix calme, étudiée. Ces deux dernières années, il a baisé tout ce qui bougeait, sniffé tout ce qui se sniffait, bu tout ce qui pouvait lui permettre de sombrer dans l'oubli.

Les dents serrées, je fixai Will. *Lève le visage. Laisse-moi voir tes yeux.*

— Et toi, tu veux toujours être sa pute, espèce de sal…

Je grondai.

— Leurs avocats vont les sortir de là, l'interrompis-je. Toute la ville est de leur côté, et les autres sont du côté de leurs pères. Personne ne veut les voir payer.

Il ricana, puis soupira.

— Ce sont les plus proches qui nous trahissent les premiers.

— Comment ça ?

Il continuait de regarder par la vitre.

Que savait-il ?

— Qui a téléchargé ces vidéos ? insistai-je.

Il se contenta d'esquisser un petit sourire.

Il se tramait quelque chose. Au-delà du fumier qui avait mis la main sur ce téléphone.

Je reportai mon attention sur Will. Il s'était calé dans son siège et fixait la table d'un regard vide.

Il avait brûlé mon belvédère.

Il me détestait. Il ne voulait me voir nulle part dans cette ville.

Mes yeux s'embuèrent. Soudain, Martin me fourra une enveloppe dans les mains.

— Qu'est-ce que c'est que ça ?

Je l'ouvris et en sortis un document.

— Je n'arrive plus à gérer, affirma-t-il. Maintenant, elle est à toi. Tu veux ta liberté, tu l'as. Prends-la.

Quoi ? Je parcourus le document. On me transférait la tutelle pour ma grand-mère, il me suffisait de signer.

C'était la seule emprise qu'il exerçait encore sur moi, l'unique raison qui me forçait à le côtoyer encore. Pourquoi la céderait-il ?

— Rends-moi aussi mon argent, exigeai-je.

Sans ça, je ne pourrais pas m'occuper d'elle.

Mais il m'adressa un sourire méprisant.

— Je ne sais pas de quoi tu parles.

Je secouai la tête. La maison de retraite coûtait plus de 7 000 dollars par mois. Même en lâchant la fac et en prenant trois boulots, je ne parviendrais jamais à régler cette somme tout en subvenant à mes besoins.

Et je n'avais pas les fonds nécessaires pour le traîner en justice. Allez savoir où il avait caché le reste de mon argent. Il s'était volatilisé.

Il s'approcha de la table, ramassa une autre enveloppe, blanche celle-ci. Il la déchira et en sortit le contenu, qu'il jeta sur la table. Je reconnus aussitôt les polaroïds qui se déversaient en éventail.

— J'ai trouvé ta planque derrière les livres cartonnés.

Son regard croisa le mien, et je restai sans bouger, serrant les documents dans ma main à défaut de l'étrangler.

Il s'empara d'une photo de moi, celle où j'avais les côtes couvertes de bleus après qu'il m'avait rouée de coups de pied quand j'avais quinze ans.

— Tu sais, c'est vrai, je m'en veux un peu, avoua-t-il. Quand je vois tout ça, tu as l'air d'avoir traversé un véritable enfer.

J'avais pensé prendre les photos avec mon téléphone. Impossibles à détruire avec le *cloud*, faciles à envoyer et à recevoir numériquement.

Mais il vérifiait mon téléphone. Alors, pendant un temps, j'avais conservé une trace des maltraitances pour les mauvais jours à l'aide d'un vieux polaroïd. Au début, quand je m'étais crue futée et que j'avais imaginé m'en servir le jour où je prendrais la fuite.

À dix-sept ans, j'avais cessé d'accumuler des preuves. Je m'étais contentée de me cramponner à la vie du mieux que je pouvais.

— Quand je suis tombé dessus, ça m'a agacé, déclara-t-il en faisant le tour de la table pour ramasser un des clichés et l'étudier. Mais tout est une occasion à saisir, pas vrai ?

Je plissai les yeux, froissai le papier dans mon poing.

— Je ne vais pas suivre ton conseil, conclut-il en jetant la photo sur la table et en glissant les mains dans ses poches. Ils vont être inculpés, mais le procureur va suggérer une négociation de peine.

— Va te faire foutre ! grinçai-je. Ils ne négocieront rien du tout. Ils vont forcément gagner.

— J'ai presque l'impression que c'est ce que tu veux.

Contre lui ? Oui, tu m'étonnes. Ce qu'ils feraient après, ça ne me concernait pas. Je quittais la ville le soir même.

Je n'aurais pas de quoi faire en sorte que grand-mère reste à l'Asprey Lodge, mais j'avais travaillé assez dur pour lui payer un endroit correct à San Francisco. Tout ce qui comptait, c'était qu'on soit libres.

Martin s'approcha de moi, sortit son téléphone de sa poche et appuya sur quelques touches.

Puis il me le tendit, mais je ne le pris pas. Je scrutai l'écran. Une personne portant un masque blanc rayé de rouge – Will – reculait le bras pour jeter sur mon belvédère une bouteille d'alcool coiffée d'un chiffon enflammé.

La caméra tremblait, cependant j'entendis le verre se briser et puis des flammes rugir de partout tandis qu'on effectuait un zoom arrière pour voir la scène en entier : mon œuvre, consumée par le feu.

Je me détournai pour contempler Will à travers la vitre.

— C'est fini, affirma Martin. La fin d'une ère. Ils plaideront coupables. Ils ne nieront pas les accusations. Et toi, tu vas m'aider à m'en assurer.

Je secouai la tête. Jamais de la vie.

— Ils partiront quelques années, poursuivit-il. Juste le temps qu'il me faudra, à mes associés et moi, pour reprendre la ville. Après, ils pourront revenir.

— Et qu'est-ce qui te fait croire qu'ils ne nieront pas ? m'emportai-je en me retournant vers lui. Tu es dingue.

— Parce que, dans ce cas, lâcha-t-il en s'approchant, je me verrais contraint de dévoiler un scandale bien plus important. Ils ont persécuté des femmes au lycée. Ils les ont agressées. Rouées de coups. Forcées à descendre dans les catacombes pour satisfaire leurs désirs pervers. Ce ne sont pas des garçons. Ce sont des démons.

Je ris dans ma barbe. Il était vraiment cinglé. J'aurais été la première à admettre qu'ils abusaient de leur pouvoir, mais après avoir aidé l'un d'eux à dissimuler un corps, je savais désormais que les gens étaient bien plus complexes qu'on le croyait.

Le monde m'avait paru noir et blanc jusqu'à ce que je comprenne qu'il ne s'agissait que de mon point de vue. Je jugeais, parce que réfléchir était trop difficile.

Ils n'étaient pas malfaisants.

— Toutes les filles ne se manifesteront pas, mais on a un dossier pour l'une d'elles.

Il s'approcha de la table et étala mes instantanés comme s'il s'agissait de preuves.

— Je suis sûr que d'autres suivront.

Je le regardai pousser une feuille sur la table et poser un stylo dessus. Je m'en emparai pour la lire.

— Elle signera ce document attestant la validité de sa déclaration, affirma-t-il.

Je cessai de respirer, commençant à comprendre.

— Même si on ne trouve rien, les accusations suffiront à détruire leurs existences, ajouta-t-il.

Je parcourus la déclaration qui expliquait en détail comment les gars m'avaient « brutalisée » et forcée à entrer dans les catacombes de St Killian's, puis…

Ah, et voilà des photos prouvant ces violences physiques.

Seigneur. Il allait se servir de mes clichés comme preuves contre eux.

— J'aimerais que tu meures, soufflai-je, les yeux pleins de larmes.

— « Mais je peux tout faire disparaître, M. Mori, reprit-il. Et M. Torrance et M. Grayson. Ils ont fait une connerie. Ils sont jeunes. Ils feront un peu de taule, ils sortiront, et puis ils reprendront le cours de leur vie. Je me débrouillerai pour qu'elle se taise. Peut-être avec une petite contribution monétaire pour rendre l'offre plus alléchante ? »

Je ravalai la boule dans ma gorge. *Non.* Il pouvait essayer, mais ça n'arriverait pas. Jamais je ne le laisserais se servir de moi de cette manière.

— « Enfin, c'est presque une bénédiction en fin de compte, enchaîna-t-il. Si on la laissait s'exprimer, la situation pourrait vraiment empirer pour vos fils. »

— Va te faire foutre.

— Signe.

— Va te faire foutre !

Il m'agrippa l'arrière de la tête et la plaqua sur le document en me fourrant le stylo dans le visage.

Je grondai et m'écartai de la table.

— Signe, et tu es libre, cracha-t-il alors que je reculais vers la vitre. Tu n'as pas à te sentir coupable. Ce qu'on voit sur ces vidéos n'est qu'un fragment de ce qu'ils ont fait, Emory. Ils ont profité des gens d'ici. Ils s'en sont tirés d'innombrables fois, grâce à leur fric et leurs noms de famille.

Je pivotai pour contempler Will, qui était toujours assis à la table. Où était son avocat ?

Je ne… Je ne te ferai pas de mal. J'étais secouée de sanglots. *Je ne te ferai plus jamais de mal.*

— Pense à toutes les femmes avec lesquelles il a été, rappela Martin. Toutes ces années qu'il a gâchées en étant un fardeau pour sa famille, à ne jamais rien faire ni vivre pour quoi que ce soit d'important. Pour quoi que ce soit de plus grand que lui. Il t'a prise, Em. Il ne fait que ça, prendre. Il baise à tour de bras et il t'oublie complètement.

Je fermai les yeux, sur le point de me couvrir les oreilles.

— Ils méritent de subir les conséquences. Tu sais que j'ai raison. Ils ont tout de même commis des crimes.

Non. Si ça finissait par arriver, tant pis, mais je refusais d'aider Martin à les envoyer derrière les barreaux.

— Ces vidéos n'étaient pas les seules sur ce téléphone, tu sais ? insista-t-il. S'ils étaient pauvres, ils auraient déjà fait de la taule une dizaine de fois.

Je me figeai. Mon pouls battait dans mes oreilles.

Le téléphone…

— C'est avec ça qu'ils filmaient leurs mauvais tours, pas vrai ? s'obstina-t-il. Un téléphone portable ?

Je le regardai, les joues mouillées de larmes.

Il haussa les épaules et feignit la compassion.

— Si d'autres vidéos devaient surgir… Incendie criminel, agression, cambriolage, vol de voitures, effraction, déviations sexuelles… Je ne peux qu'imaginer les vidéos qui n'attendent que d'être publiées sur Internet.

Je me levai et, prise de haut-le-cœur, me dressai de toute ma hauteur en continuant de le dévisager.

Non.

Il attrapa une autre feuille de papier sur la table et me la tendit. Il s'agissait d'un chèque de plus de 37 000 dollars adressé à mon nom.

— Le solde de ce qui reste, expliqua-t-il. Et tous les pouvoirs te seront transférés. Tu n'as qu'à signer. Tu peux la prendre, et on n'aura plus jamais à se revoir. Tu seras en mesure de lui payer des soins de première qualité. Ils ne sauront même pas que c'est toi sur les photos. On n'y voit jamais ton visage en entier de toute façon, et ce ne sera pas sur la déclaration officieuse que je vais leur apporter.

Je fixai le chèque.

Il me donnait ce que je voulais. Je pourrais installer ma grand-mère dans un endroit plus près de moi, payer pour ses soins jusqu'à la fin, et je n'aurais pas à interrompre mes études.

Je plaquai les paumes sur la vitre, sentant de la chaleur alors que tout le reste était froid.

Il n'avait pas tort, au fond. J'avais entendu dire que Will déraillait complètement. Même lors de sa dernière année au lycée, on m'avait raconté qu'il se défonçait tout le temps. Rentrerait-il dans le droit chemin à moins d'y être contraint ?

Tout ce que je voulais, c'était étudier et m'occuper de ma grand-mère. Je méritais de connaître quelques bonheurs, je m'étais battue assez longtemps pour ça. Si je ne donnais pas mon accord, il irait sans doute en taule quand même, et plus longtemps. Peut-être Martin savait-il vraiment qui avait téléchargé les vidéos ? Et s'il disait vrai, et qu'il pouvait l'inciter à en publier d'autres ?

J'agrippai le bout de papier. Tous mes désirs étaient à portée de main. Je n'avais qu'à signer.

Ce que je ne ferais jamais.

— Je veux que tu meures, chuchotai-je.

Il resta sans rien dire.

— Tu sais à quoi ressemble l'intérieur d'une maison de retraite une étoile ? demanda-t-il enfin.

Je fermai les yeux et visualisai Damon Torrance, la main enroulée autour de la gorge de sa mère. J'arrivais presque à le sentir.

J'avais envie de savoir ce que ça faisait.

— Parfois, les patients écopent de bleus qu'ils ne devraient pas avoir, ou on les retrouve baignant dans leurs propres besoins depuis des heures, poursuivit-il. Elle ne sait pas ce qui se passe la plupart du temps, alors elle ne s'en rendra même pas compte.

Mon sang s'échauffa et tous mes muscles se tendirent.

— Tu bluffes, soufflai-je. Même toi, tu ne lui infligerais pas ça.

Du coin de l'œil, je le vis se tourner vers moi.

— On l'a transférée là-bas ce matin, annonça-t-il.

Je fis volte-face et, avec un hurlement féroce, lui poussai sur le torse des deux mains avant de lui enfoncer un genou dans l'entrejambe.

— Espèce de salaud ! criai-je.

Il s'effondra par terre. Comme si mon corps bougeait de lui-même, je reculai la jambe pour le frapper, mais il bondit et la saisit en m'entraînant au sol.

Il m'agrippa la nuque et me pinça la chair à la taille. Je lâchai un cri et le mordis au visage.

Il hurla, et je lui décochai un crochet du droit en pleine figure avant qu'il m'attrape le col pour me gifler.

Je m'écrasai de nouveau au sol, puis me relevai en toussant, sentant la brûlure cuisante gagner mon visage.

Je balançai la jambe en arrière et lui flanquai un coup de pied dans la tête, sans hésiter un seul instant avant de le refaire. Encore. Et encore. Le goût du cuivre m'emplit la bouche et du sang dégoulinait de la sienne. Il voulut se relever à genoux mais retomba en arrière.

Jamais plus tu ne poseras la main sur moi.

Contrairement à Damon, je savais comment cacher un cadavre.

Je tirai la chaise sous la table et m'assis. Les yeux noyés de larmes silencieuses, les dents couvertes de sang, j'attrapai la déclaration et le stylo.

Je pressai le bouton à son extrémité et levai les yeux vers Will, de l'autre côté de la vitre.

J'essayai de me dire toutes sortes de choses pour dédramatiser la situation.

S'ils n'étaient pas ce qu'ils sont, ils iraient en taule de toute façon.

Je suis en train de les sauver. La publication d'autres vidéos aggraverait les accusations.

Ils ont commis des crimes, après tout. Et il en existe plein d'autres que tout le monde ignore.

Mais, quoi que je me dise… ce que je faisais était mal.

Je griffonnai mon nom en bas de la déclaration qui persuaderait leurs familles de plaider coupable histoire de ne pas risquer d'autres accusations. Je la poussai sur la table, me levai, ramassai le chèque et le document m'accordant les pouvoirs pour ma grand-mère, et m'approchai de la vitre. Honteuse, je me détournai de mon propre reflet.

— Certains de nous seront toujours des victimes collatérales, lui murmurai-je. Des barreaux sur une échelle qui permettent à d'autres de grimper.

Il leva brusquement le visage, et on aurait dit qu'il me regardait droit dans les yeux. Comme s'il pouvait me voir.

— Il y a des gens qui ne peuvent pas empêcher ce qui leur arrive, déclarai-je. Ils sont simplement nés au mauvais endroit, au mauvais moment, avec les mauvaises personnes.

Will méritait sa vengeance.

Je venais de le jeter dans la fosse aux lions pour acheter les derniers jours de ma grand-mère.

— J'attendrai ta venue, lui soufflai-je.

Je sentis mon frère se lever en reniflant.

— Rentre bien, articula Martin. Tu ne me reverras plus.

J'ouvris la porte à la volée et quittai la pièce sans me donner la peine de nettoyer le sang sur mon visage.

On se reverra. Will viendrait se venger de nous deux.

33

Will

Présent

— On a fait subir tout ça à Rika et à Winter pour rien ! grondai-je. Pendant des années, on a cru que c'était à cause de ces foutues vidéos, alors que c'était à cause de toi ! C'est moi qui ai infligé ça à mes amis. C'est moi qui t'ai introduite dans leurs vies.

Je n'en avais rien à foutre de l'histoire qu'elle venait de nous raconter. Je savais que l'idée ne venait pas d'elle. Je savais qu'elle n'avait rien contre nous.

Seulement, elle ne s'était pas préoccupée de moi. Comment avait-elle pu laisser croire que je lui avais fait subir tout ça ?

Je m'approchai.

— As-tu une seule idée de ce qu'on peut vivre en prison ? lui demandai-je, alors qu'Alex et moi nous tenions dans nos vêtements trempés et qu'Emmy baissait les yeux, les cheveux dans le visage. Tu aurais pu faire quelque chose, n'importe quoi. Tu aurais pu tout me raconter. Tu aurais pu venir me voir avant de signer ce fichu document, et j'aurais envoyé ta grand-mère dans la meilleure maison de retraite du pays ! m'agaçai-je en criant de plus en plus fort. Mes parents auraient payé pour tes études. Tu n'avais pas à agir seule !

Des années étaient passées. Si elle s'en était voulu, la culpabilité l'aurait tellement rongée qu'elle aurait fini par cracher le morceau. Mais non. Je l'avais appris par mon grand-père qui, évidemment, avait tout compris depuis le début. Je n'arrivais pas à croire que lui, ses parents et ceux de Kai ne nous aient rien dit sept ans plus tôt. Ils avaient sûrement su qu'on protesterait, et avaient tenu à ce qu'on écope d'une peine plus légère.

Dans un silence de mort uniquement rompu par le sifflement du train, je vis son menton trembler.

— Quoi, tu vas chialer ? m'agaçai-je.

Encore ?

J'allais lui donner, moi, de quoi pleurer pour de vrai. Je comprenais la position dans laquelle Martin l'avait mise. Je compatissais.

Mais bon sang, elle était aveugle ou quoi ? Elle n'aurait eu qu'à me le dire. À s'appuyer sur moi. À demander de l'aide.

— Regarde ce que tu as fait de moi, repris-je en frappant mon torse couvert de tatouages illustrant mon foyer et la vie que j'avais gâchée avant même d'aller en taule. C'est toi la responsable, lui hurlai-je au visage. Toi !

Elle tressaillit. À cet instant, quelqu'un me poussa en arrière et je trébuchai.

Micah se glissa entre nous. Rory se joignit à lui et tous deux me dévisagèrent, comme en guise d'avertissement.

Que foutaient-ils ? Je les considérai d'un regard noir, tandis que mes gars – *mes gars* – se tenaient à présent devant elle et non derrière moi.

Ce n'est pas croyable.

Je jetai un coup d'œil entre leurs épaules pour capter le regard d'Emmy.

— Je t'ai tellement cherchée, lui confiai-je. Dans ma tête, après toutes ces années. Même après que tu m'as largué comme une merde, je n'ai jamais pu cesser de t'aimer, malgré tout ce que je buvais et sniffais. Mon esprit te cherchait toujours.

Figée, elle me dévisageait sans ciller.

— Quand je ne trouvais aucune raison de sortir du lit, que mes amis tombaient tous amoureux, qu'ils faisaient des bébés, que je me sentais tellement seul…

Je m'étranglai avec les larmes qui me nouaient la gorge.

— À ton avis, quelle est l'unique pensée qui me permettait de respirer ? lâchai-je d'une voix plus dure. Dans ma tête, je te cherchais. Je n'ai jamais cessé de te chercher.

Elle n'avait jamais contredit son frère quand il avait raconté à ma famille que, non seulement je ne l'aimais pas, mais je l'avais passée à mes copains pour qu'ils profitent d'elle comme si elle n'était rien.

Alors qu'elle était tout.

— Dégage, grondai-je. Et si tu veux te barrer du train, vas-y. Retourne le voir.

Je ne te chercherai plus.

Elle resta un instant sans bouger, à promener son regard sur chaque personne autour d'elle, se demandant sûrement comment sauver les apparences ou je ne sais quoi.

Et puis…

Elle tourna les talons, encore vêtue du T-shirt et du boxer d'Aydin, et ouvrit la porte coulissante pour passer dans le compartiment voisin.

Dès qu'elle fut partie, le silence s'abattit sur la pièce avec la force d'un trente-huit tonnes.

Au bout d'un moment, quelqu'un me prit dans ses bras. Tous mes amis se pressèrent autour de moi pendant que Winter me serrait contre elle.

— Tu vas bien ? s'inquiéta-t-elle. Qu'est-ce qui s'est passé là-bas ? Qu'est-ce qu'elle faisait là ?

Je ne pouvais pas parler. J'étais à peine capable de respirer.

Misha me tira vers lui pour m'enlacer à son tour.

— Qu'est-ce qu'on peut faire ? questionna-t-il. De quoi as-tu besoin ?

Puis, Damon.

— Tu es sûr que ça va ?

Je levai les mains, en nage, le ventre noué de les savoir tous aussi près.

— Je ne peux pas, marmonnai-je en reculant. Je… Pas tout de suite, d'accord ?

Mais Michael m'attrapa malgré tout.

— Tu vas bien ?

Je m'écartai en grondant.

— Ne me touche pas, rugis-je en secouant la tête tandis que la pièce tournait autour de moi. Arrête.

— D'accord, souffla-t-il en me lâchant. Désolé.

Tous reculèrent en silence. Je sentais le poids de leurs regards sur moi, et ceux qu'ils échangeaient entre eux. Ils ne comprenaient pas, et je ne pouvais rien leur expliquer pour l'instant.

Je me frottai les yeux, sentant sur mes mains l'odeur familière du cellier laissée par la corde avec laquelle j'avais ligoté Aydin.

Aydin.

Je portai mes mains à mon nez et humai l'odeur de la maison.

Je n'étais pas prêt. J'aurais dû être encore là-bas. Je n'aurais pas dû partir.

— Je vais passer quelques coups de fil, annonçai-je en me dirigeant vers la porte.

Nous nous trouvions à cinq wagons au moins de la locomotive. Avec un peu de chance, Emmy se planquait quelque part où je n'aurais pas à la voir. J'étais tellement en rogne que j'aurais pu l'étrangler.

— Ton nom est sur la porte de ta cabine, m'annonça Ryen, prenant enfin la parole. Tu y trouveras des vêtements.

Je fis coulisser la porte, me prenant de plein fouet le vent et le bruit des roues sur les rails.

— Pourquoi il a fait ça ? interrogea Winter avant que j'aie pu partir.

Je m'immobilisai.

— Qui ça ? demanda Banks.

— Martin Scott.

Je laissai la porte se refermer. Le calme revint dans la pièce.

— Si Emory dit vrai, poursuivit Winter, pourquoi a-t-il fait tant d'efforts pour tous vous mettre en taule ? À Thunder Bay, l'argent est roi. Votre présence, ou votre absence, n'aurait rien changé à sa carrière.

Ses paroles flottèrent dans le silence qu'elles provoquèrent.

— À moins qu'il collabore avec des gens qui ont du pouvoir, intervint Banks. Des gens qui voulaient vous voir derrière les barreaux.

Mon ventre se nouait de plus en plus.

— Tu as entendu ce qu'elle a dit, renchérit Kai. Il avait aussi des projets pour Michael. Et puis, plus rien. Au final, Michael ne s'est jamais fait choper.

— C'est que Trevor ne voulait pas couvrir sa famille de honte, déclara Misha.

— C'était surtout Evans Crist qui ne voulait pas couvrir sa famille de honte, rectifia Rika.

Je fermai les yeux. Je n'étais pas surpris. Mes amis comprenaient tout en un claquement de doigts.

— L'enfoiré, intervint Michael. Il n'était pas question de Will. Ni de la haine qu'il vouait à Will. Son grand-père allait se représenter aux élections cette année-là. Il a failli perdre à cause de la mauvaise presse.

— Et Kai et Damon ? insista Banks.

Personne ne répondit, et je pris enfin la parole.

— Evans savait que Schraeder Fane avait inclus Damon dans son testament.

En tant qu'exécuteur testamentaire, il devait savoir qui était vraiment Damon.

— S'il avait prévu de marier Rika avec Trevor, il n'aurait pas voulu partager la fortune avec Damon – et, par extension, avec Gabriel.

— Et Katsu Mori s'est vu contraint de quitter les conseils d'administration des banques Mitchell & Young et Stewart, expliqua Rika. Qui, l'une et l'autre, ont aidé à financer les projets immobiliers d'Evans les années suivantes.

— Ce que mon père n'aurait sûrement pas été enclin à accepter s'il avait encore fait partie des conseils, étant donné qu'il déteste ton paternel, dit Kai à Michael.

Enfin, toutes les pièces du puzzle s'assemblaient. Les sept dernières années apparaissaient devant nous en un labyrinthe que nous avions dû compléter ensemble, mais qui faisait sens une bonne fois pour toutes.

Tous ces gens qui s'étaient servis de nous comme de marionnettes pour aboutir à leurs fins, tout ce temps que j'avais gâché en avançant à l'aveugle, me laissant porter par le courant…

J'aurais presque aimé retourner en arrière, à ces nuits à Delcour quand nous en faisions voir de toutes les couleurs à Rika, persuadés que tout était sa faute. C'était si simple à l'époque.

— Alex ? lança Rika. Ça va ?

Je regardai par-dessus mon épaule. Alex n'avait pas parlé depuis que nous étions montés à bord. Appuyée contre une fenêtre, les bras croisés, elle regardait dans le vide.

Au bout d'un moment, elle hocha la tête tout en nous évitant du regard, les épaules voûtées de manière inhabituelle.

— Vous n'étiez que trois à monter dans le train, fit remarquer Damon. Où sont les deux autres prisonniers ? D'après nos recherches, vous étiez cinq.

Mais ni Alex ni moi ne répondîmes.

Elle était comme hébétée, complètement défaite.

Elle ne le reverrait plus jamais.

Elle se redressa, se racla la gorge et fit craquer ses jointures.

— J'ai besoin de m'entraîner à la boxe, déclara-t-elle. Tout de suite.

— Rika ou moi ? demanda Banks.

Elle fila vers la porte où je me tenais.

— Vous deux.

Elle passa devant moi et quitta la voiture, talonnée par les filles, dont Rika qui tenait Winter par la main.

Je n'hésitai qu'un instant avant de rouvrir la porte.

— Il faut que j'aille passer ces coups de fil, affirmai-je en partant.

Mais la voix de Michael s'éleva derrière moi.

— Est-ce que quelqu'un de la maison va nous prendre en chasse ?

Je ne me retournai pas, et ne répondis pas. Aydin Khadir était le numéro six cent cinquante-trois sur ma liste de problèmes, et je n'en étais qu'au quatrième.

Je mis fin à mon quatrième appel et reposai le téléphone tout en quittant mon siège. Je portais encore mon jean à moitié mouillé, mais au lieu d'aller me doucher ou d'enfiler la tenue qu'on avait étalée pour moi sur le lit, je regardai par la vitre.

La nuit s'étirait et, à l'horizon, la mer était calme et noire. Je serrai le poing.

Martin Scott était un homme mort. Il méritait de pourrir dans une tombe sans nom au milieu des bois où il serait seul et oublié.

L'enfer qu'il avait fait vivre à Emmy...

J'étais déçu et en colère contre elle, mais j'avais beau ne pas vouloir l'admettre... Je comprenais un peu pourquoi elle avait cru ne pas avoir le choix.

La seule erreur impardonnable qu'elle avait commise était d'avoir gardé le silence pendant des années.

Elle aurait dû venir nous chercher. Comment avait-elle pu vivre ainsi ?

Je ne voulais plus la faire souffrir. Je voulais seulement qu'elle sorte de ma vie pour de bon. Il était à présent évident que nous n'étions pas faits pour être ensemble et qu'elle n'était pas l'une de nous.

J'étais prêt à vivre.

On frappa à ma porte et je me tendis en l'entendant s'ouvrir derrière moi.

— Ohé, lâcha Misha en refermant derrière lui.

Je pris une grande inspiration avant d'expirer. Avec lui dans la pièce, j'avais l'impression que les murs se refermaient sur moi. Nous avions toujours été proches, malgré la différence d'âge, mais ça ne me plaisait pas qu'il se soit retrouvé dans cette affaire. Il n'aimait pas les embrouilles, et il détestait mes amis.

Ça faisait longtemps que je ne l'avais pas revu. Trop longtemps.

Je pivotai vers lui pour l'étudier. Un tatouage pointait le nez au-dessus de sa clavicule, et l'anneau à sa lèvre luisait dans la lueur tamisée.

Il remua les pieds.

— Désolé qu'il nous ait fallu autant de temps pour te trouver, dit-il.

Je regagnai le bureau, pliai la feuille avec les messages que j'avais pris pendant mes coups de fil et la glissai dans ma poche arrière.

— Je ne m'attendais pas à ce qu'on vienne me sauver.

— Tes salauds de parents, marmonna-t-il. Ils…

— Ce ne sont pas eux qui m'ont envoyé là, l'interrompis-je.

Mes parents n'auraient jamais fait ça. Ils ne savaient plus quoi faire de moi, et ils l'avaient bien caché au reste de la famille, mais ils ne m'auraient jamais abandonné de la sorte.

— Grand-père ? devina Misha.

— Ça n'a pas d'importance.

Je n'étais pas prêt à parler de Blackchurch, ni de la raison de ma présence là-bas, tant que je n'étais pas sûr que mon plan allait fonctionner. Je n'étais pas encore sorti d'affaire. En attendant, je resterais muet comme une tombe.

Misha demeurait planté là, aussi dépité que tous les autres. La situation avait changé, et il faudrait du temps pour revenir à la normale. Si ça arrivait un jour.

Il lâcha un petit rire.

— Je crois bien que tu m'avais conseillé de ne pas me faire tatouer là où ça serait visible en costard ? me taquina-t-il.

Je surpris son regard sur mes mains, et contemplai à mon tour l'encre que j'y avais ajoutée lors de cette dernière année d'absence.

Je m'en tenais encore à ce que j'avais dit, mais merde à la fin. Je m'étais fait chier comme un rat mort.

Il s'approcha.

— À la mort d'Annie, tu as été là pour moi, ou du moins autant que je t'ai laissé l'être. Je suis vraiment désolé qu'on ait mis autant de temps.

Ses mains tremblaient un peu, et le chagrin était perceptible dans sa voix.

Je ne parvins pas à parler tout de suite.

— J'avais prévu de rentrer, lui assurai-je enfin. Ne t'en fais pas pour ça.

Il serait furieux quand il apprendrait qui était vraiment responsable. Je ne voulais pas qu'il se sente coupable.

— Tu as changé, commenta-t-il.

J'acquiesçai.

— Oui, j'ai mûri.

— Dommage.

Je levai les yeux vers lui.

— Tu ne t'es jamais rendu compte à quel point tout le monde avait besoin de toi, décocha-t-il, les yeux plissés par un sourire. Toi. Tel que tu étais.

Personne n'avait besoin de moi. Je ne servais à rien.

Mais ce n'était plus le cas à présent. La Nuit du Diable était dans trois jours. Si je parvenais à mes fins, Thunder Bay serait à nous, rien qu'à nous, d'ici quatre jours.

Misha avait l'air de vouloir me prendre dans ses bras, ce qui était bizarre, étant donné qu'il n'était pas du genre affectueux. Il se ravisa, pivota vers la porte de la cabine et l'ouvrit pour partir.

J'aurais bien aimé le suivre, mais… Je ramassai le téléphone et m'apprêtai à passer un autre coup de fil.

Rien ne serait normal avec eux pendant un certain temps. Il fallait que je reste concentré.

Puis, j'entendis la voix de Damon.

— Je dois lui parler.

Je levai subitement le regard et le vis tenter de pousser Misha pour entrer.

— J'aimerais partir, si tu veux bien te barrer de là, cracha Misha.

Damon le bouscula ; je m'avançai d'un pas lourd et agrippai la porte avant qu'il ait pu la refermer.

— Je ne peux pas maintenant, lui dis-je. On parlera plus tard.

— Non…

— Je ne peux pas, insistai-je en le poussant dehors. S'il te plaît, mec…

J'avais le cœur qui battait à toute vitesse, le sang qui bouillait dans mes veines, l'esprit qui partait en vrille. Je me trouvais face à un échiquier plein, et je jouais des deux côtés. Pas de temps à perdre. Il viendrait m'ébouriffer les cheveux plus tard.

— Putain, gronda-t-il. Tu te fous de moi ?

— Je ne vais nulle part, lui assurai-je sur le seuil de la porte tandis qu'il me fusillait du regard. On se voit demain. J'ai besoin de dormir.

Il leva les yeux au ciel et capitula.

— Comme tu voudras, lâcha-t-il en tournant les talons.

Soudain, j'éprouvai une pointe de culpabilité.

— Attends.

Il se figea et se retourna vers moi. Son T-shirt blanc était froissé, et son pantalon noir contrastait avec ses pieds nus et pâles.

Je sentis un sourire s'étirer sur mes lèvres.

— Au fait, comment il s'appelle ?

Son regard s'éclaira.

— Ivarsen.

Ivarsen. Mon cœur se réchauffa un peu. On avait déjà un autre petit garçon dans le groupe. Le fils de Kai, Madden.

La gorge me brûla. Je n'avais pas été là pour l'accouchement de Winter.

— La prochaine génération, hein ?

— Dépêche-toi de nous rattraper, taquina-t-il.

Ouais, c'est ça. Je ne prévoyais pas d'enfants dans un avenir proche, mais… peut-être un jour.

Il commença à partir, et je le retins.

— Où sommes-nous ? demandai-je.

Il croisa de nouveau mon regard.

— Au nord de la frontière, répondit-il. On longe la côte, on va bientôt passer Deadlow Island. On sera rentrés dans la matinée.

Donc, au Canada. Comment avaient-ils dégotté ce train ? Alors il existait un tunnel sous la mer entre Deadlow et Thunder Bay ? Personne ne se risquait à approcher la petite île au large de notre ville, au-delà de Cold Point, car elle était entourée d'un récif infranchissable.

Elle était déserte. C'était du moins ce que j'avais cru.

— Désolé d'avoir mis autant de temps à arriver, s'excusa-t-il. On a dû trouver le moyen d'approcher sans se faire détecter, et une partie des rails étaient en mauvais état.

Pas grave. Je n'aurais pas voulu qu'ils arrivent plus tôt, mais je ne pouvais pas lui dire ça.

— Fais attention à..., hésitai-je. Fais attention à ce qu'elle ne saute pas vraiment du train, OK ?

Elle pouvait être une vraie tête de mule quand elle voulait, et j'étais conscient de ce que je lui avais dit, seulement j'avais été hors de moi. Je ne voulais pas qu'elle meure pour autant.

Je ne voulais pas non plus qu'elle se retrouve aux mains d'Aydin. Il avait déjà eu trop d'influence sur elle en cinq petits jours.

Damon s'efforça de réprimer un sourire suffisant avant de s'en aller, et je refermai ma porte, oubliant le téléphone que je tenais.

Je me traînai jusqu'au lit et passai la main sur le costume noir qu'on y avait disposé. Des frissons me parcoururent l'échine au contact des beaux habits.

Puis, j'aperçus mon masque qui trônait aussi sur le lit. Je l'attrapai, et sa texture familière m'envahit de souvenirs qui chargèrent mes veines d'excitation. Je songeai à tous ces instants que j'avais envie de garder, malgré ceux que je préférais oublier.

L'espace d'une seconde, je me sentis comme le Will d'avant. Je contemplai le masque blanc barré d'une rayure rouge sur le côté gauche, subitement prêt pour mille autres aventures.

Je souris. Que ferais-je d'Emory Scott une fois de retour à Thunder Bay ?

34

Emory

Présent

Je frappai à la porte, persuadée qu'elle me la claquerait à la figure. Mais j'avais besoin d'habits, et je ne connaissais pas assez les autres femmes pour leur en demander.

Comme personne ne répondait, je frappai encore.

— Alex, appelai-je.

Son nom était affiché sur la porte.

Toujours pas de réponse.

Elle dormait peut-être. Je n'avais repéré aucun réveil, téléphone ni ordinateur depuis que je m'étais planquée dans la voiture-restaurant vide, aussi n'avais-je aucune idée de l'heure qu'il était, mais il faisait encore noir.

Je tournai la poignée et entrai dans la cabine, angoissée sans savoir pourquoi.

Elle n'était peut-être pas seule.

Et si elle était avec Will ?

Au fond de moi, je savais que c'était ridicule, mais je ne pouvais pas m'en empêcher.

Le clair de lune filtrait par les vitres et éclairait le petit espace à travers les fins rideaux. Je regardai autour de moi en fermant la porte.

La voie était libre. Je ne perdis pas de temps. Je gagnai sa penderie, l'ouvris et en sortis un jean, une chemise en flanelle et une paire de baskets.

J'avais aussi besoin de sous-vêtements. Je faillis passer outre, mais j'ouvris un petit tiroir dans la commode et repérai de la dentelle.

Mon visage s'enflamma.

Je glissai la main à l'intérieur et caressai la guêpière noire, m'en voulant un peu de ne pas m'être plus amusée avec mon apparence. Quand je vivais à la maison, je n'avais pas voulu que mon frère tombe sur des tenues qu'il n'approuvait pas. Mais, depuis que j'en étais partie, il ne m'était jamais venu à l'esprit de m'y intéresser.

Sans réfléchir, je sortis la guêpière ainsi qu'une culotte assortie et les enfilai avant de passer rapidement le jean noir et de boutonner la chemise bleue à carreaux.

Le train siffla de nouveau, et je regardai par la fenêtre en plissant les yeux. Si seulement j'avais mes fichues lunettes.

Je mis les chaussures, nouai les lacets, et puis trouvai la brosse d'Alex pour démêler mes cheveux.

Toujours prête à tout, elle avait aussi un peu de maquillage et des bijoux. Nous n'étions pas proches, mais je la connaissais plutôt bien quand même.

Je refermai la penderie, sortis de la chambre et quittai le wagon-lit pour longer le train. Je m'engageai dans un couloir donnant sur des cabines plus privées, puis dans un autre wagon où les sièges faisaient face aux fenêtres, suivi d'unités de réfrigération abritant du vin et du champagne.

Alors que je passais d'une voiture à l'autre, il n'y avait rien d'autre que l'obscurité et le doux balancement sous mes pieds.

Mais dès que je pénétrai dans le wagon suivant, j'aperçus certains des gars.

Je m'arrêtai. Les appliques aux murs de bois sombre éclairaient à peine la pièce. Je parcourus leurs visages un peu plongés dans l'ombre, mais ne vis pas Will, Misha, Micah ou Rory.

Assis dans un fauteuil, le regard fixé sur moi, Michael portait un verre à ses lèvres, tandis que Kai se tenait debout à la fenêtre, les bras croisés, et que Damon s'appuyait au bar, un verre rempli d'un liquide ambré à la main. Je ne distinguais pas ses yeux, mais je savais qu'il me dévisageait.

Après Will, c'était pour lui que j'étais le plus désolée. J'avais assisté à un meurtre qu'il avait commis puis je l'avais aidé à enterrer le corps, et il n'avait jamais parlé à quiconque de mon intervention. De retour à Thunder Bay, il chercherait sans doute à se venger de son côté.

— Je ne voulais pas lui faire de mal, affirmai-je. Ni à lui, ni à aucun d'entre vous. Je cherchais seulement à la protéger, elle.

Aucun ne bougea ni ne parla. Michael but une autre gorgée.

— J'ai commis une erreur, confessai-je, me sentant nue sous leurs regards de prédateurs. Je me croyais seule.

Ma voix s'adoucit jusqu'au murmure. Jamais je n'aurais cru me mettre à plat ventre devant eux, et j'avais beau détester ça, il fallait que je le fasse. Ils méritaient des excuses. C'était le moins que je puisse faire.

— Je suis désolée, chuchotai-je. Vraiment désolée.

Kai se retourna et s'approcha.

— Tu crois que ça efface tout ?

— Non, répondis-je en secouant la tête.

— Tu crois qu'on va compter sur toi pour ne plus refaire ce genre de conneries ?

— Non.

— Tu nous as jetés dans la fosse aux lions, gronda-t-il, ses dents blanches luisant dans la pièce sombre. Tu crois que tes paroles valent quelque chose pour nous ? Tes excuses ? Ton explication ? Tes prétextes ?

Je ravalai la boule dans ma gorge, le dos droit, les lèvres serrées.

— Tu es faible, décréta Michael. On ne peut absolument pas te faire confiance.

— Tu as eu des années pour te manifester, souligna Kai.

J'acquiesçai. *Oui. Oui, c'est vrai.*

— C'était dur, me confia Kai, la voix chargée de larmes. On ne méritait pas ça.

Mon menton se mit à trembler, et je crispai la mâchoire pour l'arrêter.

— Will ne méritait pas ça, ajouta-t-il.

Je sais. Rien qu'à l'imaginer dans une cellule, entouré de brutes, enfermé entre des murs gris…

— Tu n'es pas assez bien pour lui, conclut Kai.

Je croisai son regard, malgré mes épaules qui cherchaient à se voûter et l'envie pressante de me recroqueviller sur moi-même.

J'avais commis une erreur. Ça ne faisait pas de moi une mauvaise personne.

Je tournai les talons, mais la voix de Damon s'éleva derrière moi.

— On a incendié la maison de Rika, Kai, rappela-t-il.

Je me tournai vers lui alors qu'il dévisageait son ami.

— On lui a piqué tout son fric, poursuivit-il. Je l'ai kidnappée, et tu as forcé Banks à t'épouser. J'ai essayé de tuer Will…

— On a commis des erreurs, lui renvoya Kai. C'est fini, tout ça.

— Parle pour toi, riposta Damon. Le rôle du méchant change selon la personne qui raconte l'histoire.

Une décharge d'électricité me parcourut le corps, et je souris presque, reconnaissante.

Eux avaient trouvé la rédemption, car ils estimaient avoir eu leurs raisons.

Damon et Kai échangèrent un regard. Même si c'était de Kai que j'avais eu le sentiment d'être le plus proche au lycée, car il avait une idée claire de ce qui était bon ou mauvais, Damon m'avait sauvée à plus d'une occasion quand la vie s'était avérée plus grise que noire et blanche.

Ils étaient comme le yin et le yang. À présent, je comprenais.

— Tu vas te racheter auprès de nous, décréta enfin Michael en accrochant mon regard. Tu resteras à St Killian's avec Rika et moi.

— Non.

— Si, insista-t-il.

Il tenait à s'assurer que je ne quitterais pas la ville. Qu'allait-il faire ? M'enfermer ?

Là, je me rappelai qu'il était en mesure de le faire. Ils vivaient à St Killian's. Il avait tout un donjon à sa disposition. Personne ne m'entendrait crier.

— J'ai un endroit où dormir, lui assurai-je. À Thunder Bay.

Il me considéra d'un air soupçonneux. Il ne me faisait sûrement pas confiance, mais n'avait probablement pas envie de s'embêter pour autant.

— Tu ne quitteras pas la ville, ordonna-t-il. Tu payeras tes dettes.

Je me redressai.

— Je ne quitterai pas la ville.

Il hocha la tête tandis que Damon buvait une rasade de son verre et que Kai me fusillait du regard.

Je remuai les pieds.

— Je peux emprunter le téléphone de quelqu'un ?

Michael se contenta de porter son verre à ses lèvres.

— Va plutôt voir les filles, marmonna-t-il. Nous, on se sert des nôtres.

Je pivotai sur les talons et quittai le wagon en levant les yeux au ciel.

Je revins sur mes pas, passant d'un compartiment à l'autre, traversant la cuisine, la voiture-restaurant, les cabines, une porte indiquant « William Grayson », et la voiture-salon.

C'était faux, ils ne se servaient pas de leurs téléphones. Mais au moins, il ne m'avait pas interdit de passer des coups de fil. Pour ce qu'il en savait, je pouvais très bien appeler mon frère pour demander de l'aide.

Je n'en ferais rien, évidemment.

Le plus sûr serait sûrement de sauter dans le premier avion en partance pour la Californie dès notre arrivée à Thunder Bay. Mais à présent que tout était tiré au clair, j'avais compris.

C'était moi qui leur avais fait du mal. Il fallait que j'aille jusqu'au bout.

Pour Will.

Même s'il ne voulait plus jamais de moi, je lui devais bien ça.

Je quittai le salon désert et repérai du mouvement dans le wagon suivant. À l'intérieur, une des filles cravatait Alex, ses mèches sombres dans les yeux. Je fis coulisser la porte pour l'ouvrir et pénétrai dans la salle de sport équipée de deux tapis de course, de machines de musculation et d'un tapis de sol pour s'entraîner à la boxe.

Erika Fane se tenait sur la gauche, les bras croisés, et Winter Ashby était assise à califourchon sur un banc à droite.

Je laissai la porte se refermer derrière moi, et toutes se retournèrent pour me dévisager.

La brune, figée au-dessus d'Alex, me perçait de ses yeux verts, et Winter tourna la tête pour dresser l'oreille.

— Ces habits sont à moi, haleta Alex.

Je me mordis le coin de la bouche.

— Oui, je sais.

Le regard méfiant, elle repoussa l'autre femme et quitta sa position agenouillée. La peau luisante de sueur, ses cheveux courts ramassés dans une queue-de-cheval basse, elle gagna le tapis de course et attrapa une serviette.

Erika s'approcha, les bras toujours croisés.

— Alex nous a mises au jus, affirma-t-elle. Tout va bien ?

J'acquiesçai.

— Merci de m'avoir posé la question.

Personne ne l'avait fait jusqu'à présent.

Erika jeta un coup d'œil à Alex, qui buvait une rasade d'eau, puis reporta son regard sur moi en se dirigeant vers la sortie.

— Bon, on va vous laisser toutes les deux.

— Non, protesta Alex.

Erika s'arrêta, et Alex pivota vers moi en rebouchant sa bouteille.

Son haut de sport blanc était assombri par des marques de transpiration. Elle s'avança vers moi, pieds nus, dans son legging noir, avec les mains sur les hanches et le regard qui lançait des éclairs.

— Sur le moment, tu n'as pas su qui choisir là-bas, pas vrai ?

Je dressai le menton.

— Qu'est-ce qui te dérange le plus, que j'aie pu choisir Will ou que j'aie pu choisir Aydin ?

Elle haussa les sourcils. Je ne me réjouissais pas de l'avoir agacée, mais je ne m'en voulais pas pour autant. Will et elle n'avaient toujours pas compris que le choix n'avait pas concerné les deux hommes dans la chambre d'Aydin.

Il ne s'agissait pas d'eux du tout.

Elle s'approcha, le visage sombre, comme si elle était à la fois le juge et le jury.

— Tu lui as brisé le cœur.

— Ne sois pas modeste, répliquai-je me remémorant les piques de Will. Je suis sûre que tu l'as bien réconforté ces dernières années. « Dans son lit, sous la douche, sur la plage, contre un mur, sur le capot de sa voiture et sur sa banquette arrière. »

Elle rugit et me sauta dessus, mais je l'attrapai au passage et la repoussai avant qu'elle ait pu m'atteindre.

— Je ne me battrai pas contre toi.

— Tu n'as pas le choix !

Elle s'élança sur mon visage, et je plaquai les mains sur sa poitrine pour l'écarter de nouveau.

— Et tu ne vas pas te battre avec moi, ajoutai-je. J'en ai marre de saigner.

Au sein de la maison, la même bataille que je connaissais depuis toujours s'était livrée dans mon esprit. Une lutte entre le monde tel que je l'avais toujours vu et celui que je brûlais de voir à la place. J'avais besoin de changer autant que j'avais besoin de Will.

J'avais besoin de m'apprécier autant que je l'aimais.

Je la dévisageai, sentant le poids du regard des autres dans la pièce. Je comprenais où elle voulait en venir, car j'éprouvais la même jalousie en l'imaginant avec Will qu'elle lorsqu'elle me visualisait avec Aydin. Sauf que je me fichais de savoir comment elle me voyait.

— Je vais me racheter pour le crime que j'ai commis toutes ces années auparavant, affirmai-je. Mais ce qui se passe entre Will et moi ne te regarde pas. Je n'en ai rien à foutre de savoir que tu es son amie, sa mère, ou Dieu. Tu n'as pas à m'en vouloir. Tu n'es pas en cause.

Une lueur passa dans ses yeux et elle pencha la tête sur le côté, muette.

— Tu parles comme lui, commenta-t-elle enfin en croisant les bras. Je vois qu'il n'a pas perdu de temps avec toi.

« Lui ».

Aydin.

Elle secoua la tête.

— Un véritable monstre manipulateur…

— Un véritable père.

Ce n'était pas du tout ce qu'elle croyait.

Je connaissais à peine Aydin, et je n'avais pas envie de coucher avec lui. Elle prenait une relation bien plus complexe et la réduisait pour correspondre à sa vision étriquée du monde. Elle croyait comprendre une chose qu'au fond elle n'avait aucune envie de comprendre.

Je n'avais pas envie de coucher avec lui.

Je jetai un regard aux autres avant de reporter mon attention sur elle.

— Je pensais avoir gardé un souvenir précis de mes parents, puisque j'avais presque douze ans à leur mort, lui confiai-je. Je ne m'étais pas rendu compte du fardeau qui pesait sur mes épaules à force de n'avoir personne pour me guider. Je ne m'étais pas rendu compte à quel point ça m'avait manqué.

Oui, Aydin avait eu ses propres intentions. Il m'avait kidnappée, mise dans une situation dangereuse, manipulée.

Seulement, les gens changent au contact des autres. Certes, il n'avait rien d'un héros, mais je ne pouvais pas m'empêcher d'éprouver une certaine reconnaissance envers lui. J'avais été comme morte à l'intérieur avant de me réveiller à Blackchurch.

— Grâce à Aydin, j'étais plus en sécurité dans une maison remplie de criminels qu'avec mon frère, articulai-je. Alors tu peux te détendre, parce que je ne m'excuserai pas d'avoir vu du bon en lui. Après tout, ça a aussi été ton cas autrefois.

Elle resta sans bouger, les yeux luisants mais la mâchoire crispée.

Toujours forte. C'était une facette qui me plaisait chez elle. Il avait également fait d'elle ce qu'elle était. Même de manière infime.

— Bon, est-ce que quelqu'un peut me prêter son téléphone ? lançai-je.

Au bout d'un moment, Erika tendit le bras pour attraper le sien dans le porte-gobelet du vélo d'appartement et me le donner.

— Merci, dis-je en reculant hors de la pièce pour les laisser seules. Je le rapporte d'ici une heure.

J'ouvris les yeux et contemplai le plafond en soupirant entre les deux corps massifs qui m'encadraient.

On crève de chaud.

Je jetai un coup d'œil à Micah, dont le visage était enfoui dans un oreiller, et puis tournai la tête vers Rory. Ses cheveux blonds lui recouvraient les yeux, et son bras était calé sous sa tête. Les deux hommes étaient torse nu mais, Dieu merci, ils avaient gardé leurs pantalons.

J'avais réussi à m'isoler dans une pièce pour passer un coup de fil avec le téléphone d'Erika, mais ils avaient tambouriné à la porte et insisté pour rester avec moi parce que ces « petits m'as-tu-vu pomponnés qui se croient meilleurs que tout le monde n'ont pas intérêt à te sauter dessus ».

Comme si Micah et Rory n'étaient pas un peu « pomponnés », eux aussi.

Au fond c'était adorable de leur part, et nous nous serrions à présent dans mon lit alors que la lune brillait dehors et que le train vibrait en dessous.

Oh ! et puis tant pis. Je n'étais pas en mesure de refuser des amis. Je les aimais bien.

Je m'assis, passai par-dessus Rory et descendis doucement du lit en contemplant les deux beaux garçons endormis. Un tueur en série d'un côté, le fils d'un terroriste de l'autre. Mes parents auraient été fiers comme tout.

Qu'allaient-ils faire une fois que nous aurions regagné Thunder

Bay ? Ils ne pouvaient pas rentrer chez eux. Quelqu'un viendrait-il les chercher ?

Et Will ?

Toujours en jean et en chemise, je mis les baskets d'Alex.

Je sortis dans le couloir. La vapeur du système de chauffage embuait les fenêtres, mais je voyais la pluie éclabousser les vitres de l'extérieur.

J'avais une faim de loup. Je ne me rappelais plus la dernière fois que j'avais mangé, et je regrettais de ne pas avoir mordu dans le sandwich que j'avais préparé en attendant que les brownies cuisent plus tôt dans la journée.

Ou c'était peut-être hier. Il devait être minuit passé.

Bon sang, ce n'était donc qu'hier que j'avais préparé ces brownies ? Réparé le lustre ? Fait l'amour avec Will sous la douche ? J'avais l'impression qu'il s'était passé tellement de choses depuis.

La cuisine se trouvait au fond, près du wagon-bar, et je n'avais toujours pas revu Will depuis notre prise de bec de plus tôt. Ni quand j'avais cherché un téléphone, ni quand je l'avais rapporté à Erika une heure plus tard, ni dans la soirée quand j'avais senti l'odeur du chariot de nourriture qu'on avait poussé dans le couloir devant ma chambre, sans s'arrêter à ma porte, malheureusement.

C'était bizarre. En fin de compte, je n'avais passé qu'un seul coup de fil avec le téléphone d'Erika. Pour une raison ou pour une autre, j'avais cru avoir toutes sortes d'affaires à régler. Mais une fois que j'avais appelé mon cabinet et laissé un message assurant que j'étais saine et sauve, je n'avais pas eu la moindre idée de qui contacter d'autre.

Je n'étais d'aucun intérêt pour Martin, grand-mère était partie, et puis voilà. Pas vraiment d'amis. Pas le moindre animal de compagnie. Aucun homme qui m'attendait.

Bon, j'avais peut-être eu un rendez-vous chez le dentiste la veille…

Je passai devant la porte de la cuisine en me dirigeant vers le couloir suivant, mais je m'immobilisai en entendant un cri.

— Oh…, gémit-elle.

J'ignorais s'il s'agissait d'Erika, de Winter ou d'une des autres filles, mais la faim me tenaillait le ventre. Il fallait que je mange. Ou que je boive un coup au bar.

Longeant le couloir sur la pointe des pieds, je jetai un bref coup d'œil par la porte de la cuisine. J'aperçus le dos nu de Winter Ashby, assise sur le plan de travail en acier dans la cuisine sombre, les bras autour de son mari.

— Je t'aime, chuchota-t-elle pendant qu'il lui butinait le cou.

Elle prit son visage dans ses mains et pressa les lèvres sur les siennes, en un mouvement lent et doux, avant de lui déposer des baisers sur les joues, le nez, le front et les tempes.

Il ferma les yeux et sourit, la respiration hachée comme s'il était à bord d'un grand huit.

Je me sentis réchauffée de l'intérieur, un peu intriguée de le voir comme ça, mais ne m'attardai pas. Je poursuivis mon chemin et m'arrêtai au bout du wagon. J'épiai par la vitre et constatai que le bar était rempli. Kai et sa femme, Michael et Erika, et puis Alex. Will et son cousin n'étaient toujours pas là, ni les deux ou trois autres hommes qui leur avaient prêté main-forte lors de notre sauvetage. Il me semblait que Misha avait été accompagné d'une femme quand nous étions montés dans le train, mais je ne la voyais pas non plus.

L'éclairage était tamisé et, dans la lueur ambrée, les canapés et fauteuils couleur cerise paraissaient chauds par contraste avec les murs boisés.

Kai tenait sa femme sur ses genoux et souriait tandis qu'elle lui murmurait à l'oreille, et Michael tendait le bras devant Erika pour lui préparer un cocktail avec beaucoup trop de tequila. Elle pouffait de rire.

Mon regard se posa sur Alex, assise sur une chaise les jambes relevées. Elle sirotait un verre et regardait dans le vide par la fenêtre.

Je serrai les poings. Aydin était peut-être mort.

Elle ne l'avouerait jamais, mais je savais à quoi elle pensait.

Quelqu'un s'approcha derrière moi. Je n'eus pas besoin de me retourner pour sentir le parfum de bergamote.

— Tu étais au courant pour Aydin et Alex ? questionnai-je Will en continuant de la dévisager.

— Je savais ce qu'elle m'avait dit, répondit-il. J'avais entendu parler de lui. Mais je ne connaissais pas son nom.

— Il est amoureux d'elle.

— Il ne peut pas l'avoir.

Je tournai la tête, tentée de croiser son regard. Il était tellement sur la défensive que ça me faisait peur.

— Il est mauvais pour elle, insista-t-il.

Je reportai mon attention sur elle et la vis telle que je ne l'avais encore jamais vue, entourée de couples qui étaient tous amoureux. Elle avait beau pouvoir compter sur Will, elle ne m'avait jamais paru aussi paumée.

— Et moi je suis mauvaise pour toi, et tu es mauvais pour toi-même, poursuivis-je, et Damon est mauvais pour le monde, et Martin est mauvais pour moi…

Je tournai la poignée pour pénétrer dans le wagon.

— Le monde a des limites, Will.

On ne pouvait pas exclure toutes les personnes qui nous avaient déçus. Il y en avait pour lesquelles il valait encore la peine de se battre.

J'entrai dans le wagon-bar, suivie de Will. Tous les regards se tournèrent vers moi.

— Il faut qu'on retourne là-bas, annonçai-je à la cantonade. À Blackchurch.

— Quoi ? s'écria Kai.

— Pardon ? renchérit Michael en fronçant les sourcils.

La porte coulissante se referma, et je regardai chacun d'eux.

— Il faut qu'on y retourne et qu'on récupère ceux qu'on y a laissés.

— On ne peut pas faire ça, protesta Michael.

— Si, on peut, m'obstinai-je. La locomotive peut faire machine arrière.

Il leva les yeux au ciel, et Kai se leva tandis que sa femme s'écartait de lui.

— Une équipe de sécurité doit déjà y être. Ça ferait courir un risque à Will.

— Pour commencer, Aydin et Taylor sont des témoins, leur rappelai-je. Vous vous êtes contentés de sauver Will en supposant que les autres prisonniers s'en ficheraient. Ce n'est pas le cas. Je vous le promets. Et deuxièmement, Taylor Dinescu peut aller se faire foutre, mais Aydin pourrait s'avérer être un allié utile. On a besoin de lui.

— C'est surtout toi qui as besoin de lui, riposta Alex. Aydin Khadir ne nous mérite pas. C'est là toute la différence entre toi et moi, Em. Je suis capable de sacrifier mes désirs pour le bien des autres.

— Et qu'est-ce que j'ai fait à ton avis ? rétorquai-je.

J'avais voulu Will plus que tout au monde. Je l'avais voulu tout entier.

Mais je n'avais pas voulu qu'il connaisse l'angoisse de mon existence. J'avais eu honte. Et j'avais dû protéger ma grand-mère. Je m'étais sacrifiée, bordel !

Je soutins le regard émeraude d'Alex, et lus dans ses yeux la même souffrance qui m'avait toujours vrillée de l'intérieur. Elle croyait que c'était facile pour moi, car c'était ce qu'il y avait de plus aisé à croire.

Mais elle n'était pas dupe.

Elle pinça les lèvres, tenta de déglutir sans y parvenir. Au bout d'un moment, elle vida son verre et pivota sur son siège pour le poser tout en jetant un regard à Michael et Erika.

— Tu te souviens de cette fête au bord de la piscine à laquelle Michael t'avait emmenée quand tu venais d'emménager à Delcour ?

Erika fit « oui » de la tête et quitta le tabouret d'un bond pour venir s'asseoir à côté d'Alex.

— Aydin y était ce soir-là, révéla Alex. Il fréquentait Yale avec un des coéquipiers de Michael, et on ne s'était pas revus depuis longtemps.

Elle marqua une pause, comme plongée dans son souvenir.

— Plus je buvais, plus je le détestais, et plus mon courage s'affirmait.

Pourquoi le détestait-elle ? J'avais entendu des bribes d'histoire à Blackchurch. Il avait voulu être avec elle. Il avait refusé de l'admettre, à cause de la pression familiale. Elle avait survécu sans lui.

Alex me jeta un coup d'œil.

— Je partageais une chambre à la fac avec sa petite copine de l'époque, tu sais ? m'apprit-elle. On a joué ensemble un soir pendant qu'il nous regardait sur Skype. C'est comme ça qu'on s'est rencontrés.

« Jouer » ? Je n'arrivais pas à l'imaginer. Ni à imaginer Aydin à la fac. En train de vivre sa jeunesse comme n'importe quel être humain.

Mais elle, je la visualisais très bien. Se donnant en représentation devant lui. Le narguant.

— Tu aurais dû voir son regard.

Elle ferma les paupières l'espace d'un instant. Tout le monde était suspendu à ses lèvres.

— On aurait dit qu'il souffrait, ou un truc dans le genre. Je sentais presque la chaleur de son souffle, de ses bras.

Elle ouvrit les yeux, perdue dans ses pensées.

— Et puis, quelques nuits plus tard, il m'a voulue pour lui tout seul. Sauf que le moment venu, il n'a pas été à la hauteur. C'est elle qu'il a choisie.

Je restai clouée sur place tandis que Will s'affalait sur le canapé à ma droite.

Alex haussa les épaules.

— Pas grave. Il ne m'a jamais appartenu. Je n'avais aucun droit sur lui.

Elle soupira et poursuivit en glissant un regard à Erika.

— Le soir de la fête autour de la piscine, j'avais entendu dire qu'ils n'étaient plus ensemble. Plus il me regardait depuis l'autre côté de la pièce, plus je me sentais forte. Mais pas question de le laisser gagner. Je n'étais pas un chien, je n'allais pas poireauter en attendant qu'il m'accorde son affection.

— Qu'est-ce que tu as fait ? demandai-je.

Will répondit à sa place.

— Tu m'as laissé t'enlever ton haut dans la piscine.

Un autre homme qui lui enlevait son haut devant lui…

— Pendant qu'il regardait, achevai-je.

Alex dressa le menton, sa fierté prenant le pas sur la souffrance qu'elle avait affichée un instant plus tôt.

— La vie continue, décréta-t-elle, et mon lit n'était pas froid. Je voulais qu'il sache que je ne lui accordais aucune importance, et que je n'avais pas honte de ce que j'avais fait. Qu'il n'existait pas.

Aydin n'avait plus supporté de la voir, mais il ne voulait plus de sa fiancée pour autant. Donc, on l'avait envoyé à Blackchurch.

Elle considéra Will.

— Tout le monde me regardait. Pendant que tu me caressais.

— Et puis, tout le monde s'est foutu à poil dans la piscine, poursuivit Will.

Alex laissa son regard dériver.

— Il m'a vue te regarder, il t'a vu me regarder, et il a compris qu'il avait perdu.

— Et toi, qu'est-ce que tu as gagné ? questionnai-je.

Honnêtement, j'en connaissais un rayon sur la nécessité de garder la tête haute sans se laisser avoir par les autres. Mais elle s'était cachée derrière Will pour chasser sa solitude et son chagrin.

Parce qu'ils se confortaient l'un l'autre dans leurs vices, ils se sentaient acceptés, et pensaient ne pas avoir à affronter la route périlleuse qui les attendait.

La route qui était pourtant inévitable.

— On ne naît pas tous avec un chemin tout tracé, Alex, crachai-je. Toi et Will, vous êtes pareils. Vous êtes là, avec vos airs supérieurs, du genre « l'amour triomphe de tout », et vous refusez de comprendre que d'autres doivent prendre des décisions difficiles. Ça ne veut pas dire pour autant qu'on n'aime pas.

Ma voix gagnait en dureté, et je promenai mon regard autour de la pièce avant de le reposer sur Alex.

— Est-ce que ça craint ? Oui ! criai-je, sentant le regard de Will sur moi. Tu le comprends, ça ? Je sais bien que oui. Parfois, l'incertitude paraît plus risquée que la familiarité. Il faut du temps pour trouver ce courage-là.

Ils avaient pu mener une vie débridée au lycée, et encore maintenant, des années plus tard, à Thunder Bay, parce que Damon avait raison. Le méchant changeait en fonction des points de vue. C'était facile pour eux de me juger, car les rares fois où ils n'étaient pas en train de faire des saloperies eux-mêmes, ils tenaient des propos moralisateurs à l'égard des personnes extérieures à leur petit groupe.

— Vous vous prenez pour des saints, grondai-je. Vous tous.

Hors de moi, je flanquai un coup de pied dans la table et fis basculer le vase posé dessus. Alex se tendit, le regard enflammé.

Will restait immobile, glacial.

— Vous n'êtes pas assez bien pour moi, leur décochai-je avant de tourner les talons pour quitter la pièce.

J'entendis le grincement d'une chaise, et la voix d'Alex derrière moi.

— Rends-moi ma chemise, exigea-t-elle. Tout de suite.

Je me retournai vers elle. Debout devant moi, elle me tendait la main en signe de défi.

— Et mes baskets aussi, ajouta-t-elle.

— Va te faire voir, Alex Palmer ! criai-je en lui faisant un doigt d'honneur.

Elle s'élança vers moi, mais à cet instant les lumières s'éteignirent, le train fit une embardée, et les roues hurlèrent. Je me retrouvai propulsée contre le mur et m'écrasai sur les fesses.

Je tressaillis. Que s'était-il passé ?

Dans le clair de lune qui baignait le wagon, Will s'ébranla sur son siège et Alex fut projetée en avant pour atterrir à quatre pattes devant moi. Un des gars pesta, et une femme poussa un cri.

Le souffle coupé, je balayai le compartiment du regard. Will, encore assis, se redressait, tandis que Michael se relevait et sortait son téléphone.

— Qu'est-ce qui s'est passé ? s'agaça Kai.

— Tout va bien ? s'inquiéta Erika.

Le train s'était immobilisé. Je levai les yeux et croisai le regard d'Alex, qui avait l'air de vouloir me tuer.

Là, dans le noir, pendant que tout le monde était occupé à autre chose.

La présence de Will, à trois mètres de là, me réchauffait la peau. Je sentais ses yeux sur nous, et mon cœur cognait si fort dans ma poitrine que je l'entendais battre dans mes oreilles.

— Qu'est-ce qui ne va pas ? demanda Michael.

Il devait être au téléphone, mais je ne quittai pas Alex des yeux.

— OK, pigé, entendis-je Michael dire au loin. Oui, on va bien. Envoyez quelqu'un vérifier les autres wagons. Merci.

Le décolleté du T-shirt gris d'Alex bâillait, et je glissai le regard dans le creux de ses seins. J'enfonçai les ongles dans le tapis.

— L'arrêt automatique s'est enclenché, affirma-t-il. On allait trop vite. Il ne va pas falloir longtemps à la gare de triage pour nous remettre en marche.

Personne ne réagit. Prise d'un élan, je regardai par-dessus mon épaule. Will, le dos carré dans son fauteuil, les bras repliés derrière lui, me fixait.

Alex m'attrapa le pied, et j'inspirai vivement en me retournant vers elle.

Elle me dévisagea, et puis, lentement… glissa son autre main le long de ma cheville pour me tenir la jambe et m'ôter sa chaussure.

La chaleur me fouetta les veines.

L'œil du cyclone.

L'œil du cyclone.

Je pris une grande inspiration apaisante tout en me calant en arrière sur les mains. Je la laissai s'emparer de mon autre jambe, la soulever et ôter l'autre basket.

La pluie cinglait les vitres et la forêt était silencieuse sous le couvert de la nuit. Michael alluma une bougie. Brusquement, les silhouettes des autres se dessinèrent autour de nous et me flanquèrent la chair de poule.

Le silence régnait.

Il emplissait la pièce.

Tous les regards étaient braqués sur nous.

Elle m'agrippa la cheville.

— Je n'ai pas envie de me battre, murmurai-je.

— Je veux quand même ma chemise, rétorqua-t-elle.

Will ne bougeait pas, mais je l'entendis inspirer brusquement.

Le martèlement dans ma poitrine s'intensifia sous le poids de son regard, et je sentis une onde de chaleur m'envahir entre les cuisses. J'étais incapable de penser à quoi que ce soit.

Aucune peur. Aucun doute. Rien que l'instant présent.

Je n'avais rien à perdre, puisque je ne voulais rien garder.

Je me relevai lentement, et Alex m'imita. Je ne fuirais pas.

Je déboutonnai ma chemise.

— Tu crois qu'il est mort ? chuchota Alex, comblant la distance qui nous séparait.

— Non, répondis-je en défaisant un bouton après l'autre. Tu le sais bien.

Aydin avait détruit sa propre vie pour elle. Il était trop obstiné pour mourir aussi vite.

Je fis glisser la chemise sur mes épaules et la lui tendis. Elle s'en empara et la laissa aussitôt tomber au sol.

— C'est ma guêpière préférée, m'affirma-t-elle sans me quitter des yeux.

Je déglutis, le ventre un peu noué. Je sentais six regards braqués sur mes bras et ma poitrine dénudés.

Les yeux rivés sur elle, j'entrepris de défaire les agrafes. Je l'imaginai seins nus à la fête, et songeai que je devais ressentir devant Will ce qu'elle avait éprouvé face à Aydin ce soir-là dans la piscine.

Tout le monde nous observait. Pas question de faire machine arrière.

Elle s'en sentirait sûrement plus forte devant le groupe. Je lui devais bien ça.

Voyons jusqu'où elle était prête à aller.

Elle baissa la tête, et ses mèches m'effleurèrent la joue lorsqu'elle passa les jointures de ses mains sur la dentelle au niveau de mon ventre.

— Elle te va bien.

— Je me sens bien, chuchotai-je en défaisant la dernière agrafe.

Sous le regard de Will qui me brûlait la peau, je n'hésitai qu'un instant. Puis j'ouvris la guêpière, l'enlevai tout à fait et la lui tendis sans la quitter des yeux.

Mais elle ne la prit pas.

— Et mon pantalon ? exigea-t-elle.

Les tétons durcis au contact de l'air frais, je fus prise de vertiges. Michael Crist, Kai Mori, Erika Fane, Will Grayson étaient tous en train de me dévisager, et…

Neuf ans plus tôt, je ne leur aurais pas accordé ce plaisir. À présent, il ne s'agissait plus que du mien.

Qu'ils aillent se faire voir. Alex et moi attendions cet instant depuis trop longtemps.

Je déboutonnai le jean, et elle glissa le long de mon corps en entraînant le pantalon avec elle avant de m'aider à le retirer. Puis, elle se releva. Je l'attirai à moi et laissai planer mes lèvres au-dessus de sa bouche en glissant les doigts sous l'ourlet de son petit boxer rayé.

— Tu crois ça ? taquina-t-elle.

— Oui. Je le crois.

Je baissai son boxer sur ses cuisses avant de m'emparer de son T-shirt pour le soulever.

Sans lui laisser le temps de se demander dans quoi je l'entraînais, je la déshabillai et la serrai contre moi.

— Oui, soufflai-je sur sa bouche en passant une main sur son visage et le long de son cou avant de remonter sur sa joue.

Envahie par un désir irrépressible, je lui empoignai la nuque et lui embrassai le bout du nez, le front, fis glisser mes lèvres sur ses joues, goûtai sa peau sucrée.

J'enfonçai les ongles dans sa peau, les dents serrées, en mêlant mes halètements aux siens.

— Emmy, geignit-elle.

Mais je n'avais pas envie d'arrêter. J'abattis ma bouche sur la sienne pour la gratifier d'un long baiser fougueux. Mes tétons étaient pressés sur les siens, et toutes ses protestations s'éteignirent sur sa langue tandis qu'elle goûtait la mienne en me traversant d'une onde fébrile.

Je mourais d'envie d'ouvrir les yeux. Pour voir l'expression de Will, pour être sûre qu'il vivait ça avec moi. Mais savoir qu'il me regardait était suffisant.

Insatiable, je lui mordis la lèvre inférieure, lui administrai un petit coup de dents, et puis lui léchai la lèvre supérieure. Je lui attrapai les mains pour la forcer à me toucher, ôtai ma culotte tout en tirant sur la sienne.

Une fois que nous fûmes nues, je l'attirai de nouveau contre moi. Au contact de son corps qui me touchait tout entier, je cessai de réfléchir.

Suffoquant, je renversai la tête en arrière et fermai les yeux tandis qu'elle me butinait le cou avant de se pencher sur ma poitrine.

Je tins sa tête contre moi. *Mon Dieu, oui.* J'en avais tellement envie. Je voulais que Will me voie comme je l'avais vu dans la salle de lutte, qu'il sache que je m'ouvrais aux émotions. Que je n'avais pas peur de chuter car je me sentais en sécurité avec lui, quels que soient les risques encourus.

J'avais envie qu'il me voie, et j'avais envie que ce soit dans les bras d'Alex. Que tous nous regardent.

— Tu es sûre de toi ? demanda-t-elle.

Je lui caressai le visage alors que son souffle flottait sur mes lèvres.

— Ne t'arrête pas, murmura une voix.

La gorge sèche, le corps vibrant de désir, je regardai par-dessus son épaule. La femme de Kai, assise par terre entre les jambes de son mari, nous fixait. Lui était penché en avant, la main sur sa nuque et son pouce sur sa joue, et tous deux nous observaient.

Erika, elle, était perchée sur les genoux de Michael, penchée en arrière contre lui, et eux aussi nous fixaient. Il avait glissé la main à l'intérieur de son chemisier.

Et voilà. Tout soupçon d'hésitation ou de doute s'envola. Moi aussi, j'avais envie de me voir.

— Emmy…, commença Alex.

Je l'attrapai par la nuque pour approcher son nez du mien, les yeux rivés à ses lèvres, et baissai la main afin de la caresser entre les cuisses.

— Emmy, on devrait…

— Chut, sifflai-je. J'ai envie de toi.

Les yeux larmoyants, elle frémit à mon toucher. Je la repoussai dans le fauteuil où elle s'effondra sur le dos, ses mèches châtaines se déversant sur le tissu. Je m'abaissai sur elle et effleurai sa chatte soyeuse.

Elle se tortilla, m'attrapa la main sans me repousser, et j'entendis les autres remuer dans la pièce. Autour de nous, les autres s'agitaient, soupiraient, gémissaient…

Je me retins de regarder Will, car je ne voulais pas me laisser submerger par mes émotions. Alex promena ses mains sur moi et ma bouche trouva la sienne.

Mes seins frôlant les siens, ses tétons durs me traversant de frissons, je continuai de la caresser doucement entre ses cuisses brûlantes.

— Je vais te lécher, lui annonçai-je en glissant les doigts en elle pour jouer avec son clitoris.

— Non, lâcha-t-elle en frémissant.

— Si.

Je roulai des hanches contre elle.

— Ouvre-toi, Alex. Écarte les cuisses pour moi.

Je me frottai contre elle en l'embrassant, nos gémissements se mêlant à ceux qui tourbillonnaient dans la pièce. Son souffle et sa langue me réchauffaient la bouche, à tel point que je crus devoir la supplier de la lécher.

Elle se figea quelques instants, et puis… ses cuisses s'écartèrent, et je souris, cambrant le dos pour lui permettre d'attraper mon téton entre ses dents.

— Will ? haletai-je en fermant les yeux pour mieux la sentir me suçoter. J'ai envie d'être sur l'une de tes vidéos.

Que je me mette en danger, comme eux à cet instant, sans possibilité de reculer.

Alex gémit.

— Tu es sûre ? Tu veux une vidéo où on te voit en train de me baiser ?

Seigneur, oui. Je baissai la tête pour happer ses lèvres, et son goût s'immisça dans mes veines brûlantes.

— Le train est déjà équipé de caméras, révéla Will d'une voix hachée. Dans le coin, en haut à droite.

Je regardai derrière moi et aperçus la petite caméra de sécurité noire près du plafond, dont l'objectif reflétait la lueur de la bougie.

Alex promena ses lèvres sur moi et me taquina la bouche.

— Maintenant, lèche-moi.

Avec plaisir.

Le sourire jusqu'aux oreilles, je plongeai pour un dernier baiser, profond et sensuel, avant de la repousser dans le fauteuil et de descendre le long de son corps magnifique.

Je lui embrassai le sein, goûtai à sa peau et tétai sa chair rebondie. Je passai à l'autre et, tout en lui massant les hanches, attrapai son téton entre les dents pour l'aspirer dans ma bouche.

Je poursuivis mon chemin vers le bas et elle remonta un peu pour m'aider, se calant contre le dossier du fauteuil alors que je m'allongeais sur le ventre, pliais les genoux, croisais les chevilles et balançais les pieds derrière moi pour nicher la tête entre ses jambes.

Je jetai un coup d'œil autour de moi. La femme de Kai, quasiment dévêtue, s'était assise sur les genoux de son mari, qui avait glissé une main dans sa culotte, et ils nous observaient. Michael et Erika s'étaient déplacés. Elle avait le cul planté sur un tabouret de bar et il se tenait entre ses jambes, et tous deux nous regardaient pendant qu'il lui baissait lentement sa culotte sur ses cuisses.

Will, lui, n'avait pas bougé, les bras toujours calés sur le divan et le visage plongé dans l'ombre.

Oh et puis merde. Merde à tout.

Je passai la langue sur sa fente soyeuse, frôlai la peau douce et souple de sa chatte. Oui, j'avais envie de la dévorer, mais je tenais aussi à ce que cet instant dure le plus longtemps possible. Je brûlais de la goûter.

J'aspirai son clitoris dans ma bouche et sentis le petit bourgeon durcir. Je le grignotai sur les côtés et, glissant les bras sous ses cuisses pour la maintenir, lui décochai des petits coups de langue pour lui prodiguer les mêmes plaisirs que j'aimais que Will m'inflige.

Je montai d'un cran et l'aspirai dans ma bouche, comme pour rouler un patin à sa chatte, tandis que mon propre clitoris vibrait comme une cloche.

Je mouillais comme une dingue.

J'enfonçai les dents dans sa cuisse, l'embrassai et la mordis de partout.

— Emmy, cria-t-elle en enfouissant les doigts dans ma crinière et en poussant contre ma bouche.

Je levai les yeux vers elle. Ses seins rebondissaient pendant qu'elle ondulait contre mon visage. Je la maintins fermement en la sentant prise de frémissements à mesure que l'orgasme montait.

Voyant son front et le creux de sa poitrine en sueur, j'en eus le tournis.

L'ambiance était torride. Un tissu se déchira quelque part dans la pièce, et j'entendis un cri suivi d'un soupir. Le sourire aux lèvres, je m'attaquai de nouveau à son entrejambe. Elle empoigna une mèche de mes cheveux et renversa la tête en arrière pour lâcher une petite plainte lascive.

— Ah ! haleta-t-elle, envahie par la jouissance au contact de ma langue.

Bon sang, j'adorais ça.

J'avais un cœur. *Je peux plonger et ressentir des émotions.* Désormais, je le savais.

J'étais libre.

C'était mon tour à présent. Je me relevai et, tout en léchant son goût sur mes lèvres, je soulevai sa jambe pour glisser ma cuisse droite en dessous et poser mon pied gauche à côté de sa hanche. Tout en immobilisant sa jambe d'une main et en plantant l'autre derrière moi pour me soutenir, je me mis à frotter ma féminité contre la sienne, sauvagement, en quête de mon propre plaisir.

— Putain, entendis-je gronder Kai.

Je me penchai en arrière, ondulai du bassin et me tournai sur le côté, de sorte à bien la sentir alors que mes seins se balançaient d'un côté et de l'autre.

Je regardai en direction de Kai et de son épouse. Les yeux clos, le dos collé au torse de son mari, elle le laissait enfouir les doigts en elle tandis qu'elle enroulait un bras autour de son cou.

Il lui mordit l'oreille et elle tourna la tête pour lui offrir sa bouche.

Erika était nue, face à moi, les ongles fichés dans le tabouret alors que Michael lui dévorait le cou et la pénétrait par l'arrière.

De plus en plus mouillée, je me frottais contre Alex avec une fougue croissante.

Quittant les brumes de son orgasme, elle m'agrippa la cuisse et me rendit la pareille en suivant ma cadence. Je jetai un coup d'œil sur le côté et surpris Will nous observant. Seul le soulèvement de son torse laissait entendre qu'il était encore vivant.

— Il te regarde de la même façon qu'Aydin me regardait, souffla Alex.

Je pétris son sein avec avidité.

— Ce n'est pas pour lui que je fais ça, murmurai-je.

C'était pour nous. Je voulais qu'elle sache que je la voyais. Je tenais à me rappeler que j'étais plus complexe que j'en avais l'air, que je pouvais repousser les limites.

Que j'étais plus que ce que je croyais.

— Emmy, gémit-elle alors que nous accélérions le rythme. Ta chatte est tellement brûlante. Baise-moi.

— Oui, lâchai-je.

Mes cheveux me chatouillaient les reins tandis que je me frottais à son intimité, laissant échapper des plaintes à l'approche de l'orgasme.

— Putain, gronda Michael.

Tout le monde nous observait. Michael et Erika nous fixaient, et Kai et sa femme haletaient en nous perçant de leurs regards assoiffés pendant qu'il enfouissait ses doigts en elle.

— Je vais encore jouir, me prévint Alex.

— Attends, la retins-je en secouant la tête.

— Mon Dieu, lâcha-t-elle en fermant les yeux. Plus fort.

J'ondulai des hanches avec frénésie, sentant son clitoris frotter contre le mien alors que je poussais une série de cris, tout à mon plaisir.

— Putain, putain…, hurlai-je.

— Emmy !

— Ne jouis pas, ordonnai-je en esquissant des cercles avec le bassin et en sentant sa chaleur se mêler à la mienne. J'en veux encore. Je n'en ai pas fini avec toi.

Je voulais jouir toute la nuit.

Mais on y était déjà. Alex se tendit, crispée de part en part, et une traînée de sueur dégoulina dans mon dos alors que mon orgasme explosait et me traversait d'un éclair divin.

Je criai fort, me fichant de savoir si le train tout entier l'entendait. Parcourue de frissons, je ralentis l'allure, des mèches de cheveux dans mon visage, moite de partout, en proie à une onde de bonheur.

Bon sang, c'était torride.

— Merde, murmurai-je.

— Ça n'a pas duré longtemps, entendis-je dire Michael. Désolé chérie.

Erika s'esclaffa, hors d'haleine.

— Ce n'est pas grave. J'ai joui. Je t'aime, ajouta-t-elle en l'embrassant.

— Je t'aime aussi, renvoya-t-il.

J'ouvris les yeux et considérai Alex. Son ventre s'élevait et retombait lourdement au rythme de sa respiration. J'abandonnai le front sur sa poitrine.

Elle passa les mains sur mon dos en me serrant contre elle.

L'instant d'après, l'épouse de Kai jouit à son tour en gémissant dans le wagon sombre. Je faillis sourire, mais je n'avais plus d'énergie.

Jamais je n'aurais imaginé faire ce genre de choses, mais je n'éprouvais aucune honte pour autant. Ils nous avaient suivis, et avaient tous sauté dans le précipice après nous.

Je m'apprêtais à me relever pour faire face à Will, mais je sentis quelque chose se glisser autour de mon cou. On y avait enroulé une corde rugueuse.

Will m'attira contre lui et je basculai la tête en arrière pour le regarder. Il se pencha, m'effleura l'oreille avec les lèvres.

— Ne prends pas trop tes aises, conseilla-t-il d'une voix rauque. Tu n'es pas encore sortie de taule.

Il m'agrippa le sein, le serra comme s'il lui appartenait, et je fus parcourue par des tremblements alors que le train se remettait en marche.

Son souffle chaud se glissa dans mon oreille.

— Il est temps que tu voies les catacombes.

Un frisson remonta ma colonne vertébrale et mes tétons se durcirent. Je me retournai vers lui.

— Je n'ai plus envie de grandir, lui dis-je. Ramène-moi à Thunder Bay.

Retour au Pays imaginaire.

J'étais prête.

35

Will

Présent

— Tu vas te battre ? la défiai-je alors que David la guidait hors du train.

Elle afficha un sourire suffisant, la corde que je lui avais mise autour du cou la veille lui liant à présent les poignets.

— Je n'arrêterai jamais, décréta-t-elle. C'est juré.

Je sentis poindre un sourire, et fis signe à David de la sortir de là avant qu'elle constate l'emprise qu'elle avait encore sur moi.

La veille avait été complètement dingue. Comment faisait-elle pour m'atteindre à ce point ?

Elle était incroyable. En la voyant comme ça, aussi vivante qu'elle l'avait été dans la serre, j'avais su que les mensonges que j'avais portés en moi pour me remonter le moral après l'avoir perdue tant d'années plus tôt étaient parfaitement inutiles.

Elle avait toute sa place à nos côtés.

Elle était faite pour nous.

Jusqu'où serait-on prêt à aller si on se sentait assez sûrs de nous pour plonger la tête la première ? Elle, elle l'avait fait. Rien ne l'y avait obligée, et le mieux, c'est que je ne pensais même pas qu'elle y avait réfléchi. Elle avait simplement lâché prise.

J'avais tellement envie de la prendre dans mes bras que je dus me réprimer, car je craignais de l'étreindre au point de l'étouffer. En les regardant faire, j'avais eu une trique d'enfer.

Et Alex… L'assurance avec laquelle Emmy avait pris le contrôle sur elle était encore plus surprenante, car je savais qu'Alex n'y était pas habituée. C'était magnifique de la voir dominée et séduite. Elle avait pu se contenter de profiter, au lieu de donner du plaisir à d'autres alors que son tour était venu depuis longtemps.

Par chance, Emmy ne semblait pas avoir encore émergé de la nuit passée. Le charme ne s'était pas rompu, et elle était encore... divine.

Le train parvint à Thunder Bay aux alentours de 8 heures du matin. On ordonna à Lev et David d'amener Emory à St Killian's et ils traversèrent le quai, suivis de Misha et des filles. Les gars restèrent avec moi dans le wagon qui se vidait.

Je repérai un coursier et fus sur le point de dire aux autres qu'on se verrait plus tard, quand je reçus un coup de poing dans le ventre. Je me pliai en deux, m'apercevant à peine que Damon s'attaquait ensuite à Kai, puis à Michael. Il percuta Kai en plein sur la mâchoire et balança un crochet du droit dans le ventre de Michael.

— Argh ! lâcha ce dernier alors que je tressaillais.

— Mec, qu'est-ce que tu fous ? aboya Kai en se frottant le visage.

Je levai les yeux vers Damon, mes abdos meurtris me faisant l'effet d'un nœud qui n'arrêtait pas de se serrer.

Il prit une grande inspiration et rajusta les revers de sa veste de costume.

— Je préférerais ne plus avoir à surprendre mes sœurs dans un *gang-bang* chelou, OK ?

Sans attendre de réponse, il tourna les talons et, les lèvres pincées, quitta le train d'un pas lourd alors que nous tâchions de nous redresser.

Merde. Il nous avait surpris la nuit précédente ? Pas cool.

— J'oublie tout le temps que ce sont ses sœurs, affirma Michael en se frictionnant le ventre.

— La vache..., s'esclaffa Kai.

Nous nous pliâmes tous de rire en l'imaginant entrer dans la pièce, puis en ressortir aussi sec avant de se repasser la scène en boucle. Comment avions-nous pu ne pas nous en apercevoir ?

Ce pauvre D.

Je tendis la main à Kai.

— Donne-moi tes clés, réclamai-je. Monte avec Michael. J'ai quelques trucs à faire.

Il acquiesça et lâcha ses clés dans ma paume avant de m'attraper par la nuque pour approcher mon visage du sien.

— Bienvenue au bercail, dit-il, et puis descendit du train.

Ça faisait du bien d'être de retour. *Enfin, je crois.*

— Prends Emory chez toi, ordonnai-je à Michael. Enferme-la en bas. J'en ai pour un petit moment.

— D'ac.

Micah, Rory et moi descendîmes du train, et je pris l'enveloppe des mains du coursier au passage. Sans m'arrêter, je la déchirai et en sortis un téléphone portable. Je l'allumai, fis apparaître le pavé numérique et laissai planer mon pouce au-dessus des touches, mais…

Je n'étais pas prêt. Je n'avais pas encore envie d'affronter le monde, et je ne savais pas trop ce que j'allais dire à mes parents si je les appelais.

Ni à mon grand-père, mes frères ou mes autres amis.

Une chose à la fois…

Je pressai la clé électronique et vis les phares arrière d'une Porsche Panamera noire s'allumer. Nous grimpâmes tous les trois. Le seul contact d'une voiture me grisait.

Mon Dieu, ça faisait longtemps. Les sièges en cuir grincèrent sous mon poids, et je humai l'odeur du nouveau véhicule, brusquement envahi par une euphorie instantanée.

Putain, que c'était bon.

Je démarrai le moteur, passai la première vitesse et montai le volume de l'autoradio qui diffusait le dernier titre en date de Thousand Foot Krutch. J'enclenchai la marche arrière et écrasai l'accélérateur.

Nous fonçâmes hors du parking. Grisé par la vitesse et la musique, Rory abandonna sa tête en arrière et ferma les yeux en relâchant son souffle pour la première fois depuis que je le connaissais. Micah, sur le siège passager à côté de moi, passait la tête par la fenêtre ouverte en souriant, le visage frappé par le vent.

Les plaisirs simples de la vitesse, du vent et de la liberté. Ça nous avait tellement manqué.

Je n'avais plus qu'à me trouver un bon cheeseburger, et je me sentirais tout à fait chez moi.

Nous filâmes en ville, dépassâmes le Cove et Cold Point avant de traverser la banlieue. Un panneau « À vendre » trônait sur la pelouse devant l'ancienne maison d'Emmy. Le jardin était dans un triste état. Je savais que Martin Scott passait le plus clair de son temps à Meridian City, où il gravissait les échelons de son statut de fonctionnaire, mais je fus pris de court malgré tout. Emmy était-elle au courant ?

Depuis combien de temps était-elle en vente ? C'était une petite maison pleine de charme au milieu d'un quartier résidentiel agréable. Les acheteurs ne tarderaient pas à se bousculer.

Nous tournâmes à droite et passâmes le village et la cathédrale avant de monter dans les collines et de dépasser mon ancien lycée, en route pour la maison de mes parents.

J'aurais préféré repousser cet instant, car je savais que je ne m'en tirerais pas comme ça. Ma mère se plaindrait de s'être inquiétée pour moi, et mon père me cuisinerait jusqu'à obtenir tous les détails qu'il souhaitait. Mais s'ils apprenaient que j'étais de retour en ville et que je n'étais pas passé les voir, ce serait encore pire.

Je ne savais pas trop pourquoi j'avais emmené Micah et Rory. Sans doute parce que je voulais qu'ils voient ma vie ici. Ou peut-être que ça m'énervait qu'ils se soient rangés du côté d'Emmy la veille, et que j'avais envie de passer du temps seul avec eux. J'avais travaillé trop dur et trop longtemps pour les perdre aux mains de ma petite usurpatrice.

Cela dit, la loyauté dont ils avaient fait preuve à son égard ne me déplaisait pas. Elle pourrait m'être utile.

Nous descendîmes de voiture et gravîmes les marches de ma maison. Tout avait l'air inchangé depuis mon départ plus d'un an auparavant. J'ignorais où se trouvaient mes clés ou mes habits, mais je devinais que les autres avaient conservé mon appartement à Delcour. J'y trouverais sûrement le nécessaire.

Je tournai la poignée et la porte s'ouvrit immédiatement, embaumant l'air du parfum des fleurs fraîches que ma mère aimait garder dans la maison.

L'entrée était blanche et imposante, comme à Blackchurch, sauf que ma mère était bien meilleure décoratrice. Ici, tout était clair et spacieux. Je souris pendant que les gars m'emboîtaient le pas en regardant autour d'eux.

— Bonjour ? entendis-je Meredith appeler. Qui est-ce ?

La gouvernante déboucha du couloir en se séchant les mains sur un torchon, coiffée d'une queue-de-cheval tellement serrée que ses sourcils atteignaient presque la naissance de ses cheveux.

Elle sourit en m'apercevant.

— Will !

— Salut, renvoyai-je en me penchant pour déposer un petit baiser sur sa joue. Tout le monde est là ?

Je ne voulais pas lui laisser une chance de me questionner.

Elle secoua la tête.

— Non. Tes parents passent la semaine en Californie pour affaires, et il n'y a personne d'autre ici. Dois-je appeler M. et Mme Grayson ?

— Non, répondis-je aussi sec.

En fait, c'était parfait. Ils m'avaient manqué, mais j'avais des affaires plus urgentes qu'il valait mieux gérer en leur absence.

— Je leur ferai la surprise, lui affirmai-je.

Elle considéra Micah et Rory. Je compris qu'elle avait envie de parler, mais l'heure n'était pas aux bavardages.

— Bon, ça fait plaisir de te voir, finit-elle par affirmer.

— Oui, à moi aussi.

— Tu veux manger quelque chose ?

— Non, répondis-je en me rappelant à quel point j'aimais ses fritures du matin. Mais je serai de retour dans quelques jours. Quand mes parents rentreront, contente-toi de leur annoncer que je suis en ville et que je ne vais nulle part.

Elle sourit.

— Bien. Ta mère sera ravie de retrouver son partenaire de bridge.

Je gémis intérieurement alors qu'elle s'éloignait en me décochant un clin d'œil.

— Son partenaire de bridge ? répéta Rory.

— La ferme.

Micah pouffa, et je levai les yeux au ciel.

Je regardai autour de moi. J'avais pensé me rendre dans ma chambre pour récupérer quelques affaires, mais je n'en avais plus envie.

— Tu as besoin de fringues ou d'un truc dans le genre ? s'enquit Micah.

Je ne répondis pas. Je m'approchai de la petite table au mur et ouvris le tiroir pour en sortir des clés de voiture.

Je les jetai à Micah.

— Prends l'Audi et suis-moi.

Nous quittâmes la maison, et ils sautèrent dans la voiture de mon père pendant que je prenais celle de Kai. Nous fonçâmes jusqu'au village et nous garâmes sur des places le long du trottoir devant le théâtre. J'avais des trucs à leur donner, et d'autres opérations à effectuer. J'attrapai l'enveloppe et descendis de la Porsche. Les feuilles bruissaient dans les arbres et une odeur de pizza s'échappait du Sticks. Au loin, une bizarrerie accrocha mon regard.

Qu'est-ce que… ?

— Mon Dieu, Will ! me héla-t-on. Tu es de retour !

Je ne cherchai même pas à savoir qui m'avait appelé. J'avais les yeux rivés au sommet de la petite butte, au centre du parc, en plein cœur du village.

D'où sortait ce truc ?

Je traversai la rue au petit trot, et les gars me suivirent tandis que je m'enfonçais dans le parc avant de gravir la pente. Le cœur battant, j'embrassai du regard l'immense belvédère en fer forgé qui se dressait à la place de celui que j'avais incendié.

À croire qu'il avait toujours été là. Et que celui d'Emmy n'avait jamais existé.

Après le feu, la ville avait déblayé les débris. Quelques années plus tard, quand j'étais sorti de prison, j'avais soigneusement évité le vide qui surgissait sur ma gauche chaque fois que j'allais chez Sticks, au cinéma ou à la White Crow Tavern…

Sauf que là, je n'étais même pas parti une année et demie, et quelqu'un en avait profité pour reconstruire un belvédère à la place de l'ancien.

On m'avait volé la chance de me racheter.

Évidemment, je ne m'étais pas précipité pour le faire, n'étant d'ailleurs même pas sûr de le vouloir, étant donné que j'étais toujours en colère contre elle, mais bon… Je n'aimais pas qu'on m'empêche de prendre mes propres décisions.

— C'est ça, le belvédère ? s'étonna Micah. Je croyais qu'il avait brûlé.

J'avais oublié qu'elle en avait parlé l'autre soir au dîner. Je n'allais pas m'expliquer, surtout quand j'ignorais qui avait construit celui-ci, mais pourquoi Michael ou Kai n'avaient-ils pas pu s'interposer ? Ils avaient dû se douter que j'avais projeté de le remplacer. Ou, du moins, que je comptais le faire un jour.

Je levai les yeux vers la structure noire et circulaire dotée de quatre volées de marches, une de chaque côté, au nord, au sud, à l'est et à l'ouest, avec son toit ouvert et ses poutres qui se rejoignaient au sommet pour laisser passer la pluie et les feuilles mortes. Les rampes étaient entortillées de lierre, presque comme si l'ouvrage avait poussé hors de terre.

Il était magnifique, en fait. Je n'aurais pas fait mieux. C'était une consolation.

Je soupirai, secouai la tête et me retournai vers les gars tout en sortant l'enveloppe.

— La voiture est à vous pour l'instant, leur annonçai-je.

Mes parents ne m'en voudraient pas de l'emprunter aussi longtemps que j'en avais besoin. Ils n'avaient pas à savoir que ce n'était pas pour moi.

Je tendis une autre clé à Rory et montrai le cinéma familial derrière lui.

— Il y a un appartement tout en haut. Entièrement meublé. Le frigo est rempli, faites comme chez vous.

Mon regard passa de lui à Micah. Je tendis à chacun un téléphone et un portefeuille.

Rory fronça les sourcils, déconcerté, en trouvant dans le portefeuille un permis de conduire, des cartes de crédit et des billets de banque. Je m'étais tout fait livrer à la gare ce matin-là.

Il leva les yeux, sortit la Black Card avec son nom dessus.

— Tu n'étais pas obligé de faire ça.

— Ce n'est pas moi.

Micah haussa ses sourcils noirs et regarda Rory.

— Nos parents ?

Je ne répondis pas. J'avais passé pas mal de coups de fil la veille, mais planifier tout ça au pied levé ne relevait pas autant du miracle qu'ils semblaient le croire. Voilà longtemps que je mijotais cette opération et, avec l'aide de mon petit ordinateur portable planqué dans ma chambre au grenier, j'avais lancé la machine depuis des lustres.

Ils avaient une voiture, un endroit où dormir, du fric, et n'étaient pas contraints de retrouver leurs familles qui avaient eu si honte d'eux. C'était une nouvelle vie qui commençait. Ils méritaient au moins ça.

— Faites ce que vous voulez, décrétai-je. Restez. Partez. Foutez le fric et les cartes aux chiottes.

Je voulais qu'ils restent, mais il fallait qu'ils le veuillent aussi.

— Accordez-moi ce week-end, demandai-je. Histoire de voir si vous avez envie de refaire votre vie ici.

Ils échangèrent un regard, sachant qu'ils pouvaient aller n'importe où, du moins pour un temps.

Si leurs familles avaient convenu de les laisser tranquilles, c'était uniquement parce que mes amis et moi – Graymor Cristane – leur avions proposé ce marché.

Mais je ne les forçais à rien.

— Si vous restez, repris-je, si vous avez envie de faire partie de notre groupe, vos parents financeront votre part de notre complexe touristique. Mais dans le cas contraire, pas de souci.

Ils pouvaient fuir seuls. Ou fuir avec nous.

— À Thunder Bay, inutile de se cacher, leur expliquai-je.

Nous étions une famille. On nous avait coupé l'herbe sous le pied depuis longtemps, sauf que ce n'était pas nous qui allions changer. C'étaient les autres.

Je voulais seulement les entendre dire « oui ».

— Je vous laisse y réfléchir. Allons chez Michael, ajoutai-je en me dirigeant vers les voitures. Il faut qu'on mange.

— Tu m'étonnes, acquiesça Micah. Je crève la dalle.

J'eus un petit sourire.

S'ils étaient prêts à rester pour le petit déjeuner, alors ce n'était pas un « non ».

Je ne m'attardai pas. Je les déposai chez St Killian's, où la cuisinière avait disposé le petit déjeuner. Mais, en voyant la table remplie, les parents, les agents de sécurité et…

Mon cœur fit un bond à la vue des petites têtes brunes qui couraient autour de la table.

Des enfants.

Ma poitrine s'ouvrit. J'ignorais lequel était Madden et lequel était Ivarsen, mais je ne pouvais pas rester.

Non, je… C'était impossible. Je sortis en trombe, sautai dans la voiture de Kai et pris la fuite, laissant Emmy et les gars. Je passai le reste de la journée à m'occuper d'un million de choses pour ne pas penser à tout ce que j'avais manqué.

Pour autant, ce n'était pas une surprise. Banks et Winter avaient été enceintes quand j'étais parti à Blackchurch.

N'empêche que c'était dur de voir leurs fils pour la première fois. J'aurais dû être là.

Je ne l'avais pas été.

Après avoir cramé des milliers de calories à Hunter-Bailey, où j'étais toujours adhérent – merci, Michael –, je récupérai des affaires à Delcour, fis une halte à la banque pour dégeler mes comptes, passai quelques coups de fil, effectuai des tâches mineures et me rendis à un bref rendez-vous à la White Crow.

La ville était plus belle que jamais. La Bell Tower était toujours en ruines, le Cove toujours calme au loin, et la tombe d'Edward McClanahan décorée de bibelots déposés lors du dernier pèlerinage de l'équipe de basket actuelle de Thunder Bay Prep. Je roulai longtemps, passai à plusieurs reprises devant l'ancienne maison d'Emmy, quelques fois devant notre lycée d'avant, et évitai carrément le pont où j'avais failli me noyer deux ans plus tôt.

Ce ne fut que lors de ma cinquième traversée des quartiers entourant le village, alors que le soleil se couchait et que le crépuscule tombait, que je me rendis compte qu'on était EverNight. « Man or Monster » passait à la radio et des bougies scintillaient aux fenêtres. Les chambres à l'étage, celles des enfants et des ados, étaient éclairées par leurs offrandes à Reverie Cross.

Alors que la nuit prenait ses aises et que l'air frais me provoquait des frissons, je cherchai la chaleur, cherchai cette odeur que j'avais perçue sur moi la veille.

Son frère savait-il que nous étions en ville ? Il n'aurait aucun mal à la retrouver.

Je pris la direction de St Killian's.

Je montai dans les collines et, l'intérieur de la voiture balayée par la brise marine, filai sur le bitume, passant la maison de Damon, celles de Banks, de Michael, de la mère de Rika avant de foncer entre les colonnes avec leurs lampes à pétrole et de longer l'allée jusqu'à St Killian's.

Des bougies brillaient à chaque fenêtre, et j'aperçus du mouvement à travers les rideaux de l'étage. Au milieu de l'allée trônait un carré d'herbe, avec une coupe de feu qui flambait. Faisant crisser le gravier sous mes roues, je me garai et descendis de voiture.

L'allée était splendide. Cet endroit était magnifique. Ils avaient bien bossé.

Dès que j'ouvris la porte, je fus accueilli par des rires et de la musique. Je jetai un coup d'œil à la salle à manger. La configuration ouverte avait été bien préservée, à l'exception de quelques murs ajoutés ici et là pour conférer une certaine intimité.

Assise sur les genoux de Damon, Winter riait avec Alex d'une blague de Rika, et la table était jonchée de notes, de revues, de smokings – en vue du mariage, sûrement –, de fleurs et de friandises. Banks et Kai étaient rentrés chez eux, et Micah m'avait envoyé un texto plus tôt pour me faire savoir qu'eux aussi regagnaient leur appartement.

J'ignorais où se trouvaient Misha et Ryen, mais ils étaient sûrement partis chez lui ou chez elle à Falcon's Well, non loin de là. Michael sortit de la cuisine avec une assiette de sandwichs et en dévorait un tout en marchant.

Je filai en douce avant que quiconque me voie.

J'entendis gazouiller derrière moi. Le cœur serré, je me retournai pour gagner la salle de bal.

Les lustres étaient tamisés, les fauteuils et divans éparpillés autour de la pièce. Au milieu trônait un parc pour bébé, dont dépassait une tignasse noire.

Je m'en approchai et contemplai le petit garçon aux yeux bleus qui avait les sourcils de son père et les longs cils de sa mère. Il était tellement mignon.

Je le pris dans mes bras. Son petit corps me parut plus léger que l'air.

Des rires fusèrent dans la salle à manger. Son incroyable odeur de bébé me faisait tourner la tête. J'avais la gorge serrée et les larmes aux yeux.

Je fus secoué de sanglots silencieux en contemplant son beau visage, et des larmes coulèrent sur mes joues. Damon avait accompli ça sans moi. Il s'en sortait à merveille – sans moi.

J'aurais dû être là à la naissance du petit. J'aurais dû connaître Madden.

— L'année prochaine, je t'emmène fêter Halloween, OK ? lui chuchotai-je. Et toutes les années d'après aussi. J'aurai ma maison à moi, j'assisterai à tous les matchs de Michael et à toutes les représentations de ta mère et je t'offrirai un gigantesque cadeau à chacun de tes anniversaires.

Je penchai la joue sur son front.

— Je te laisserai même veiller tard quand ils me demanderont de te garder pour sortir en amoureux.

Ivar, Mads et le bébé que portait Winter ne sauraient jamais que j'avais été absent.

Je le reposai dans son lit, pressai les lèvres sur son front et lui tendis son serpent en peluche. Je souris en songeant au Godzilla que j'avais offert à Em. Je me demandais si elle l'avait encore.

Je me dirigeai vers l'arrière de la maison et descendis l'escalier vers les catacombes, constatant que Rika avait dissuadé Michael de recouvrir de bois les marches en pierre irrégulières.

Depuis combien de temps n'étais-je pas venu ici ? Cela remontait-il à la nuit où Damon, Winter et moi avions sauté du pont ?

Je parcourus le plancher au milieu des fausses flammes qui brillaient aux murs dans leurs appliques. Je savais que cet endroit abritait une bonne dizaine de chambres. J'ignorais où ils l'avaient installée, mais je tournai la poignée de la première porte.

Le battant s'ouvrit en grand, et je pénétrai dans la pièce sombre. La lumière du couloir se déversa à l'intérieur et révéla les contours d'une silhouette couchée sous les draps.

— Will ? appela-t-elle en se retournant et en se frottant les yeux.

En apercevant le soutien-gorge en dentelle noire qu'elle portait sous sa salopette, mon pouls grimpa aussitôt en flèche et ma queue se mit au garde-à-vous.

Putain. J'adorais la voir en salopette.

Je contemplai sa peau olivâtre, sa chevelure châtaine qui ruisselait sur ses bras. Ses seins ronds, ses lèvres roses.

La corde qui avait été à ses poignets le matin même lui ceignait de nouveau le cou, pendant entre ses seins et sous sa salopette.

Je souris.

Elle se redressa et s'approcha de moi. Debout devant elle, je considérai ma Petite Maligne qui n'avait pas changé depuis le lycée, quand elle avait eu le don de me mettre en boule et de m'exciter à mort.

— Micah et Rory ont un appartement en ville, lui appris-je en lui caressant la joue du dos de la main. Tu as envie de les rejoindre ?

Elle secoua la tête.

Je passai à l'autre joue, caressant ce qui était mien.

— Il y a à manger en haut, murmurai-je. Tu as faim ?

Là encore, elle secoua la tête.

Je soulevai son menton. Elle aimait jouer, et j'adorais ça.

— Tu as envie de rester avec moi ? narguai-je.

Lentement, elle acquiesça.

Je sortis un étui de ma poche et le posai sur la table de chevet.

— J'ai renouvelé l'ordonnance pour tes lunettes.

J'avais pu convaincre le Dr Lawrence de contacter son ophtalmo en Californie.

— Où as-tu trouvé la salopette ? lui demandai-je.

— Dans la penderie de Rika.

— Et tu restes ici toute seule, tout en sachant que la porte n'est pas verrouillée ?

Elle ne bougea pas.

Sa tenue, la corde, l'attente patiente dans le lit… Je me demandais quand elle finirait par se rebeller, parce que ça arriverait forcément, mais bon sang, ça me plaisait qu'elle ne se précipite pas pour redevenir mon ennemie. J'avais bien envie de la prendre dans ce lit ce soir-là.

Je la redressai, m'assis à sa place et l'attirai sur mes genoux en la serrant dans mes bras.

J'étais hors d'haleine, trempé d'une sueur froide. J'avais la tête qui tournait en songeant à l'année passée et aux dernières vingt-quatre heures.

J'avais besoin de me raccrocher à quelque chose, ne serait-ce que cinq minutes.

Je la serrai contre moi et humai l'odeur de ses cheveux, brûlant de la goûter. Si elle n'avait pas surgi à Blackchurch, aurais-je vraiment cherché à me venger ? Aurais-je retrouvé sa trace en Californie pour la faire payer ?

Et comment m'y serais-je pris ?

J'avais appris pour les photos et les mensonges près de deux ans plus tôt, après le meurtre du père de Damon. J'avais ensuite passé six mois à essayer de noyer ma rage dans les voyages et la boisson avant de savoir ce que je devais faire. C'est là que je m'étais rendu à Blackchurch.

Je redoutais de l'affronter. Malgré tout, malgré la trahison, je n'avais pas voulu la perdre.

— J'aurais dû venir te voir, affirma-t-elle enfin. Je regrette de ne pas t'avoir tout expliqué à l'époque.

Je ravalai la boule logée dans la gorge, car je savais que tout n'était pas sa faute. Je n'étais pas complètement innocent dans l'histoire.

J'aurais dû rester. Quand elle m'avait laissé planté là après la réunion dans le bureau du proviseur, et que je l'avais menacée de me taper la première venue… j'aurais dû rester.

Elle n'avait pas eu besoin d'un petit ami, simplement d'un ami. Moi, je m'étais montré égoïste et arrogant, pourri gâté. J'aurais dû lui donner ce dont elle avait besoin. Elle ne me devait pas son cœur sous prétexte que je le voulais.

Si je m'étais vraiment préoccupé d'elle, j'aurais été plus patient.

Je la jetai sur le côté et, la laissant atterrir sur le lit, sortis précipitamment de la chambre.

— Will… ?

Je ne peux pas. Pas maintenant. Je refermai la porte et verrouillai à double tour.

— Will, non ! cria-t-elle en cognant sur le battant. Ne pars pas, je t'en supplie.

J'appuyai le front sur le bois. J'aurais tellement aimé entendre ces paroles des milliers de fois dans le passé.

— Will, appela-t-elle encore. Reste avec moi.

Je fermai les yeux, résistant à l'envie d'ouvrir la porte et de grimper au lit avec elle.

— Reste avec moi, répéta-t-elle.

Je secouai la tête, comme pour chasser toutes mes pensées.

— Que fera-t-il s'il sait que tu es revenu ? questionna-t-elle.

Je tournai les talons.

— Il est déjà au courant.

J'en avais marre de cette histoire. Toujours la même.

Marre de ne pas être avec elle. Marre de Martin Scott. Marre de ne pas profiter de la vie à laquelle j'étais destiné.

Il était temps de mettre un terme à tout ça.

J'étais prêt pour de nouvelles aventures.

Je montai l'escalier et regagnai l'intérieur de la maison, fermai derrière moi et me rendis à la salle à manger.

Je tournai le coin et les contemplai tous, assis à la table. Damon s'interrompit au beau milieu d'une phrase, et tous se tournèrent vers moi.

— Tu as une nounou ? demandai-je à Winter.

— Ma mère est là, répondit Rika à la place.

Ça fera l'affaire.

— Habillez-vous en noir, leur conseillai-je en quittant la pièce. On y va.

— Où ça ? lança Alex. Que se passe-t-il ?

Mais j'étais déjà parti.

Je gagnai la voiture de Kai, sortis du coffre un sac en toile pour en extraire un sweat noir et retirai ma veste de costume pour déboutonner ma chemise. J'enfilai le haut noir, fourrai ma veste et ma chemise dans le coffre avec le sac, et me coiffai du bonnet noir en courant vers la maison.

Quelques minutes plus tard, j'avais sorti du garage la vieille Mercedes Classe G de Michael. Après y avoir chargé toutes les fournitures nécessaires, j'avais appelé Kai, Banks, Micah et Rory, et avalé quelques sandwichs alors que nous regagnions tous les voitures.

— Winter ne vient pas ? demandai-je à Damon qui s'installait sur le siège passager.

— Non, pas enceinte, répondit-il. Elle reste avec…, s'interrompit-il en agitant la main comme s'il ne se rappelait pas son nom. Christiane.

Sa mère. Enfin, sa mère biologique.

Et celle de Rika.

Visiblement, il tolérait désormais sa présence pour le bien des enfants, et pour celui de Rika, même s'il gardait une rancune qui n'avait apparemment pas disparu depuis la dernière fois que j'avais été là.

Je m'assis, Alex prit place à l'arrière, et je bouclai ma ceinture. Michael essayait d'attirer mon attention depuis la fenêtre de sa Jag.

— Contente-toi de me suivre ! lui ordonnai-je.

Sans lui laisser le temps de protester, je fonçai dans sa Classe G avec les fournitures, Alex et Damon. Michael et Rika suivaient dans son autre voiture.

Il nous fallut très peu de temps pour atteindre l'entrepôt qui, inutilisé le restant de l'année, grouillait à présent d'activités sous le nom de Coldfield.

C'était ainsi qu'on l'avait appelé en octobre, quand on l'avait transformé en maison hantée.

C'était là qu'on avait fait la fête au lycée, dans cette usine abandonnée qui avait tenu lieu de cour de récréation pour les jeunes qui cherchaient à s'abriter de la pluie… en compagnie de trois cents de leurs plus proches amis et de quelques fûts de bière.

C'était là que Misha était venu composer des chansons et s'oublier quand la douleur de la mort d'Annie avait été trop dure à supporter.

C'était là que Damon, Kai et moi avions tabassé le frère d'Emmy en picolant, jusqu'à ce que mes jointures saignent et que je ne puisse plus rien sentir.

C'était là que j'avais compris que j'avais quelque chose à apporter au groupe. Une chose qui pourrait sauver notre avenir.

— Qu'est-ce qu'on fout là ? s'enquit Michael alors que nous passions devant la file de clients qui attendaient.

Hurlements et effets sonores grinçants fendaient l'air, la brume flottait au-dessus du sol et *Pumped Up Kicks* de 3TEETH crachait par les haut-parleurs. L'odeur des hot-dogs et du pop-corn embaumait l'air, et des cris stridents retentirent derrière moi tandis que des acteurs sautaient sur un groupe de filles. Un peu partout, des hommes et des femmes masqués restaient figés, à fixer les gens au loin dans le but de leur flanquer la trouille de leur vie.

Kai et Banks coururent pour nous rattraper. De l'autre côté des grilles, Rory et Micah patientaient à côté du chariot à boissons.

J'entrai à grands pas dans l'entrepôt, où des bâches et des murs avaient été dressés pour créer diverses salles de part et d'autre d'un tunnel. Micah et Rory nous emboîtèrent le pas.

L'obscurité, humide et froide, pesait partout. Nous filâmes devant des clients qui hurlaient en riant face à des acteurs qui, pendus aux chevrons, essayaient de les attraper.

Je pénétrai dans une pièce et sortis de mon sac un trousseau de quinze mille clés afin de trouver celle qui ouvrait les portes de la section « Savant fou » de la maison hantée. Après être passés devant des cuves en ébullition contenant diverses parties du corps et des lampes magma remplies de globes oculaires, j'insérai la clé dans la serrure, ouvris la porte et fis entrer tout le monde.

Michael eut un mouvement de recul et me considéra d'un air interloqué.

— C'est à toi qu'appartient Coldfield ?

Je lui décochai un sourire crispé.

J'avais allongé les billets. Aidé à la conception. Puis, j'avais embauché des gérants pour s'occuper du reste. J'y prenais part quand j'en avais envie, mais je savais que je ne pourrais pas gérer le côté affaires avant un bon moment, aussi avais-je recruté une équipe temporaire à même de le faire à ma place.

Et j'avais bien fait, étant donné la durée de mon absence.

Nous nous engageâmes dans le couloir et je refermai à clé derrière nous avant d'ouvrir une autre porte et d'allumer à l'intérieur.

Comme dans les catacombes, des murs et des marches en pierre s'enfonçaient dans le sol. En dessous régnaient les ténèbres.

— Qu'est-ce que c'est que ça ? s'inquiéta Rika.

— Ça, c'est Coldfield, répliquai-je avec un demi-sourire. Le vrai.

J'ouvris la marche. Je regrettai momentanément de ne pas avoir invité Misha, car je savais qu'il aurait adoré ça, mais je n'avais pas voulu l'impliquer dans cette histoire.

Je descendis, suivis des tunnels tortueux éclairés par des lanternes électriques. De l'autre côté des murs, on entendait le bruit de la mer et de la rivière.

Une voie ferrée s'étendait devant nous. Je jetai mon sac dans un des wagons comportant les contenants d'essence que j'y avais fait mettre la veille lors d'un de mes nombreux coups de fil.

Kai regarda autour de lui. Des pièces et tunnels qui partaient dans diverses directions.

— Je n'arrive pas à croire qu'on n'ait jamais su si ça existait réellement.

— Tu en avais entendu parler ? s'étonna Banks.

— Quelques murmures de la part des anciens ici et là, répondit Damon à sa place. Mais je ne connaissais personne qui était vraiment venu.

— On est où exactement ? s'enquit Rika.

Je vérifiai les fournitures sur les rampes pour m'assurer que nous avions tout ce que j'avais demandé.

— Tu te souviens quand on a appris que la ville avait été colonisée dans les années 1930 ?

— Ce n'est pas vrai ? risqua Rika.

— Non, répondis-je en secouant la tête.

Il s'agissait d'un mensonge, ou d'une fausse information.

— Deux cents ans auparavant, la rivière s'est scindée en trois cours d'eau au lieu d'un, et les colons ont construit des ponts pour les enjamber.

Je leur fis signe de s'installer.

— Les arches s'enfonçaient profondément dans le sol, créant vingt et une pièces – ou chambres fortes – sous terre.

Alex et Damon s'assirent dans le premier wagon, Kai et Banks prirent le deuxième, Rika et Michael le troisième, et Micah et Rory le quatrième.

— Les commerçants vendaient ici leur marchandise, et il y avait même des tavernes et des boutiques, poursuivis-je en vérifiant qu'ils étaient bien sanglés. Au fil des ans, la fréquentation a changé, passant aux mains des contrebandiers, des criminels et des pirates. Ils se cachaient et vivaient ici, d'où ils pouvaient rallier toutes les pièces sous les trois ponts grâce à ces tunnels qui leur permettaient d'aller en ville sans se faire repérer.

— Putain, murmura Damon. C'est carrément cool !

— Comment tu as fait pour trouver cet endroit ? s'enquit Michael.

— Je l'ai cherché.

Rory s'esclaffa et Micah sourit, captivé.

— C'est pour ça que tu as acheté l'entrepôt, devina Alex.

— C'est l'une des raisons, précisai-je en m'installant avec eux dans le premier wagon et en bouclant ma propre ceinture. Et puis, j'aime bien les maisons hantées.

— Il existe d'autres entrées, mis à part celle de l'entrepôt ? demanda Damon derrière moi.

Je le regardai par-dessus mon épaule en souriant.

— Un peu partout en ville. Et on trouve même d'autres pièces souterraines à Meridian City, entre Delcour et Whitehall.

— C'est quoi, ce délire ? s'écria Kai, qui paraissait plus excité que furieux.

Sa maison de ville, le Pope, et Sensou se trouvaient tous les trois dans le quartier de Whitehall, et il aurait de nombreuses raisons pour se servir du système de transport souterrain s'il le voulait. Surtout si nous, et les gens qui travaillaient pour nous, étions les seuls à être au courant.

— Mettez le levier en troisième position et appuyez sur le bouton vert, hurlai-je en retour. Après ça, contentez-vous de profiter de la balade jusqu'à ce que je lève un bras. Là, commencez à baisser le levier et à enclencher les freins.

Alex remua sur son siège à côté du mien en gloussant. L'image d'Emmy, seule dans les catacombes, surgit dans mon esprit, mais elle n'avait pas besoin d'être là.

— *Go !* criai-je.

Je poussai le levier jusqu'à la troisième encoche et appuyai sur le bouton. Les mécaniques crissèrent et nous partîmes, traversant les tunnels à cinquante kilomètres-heure.

En temps normal, je serais allé un peu plus vite – du genre, jusqu'à la cinquième encoche –, mais c'était leur première fois, et je ne voulais pas les perdre en chemin. Tout en cahotant à gauche et à droite, je sentis le vent souffler dans mes cheveux, et Alex rit à côté de moi tandis que le tunnel s'allongeait devant nous, noir et terrifiant. Les roues épousaient les rails sans qu'il soit nécessaire de diriger les wagons, puisque je n'avais pas encore construit de voie menant ailleurs en ville.

Même si je prévoyais de le faire.

— On devrait avoir des casques ! s'écria Damon.

Des casques ? Quelle chochotte !

— Pour les gosses, je veux dire ! précisa-t-il. Tu sais bien qu'ils vont vouloir s'en servir.

J'acquiesçai. OK, ça tombait sous le sens. Les garçons allaient adorer ça, et quand ils seraient ados, on ne pourrait pas les empêcher de venir.

Nous filâmes sous le lit de rivière, passâmes devant d'autres pièces sombres, sous le village, de l'autre côté d'Old Pointe Road, et j'aperçus le quatrième feu rouge. Chacun signalait un arrêt. Celui-ci était le nôtre.

Je levai le bras et attrapai le levier pour ralentir peu à peu, de sorte que Kai et Banks ne m'emboutissent pas et ne causent pas un carambolage.

Je pilai en faisant crisser les freins.

— Appuyez encore sur le bouton ! criai-je.

Les wagons s'immobilisèrent, et nous descendîmes. J'attrapai les contenants d'essence en plastique rouge. Tous m'imitèrent.

— Est-ce qu'on va faire ce que je pense ? demanda Kai.

Je ne répondis pas. Ils voulaient que le Cove disparaisse, et ils ne me laisseraient pas faire ça seul. Tout le monde était gagnant. Ils allaient m'aider.

Nous grimpâmes sur le quai et franchîmes une porte avant de nous engager dans les tunnels creusés sous le parc d'attractions. Quand ce lieu avait ouvert ses portes, les employés s'étaient servis de ces tunnels pour éviter la foule s'ils devaient traverser le parc, et aussi pour opérer les animatroniques, mais tout avait été abandonné depuis des lustres.

Je regardai à droite et à gauche, histoire de m'assurer que personne ne nous observait. Je ne voulais ni témoins ni victimes. Mais l'endroit était désert.

— Allô, c'est Rika, entendis-je Erika dire derrière moi. Je veux que vous empruntiez un camion à la caserne des pompiers. Apportez-le au Cove et branchez les tuyaux. On en a besoin. C'est urgent.

Un silence se fit pendant que son interlocuteur lui répondait.

— Merci, dit-elle avant de raccrocher.

Je décochai un regard à notre maire.

— Je ne peux pas à la fois provoquer un incendie criminel et faire courir un risque à nos fonctionnaires, Will, se défendit-elle. Lev et David sauront contenir le feu.

Je hochai la tête. *Bien vu.* Leur salaire était suffisant pour qu'ils acceptent de faire tout ce qu'on leur demandait.

Je me balançai autour de la rampe, gravis les marches quatre à quatre et traversai une boutique dont le sol était couvert de poussière et de papiers avant d'en sortir pour pénétrer dans le parc.

La nuit était mouchetée d'étoiles et l'air marin me chatouilla les narines alors que nous déambulions dans le parc en contemplant la peinture écaillée et le bois en décomposition, les bateaux tamponneurs immobiles et la grande roue figée.

Mon cœur se mit à battre aussi fort que la nuit où je l'avais emmenée dans mon pick-up après le match. Aussi fort que la Nuit du Diable où j'avais incendié son dur labeur et gommé l'unique présence qu'elle avait laissée pour me torturer dans cette ville.

J'ignorais si elle me pardonnerait cet acte, mais il fallait que je le fasse. Je devais savoir si nous avions un avenir au-delà de ça.

— Pourquoi est-ce qu'on fait ça, Will ? demanda Banks.

J'en avais fini de me perdre dans les explications.

— Parce que je vous dis de le faire.

J'en avais marre de ressasser le passé. J'avais tout un océan de lendemains à construire, et j'étais prêt à vivre.

Je regardai Michael et Rika.

— Prenez par l'ouest.

Puis, Kai et Banks.

— Au-delà des balançoires.

Les quatre amis partirent arroser d'essence tout ce qu'ils pouvaient.

En compagnie d'Alex et de Damon, je m'éloignai vers la côte, le bateau pirate, et Cold Hill.

— Tu es sûr que ce n'est pas un coup de tête ? s'inquiéta Alex.

— Tu es sûr qu'il est sobre ? lui demanda Damon à son tour.

— La ferme, m'agaçai-je.

Je savais que la plupart de mes décisions importantes pouvaient être considérées comme douteuses, mais tout ce que j'avais pu faire de dingue dans ma vie n'était pas forcément dû à l'alcool.

Seulement certaines choses.

Nous entreprîmes de vider nos conteneurs sur les manèges et les stands de jeux et de restauration tout en ouvrant l'œil au cas où des témoins nous épieraient, mais je tenais à ce qu'on fasse vite. Pas question de s'arrêter. Je ne voulais jamais regarder en arrière. Le Cove devait disparaître.

Ce qui ne voulait pas dire que ce n'était pas douloureux.

J'errai autour de Cold Hill, la mâchoire serrée. C'était dans une de ces voitures qu'elle m'avait laissé la toucher et l'embrasser.

Le bateau pirate où elle avait explosé de rire. J'étais tombé raide dingue d'elle en contemplant la lumière qui éclairait son regard.

Misha aussi adorait cet endroit. C'était sûrement pour ça que je ne l'avais pas convié. Il aurait essayé de nous en empêcher.

Et il fallait que j'aille jusqu'au bout.

— La dernière fois qu'on a déclenché un feu, tu t'es fait arrêter, rappela Damon.

Le belvédère n'était pas le dernier incendie que l'un de nous avait déclenché, mais je supposais qu'il avait choisi d'oublier la maison de Rika et Sensou.

— Je ne retournerai pas en taule, lui promis-je.

Je lui jetai quelques fusées éclairantes, ainsi qu'une à Alex, et lâchai mon propre bidon à essence.

— Éparpillez-vous et donnez-en une à Michael et Kai, leur dis-je en élevant la voix. On va incendier le ciel entier, bordel, parce que Michael Crist épouse Erika Fane dans deux jours !

Je souris, mis mes mains en porte-voix et hurlai dans la nuit. Des rires et d'autres hurlements fusèrent dans le parc, et j'entendis Rika pousser des cris d'excitation.

J'allumai ma fusée éclairante et regardai Alex.

— Tu es sûr ? insista-t-elle en enflammant la sienne. Je sais ce que cet endroit signifie pour toi.

— Ce n'était qu'une nuit, décrétai-je en contemplant la grande roue. J'aimerais que ma vie ne se résume pas à ça.

Je lançai la fusée et la regardai atterrir sur la plate-forme. Un instant plus tard, une flamme jaillit et se répandit rapidement.

Le feu se propagea jusqu'à la grande roue, embrasa la voiture du bas et sa vieille banquette en cuir. Les flammes s'élevèrent encore et encore, passant d'une voiture à l'autre tandis que le parc tout entier flamboyait d'une lueur si intense que j'en regrettai presque mes lunettes de soleil.

Le vent souffla et la chaleur du feu m'inonda le visage. Je fermai les yeux, ne sachant trop si j'avais envie de rire ou de pleurer.

Michael Crist, Kai Mori, Damon Torrance et Will Grayson auraient enfin leur complexe touristique isolé. Nous étions là pour rester, et nous allions construire quelque chose qui resterait aussi.

Je n'arrivais plus à me contenir. J'étais rentré chez moi.

Je renversai la tête en arrière et hurlai le plus fort que je pus, depuis les tréfonds de mon ventre. Les autres, filles comprises, se joignirent à moi alors que notre feu crachait et sifflait autour de nous, et que cet endroit tout entier partait en flammes.

Je jetai un regard à Alex. Les yeux fermés, elle se lâchait dans l'air nocturne. Secoué de rire, je lui plantai un baiser baveux sur la joue.

Elle gloussa, et nous contemplâmes les flammes qui rugissaient autour de nous. Au bout de quelques minutes, j'aperçus Lev et David qui arrivaient dans le parking avec le camion de pompiers.

On laisserait le feu faire son œuvre, juste ce qu'il fallait pour qu'aucune réparation ne soit envisageable, et puis on commencerait à l'éteindre.

— Attendez ! entendis-je crier. Attendez un peu !

Je lâchai Alex et regardai autour de moi. Rika s'élançait vers l'arrière du parc.

— Qu'est-ce qu'il y a ? m'inquiétai-je en la rejoignant au pas de course.

Le regard fixé devant elle, elle se penchait pour voir au-delà des manèges.

— J'ai cru voir quelque chose, répondit-elle. Tu es sûr qu'il n'y a personne ici ?

C'est ce que j'avais cru. À cet instant, je remarquai que la porte de la boutique par laquelle nous étions entrés claquait dans le vent. S'il y avait quelqu'un, il devait s'agir de sa cachette.

— Les tunnels ! criai-je aux autres. Retournons-y !

Tout le monde se mit à courir en direction de la boutique et des tunnels souterrains. Je n'avais jamais vu de sans-abri à Thunder Bay, mais aucune voiture n'était garée dans le parking et il n'y avait rien d'autre à des kilomètres à la ronde.

— On aurait dû tout vérifier, s'emporta Michael. Merde.

Nous nous précipitâmes dans les tunnels, gagnant l'accès à la voie ferrée, et j'ouvris la porte pour laisser passer Alex, Damon, Kai, Banks, Micah et Rory.

— Les sièges pivotent, leur expliquai-je, à bout de souffle. Retournez-les et repartez par le chemin qu'on a pris tout à l'heure. Arrêtez-vous au quatrième feu.

Kai acquiesça, et ils descendirent tous vers Coldfield.

Damon me regarda par-dessus son épaule, mais je secouai la tête, sachant ce qu'il pensait.

— Vas-y, c'est tout, insistai-je. Je vous rattraperai.

Je m'apprêtais à pousser Rika et Michael derrière eux, mais ils étaient plantés à l'entrée d'une pièce.

Je fermai la porte et m'approchai.

— Qu'est-ce que c'est ?

Il y avait un lit, des affiches et des graffitis aux murs, ainsi qu'une lampe allumée.

— Misha n'avait pas dit qu'il était resté un peu dans le coin ? s'enquit Rika. Après Annie ?

— Si.

Elle entra, ramassa un sandwich à moitié mangé qui reposait sur un emballage.

— Il y a quelqu'un ici, conclut-elle en pressant le pain frais.

Soit la lumière avait été éteinte à notre arrivée, soit la porte avait été fermée, car nous étions passés devant sans nous rendre compte de rien.

— Ce n'est pas vrai ! gronda Michael.

Nous remontâmes les marches. Voyant des flammes vives et orange s'élever de l'autre côté des vitres de la boutique, nous regagnâmes le parc en courant.

Pas question d'avoir des blessés.

Et je préférais qu'il n'y ait aucun témoin.

— Je sais que j'ai vu quelqu'un, certifia Rika. Peut-être une fille.

— Genre, une petite fille ? demandai-je.

Elle fit « oui » de la tête.

— Par là ! s'écria Michael en montrant du doigt.

Nous nous immobilisâmes et, le souffle coupé, regardâmes par les balançoires en direction de la galerie des glaces, où une petite silhouette oscillait tout en haut.

Bon sang. Elle devait être à dix mètres du sol.

Vêtue de noir, elle était coiffée d'un bonnet dont sortait une longue natte blonde qui retombait sur son épaule, mais je ne voyais pas assez bien pour savoir si je la reconnaissais.

— Toi ! lui cria Michael. Viens par ici !

Nous courûmes tandis qu'elle tournait sur elle-même et disparaissait du toit.

Elle sauta au sol, laissant traîner par terre les lacets de ses baskets usées jusqu'à la corde.

— Attrapez-la, hurla Rika.

Michael s'élança après la fillette et la saisit par le bras alors qu'elle tournait au coin du manège.

— Je l'ai ! brailla-t-il en la soulevant dans ses bras.

Mais elle lui mordit la main, et il la lâcha en sifflant.

— Qu'est-ce qui te prend ? aboya-t-il.

Elle courut, contourna les stands, fila devant les montagnes russes et disparut dans la forêt noire.

— Merde ! lâcha Michael.

Nous nous arrêtâmes, le souffle lourd.

— C'était elle qui vivait en bas ? nous demanda Rika. Elle doit avoir huit ans à tout casser.

Je lui décochai un regard.

— Tu l'as reconnue ?

— Non, répondit-elle. Elle n'est pas d'ici.

Je scrutai les arbres, entendant Lev et David ouvrir les tuyaux d'incendie et commencer à éteindre notre incendie.

— Quelle maire tu fais, m'esclaffai-je. La petite Newt d'*Aliens* squatte ton parc à thème abandonné, et toi tu essayes des robes de mariée.

Rika me flanqua une tape dans le ventre et puis s'empara de la main de Michael pour inspecter la morsure.

— C'est une battante, hein ? blagua-t-elle en lui décochant un sourire.

Il gronda.

— Elle reviendra. À pied, elle n'ira pas bien loin.

On aurait presque dit qu'il ne se préoccupait pas tant de la sécurité et du bien-être de cette petite merdeuse que de sa propre revanche.

Des sirènes déchirèrent l'air derrière nous. Je regardai par-dessus mon épaule et aperçus les lumières familières d'une voiture de police qui fonçait dans le parking.

Ils avaient fait vite.

Je jetai un regard à Michael.

— Allez-y. Tout de suite.

Il me fusilla du regard.

— Allez ! insistai-je.

Ne vous inquiétez pas pour moi. C'est fini, tout ça.

Il soutint mon regard, mais avant qu'il ait pu protester, je me mis à marcher vers les billetteries et le parking.

Un seul agent de police, habillé tout en noir avec un blouson épais pour les soirées fraîches d'octobre, parlait à la radio tout en observant autour de lui le parc en flammes.

Il m'aperçut et interrompit sa conversation. Je le vis presque soupirer.

— Will Grayson, lança-t-il. Mon pyromane préféré.

J'enlevai mon bonnet et lui adressai un sourire.

— Baker. Comment va la famille ?

— Ça pousse, répondit-il en s'approchant de moi alors que je m'approchais de lui. Ma femme est enceinte pour la troisième fois.

— De toi ?

Il haussa un sourcil, ne trouvant visiblement pas ça drôle.

Mon sourire s'élargit.

— Tu vas me forcer à te passer les menottes ? demanda-t-il.

Je secouai la tête.

— Il y a des gens que j'aimerais saluer. Allons-y.

36

Emory

Présent

— Emmy, réveille-toi ! appela-t-on en me secouant.

J'ouvris les yeux et sursautai.

— Quoi ? Qui est là ?

Ce n'était pas la voix de Will.

Je m'assis et me frottai les yeux pendant qu'on allumait la lampe. Rory et Micah arpentaient ma chambre.

J'attrapai mes lunettes et les chaussai sur mon nez.

— Qu'est-ce que vous fichez ?

— Will s'est fait arrêter, m'informa Micah en me jetant des habits. Il a déclenché un incendie au Cove.

Quoi ?

— Le Cove ?

Je serrai les vêtements contre ma poitrine, tentant de trouver un sens à ce qu'ils me racontaient.

Il avait mis le feu au Cove ? Et il s'était fait coffrer ?

Le fils de pute. Je quittai le lit avec un grondement.

— Un jour ! Ça ne fait même pas un jour qu'on est de retour en ville et il est déjà en taule !

Je dégrafai ma salopette pour enfiler le haut noir à manches longues.

— J'hallucine !

Ils me tournèrent le dos, et je baissai la salopette afin d'enfiler un jean et de mettre les baskets d'Alex avant d'attacher mes cheveux dans une queue-de-cheval.

En taule… Les larmes jaillirent. *Pas encore.*

— Vous savez qui l'a arrêté ? m'enquis-je.

— On ne connaît pas cette ville, s'irrita Micah en me jetant une veste. Damon va essayer de le faire sortir, mais on lui a dit d'attendre. On voulait te chercher.

Je secouai la tête.

— Je vais le tuer. Qu'est-ce qui cloche chez lui, bordel ?

Je remontai la fermeture Éclair de la veste et quittai la pièce avec eux avant de gravir les marches en courant.

Je devrais le laisser moisir là-bas. C'était sa faute, après tout. Il était bloqué dans un cycle infernal où il ne se sentait pas responsable de ses actes et ne maîtrisait pas son comportement. Ce n'était pas un choix. C'était une habitude, et je n'avais pas besoin de ça dans ma vie.

C'était un homme ? Il allait devenir père un jour ? *C'est ça, oui.*

J'ouvris la porte d'un coup de pied.

— Allons-y, leur dis-je en courant hors de la maison en direction de l'allée.

Damon se tenait à côté d'une Classe G qui ressemblait beaucoup à celle de Michael au lycée. Je ne savais pas où étaient les autres, mais il m'aperçut et se redressa aussitôt.

— C'est hors de question, décréta-t-il. Elle ne vient pas.

Je lui pris les clés des mains et contournai la voiture.

— En fait, c'est elle qui prend le volant, répliquai-je.

— Non, non, non.

Je lui décochai un regard par-dessus le capot.

— Qu'est-ce que tu vas faire ? le narguai-je. Moi, je l'ai envoyé en taule. Toi, tu as essayé de le tuer. Tu tiens vraiment à ce qu'on se dispute là-dessus ?

Si je n'en avais pas le droit, alors lui non plus.

Il fit la moue et me gratifia d'un de ces « petits regards pour m'inspecter de la tête aux pieds histoire de jauger sa rivale avec une pointe de jugement », mais il garda le silence.

Je n'étais pas pire pour Will que lui, alors mieux valait la boucler.

Nous grimpâmes dans la voiture et je démarrai.

Martin serait-il là ? Je savais qu'il ne vivait ni ne travaillait plus en ville, mais il gardait des antennes ici. Si Will était enfermé dans une cellule de son poste, cela suffirait à le tirer du lit quelle que soit l'heure.

Merde. Je n'avais pas envie de voir Martin. Je n'avais pas besoin de l'affronter. On s'était dit tout ce qu'on avait à se dire.

Will, quel connard tu fais.

Je fonçai à travers la ville alors que Micah me relatait les événements de la soirée. Je fus tentée de donner un coup de volant en direction de la cathédrale et de disparaître – quelque part où il ne pourrait pas me retrouver –, mais...

J'aurais dû aller le voir depuis des années. J'aurais dû être là pour lui. Au moins une fois, avant que tout se termine.

Je me garai devant le poste de police et regardai de l'autre côté de la rue. Une silhouette était assise à l'intérieur, le quartier était tranquille et il n'y avait personne d'autre en vue.

— Il faut qu'on crée une distraction, dis-je à Damon. Des idées ?

Il fixa son regard sur la vitrine du poste comme si de rien n'était, et puis... Il baissa les yeux et soupira, capitulant.

— Sortez de là, ordonna-t-il à Micah et Rory.

Pardon ?

— Pas question, protesta Rory. On va à l'intérieur.

— Allez démarrer ces voitures, Damon lança-t-il à Micah en montrant les véhicules garés dans la rue derrière lui.

— Hein ? lâcha Micah, bouche bée.

Damon ne donna aucune explication. Il sortit son téléphone, composa un numéro et porta le combiné à son oreille.

— Madame le maire ? taquina-t-il Erika, supposai-je. Deux crétins sont en train de faire une course de dragsters à Thunder Bay. Vous pouvez appeler le poste et dire à toutes les unités de se rendre à Delphi en direction de l'est ? demanda-t-il avant de préciser : *Toutes* les unités.

J'entendis la voix d'Erika à l'autre bout du fil. Je n'arrivais pas à distinguer ce qu'elle disait, mais on aurait dit un furet furieux.

— Fais pas ta chieuse, protesta-t-il en tripotant le cordon de son sweat à capuche. Tu as autre chose à faire ?

Encore des propos rageurs.

— Qu'est-ce que tu veux que ça me foute ? marmonna-t-il, elle répliqua autre chose, et il ajouta : Oui, je sais, ta mère...

Il raccrocha et puis jeta un nouveau coup d'œil à Micah.

— Comment tu as su que c'était moi qui savais démarrer une voiture en triturant les fils ? demanda Micah.

— Parce que c'est toi qui as des conneries à prouver à ton salaud de paternel, répliqua Damon. On sent ses semblables. Bon, dépêchez-vous les gars.

Dans le rétroviseur, je les vis sourire jusqu'aux oreilles. Curieux, non ? Eux aussi aimaient les embrouilles.

Damon sortit un crochet long et fin de sous le siège et le leur tendit. Ils bondirent hors de la voiture et coururent le long du pâté de maisons.

Quelques minutes plus tard, des phares s'allumaient derrière nous et les deux voitures, une Mustang et une jeep, nous filaient devant pour disparaître au bout de l'avenue.

— Qu'est-ce qu'on fait maintenant ? demanda Damon.

Je fixai l'agent de police à l'intérieur du poste.

— Je ne sais pas.

À ma grande surprise, je frémissais d'excitation. J'en souris presque. Je n'avais pas la moindre idée de ce que j'allais faire, mais j'avais l'impression que ça allait marcher.

— Dès que je sortirai de la voiture, tu te mettras au volant et tu vérifieras que toutes les portes sont déverrouillées, lui dis-je. Compris ?

Il acquiesça. Au bout d'un moment, nous repérâmes deux voitures de police qui quittaient le parking à l'arrière du poste et s'engageaient dans la rue en faisant résonner leurs sirènes.

Erika avait passé le coup de fil. Le troisième quart était toujours plus tranquille, sauf pour la Nuit du Diable.

— C'est parti, lançai-je.

Ils prirent la direction opposée à celle de Micah et Rory, vers Delphi. Je descendis de la voiture, relevai la capuche de ma veste, puis me ravisai et la rebaissai.

Martin saurait forcément que j'étais là. Inutile de se cacher.

Les mains fourrées dans les poches, je traversai la rue en courant, ouvris la porte et me ruai à l'intérieur.

À l'accueil, le policier baraqué à lunettes et aux cheveux gris coupés à ras leva les yeux et sourit en me voyant.

— Germaine, le saluai-je en premier. Salut.

— Emory Scott, renvoya-t-il en inclinant la tête. Eh ben ! Comment ça va, ma chérie ?

— Pas trop mal, répondis-je. Mon frère est dans les parages ?

— Euh, non, s'esclaffa-t-il. Il garde un bureau ici, mais maintenant il est à Meridian City. Tu ne savais pas qu'il avait été nommé commissaire ? Il chapeaute tous les départements dans un rayon de quatre-vingts kilomètres. En général, il reste à la grande ville pour le boulot.

Il glissa quelques documents dans une chemise qu'il fourra dans un tiroir.

— Mais il sera là demain matin dès l'ouverture. Il a un prisonnier qu'il est trop content de laisser poireauter pour la nuit.

Je ravalai un gémissement. Il savait donc que Will était là.

— C'est bien lui, ça, commentai-je en tâchant de dissimuler mon malaise.

Au moins, il n'était pas précipité pour gérer ça le soir même. Tant mieux.

— Bon, je reviendrai demain matin, soupirai-je. Mais au cas où je le manquerais, je peux laisser un mot sur son bureau ?

Je voulus attraper le bloc-notes et le stylo à côté de l'ordinateur, mais il me fit signe de laisser tomber.

— Tu peux l'apporter toi-même, m'assura-t-il. Tu connais le chemin.

Je haussai les sourcils. Vraiment ? Je pensais que j'allais devoir passer en douce lorsqu'il emporterait le mot, et voilà qu'on m'accordait un laissez-passer.

Je contournai l'accueil et me dirigeai vers les doubles portes.

— Il est dans le grand bureau maintenant ?

— Ça lui ressemble, pas vrai ? grommela Germaine.

Oui. Visiblement, Germaine non plus ne portait pas mon frère dans son cœur. À seulement trente-quatre ans, Martin avait gravi les échelons de la police à Thunder Bay, puis à Meridian City. Il l'avait jouée fine, cependant je le soupçonnais de s'être fait aider en chemin. Germaine, lui, avait la bonne cinquantaine et se trouvait encore... à l'accueil.

— Merci, lui dis-je. Ça m'a fait plaisir de te voir.

— Moi aussi.

Je poussai les deux battants et trouvai les alentours déserts. Une radio grésillait quelque part et les écrans d'ordinateur étaient en pause.

Tout en me faufilant vers les cellules de détention, j'attrapai un trousseau de clés sur le bureau de Bruckheimer et regardai tout droit vers la caméra située dans le coin de la pièce.

Je serrai les dents. *Ça a intérêt à marcher.* S'il se lançait aux trousses de Will, il devrait se lancer aux miennes aussi, et ce serait gênant pour lui.

Je poussai la porte et vis Will debout dans la cellule, seul, les bras tenant les barreaux.

Le cœur battant à tout rompre, je baissai les yeux pour chercher la bonne clé. Il fallait qu'on sorte de là au plus vite.

Je ne voulais pas savoir s'il aurait une cellule tout à lui en prison, ou si Kai et Damon l'accompagneraient. Je voulais seulement qu'il sorte.

J'insérai la clé dans la serrure en tremblant. Will me regarda la tourner et ouvrir d'un coup sec.

Il referma aussitôt.

— Tu fais quoi, au juste ?

Ce n'est pas vrai. Je tournai encore la clé et tirai sur la porte, mais il empoigna les barreaux pour la maintenir fermée.

— J'ai rencard avec ton frangin demain matin, déclara-t-il.

Que me racontait-il là ? Je levai les yeux et rajustai mes lunettes. Je mourais d'envie de lui gueuler dessus, mais il fallait qu'on se barre de là.

Je tirai encore sur la porte, agacée de voir qu'elle ne cédait pas.

— Qui t'a laissée sortir de ta chambre ? gronda-t-il.

— Will ! suppliai-je. S'il te plaît !

On papoterait plus tard, bon sang.

Je voulus encore tirer sur la porte, mais il tendit un bras entre les barreaux et m'agrippa le jean pour m'attirer vers lui. Sa bouche s'écrasa sur la mienne et, l'espace d'un instant, je me perdis dans mes sensations.

Seigneur.

Mes nerfs étaient en feu. J'avais envie de sortir de là. J'avais envie de l'éloigner de Martin.

J'avais envie de…

J'avais envie de lui.

Je gémis au contact de sa langue. Je me rendis à peine compte de ce qu'il faisait jusqu'à ce que je sente l'air frais sur mes seins et sa main qui s'immisçait dans mon jean, entre mes cuisses.

Il me caressa, baissa le visage pour happer mon téton dans sa bouche à travers ces fichus barreaux.

— On va se faire attraper, le prévins-je.

Mais il n'écoutait pas. Il se releva, et je tins son visage entre mes paumes pendant qu'il laissait planer sa bouche au-dessus de la mienne tout en jouant avec mon clitoris.

— Je suis content que tu ne m'aies pas rendu visite en prison, chuchota-t-il. Je n'aurais pas supporté de devoir te contempler à travers une cloison en verre pendant plus de deux ans.

Je l'embrassai, la distance créée par les barreaux me mettant au supplice.

Plus jamais.

— Toi, qui me fais sortir de taule ? railla-t-il. Il te fera pendre.

Je l'embrassai encore.

— Il faudra qu'il passe d'abord par toi, pas vrai ? haletai-je.

Il sourit. L'idée flattait son ego.

— Oui, c'est vrai.

— S'il te plaît, chéri, insistai-je en tirant sur les barreaux. S'il te plaît ?

Je le gratifiai d'un nouveau baiser, et il me relâcha enfin.

— Il peut aller se faire foutre. On se casse.

Je trébuchai en arrière et rajustai mes habits. Il ouvrit la porte à la volée, me prit par la main et m'entraîna derrière lui.

Nous regagnâmes l'espace des bureaux, et je jetai les clés sur celui de Bruckheimer au passage avant de filer par la porte arrière pour foncer dans la nuit.

Nous traversâmes la rue en courant, et la pluie froide me cingla le crâne tandis que nous nous dirigions vers la voiture qui attendait.

— Montez ! cria Damon. Vite !

Nous sautâmes sur la banquette arrière et claquâmes la porte. Damon écrasa l'accélérateur et s'élança sur la route. Je me jetai sur la banquette au troisième rang et épiai par la vitre arrière pour nous assurer qu'on ne nous avait pas vus, mais personne ne nous suivait. Un éclair zébra le ciel alors que des gouttelettes s'écrasaient sur le sol.

Je me retournai vivement. Ma tristesse et mon désir pour Will s'étaient évanouis. J'étais hors de moi.

— Qu'est-ce qui t'a pris ?

Je m'étais sans doute laissée emporter par ce baiser à l'intérieur, mais le sexe n'avait jamais été un problème pour nous.

— J'avais un plan, expliqua-t-il.

— Vraiment ?

Il se tourna vers moi.

— Je vais devoir l'affronter à un moment ou à un autre, Emmy, cria-t-il. Autant m'amuser un peu tant que j'y suis.

— On ne sait toujours pas qui t'a envoyé à Blackchurch ! hurlai-je à mon tour, de plus en plus furieuse. Si tu continues de t'attirer des ennuis comme ça, qui sait ce qui se passera ? Tu n'as rien compris ! Absolument rien. Tu ne sais pas planifier tes coups à l'avance et te la fermer en attendant de passer à l'action. Tu es comme un taureau dans un magasin de porcelaine. Quand est-ce que tu vas grandir ? Faire preuve d'un peu de patience ?

Il n'était de retour que depuis une nuit, et il s'était déjà fait coffrer.

— C'est pour ça que je ne t'aime pas ! hurlai-je, pétant les plombs.

Le visage sombre, il me décocha un regard furibond.

Il sauta sur la banquette arrière, me poussa en arrière et me chevaucha.

— Oh que si, tu m'aimes, protesta-t-il en aspirant mes lèvres dans sa bouche. Tu es raide dingue de moi, et tu n'es peut-être pas blonde, tu n'as peut-être pas dix-huit ans et tu ne t'appelles pas Heidi, mais tu es à moi, Petite Maligne.

Il retroussa mon haut, baissa mon soutien-gorge et happa mon téton pour le sucer vigoureusement.

— Et tu peux toujours promener mes chiens un jour si ça te chante, mais tu peux être sûre qu'avant de te signer ton petit chèque, je te ferai des choses indécentes sur mon bureau et que tu adoreras ça.

Il m'agrippa le cou et, de l'autre main, tenta de m'arracher mon pantalon tout en m'embrassant.

— Tu ne te débarrasseras jamais de moi.

Je le repoussai.

— Will…

— Jamais.

Il se frotta contre mon entrejambe et fourra la langue dans ma bouche, me recouvrant de sa chaleur et faisant virevolter le monde autour de moi.

J'émis une plainte.

— Euh…, lâcha quelqu'un, et je clignai des yeux en remarquant que la voiture s'était immobilisée. Ouh là. Je… Euh… Bon, j'adorerais vous regarder faire, lança Damon, mais Winter dira que je la trompe si elle n'est pas là aussi. Alors je vais rentrer de mon côté, et tu m'en dois une, Will.

Damon ouvrit la portière et sortit sous la pluie qui tombait désormais à verse.

J'écartai Will et me redressai.

— Moi aussi, je rentre.

J'ouvris la portière arrière et sautai hors de la Classe G. Constatant que nous étions dans le village, je m'élançai sous la pluie vers la cathédrale.

— Oh ! mais quelle surprise ! cria Will derrière moi. Elle prend encore la fuite.

Je pivotai vers lui.

— C'est ce qui s'appelle se faire larguer, Will ! Regarde-moi faire. Je vais te montrer une fois de plus à quoi ça ressemble.

Je pris les jambes à mon cou et, jetant un coup d'œil vers le parc, remarquai un nouveau belvédère à la place du mien.

Je plissai les yeux. *Qu'est-ce que… ?*

À cet instant, des bras s'enroulèrent autour de moi et me retournèrent. Je tambourinai le torse de Will et le sentis perdre l'équilibre. Nous nous écrasâmes tous deux au sol, inondés par la pluie qui ruisselait sur nos visages.

Je lui flanquai de nouvelles claques et remontai mes lunettes sur le sommet de ma tête.

— Tu as brûlé le Cove ! hurlai-je.

Comment avait-il pu faire ça ? Le belvédère, et maintenant ça ? À croire qu'il était résolu à s'autodétruire et à ne rien laisser de nous.

Il me hissa sur ses genoux, là, en pleine rue, alors que des gens étaient assis sous le store de la White Crow Tavern et se levaient de leurs sièges pour voir ce qui se passait.

Il s'assit, et je le chevauchai en me cramponnant à son col.

Mais avant que j'aie pu passer à l'attaque, il lâcha :

— J'ai toujours le bus.

Le bus.

Notre bus ?

Je m'immobilisai et scrutai les profondeurs de ses yeux verts.

— Je n'ai pas besoin du Cove, expliqua-t-il sous la pluie torrentielle. J'ai besoin de me faire d'autres souvenirs avec toi.

Je respirais fort, sans pouvoir bouger, les yeux emplis de larmes.

— Des souvenirs qui ne sont pas ternis par toutes ces années de séparation qui les ont suivis, ajouta-t-il.

Les badauds qui nous observaient s'estompèrent, et je contemplai ses cheveux collés à son crâne et à ses tempes, les gouttelettes qui tombaient en cascade sur ses joues et ses cils. Je ne voulais rien d'autre que le contempler jusqu'à la fin de mes jours.

— Maintenant, on construit ensemble, me chuchota-t-il, la chaleur de sa bouche me réchauffant les lèvres. On va bâtir Thunder Bay tous les deux, Em. Je t'aime.

Je t'aime.

Je fermai les yeux, submergée par les larmes. J'étais épuisée.

J'en regrettai presque l'époque où Martin me rouait de coups, car c'était quand je voyais Will rire à l'école et jouer au basket avec ses amis.

Comme le jour où il s'était assis avec moi au cinéma et qu'on avait rigolé ensemble, et la nuit où il m'avait emmenée faire des manèges et qu'on formait un couple, main dans la main. Rien que quelques heures.

Je m'assis à côté de lui, ses mots m'atteignant en plein cœur.

— Tu es venue me trouver, fit-il remarquer.

Oui. *Oui, c'est vrai.*

Pas besoin de me chercher des excuses. Je savais pertinemment pourquoi.

— Je ne pouvais pas te perdre une nouvelle fois, avouai-je en fixant la rue devant moi.

Je pris une inspiration et renversai la tête en arrière, laissant la pluie me rafraîchir le visage alors que je songeais à l'avenir et à tout ce que j'avais cru pouvoir faire sans lui.

J'aimais Will Grayson. J'avais envie de partager tous mes repas avec lui, de suivre ce fichu marathon *Mission : Impossible* en sa compagnie, et de le laisser me mettre en cloque aussi vite et aussi souvent qu'il le voulait.

Il se leva, se dressant au-dessus de moi.

— Je t'aime, renvoya-t-il. Mais je vais te laisser partir.

Il commença à s'éloigner, et mon cœur se déchira en deux.

Non.

Il ne pouvait pas m'abandonner. Il ne pouvait pas passer à autre chose. Tout ce que nous avions traversé, absolument tout, avait un sens.

Pas vrai ?

Notre histoire ne se terminait pas comme ça.

Rien n'était fini.

— Est-ce que tu veux m'épouser ? demandai-je, le cœur battant.

Lentement, je me relevai à mon tour.

Il était cloué là, sans bouger, sans se retourner, mais ce n'était pas grave. Je n'étais pas sûre de pouvoir poursuivre s'il me regardait.

Bon sang, j'avais la gorge tellement sèche que je n'arrivais même pas à déglutir.

— Je t'aime, répétai-je, voyant du coin de l'œil des gens nous filmer avec leur téléphone mais m'en fichant. Je suis raide dingue de toi, et je finirai sûrement par te tuer, mais… Mon Dieu, je t'aime tellement. Je veux être ta femme.

D'autres larmes roulèrent sur mes joues et je suffoquai.

— Épouse-moi, Will Grayson.

Je me précipitai vers lui et me serrai contre son dos.

— Est-ce que tu peux être mon mari ? Est-ce que je peux être ta femme ?

Ma joue était pressée contre lui et l'eau s'accumulait entre mes lèvres.

Il allait rire. Il était probablement flippé, ou peut-être en rogne que je lui ai fait cette proposition alors que c'était à lui de la faire – enfin, si c'était effectivement dans son intention.

Merde…

Soudain, il se retourna, me souleva de terre et m'embrassa sur les lèvres en me plaquant contre une voiture garée.

Des rires fusèrent autour de nous, et je me cramponnai à lui en me délectant de sa bouche puissante et de la chaleur de son corps.

Je gémis, perdue dans nos baisers.

— Ça veut dire « oui » ?

Il eut un petit rire et me lâcha au sol. Clignant des yeux sous la pluie, je le vis farfouiller dans sa poche.

Il sortit une bague victorienne vintage dotée d'un diamant en forme de larme et d'un anneau incrusté d'autres bijoux, présentée dans un magnifique écrin. Elle faisait plus de deux centimètres et demi d'épaisseur, on aurait presque dit trois bagues en une.

— Elle est très vieille, expliqua Will en la glissant à mon doigt d'une main tremblante.

— Elle appartient à ta famille ?

— Maintenant, elle est à toi, rectifia-t-il en plantant son regard dans le mien. Elle est à toi depuis près de dix ans.

Je le dévisageai, la vue brouillée par les larmes. Il avait prévu de me demander ma main ?

Je pris son visage entre mes paumes et le sondai du regard, le nez presque collé au sien alors que notre vie entière, jusqu'à cet instant, se jouait dans mon esprit.

La piscine au lycée, le contact de son corps au cinéma.

Le bal de rentrée, lui qui me prenait dans ses bras pour me porter dans son lit à Blackchurch.

L'odeur enivrante de son pick-up, la pluie qui tambourinait sur les vitres du bus dans lequel nous nous cachions.

Nous n'avions pas connu que des souffrances et des bagarres.

— Je vais être ta femme, murmurai-je.

— Il était temps que tu le comprennes, acquiesça-t-il.

Je me mis à rire et me jetai sur lui pour l'embrasser tandis qu'on nous acclamait à la taverne.

Will s'esclaffa contre mes lèvres.

— Il faut qu'on parte de là, déclara-t-il.

Je lui pris la main.

— Viens.

Je savais où aller.

Nous courûmes vers la cathédrale en sautant dans les flaques, tournâmes à droite et filâmes à travers le carré d'herbe séparant l'église du trottoir.

— On va où comme ça ? s'enquit-il.

— Se planquer.

Les portes principales étaient sûrement closes à cette heure, mais je m'étais aperçue des années plus tôt que le père Behr ne verrouillait jamais vraiment celles du sous-sol, de sorte à permettre au vieux M. Edgerton de cuver son whisky au lieu de devoir affronter sa femme.

Nous nous engouffrâmes à l'intérieur, courûmes dans les étroits couloirs et gravîmes une autre volée de marches avant d'atteindre la nef de l'église. Je guidai Will jusqu'à l'étage et me précipitai vers le rebord de fenêtre pour arracher le bout de bois que j'y avais cloué des années plus tôt et en extraire la vieille clé avec son porte-clés à encensoir.

— Qu'est-ce que c'est que ce truc ? s'étonna Will en regardant autour de lui pour s'assurer que personne ne regardait.

Pour toute réponse, je l'entraînai en haut de l'escalier en béton, avant d'insérer la clé pour ouvrir la porte de la chambre Carfax.

Je jetai un bref coup d'œil autour de moi, inspirant l'odeur de pluie et de bois.

Il fait noir, il n'y a aucun signe de vie et le lit est toujours là. Je me fichais du reste.

Je claquai la porte, lâchai la clé et enroulai les bras autour de Will, le mordillant trop vite tellement je brûlais de désir.

— Je t'aime, haletai-je en déboutonnant mon jean.

Il m'ôta mon haut, et mes lunettes tombèrent par terre.

— Tu as intérêt.

Sans quitter ses lèvres, je me défis de mes sous-vêtements et, entièrement nue, retirai l'élastique de mes cheveux alors qu'il me soulevait de nouveau dans ses bras.

Je me pendis à son cou, et mes cheveux glacés se déversèrent dans mon dos alors qu'il m'approchait du lit.

— Vite, suppliai-je.

J'avais besoin de le sentir en moi.

Il me laissa tomber sur le matelas, enleva sa chemise, puis ses chaussures, ainsi que tout le reste. En voyant ses abdominaux et ses tatouages noirs, je dus serrer les cuisses pour atténuer mon envie.

À moi.

Il grimpa sur le lit, s'allongea sur moi, et j'écartai les jambes alors qu'il glissait une main entre nous pour s'immiscer en moi et pousser des hanches, me pénétrant jusqu'à la garde. *Fini d'attendre.*

— Ah, gémis-je en m'arc-boutant.

— Ne dors pas cette nuit, s'essouffla-t-il en plaquant le bassin contre moi. Ne mets pas fin à ça. Ne romps pas le charme.

J'ondulai contre lui et, l'entrejambe en feu, dévorai son épaule, son cou et sa bouche, insatiable.

— Je t'aimais hier soir, lui affirmai-je. Et je t'aimais ce matin. Je serai toujours là. Je serai toujours là demain, et tous les jours d'après.

Il se releva sur les coudes et, sans ralentir la cadence, baissa les yeux pour se regarder me pénétrer.

— Je suis désolée pour tout, lâchai-je.

— Moi aussi, chérie, avoua-t-il en m'embrassant. J'aurais dû rester. Excuse-moi d'être parti. Excuse-moi de t'avoir laissée ce jour-là dans le couloir du lycée.

Il se ficha profondément en moi, et mes yeux se mirent à rouler dans leurs orbites.

— Toi et moi contre le reste du monde, chuchota-t-il en accélérant l'allure.

— Toujours, confirmai-je.

Je me cramponnai alors qu'il me pénétrait et que nous sombrions jusqu'au bout de la nuit dans la chaleur et la fébrilité de nos ébats. Ensemble. Enfin.

37

Emory

Présent

Des heures plus tard, une sonnerie retentit. J'entrouvris les yeux en tressaillant sous la lumière qui filtrait à travers les fenêtres.

— Allô ? entendis-je Will répondre.

Je roulai sur le flanc et me blottis contre son dos, cherchant la chaleur de la veille.

Toute la nuit, nous avions dormi enlacés quand nous ne nous étions pas réveillés pour faire l'amour. J'allais tuer la personne qui le dérangeait aussi tôt. Je n'avais pas prévu de quitter la chambre Carfax de la journée.

— Attends, dit-il avant de se retourner pour m'attirer contre son torse. Désolé de te réveiller, souffla-t-il en m'embrassant sur le nez. C'est Rika.

— Pour moi ? me plaignis-je.

Je sentis le téléphone m'effleurer la main alors qu'il essayait de me le donner. Les yeux encore clos, je bâillai en entrechoquant contre l'appareil le bijou chaud à mon annulaire.

Je souris à ce souvenir.

— Allô ? dis-je.

— Alors comme ça, tu es fiancée, lança-t-elle.

J'ouvris les yeux et fronçai les sourcils.

— Comment… ?

Je m'interrompis. Les vidéos. Dans la rue, les gens avaient filmé. *Génial.*

— On peut se voir ? demanda-t-elle. Seules ?

Seules ?

Je glissai un regard à Will. Les yeux fermés, il dessinait des cercles sur mon épaule avec son pouce.

— Où ça ? questionnai-je.

— À Meridian City, la Carriage House.

— Tout de suite ?

— Dans une heure, précisa-t-elle.

Je déposai un baiser sur un des tatouages qui couvraient le torse de Will, incapable de me retenir d'effleurer sa peau douce.

— Deux, insistai-je.

Je ne pouvais pas le quitter si vite.

— À tout à l'heure, lâcha-t-elle.

Nous raccrochâmes et, le sourire aux lèvres, je me remis à califourchon sur lui et sentis son corps s'animer.

Oui, viens par là. Tu sais ce qui t'attend.

Will voulut me prêter sa voiture, mais je n'avais pas envie de m'embêter à me garer. Je me contentai donc de prendre un Uber jusqu'à Meridian City.

Je descendis de la jeep Cherokee, remontai la fermeture Éclair de mon blouson en cuir marron et contemplai le panneau indiquant « Carriage House ». Pas besoin de regarder par la vitrine pour voir l'étalage de robes de mariée à l'intérieur.

Je savais ce qu'était cet endroit. Pourquoi m'avoir fait venir ici ?

Demander à quelqu'un de faire une heure de route rien que pour lui parler sous-entendait que c'était du sérieux, et j'en avais ma claque d'être sérieuse.

J'étais à peu près sûre qu'elle n'était pas en colère contre moi, étant donné que nous avions été nues dans la même pièce deux soirs plus tôt, mais ça ne voulait pas dire pour autant que nous étions amies.

Pas encore, en tout cas.

La jeep s'éloigna. Derrière moi, les bruits de la ville faisaient rage alors que des klaxons résonnaient au loin et que des passants filaient à gauche et à droite.

Je baissai les yeux sur ma bague et ne pus réprimer un sourire. Elle m'allait parfaitement. À croire que je l'avais toujours portée.

Je me dirigeai vers l'entrée du magasin en lissant mes cheveux réunis dans une queue-de-cheval haute, et fourrai les mains dans mes poches pour parer au froid.

Après mon coup de fil avec Erika, je m'étais connectée sur Internet et avais bloqué mes cartes de crédit et de débit, car j'ignorais où mon portefeuille avait bien pu tomber quand on m'avait kidnappée à San Francisco. Puis, j'avais transféré des fonds depuis ma banque de là-bas sur le compte bancaire presque vide que j'avais conservé ici, et j'étais allée acheter des habits pour les jours à venir.

Par chance, je n'avais pas eu besoin de lunettes de rechange. Will y avait déjà pensé. À présent, j'étais en mesure de voir surgir Martin, ce qu'il n'avait curieusement pas encore fait. J'avais dû me rendre à la banque et faire mon shopping sous la protection de Micah et de Rory, bien sûr, mais c'était comme si l'évasion n'avait jamais eu lieu.

Allait-il venir nous chercher ? Will était-il prêt ?

J'ouvris la porte et entrai, errant autour des étalages de la boutique apparemment déserte. En m'approchant des cabines d'essayage, je vis Erika debout sur l'estrade vêtue d'une magnifique robe de soie et à paillettes, dont le corsage moulant et le décolleté en cœur mettaient son corps en valeur.

Sa chevelure se déversait dans son dos et elle s'admirait sous tous les angles. Je m'approchai à pas feutrés et vis Winter parler doucement dans son téléphone tout en effleurant des mains des notes posées sur ses genoux. Je plissai les yeux. Ses doigts allaient de gauche à droite pendant qu'elle parlait.

Affalée dans un fauteuil blanc, l'épouse de Kai tapait frénétiquement sur son ordinateur portable. Où était Alex ?

Je me raclai la gorge.

— Euh, salut, lançai-je enfin.

Toutes levèrent les yeux vers moi. Winter cessa de parler et se tourna en direction de ma voix.

Erika pivota, ses yeux bleus étincelants.

— Salut !

Elle était splendide, presque royale dans sa robe.

Je m'approchai en agrippant dans ma poche le téléphone que Will m'avait donné. J'étais presque tentée de m'enfuir. Je n'étais jamais à l'aise au milieu d'un groupe de femmes. Erika Fane m'intimidait, déjà au lycée, alors qu'elle avait deux ans de moins que moi.

Elle baissa les yeux sur moi, et il me fallut un moment pour carrer les épaules et soutenir son regard.

— Alors…, commença-t-elle, laissant sa phrase en suspens.

Alors…

Elle continua de me dévisager.

Bon, quoi ? Mes joues s'enflammèrent. Je me demandais si j'allais d'abord me faire cuisiner sur les ébats dans le train, sur la fois où j'avais envoyé ses amis en prison, ou sur le fait que j'avais fait sortir Will de taule la veille. Elle me prit la main pour contempler ma bague de fiançailles, faisant scintiller son propre diamant en flocon de neige.

Elle allait me dire que je n'étais pas assez bien pour lui.

Elle allait me dire qu'ils ne pouvaient pas me faire confiance.

— Tu es heureuse ? me demanda-t-elle enfin.

Si j'étais heureuse ?

La confusion puis le soulagement s'emparèrent de moi, et… Dans ma gorge monta un rire que je ne pus retenir. Je lâchai un gloussement, au comble de la joie.

— C'est tout ce que je voulais savoir, affirma Erika en me souriant. Félicitations.

— Merci.

Bon, rien de bien compliqué. Elle me considéra de son regard chaleureux, et les deux autres me félicitèrent à leur tour.

— On n'a jamais été vraiment présentées, ajouta-t-elle en tendant la main. Erika Fane. Tu peux m'appeler Rika.

Je lui serrai la main.

— Emory Scott.

L'épouse de Kai posa son ordinateur et se leva pour échanger une poignée de main à son tour.

— Nikova Mori, mais tout le monde m'appelle Banks.

— Banks, répétai-je, avant d'être frappée par un souvenir. Nikova, répétai-je pour moi-même, avant de me retourner vers elle. Nik ? Tu es la sœur de Damon ?

— Tout à fait, répondit-elle, étonnée.

— Moi aussi, en fait, renchérit Rika.

Quoi ?

Mais elle agita la main comme pour couper court à mes questions.

— C'est une longue histoire. On t'expliquera plus tard.

Banks et elle n'étaient tout de même pas parentes, si ? Sinon, le truc dans le train devenait carrément chelou.

— Winter Torrance, se présenta l'autre fille en s'approchant lentement et en tendant les deux mains.

Je les pris et les serrai dans les miennes.

— Je suis ravie de toutes vous rencontrer.

— Et tu connais Alex, ajouta Rika en la montrant derrière moi avant de remonter sur l'estrade.

Je jetai un coup d'œil par-dessus mon épaule. Adossée au mur, son sac en bandoulière, elle nous observait, presque comme si elle attendait une invitation.

Je ne l'avais pas revue depuis que nous avions quitté le train, et je ne savais pas trop si elle voulait reparler de ce qui s'était passé.

Je me retournai vers Erika.

— Tu es super belle, la complimentai-je. Cette robe est pour une occasion particulière ?

— C'est ma robe de mariée.

Sa robe de mariée ?

Winter monta sur l'estrade et passa les mains sur l'étoffe avant de palper le visage de Rika.

— Elle est rouge, constata-t-elle en souriant. Je le sens.

La robe était effectivement rouge et sans bretelles, avec un corsage ajusté doté de broderies dorées autour des seins. Elle était tellement moulante qu'on aurait dit une seconde peau. Les longues boucles blondes de la jeune femme qui se déversaient dans son dos n'en étaient que plus éblouissantes.

La couleur de la robe n'était pas conventionnelle, mais je n'étais pas surprise. Elle pouvait bien faire ce qu'elle voulait, non ?

Rika inspira brusquement et baissa la tête, le visage mouillé de larmes.

— Mieux vaut que ça vienne maintenant plutôt que devant l'autel, je suppose, marmonna-t-elle avec un petit rire, son air paumé donnant enfin l'impression qu'elle était réelle. Toutes ces émotions ! J'ai le ventre en vrac. Michael a toujours eu cet effet sur moi, vous savez ?

Je comprenais parfaitement. On avait beau se croire coriace, celui qui détenait votre cœur régnait en maître.

— Oh ! que c'est mignon, gazouilla Banks. Tu l'aimes tellement qu'il te donne envie de vomir.

Je pouffai, et Rika et Winter explosèrent de rire.

— Pour être franche, oui, avoua Rika avec entrain.

Elle tourbillonna sur l'estrade, faisant bouffer sa robe et bruisser sa traîne.

— Il est ma vie, enchaîna-t-elle, et je ne pourrais pas être plus heureuse. Rien ne vaut la peine d'être vécu sans lui.

Elle se retourna, prit la main de Winter et nous embrassa du regard.

— Je vous aime, les filles, vous savez ? Je veux bien tomber, mais pas toute seule. Merci d'être ma famille, ajouta-t-elle, le menton tremblant.

Je n'étais pas sûre qu'elle s'adressait à moi, étant donné qu'on se connaissait à peine, mais elle était grisée par l'amour, alors je me sentis incluse. J'espérais être aussi heureuse le jour de mon mariage.

Elle prit une grande inspiration et tapa dans ses mains.

— Bon, ça suffit ! s'écria-t-elle en s'essuyant les yeux. Champagne pour tout le monde, et faites voir vos robes !

— Hein ? demanda Winter.

Avant que Rika ait pu répondre, on avança deux chariots de robes, ainsi qu'un plateau chargé d'un champagne doré et pétillant.

— Qu'est-ce que c'est que ça ? Banks questionna-t-elle.

Une dame apporta le plateau à Rika, qui s'empara d'une coupe de champagne.

— Choisissez votre préférée et allez l'essayer, nous ordonna-t-elle.

J'inspectai les portants, où de longues robes traînaient jusqu'au sol dans des teintes de noir, d'argent, de blanc et d'or.

Elle voulait donc que nous nous habillions, nous aussi ? Genre… Comme des demoiselles d'honneur ?

— Rika, elles sont magnifiques, commenta Banks en guidant Winter vers les chariots. Tu es sûre de toi ?

Rika ne répondit pas et se contenta de baisser les yeux sur moi.

— J'espère que tu vas en trouver une qui te plaît.

— Je ne crois pas que…

— Choisis, m'interrompit-elle, coupant court à mes protestations.

Puis elle se retourna, coupe de champagne en main, pour que la couturière puisse vérifier si des retouches étaient nécessaires.

Je regardai Banks et Winter passer les tenues en revue en gloussant comme des ados, même si je savais qu'elles étaient toutes les deux mères.

Qu'était-il donc passé par la tête de Rika ? Je ne pouvais pas être demoiselle d'honneur, puisqu'il devait s'agir de ça. Et elle n'habillerait sûrement que ses proches, pas ses invités.

N'empêche que… Je m'approchai des portants, vis Banks sortir une robe noire et Winter passer les mains sur diverses étoffes.

Je tendis le bras vers une robe trapèze dorée aux manches longues et resserrée à la taille, mais Alex me prit de court et attrapa une tenue argentée au décolleté en V, aux bretelles fines et à la broderie gris foncé.

— Celle-là, me dit-elle.

Je m'en emparai, tout en me demandant comment j'allais bien pouvoir porter des sous-vêtements en dessous. Elle n'était pas transparente, mais le tissu était fin, et épousait toutes les courbes.

Banks et Winter disparurent dans des cabines.

— Et toi, tu ne vas pas en essayer une ? questionnai-je Alex.

— J'ai déjà la mienne.

Elle prit la robe, me guida vers une petite pièce et décrocha le rideau blanc pour le refermer.

Quelques minutes plus tard, je m'étais déshabillée, j'avais chaussé des talons et j'enfilais la robe qu'Alex m'agrafa dans le dos. Des étincelles d'électricité me parcoururent à son contact. J'avais peur qu'elle soit inquiète.

À quel sujet au juste, je l'ignorais. Trop de choses s'accumulaient, mais j'avais envie de lui parler. Nous n'avions encore subi aucune répercussion de Blackchurch, nous ignorions même s'il y avait des survivants.

Elle n'avait pas pu tourner la page avec lui. Peut-être était-il mort.

— Pizzas et margaritas ce soir ? blaguai-je.

Will flipperait si je disparaissais, mais pour lui, tout allait bien. Ce n'était pas le cas d'Alex.

— Je travaille, décréta-t-elle à voix basse en fixant la dernière agrafe.

Elle travaillait… Il ne me fallut qu'un instant pour capter.

Elle avait un rencard.

— Non, protestai-je.

— Je ne fais rien de mal, Emory.

— C'est ce que tu lui as dit quand il a voulu que tu arrêtes ?

Elle me décocha un regard, et je compris que j'avais visé juste. Certes, Aydin aurait dû faire plus d'efforts, mais il avait tout de même essayé une fois, pas vrai ? Il était venu la chercher.

Elle se redressa, et j'enroulai ma queue-de-cheval autour de mon poing en un chignon tout en m'inspectant dans la glace.

— On se ressemble toi et moi, tu sais ? lui dis-je. On est des vraies têtes de mule. Il est venu te chercher, mais ton cœur s'était déjà blindé. Il n'y avait plus rien d'autre à faire que de mettre un pied devant l'autre sans jamais regarder en arrière, c'est ça ?

Je la connaissais, parce que je me connaissais. Nous étions pareilles.

Ses yeux se remplirent de larmes, et elle secoua la tête.

— J'aurais aimé lui faire l'amour, rien qu'une fois.

— Qu'est-ce qui t'en a empêché ?

— Il a refusé de payer pour le faire, rétorqua-t-elle, le regard fier.

J'eus un pincement au cœur.

Je lâchai ma queue-de-cheval et la pris dans mes bras pour la serrer fort contre moi. Elle resta figée un instant, puis elle s'abandonna et lâcha un sanglot silencieux sur mon épaule.

Je la serrai de plus belle, enfouis le nez dans son cou alors qu'elle enroulait les bras autour de moi.

J'avais perdu tellement de temps à avoir peur de tout, à garder des rancunes, à me laisser guider par ma fierté, alors qu'il aurait suffi de me jeter à l'eau. On n'avait qu'une seule chance, après tout. Eux deux étaient en train de se détruire comme je l'avais fait avec Will, et le pire, c'était qu'elle n'aurait peut-être pas d'autre occasion avec Aydin.

L'un dans l'autre, j'avais eu de la veine.

Nous nous enlaçâmes quelques instants, et puis elle s'écarta en reniflant pour essuyer ses larmes.

— Merde, chuchota-t-elle en m'inspectant de la tête aux pieds. Il va avoir la trique dès qu'il va te voir, tu le sais ça ?

J'éclatai de rire, visualisant Will qui me verrait habillée sexy pour la première fois de ma vie. Je m'assiérais peut-être loin de lui à ce mariage, histoire de le faire souffrir.

Je me retournai vers le miroir et admirai ma tenue tout en imaginant mes boucles détachées. Je me sentais belle.

— Vous avez été proches, Will et toi, soulignai-je. Vous étiez meilleurs amis.

— Tu n'as pas à t'inquiéter, Em.

— Je sais.

Ce n'était pas ce que je sous-entendais.

— Je te fais confiance.

Je croisai son regard dans le miroir alors qu'elle faisait gonfler la robe et vérifiait la taille.

— J'aimerais que tu fasses quelque chose pour moi, lançai-je.

Elle hocha la tête.

— Pas de soucis. Qu'est-ce que c'est ?

J'ouvris la bouche pour lui dire, quand j'entendis quelqu'un m'appeler de l'extérieur de la cabine.

— Emory, tout va bien ?

— Euh…, hésitai-je en regardant Alex, puis le rideau, et comprenant que nous n'avions pas le temps de discuter pour l'instant. On en parle plus tard, lui dis-je avant de crier : Oui, j'arrive !

Nous quittâmes la cabine d'essayage. Erika était toujours sur l'estrade, et je contemplai Banks et Winter, toutes deux vêtues de magnifiques robes dignes de la cérémonie des Oscars.

Rika me sourit.

— Elle te va à merveille !

— Je vais reprendre un peu l'ourlet, je pense, décréta la couturière, avec son chignon marron sur le sommet de la tête et son chemisier noir boutonné jusqu'au menton.

— Vous aurez le temps ? s'inquiéta Rika.

— Je le trouverai.

Rika hocha la tête, et je m'approchai pour tournoyer devant les miroirs.

— C'est pour le mariage ? lui demandai-je.

— Si elle te plaît.

Tu m'étonnes qu'elle me plaît.

— Je l'adore, jubilai-je.

Elle posa son regard sur Winter.

— Tu te sens bien, Winter ? Pas trop serrée ?

L'intéressée, dont les cheveux blonds presque blancs tombaient sur une épaule en ondes splendides, effleura des doigts la robe en plumes blanches qui lui donnait des airs de cygne.

— Elle est tellement soyeuse, affirma-t-elle d'une petite voix. J'ai presque peur de la porter. Il n'aura pas la patience de défaire les boutons, et elle finira en lambeaux sur le sol de notre chambre.

Banks se tordit de rire, et je pouffai. Comment une fille aussi douce et sensible avait-elle pu se retrouver avec Damon Torrance ? Ça me dépassait.

Cela dit… Après l'avoir vu sous le charme de la jeune femme dans la cuisine du train, je ne pouvais que reconnaître qu'elle était tout à fait son genre.

Rika regarda Banks. Celle-ci haussa un peu les épaules, rechignant à reconnaître qu'elle aimait sa robe noire, avec ses bretelles qui lui dégageaient les épaules et son corsage qui donnait l'impression que sa poitrine allait jaillir d'un instant à l'autre. En tout cas, elle ressemblait à une reine.

— Elle est parfaite, dit-elle à Rika. Tu as super bien choisi. Elle me va comme un gant.

— Bien, approuva Rika en nous observant toutes avec un sourire malicieux. Parce que j'ai une idée.

38

Will

Présent

Je vais la tuer. Elle avait gardé Emmy ces dernières trente-six heures. Sans me prévenir. Sans discussion. Sans explication, mis à part le prétexte bidon d'avoir besoin d'une dernière soirée de célibataire entre filles.

Je n'avais pas pu parler à Em car, le matin précédent, Rika leur avait pris leurs téléphones pour se planquer avec Alex, Banks, Winter, Emory et Ryen à Delcour.

Non, mais franchement ! Je venais tout juste de la récupérer. La peur me rongeait de l'intérieur. Je craignais qu'elle ne veuille plus se marier avec moi si je ne lui rappelais pas régulièrement à quel point j'étais canon.

Lev et David apportèrent des bières qu'ils se mirent à distribuer alors que Kai se cirait les chaussures et que Michael se coiffait devant la glace.

Nous traînions dans le salon de St Killian's. Au rez-de-chaussée, les parents et grands-parents criaient pour inciter tout le monde à s'entasser dans les limousines, alors que le soleil se couchait et qu'un vieux titre de DMX sortait du haut-parleur à côté de moi.

Micah arracha une bouteille de bourbon des mains de Rory et en but une rasade pendant que Damon tirait Misha par le col pour lui arranger sa cravate avant de s'emparer de sa tête et d'inspecter sa mèche décolorée.

— Qu'est-ce que… ? aboya-t-il. Elle est bleue ? Argh.

Misha l'écarta d'une claque et Damon le bouscula, attrapa une bière et leva les yeux au ciel.

— Fais gaffe à toi, lui conseilla Damon.

Misha s'affala à côté de moi. Je bus une gorgée d'eau.

— Tu la verras dans une heure, m'assura-t-il.

Je bus une autre lampée.

— Rika aurait pu nous prévenir qu'elle gardait les nanas pour la nuit.

— Loin des yeux, près du cœur.

— Elle a été assez loin de mes yeux comme ça, répliquai-je en regardant Michael nouer les lacets de ses chaussures et puis boire directement à la bouteille de Kirin. Maintenant, ça suffit.

— Tu crains que si tu ne la vois pas assez souvent, elle ait le temps de changer d'avis ?

— Non.

Oui. Futé, mon cousin.

Il sourit, et vida sa bouteille de bière.

Kai s'approcha, se prit une mousse, et puis s'immobilisa pour me dévisager.

— Ça te dérange ? s'inquiéta-t-il en jetant un coup d'œil à mon eau. On n'est pas obligés de boire.

— Non, répondis-je en soupirant. J'ai envie d'être complètement là pour elle. Ça ira.

Il prit la bouteille et la décapsula. Avant, les gouttes d'humidité qui coulaient sur les côtés m'auraient fait terriblement envie, mais plus maintenant. La bile monta dans ma gorge au souvenir de ce que j'avais ressenti en buvant. Le temps qui passait trop vite, les réveils où je me sentais comme une merde, le sentiment de paranoïa à l'idée d'avoir dit ce qu'il ne fallait pas ou de devoir subir les répercussions d'une énième connerie que j'avais faite.

J'étais capable de tellement mieux. Je ne voulais plus être cet homme-là.

Mais je pouvais m'accorder un vice.

Si Damon buvait devant moi, alors je fumerais devant lui. Je bondis de mon siège, sortis un briquet et un paquet de clopes de la poche de poitrine de Rory, et m'en allumai une, attendant que Michael me regarde de travers parce que je clopais sous son toit.

Mais rien. Il était trop occupé à rire avec Kai.

— On s'est bien marrés hier soir, affirma Micah.

Em m'avait raconté ce qu'elle avait dû faire pour me sortir de taule, et ô surprise, elle avait eu raison. Son intervention au poste avait changé la donne, de sorte que la personne responsable se taisait à cause d'elle. Même si le silence de Martin commençait à me faire flipper.

— Tant qu'on ne se fait pas pincer, c'est super poilant, ripostai-je.

Je m'emparai du sac en toile que j'avais posé sur la chaise pour en sortir un masque vert camouflage, accompagné d'un masque noir peint de pansements blancs pour évoquer une momie. Je leur en tendis un à chacun.

Micah me dévisagea, déboussolé.

— Pour plus tard, expliquai-je. C'est la Nuit du Diable.

Ils écarquillèrent les yeux en se souvenant de ce dont Emmy leur avait parlé, et échangèrent un regard en riant à voix basse.

— On dirait que toi et tes potes faites la loi à Thunder Bay, déclara Micah.

— Pas du tout, contrai-je en tirant une bouffée. Ici, chacun fait ce qu'il veut.

Rory jeta son masque sur la chaise.

— Quelqu'un va nous courir après ?

— Sûrement.

— Trop bien, ricana Micah.

Peut-être pas ce soir, mais ça finirait par arriver.

— Vous avez fait le plein d'essence ? demanda Michael, qui discutait avec David et Lev.

— Oui, acquiescèrent-ils.

Michael nous observa.

— Vos téléphones sont tous chargés ?

Nous répondîmes par l'affirmative.

— Les gosses ? s'enquit-il ensuite.

— Les nounous nous retrouvent là-bas, répondit Damon.

Michael resta sans bouger, les épaules crispées. Tout était parfaitement organisé.

— Toi, tu es prêt ? le questionnai-je.

Il se fendit d'un sourire et inspira à pleins poumons avant d'expirer lentement.

— Oui, affirma-t-il. Allons-y.

Nous dévalâmes l'escalier au milieu des rires et des bavardages. Le bruit lourd de nos pas me rappela toutes ces fois où nous avions couru ensemble en nous serrant les coudes.

Nous nous élançâmes dans l'air nocturne tandis que *Let the Sparks Fly* se lançait sur le téléphone de quelqu'un, et je fus frappé d'une impression de déjà-vu en repensant à la dernière fois que j'avais entendu cette chanson. Rika avait seize ans, elle était dans la voiture avec nous, et il s'était agi de la dernière bonne soirée avant longtemps.

Les graviers crissaient sous nos pas, chacun avait une bouteille à la main et Kai vidait la sienne alors que nous laissions la maison derrière nous.

— Pas de voitures ? m'étonnai-je en constatant que tout le monde continuait de marcher.

Michael secoua la tête.

— Je n'ai pas besoin qu'on me trimballe jusqu'à l'autel, annonça-t-il. J'ai envie d'arriver comme il faut, avec mes potes. C'est comme ça que ça a commencé, et c'est comme ça que ça continuera.

Kai le prit par l'épaule alors que nous débouchions sur la route.

— Toujours.

David et Lev conduisirent les deux SUV au cas où nous en aurions besoin plus tard, et nous partîmes tous les sept le long de l'autoroute sombre, le chemin éclairé par la lueur des domaines que nous passions.

Des feux brûlaient, l'odeur du bois et des épices embaumait l'air, et les décorations d'Halloween brillaient à toutes les fenêtres. La vue des petites flammes scintillantes à l'intérieur des citrouilles me fit sourire.

Un hurlement déchira l'air. Michael avait mis ses mains en porte-voix, laissant résonner son rugissement jusqu'au bout de la rue et dans les cimes des arbres.

— J'épouse la petite Erika Fane, bande de cons ! hurla-t-il.

Nous lâchâmes tous notre cri de guerre dans la nuit.

— Whouuu, criâmes-nous en chœur.

— Allons chercher ma nana, lança Michael en me claquant dans le dos.

Bières et bouteilles à la main, nous avancions sans nous presser alors que nos voisins montaient dans leurs voitures et se mettaient en route. Une Mercedes dut nous contourner, car nous occupions une bonne partie de la chaussée.

— Vous allez être à la bourre ! s'esclaffa Bryce en passant la tête par la fenêtre du côté passager.

Michael tendit les bras.

— Comme s'ils pouvaient commencer sans moi !

Bryce agita la main en poursuivant son chemin. Je bougeai la tête en rythme avec la musique, voyant la bouteille de bourbon passer de Micah à Rory, qui chuchotaient en riant.

— Tu sais qu'ils risquent de commencer sans toi si elle se ravise, l'avertis-je. Tu te rappelles quand on a kidnappé sa mère, qu'on lui a piqué tout son fric et qu'on a incendié sa maison ? C'était le bon temps.

— Qu'est-ce que tu racontes ? s'offusqua Rory. C'est une blague !

Michael se défendit en riant.

— Damon l'a assommée avec du chloroforme avant de la jeter sur son épaule comme un vulgaire sac de patates et de l'emmener en mer !

— On créait des liens, blagua D. Tu es jaloux, c'est tout.

— Je suis surtout soulagé que ces « liens » ne se soient pas passés sous la ceinture avant que tu apprennes qu'elle était ta sœur, ripostai-je. Tu imagines un peu ?

Damon m'attrapa par le cou, et je ris pendant que nous nous amusions à nous bagarrer.

— Je commence à me dire qu'on ferait mieux de prendre Emory et cette fille et de se barrer, Micah marmonna-t-il à Rory.

Je repoussai Damon et rajustai mon costard en me redressant.

— On l'adore, leur assurai-je. On serait prêts à mourir pour elle, et pour chacun de nous aussi. Erika Fane est une petite veinarde.

— Oui, c'est vrai, en convint Kai. Tout va bien ? ajouta-t-il à l'intention de Michael.

Nous lui jetâmes un coup d'œil. Son front était couvert d'une légère couche de sueur, et sa respiration était laborieuse.

— J'ai le cœur qui bat super fort, haleta-t-il en lâchant un rire nerveux. Comme le jour où on est allés en cours de maths et que je l'ai vue pour la première fois après des mois.

Kai sourit et lui serra l'épaule.

— Ça fait des émotions, commenta-t-il.

Ça, c'est sûr. Et encore plus quand on sait que l'amour qu'on porte à une fille est réciproque.

Bon sang, Emmy me manquait déjà. Elle n'avait pas pu me lâcher la nuit d'avant. C'était comme si un tout nouveau monde s'ouvrait à nous.

Elle était la femme de ma vie. Pas de doute là-dessus.

Nous descendîmes la pente pour nous diriger vers le village. Misha passa à Damon le reste de sa bière à moitié bue, et Damon la vida avec bonheur.

J'avais adoré assister à leurs interactions ces derniers jours. Misha était enfant unique depuis la mort d'Annie. Aucun d'eux n'avait de frère, et si le père de Misha se mariait avec la mère biologique de Damon, ils appartiendraient, en quelque sorte, à la même famille.

Ils avaient eu pas mal de prises de bec au fil des années, mais des liens se formaient. Je pense que plus on vieillit, plus on se rend compte qu'on a besoin des autres. Ça ferait du bien à Damon d'avoir un frère.

Devant nous, les rues étaient noires de monde, *Light Up the Sky* crachait du Sticks, la taverne et les restaurants grouillaient de clients, et aucune voiture ne passait. Des marchands ambulants vendaient des plats de traiteur. Ce soir-là, c'était Graymor Cristane qui régalait.

Les passants regardèrent dans notre direction en nous voyant venir, et nous jetâmes nos boissons à la poubelle avant de nous enfoncer dans la foule.

— Will ! appela Simon en s'approchant pour me serrer contre lui.

— Salut, renvoyai-je en lui rendant son étreinte.

— Félicitations, lança-t-on à l'intention de Michael.

— Merci.

Le long de la rue, des *food trucks* servaient à manger et à boire, les bouchons de bouteilles de champagne sautaient en tous sens et de la musique résonnait. Le village tout entier n'était éclairé que par les lampes à gaz qui longeaient les trottoirs.

Il n'allait pas s'agir d'une cérémonie conventionnelle, avais-je entendu dire. Ils ne voulaient pas faire les choses en grande pompe. Seulement passer un bon moment, aux côtés des habitants de la ville.

Tout en me faufilant entre les passants, vieux amis et nouveaux habitants, j'aperçus les membres de l'équipe de basket avec leurs vestes du lycée tous entassés sur le toit et le capot d'un Hummer. Celui de devant me fit un signe du menton quand je croisai son regard. Le capitaine, sûrement.

C'était assez mignon de leur part d'être venus, de la même façon que nous nous rendions tous les ans sur la tombe de McClanahan. Ils avaient bien retenu la leçon.

Le parc entier était éclairé, et il n'y avait pas âme qui vive sur la pelouse, mis à part sur les chaises qui avaient été disposées pour notre famille proche. Nous nous dirigeâmes vers le belvédère. Misha partit rejoindre Ryen au deuxième rang tandis que Micah et Rory prenaient place sur les sièges qui leur avaient été réservés. Damon et Kai cherchèrent leurs nanas du regard, mais je ne repérai qu'Ivarsen avec Christiane, Matthew Grayson assis à côté d'elle, et Madden dans les bras de Katsu Mori, qui était installé à côté de sa femme.

Les parents de Michael étaient assis au premier rang. Le sourire jusqu'aux oreilles, sa mère lui envoya un baiser au passage tandis que son père se contentait d'observer la scène avec un petit sourire en coin, comme s'il attendait son heure.

Quel salaud.

Michael savait ce que je pensais, et m'entraîna en avant.

— Plus tard, dit-il. Pas ce soir.

— Je sais.

Lui et son père ne s'étaient jamais vraiment entendus, et je ne doutais pas de la loyauté et de la détermination de Michael à aller jusqu'au bout.

Ça ne voulait pas dire pour autant que je ne brûlais pas d'intervenir.

Je parcourus rapidement la foule du regard. Où était donc passée Emmy ? Winter et Banks n'étaient pas là non plus, mais ça ne voulait sûrement rien dire.

Nous gravîmes les marches du belvédère, et je contemplai le toit ouvert en remarquant que des cristaux étaient suspendus aux arbres au-dessus de nos têtes.

Le cercle en fer forgé noir s'étirait sur près de cinq mètres de diamètre et du lierre s'enroulait autour des rampes et des poutres qui se rejoignaient tout en haut. Là où des panneaux auraient dû protéger de la pluie et du soleil, le toit était ouvert, de sorte qu'on puisse voir jusque dans les arbres.

Une officiante se tenait au milieu, une juge d'âge moyen aux cheveux châtain coupés court et au rouge à lèvres couleur vin.

Je me penchai vers Damon.

— Qui a construit ce belvédère ?

Il se contenta de hausser les épaules sans me regarder.

Il l'ignorait ? Il n'avait pourtant pas bougé d'ici. Comment cette structure avait-elle pu s'ériger sans qu'il sache d'où elle provenait ?

Michael s'avança vers le centre, devant la juge, tout en nouant sa cravate. Nous nous joignîmes à lui de part et d'autre en attendant Rika et son entourage.

J'étais impatient de voir Emmy. Rika pensait toujours à tout, aussi savais-je qu'elle avait forcément prévu une robe pour elle, mais j'espérais aussi qu'elles s'étaient un peu amusées. J'avais envie qu'elle apprécie mes amis. Ils faisaient partie de ma famille, et ils étaient importants à mes yeux.

— Alors, tu vas être un Crist ? lança Kai à Michael l'air taquin. Ou un Fane ?

— La ferme, le rembarra Michael.

Kai et Damon éclatèrent de rire. Que racontaient-ils ?

Mais avant qu'on ait pu m'expliquer la blague, la musique s'éteignit et les bavardages de la foule s'estompèrent. J'en eus la chair de poule.

L'heure était venue.

— Michael, chuchota Kai.

Nous suivîmes tous son regard vers le début de l'allée qui menait jusqu'au belvédère.

Elle était là, debout. Pour une raison ou pour une autre, je crus que ma poitrine allait exploser.

Rika fixait Michael, vêtue de sa robe rouge qui lui donnait un air flamboyant. Il s'approcha du bord des marches et la contempla, à vingt-cinq mètres de distance.

Elle était devenue une femme renversante. Ses épaules nues scintillaient à la lueur des lampes, sa longue crinière blonde tombait en cascade dans son dos, et sa robe rouge, avec ses vagues de soie qui se déversaient sur sa taille et le long de ses jambes, la faisait ressembler à la force de la nature qu'elle était. Des broderies dorées ornaient son corsage et de longues boucles d'oreilles en or touchaient presque ses épaules.

La foule l'entourait, tout en lui laissant la voie libre.

Un air de piano et de violons se mit à jouer. Sans quitter Michael des yeux, elle marcha vers lui.

Je regardai autour de moi, cherchant Emmy, mais les trois autres n'étaient toujours pas là.

Michael restait sans bouger, perdu dans sa contemplation. C'était tellement intense qu'on aurait presque dit qu'il souffrait.

Plus elle s'approchait, plus elle crispait la mâchoire, et je vis des larmes briller dans ses yeux. C'était trop pour elle.

Autrefois, elle avait été une gamine qui nous avait époustouflés et qui avait couru à nos côtés toute la nuit.

Elle n'avait pas changé.

Elle gravit les marches, n'ayant besoin de personne pour l'accompagner, et prit la main de Michael en lui souriant.

— Salut, dit-elle.

Haletant, il fondit sur elle pour coller le front au sien et frôler sa bouche.

Mais Kai le tira en arrière.

— Patience, mec.

Les deux fiancés éclatèrent de rire, et Michael la regarda s'humecter les lèvres tout en se détournant avec peine.

Il lui prit la main et s'approcha avec elle de la juge.

Je m'avançai.

— Où sont les filles ? murmurai-je.

Rika se tourna vers moi en souriant, comme si elle avait un secret.

Puis, son regard se posa au-delà du belvédère. Chacune d'elles se tenait au bout des trois autres allées qui menaient au kiosque.

Qu'est-ce que… ?

Je m'avançai vers un côté tandis que Kai et Damon se dirigeaient vers les deux autres allées. Sa chevelure sombre dénouée, Emmy étrennait une robe argentée.

Sur ma gauche, Winter portait une robe de plumes blanches et, à droite, Banks était vêtue de noir.

Que fabriquaient-elles ?

Est-ce que… ?

Et puis… Je compris, et la respiration me manqua.

Ce n'est pas vrai.

— Ça va aller ? entendis-je Rika murmurer.

— Viens par là, chuchota Michael, et je les entendis s'embrasser. Je t'aime.

Je me rappelai que Rika avait dit vouloir épouser Michael à St Killian's. En haut des falaises, sous le ciel de minuit.

Je fus parcouru d'une onde d'excitation. Visiblement, elle avait eu une meilleure idée.

Elles se mirent toutes à marcher. Damon voulut rejoindre Winter, mais Rika le retint.

— Elle tient à le faire toute seule, Damon.

Il s'arrêta. Elles longeaient leurs allées respectives dans notre direction. Damon, tendu, suivait chacun de ses pas.

Voilà ce que Rika mijotait. Pourquoi elle avait gardé les filles.

Je jetai un coup d'œil sur le côté. Alex était assise avec les parents de Kai, vêtue d'une robe bleu nuit.

Le cœur battant la chamade, je souris en voyant Emmy monter les marches.

Étais-je en train de rêver ?

Alors que le monde tournait autour de moi, je tendis la main pour l'aider à monter.

— Je me suis dit que tu pourrais m'embrasser ce coup-ci, entendis-je Banks décréter à Kai.

Puis, Damon prit la main de Winter.

— Tu es belle à en mourir, dit-il.

J'avais la bouche tellement sèche que je n'arrivais pas à déglutir.

Sa robe, son corps, chacune de ses courbes… Et le dos, à quoi ressemblait-il ? Bon sang…

— Tu es partant ? demanda-t-elle d'une petite voix pleine d'espoir.

Je sentis la bague à son doigt, laissai mon regard errer sur ses seins. *Emory Scott. Qu'est-ce que… ?*

Elle me prit par le menton et me força à la regarder dans les yeux tout en tâchant vainement de retenir un rire.

— Tu es partant ? répéta-t-elle.

J'acquiesçai.

— Oui. Maintenant, pour toujours.

Elle ôta sa bague et me la tendit pour que je puisse l'épouser, puis elle me prit le bras et nous nous approchâmes tous du centre.

Damon serrait Winter contre lui sans la quitter du regard, tandis que Banks se cramponnait à Kai.

C'étaient les seuls à être vraiment mariés, mais leur première cérémonie avait été plutôt tendue. J'étais content qu'on soit tous là. C'était parfait.

— Bienvenue, lança l'officiante alors que la musique s'éteignait.

— Michael et Erika…

À cet instant, les lumières s'allumèrent au-dessus de nous, et nous renversâmes tous la tête en arrière tandis que la foule poussait des petits cris et que la juge sombrait dans le silence.

Les cristaux que j'avais remarqués plus tôt étaient en fait des lustres. Il y en avait une dizaine, accrochés aux arbres, qui prenaient vie et éclairaient les feuilles, les branches. On aurait dit un tout autre monde là-haut.

Emmy inspira vivement, et je tournai la tête vers elle. Elle avait le menton qui tremblait, une larme accrochée au coin de l'œil.

— Mon Dieu, murmura-t-elle.

Visiblement, ces lustres lui plaisaient.

J'essuyai sa larme. Les lumières luisaient sur sa peau magnifique.

— Michael et Erika, reprit l'officiante. Damon et Winter. Kai et Nikova. William et Emory.

Nous la regardâmes. Je sentis mes poumons s'emplir d'air, et Em qui me contemplait.

— Êtes-vous heureux ? demanda la juge.

Je relâchai mon souffle et émis un petit rire, me joignant aux autres.

La juge hocha la tête. Cette réponse lui suffisait.

— Je suis fière de vous avoir vus grandir ici, et impatiente de voir la suite.

Je serrai la main d'Emmy dans la mienne.

— Les alliances, je vous prie ?

Je tendis celle d'Emmy, Michael celle de Rika, et Damon et Kai reprirent les leurs à leurs nanas.

Puis, toutes les filles ouvrirent leurs paumes pour révéler des anneaux qui avaient été faits pour nous.

Des chevalières argentées arborant des armoiries que je ne reconnaissais pas. Sur un fond noir, un crâne doté de cornes flottait au-dessus d'un carré d'herbe où reposait un serpent.

Je regardai autour de moi, un peu perdu. Banks offrait la même bague à Kai, et je n'arrivais pas à voir celles de Michael ou de Damon, mais je supposais qu'il s'agissait des mêmes. J'avais dû rater un épisode.

Mais ça me plaisait.

— Qu'est-ce qui ne va pas ? entendis-je chuchoter Michael.

— R… rien, répondit Rika. J'ai cru voir quelque chose.

— Michael et Erika ? poursuivit l'officiante. Jurez-vous que, quoi que vous fassiez, vous le ferez ensemble ?

Ils se sourirent.

— Oui.

— Damon et Winter ? enchaîna la juge. Jurez-vous de vous offrir le meilleur ?

— Oui, répondirent-ils d'une voix assurée.

— Kai et Nikova ?

Mon cœur tambourinait dans ma poitrine.

— Jurez-vous que l'autre ne sera jamais seul ?

— Oui, affirmèrent-ils, et je perçus le sourire dans leurs voix.

— Et William et Emory ?

Je baissai le regard pour le planter dans celui d'Em.

J'étais tellement sur les nerfs que j'avais peur de dérailler.

— Jurez-vous de croire l'un en l'autre et de former un front uni ?

Je déglutis.

Plutôt deux fois qu'une.

— Oui.

L'officiante marqua une pause avant de poursuivre :

— Jurez-vous de faire passer la famille avant le reste ?

— Oui, dîmes-nous en chœur.

— Jurez-vous de ne jamais rompre ces promesses ?

J'adressai un sourire à Em.

— Oui.

Nous passâmes les bagues aux doigts de nos compagnes, et ce fut comme si l'anneau s'enroulait aussi autour de mon cœur.

— Michael et Erika, je vous déclare unis par les liens sacrés du mariage.

— Ouaiiis ! entendis-je crier, et nous éclatâmes tous de rire pendant que Michael et Erika s'embrassaient.

— Damon et Winter ? poursuivit la juge. Je vous déclare unis par les liens sacrés du mariage.

Il prit son visage dans ses mains et l'embrassa, continuant même après que la juge était passée aux suivants.

— Kai et Nikova, je vous déclare unis par les liens sacrés du mariage.

— Viens par là, dit Kai en écrasant sa bouche sur celle de sa femme, qui gloussa.

Banks qui gloussait. On avait tout vu.

Mon pouls s'affola alors que je me préparais pour la suite. J'avais l'impression que j'allais faire une crise cardiaque.

— Je t'aime, ma chérie, chuchotai-je en regardant Em droit dans les yeux.

— Tant mieux, renvoya-t-elle. Parce que dans la serre, je t'ai menti en disant que je prenais la pilule.

Hein ? J'écarquillai les yeux et me figeai un instant.

Puis je m'esclaffai et l'embrassai avant même qu'on m'ait dit de le faire.

Trop cool.

— William et Emory, lança la juge en se raclant la gorge pour nous indiquer de rompre notre baiser.

Mais avant qu'elle ait pu nous déclarer unis par les liens sacrés du mariage, le tonnerre déchira l'air au loin, et je sursautai.

Qu'est-ce que c'était que ça ?

Je m'écartai d'Emmy au milieu des cris et des hurlements alors que nous tournions tous sur nous-mêmes en cherchant l'origine du bruit.

C'est là que nous le vîmes. Au-delà de la cathédrale, loin dans le ciel noir, vers Cold Point – un nuage de feu et de fumée qui s'élevait comme une bombe atomique.

Mon Dieu.

— Qu'est-ce que c'est que ça ? cria Damon.

— Ça se passe près du Cove, répondis-je.

Je savais précisément où, et la seule chose qui avait pu se produire.

Les gens se mirent à courir. J'attrapai la main d'Emmy et nous nous précipitâmes tous hors du belvédère. Je cherchai les gosses, Misha, Ryen et Alex du regard, mais une silhouette attira mon attention. Je plissai les yeux en apercevant la fillette qu'on avait vue au Cove l'autre soir. Toujours dans ses habits noirs et sales, avec son bonnet sur la tête. Elle nous dévisageait.

— Qu'est-ce qu'elle fout là ? grondai-je. Michael !

— Quoi ?

Je pointai du doigt vers les voitures garées devant Sticks.

— Attrape-la !

Était-ce elle que Rika avait remarquée tout à l'heure ?

— Merde ! s'exclama-t-il.

Tout en tenant Emmy par la main, je fendis la foule. La petite fille tourna les talons et voulut se faufiler entre les passants, mais une voiture chercha à quitter la ruelle et un *food truck* lui barra le passage de l'autre côté.

Elle se glissa à travers une brèche dans le chaos, mais je me jetai en avant et lui attrapai le bras juste à temps.

Je l'attirai vers moi. Elle se débattit et tenta de me frapper.

— Lâche-moi ! hurla-t-elle.

J'enroulai les bras autour d'elle pendant qu'elle battait des jambes. Son crâne me percuta le nez.

Putain !

— Tout doux, tout doux, souffla Rika en la tirant hors de mes bras. Tout va bien.

Elle s'agenouilla dans sa robe rouge, regarda la fillette dans les yeux et lui prit la main.

— Je te promets que personne ne te fera de mal, insista-t-elle. On voulait juste s'assurer que tout allait bien.

— C'est le cas, aboya la gamine en essayant de s'écarter. Lâche-moi !

Damon l'immobilisa.

Rika leva les yeux vers lui.

— Relâche-la.

Il fronça les sourcils mais s'exécuta, et Rika sourit à la petite dans le but de l'apaiser.

— Je t'ai vue regarder la cérémonie, déclara-t-elle alors que les gens couraient partout autour de nous. Ça t'a plu ? Ma maman dit que j'aurais dû m'habiller en blanc.

La fillette se rembrunit mais ne bougea pas, laissant son regard dériver vers les boucles d'oreilles et la coiffure de Rika.

Je me frottai le visage. *Bon sang.* On n'avait pas le temps pour ça. Le Cove venait d'exploser, les gens de la ville pétaient un plomb, la plupart d'entre eux allaient même sûrement voir ce qui s'était passé, et on était censés croire que c'était un hasard si cette gamine s'était trouvée là-bas, et encore ici ce soir ? Il y avait forcément un lien.

— Mais j'aime bien le rouge, reprit Rika. Et toi ?

La fille se contenta de la dévisager. Au bout d'un moment, elle tendit la main pour effleurer amoureusement la boucle d'oreille de la mariée.

— Tu sais ce qui vient de se passer au Cove, ma chérie ? demanda Rika.

La fillette regarda autour d'elle, apeurée.

— Tout va bien, lui assura Rika.

La petite déglutit et chercha ses mots.

— Non. Je suis partie le soir où vous êtes venus mettre le feu.

— Je suis désolée pour ça, lui dit Rika. On ne savait pas que tu vivais là.

— J'avais déjà quitté ma cachette quand vous êtes arrivés, expliqua-t-elle. Quelques heures plus tôt, quand les messieurs sont sortis du tunnel de sous la mer.

Je décochai un regard à Michael, voyant Micah, Rory et les autres se joindre à nous.

— Les messieurs ? questionna Rika.

La fille fit « oui » de la tête.

— À quoi ils ressemblaient ? s'enquit Rory.

— L'un d'eux avait la même tête que lui, répondit la gamine en montrant Michael. Mais avec des cheveux plus sombres.

Des cheveux foncés et des yeux noisette.

Aydin.

— L'autre était blessé, poursuivit-elle. À la main.

Taylor.

— Comment tu t'appelles ? demanda Rika.

La petite, nous voyant tous pressés autour d'elle, s'arracha à l'emprise de Rika et se glissa entre Alex et Em pour se jeter dans la foule.

— Attends, non ! cria Rika alors que Banks partait à ses trousses.

Seulement, elle avait déjà disparu.

Pas grave.

Je regardai Micah, Rory, puis Em.

— Aydin et Taylor, affirmai-je.

Ils hochèrent la tête.

Le train passait sous Deadlow Island. J'ignorais comment ils avaient fait pour aller aussi loin, ou si on les avait aidés, mais il se pouvait fort que ce tunnel-là rallie aussi Coldfield et les tunnels du Cove.

Michael secoua la tête.

— Avant-hier soir…

Ça faisait donc deux jours qu'ils étaient là.

Bordel de merde.

— Et ils n'annoncent leur présence que maintenant, ajouta Kai en fixant du regard le nuage noir qui se dissipait dans l'air au large de la côte.

La ville fourmillait autour de nous, les gens sautaient dans leurs voitures pendant que d'autres discutaient avec animation.

— Enlevez vos robes, lança Michael aux filles. On se retrouve tous à Coldfield dans une demi-heure. *Go !*

39

Emory

Présent

Lev et David ramenèrent tout le monde à la maison dans les SUV. Une fois que nous eûmes changé de tenue, et que les enfants et les grands-mères furent à l'abri dans le domaine des parents de Kai, aux soins de Katsu et Vittoria, nous filâmes le long de l'autoroute noire en enfilant nos vestes. J'enfilai la paire de gants en cuir noir que Banks m'avait prêtée, car le fond de l'air était frais.

Même si je croyais surtout que c'était parce qu'elle ne voulait pas que je laisse d'empreintes.

Je n'avais pas protesté. Elle était plus expérimentée que moi dans ce domaine. La veille, les filles m'avaient mise au courant pour tout ce que j'avais manqué ces dernières années – Delcour, le Pope, Pithom, Evans Crist, Gabriel Torrance, et tout ce que les gars avaient fait de mal – et de bien – dans leurs quêtes de vengeance.

Sans oublier Trevor. Je savais qu'il était mort, mais je ne m'étais pas doutée de l'ampleur de sa chute. Tout ça aurait dû me terrifier. Ça faisait beaucoup à digérer.

Mais c'était plus fort que moi. Je sentis un élan monter en moi pendant que Will conduisait et, curieusement, fuir ne me semblait même pas envisageable. Malgré la peur qui me nouait le ventre, je ne voulais pas être ailleurs.

Sentant son regard sur moi, je remis mon bonnet de ski noir et lui jetai un coup d'œil. En sweat noir, il agrippait le volant au point d'en faire saillir les veines de ses mains tatouées. Il tourna encore le visage vers moi, en ouvrant et fermant la bouche.

— Arrête de me regarder comme ça, le rabrouai-je en me retournant face à la route. Je viens avec vous, c'est tout.

Je savais qu'il s'inquiétait pour le merdier dans lequel il m'avait attirée, mais il oubliait que c'était mon merdier, à moi aussi. Fini de courir.

Nous arrivâmes devant Coldfield, qui était bondé. L'explosion sur Old Pointe Road avait fait sortir les gens de chez eux plutôt que les inciter à s'y terrer. Will ne se donna même pas la peine de chercher une place de parking. Il se gara derrière deux voitures, leur bloquant toute issue, et coupa le moteur.

Un autre SUV s'arrêta derrière nous, et tout le monde descendit des deux voitures.

Will et moi gagnâmes l'arrière du véhicule pour ouvrir le hayon. Il en sortit un sac en toile et tendit à chacun son masque, que tous se contentèrent d'accrocher à leur ceinture.

Misha et Ryen arrivèrent en tenue de ville, prêts à tout.

Will considéra son cousin d'un air sidéré.

— Qu'est-ce que tu fous ?

Mais Misha attrapa un masque noir rayé de bleu.

— Il appartient à quelqu'un ?

Will baissa les yeux.

— Tu n'es pas obligé d'être là, mec. Tu n'as pas à t'impliquer là-dedans.

Misha le dévisagea.

— Bien sûr que si.

Il attacha son masque à sa ceinture et farfouilla encore dans le sac afin d'en tirer un masque blanc pour Ryen.

Will sourit en voyant son cousin nous suivre.

— Et ma meute d'un loup, énonça-t-il d'une voix faussement larmoyante, est devenue une meute de deux loups.

— La ferme, lui dit Ryen.

Misha s'esclaffa. Tous les trois souriaient largement en songeant à cette référence au film *Very Bad Trip*.

Misha et Ryen s'éloignèrent. Je ne savais pas grand-chose d'eux, seulement que Misha ne faisait pas partie des Cavaliers et n'était pas un des gosses de riches typiques de Thunder Bay. Mais Will faisait partie de sa famille, et il était là pour l'aider.

Will attrapa un autre masque du sac, jaune avec du sang autour de la bouche et des yeux.

— Ils cherchent peut-être à détourner notre attention, lui dit Micah. À nous attirer ici pour détruire la ville pendant que nous, on tourne en rond.

— Ça ne leur apporterait rien, protesta Will. C'est après nous qu'ils en ont. C'est nous qu'ils cherchent. Ils ont tout intérêt à ce qu'on les trouve.

Puis, il me tendit le masque.

— Les vrais monstres ne portent pas de masques, le taquinai-je.

Il haussa les épaules.

— Les vrais monstres se fichent peut-être aussi d'être reconnus. Sans masque, tu ne pourras pas t'amuser.

Mon mec dictait sa loi. Ça m'excitait à mort.

J'enfouis la main dans le sac et en tirai un masque noir pour aller avec son blanc, tous deux rayés de rouge sur le côté gauche.

— J'aime bien celui-là, affirmai-je.

Il sourit et sortit le sien, referma le hayon et verrouilla la voiture.

— Martin sera peut-être là, précisa-t-il alors que nous entrions tous dans Coldfield pour se rendre en douce au Cove.

— Ou pas, renvoyai-je.

Mais il secoua la tête en ouvrant le chemin à travers la foule.

— J'ai comme l'impression que tout est lié, Emory.

Lié…

Je ralentis le pas, songeant à Martin, Evans Crist, Aydin…

Qui avait envoyé Will à Blackchurch ? Nous l'ignorions encore. Qui avait quelque chose à y gagner ?

Aydin et Taylor étaient en ville depuis deux jours. Pourquoi avoir attendu aussi longtemps pour se manifester ? Que tramaient-ils ?

Tout comme Micah et Rory, Aydin, Taylor et leurs familles seraient des alliés utiles.

Evans savait que Will s'était échappé, et à présent…

Je suffoquai. C'était Evans qui avait envoyé Will à Blackchurch.

Evans était lié à Martin.

Ça faisait deux jours.

Deux jours.

Je levai les yeux pour regarder autour de nous, inspectant les masques au sein du parc hanté.

Largement le temps de tout planifier…

Merde.

— Attendez, m'écriai-je, élevant la voix en voyant tout le monde continuer d'avancer : Attendez !

Ils se retournèrent et me dévisagèrent, et je courus vers eux alors que Will se précipitait vers moi.

— Ils sont ici depuis deux jours, leur rappelai-je tandis que tout le monde se pressait autour de nous. Deux jours. Qu'est-ce qu'ils ont fait jusque-là ? Du tourisme ?

— Ils se sont préparés, devina Michael.

— Non, contrai-je en jetant un nouveau coup d'œil autour de moi. Ils ne sont pas seuls.

Ils me regardèrent, bouche bée.

— Ils ne sont pas venus ici sans aide, précisai-je d'une voix plus forte.

Les responsables de Blackchurch les avaient sûrement renvoyés chez eux, ou dans un lieu similaire. Ils avaient dû s'échapper et recourir à l'assistance d'une personne extérieure pour arriver ici dans un temps record.

Une silhouette immobile attira mon regard. Debout au milieu de la foule, il me regardait droit dans les yeux.

Mon corps tout entier s'embrasa.

Il portait un masque, un diable peint en noir. Je soutins son regard, le cœur battant dans mes oreilles.

Coldfield continuait de se déchaîner autour de nous, les gens couraient, criaient et riaient pendant que *Highly Suspicious* se déversait par la sono.

— Leurs parents ? suggéra Rory, et Micah secoua la tête.

Je répondis à sa place :

— Non.

— Comment ça ? intervint Alex.

Je me tournai vers Will.

— Tout est lié. Evans Crist a demandé de l'aide à Martin pour neutraliser tes parents en vous envoyant tous en taule, mais il n'avait pas prévu que tu t'organiserais de ton côté à la sortie. Avec le temps, tu es devenu une menace qu'il a également dû gérer.

— Mon père a peut-être fait des saloperies, intervint Michael, et il va payer pour ça, mais ça fait des années qu'il n'a rien tenté.

— Mais il est encore en activité, ripostai-je. Et s'il avait envoyé Will à Blackchurch pour vous mettre hors d'état de nuire, comme il l'a fait à tes parents il y a tant d'années ?

Je regardai les gars autour de moi.

— Après tout, vous n'avez pas avancé sur votre projet de complexe touristique. Son plan a marché.

Je jetai un coup d'œil à droite. La silhouette y était.

Ou, du moins, quelqu'un qui lui ressemblait comme deux gouttes d'eau. Il portait également la même veste noire et le même masque de diable avec la capuche relevée.

Je reportai mon regard sur l'autre, remarquant qu'il n'avait pas bougé. Tous deux me dévisageaient.

— Et s'il avait été mis au courant de l'évasion de Will ? questionnai-je Michael. Et s'il avait enrôlé les prisonniers restants et leurs familles pour les faire venir ici ? Et si Aydin et Taylor dormaient au bout de la rue depuis le début, chez tes parents ?

Dans le silence général, tous échangèrent des regards, commençant à se faire à l'idée qu'Aydin risquait de gagner.

— Aydin ne s'engage jamais dans rien sans être sûr de triompher, décréta Alex. Elle a raison. Il n'est pas seul.

Je m'approchai, resserrant notre cercle.

— Ils étaient probablement au mariage, affirmai-je en montrant la foule du regard. Ils nous suivent depuis le début.

Je glissai mon regard vers la gauche et en aperçus un autre. Et encore un autre.

Lentement, les diables glissaient à travers la foule pour nous encercler telle une armée. Nous les évitions du regard, enfin conscients d'être cernés.

— Les masques, murmurai-je. Les diables. C'est comme ça qu'ils s'identifient.

— Merde, chuchota Rika en promenant son regard autour du parc.

Nous étions en mesure de prendre le dessus sur Evans Crist à nous onze, en plus de Micah et de Rory, mais nous ignorions si les familles d'Aydin et de Taylor lui prêtaient main-forte. Sans oublier Martin et les forces de police.

C'était foutu pour nous.

Rika m'attrapa la main et m'entraîna vers l'entrepôt, les autres nous emboîtèrent le pas et nous nous dépêchâmes d'entrer. Nous contournâmes un dédale de tunnels sombres et nous glissâmes derrière une cloison, où des acteurs passaient les mains par des trous pour agripper les clients et leur faire peur.

Rika ôta son sweat à capuche et défit son masque.

— Emmy, on échange.

Elle prit mon masque et l'accrocha à sa ceinture.

— Alex, échange avec Banks, lui dit-elle.

Je restai sans bouger.

— On est tous dans leur ligne de mire, soulignai-je.

Inutile de cacher mon identité si elle aussi était en danger.

— Pas pour Aydin et Taylor, répliqua-t-elle. C'est après vous deux qu'ils en auront.

D'accord, peut-être. Et si Martin était là ce soir, je serais sûrement sa cible.

J'enlevai ma veste pour la lui jeter, et m'emparai de son sweat que j'enfilai alors qu'Alex et Banks faisaient de même.

— Regagnez le passage souterrain, nous ordonna Will. Em et Alex iront avec Rika et Michael.

Le passage souterrain ?

— On ne devrait pas se séparer, protesta Ryen avant que j'aie pu poser la moindre question.

— On avancera plus vite comme ça, insista Will.

Je pris son visage dans mes mains et l'embrassai, déjà à bout de souffle.

— Je veux y aller avec toi.

Il me caressa la joue.

— On se retrouve au Cove. Il faut que je les emmène à l'écart de la ville. Je veux seulement vous laisser une chance de vous éloigner avant qu'ils vous rattrapent.

Nous mîmes nos masques et relevâmes nos capuches pour couvrir nos cheveux.

— Vous deux, allez avec Kai et Banks, dit Will à Misha et Ryen. Et vous deux, enchaîna-t-il en désignant Rory et Micah du menton, restez avec Lev, Damon et Winter.

Ils acquiescèrent, enfilèrent leurs nouveaux masques. J'avais presque envie de sourire. Will avait pensé à tout.

— Semez-les, commanda-t-il. Je n'ai pas verrouillé la porte. Prenez le passage souterrain et allez au Cove.

— Ça marche, lançâmes-nous tous en chœur.

Damon et Winter passèrent en premier, histoire de prendre de l'avance.

Mais avant que j'aie pu partir, Will m'attrapa, m'attira dans ses bras et souleva mon masque pour me gratifier d'un long baiser qui me fit frémir jusqu'aux orteils.

Je t'aime.

— Fais attention à toi, murmurai-je contre ses lèvres.

Il me regarda dans les yeux.

— Je vais t'épouser, affirma-t-il.

Puis, il baissa mon masque et me poussa hors de notre cachette.

C'était vrai qu'on n'était pas allés au bout de la cérémonie. Je voulais l'avoir tout à moi.

Rika me prit par la main pour m'entraîner derrière Michael et Alex. Tournant la tête en arrière, je vis Will partir dans la direction opposée.

Il disparut dans un coude, et je fus prise d'un mauvais pressentiment.

Je n'aimais pas ça.

Nous traversâmes la maison hantée, en direction de la section « Savant fou ». Rika m'expliqua que Will possédait Coldfield, qui était une façade pour... Eh bien, Coldfield, le système de transport souterrain qu'il avait découvert. J'avais entendu parler du parc à thème qui avait ouvert ses portes à Thunder Bay ces dernières années, mais je n'y avais encore jamais mis les pieds.

J'avais hâte de découvrir la ville tapie en dessous.

Nous avancions le plus vite possible tout en tâchant de ne pas attirer l'attention. Chemin faisant, je repérai Damon, qui attrapait un drap ensanglanté pour le jeter sur Winter et la soulever dans ses bras comme s'il s'agissait de sa dernière victime en date.

Elle dut lui dire quelque chose, car je le vis lui chuchoter à l'oreille en retour, et puis il la chatouilla entre les cuisses et ils disparurent dans un tunnel.

Les sens en alerte, je me faufilai à travers la section « Maison de poupée grandeur nature ». Un nuage de brume flottait à nos pieds et les ténèbres menaçaient au-dessus de nos têtes.

Je passai des mannequins à la peau verte en décomposition, aux coiffures des années 1950 et aux tenues vintage, les membres marqués de noir pour leur donner des allures de marionnettes. Alors que j'avançai tout en jetant des regards à droite et à gauche, l'une d'elles s'anima et me sauta au visage. Je poussai un cri et levai les mains pour la frapper, mais je me repris et m'enfuis en courant.

Je jetai un coup d'œil par-dessus mon épaule. Le mannequin se remit en place pour sa prochaine victime, figé dans une posture flippante. Alors que je me retournais vers l'avant, quelqu'un nous barra le passage. Une silhouette sombre, avec un masque de diable.

Alex, Rika, Michael et moi nous immobilisâmes. Ils ne devaient pas savoir où se trouvait l'entrée de Coldfield, sinon ils n'auraient pas été si tenaces dans leur poursuite. Malgré tout, ils nous cernaient.

— On y va ! criai-je.

Je pivotai sur les talons pour courir entre les maisons et le long d'un passage avant de gravir un escalier branlant. Alex et Rika me serraient de près, et Michael gardait un œil à l'arrière.

Je traversai l'étage supérieur et, poussant la porte, débouchai sur le toit de l'entrepôt. Des machines à fumée côtoyaient des lumières stroboscopiques tandis que diverses décorations, faucheuses et anges du mal se balançaient dans le vent en projetant leur présence menaçante sur la cour en contrebas.

De grandes tentes se dressaient pour protéger les fournitures de la pluie. J'attrapai la main d'Alex et, suivie de Rika et de Michael, traversai le toit pour gagner l'autre côté. Si nous parvenions à redescendre assez vite par l'échelle de secours, nous pourrions les semer et regagner Coldfield.

Jetant un regard sur la gauche, je m'arrêtai net, le souffle court, et scrutai les ténèbres en dessous de nous.

— Emmy ! s'écria Michael. Qu'est-ce que tu fous ?

Je ne pus retenir un sourire en contemplant le labyrinthe d'arbres, où des loups hurlaient et des hiboux hululaient par les enceintes. Un bus trônait au milieu du brouhaha derrière l'entrepôt, éclairé de l'intérieur par une sinistre lumière rouge.

Notre bus. Il n'avait pas menti. Il l'avait gardé.

Mon cœur s'élança à l'idée qu'il y avait pensé.

— Emory ! gronda encore Michael.

Je sursautai. Rika était déjà en train de descendre l'échelle, et il la suivait.

Alex accourut et me prit par la main. À cet instant, une silhouette sombre contourna les tentes et me bouscula, m'envoyant valser au sol.

Le monde se brouilla sous mes yeux, et il me fallut un moment pour reprendre mon souffle. Clignant des paupières, j'aperçus notre agresseur aux prises avec Alex, qu'il empoignait par le cou.

— Hé ! entendis-je hurler Michael.

Mais je me levais déjà d'un bond, et Alex ôta son masque de diable à son adversaire. Taylor était debout face à elle. Elle lui fit un croche-pied et ils tombèrent tous deux sur le toit.

Taylor atterrit sur le dos, elle s'écrasa sur lui, et il poussa un grognement en la giflant.

Elle étouffa un cri en s'effondrant sur le flanc. Sans laisser le loisir à Taylor de se jeter sur elle, je lui flanquai un coup de pied entre les jambes.

Il poussa un hurlement, se recroquevilla, et je lui tombai dessus pour le frapper au visage. Ses cheveux en sueur collés à son front, il tressaillit, tâchant de se protéger. Je cognais tellement fort qu'une douleur me traversa le poignet et le bras.

Quelqu'un m'écarta de lui. Mon souffle m'emplissait les oreilles, et je faillis enlever mon masque, mais je savais que l'entrepôt était équipé de caméras de sécurité. J'obéis donc à l'ordre de Will et le conservai.

— Allez, on y va, affirma Michael en m'attrapant la main.

Nous courûmes vers le bord pour descendre par l'échelle et regagner le sol.

Des gens se précipitaient en direction de la scène alors que le présentateur démarrait le spectacle sur fond de *Devil Inside*.

Levant les yeux, je remarquai les diables masqués qui s'apprêtaient à descendre l'échelle à notre suite.

— Vite ! criai-je.

Ce fut à cet instant que j'aperçus Martin.

Il se tenait dans l'entrée, de l'autre côté de l'espace de restauration, vêtu d'un jean et d'un pull noir, ses cheveux sombres parfaitement coiffés.

Une main dans sa poche, il me fixait avec, dans le regard, un sourire qui n'atteignait pas ses lèvres.

Son air de défi me parcourut de frissons.

— Emmy ! appela Rika. Allez, on y va !

Il me dévisageait.

J'étais incapable de bouger.

Les poumons comprimés, j'hésitais entre rebrousser chemin et foncer sur lui pour le cogner jusqu'à en avoir les mains en sang.

Un cri se logea dans ma gorge.

Je ne peux pas bouger.

Alors, une petite main se glissa dans la mienne, sa peau froide rendue rugueuse par la crasse et la poussière.

Je baissai les yeux et remarquai une petite fille qui me considérait.

Qui… ?

— On y va, chuchota-t-elle.

Elle était blonde, ne devait pas avoir plus de huit ou neuf ans. Vêtue exclusivement de noir à l'exception du maillot de corps blanc qui dépassait de son pull, elle était coiffée d'un bonnet noir, dont dépassait une natte qui pendait sur son épaule. Elle sourit et m'entraîna derrière elle. Je jetai un regard interrogateur à Michael et Rika, qui semblaient tout aussi déroutés que moi.

Elle me lâcha et fonça en avant, se baissa et plongea sous la bâche qui recouvrait le vide sanitaire en dessous de l'entrepôt.

— Par ici ! cria-t-elle.

Nous n'hésitâmes qu'un instant avant de la suivre.

Nous rampâmes, à quatre pattes sur la terre froide qui filtrait à travers nos jeans, tout en jetant des regards derrière nous pour nous assurer que personne ne nous suivait.

— Tu es sûre de savoir où on va ? s'inquiéta Michael.

— Cette ville m'appartient, riposta la petite.

Il s'esclaffa, mais le temps me manquait pour demander d'où sortait cette gamine, ou si elle allait vraiment nous emmener en sécurité.

Pour l'instant, nous n'avions pas le choix.

Elle s'arrêta, se dressa et poussa sur une latte de plancher, et nous nous faufilâmes pour regagner l'entrepôt. Nous voilà de retour dans la section « Savant fou ».

Dès que nous fûmes tous passés, Michael s'empara de la gamine, la jeta sur son épaule et se mit à courir tandis que nous lui emboîtions le pas.

— C'est bon, je peux marcher, protesta-t-elle en tendant les bras. Allez, quoi !

Mais il traversa le labo sans s'arrêter. Sûrs que personne ne nous suivait, nous ouvrîmes la porte. Michael porta la petite le long du tunnel, suivi de Rika et d'Alex. Soudain, je me pétrifiai, prise d'un mauvais pressentiment.

Je jetai un coup d'œil derrière moi, en direction du labo de chimie, et croisai le regard d'un groupe de silhouettes drapées de blanc. Aussi immobiles que des statues, avec des trous noirs pour les yeux, toutes semblaient m'observer.

Tenaillée par la peur, je sentis mes pieds s'enraciner dans le sol.

Je scrutai leurs visages.

Et je sus.

À cet instant, l'une d'elles tourna la tête, et mon cœur bondit dans ma poitrine. Je hurlai. S'agissait-il de l'un d'eux ? Peut-être, peut-être pas.

Je m'engouffrai dans le tunnel, refermai la porte et courus après les autres, trébuchant sur une pierre alors que je regardais encore derrière moi.

Je me rattrapai et me précipitai vers la voie ferrée.

Micah, Rory et Lev étaient assis dans le wagon de devant, déjà sanglés, et j'eus à peine le temps de retrouver mon souffle qu'ils filaient déjà sur les rails.

Il ne restait plus que deux wagons. Avec un peu de chance, les autres étaient déjà tous partis.

Ils se sanglèrent, Michael démarra, et je regardai derrière moi en entendant le grincement de la porte qui s'ouvrait au bout du tunnel.

Will…

Mais on m'attrapa pour m'asseoir de force.

— Will ! hurlai-je en sentant qu'on bouclait ma ceinture. Michael, non !

— Vite ! lui hurla Rika, la fillette sur ses genoux. On y va !

Le wagon s'élança, ma nuque partit en arrière, et je pivotai sur mon siège pour voir les lumières derrière nous devenir de plus en plus petites.

— Non ! criai-je.

Il ne restait plus qu'un wagon. Si quelqu'un nous avait vus partir – si ce fantôme n'était pas un acteur, et qu'il m'avait suivie –, Will ne pourrait pas se rendre au Cove.

Je cachai mon visage dans mes mains alors que le vent me balayait le corps.

On n'aurait pas dû se séparer.

Les larmes me montèrent aux yeux.

Nous prîmes un virage. Nous passions sûrement sous la rivière, car des gouttelettes d'eau nous tombèrent dessus tandis que nous filions devant les lumières qui marquaient notre chemin.

Michael ralentit. Je me cramponnai en voyant approcher un quai. Il freina, et nous débouclâmes aussitôt nos ceintures.

— Will, leur criai-je en défaisant la mienne. On a laissé Will ! Aydin était là-bas !

C'était lui que j'avais reconnu dans le labo.

Je les suivis, en mettant pied sur le quai.

— Et s'il empêche Will de passer ? m'affolai-je. Il faut qu'on y retourne.

Michael hissa Rika et la fille sur le quai.

— Will voulait que tu sortes de là. On reste ensemble.

— Non !

— Il s'en sortira, me promit Rika en me regardant en face. Il n'échouera pas, Em. Il viendra.

Je l'affrontai du regard. Je devais y retourner.

Je devais…

La gamine me tira sur le bras.

— On y va ! cria-t-elle.

Je résistai, mais avant que j'aie pu émettre une protestation, Michael la prit par les épaules.

— Pas si vite, lança-t-il. Qui es-tu ? Dis-le-moi tout de suite, et vite.

Elle se raidit, les lèvres pincées.

— Pourquoi tu vis ici, au Cove ? insista-t-il.

Elle voulut s'enfuir, mais il la serra contre lui.

Je jetai un coup d'œil au bout du tunnel. Toujours aucun wagon.

Je ne l'avais encore jamais vue, mais eux si, visiblement.

— Athos, répondit-elle enfin. Je m'appelle Athos.

Comme le mousquetaire ?

— Et ton nom de famille ? exigea Michael.

— Je n'en ai pas.

Il fronça les sourcils.

— Si, forcément. Tu n'es pas née ici, gamine.

— J'ai peut-être été téléportée jusqu'ici pour étudier votre espèce.

Alex s'esclaffa. La fillette prit la main de Rika en s'éloignant de Michael, la mine renfrognée.

Il se leva et lui rendit son regard noir.

— Quoi ? s'agaça-t-il.

— J'ai vu ce que ton espèce aime faire aux femmes en bas, dans la grotte qui donne sur la plage, lui asséna-t-elle.

Rika étouffa un cri en se couvrant la bouche, mais je surpris le sourire qu'elle dissimulait alors qu'Alex éclatait de rire.

— Tu as vu ça ? questionna Michael en ouvrant les yeux en grand.

La petite le jaugea du regard.

— Hmpf.

Il secoua la tête, puis la reprit dans ses bras pour la reposer sur son épaule.

— Allons-y !

— Tu as peur que je m'enfuie encore ? s'emporta-t-elle.

Nous courûmes le long du tunnel sombre, fait de béton et doté de portes donnant sur diverses pièces. Nous grimpâmes les marches pour déboucher dans une vieille boutique, fermée depuis longtemps en même temps que le Cove, et nous précipitâmes dehors dans le parc, où la grande roue se dressait au loin.

— On va se débrouiller pour sortir d'ici, m'expliqua Michael tout en courant, et puis on cherchera mon père, et on s'occupera de lui et de Scott.

« S'occuper » d'eux ?

— Ça te va ? insista-t-il.

Je respirais difficilement. Je me rendis compte que j'allais devoir prendre Alex au mot et m'entraîner au dojo de Kai pour avoir la forme.

— Genre, le tuer ?

Il sourit.

— Je pensais plutôt à une île accessible uniquement par train.

Blackchurch. Il voulait envoyer mon frère et son père à Blackchurch.

Je lui rendis son sourire.

— Ça me va.

Damon, Winter et les autres surgirent de derrière un stand de jeux avec deux autres types masqués – sûrement des agents de sécurité supplémentaires – qui nous attendaient. Je regardai derrière moi. Damon et Banks tenaient les mains de Winter, qui courait avec eux.

— Où est Will ? s'inquiéta Misha en le cherchant du regard.

Pas là, je le savais. Je sortis mon téléphone et déverrouillai l'écran, sur le point de l'appeler, quand j'aperçus un groupe de gens. Martin, accompagné de toute une équipe, entrait dans le parc, les yeux braqués sur nous.

Oh ! non.

Nous nous immobilisâmes alors qu'ils nous bloquaient la sortie, et je balayai encore les environs du regard. Toujours pas de Will. Comment Martin avait-il fait pour arriver aussi vite ? Comment avait-il su où nous allions ?

— Dégage, entendis-je Michael lui dire.

Nous avions été prêts à nous battre contre Aydin et Taylor, mais ça ?

Merde.

Michael s'avança pour affronter Martin. Je le rejoignis, refusant de me cacher.

Martin me contempla.

— On était censés ne plus jamais se revoir, souligna-t-il en s'approchant, équipé d'un étui d'épaule, alors que tous ses collègues étaient armés et habillés pour la traque.

Les souvenirs m'assaillirent en l'entendant prononcer les mêmes paroles que tant d'années plus tôt, au poste de police.

On aurait dit que c'était hier.

Il m'attrapa la main. Michael tressaillit, prêt à lui bondir dessus s'il s'en prenait à moi.

Je grinçai des dents, écœurée par le contact de sa peau sur la mienne.

L'œil du cyclone. Les paroles d'Aydin défilaient en boucle dans ma tête.

Martin considéra ma bague.

— Je n'ai jamais reçu de carton d'invitation.

Je serrai les poings et m'écartai doucement.

— Non, c'est vrai.

L'œil du cyclone…

— Ils sont au courant, déclarai-je en dressant le menton. C'est trop tard.

Tout le monde savait pour notre mensonge et le rôle qu'il avait joué dans leur emprisonnement.

Il se fendit d'un sourire et lâcha un petit ricanement qui me provoqua des frissons.

— Tu crois que ça me fait peur ? décocha-t-il. Ça, ce n'était rien à côté des décisions que j'ai prises depuis. Et si je plonge, je ne serai pas le seul à avoir gros à perdre.

Qu'entendait-il par là ? Je regardai derrière lui. *Des flics ?* J'en reconnaissais quelques-uns.

— Ces policiers nous connaissent, soulignai-je. Tu crois vraiment qu'ils feraient ça ? Tous ?

Ils s'en prendraient à Michael Crist, Kai Mori, Damon Torrance et Will Grayson, sans parler d'Erika Fane ?

Il se contenta d'un « tsss ».

— Ils ne sont pas flics à cette heure de la nuit, Emmy.

Je leur jetai un nouveau coup d'œil, remarquant leurs armes et tenues de ville. Pas un badge en vue.

Entendant des bruits de pas derrière nous, je fis volte-face. Aydin entrait dans le parc par le même passage que nous avions emprunté. Suivi d'un groupe doté de masques de diable, il nous fixait, son sweat noir fermé jusqu'au menton, ses cheveux lissés reposant sur son front.

Le regard enflammé, il nous bloquait le passage à l'arrière, tandis que Martin nous barrait la route devant nous.

— J'ai encore d'autres renforts, glissa mon frère avant d'appeler : Evans ?

Avec un tressaillement, je portai mon attention sur la silhouette qui s'avançait derrière Martin : Evans Crist, dans un trois-pièces bleu marine, ses cheveux gris coiffés sur le côté.

Evans. Avant, Martin l'aurait appelé M. Crist, mais depuis qu'il gravissait les échelons, il semblait se prendre pour son égal.

— Salaud, cracha Michael.

— On est prêts quand tu veux, lui lança Damon.

Michael hocha la tête et affronta son père. Les deux hommes étaient de même stature.

Evans contempla son fils aîné. Je n'imaginais même pas ce qui pouvait passer dans la tête de Michael.

Il avait tué Trevor. Réserverait-il le même sort à son père ?

— Ce n'est pas moi qui ai dit à Trevor de publier ces vidéos quand il a trouvé le téléphone, décréta Evans à son fils. Mais il m'a mis au courant. Il savait que ça pourrait me servir si Katsu, Gabriel et les Grayson perdaient leur crédibilité à cause d'ennuis familiaux orchestrés par nos soins.

Il eut un petit sourire.

— Certaines choses ont joué en ma faveur, d'autres pas.

Katsu avait perdu sa place dans les conseils d'administration de deux banques pendant un temps, et Gabriel avait vu deux accords lui filer entre les doigts. Mais le grand-père de Will, lui, était resté sénateur en dépit de la mauvaise presse.

— Et puis, on a pris en puissance, ajouta Michael.

Evans acquiesça.

— Rika est devenue maire, Kai s'est mis à revitaliser Whitehall, Damon est l'héritier de Rika, sans oublier qu'il prépare Banks pour la politique nationale…, énuméra-t-il. Et Will a découvert Coldfield, et contrôle désormais le système de transport souterrain entre Thunder Bay et Meridian City. Franchement, on croirait que vous avez rédigé le parfait manuel pour m'emmerder, ajouta-t-il avec un petit rire. Chapeau. Tu m'impressionnes, Michael. Je regrette de ne pas t'avoir dans mon camp.

— Mais toi et moi, on n'était pas faits pour ça, riposta son fils.

Evans secoua la tête.

— Non, tu as raison. Sauf que là, tu es dépassé par la situation.

En détaillant les armes et le nombre d'hommes qui constituaient l'équipe d'Aydin et Martin, je constatai que nous étions en effet surpassés. On ne pouvait pas les battre avec une épée et nos seuls poings.

Je captai le regard de Martin.

— Il a influencé ta carrière et t'a aidé à gravir quelques échelons, mais il finira par plonger, lui affirmai-je. Sauve-toi tant qu'il est encore temps.

— Il a fait assassiner mon père, renchérit Rika en s'avançant.

Il ne s'en sortirait pas comme ça. À moins de nous tuer tous, Martin était dans le camp des perdants.

Evans se mit à rire, et échangea un regard entendu avec mon frère.

Mon ventre se noua.

— À ton avis, qui a coupé les freins de la voiture ? demanda Evans à Rika. Modifié le rapport de police ? Détruit le véhicule avant qu'on puisse l'inspecter ?

Elle fondit sur lui, mais Michael l'attira en arrière et sauta lui-même au visage de son père. Un des gardes remua derrière eux, arme au poing.

— Je te jure, grinça Michael. Quand tu seras parti, je ne dirai rien de tout ça à ma mère. Elle n'aura jamais à le savoir.

— Ce n'est pas à toi de me protéger, Michael, protesta quelqu'un.

Lentement, nous nous retournâmes. Les deux silhouettes masquées que je n'avais pas reconnues de part et d'autre de Kai se démasquèrent et baissèrent leurs capuches.

Christiane Fane se tenait sur la gauche, les larmes aux yeux, et Delia Crist, la mère de Michael, sur la droite, sa frange châtain clair dans le visage.

Kai haussa les épaules avec un air navré.

— Les enfants sont en sécurité, assura-t-il. Je n'ai pas pu les retenir. Désolé, mec.

Elles l'avaient sûrement acculé dans la maison de ses parents, et il n'avait pas eu d'autre choix que de les laisser filer en douce.

Christiane s'avança. Sans quitter Evans des yeux, elle fonça droit sur lui, ses cheveux blonds – comme ceux de Rika – attachés dans une queue-de-cheval basse, l'air si frêle qu'on l'aurait crue incapable de ramasser une cacahuète.

Elle s'arrêta devant lui. Ils s'affrontèrent du regard, et puis… elle lui flanqua une gifle qui l'envoya valser en arrière.

Derrière lui, ses acolytes se tendirent, et je serrai les poings, prête à l'attaque.

Il souffla fort, choqué, et puis se redressa face à elle.

Elle le gifla encore, sur la même joue, mais cette fois seule la tête de Crist partit sur le côté.

Il crispa la mâchoire. Après tout ce qu'il avait infligé à son mari, après toutes les années de torture qui s'étaient ensuivies, c'était presque étonnant qu'elle ne lui hurle pas dessus. En la voyant le frapper à répétition, je dus me retenir de sourire.

Il grogna après le cinquième coup, aspirant furieusement l'air entre ses dents.

— Éloignez-moi cette salope, gronda-t-il enfin.

Martin fit mine d'obéir, et nous avançâmes tous d'un pas. Mais alors que Christiane levait la main pour frapper encore, Damon bouscula Martin, lui disant :

— Ne la touche pas.

Puis, Will fonça en avant et prit Christiane par le poignet pour l'arrêter.

Mon cœur bondit. *Will.*

— Je le ligoterai plus tard, histoire que vous puissiez vous amuser un peu avec lui, promit-il à la mère de Rika. OK ?

Elle le contempla, un peu perdue, et puis se fendit d'un sourire.

Elle se retourna, les joues striées de larmes. Michael, Damon et moi avions beau avoir eu des soucis avec ceux qui nous avaient élevés, tous les parents n'étaient pas des ennemis.

Damon glissa un doigt sous le menton de Christiane pour la forcer à lever les yeux.

— Ne baisse pas la tête, lâcha-t-il. Et ne joue pas les trouillardes. Tu es ma mère, bon sang !

Elle le couva d'un regard plein d'amour tandis qu'il lui prenait la main pour la ramener vers notre groupe, où la mère de Michael s'empara de son autre main en signe de solidarité.

Evans cracha du sang et puis se redressa en rajustant sa cravate.

— Ça a toujours été ça, l'ennui, avec vous autres garçons, décréta-t-il. Vous avez beau être intelligents et prouver que vous savez être malins, vous finissez toujours par recourir à la violence.

Il fit passer son regard de Michael à Will, dont la menace de le ligoter flottait encore dans l'air.

— Tu n'as jamais réussi à rester concentré sur le long terme, pas vrai ? Les amis et les nanas étaient plus importants, et les satisfactions immédiates l'emportaient sur le reste. Tu aurais pourtant dû comprendre que tu ne pouvais te fier à personne. Les Crist ne bâtissent pas, acheva-t-il en se retournant vers Michael. On gagne.

Et c'était vrai, en l'occurrence. Nous étions en infériorité numérique. Evans et Martin étaient en mesure de nous renvoyer à Blackchurch le soir même.

— Ton grand-père, par exemple, lança-t-il à Will. Pas de rancune, puisqu'on n'est pas amis. On a plus à y gagner comme ça. Ensemble, on a réussi à retarder votre projet de complexe touristique.

— Son grand-père ? répéta Kai.

À cet instant, une bouffée de fumée s'éleva dans l'air. Au-delà des flics, nous vîmes le sénateur Grayson s'écarter d'un guichet pour s'approcher en fumant un cigare.

Je me tendis.

Il portait un costume noir trois-pièces avec une chemise bleu clair, et sur son veston pendait la chaîne dorée d'une montre à gousset.

Je ne l'avais encore jamais vu en vrai. Ce n'était pas si étonnant, puisqu'il avait vécu à Washington DC vingt-quatre heures sur vingt-quatre au cours des vingt dernières années.

Mais je le reconnus aussitôt.

Il s'immobilisa derrière Evans et tira une nouvelle bouffée de son cigare, imperturbable.

Je jetai un coup d'œil à Will à côté de moi, plus nerveuse que jamais de le voir si impassible. Si William Grayson, premier du nom, était là en personne, ça n'augurait rien de bon.

On se retrouverait tous à Blackchurch.

Ou pire.

— Vous deux ? s'étonna Michael, qui commençait à comprendre.

— Les vieux de la vieille, conclut Damon. Vous serez morts avant nous. Passez la main avec dignité.

— Du calme, gronda Kai.

— Du calme, mon cul ! s'emporta Damon. Moi, je me suis débarrassé de mes parents, alors à votre tour. Occupez-vous de ce merdier, ou je mets la ville à feu et à sang.

Je m'avançai vers le sénateur Grayson.

— C'est vous qui avez envoyé Will à Blackchurch ?

— Mmm…

Le sourire narquois d'Evans me vrilla le ventre.

Ils faisaient équipe ? Ils s'étaient débarrassés de Will ensemble ?

— Bande de connards, cracha Michael.

Evans jeta un coup d'œil derrière lui au sénateur.

— On t'a déjà traité de pire, commenta-t-il.

— C'est vrai, renvoya William.

— Je suis content que tu sois venu me voir, déclara Evans en se retournant vers nous tout en continuant de s'adresser au sénateur. Ravi qu'on ait pu s'entraider.

— Moi aussi, renvoya M. Grayson. J'ai beaucoup appris.

— C'est votre petit-fils, arguai-je. Pourquoi ?

Le sénateur contempla Will.

— Lui, il sait pourquoi.

Will accrocha le regard de son grand-père.

— Parce que j'aimais faire la fête, affirma-t-il.

M. Grayson acquiesça.

— Oui, tu manquais de modération.

— Et parce que je n'allais nulle part.

— Et trop vite, en plus.

Will s'approchait lentement de son aîné, qui s'avançait à sa rencontre.

— Parce que j'avais besoin de temps pour réfléchir, devina Will.

— J'espère que tu l'as obtenu.

— Et parce que je suis faible.

— Comme un petit chaton, taquina le sénateur.

Will pencha la tête sur le côté, et M. Grayson leva les yeux au ciel.

— Un petit chiot.

Will le fixa.

— D'accord, un petit chien, avança le sénateur pour lui faire plaisir.

Je les étudiai, trouvant leurs échanges presque chaleureux. Que se passait-il ?

— Parce que j'étais déchaîné, chantonna Will.

Le sénateur Grayson sourit en s'approchant de son petit-fils.

— Au-delà de tout.

— Et parce que je te faisais honte.

M. Grayson le dévisagea avec scepticisme.

— Ça, jamais, protesta-t-il.

Je soupirai.

— Alors, pourquoi l'avoir envoyé à Blackchurch ?

Pour le fric ? Pour le complexe touristique ? Pour coincer Graymor Cristane ? Pourquoi ?

Le sénateur Grayson considéra son petit-fils avec amour.

— Parce qu'il me l'a demandé, répondit-il.

Will se départit d'un petit rire, et tous les deux, avec les mêmes yeux verts brillants, se prirent chaleureusement dans les bras.

Mon estomac se noua. Quoi ?

— C'est quoi ce délire ? s'emporta Damon.

Evans se rembrunit en observant les deux hommes.

C'était donc Will qui lui avait demandé de l'envoyer à Blackchurch ?

— Tu m'as manqué, dit-il à son grand-père.

Le sénateur Grayson prit le visage de son petit-fils dans ses mains et le contempla, heureux de le revoir après leur longue séparation.

— Toi aussi tu m'as manqué, gamin.

40

Will

Présent

Je serrai encore grand-père contre mon cœur, m'imprégnant de son odeur de cigare et d'après-rasage. La gorge nouée, je contins mon soulagement. Qu'est-ce qu'il m'avait manqué.

— Qu'est-ce qui se passe, à la fin ? s'emporta Damon.

— Will ! s'agaça Banks.

Je m'écartai de mon grand-père, songeant que sa présence avait toujours été un réconfort. Toujours.

Il était une constante, aussi fiable que la marée. Il m'était arrivé de douter de ce que je faisais, mais jamais de lui. Il avait toujours raison.

— Tu es parti trop longtemps, me gronda-t-il.

— Je sais, reconnus-je en le lâchant. On a plein de choses à se raconter.

Il avait voulu me sortir de Blackchurch plusieurs mois plus tôt, et encore le mois dernier.

Et encore, la semaine dernière.

J'étais son préféré. *Sans vouloir te vexer, Misha.*

Il regarda par-dessus son épaule les flics qui accompagnaient Martin.

— Rentrez chez vous, messieurs.

Ils acquiescèrent. Certains jetèrent un bref coup d'œil à leur patron, tout en sachant que la protection d'un sénateur l'emportait sur la menace d'un commissaire de police.

— Espèce de salaud, gronda Evans en les voyant tous s'éloigner, ne laissant qu'une poignée de personnes aux côtés du sénateur.

Je lus dans le regard de Martin et d'Evans qu'ils prenaient conscience d'avoir été trahis.

— Ne jamais se fier à quiconque, c'est ça ? lança grand-père à Evans.

Je réprimai vainement un sourire en considérant le père de Michael.

— On dirait que mon long terme a duré un peu plus que le vôtre, en tout cas.

Il avait cru que mon grand-père s'était associé à lui, qu'il m'avait envoyé à Blackchurch pour foutre Graymor Cristane en l'air et qu'il s'était imposé pour protéger leur legs financier. Sauf qu'il n'avait pas compris que le legs de mon grand-père, c'était moi, et que William Aaron Paine Grayson, premier du nom, choisirait toujours sa famille.

À vrai dire, ce plan d'attaque avait été mis sur pied depuis longtemps.

— Qu'est-ce qui se passe, bordel ? s'irrita Michael en venant fixer mon grand-père dans le blanc de l'œil. Vous étiez au courant ? Vous saviez quel était le rôle de mon père dans tout ça ?

— Will le savait, répliqua-t-il.

Je me tournai pour considérer mes amis. Tous me dévisageaient, à la fois furieux, déroutés et mal à l'aise.

Je pris sur moi et regardai Emmy, affrontant ma quasi-épouse avec la vérité que j'avais cachée depuis son arrivée à Blackchurch.

— Je me suis envoyé moi-même à Blackchurch, lui révélai-je avant de laisser dériver mon regard sur le reste du groupe. Pour me faire… des amis. Pour voir si je pouvais en trouver d'autres comme nous. Des fils qui avaient besoin d'un foyer et d'un combat comme raison de vivre.

Micah, Rory et Aydin se dressèrent dans mon champ de vision. J'ignorais où se trouvait Taylor. Quand j'avais fini par atteindre les tunnels, tous les wagons étaient partis. Comprenant qu'Aydin ou un autre avait dû les suivre, soit dans un wagon, soit à pied, j'avais sauté dans mon SUV et foncé jusqu'ici.

— Et il ne t'est jamais venu à l'esprit de nous mettre au courant ? décocha Winter. On s'est fait un sang d'encre.

— On te croyait parti, renchérit Damon. Peut-être pour toujours !

Je les dévisageai tous. Je savais pertinemment ce qu'ils voulaient dire. Je comprenais qu'ils m'en veuillent. J'aurais fait pareil à leur place.

Mais…

Je baissai les yeux, de nouveau assailli par mes vieux doutes.

— J'avais peur d'échouer, avouai-je d'une petite voix.

Je n'avais pas pu m'engager, leur promettre à tous de réussir, alors que je savais qu'il était possible que je n'y parvienne pas. Ça ne les aurait pas surpris, d'ailleurs. Ils se seraient attendus à ce que je me plante.

En plus, recruter Micah et Rory n'avait pas été mon unique obstacle à Blackchurch. J'avais également arrêté l'alcool.

— Vous êtes tous plus forts que moi, déclarai-je en levant les yeux. Vous l'avez toujours été. Je n'arrivais plus à vous regarder en face. Alors, quand mon grand-père m'a parlé des photos et du faux rapport de police qui nous avaient forcés à plaider coupables avant d'aller en prison, je me suis mis à creuser. Pourquoi Martin avait-il agi ainsi ?

Je lui jetai un bref coup d'œil par-dessus mon épaule. Il était comme tétanisé.

— Qui pouvait bien l'aider, tout en ayant beaucoup à gagner si on se retrouvait tous les trois à l'ombre ?

Mon regard alterna entre Damon, Kai et Michael.

— Je savais que vous m'aideriez, leur affirmai-je. Je savais que vous feriez tout ce que je vous demanderais.

— Donc, tu es parti à Blackchurch pour recruter ? conclut Kai en montrant Micah et Rory d'un geste. Histoire de revenir avec eux ?

— Histoire de revenir, point barre, répliquai-je. Il fallait que j'arrête de boire, et que je réussisse mon coup tout seul. Il fallait que je trouve des gens puissants qui avaient eux aussi besoin de nous.

Je croisai le regard de Michael.

— On avait besoin d'eux. Si on voulait gagner face à ton père et Martin Scott.

— Et pourtant, intervint Evans, j'ai Khadir et Dinescu.

— Tu n'as rien du tout, contra Aydin en s'avançant. Je ne te suis pas dans cette histoire.

Il claqua des doigts, et ses complices en masques de diable reculèrent. Il me considéra.

— Je ne suis venu que pour m'amuser.

Je soutins son regard, sachant que ce qu'il cherchait allait bien au-delà de ça.

La menace immédiate étant neutralisée, Michael se précipita pour attraper son père par le col et lui asséner un coup de poing en pleine figure. Evans trébucha sur le côté, mais Michael tint bon. Pas question de le laisser s'échapper.

Damon éclata de rire.

Michael se pencha sur le visage de son père.

— Un jour, on discutera sérieusement, toi et moi, gronda-t-il. Je vais te laisser quelques années pour réfléchir à ce que tu veux me dire. En attendant, monte dans la voiture. Sauf si tu préfères que ma mère te voie repartir sur un brancard.

Evans respirait difficilement, le visage paralysé par la peur. Il devait être en train de se creuser la tête pour trouver le moyen de se sortir de là.

Mais quelqu'un le saisit et le força à quitter le parc, suivi des agents de police qui étaient restés.

— Je vais m'occuper de lui, m'assura mon grand-père. Appelle Jack si tu veux m'envoyer l'autre aussi.

— Merci, Grand-Père.

Son assistant s'était avéré aussi fiable que lui, car il avait gardé le contact avec moi à Blackchurch du début jusqu'à la fin et en avait tenu mon grand-père informé.

Il me sourit.

— Prends soin de toi. Et les autres aussi, ajouta-t-il. Je serai à la taverne si vous avez besoin de moi.

Je hochai la tête, le regardant quitter le parc avec Evans et tous les policiers. Puis, je me retournai. Il ne restait plus que notre équipe, celle d'Aydin, et Martin.

Micah s'approcha de moi.

— Alors comme ça, tu avais besoin de l'influence de nos familles ? s'offusqua-t-il. De la protection de leurs relations et de leur investissement dans votre complexe touristique ? Tu t'es servi de nous pour accéder à nos familles ?

— Tu veux te servir de moi pour la mienne ? ripostai-je. Je vous ai demandé de me laisser jusqu'à la fin du week-end. C'est vous que j'ai choisis. Maintenant, à vous de nous choisir.

On avait effectivement besoin d'eux, mais je ne m'entourerais que de personnes qui avaient toute leur place ici. Micah Moreau et Rory Geardon étaient mes amis, et j'étais sûr que Michael et les autres finiraient eux aussi par les considérer comme tels.

Je me tournai vers Aydin en carrant les épaules.

— Dégage.

Il regarda derrière moi.

— Celui-là pourrait m'être utile.

Martin Scott ?

Aydin Khadir ne s'intéressait pas à l'argent, au pouvoir ou aux affaires. Ce qu'il préférait par-dessus tout, c'était manipuler les gens. Or, s'il mettait la main sur Scott, je serais forcément impliqué, Emmy resterait prisonnière, et Alex demeurerait dans sa vie.

— Je vais te le dire une dernière fois, m'agaçai-je. Dégage.

Em vint se tenir à côté de moi.

Il s'était servi d'elle à Blackchurch. Malgré tout, il l'avait guidée alors que personne d'autre ne l'avait jamais fait.

Je le laisserais donc partir d'ici sur ses deux jambes.

Il affronta la jeune femme du regard, et dans ses yeux passa une lueur indéfinissable.

— Tu as peur, Emory ? demanda-t-il.

— Je suis l'œil du cyclone, répondit-elle d'une voix égale. Et toi ?

Il tourna la tête pour regarder Alex. Le désir qui les reliait était si puissant que je le sentais presque vibrer dans le sol.

— Je suis le cyclone, murmura-t-il.

Alex resta figée ; Aydin, immobile, faisait l'effet d'une bombe à retardement. Soudain, j'aperçus un mouvement du coin de l'œil.

— Un flingue, souffla Winter. J'ai entendu quelqu'un charger une balle.

Je décochai un regard à Aydin. Un sourire flottait sur ses lèvres. Puis, Martin attrapa son arme dans son étui, et je fis volte-face. Tout était sur le point de partir en vrille.

— Lev, emmène la gamine ! hurlai-je. Tout de suite !

Lev s'empara de la fillette et détala. Nous nous déployâmes pour affronter Martin et Aydin, certains se retournant vers les acolytes d'Aydin.

— Va te cacher, ordonnai-je à Em.

— Tu veux rire ? cria-t-elle.

Elle se précipita vers Martin pour lui balancer son pied droit dans le torse afin de lui faire tomber son flingue des mains pendant qu'il s'effondrait.

Là, ce fut le chaos.

Cris et hurlements emplirent l'air. Quelqu'un fit tomber Winter, et elle lui flanqua un coup de genou dans l'entrejambe à l'instant où Damon venait s'emparer du type.

Le pistolet de Martin roula sur le béton dans un bruit métallique, et il voulut l'attraper, mais Em donna un coup de pied dedans pour l'éloigner. Je m'apprêtai à intervenir, quand elle lui sauta dessus et, les yeux pleins de rage, enroula les bras et les jambes autour de lui.

Je me retournai vers Aydin, qui se tenait prêt.

— Je repartirai avec l'un d'eux, m'informa-t-il.

Je lui fonçai dessus.

— Tu ne repartiras pas.

Tu as laissé passer ta chance.

Je lui décochai un coup de poing dans la figure tandis qu'autour de nous c'était l'empoignade générale. Je songeai à Winter, et m'inquiétai pour elle. Un de nos adversaires était-il armé ? Lev avait-il pu s'enfuir avec la petite ?

Où étaient passées les mères ?

Aydin me renversa et se mit à califourchon sur moi pour m'épingler au sol. Il abattit son poing sur ma mâchoire et je sentis mes dents attaquer l'intérieur de ma joue.

Quelqu'un hurla, d'autres pestèrent. Le sang qui coulait du nez d'Aydin me dégoulina sur la main.

Nous nous débattions, faisant pleuvoir les coups de poing et de pied. Puis il m'agrippa le col, me souleva et me flanqua sur le béton, la douleur faisant siffler mes oreilles.

— Putain, grognai-je en l'écartant d'un geste.

Je me levai et lui flanquai un coup de pied dans le visage pour l'envoyer valser en arrière. Je lui sautai dessus et enroulai mon bras autour de son cou.

Le tenant serré contre moi, je jetai un coup d'œil par-dessus mon épaule. Emmy était à terre, et Martin lui agrippait sa capuche pour mieux la gifler.

Non.

Je relâchai mon emprise et Aydin en profita pour me faire voler au-dessus de lui et me cogner par terre, puis il écrasa son pied dans ma figure.

Mon visage s'enflamma brutalement, ma vue se flouta et, avant que j'aie pu comprendre ce qui m'arrivait, il multiplia les coups de pied et m'enfourcha pour me rouer de coups de poing.

J'avais la bouche pleine de sang et je ne pouvais pas ouvrir les yeux, mais je saisis son sweat et le tirai sur le côté. Nous roulâmes par terre, en un désordre de coups de poing et d'ongles.

Alors, quelque chose fusa dans l'air. Je sursautai, et Aydin s'immobilisa lui aussi.

Était-ce un… ? Un coup de feu ?

Je vis le regard furieux d'Aydin se fissurer. Il tourna la tête sur le côté, et je l'imitai. Alex se tenait là, tout près.

Autour de nous, le monde se figea.

Les bagarres s'interrompirent, les hurlements s'estompèrent alors qu'une tache humide assombrissait le pull-over noir d'Alex au niveau de la poitrine. Un trou était apparu dans le tissu.

Tout s'effondra en moi.

Mon Dieu, non.

Je jetai un coup d'œil à Martin. Il était couché par terre, son flingue braqué sur Alex. Sur le dos, Emmy tendait le bras vers l'arme, mais elle n'avait pas pu l'arrêter à temps.

Quittant brusquement Aydin, je fonçai sur Martin et, d'un coup de pied, lui arrachai son flingue de la main avant de lui piétiner le visage.

J'aidai Emmy à se relever et me précipitai vers Alex, mais Aydin me prit de vitesse et la reçut dans ses bras alors qu'elle tombait.

Elle remuait les yeux mais ne clignait pas des paupières, comme en état de choc. Un filet de sang coulait de sa bouche. J'espérais que ce sang provenait de la bagarre et que la balle n'avait pas touché ses poumons.

— J'appelle une ambulance ! s'écria quelqu'un.

Tout le monde accourut alors qu'Aydin pressait sa main sur la blessure, le souffle lourd et les yeux embués de larmes.

— Regarde-moi, souffla-t-il en déchirant une partie de sa propre chemise pour couvrir la plaie. Concentre-toi sur mon visage.

La balle l'avait percutée entre l'épaule et la poitrine, près de l'articulation du bras.

— Tape le rythme d'une chanson avec tes doigts, tu veux bien ? supplia-t-il, hors d'haleine.

— Je préfère me concentrer sur ton visage, chuchota-t-elle en levant une main pour lui toucher la joue.

Il ralentit ses gestes, incapable de la regarder, une larme lui dégoulinant du menton.

— Mis à part tes cheveux, le taquina-t-elle. On croirait que tu fais partie d'un groupe de K-Pop, Aydin.

Il la contempla, à court de mots pour la première fois de sa vie.

Puis, il lâcha un petit rire.

— Je croyais que tu détestais ma banane, argua-t-il.

— C'est vrai.

Il rit encore, redressa la tête de la jeune femme.

— Alors comme ça, c'est la coiffure qui fait la différence, lança-t-il en se baissant pour la blottir contre lui. Tout ce qui te fera plaisir. Je ferai ce que tu voudras.

Un sanglot lui échappa, mais il se reprit et tâcha de se lever avec elle, sauf que Kai intervint pour prendre la jeune femme dans ses bras.

— Lâche-la, décocha-t-il.

Kai partit avec elle, et tout le monde les suivit dans le parking.

— L'ambulance est en route, annonça Damon.

— Attendez, protesta Aydin en faisant mine de la suivre.

Je fis volte-face et lui flanquai un crochet du droit qui l'envoya au sol.

— Va chier ! criai-je.

J'entendais Kai parler devant nous.

— Ça va ? Alex, parle-moi. Reste avec nous.

Les acolytes d'Aydin nous entouraient tandis que lui restait rivé au sol. Il n'était pas assommé, mais avait perdu l'agressivité dont il avait fait preuve en arrivant. Assis sans bouger et le visage en sang, il regardait dans la direction d'Alex.

Je passai mes amis en revue. Tout le monde était en un seul morceau, même si Banks boitait, et que Misha portait Ryen dans ses bras, leurs bouches collées l'une à l'autre. Je me sentis coupable.

Je savais que ce n'était pas notre faute. Tout ce qu'on avait voulu, c'était une part du gâteau. Et puis, Evans nous avait envoyés en taule avec l'aide de Martin.

On n'avait pas voulu cette bagarre. On avait seulement voulu qu'ils s'en aillent tous les deux, parce que sinon on ne serait jamais en sécurité.

Mais c'était douloureux malgré tout. Je ne voulais pas qu'Emmy, Misha, Ryen ou les autres courent encore ce genre de danger.

Je la contemplai à côté de moi. Voyant un peu de sang sur son visage, je le tamponnai pour l'enlever.

Mais elle m'arrêta.

— Il fallait que je me défende, affirma-t-elle. Maintenant, il sait. Maintenant, il ne pourra plus agir en toute impunité.

Je l'attirai et la serrai contre mon cœur.

Elle était comme nous. J'aurais dit la même chose qu'elle, et j'avais beau flipper comme un dingue à l'idée de la perdre, elle n'était pas une petite fleur fragile.

À présent, je comprenais pourquoi Michael laissait Rika l'accompagner dans tout ce qu'il faisait. Elle aussi tenait à traverser ces émotions.

Ce qui ne voulait pas dire pour autant que je ne pouvais pas défendre son honneur.

Désormais, c'était mon tour.

— Viens par là, espèce de connard.

Je voulus retrouver Martin, mais en me retournant je me rendis compte qu'il s'était levé et qu'il prenait les jambes à son cou.

Où croyait-il aller comme ça ?

Il se précipitait vers l'entrée quand Damon se dépêcha de confier Winter à Rika pour faire face à lui, prêt à l'intercepter.

Je me ruai vers lui, et Martin s'arrêta, en quête d'une issue. Il se tourna vers moi, puis vers Damon, et comprit qu'il était pris au piège.

Trop têtu pour renoncer, il repartit dans le chemin inverse, plongeant entre la grande roue et le bâtiment de service. Il pensait sûrement nous semer en se cachant derrière les manèges et stands de jeux.

Damon partit sur la gauche, moi sur la droite, et nous nous élançâmes tous deux à ses trousses dans l'obscurité, avec la côte qui se profilait au-delà des falaises. Je contournai la grande roue, regardai à gauche et à droite, et l'aperçus qui courait le long de Cold Point dans la nuit noire.

Avec un grondement, j'accélérai au point d'en avoir les muscles en feu. Je tendis la main et, à presque plus d'un mètre de distance de l'à-pic qui donnait sur la mer, le poussai. Il trébucha par terre et je me jetai sur lui. Je le martelai de mes poings, nous roulâmes, et il me chevaucha avant de s'écarter en reculant précipitamment.

Je me relevai, la mer derrière moi. Il me dévisagea, puis tourna la tête et remarqua la présence de Damon. Une fois de plus, il était pris au piège.

Il me décocha un regard furieux.

J'y lus de la rage. Du défi.

Il pinça les lèvres, inspira, et ses yeux se firent perçants alors qu'il prenait sa décision finale.

Merde.

Il chargea, et je n'eus pas le temps de me pousser avant qu'il me percute et nous envoie tous les deux par-dessus le rebord.

Mon cœur fit un bond dans ma poitrine. *Emmy…*

Des hurlements fendirent l'air au-dessus de nous, et je cessai de respirer, l'esprit paralysé par une peur si incontrôlable que j'avais envie de crier.

Non, non, non…

Je faillis fermer les yeux, mais refusai de le faire. Je regarderais ce salaud en face, sans lui donner la satisfaction de ma peur.

Nous chutâmes en nous éloignant l'un de l'autre, mais je ne le lâchais toujours pas du regard.

Je t'aime, Em. Je t'aime…

Je m'écrasai sur la surface, un éclair blanc m'aveugla et toutes mes terminaisons nerveuses se mirent à grésiller, comme des fils électriques dénudés. Je flottai, tout s'estompa, les échos s'apaisèrent alors que je dérivais de plus en plus loin.

Blanc, blanc… parti.

Et puis, brusquement, une douleur fulgurante m'assaillit de part en part, et j'ouvris les yeux en inspirant à pleins poumons.

Sauf que ce ne fut pas de l'air que j'inspirais, mais de l'eau. Je me débattis en regardant à la ronde ; il n'y avait que l'océan à perte de vue. Au-dessus, en dessous, tout autour.

Nous avions atterri dans l'eau. Pas sur les rochers.

Je suffoquai. Pas le temps de dresser l'inventaire de mes membres, ni de me demander où était passé Martin. Il fallait que je respire.

J'agitai les jambes et les bras pour fendre la surface, tâchant de vider mes poumons en crachotant. Enfin, je parvins à prendre une grande goulée d'air. Entendant la vague derrière moi, je me retournai, et n'eus pas le temps de prendre une autre inspiration avant qu'elle déferle sur moi.

Je me retrouvai encore sous l'eau, balayé par le courant.

En dessous, je distinguais les abysses marins.

Au-dessus, je devinais la lune à travers l'eau.

Un sanglot logé dans ma poitrine, je voulus atteindre la surface, mais en vain. Cette sensation ne m'était pas inconnue.

Le poids du parpaing autour de ma cheville, le mou de la corde qui se tendait, la brusque secousse quand j'étais entraîné vers le fond. J'avais beau me débattre, je n'étais pas assez fort pour m'en sortir.

Je battis des pieds et des mains, me démenai pour atteindre la surface avant que les vagues me fassent échouer sur les rochers, mais quelque chose m'attrapa le pied. Martin se hissa le long de mon corps et enroula son bras autour de mon cou.

Je lâchai un grondement et des bulles se déversèrent de ma bouche. Je nous sentis couler à mesure que l'air s'expulsait de nos corps.

Je m'agitai, luttai. Qu'était-il en train de faire ?

En fait, je le savais.

Il ne se rendrait pas, et il m'entraînait avec lui.

Je me démenai pour tâcher de me dégager, mais sans levier, nous continuions de sombrer.

Je le mordis et me recroquevillai sur moi-même dans un effort de le repousser, mais mes poumons comprimés me hurlaient d'ouvrir la bouche pour aspirer l'air. Sauf qu'au-dessus de moi, la lune avait disparu.

J'étais perdu dans les ténèbres glaciales qui nous enveloppaient, nous engloutissaient.

Em.

Je gardai les yeux rivés à la surface alors même qu'elle s'éloignait de plus en plus. Désormais, mon corps appartenait aux profondeurs. Trop loin pour revenir.

Comme quand le SUV s'était rempli d'eau le jour où nous avions basculé dans la rivière, je savais que ce n'était plus qu'une question de minutes.

Il n'y avait plus d'air, je sentais ma poitrine lutter pour retrouver de l'oxygène.

Je fermai les yeux. *Tu veux toujours me prendre dans tes bras ?* demandait-elle.

Je l'entendais parler dans ma tête. *Je t'aime, Will.*

Non.

Je rouvris les yeux, décidé à lutter.

Non.

Je relevai la tête, percutai son nez avec mon crâne et nageai hors de sa portée.

Il m'empoigna, et j'avais beau poursuivre mon ascension, il m'empêchait d'avancer. Il m'agrippa le bras, je n'arrivais pas à le repousser. La surface n'était pourtant plus qu'à quelques brasses.

Il fallait qu'il me lâche.

Je passai derrière lui et lui égratignai le visage, mais il tenait bon.

Merde.

J'enfonçai les doigts dans sa peau et, après une brève hésitation… je tordis, sentis sa nuque craquer dans mes mains.

Son corps devint mou et m'échappa pour couler jusqu'au fond de l'océan dans un nuage de bulles.

Je le regardai partir. Une fois sûr de sa mort, je me remis à nager vigoureusement, un bras après l'autre, jusqu'à remonter à la surface et aspirer une grande goulée d'air.

Je toussai, en proie à une douleur générale. Tout en reprenant mon souffle, je levai les yeux vers Cold Point.

Je refermai les paupières.

— J'ai survécu, haletai-je en commençant à rire. Bordel de merde.

Comment allais-je faire pour remonter ?

Je nageai vers la rive, tâchant de prendre de vitesse la vague qui arrivait, et me hissai sur un gros rocher à l'aide de mes bras affaiblis.

Je serrai les poings et tendis chaque muscle pour m'assurer que je n'avais rien de cassé.

En haut, sur la falaise, je remarquai des silhouettes sombres et des lampes-torches braquées vers le bas. Puis, quelque chose de blanc se déroula vers moi le long de la paroi.

Je sautai sur les rochers pour m'approcher du bord, et repérai une corde avec des nœuds pour grimper.

Où avaient-ils trouvé ça ?

Mais je ne m'attardai pas. Je jetai un coup d'œil derrière moi afin de m'assurer que Martin était toujours enfoui sous l'eau et me mis à grimper, coinçant chaque nœud entre mes chaussures et mes mains.

Emmy.

J'avais mal partout, pourtant je ne m'étais jamais senti aussi bien.

Je souris. C'était fini. *Bon sang, tout est fini.*

Plus rien ne pouvait m'arrêter. Ni mes membres épuisés, ni le froid, ni mes plaies et mes bosses.

J'avais gagné, et dès qu'il ferait meilleur, la première chose que je ferais avec elle serait de l'emmener en mer à bord du *Pithom*. J'avais envie de nager.

Une fois en haut, Micah et Aydin me hissèrent par-dessus le rebord et je m'effondrai par terre, où je tâchai de retrouver mon souffle.

La fillette de tout à l'heure, celle que nous avions surprise dans le parc l'autre soir, s'agenouilla à côté de moi en souriant. Je pensais que Lev l'avait emmenée au loin.

J'étais content qu'elle soit restée, en fin de compte.

— C'était ta corde ? haletai-je.

Elle acquiesça, et je remarquai que ses yeux étaient de deux couleurs différentes. Un bleu, un marron.

— Il y a des tonnes de grottes en bas que personne ne connaît. Il m'arrive de les explorer.

Punaise. Qui était-elle, et d'où venait-elle ? Enfin, ça ne me dérangeait pas de ne pas savoir. D'autres auraient pu trouver ça bizarre, mais plus rien ne m'étonnait à présent. J'aimais les mystères.

Je contemplai tous les visages autour de moi, ceux de Kai, de Michael, de Misha, dont les nanas étaient sûrement parties s'occuper d'Alex à l'hôpital.

— Où est Em ? demandai-je à Damon.

Il regarda autour de lui et haussa les épaules.

Je me tendis. Elle avait été juste à côté de moi avant que je me lance aux trousses de Martin. Elle ne serait pas partie comme ça. Je me levai d'un bond et les bousculai afin de regagner le parc.

Aydin était là. Son équipe aussi. Martin et Evans, eux, n'y étaient plus. Qui…

Alors que les autres me rejoignaient, je pris conscience d'une chose.

— Taylor, lançai-je en regardant Micah et Rory. Vous avez vu Taylor ?

Je ne l'avais pas croisé, mais la gamine avait affirmé avoir vu un type blessé à la main arriver deux nuits plus tôt.

Il l'avait prise.

Je courus vers le parking et les autres me suivirent. Là, un petit groupe d'hommes vêtus de noir accompagnait un convoi de voitures. Je me figeai.

Qu'est-ce que c'était que ce cirque ?

Un des hommes en chemise noire, bâti comme une armoire à glace, s'avança. Ses cheveux noirs plaqués en arrière luisaient au clair de lune, et sa barbe de trois jours était bien entretenue.

— M. Grayson ? m'interpella-t-il.

Je voulus répondre, mais Micah me rejoignit et plaqua une main sur mon torse pour me retenir.

— Comment vous avez fait pour nous trouver ? demanda-t-il au type.

Le gros malabar se contenta d'un petit sourire évasif.

— Comme s'il ne savait pas où vous êtes à chaque instant, M. Moreau.

Micah s'esclaffa en détournant le regard.

C'est là que je compris. Stalinz m'avait envoyé des renforts. Ces types-là étaient de mon côté.

— Où voulez-vous qu'on aille ? demanda le type.

Je m'approchai, ouvris la portière de sa voiture et grimpai à l'intérieur.

— Suivez-nous. Quand je vous ferai signe, coupez la route au véhicule devant moi.

Sans perdre de temps, je démarrai le moteur. Damon, Micah et Rory me rejoignirent, et je partis en trombe, quittai le parc et pris à gauche, en direction de Falcon's Well et du raccourci vers la maison d'Evans Crist. Je n'imaginais pas d'autre destination. S'il n'avait pas été présent ce soir-là, il devait ignorer qu'Evans s'était fait prendre.

Je cognai le volant avec mon poing. Personne, et je dis bien personne, ne pourrait plus jamais nous séparer.

Plus jamais.

J'écrasai la pédale et virai à droite tandis que Damon se cramponnait au tableau de bord, direction les falaises à toute blinde.

S'il avait franchi les grilles de la demeure Crist, je les enfoncerais sans hésiter, je défoncerais même cette fichue maison s'il fallait.

Deux autres SUV de Moreau me filaient comme un convoi, et je fonçai sur les nids-de-poule de l'autoroute, dépassant d'autres voitures et un car rempli de gosses partis s'éclater pour la Nuit du Diable.

Soudain, je repérai des phares devant moi, ceux d'une des voitures d'Evans – une Rover bleu nuit – qui filait sur la route.

Je souris. Je passai un bras par la fenêtre et fis signe au véhicule derrière moi de passer devant tout en ralentissant à peine, de sorte à ne pas avoir à piler au dernier moment.

L'homme de Moreau nous dépassa, fonça devant la Rover et, d'un coup de volant, freina dans un crissement de pneus au beau milieu de l'autoroute afin de bloquer le passage à Taylor.

Taylor fit une embardée, et je sentis mon cœur bondir dans ma poitrine en voyant sa voiture partir dans le fossé avant de s'immobiliser, ses roues tournant dans le vide.

Je freinai et m'arrêtai sur le bas-côté, faisant crisser le gravier sous mes pneus. Je sautai hors de la voiture, me précipitai vers la portière du côté conducteur et l'ouvris d'un coup pour en sortir Taylor, qui se prit un crochet du droit en pleine figure.

Il s'effondra au sol, K-O.

— Maintenant c'est fini, grondai-je.

J'ouvris la portière arrière à la volée et vis Emmy sur la banquette. Elle essayait de se relever en se frottant le crâne.

— Argh, gémit-elle. Il m'a frappée à la tête.

Elle croisa mon regard et battit des cils en écarquillant les yeux.

Puis, elle bondit hors de la voiture et se pendit à mon cou.

— Je t'ai vu basculer dans le vide au Point, s'écria-t-elle.

Je la serrai fort contre moi, le nez enfoui dans ses cheveux dont le parfum me grisait.

— Je vais bien, lui assurai-je.

Elle s'écarta et me contempla, bouche bée.

— Bien ?

Je me retins de rire. Elle ignorait tout du *Pithom* et de la chute dans la rivière. J'avais failli me noyer par deux fois, on aurait presque dit que je me jouais du destin ou une connerie dans le genre.

Mais ce soir-là, j'avais triomphé.

— Oui, acquiesçai-je. Cette chute était plutôt une aubaine en fin de compte, mais je t'expliquerai plus tard.

Elle me reprit dans ses bras. Je poussai un soupir de soulagement à l'idée que tout était terminé.

— Et Martin ? s'enquit-elle.

Je déglutis, la serrai plus fort contre moi.

— Je suis désolé, ma chérie.

C'était tout ce que je pouvais dire. J'avais tué son frère. Je le regrettais, mais elle n'était pas à lui et il n'était pas à elle. C'était nous sa famille à présent, et il n'était plus une menace.

C'était lui ou moi.

— Je ne peux pas te perdre, me murmura-t-elle à l'oreille. J'ai besoin de toi.

J'enfouis le visage dans son cou. J'avais l'impression que tout allait enfin commencer. Ma vie. Notre vie.

On avait gagné.

41

Emory

Présent

La police et l'Unité de recherche et de sauvetage repêchèrent le corps de Martin, mais quand ils le mirent sur un brancard à roulettes, je détournai le regard.

Brisé, mort. Si petit. *Mon Dieu, qu'il paraît petit.*

J'ignorais ce que je ressentais, si ce n'était que je ne pouvais pas le voir comme ça. Je savais que ça avait été lui ou nous. Je ne regrettais rien, car il avait fait son choix, et m'avait forcée à devoir choisir moi aussi. Mais, après une vie entière à le subir, la décision n'avait pas été difficile à prendre.

Le choix s'était imposé.

Ça m'embrouillait les idées malgré tout, et en baissant les yeux sur son corps je ne vis que le fils de mes parents. Le frère que j'avais vu grandir.

Je n'arrivais pas à croire qu'il n'était plus là.

Taylor fut arrêté, et Jack Munro contacta sa famille, sûrement pour prendre les dispositions nécessaires afin que Taylor se rende dans « un autre lieu confidentiel » puisque Blackchurch avait été détruit dans l'incendie.

Micah et Rory restèrent au poste pour faire leur déclaration. De notre côté, nous promîmes de revenir le lendemain pour apporter toutes les précisions nécessaires.

J'avais comme l'impression qu'avec la présence du grand-père de Will en ville, on n'allait pas trop nous cuisiner.

Aydin nous suivit au pas de course tandis que nous foncions hors de l'ascenseur et le long du couloir pour rejoindre les autres qui poireautaient devant une porte vitrée d'hôpital dont le rideau était tiré de l'intérieur.

— Alors, comment elle va ? demandai-je à Michael, qui se tenait debout devant la porte en compagnie de Kai et des autres.

Mais Aydin nous passa devant.

— Poussez-vous, leur ordonna-t-il.

Michael croisa les bras et le fusilla du regard.

— Je suis médecin, lui rappela Aydin. Je peux m'être utile.

— Elle a les meilleurs soins médicaux qu'on puisse lui payer, lui décréta Michael. On n'a pas besoin de toi. Bonne nuit.

Aydin resta sans bouger face à Michael, qui était flanqué de Damon et de Kai.

J'avais envie de lui venir en aide, cependant une partie de moi savait qu'ils avaient raison. Oui, il tenait à elle, mais à quel point ? Combien de temps resterait-il à ses côtés ? Elle avait déjà assez souffert comme ça.

Aydin resta parfaitement immobile, comme perdu dans ses pensées. Il devait être en train de se résoudre au fait qu'il ne pouvait pas gagner face à eux quatre.

Je restai en arrière avec les filles tandis que Will rejoignait ses amis pour protéger Alex.

Aydin se retourna, comme prêt à partir, et puis il s'arrêta et poussa un soupir.

— Et si je l'épousais ? suggéra-t-il.

Le cœur à l'arrêt, je décochai un regard aux garçons.

Aydin leur refit face.

— Si je jure de me marier avec elle, vous me laisserez passer ?

Michael plissa les yeux.

— Non.

Il ne le croyait pas.

— Tu veux toujours te marier avec elle ? le nargua-t-il.

Ne s'était-il agi que d'un prétexte pour franchir la porte ? Ou avait-il été sérieux ?

Damon s'avança, attrapa Aydin par le col et lui flanqua un coup de poing dans le ventre. Je tressaillis. J'avais vu assez de violence pour une nuit.

Aydin se plia en deux en grognant, mais Damon le redressa et rajusta sa chemise.

— Oui, suffoqua Aydin. Je veux toujours me marier avec elle.

Je réprimai un sourire.

À son tour, Kai recula le bras et lui envoya son poing dans la figure. Aydin se retourna en faisant la grimace.

— Putain, gronda-t-il.

Au bout d'un moment, il se releva et se retourna vers eux.

— Dégage, lui dit Michael.

— Non.

Michael lui empoigna sa chemise et lui balança un autre crochet en pleine figure. Malgré ses poings serrés, Aydin demeura les bras ballants, sans faire mine de riposter.

Haletant et la bouche en sang, il endurait la douleur sans broncher.

Lentement, il pivota et dressa le menton, prêt à encaisser la suite.

Il savait ce qu'il lui arriverait s'il brisait le cœur d'Alex. Il en était parfaitement conscient, et pourtant il était encore là.

Je jetai un coup d'œil à Michael.

— Si elle accepte et que tu n'assures pas, lui affirma ce dernier, on te tue.

J'esquissai un petit sourire.

Kai pencha la tête sur le côté.

— Elle mérite un grand mariage à tes frais, décréta-t-il en lui lançant un sale regard. Tu inviteras tout le monde. Tu organiseras la plus belle fête de sa vie et tu lui feras honneur devant le monde entier. Pigé ?

Il acquiesça. Pas de cachotteries. Pas de honte.

— Elle mérite une belle robe avec des fleurs et un dîner assis avec un orchestre, renchérit Will en levant un doigt. Pas un DJ. Je pense à un mariage de jour. Pourquoi pas à Boston Common.

— Ça serait sympa, approuva Damon en faisant passer son regard de Will à Aydin. L'idée me plaît.

Banks pouffa derrière sa main. On était toutes mortes de rire de les voir organiser le mariage à sa place.

— Et une lune de miel, renchérit Kai. Dans un bungalow privé en pleine jungle balinaise avec un service digne d'une reine.

— Et tu nageras nu avec elle, exigea Will. Et vous partagerez des dîners aux chandelles.

— D'accord, gronda Aydin, à bout.

— Et tu ne la toucheras pas avant la nuit de noces, ajouta Michael.

Aydin lui décocha un regard en redressant l'échine.

— Pardon ?

Tous gardèrent le silence, campés sur leurs positions.

Ouh là.

— Je ne l'ai même jamais embrassée ! protesta Aydin. J'ai envie de la prendre dans mes bras. De la…

— Quand tu seras son mari, insista Michael.

Je pinçai les lèvres pour ne pas rire. Ils étaient adorables.

Aydin bouillait. Je devinais que ça se serait passé différemment s'il n'y avait eu que lui et Michael.

— Ça marche, répliqua-t-il enfin.

Il voulut contourner Michael, mais Damon prit la parole.

— Encore une chose.

Aydin se figea.

— Quoi, bon sang ?

— Retrouve-nous à Sensou demain soir. À 22 heures.

— Pourquoi ?

Damon le gratifia d'un sourire condescendant.

— Si tu es avec Alex, tu fais partie de la famille. Il existe deux façons d'entrer dans notre gang. Soit on te casse la gueule, soit…

— Damon ! aboya Rika.

Les gars se mirent à rire et Damon se tut, lançant à Rika le regard d'un gosse de quatre ans disant : « Quoi, qu'est-ce que j'ai fait ? »

Je les observai tous, complètement paumée. Qu'avait-il été sur le point de dire ?

— Je déconnais, glissa-t-il à Rika.

Je secouai la tête, songeant que je les questionnerais sur cette blague plus tard.

Je m'écartai du mur et me faufilai entre les gars.

— Nous d'abord, dis-je à Aydin. Attends ton tour.

Je pénétrai dans la chambre d'hôpital. Une infirmière s'occupait des moniteurs d'Alex. Mon regard se posa sur le lit, où elle était allongée.

L'épaule bandée, son bras replié contre elle, elle était bien au chaud dans sa blouse d'hôpital, blottie sous les couvertures.

Elle avait déjà subi son opération, car il nous avait fallu près de deux heures pour contacter la police et retrouver le corps de Martin.

J'aurais dû la prendre en photo. Elle aurait vraiment eu les boules de se voir comme ça, avec les cheveux filasse.

Les filles et moi nous pressâmes autour du lit. Voyant qu'elle commençait à ouvrir les yeux, je me penchai sur elle. Ses lèvres étaient pâles, et ça ne me plaisait pas. Alex avait toujours eu la bouche colorée.

— Rien que quelques minutes, d'accord ? nous prévint l'infirmière avant de partir.

— Comment ça va ? m'inquiétai-je pendant que Will tirait le rideau pour masquer la nuit.

Alex remua un peu la tête.

— Je me sens super bien, là.

Rika lâcha un petit rire et se pencha à son tour.

— Tu planes un peu, c'est ça ?

— Ouaiiiiiiiiis, avoua-t-elle, l'air on ne peut plus satisfaite.

— Je crois qu'Aydin a envie d'être nu dans un lit avec toi, lui révélai-je.

— Il est teeeeeeeellement adorable, affirma-t-elle en clignant des yeux, somnolente. Tu as vu ses muscles dans ce T-shirt ? Frissssssons.

— La vache, marmonna Damon en se détournant.

— Il veut te veiller cette nuit, mais on tient à rester, lui expliquai-je. Il pourra te voir demain. Si tu en as envie.

Elle ne dit rien mais, au bout d'un moment, ses yeux s'ouvrirent et elle prit une inspiration, plus alerte.

— Laissez-le entrer, nous dit-elle. Vous, allez réveiller la juge et finir ce mariage.

Je secouai la tête.

— Non, on fera ça demain.

— Ce soir.

Elle croisa mon regard. J'écartai ses cheveux de son visage, et Rika se pencha pour l'embrasser sur la tempe.

— On se voit plus tard, décréta-t-elle.

Mais…

— Allez-y, ordonna-t-elle. Et ne vous quittez pas… avant au moins 8 heures.

Je m'esclaffai, sans pour autant émettre d'autre protestation. Ils avaient des choses à se dire, après tout. Elle avait besoin d'être seule avec lui.

— Vous me l'envoyez ? demanda Alex alors que nous commencions tous à sortir.

— On laisse Lev devant la porte, précisa Michael.

— Pour quoi faire ? s'étonna Alex. Je suis en danger ou quoi ?

— Il fera office de…, lançai-je, cherchant mes mots. De chaperon, en fait.

— Hein ?

— À plus ! chantonnâmes-nous en chœur, sans nous donner la peine d'expliquer.

On laisserait ça à Aydin. Ils avaient une longue soirée devant eux, surtout étant donné que l'interdiction de Michael de la toucher dépendait entièrement de la capacité de Lev à gérer Aydin tout seul. Certes, il n'avait pas l'air commode, mais on n'était jamais sûr de rien.

— Venez en pyjama s'il le faut, s'agaça Will au téléphone. On vous attend au kiosque.

Je lui pris le bras pendant qu'il mettait fin à sa conversation avec la juge, et nous quittâmes tous l'hôpital. Rika échangeait à voix basse avec Michael.

Je savais qu'elle s'inquiétait pour la petite. Elle avait demandé à David de l'emmener à St Killian's pour la nuit pendant qu'on finissait nos affaires. Mais je commençais à bien la connaître, et je savais qu'elle avait une idée derrière la tête.

Dix minutes plus tard, nous nous tenions tous les huit devant la juge qui portait sa robe noire par-dessus un jean. Je levai les yeux vers Will, soufflant sur une de mes mèches pour l'écarter de mon visage.

— Tu peux toujours prendre la fuite, me taquina-t-il.

— Peut-être après ça, répondis-je en gigotant dans mon jean taché. Je veux dire, une fois que tu seras tenu légalement de me pourchasser.

Je songeai furtivement à Martin, ainsi qu'à mes parents et à grand-mère. Au fond, je n'avais personne de mon côté à apporter dans cette famille.

Je venais seule, sans grand-chose d'autre. Et demain, je repartirais à zéro avec tout ce dont j'avais toujours rêvé.

À présent, j'avais des frères qui tenaient à moi. Aydin, Rory, et le beau Micah, dont la douceur m'avait presque aussitôt mise à l'aise à Blackchurch.

J'avais une carrière, une éducation, et la chambre Carfax. J'avais aussi Will derrière moi… et devant moi, prêt à se prendre une balle en cas de danger.

Désormais, je me faisais confiance. Je ne fuyais pas. Je ne me cachais pas.

Les gens heureux ne craignent pas la mort, car ils ne veulent rien d'autre que ce qu'ils possèdent déjà.

Je souris. Je n'avais pas peur.

J'étais enfin libre.

— Bon, reprit la juge alors que nous nous tenions au même endroit que cinq heures plus tôt, en tenues de ville tachées de sang.

— Michael et Erika, commença-t-elle. Damon et Winter. Kai et Nikova. William et Emory.

Will lui jeta un regard.

— On a déjà fait cette partie-là, s'agaça-t-il. Vous pourriez reprendre là où vous vous étiez arrêtée ?

— Will…, le réprimandai-je à voix basse.

Il se tourna vers moi.

— J'ai *Godzilla vs Kong* qui nous attend au cinéma.

Je poussai un petit cri.

— Déjà ? Il ne sort pas avant plusieurs semaines !

Il me décocha un regard signifiant : « Pour qui tu me prends ? »

Je m'esclaffai et pivotai vers la juge.

— OK, dépêchez-vous.

Être une Grayson allait me plaire.

Des rires fusèrent au sein du groupe, et la juge hocha la tête.

— Michael et Erika… je vous déclare unis par les liens sacrés du mariage.

Ils s'embrassèrent, et la juge poursuivit :

— Damon et Winter ? Je vous déclare unis par les liens sacrés du mariage.

Je me mordis la lèvre, me rapprochant de Will.

— Kai et Nikova ? enchaîna-t-elle. Je vous déclare unis par les liens sacrés du mariage.

Kai gronda avant de gratifier Banks d'un baiser fougueux.

— Et William et Emory, je vous déclare… unis par les liens sacrés du mariage.

Je me pendis à son cou pour l'embrasser fébrilement, l'anneau à mon doigt concrétisant ce que nous aurions pourtant dû savoir inéluctable depuis le début.

Ce que nous avions perçu dans le labo de chimie, dans le cinéma ou lors de ma première nuit à Blackchurch, quand il s'était tapi dans les ombres de la cuisine.

— Vivez pour votre amour, nous conseilla la juge. Aimez votre vie. Et lâchez-vous !

Je ris contre les lèvres de Will. J'avais des papillons dans le ventre et le cœur qui battait à mille à l'heure.

Des applaudissements et des cris de joie s'élevèrent du village. Des badauds étaient encore massés autour du Sticks et dans la taverne, car il n'était que minuit.

— Commencez votre aventure, nous incita la juge.

— Merci, lui répondis-je.

Nous nous enlaçâmes tous, la juge comprise, et alors que nous descendions les marches, j'aperçus Misha, Ryen, Micah et Rory qui se dirigeaient vers nous. Le cigare aux lèvres, le grand-père de Will délaissa un groupe d'hommes devant la White Crow pour nous rejoindre également.

J'ignorais qu'il était encore là.

— Félicitations, lança-t-il à Will en prenant son petit-fils dans ses bras.

— Merci, lui renvoya Will.

Le sénateur Grayson me prit la main et m'embrassa sur la joue.

— Félicitations, ma chérie.

— Merci, monsieur.

— Je vais vous laisser le temps de vous installer, déclara-t-il à Will. On se parle dans quelques semaines, d'accord ?

— Ça marche.

Ils s'étreignirent encore.

— Merci pour tout, lui dit son petit-fils.

— Will, l'interpella Micah en lui faisant signe d'approcher.

Will croisa mon regard.

— Je reviens tout de suite, promit-il en me déposant un petit baiser sur le front.

Je le regardai s'approcher de Micah, probablement pour demander comment ça se passait avec la police.

Je reportai mon attention sur le sénateur.

— Je m'en veux un peu d'avoir improvisé ce mariage sans le consulter, confiai-je. Ses parents n'étaient pas là.

Sur le moment, la suggestion de Rika m'avait semblé parfaite. Mais s'il avait voulu organiser ses propres noces avec tout le tralala, j'aurais adoré aussi.

Il haussa les épaules.

— Mon fils et son épouse aiment ce garçon à la folie, déclara-t-il. Je vous promets que son bonheur leur suffit. Et… vous pouvez toujours organiser une autre cérémonie, bien sûr. Je vous le dis tout de suite : sa mère réclamera une réception digne de ce nom, alors préparez-vous.

Je ris. Ça ne me dérangeait absolument pas. Ce serait même plutôt chouette.

— Occupez-vous de lui, souffla-t-il en me touchant le bras. C'est un peu mon préféré.

— Sympa, commenta Misha en nous passant devant.

Je réprimai un rire, et M. Grayson décocha un regard à son autre petit-fils.

— Celui-là me ressemble, chuchota-t-il. Un peu trop.

— Donc évidemment, vous ne vous entendez pas, blaguai-je.

— Eh non, confirma-t-il en considérant Misha avec un sourire bienveillant. Mais j'aime son style. J'avais un beau petit blouson noir à l'époque.

Je l'imaginais déjà. Cet homme devait avoir dans les quatre-vingts ans, pourtant on ne lui en donnait pas plus de cinquante-cinq. Will avait hérité de lui sa stature et sa belle tignasse.

— Merci d'avoir pris soin de lui, sénateur Grayson, lui dis-je. Quand je n'ai pas pu le faire, je veux dire.

Je regardai derrière moi. Will échangeait des poignées de main en souriant, entouré de ses amis, de sa ville. Toutes les possibilités s'ouvraient à lui.

— Au moins, il avait ses amis pendant toutes ces années, ajoutai-je. Quand j'étais au lycée je me moquais d'eux, mais ils ont vraiment lancé quelque chose d'incroyable, non ? Les générations futures auront du mal à passer après les premiers Cavaliers.

Un sacré défi à relever pour nos enfants.

Comme il ne disait rien, je me retournai vers lui. Il me dévisageait avec un petit sourire aux lèvres.

— Ce n'étaient pas les premiers, rectifia-t-il. Et je vous en prie, appelez-moi A.P.

« A.P. » ?

Quoi ? Avant que j'aie pu réagir, il m'embrassa encore sur la joue et pivota sur les talons pour regagner la taverne. Je restai là, médusée, à essayer de me rappeler où j'avais entendu ce nom.

A.P., A.P…

On me prit par la main, et j'allai me tenir machinalement aux côtés de Will afin de poser pour une photo.

Puis, je compris. *Reverie Cross.* Le meilleur ami d'Edward McClanahan et le petit copain de Reverie Cross. La rumeur selon laquelle Reverie n'avait peut-être pas sauté. La rumeur selon laquelle Edward, son ami, ou tous les deux…

Seigneur !

Je jetai un coup d'œil à A.P., qui était en grande discussion avec Banks, et me tournai vers Will, les yeux ronds.

— A.P. ? lâchai-je à l'étourdie en montrant son grand-père.

William *Aaron Paine* Grayson, premier du nom.

Will se fendit d'un sourire.

— Bon, au moins, tu ne vas pas t'ennuyer avec moi, pas vrai ?

Je le regardai, bouche bée, et puis… un rire m'échappa. Je ne savais plus trop comment réagir aux événements, surtout après ceux de ce soir.

Bon sang. Après avoir aidé Damon à enterrer un corps, m'être fait kidnapper, m'être enfuie en train, et tous les événements de la soirée, je supposais qu'un meurtre irrésolu depuis soixante ans pourrait attendre au moins un ou deux soirs de plus.

M'ennuyer, qu'il a dit.

Ça non, Will Grayson. Ce problème-là, on ne l'aurait jamais.

42

Emory

Présent

— Alors, tu veux une lune de miel ? demanda Will en me caressant le bras tout en me serrant contre lui.

— Si tu veux.

Je le sentis être secoué de rire.

— Quel enthousiasme !

Le sourire aux lèvres, je passai une main sous son T-shirt alors que nous reposions sur une pile de bâches étalées par terre derrière la scène. La passerelle se dressait au-dessus de nous, et un enchevêtrement de câbles, de fils et de cordes pendait un peu partout. Je n'arrivais même pas à me souvenir de quoi parlait le film d'hier soir, car les deux fois qu'on avait voulu le regarder, on s'était contentés de se contempler l'un l'autre. J'étais incapable de m'intéresser à autre chose.

— Je ne suis pas pressée de repartir si tu préfères attendre, décrétai-je en me blottissant contre son corps chaud. Je ne veux rien d'autre que ça. En ce moment, j'aurais du mal à apprécier la tour Eiffel, les ruines mayas ou ce que tu as prévu d'autre. Ce serait du gâchis.

Nous avions été séparés trop longtemps, et j'avais trop envie de lui.

Mon jean gisant quelque part et mon soutien-gorge jeté n'importe où, je glissai une jambe sur lui tandis qu'il passait les mains le long de mes cuisses pour m'empoigner les fesses.

— On peut peut-être rester par ici, visiter la Bell Tower et le cimetière, suggérai-je en embrassant les tatouages sur son bras et son torse. Faire un peu d'escalade, goûter à la gastronomie de Thunder Bay.

Je mordis son téton, tirai dessus, le léchai.

— Goûter un peu à tout.

Avec un frisson et un sourire, il me souleva pour m'embrasser à pleine bouche. Pour l'instant, je ne voulais rien voir d'autre que lui. Lui en sueur, lui tout mouillé, lui tout nu marchant de notre lit à la douche, lui attaché sous moi…

Il cala les bras derrière sa tête pendant que je le couvrais d'une pluie de baisers.

— J'ai versé un acompte pour l'achat de mon ancienne maison, annonçai-je en lui mordillant le cou, profitant de sa position de faiblesse pour lui apprendre la nouvelle. On n'est pas obligés d'y vivre. Seulement, je n'ai pas envie de la perdre.

Quand j'avais su qu'elle était en vente, j'avais envoyé Alex chez l'agent immobilier après la boutique de robes, histoire que mon frère ne sache pas que c'était moi qui l'achetais. Il se pouvait encore que je la revende. Je n'étais simplement pas encore prête.

Il me dévisagea en dessinant des cercles sur mon visage avec ses pouces.

— Cet endroit abrite tant de mauvais souvenirs, Em.

Oui, je le savais. Mais…

— Je refuse d'accorder ce pouvoir à mon frère, décrétai-je à mon mari. C'est la maison de ma famille. Ma grand-mère y a vécu. Ma mère et moi aussi.

Cette demeure ne se limitait pas à Martin.

Il me sonda du regard et, au bout d'un moment, hocha la tête.

— D'accord.

Je me baissai pour lui dispenser un baiser lent, doux et profond tout en me frottant contre son jean.

Il émit un petit rire.

— Oh ! bébé ! Je préférerais que tu ne te rhabilles pas, mais j'ai trop la dalle.

Il gémit tandis que je continuais.

— Tu peux rester là ? Le temps que j'aille nous chercher des bagels et du café, par exemple ?

En entendant parler de bagels, mon estomac gronda.

Merde. C'était vrai que j'avais faim, mais je n'avais pas envie qu'il me quitte.

— Je t'accompagne, décidai-je.

— Oui ? lâcha-t-il en se redressant pour déposer un petit baiser sur mes lèvres. OK, on y va.

Nous enfilâmes nos habits de la veille. J'avais hâte d'arriver à l'hôpital et de prendre des nouvelles d'Alex, et aussi de passer par le poste de police pour m'assurer que rien ne planait au-dessus de nos têtes concernant Martin.

Je n'en avais pas encore vraiment pris conscience, mis à part le petit serrement dans ma poitrine quand je les revoyais tomber dans le précipice. J'aurais dû être anéantie, pas vrai ?

Pour une raison inexpliquée, je ne lui en voulais pas.

Cependant, il y avait toujours ce petit bug, mes émotions qui étaient toutes confuses et embrouillées. Il n'était pas censé finir autrement.

Nous quittâmes le cinéma et verrouillâmes derrière nous. Alors que Will me prenait la main pour m'entraîner vers le magasin de bagels, je jetai un coup d'œil en direction du belvédère et aperçus Damon. À califourchon sur la rambarde, il débranchait les lumières qui avaient été installées pour la cérémonie.

Je me figeai et dévisageai Will.

— Tu nous réserves une table ? J'arrive tout de suite.

Il suivit mon regard, repéra son ami sur le sommet de la butte et puis me considéra de nouveau.

— Bien sûr.

Il m'embrassa avant de partir. Je calai une mèche de cheveux derrière mon oreille et traversai la rue en trottinant.

Des feuilles rouges et orange tombaient des arbres, et l'air frais me piquait le visage. Damon, lui, ne portait qu'un T-shirt noir sans veste, ses cheveux noirs balayés par le vent.

Les lampadaires étaient chargés de décorations pour Halloween, et les passants se rendaient au travail déguisés.

Je m'arrêtai pour le contempler, lui et ce magnifique ouvrage avec ses fondations solides, tandis qu'autour les arbres cliquetaient avec les chandeliers de cristal qui bruissaient dans le vent.

— J'avais dessiné des plans pour un belvédère identique à celui-ci, décrétai-je. Mais en marbre, pas en fer forgé.

Je lui jetai un regard entendu, et il me considéra à son tour en gardant le silence.

— J'aime la structure en fer forgé, ajoutai-je. C'était un bon choix.

Il avait trouvé mes plans et s'était chargé de la construction. Après avoir perdu le précédent aux flammes, je m'étais forcée à en finir un nouveau, mais je n'y avais pas mis tout mon cœur.

Il quitta la rambarde d'un bond et se baissa pour ramasser quelque chose qu'il me jeta.

Je l'attrapai au vol et reconnus la boîte de café jaune moutarde.

— On l'a trouvée en creusant pour les nouvelles fondations, m'expliqua-t-il.

Je l'ouvris. Son contenu était conforme à mes souvenirs. Un sac plastique renfermant la cravate, le bracelet d'entrée au Cove, et la boîte vide de Smarties remontant à mon premier rencard avec Will.

Ma gorge se mit à enfler.

— Merci.

Il descendit les marches et s'approcha de moi. Nous contemplâmes tous deux le beau travail qu'il avait accompli.

— Merci pour tout ça. C'est encore mieux que ce que je m'étais imaginé.

— Bon, on ne va pas se voiler la face, riposta-t-il. Le belvédère d'avant était un effort de débutant.

Je lâchai un petit rire. *Oui, merci.*

Un sourire flotta sur ses lèvres pendant qu'il admirait son œuvre.

— C'est celui-ci que tu avais à cœur de construire. J'ai bien aimé ton idée des chandeliers.

J'avais envie de lui demander ce qui l'avait motivé au juste, pourquoi il y avait mis tant de temps et d'effort, mais je savais qu'il répondrait par une remarque désinvolte. Il s'était peut-être dit qu'il me devait bien ça après que je l'avais aidé dans le cimetière, ou alors il s'en voulait pour l'incendie.

— J'ai essayé de l'arrêter, me dit-il en baissant les yeux sur moi. Enfin, plus ou moins. Désolé.

Très franchement, c'était ce qu'il y avait eu de moins douloureux dans tout ce que Will et moi nous étions infligés. J'adorais le nouveau belvédère.

Je refermai le récipient, craignant presque de lever les yeux.

— C'est toi qui m'as donné la clé de la chambre Carfax, pas vrai ?

La BMW dans laquelle nous avions quitté le cimetière était la même que celle qui s'était trouvée devant chez moi le soir où j'avais reçu la clé.

C'était dans cette chambre que j'avais laissé les plans pour le nouveau belvédère. Il les y avait trouvés.

Enfin, il fit « oui » de la tête.

— Tout comme quelqu'un d'autre me l'a donnée autrefois.

— Comment tu as su que je finirais par comprendre ?

Il aurait pu me laisser un mot m'orientant vers la cathédrale.

Il se contenta d'un haussement d'épaules.

— Je venais à l'église tous les mercredis. Il m'arrivait de t'y voir. Quand j'ai remarqué tes bleus sous la douche, je me suis dit que le sort essayait de me faire passer un message.

Il l'avait donc donnée à une autre quand il n'en avait plus eu besoin. Ce que j'aurais dû faire aussi. Neuf ans plus tard, j'étais encore en possession de la clé.

Mais garder le secret de ce mystère de Thunder Bay m'avait permis de continuer d'appartenir à cette ville même après mon départ. Je n'avais pas pu y renoncer.

Il était peut-être temps que je le fasse.

— Elle m'a bien aidée les dernières années où j'étais encore à la maison, murmurai-je. Merci.

Je n'aurais sans doute pas survécu si je n'avais pas eu accès à un endroit sûr. Même si je m'en étais rarement servie.

Il commença à s'éloigner, mais je le retins.

— Il faut que je parle à Will de cette nuit, l'informai-je. Je voulais seulement te prévenir.

Le dos raide, il ne se retourna pas ; il voyait où je voulais en venir. Je ne pouvais pas mentir à Will sur ce corps que j'avais aidé à enterrer.

Damon soupira.

— Merci de m'avoir prévenu, dit-il. J'attends impatiemment de me prendre une raclée.

J'éclatai de rire.

— Garde Winter avec toi, conseillai-je. Il ne te frappera pas si tu es à côté d'une femme enceinte.

Il secoua la tête et se remit à marcher.

— Il lui dira simplement de me cogner à sa place, grommela-t-il.

Après un mois d'un parfait bonheur, passé à squatter mon ancienne maison en nous contentant d'un matelas à même le sol et de plats chinois à emporter, quasiment sans quitter le lit ni voir quiconque en dehors de nous deux, nous avions enfin pris nos quartiers dans la maison de Christiane Fane, en haut des falaises.

Elle s'était installée chez Matthew Grayson, et même si nous n'avions pas besoin d'autant de place, Will m'avait soumis des arguments pertinents. Avoir des ennemis semblait être un des risques professionnels liés aux activités de Graymor Cristane, et notre famille avait besoin d'une meilleure protection que celle que pouvait procurer un simple quartier résidentiel.

Et puis, un jour, nos enfants voudraient vivre près de leurs amis. Kai et Banks résidaient dans la demeure Torrance lorsqu'ils étaient en ville, Damon et Winter vivaient dans la vieille maison Ashby, Michael et Rika habitaient St Killian's et nous occupions désormais l'ancienne maison de Rika. L'entreprise l'avait rachetée avant de transférer à Will l'acte notarié quitte de toute dette et charge. Nous vivions tous le long de la même route, en haut sur les falaises côtières qui dominaient Thunder Bay.

J'étais heureuse. Pendant les mois où nous avions célébré les fêtes de fin d'année, les premières neiges et les prémices du printemps, je n'avais pu cesser de sourire. La souffrance du passé était toujours là, mais tolérable.

Micah et Rory, eux, avaient décidé de se rire du danger et de s'approprier ma maison en ville. Micah adorait la vie simple qu'elle offrait. Sa famille et celle de Rory, enfin satisfaites du capital que possédaient désormais leurs rejetons, leur fichaient la paix.

— Chérie, j'ai besoin de toi ! cria Will du rez-de-chaussée.

Je me mordis la lèvre inférieure pour réprimer mon sourire malgré mes mains tremblantes.

Je considérai le troisième test de grossesse que j'avais effectué dans la matinée et qui affichait un gros « + » tout rose.

Il n'était pas étonnant que je sois tombée enceinte. J'étais même surprise que ce ne soit pas arrivé avant, étant donné le nombre de fois qu'on l'avait fait.

Je l'enroulai dans du papier-toilette, le fourrai dans la poubelle et me relevai face au miroir pour me recoiffer, incapable de dissimuler mon énorme sourire.

William Grayson, quatrième du nom.

Je poussai un cri strident, et puis plaquai une main sur ma bouche.

Je n'étais pas encore prête à vendre la mèche. Winter avait eu ses premières contractions quelques heures plus tôt, et Will s'évertuait à tirer Ivarsen et Madden de leurs siestes respectives pour que nous puissions nous rendre à l'hôpital. On les avait gardés la nuit pour permettre aux parents de souffler un peu.

— S'il te plaît, chérie ! cria-t-il, stressé.

J'eus un petit rire et sautillai hors de la salle de bains jusqu'en bas des marches, talonnée par Diablo, le beagle de Will. Dans l'entrée, mon mari tirait Ivar par le pied pour l'entraîner en arrière et lui mettre sa chaussette.

Le petit de vingt mois se tordait de rire, sous le regard de Madden qui se contentait d'observer la scène.

Je jetai mon sac sur mon épaule, saisis les sacs à langer que nous avions déjà bourrés de friandises, de boissons et de jouets, et pris Madden dans mes bras pour sortir l'installer dans la voiture. Je laissais Ivar à Will. J'étais prête à jurer que ce gosse savait que Will s'en voulait de tout ce temps perdu, et qu'il le faisait tourner en bourrique exprès.

Je bouclai la ceinture de Madden et le couvris de bisous pendant que Will sortait Ivar qui, le sourire en banane, se débattait en hurlant.

La chemise de Will était tachée de jus de fruits, et il avait l'air prêt à tabasser Damon dès qu'il le verrait. C'était de son père qu'Ivar tenait son espièglerie, pas de Winter.

Je me mis au volant et ramassai les manuels de Will sur le siège passager pour les jeter par terre derrière moi.

En plus des projets immobiliers de l'entreprise, des travaux qui avaient commencé pour le complexe touristique et de l'aide qu'il avait procurée à Winter pour son organisation humanitaire, Will avait repris ses études.

Il n'avait pas envie de retourner à la fac ni de côtoyer des plus jeunes que lui, mais il tenait à faire quelque chose de sa vie en dehors de ce qu'il avait avec les gars.

Alors, il avait ravalé sa fierté.

Et je ne l'en aimais que plus. J'ignorais s'il voulait devenir avocat, vétérinaire ou autre chose, mais je le voyais très bien diriger une maison d'édition.

Ce qui nous serait utile un jour, étant donné que ce n'était pas moi qui aiderais William IV à faire ses devoirs de litté. À Will, lui, ça lui venait naturellement.

Il finit d'attacher Ivar et ouvrit la portière du côté passager pour s'asseoir à son tour.

— Qu'est-ce que tu as à sourire comme ça ? marmonna-t-il en bouclant sa ceinture.

Je m'assombris.

— Pardon. J'arrête.

Il eut un petit rire, et je passai une main dans ses cheveux pour l'apaiser. Les garçons avaient mis notre patience à rude épreuve ces dernières vingt-quatre heures.

— Putain, chérie, gémit-il au contact de mes mains.

— Butain ! cria Ivar derrière nous.

Ce qui ressemblait beaucoup à…

— Merde, articula Will en échangeant avec moi un regard catastrophé.

Je fronçai les sourcils.

— Bon, allez. Tu sais bien qu'il a déjà entendu son père le dire.

Ce n'était pas nous qui lui avions appris ces gros mots.

— Et quand Mads le répétera à Kai ? répliqua Will, inquiet à l'idée que Banks et Kai pètent un plomb.

Je secouai la tête. *Tant pis.*

— Si on fait comme si de rien n'était, ça passera.

Les enfants avaient tendance à interrompre les comportements qui ne suscitaient pas de réaction. Et ce n'était pas comme si nous allions pouvoir protéger les petits de Damon Torrance pour toujours.

Nous filâmes à l'hôpital, en dépassant peut-être un peu la limite de vitesse, tandis que Will faisait écouter Disturbed aux garçons pour la première fois. Ivar secoua la tête en rythme avec la musique, tandis que le calme Mads restait imperturbable, aussi tranquille que son père.

Il serait intéressant de voir ce qu'une fille pourrait apporter à la nouvelle famille, puisque Damon était convaincu que l'enfant à naître était de sexe féminin, même s'ils ne le savaient pas encore.

Les sacs et les garçons dans les bras, nous fonçâmes jusqu'au troisième étage de l'hôpital. Nous débouchâmes dans un couloir rempli de membres de la famille plantés devant une porte d'où provenaient les hurlements de Winter.

Je tressaillis, songeant que je n'étais plus une simple observatrice à présent. Si mes calculs étaient exacts, il m'arriverait la même chose dès l'automne suivant.

— Ah ! rugit-elle depuis la chambre, dont la porte était à peine entrebâillée.

— Comment ça va ? demandai-je en tendant Mads à sa mère tandis que Rika prenait Ivar des mains de Will.

Un autre cri fendit l'air, et une infirmière passa devant nous en courant afin de se précipiter dans la chambre.

— Ça ne devrait pas tarder, m'informa Alex qui, un diamant scintillant au doigt, tenait son téléphone collé à son oreille.

Aydin avait dû se rendre à Chicago dans la matinée pour une réunion, mais il était censé se trouver dans l'avion du retour. Ayant endossé la plupart des responsabilités d'Evans Crist, Alex et lui habitaient Meridian City et adoraient ça. Le bruit et l'animation de la grande ville leur plaisaient.

Michael était assis sur une chaise à côté d'Athos, qui portait un énorme casque sur les oreilles. Captivé, il la regardait jouer à un jeu sur son téléphone.

Il lui montra quelque chose et elle le repoussa, ne voulant pas qu'on l'aide.

— Papa, arrête !

Il sourit, la regardant elle à présent au lieu du jeu.

En l'adoptant l'hiver dernier, ils lui avaient dit qu'elle pouvait les appeler comme elle voulait, mais il ne lui avait fallu que quelques semaines pour adorer les avoir comme parents. Elle voulait que tout le monde sache que Michael et Rika étaient son père et sa mère.

Et qui n'aurait pas aimé ça ? Elle avait tout ce qu'elle pouvait vouloir de la vie, et elle en était consciente.

Mais c'étaient eux les vrais veinards. Ils s'étaient tous bien trouvés.

— Quoi ? cria Damon depuis la chambre.

Nous nous figeâmes tous et échangeâmes des regards.

— Encore un garçon ? lâcha-t-il. Vous êtes sûre ?

Nous nous penchâmes, et je pinçai les lèvres pour me retenir de rire.

Un bébé pleura, des piétinements se firent entendre, et puis le petit grondement enjoué de Damon.

— Bon, qu'est-ce que je vais faire de toi ?

— Damon ! s'emporta Winter. Je vais te tuer. Tu as intérêt à l'aimer. Tu m'entends ?

Un silence s'ensuivit, et je croisai le regard d'Alex.

Là, c'est le drame…

Damon et moi gérions ensemble l'entreprise de construction, lui s'occupait de bâtir et moi de concevoir, aussi m'étais-je habituée à son humour… particulier.

Il finit enfin par répondre.

— O… oui, balbutia-t-il, peu convaincant. Oui, évidemment ma chérie. Mais, tu es sûre qu'il n'y en a pas d'autres coincés là-dedans ?

— Damon !

Will s'effondra contre le mur, plié de rire, et je secouai la tête en happant Ivar, qui n'arrêtait pas de gigoter.

Je le posai au sol et lui pris la main avant de me mettre à marcher avec lui, suivie de Will.

Encore un garçon. On allait s'amuser.

Je jetai un coup d'œil à mon mari, qui affichait un air enjoué, même si je le devinais en pleine réflexion.

— Tu es triste ? lui demandai-je.

— Triste, pourquoi ?

Je haussai les épaules et m'appuyai contre le mur tandis qu'Ivar me tendait les bras et que je le soulevais.

— Il a deux gosses maintenant, et toi toujours aucun.

— Ce n'est pas un concours, Emmy.

Will se pencha à côté de moi et laissa Ivar enrouler sa petite main autour de son doigt.

— Je vais bien. De toute façon, je suis à la fac maintenant. On a tout le temps du monde. On finira par avoir notre propre famille et par remplir toutes ces chambres. Que ce soit dans trois ans, dans cinq ans ou dans dix.

— Ou dans huit mois, avançai-je, prise de légères palpitations. Huit ou neuf. À peu près.

Il garda le silence un instant et, quand je finis par lever les yeux, il me dévisageait, le souffle coupé.

— Tu es sérieuse ? murmura-t-il.

Je ne pus contenir mon excitation.

— Est-ce que tu es prêt ?

Il m'attira contre lui et m'embrassa en riant.

— Avec toi, je suis toujours prêt, quoi qu'il arrive.

Étant donné le long chemin qu'on avait dû parcourir pour en arriver là, je le croyais dur comme fer. Je lui rendis son baiser. Désormais, plus rien n'entacherait notre bonheur.

Cette histoire avait toujours été la nôtre.

Nous voulons ce que nous voulons.

Merci infiniment d'avoir lu *My Darkest Sin*. Votre soutien et vos encouragements ont permis à cette série de se poursuivre, et j'espère vraiment qu'elle vous a plu.

À mon sens, les bons livres se terminent sur de nouveaux départs. Vous pouvez tourner la page pour lire l'épilogue, mais soyez prévenus : celui-ci s'achève sur une intrigue – ou deux – qui laisse entendre que Thunder Bay n'en a pas fini avec les mystères.

Si vous préférez les dénouements plus marqués, refermez ce livre. En revanche, si vous avez hâte de savoir ce qui se passe après, tournez la page !

Épilogue

Will

Dix ans plus tard

— J'ai envie de conduire, blagua Em.

Je verrouillai les chaînes sous le dessous du wagon afin de nous sécuriser sur les rails, et gardai les freins enclenchés en attendant que les enfants se sanglent.

J'appuyai sur le bouton vert afin d'allumer les phares.

— Les enfants, je laisse votre mère conduire ? lançai-je.

— Non !

Je ris, et attrapai mon casque alors qu'Emmy s'installait sur le siège à côté du mien.

— Maintenant, à cause de toi, on doit tous porter des casques, l'accusa Finn.

— On a décollé des rails une fois, répliqua Em. Une seule !

— Papa, s'il te plaît ? supplia Indie depuis le siège derrière le mien.

Je m'esclaffai. Évidemment que je ne laisserais pas leur mère conduire. J'étais aussi tête brûlée qu'elle au volant, mais les petits avaient moins peur quand c'était moi qui étais aux commandes.

— Je m'en souviendrai, Indie, gronda Em à l'intention de notre aînée. Quand tu seras en âge de conduire, je ne serai pas aussi indulgente.

Je jetai un regard en arrière à notre fille. Une lueur de culpabilité s'alluma dans ses yeux noisette au souvenir du secret que nous partagions.

Mais Emmy surprit notre échange et devina la vérité.

— Tu n'as quand même pas fait ça ? s'emporta-t-elle. Tu l'as laissée conduire ce truc ?

Je haussai les épaules, et me retournai en entendant notre autre fille, Finn, glousser.

— Elle était assez grande pour atteindre les pédales.

— Elle a neuf ans !

— Tu lui as bien permis de se teindre les cheveux, lui rappelai-je, comme si c'était pire. Sans me consulter, je te signale. Qu'eeeeeest-ce que je fais encore avec toi ?

— Tu te venges, décréta-t-elle en se retournant vers les rails qui s'élançaient devant nous. Tu adores me pourrir la vie.

J'éclatai de rire, me penchai et l'attrapai par son joli petit cou pour l'attirer contre moi. Je pressai les lèvres sur les siennes, sans pouvoir m'empêcher de les laisser dériver sur sa joue, son nez et, au-dessus de ses lunettes, son front. Elle adorait être embrassée, et ferma les paupières avec un petit soupir de plaisir.

Quel pied de vivre avec elle. Heureuse, malheureuse, triste, sexy : je ne regrettais pas un seul instant de l'avoir épousée. Quand je constatais ses forces, je me disais que j'avais de la chance d'être avec elle, et ses faiblesses faisaient ressortir le meilleur de moi. Je m'efforçais d'être à la hauteur de chaque instant passé en sa compagnie.

Et après dix ans, deux filles et un fils – et l'immense joie que nous avions eue en les concevant –, je savais, sans l'ombre d'un doute, que tout ça en valait la peine.

Je frottai mon pouce sur sa joue soyeuse et humai le parfum de ses cheveux.

— Je t'aime.

— On attend…, gémit Indie Jones Grayson.

Je m'écartai avec un petit rire.

— Tout le monde est attaché ?

— Parés, répondirent-ils en chœur.

— Les casques ?

— Parés, hurla William II par-dessus les voix de ses sœurs depuis le siège derrière Em.

Il s'appelait en réalité William IV, mais comme moi j'étais Will, et que Willy, Bill ou Billy ne nous plaisaient pas, tout le monde se contentait de l'appeler « II ».

— Cramponnez-vous à vos téléphones ! criai-je en tendant le bras vers le bouton.

Je le pressai, actionnant les mécaniques en dessous de nous qui nous propulsèrent en avant. Quelques instants plus tard, nous filions à travers le tunnel en dépassant les cinquante, puis les soixante-cinq kilomètres-heure.

— Plus vite ! cria Finn.

Le wagon fonçait sur les rails en rebondissant et le vent frais balayait nos visages. Em se cramponna aux poignées de son côté, incapable de réprimer son sourire.

Au fil des ans, nous avions dégagé la voie entre Thunder Bay et Meridian City, réduisant l'habituel trajet d'une heure en voiture à quatorze minutes. En temps normal, on aurait pris une rame de métro, mais pour se rendre simplement d'une maison à l'autre au sein de la ville, j'avais ajouté d'autres wagons individuels, ainsi qu'une voie secondaire pour les allers-retours. Nous avions emprunté le tunnel souterrain pour aller dîner chez mes parents un peu plus tôt, et devions à présent retraverser la ville en passant sous la rivière afin de gagner St Killian's pour la soirée.

Nous filâmes à travers le passage sombre, gravissant quelques pentes avant de les redescendre aussi sec, le cœur au bord des lèvres et les oreilles assourdies par les rires et les cris des enfants derrière nous. J'agrippai la cuisse d'Em, grisé par les mêmes sensations qu'elle. Il n'existait rien de mieux qu'une chute libre.

Mis à part une chose, peut-être.

Je lui jetai un regard. Ses lunettes serrées dans une main, elle fermait les yeux et souriait. Elle avait passé son autre main derrière elle pour attraper la basket de Il.

Il n'avait encore que cinq ans, et les rares occasions où elle lui permettait de nous accompagner ainsi, elle se rongeait les sangs. Cependant, nous avions effectué ce trajet des centaines de fois, et je n'aurais jamais fait courir le moindre risque à nos enfants. Elle le savait bien.

N'empêche que j'adorais la voir materner nos gosses. C'était hyper sexy.

Nous plongeâmes vers le bas et l'air fraîchit subitement. Je savais que nous passions sous la rivière, mais cela ne dura qu'un instant avant que nous ne remontions. J'abaissai le levier pour ralentir.

— Oooh ! se plaignirent les enfants.

Ils commençaient seulement à s'amuser. Nous aussi, d'ailleurs. Ce soir-là, nous allions tous nous éclater.

Nous nous immobilisâmes, et chacun retira son casque et se défit de sa sangle. Nous quittâmes le wagon pour grimper sur la plate-forme. J'aidai les filles tandis qu'Emory attrapait Il. Je rajustai ma veste et ma cravate, pris les filles par la main et les guidai vers les catacombes, en haut des marches et dans le grand hall de la cathédrale.

Finn et Indie me lâchèrent aussitôt pour se ruer vers la porte d'entrée et courir dehors.

— Quand les cloches sonneront, rendez-vous devant la maison, leur criai-je. Immédiatement !

— Ouaip ! renvoyèrent-elles.

William II passa devant moi, le nez dans sa tablette.

— Réponds-moi, bonhomme, lançai-je.

— Je t'ai entendu, chantonna-t-il sans m'accorder un regard.

Je secouai la tête en franchissant la porte pour gagner le jardin de devant. Je regardai mes enfants rejoindre Jett, la fille de Kai, et quelques-uns de ses amis. Il n'avait toujours pas décollé les yeux de son écran.

— Les gosses d'aujourd'hui…, marmonnai-je.

Em me toucha l'épaule, comme pour me consoler du fait que mon fils ne jouerait jamais au basketball.

— J'ai quelques coups de fil à passer, me dit-elle avant d'étouffer un rire. Économise ton énergie. Ça va être une soirée de dingue.

— C'est une promesse ? renvoyai-je tandis qu'elle regagnait la maison.

Elle m'adressa un clin d'œil et pivota sur les talons.

Tout en descendant les marches, j'observai les enfants qui jouaient ensemble. Octavia, cinq ans, la fille de Damon, portait son habituelle tenue de pirate, avec un collant noir, une chemise flottante et une fausse épée fixée dans le dos. Personne n'avait eu le cœur de lui préciser que les pirates d'aujourd'hui n'avaient rien à voir avec Jack Sparrow. Inutile de briser ses rêves.

Je regardai à la ronde. Les garçons n'étaient pas là, donc Damon et Winter n'avaient pas encore dû arriver. Octavia était sûrement venue avec Kai et Banks, étant donné qu'elle et Jett avaient à peu près le même âge et partageaient le même groupe d'amis.

Apercevant quelque chose du coin de l'œil, je me tournai et remarquai Madden assis dans l'arbre. Costume noir, cheveux noirs, teint de porcelaine – on aurait dit un corbeau.

Malgré le livre ouvert sur ses genoux, ses yeux étaient rivés aux enfants qui jouaient.

Ou, plutôt, à un enfant en particulier.

Je grimpai sur les planches pour l'atteindre, à plus de quatre mètres du sol. Il se repencha sur sa page.

— Salut, lançai-je.

— Salut.

Je réprimai un sourire de le voir si sévère. Je n'aurais jamais cru rencontrer un jour quelqu'un de plus rigide que Kai, mais son fils l'emportait haut la main. Combien de gosses de douze ans étaient toujours tirés à quatre épingles, avec des pantalons et des vestes de costume parfaitement repassés ? Il était coiffé avec la raie un peu sur la gauche, et ses cheveux impeccablement coupés brillaient à la lumière du soleil et tranchaient avec la pâleur de sa peau.

— Où est ton père ? demandai-je.

Il haussa les épaules.

— Quelque part à l'intérieur.

Il reporta son attention sur son livre, mais ses yeux ne bougeaient pas. Je jetai un nouveau regard aux gosses.

Il ne se joignait jamais à eux. Il jouait toujours seul.

Ou avec sa cousine, Octavia. Il ne se déridait qu'avec elle.

— À quoi tu penses ? le questionnai-je.

Il haussa encore les épaules.

— Tout va bien à l'école ?

Il hocha la tête, mais refusait obstinément de me regarder.

— Tu as prévu de faire la tournée des maisons avec tes amis demain soir pour Halloween ? insistai-je.

Lentement, il secoua la tête.

— Je n'aime pas vraiment les bonbons.

— Alors viens à Coldfield, suggérai-je. Je peux te trouver une place avec les acteurs.

Il resta sans bouger, et je le vis serrer la mâchoire.

— Ou alors… actionner les animatroniques dans les tombes ? risquai-je. Quelque chose en coulisses ?

Il me glissa un regard du coin de l'œil.

Mais il ne secoua pas la tête, et je décidai de lui laisser sa fierté.

— Je passe te chercher demain à 15 heures, affirmai-je.

Il acquiesça.

Bien. Il n'aimait peut-être pas côtoyer les gens, mais ça ne voulait pas dire qu'il ne pouvait pas trouver sa place dans le monde. Voilà des années que ses professeurs craignaient qu'il soit autiste, peut-être atteint du syndrome d'Asperger. Par chance, son éducation n'en était pas affectée. C'était un élève brillant.

Toutefois, socialement, il n'en était pas au même stade que ses camarades.

N'empêche qu'il était capable de fréquenter d'autres personnes lorsqu'il en avait envie, comme quand il s'entraînait avec son grand-père ou qu'il passait du temps avec Octavia. Il refusait de voir un spécialiste, et Kai ne tenait pas à le forcer à adopter une normalité imposée par les autres. Enfin, il n'y avait qu'à nous voir. Si nous étions la mesure de ce qui avait été « normal » autrefois, mieux valait pour Mads qu'il ne change pas.

J'entrepris de redescendre quand il éleva la voix.

— C'est quoi, « l'appel du vide » ? demanda-t-il, prononçant la formule en français.

Je me figeai et levai le visage vers lui. Ses yeux sombres ressemblaient à deux flaques noires.

— Où as-tu entendu ça ?

— Ce sont des gosses à l'école qui en parlaient, murmura-t-il.

Je me raclai la gorge et cherchai ses parents du regard. J'avais toujours su que ce jour viendrait, mais je ne m'étais pas attendu à devoir expliquer ça à d'autres gosses qu'aux miens. Avait-il questionné Kai à ce sujet ?

Je remontai un peu pour le regarder en face.

— « L'appel du vide » est ce qui unit notre famille, lui répondis-je. C'est une idée qui nous relie, parce que nous y croyons tous dur comme fer.

— Comme une religion ?

J'hésitai un instant, sans trop savoir si c'était ainsi que je l'aurais décrit. Mais je finis par acquiescer.

— Un peu, concédai-je. Michael, Rika, Winter, Damon, Emory, moi, ta mère et ton père… C'est ce qui nous a permis de comprendre que nous n'étions pas seuls au monde.

— Moi aussi, j'en fais partie ?

Je plissai les yeux.

— C'est ce que disent les autres à l'école ?

Il se détourna, reposa les yeux sur Octavia qui jouait sur la pelouse.

— Ils ont trop peur de moi pour dire quoi que ce soit.

Je gémis intérieurement. C'était justement ce que nous avions craint. Mads n'avait sûrement besoin de personne pour déstabiliser son entourage, mais nos noms suffisaient à intimider les gens.

C'était bien joli qu'on se soit tous trouvés et qu'on ait fondé une famille ensemble, mais de l'extérieur cela devait paraître... Eh bien, je n'avais aucune idée de ce à quoi ça ressemblait. Je savais seulement que plus on était puissant – et plus on réussissait –, plus on se faisait d'ennemis et plus les gens cherchaient à vous démolir. Nos enfants allaient forcément entendre des histoires sur nous. On devait déjà raconter toutes sortes de choses sur nos affaires, sur la Nuit du Diable et sur les catacombes. Ils allaient devoir vivre avec la pression de notre héritage.

Ou pas.

— Tu es qui tu as envie d'être, Mads, décrétai-je. Ne l'oublie pas. Ne regarde jamais le monde à travers le regard des autres, seulement à travers le tien. Pas le mien, pas celui de ton père... aucun autre que le tien.

Nous voulions construire quelque chose de nouveau, de durable, mais nous avions toujours su que les temps finiraient par changer, et que nos enfants souhaiteraient fonder leur propre réalité. Mads ne voudrait peut-être pas de ce que nous lui léguerions, mais s'il le désirait un jour, un masque lui irait à merveille.

Pas de pression, ni rien.

Il m'adressa un sourire crispé, dans la mesure de ses capacités, et je lui souris à mon tour avant de redescendre.

Indie et Jett bavardaient assises sur une nappe à pique-nique, tandis que Finn et Il, couchés dans l'herbe, tapotaient sur leurs tablettes.

Je décochai un dernier regard à Mads, qui observait Octavia en train de batailler contre un tronc d'arbre à l'aide de son épée, et renversai la tête en arrière pour scruter les nuages presque noirs qui semblaient toucher les arbres.

Je retournai à l'intérieur et me mis en quête des adultes. Nous attendions toujours Alex, Aydin, Micah, Rory…

— Les services d'urgence se tiendront prêts au cas où la tempête tropicale Esme tournerait, entendis-je Banks annoncer alors que je me dirigeais vers le bureau.

Passant la porte, je l'aperçus assise à une table avec des étagères de livres exhibées derrière elle, la lampe en cuivre projetant une douce lumière dans la pièce.

Une caméra reposait devant elle, et un homme regardait au travers de l'objectif tout en la filmant.

— Mais je vous incite, dans la mesure du possible, à ne pas sortir car des vents puissants sont attendus, poursuivit Banks. Un couvre-feu a été mis en place ce soir à partir de 20 heures, et concernera également les festivités de la Nuit du Diable.

Le sourire aux lèvres, j'accrochai son regard et la vis hésiter. Impeccablement coiffée, elle portait un chemisier bleu nuit et du rouge à lèvres.

— Veuillez éviter les zones sujettes aux inondations, et gardez des lampes-torches et des piles à portée de main, conseilla-t-elle aux citoyens. Nous ne recommandons pas une évacuation, mais tenez-vous informés de l'évolution de la tempête par le biais de vos coordinateurs de secours. Restez prudents et ne sortez pas, ajouta-t-elle en regardant droit vers la caméra. Je vous remercie.

— Et… c'est dans la boîte ! annonça son assistant.

Banks quitta son expression calme et posée et relâcha sa respiration en se levant de son siège.

Je baissai les yeux et remarquai qu'elle portait un jean, qui avait été caché sous le bureau. Je m'esclaffai. Certaines choses ne changeraient jamais.

Elle contourna la table pour s'emparer de son téléphone.

— On avait dit que tu ne parlerais pas de la Nuit du Diable, souligna son assistant en la rejoignant.

Elle se dirigea vers le couloir sans ralentir.

— Oui, c'est ce qu'on avait dit.

Visiblement, le mot « diable » rendait certains électeurs nerveux, aussi le directeur de campagne de Banks essayait-il d'en changer le nom.

Sauf que Banks n'en faisait qu'à sa tête.

Je la rattrapai et marchai à côté d'elle.

— Tu sais que personne ne restera à l'intérieur à Thunder Bay, pas vrai ?

C'était la Nuit du Diable, après tout.

— Bien sûr que je le sais.

Toutefois, en tant que représentante de notre district, elle se devait de dire à tous de rester chez soi comme elle venait de le faire.

— Où est Kai ? demandai-je.

— Il s'entraîne avec son père, répondit-elle en regardant son téléphone. Il ne va pas tarder.

Je me balançai à la rampe d'escalier pour monter à l'étage.

— Tu es super sexy à l'écran.

Elle se retourna et me fit un clin d'œil tout en reculant vers la cuisine.

— Tant que ça peut me faire élire sénatrice dans une semaine.

Je lâchai un petit rire et gravis les marches. La campagne avait été exténuante, toutefois avec l'appui de mon grand-père, j'avais bon espoir pour elle.

Je m'engageai dans le couloir en direction de la bibliothèque pour y attendre Damon, sachant que ce serait le premier endroit où il se rendrait à son arrivée. En chemin, je passai devant la chambre de Rika et Michael et m'arrêtai pour y glisser un regard.

Debout au pied du lit, les cheveux mouillés et une serviette enroulée autour de la taille, Michael tenait contre son torse Aaron, qui n'avait que six mois.

Quand Rika était tombée enceinte l'année dernière, Michael avait failli tomber à la renverse. Ils étaient si heureux avec Athos, le complexe touristique et la rénovation de St Killian's qu'ils avaient plus ou moins cessé d'essayer.

Dès qu'ils avaient appris la nouvelle, ils étaient sortis acheter tout le nécessaire, mais apparemment le premier bain du bébé avait été un vrai cauchemar. Ils avaient installé la petite baignoire, les lotions et les jouets, et le petit avait hurlé du début jusqu'à la fin. Michael s'était juré de ne plus jamais revivre ça. Allant à l'encontre des recommandations du pédiatre, il l'avait pris dans la douche avec lui et Aaron n'avait plus jamais pleuré. Tout ce qu'il voulait, c'était être dans les bras de son papa.

Je regardai Michael bercer son bébé tout en le contemplant comme s'il n'arrivait toujours pas à croire à son existence.

Ils lui avaient donné mon nom. J'étais leur préféré.

Ne voulant pas interrompre, je reculai et poursuivis le long du couloir. J'ouvris la porte et entrai. Debout à son bureau, Rika effleurait les écrans au mur pour organiser ses données.

— Salut, lançai-je.

Elle leva les yeux.

— Salut, renvoya-t-elle.

Je m'approchai du canapé et m'y affalai, vidé de mon énergie. Je commençais à me faire trop vieux. Tout simplement.

— Comment va ta mère ? m'enquis-je.

Elle me jeta un coup d'œil tout en continuant de feuilleter les documents sur son bureau.

— Elle va bien. Matthew et elle font un *roadtrip* en Nouvelle-Angleterre pour chercher des antiquités. Elle adore gérer cette boutique avec lui, ajouta-t-elle. Pour elle, ce n'est pas un travail. Je suis contente qu'elle ait enfin trouvé sa voie.

Je me réjouissais de voir Christiane s'épanouir. Elle vivait dans l'ancienne maison de Misha avec son mari – le père de Misha – depuis une dizaine d'années, et Emory et moi avions racheté la demeure des Fane. Tous les quatre – Michael, Damon, Kai et moi – vivions désormais sur les falaises.

— Misha et Ryen sont encore à Londres avec les gosses, me confia-t-elle. Je crois qu'il s'y plaît vraiment.

— Oui, je ne le vois pas revenir dans l'immédiat.

Ils avaient désormais un garçon et une fille et, comme il était musicien, et qu'elle était décoratrice d'intérieur, ils pouvaient aller n'importe où.

— Il te manque ? demanda Rika en frôlant une fois de plus son écran.

— Toujours, répliquai-je. Mais il ne perd pas son temps à mener une vie qui ne lui convient pas. C'est ce qui me rend heureux. Même si ça m'embête que la vie qu'il veut ne soit pas celle-ci.

Elle s'esclaffa, puis fit apparaître les plans pour la reconstruction du pont sur lesquels Emory et Damon étaient en train de travailler.

— Il sera là quand il le faudra, m'assura-t-elle.

Je le savais.

— Tout le monde est arrivé ? questionna-t-elle.

— On attend encore Kai, Alex, et…

À cet instant, des hurlements et rugissements retentirent à l'étage du dessous comme si des animaux venaient de surgir. Je poussai un soupir.

— Et Damon et Winter viennent d'arriver, achevai-je.

Je regardai la porte et comptai les secondes. Seules cinq passèrent avant que Damon fasse irruption dans la pièce, avec Gunnar qui hurlait derrière lui.

— Je veux un câlin ! hurlait le petit.

Damon claqua la porte et, le souffle lourd, porta tout son poids contre le battant comme s'il était poursuivi par un ours.

— J'ai trop de gamins, se plaignit-il, rouge du visage et les cheveux en bataille.

Je réprimai un sourire en entendant ses fils tambouriner.

Il tressaillit.

— Elles sont où ?

Je jetai un regard à Rika, et Damon s'écarta de la porte d'un bond pour lui foncer dessus.

Il ôta précipitamment des livres de l'étagère pour sortir les cigarettes planquées et ouvrir le paquet.

— Rika, qu'est-ce que tu as foutu ? tempêta-t-il en la fusillant du regard. C'était censé durer un mois.

— J'ai été très stressée, se défendit-elle. Et n'oublie pas que c'est toi qui as fumé presque tout le paquet la dernière fois.

Je secouai la tête en regardant Damon en porter une à sa bouche. Ils tâchaient de se limiter à un seul paquet par mois, et comme tout le monde était tout le temps là et que Damon ne se faisait pas confiance, c'était Rika qui le conservait.

La porte du bureau s'ouvrit à la volée, et Fane Torrance, le troisième fils de Damon, se précipita à l'intérieur.

— Je veux un câlin de la machine à câlins ! exigea le garçon de sept ans.

Damon se détourna en tâchant désespérément de faire fonctionner son briquet.

— La machine à câlins a besoin de recharger les batteries, marmonna-t-il, la cigarette à la bouche.

Rika passa devant lui pour prendre Fane dans ses bras et le jeter sur son épaule.

— Allez, dit-elle au petit. Allons trouver tatie Banks pour une séance de torture aux guilis. Papa a besoin d'être un peu seul.

Elle partit en emmenant le garçon qui gloussait, et referma derrière elle. Damon relâcha enfin la bouffée de fumée qu'il avait retenue et vint s'affaler sur le canapé à côté de moi. Il renversa la tête en arrière et prit une autre latte.

— Je les aime, vraiment, souffla-t-il. Mais je ne peux jamais être seul un instant. Si j'ai envie de ma femme, il faut que je lui tende une embuscade sous la douche.

— Tu ferais sans doute mieux de ne pas la toucher, commentai-je. Étant donné qu'elle tombe enceinte chaque fois que tu lui souffles dessus.

Il eut un petit rire, et dehors j'entendis l'agitation des garçons qui jouaient. Son aîné, Ivarsen, était à peine plus âgé que Madden. Gunnar, lui, était né en deuxième dans la quête de Damon pour une fille. Face à ce nouvel échec, celui-ci avait continué d'avoir des enfants et s'était retrouvé avec deux autres fils – Fane et Dag – avant qu'Octavia n'arrive enfin. Depuis, Winter avait pu profiter de cinq belles années de répit.

— Elle s'est fait ligaturer les trompes, pas vrai ? demandai-je en lui prenant la cigarette des mains pour en tirer une bouffée.

— Pour quoi faire ?

Je m'esclaffai. Il passait son temps à se plaindre du nombre de gosses qu'il y avait dans son lit et du peu de temps qu'il avait en tête à tête avec Winter, mais j'étais prêt à parier qu'il retenterait le coup une ou deux fois histoire de donner une sœur à Octavia.

Il reprit la cigarette et se leva pour s'approcher de la fenêtre et scruter le jardin de devant.

Je détaillai du regard son costume débraillé et ses cheveux ébouriffés. Il avait beau essayer de donner le change, je savais que son quotidien était bruyant et agité.

Il n'avait pourtant pas l'air d'avoir vieilli depuis le lycée.

Le bonheur qu'il connaissait avec sa femme et ses enfants, son foyer et son amour, se lisait sur son visage.

— Pourquoi tenais-tu tant à avoir une fille ? l'interrogeai-je.

J'avais toujours supposé que c'était parce qu'il voulait une fille à son papa, sauf qu'il ne la défendait pas plus ardemment que ses garçons.

Et de toute évidence, même s'il vouait le même amour à chacun de ses rejetons, Octavia et lui étaient les deux faces d'une même pièce. C'était la seule à avoir hérité de ses yeux et de ses cheveux noirs, ce qui était pourtant censé sauter plusieurs générations.

— Je ne sais pas, avoua-t-il en regardant par la fenêtre. Chaque fois que je me suis imaginé avoir ma propre famille, je voyais toujours une petite fille dans le tableau.

Il marqua une pause, captivé par ce qui se passait à l'extérieur.

— Enfin, regarde-les, reprit-il. Banks, Winter, Em, Rika… Les femmes ne sont vulnérables que parce qu'elles sont les dernières à apprendre à se battre. J'ai envie d'offrir au monde une femme comme elles.

Je ne doutais pas une seconde qu'elle donnerait du fil à retordre. Mes enfants étaient bien plus calmes, et je m'en félicitais. Mis à part Indie. Elle agissait sans réfléchir, et Em m'en tenait pour responsable. Comme si je pouvais contrôler mes gènes.

Un klaxon retentit dehors, et Damon prit une dernière bouffée, faisant naître une lueur orangée au bout de sa cigarette.

— Micah et Rory…, annonça-t-il en recrachant sa fumée.

Je me levai.

— On n'attend donc plus qu'Alex, conclus-je en me dirigeant vers la porte. Bon, je vais aller chercher ma femme.

— Tu trouveras un petit recoin dans le garde-manger, à l'abri des regards, me confia-t-il. Je suis à peu près sûr que c'est là qu'on a conçu Dag, si jamais vous cherchez un peu d'intimité.

Je partis, le sourire aux lèvres.

Em aimait bien les catacombes.

Dix des enfants s'entassèrent dans le bus de luxe avec trois nounous, tandis qu'Athos restait avec nous et que la mère de Michael emmenait Aaron pour la nuit. Elle était toujours la propriétaire de la maison Crist, mais elle y séjournait rarement à présent, préférant emmener le bébé dans son appartement en ville à Delcour.

Tous les autres enfants étaient également en partance pour Meridian City, en sûreté loin de la côte et de la tempête imminente, afin de passer la nuit chez Kai pour une immense soirée pyjama avec des jeux, des films et des friandises. Marina y serait en compagnie de Lev et de David, aussi étais-je certain que nos enfants seraient en sécurité et gavés de sucre d'ici une heure.

Le soleil était couché depuis deux heures. Je regardai les phares arrière du bus disparaître au bout de la route tandis qu'au loin, la Bell Tower sonnait pour marquer l'heure. Je souris en me disant que j'adorais l'entendre.

Dans les semaines à venir, une fois toutes les feuilles tombées, nous serions en mesure de voir à travers les arbres et d'apercevoir la lanterne qu'Emmy avait installée en haut de la tour des années plus tôt.

La flamme dans le clocher qui brillerait éternellement pour Reverie Cross.

Le portail se referma, la lueur des lampes suspendues au fer forgé tremblota, et les feuilles dans les arbres dansèrent dans le vent. Je rajustai ma cravate, entendant les flammes cracher à droite et à gauche.

Je sortis de ma poche de poitrine la cigarette que j'avais chipée à Damon et Rika, m'approchai d'une des vasques de feu disposées autour d'une petite fontaine et me penchai pour l'allumer.

— Tu es sûr qu'elle est prête ? s'inquiéta Damon derrière moi.

— Elle assistera à la rencontre, lui répondit Michael. Rien de plus.

Athos.

Lentement, nous franchîmes la porte d'entrée en refermant derrière nous. Je pris la main d'Emmy pour descendre dans les catacombes, sentant à son poignet ma vieille cravate de lycéen qu'elle y avait enroulée comme un bracelet.

Elle l'avait portée de diverses manières au fil des ans. Chaque fois que je songeais au fait qu'elle l'avait conservée tout ce temps, mon cœur battait la chamade. Elle l'avait enfouie sous le belvédère pour la garder à tout jamais, car une partie d'elle refusait de renoncer à moi.

Je serrai sa main dans la mienne. Il ne pleuvait pas encore, mais la cathédrale malmenée par le vent gémissait. L'odeur d'eau et de terre me chatouillait les narines à mesure que nous nous enfoncions dans les profondeurs, et j'avais les bras couverts de chair de poule.

L'air était chargé de silence. Toutes les incertitudes et inquiétudes du dernier mois pesaient sur cette soirée. Nous ferions la fête plus tard, mais d'abord… les affaires.

— Si tu préfères ne pas rester…, commença Michael en se penchant vers Micah tandis que nous pénétrions dans le grand hall pour nous installer, côte à côte, à la longue table.

— Ça ira, m'interposai-je.

Je serrai l'épaule de Micah et perçus sa crispation. Il était nerveux, mais il n'y avait pas de quoi. Micah et Rory faisaient partie de cette famille. Il n'était pas seul, et il ne se cacherait pas. Il s'assiérait de ce côté-ci de la table avec fierté.

Michael prit place au centre. Il portait un costume, une chemise et une cravate tout en noir, comme Damon, tandis que Kai et moi avions opté pour quelques touches de couleur. Rika s'installa à côté de Michael, vêtue d'un élégant haut rouge sans bretelles, d'un pantalon noir moulant et d'une paire de baskets. D'habitude, les femmes se mettaient sur leur trente et un pour nos réunions, mais on risquait de devoir courir ce soir-là.

Athos s'assit de l'autre côté de son père, Kai à côté d'elle, suivie de Banks, puis des sièges vides d'Aydin et d'Alex, qui n'étaient toujours pas arrivés.

Je m'installai à côté de Rika, avec Emmy, puis Damon, Winter, Micah et Rory à mes côtés.

L'odeur froide des murs de pierre et la lueur du chandelier projetée sur la longue table en bois me donnaient toujours l'impression d'être un des vampires qu'on voit dans *Underworld*. Emmy, elle, décrétait qu'on ressemblait plutôt aux Volturi.

— Où sont Alex et Aydin ? chuchotai-je à l'oreille de Michael.

Il secoua la tête.

— Appelle-les.

Il était 19 heures passées. Ils auraient dû être là depuis des heures. Ils n'avaient pas d'enfants, cela n'avait donc pas pu les ralentir.

Je sortis mon téléphone, sur le point d'appeler Aydin, quand Alex surgit, vêtue d'un haut noir dévoilant son dos nu parsemé de gouttes de pluie, des mèches collées à son visage. Elle portait autour du cou le même collier que toutes les femmes, avec les mêmes petites armoiries qui ornaient nos chevalières, et un sourire flottait sur ses lèvres.

Elle s'assit à l'autre bout de la table, le menton dressé et le souffle rauque, tandis qu'Aydin entrait derrière elle, avec une égratignure sur la joue.

— Vous étiez où ? lui murmura Banks.

Alex se contenta de secouer la tête alors qu'Aydin prenait place entre elle et Banks.

— J'ai dû l'arracher de force au hors-bord parce qu'elle voulait partir espionner sans vous.

— Alex ! la réprimanda Kai.

Moi, je me contentai d'un petit rire. Elle avait beau posséder sa propre boîte d'investissement, participer aux conseils d'administration des deux banques dont le père de Kai s'était retiré, être devenue une des associées du complexe touristique ainsi que du cabinet de conception de Damon et d'Em, aider Winter à gérer sa société caritative pour nourrir les enfants affamés et courir à droite à gauche pour assister Banks et Rika dans leurs campagnes, Palmer avait conservé ce besoin puéril de se créer des ennuis. Comme dans Peter Pan, elle restait un garçon perdu. Prête à tuer les pirates.

Mais je me réjouissais qu'Aydin l'ait retrouvée. Je n'avais pas envie de lui courir après jusqu'à cette île, avec la tempête qui s'annonçait.

Enfin tous installés, nous scrutâmes le bout du couloir en attendant nos invités.

Je me reculai sur mon siège pour demander à Micah, de l'autre côté d'Emmy :

— Ça fait combien de temps que tu ne les as pas revus ?

Il me décocha un regard.

— J'ai cinq frères et c'est toi que j'ai choisi comme garçon d'honneur. Ça répond à ta question ?

Oui. Les Moreau étaient fidèles à leur nom, pas aux membres de leur famille. Ce n'étaient pas eux, ses frères. C'étaient nous.

Nous nous tétanisâmes en entendant le claquement sonore d'une porte au bout du couloir sombre. Je me retournai face à la table et nous nous levâmes tous de nos sièges.

— N'essaye pas de leur serrer la main, Michael, conseilla Micah à voix basse. Ils doivent mériter notre respect. Ne leur facilite pas la tâche.

— Je sais.

— Et ils ne sont pas là pour maintenir le statu quo, souligna Micah, donnant des tuyaux à Michael pour gérer sa famille. Une réorganisation a eu lieu. Ils vont tenter d'établir une identité en dehors de mon père. Soyez prêts.

— Je le suis déjà, assura Michael en boutonnant sa veste de costume alors qu'on entendait s'approcher ce qui ressemblait à une armée marchant au pas le long du couloir.

— Je regrette presque de ne pas t'avoir renvoyé chez toi pour que tu prennes la succession de ton père, marmonnai-je à l'intention de Micah. Mais j'imagine qu'il devait léguer ses affaires à l'aîné.

On avait gardé Micah et Rory. Ils avaient fini par quitter l'ancienne maison d'Emmy, dont ils étaient désormais propriétaires, pour Meridian City. Cependant, nous savions que le père de Micah finirait par disparaître un jour et qu'il nous faudrait affronter ses frères et sa sœur.

— Mon paternel n'aurait jamais passé son entreprise à quelqu'un sous prétexte que c'était l'aîné, commenta Micah. Il l'aurait transmise à celui le plus capable de la conserver.

Un frisson me parcourut l'échine. Ce qu'il me disait ne me plaisait pas.

Les bruits de pas qui faisaient vibrer le plancher ne cessaient de se rapprocher, et je me raidis en voyant Crane, l'homme de Damon, faire entrer nos invités.

— Les voilà, marmonna Micah.

Crane s'écarta pour se tenir derrière notre table alors que les cinq frères et la sœur de Micah pénétraient dans la pièce en adoptant aussitôt une formation en V.

Je jetai un rapide coup d'œil à Athos. Sa respiration et sa posture étaient étonnamment assurées pour dire qu'elle avait dix-huit ans et qu'elle se trouvait en présence de terroristes.

La vache.

Emil Moreau, qui menait la bande, poursuivit son avancée vers l'unique siège qui nous faisait face, tandis que les autres le flanquaient.

Ce n'était pas lui, l'aîné. J'avais étudié le dossier en profondeur et je les connaissais tous par cœur. Kaiser était né le premier. Il se tenait tout à droite, ses cheveux sombres et épais dressés à quelques centimètres de son crâne. À côté de lui se trouvaient Valentin et Victor, suivis d'Hadrien, le deuxième plus jeune après Micah, puis d'Eslem, l'unique fille, tout à gauche. Ils étaient rangés par ordre d'ancienneté derrière Emil, les mains jointes dans leurs dos comme des employés modèles.

Mis à part la fille, qui joignait les mains devant elle.

— Bienvenue, lança Michael en montrant le siège. Je vous en prie.

Emil s'installa et croisa une jambe sur l'autre, ses cheveux brun-roux divisés par une raie à droite et lissés en arrière, ses joues creuses et pâles lui prêtant des airs d'elfe. Il posa son regard sur Micah, relevant la présence de son plus jeune frère de l'autre côté de la table. La tension dans l'air était palpable.

— J'ai beaucoup entendu parler de vous, déclara Michael alors que nous nous rasseyions. Vous avez fait de l'aviron pour Oxford avant de prendre part aux Jeux olympiques.

— Où je suis arrivé en sixième position, acheva Emil avec un accent impossible à cerner.

Leur père était franco-syrien, mais ils étaient tous nés de mères différentes. Seuls Micah et Eslem étaient issus de la même fille serbe.

Je dis bien « fille », car elle avait seize ans à la naissance de Micah. Dix-huit quand Eslem avait vu le jour, à la suite de quoi elle était morte en couches.

— Mais aux JO malgré tout, insista Michael. Votre père devait être fier.

— C'était le cas, reconnut Emil en se carrant le dos dans son siège. Mon père voyait l'échec d'un bon œil. D'après lui, cela signifiait que seuls les meilleurs nous devançaient.

— J'espère que c'est encore vrai aujourd'hui, affirma Michael. Nous avons beaucoup aimé faire affaire avec lui ces dix dernières années.

Emil eut un sourire crispé, et mon cœur se serra. Je compris que les choses ne seraient pas aussi faciles dorénavant.

Micah possédait une partie du complexe touristique, cependant nous savions tous d'où provenait l'argent. Nous fermions les yeux sur ce détail, parce que Stalinz Moreau ne faisait pas le commerce de drogue ni de femmes. Au fil des ans, nous avions pris nos aises, car il n'avait jamais cherché à compliquer notre arrangement. Il récupérait ses 12 %, son nom n'apparaissait nulle part, et on avait pu garder Micah – et, par extension, Rory – sans condition particulière. Tout le monde était gagnant.

— Vous avez toléré mon père pour le bien de Micah, souligna Emil. Et parce qu'il a investi dans votre affaire.

Michael prit une inspiration, perdant déjà son impassibilité.

— Ce n'est… un secret pour personne que nous n'étions pas d'accord sur grand-chose. Toutefois, nous avons pu travailler ensemble. Cette coopération nous a profité à tous les deux.

— Oui, mais sans plus, répliqua Emil d'une voix étrangement calme. Mon père commençait à vieillir. Il pensait avoir assez d'argent, et il a perdu de vue ce que nous étions en train de construire.

— C'est-à-dire ?

— Un héritage durable, répondit Emil. Il aurait dû passer la main depuis longtemps.

Micah remua sur son siège, et je scrutai les visages des membres de sa famille. Kaiser arborait un air sévère, Valentin étudiait le sol, Victor contemplait Winter, la tête penchée sur le côté comme si elle constituait son prochain repas, et Hadrien et Eslem écoutaient, le regard perdu dans le vague.

— Votre part était équitable, fit remarquer Michael. C'est ce qui nous a permis de rester amis. Vous n'aimez pas avoir des amis ?

— Nous ne sommes pas comme notre père.

— Coopératifs ?

— Faibles, riposta Emil du tac au tac. Les amis sont imprévisibles. Les secrets, eux, ont toujours de la valeur, et votre famille en a beaucoup, je me trompe ?

— Tout comme la vôtre, renvoya Michael.

Emil jeta à Micah un regard plein de mépris.

— On augmentera votre part à 24 %, annonça Michael. Cela nous permettra de rester amis.

— Je crois que vous n'avez pas bien compris, décréta Emil en retroussant les lèvres dans un rictus. Nous en voulons la moitié. Cela nous permettra de rester polis.

Je dressai le menton, tâchant de ne pas paraître ébranlé, mais mon regard dériva de nouveau vers la fille. Elle considérait la surface de la table, imperturbable.

Il me semblait qu'elle n'avait pas cillé une seule fois depuis son arrivée.

— Je sais de quoi votre famille est capable, enchaîna Emil en croisant chacun de nos regards. Seulement, malgré tout mon respect, vous saviez ce que vous risquiez en fricotant avec la mienne. Vous êtes sans doute le cauchemar éveillé de votre petite ville, ici c'est vous qui faites la loi, mais la tactique n'est pas la même quand on joue avec des gens qui mènent leur propre jeu. Vous êtes trop honnêtes, vous n'avez pas le courage nécessaire pour vous cramponner à ce que vous avez. Et cela demande beaucoup d'efforts. De gagner.

Les yeux plissés, il se focalisa sur Michael.

— Jusqu'où êtes-vous prêts à aller ?

Je secouai la tête et lâchai un petit rire.

Tous les regards se tournèrent vers moi.

— Nous ne sommes pas les seuls à jouer, lui expliquai-je. Nous ne sommes que les visages de six familles. Contre une. Qu'est-ce que vous voulez, au juste ?

Il avait des gorilles. Nous, une dynastie en devenir. Était-il réellement venu faire de nous ses ennemis ? Nous ne mettions peut-être pas de contrats sur la tête des gens, mais nous avions les reins assez solides pour les affronter.

Alors, il posa son regard sur l'adolescente blonde assise à côté de Michael.

Je cessai de respirer. Victor, Kaiser, Valentin et Hadrien l'imitèrent, contemplant avec malice la jolie fille aux yeux vairons et à la natte ébouriffée.

Eslem, elle, continuait de regarder impassiblement devant elle.

Je l'étudiai. Ses cheveux châtains, coiffés dans une complexité de tresses élaborées, étaient dégagés de son visage. Son manteau noir et cintré dépassait ses genoux, et ses bottes lui montaient au-delà des mollets.

C'était la seule à porter des gants.

La voix dure de Michael me fit sursauter.

— Vous feriez mieux de vous détourner de mon enfant dans 3… 2…

Avec un rire bas, Emil finit par baisser les yeux.

— Elle pourrait être le visage de la septième famille, affirma-t-il à Michael. Elle nous plaît.

Elle nous plaît.

Ce n'était pas la moitié du complexe touristique qu'il convoitait. C'était une chose bien plus précieuse. Une part de sa famille dans la nôtre à tout jamais.

Je jetai un nouveau regard à Eslem, qui continuait de scruter la table avec une curieuse lueur dans ses yeux de vingt ans.

Calme. Posée. Aux aguets.

Mes poumons se vidèrent, et je sentis mon pouls s'affoler.

C'est elle l'héritière.

C'était elle qui commandait. Pas Emil.

— Envoyez-la sur Deadlow Island ce soir pour faire la fête avec nous, ordonna Emil à Michael. On vous la ramènera.

Michael se leva, et nous nous dressâmes tous d'un bond.

Il boutonna sa veste.

— Nous fêtons la Nuit du Diable à Thunder Bay.

Deadlow Island n'était pas loin de la côte, son phare était visible d'ici, mais l'île était entourée d'un littoral accidenté qui était difficilement atteignable. Surtout avec la tempête qui menaçait.

Étant donné son caractère inaccessible, personne n'avait jamais songé à y construire quoi que ce soit, mais eux y étaient parvenus malgré tout. Sur la côte sauvage de l'île se dressait une grande demeure où les Moreau séjournaient de manière saisonnière… Enfin, quand ils ne dormaient pas à l'envers, suspendus par les pieds comme des vampires.

Emil se leva, et les six membres de la famille Moreau se raidirent.

— Je crois que vous serez surpris de voir où la marée vous emportera ce soir, M. Fane, lança-t-il.

Puis il inclina légèrement la tête pour adresser un petit salut à la fille de Michael. Derrière lui, Valentin et Victor trépignèrent d'excitation.

— Athos, lâcha-t-il en guise d'au revoir.

L'un après l'autre, ils tournèrent les talons pour reprendre le couloir qui menait vers l'entrée par laquelle ils étaient arrivés.

Eslem, elle, resta dans la pièce, comme rivée au sol.

Je la vis observer Athos. L'adolescente ne bougeait pas d'un cil sous son regard scrutateur, qu'elle lui rendait avec la même application.

Qui voulait Athos ? Eux tous ?

Ou seulement l'un d'eux ?

Eslem l'inspectait de ses yeux noisette, sa présence manifestement plus imposante que celle de ses cinq frères réunis.

— À bientôt, chuchota-t-elle à l'intention d'Athos.

Puis elle croisa le regard des deux parents de la jeune fille avant de quitter la pièce.

Personne ne respira dans les trente secondes qui suivirent, jusqu'à ce que nous entendions la porte claquer et se verrouiller tout au bout du couloir et que Crane y retourne pour vérifier que nous étions bien seuls.

Michael se tourna pour ordonner à Crane :

— Je veux qu'elle soit à Delcour, toutes les portes fermées à clé, et dites à David et Lev de revenir en ville sur-le-champ.

— Non ! cria Athos.

— Elle sera plus en sécurité avec nous, protesta Rika.

— Je suis d'accord avec Michael, intervint Damon. Faites-la quitter la ville. Tout de suite.

— Tu crois que le fait qu'on soit la Nuit du Diable change quoi que ce soit pour eux ? lança Banks en repoussant sa chaise pour contourner la table. On peut veiller sur elle ce soir, mais on ne pourra pas les empêcher de revenir demain ou le jour d'après.

— Je refuse de me cacher, décréta Athos à son père, une boucle de ses cheveux dans le visage. Je ne suis pas un bijou à protéger. Je ne suis probablement qu'une distraction, pour vous pousser à oublier de protéger ce qu'ils veulent vraiment.

— Ils tiennent à ce qu'elle aille sur l'île cette nuit, souligna Kai. C'est elle qu'ils souhaitent, et ils seraient prêts à mettre cette ville à feu et à sang pour l'obtenir. Si on ne se rend pas sur Deadlow Island, ils déclareront la guerre à Thunder Bay.

— Je ne mettrai pas un pied sur cette île ! s'emporta Rika.

— S'ils veulent qu'on y aille, ils trouveront le moyen de nous y attirer, fit remarquer Alex.

— Il faut l'enfermer quelque part, affirma Aydin à Michael. Si un de ces petits salauds la met en cloque, tu n'échapperas jamais à cette famille !

— Arrête, espèce de con ! aboya Damon en intimant à Aydin de se taire.

Aydin leva son majeur et se frotta la tempe avec.

Athos leva les yeux au ciel, puis fusilla son père du regard.

— Je reste, affirma-t-elle. Qu'apprendrai-je en me cachant ? C'est ta responsabilité de m'aider à pouvoir survivre un jour sans toi.

Michael la dévisagea, et nous sombrâmes tous dans le silence. Rika et son mari étaient les premiers à affronter ce jour que nous avions tous tant craint.

Nous ne pouvions plus abriter Athos de tous les dangers. C'était une belle jeune femme à présent, et l'héritière d'une puissante famille qu'elle aiderait un jour à mener, quand nous ne serions plus là.

Elle avait raison. Elle devait apprendre.

Je vis Michael déglutir, et puis… il tendit le bras sous la table pour en sortir une boîte. Après une hésitation, il la tendit à Athos.

Elle l'ouvrit et écarta le papier de soie pour révéler un demi-masque, rouge, comme celui de son père.

Sauf qu'il ne s'agissait pas d'un masque de paintball en plastique. C'était un crâne en cuir plus léger et moulant qui lui recouvrait la moitié supérieure du visage, laissant sa bouche visible.

Le menton tremblant, elle décocha un regard à Michael.

— La Mort rouge ? murmura-t-elle.

Elle adorait Edgar Allan Poe.

Il lui sourit, et nous passâmes tous un bras sous la table pour sortir nos masques de leurs compartiments individuels.

Les filles enfilèrent leurs vestes, Banks fixa une ceinture de couteaux autour de la cuisse de son jean noir, Winter se banda les yeux à l'aide d'une étoffe rouge, Emmy mit ses gants dotés de griffes, et Rika attacha son katana dans le dos.

Nous ignorions ce que les Moreau mijotaient ce soir-là, mais nous n'allions pas tarder à le savoir. Je pris Em par la main, jetai un coup d'œil à Athos qui mettait son masque, et agrippai le mien dans mon autre poing, les veines fouettées par l'adrénaline.

Nous longeâmes le couloir qu'ils venaient de quitter. La porte extérieure qui débouchait sur la forêt n'était plus qu'à une trentaine de mètres, et nous enfilâmes tous nos masques dans un état d'excitation grandissante.

— Soit tu es avec moi, commença Michael.

— Tu es à mes côtés, poursuivit Kai.

— Soit tu es contre moi, achevâmes-nous en chœur.

— Sois Lilith, lancèrent les filles.

Athos baissa la Mort rouge sur ses yeux, et nous nous élançâmes alors qu'elle chuchotait :

— Jamais Ève.

Playlist

Écoutez la playlist de *My Darkest Sin* en streaming (https ://open.spotify.com/user/pendouglas)

99 Problems, Jay-Z (non disponible sur Spotify)
31 Crush, Garbage
A Little Wicked, Valerie Broussard
Apologize, Timbaland, One Republic
Army of Me, Björk
Believer, Imagine Dragons
Blue Monday, Flunk
Devil Inside, INXS
Down With the Sickness, Disturbed
Everybody Wants to Rule the World, Lorde
Fire Up the Night, New Medicine
Hash Pipe, Weezer
Highly Suspicious, My Morning Jacket
History of Violence, Theory of a Deadman
If You Wanna Be Happy, Jimmy Soul
In Your Room, Depeche Mode
Intergalactic, Beastie Boys
Light Up the Sky, Thousand Foot Krutch
Man or a Monster (feat. Zayde Wølf), Sam Tinnesz
Mr Doctor Man, Palaye Royale
Mr Sandman, SYML
Old Ticket Booth, Derek et Brandon Fiechter
Party Up, DMX
Pumped Up Kicks, 3TEETH
RX (Medicate), Theory of a Deadman
Satisfied, Aranda
Sh-Boom, The Crew-Cuts
Teenage Witch, Suzi Wu
Touch Myself, Genitorturers
White Flag, Bishop Briggs
Yellow Flicker Beat, Lorde
You're All I've Got Tonight, The Cars

Merci d'avoir lu jusqu'au bout ! J'espère que la série de *La Nuit du Diable* vous a plu, et je tiens à remercier toutes mes lectrices pour l'enthousiasme, la patience et la passion dont elles ont fait preuve à l'égard de cet univers au cours des cinq dernières années. Votre soutien a aidé à nous valider, nous tous qui l'entendons véritablement – l'appel du vide.

Anniversaires

Michael Julian Crist : 30 août
Kai Genato Mori : 28 septembre
Damon Kirsan Torrance : 19 octobre
William Aaron Paine Grayson III : 9 mai
Aydin Markus Khadir : 16 octobre
Erika Isla Fane : 5 novembre
Nikova Sarah Banks : 8 novembre
Winter Sutton Ashby : 19 janvier
Emory Sophia Scott : 14 juillet
Alex Zoe Palmer : 16 décembre

Chronologie

Cette chronologie retrace tous les chapitres de la série qui comportent des flash-backs. Certaines scènes dans un livre se déroulent en même temps que d'autres dans un autre tome, et ce récapitulatif devrait vous aider à mieux visualiser les événements. Mieux vaut vous y référer au fil de votre lecture, ou tout à la fin, car elle contient des *spoilers*.

Chaque cadre représente une journée. Ils sont classés par ordre chronologique, et chaque élément du cadre se trouve dans l'ordre dans lequel il est survenu ce jour-là.

Pour info, les Cavaliers ont tous le même âge. Banks et Emory seraient dans la classe d'en dessous à l'école. Erika, Winter et Alex, trois classes en dessous.

Damon et Winter	Enfants, dans la fontaine

Environ sept ans plus tard…

(Les Cavaliers sont en terminale, Emory et Banks sont en première, et Winter et Rika sont en troisième.)

Will et Emory	Lolita étudié en cours

Will et Emory	Enfermement

Will et Emory	Baignade nocturne, Trevor au belvédère

Will et Emory	Match, bus, le Cove

Will et Emory	Cinéma

Damon et Winter	Rencontre Winter aux inscriptions
Damon et Winter	Poussé dans le casier
Damon et Winter	Parle à Winter dans le self
Will et Emory	Confrontation de Damon et Emory dans les vestiaires
Will et Emory	Dans sa chambre, à la lumière des bougies

Damon et Winter	Fête d'Arion, Damon s'introduit chez Winter et lui fait peur

Will et Emory	La chambre de Carfax, Martin au cimetière
Will et Emory	Retour à la maison, le Cove, le bus
Will et Emory	Découverte des ecchymoses

Kai et Banks	Se rencontrent au confessionnal
Will et Emory	À l'école, bureau du proviseur
Kai et Banks	Les garçons sortent pour la Nuit du Diable, il rencontre Banks sur son vélo
Kai et Banks	Damon les trouve à la Bell Tower
Kai et Banks	Au cimetière
Damon et Winter	Emmène Winter conduire, moto
Kai et Banks	Soirée dansante, Natalya
Kai et Banks	Chez Pope
Will et Emory	Cimetière de la Nuit du Diable, école, salle de sport

Moins de deux ans plus tard…

(Les Cavaliers viennent de finir leur première année de fac. Emmy sort tout juste du lycée.)

Will et Emory	Bat son frère

Quelques mois plus tard…

(Les Cavaliers viennent d'entamer leur deuxième année de fac, Rika et Winter commencent tout juste leur année de première, Emmy est en première année de fac.)

Damon et Winter	Dans la voiture de Miles, farce au cinéma
Damon et Winter	Font l'amour dans la douche

Rika et Michael	Elle s'introduit dans la voiture de Michael pendant la Nuit du Diable

Rika et Michael	Première fois dans les catacombes
Rika et Michael	Michael et ses amis pendant la Nuit du Diable
Rika et Michael	Maison en feu abandonnée
Rika et Michael	Damon s'arrête chez Winter
Damon et Winter	Il regarde Winter danser
Rika et Michael	Rika affronte Miles et Astrid
Rika et Michael	Pavillon en feu, Rika vandalise Fane
Rika et Michael	Au magasin
Rika et Michael	Damon attaque Rika
Damon et Winter	Damon raccompagne Will
Damon et Winter	Il se rend chez Winter

Will et Emory	Emmy à la fac, voit la vidéo, saute dans un avion
Damon et Winter	Surpris au réveil par la vidéo
Rika et Michael	Vidéo en ligne, Michael reconnaît Rika à sa capuche
Will et Emory	Emmy confronte son frère à la gare
Kai et Banks	Au cimetière
Damon et Winter	S'introduit chez elle et la serre dans ses bras une dernière fois

Environ trois ans plus tard, ils sortent de prison et Dark Romance **commence !**

Remerciements

À mes lectrices – je tiens à vous remercier pour votre aide et votre soutien au cours des dernières années. J'ai adoré communiquer avec vous sur Internet, m'amuser et bavarder, mais les réseaux sociaux ont le don de m'absorber complètement et, avant que je m'en rende compte, il est déjà midi ! Je ne vois pas ça comme une perte de temps, en aucun cas, mais je me suis rendu compte que je parvenais plus facilement à atteindre mes objectifs et à m'organiser si je suis plus rigoureuse dans la manière de gérer mon temps. Merci à celles d'entre vous qui ont toléré mes longues absences sur le Net. Vous comprenez que, sous prétexte qu'on ne publie pas en permanence, cela ne veut pas dire que toutes sortes de choses ne sont pas en train de se passer.

Merci aussi à toutes celles qui m'ont envoyé des e-mails ce printemps pendant que j'écrivais hors ligne pour me dire à quel point elles appréciaient mes histoires et « mon esprit » *lol*. Ça m'a fait sourire et m'a aidée à rester créative. J'ai hâte de vous montrer la suite.

À ma famille – à mon mari, qui a pris le relais pour tellement de choses cette année passée. Sérieusement. Les rôles ont changé du tout au tout depuis notre première rencontre, et je te suis reconnaissante d'avoir tout géré pour me permettre de me consacrer entièrement à mon travail que j'aime tant. C'est probablement absurde que je ne sache toujours pas faire fonctionner le lave-vaisselle qu'on a acheté quatre mois auparavant, alors je tiens à ce que tu saches que… maintenant, tu peux recommencer à me demander de débarrasser la table. Le livre est terminé !

Et à AydanCakes – ma fille, qui fait les mêmes pas de danse débiles que sa mère… Je t'aime de tout mon cœur. Merci d'avoir été géniale pendant cette période à la maison imposée par le confinement, pour avoir coopéré pendant l'école à la maison, et pour m'avoir laissée gagner au Uno de temps en temps. En revanche, tu ne me battras jamais au Scrabble, parce que c'est moi l'ÉCRIVAIN dans la famille. Et toc.

À Dystel, Goderich & Bourret LLC – merci d'avoir été si disponibles et de m'avoir aidée à grandir de jour en jour. Je ne pourrais pas être plus heureuse.

Aux Pendragons – bon sang, vous m'avez tous tellement manqué. Il m'est si souvent arrivé, surtout au bout d'un mois de confinement, de crever d'envie de passer du temps avec vous. J'avais besoin de voir du monde, et j'apprécie vraiment le fait que vous soyez mon refuge. Merci de m'avoir donné une tribu et d'avoir validé les histoires que j'aime tant.

À Adrienne Ambrose, Tabitha Russell, Tiffany Rhyne, Kristi Grimes, Lee Tenaglia et Claudia Alfaro – administratrices hors pair du groupe Facebook ! On ne parlera jamais assez du temps et de l'énergie que vous avez consacrés gratuitement à créer une communauté pour moi et mes lectrices. Vous êtes désintéressées, géniales, patientes, et indispensables. Merci.

À Vibeke Courtney – mon éditrice indépendante qui passe chacune de mes interventions au peigne fin. Merci de m'avoir appris à écrire et à m'exprimer sans ambiguïté.

À Charlene Tillit – merci d'avoir pris le temps de vérifier ma grammaire ! Tu m'as énormément aidée.

À toutes mes merveilleuses lectrices, surtout sur Instagram, qui réalisent des créations pour les livres et qui nous incitent à rester enthousiastes, motivées et inspirées… Merci pour tout ! J'adore votre vision des choses, et je m'excuse si j'ai pu manquer quoi que ce soit en restant hors ligne.

À toutes les blogueuses et bookstagrammers – il y en a trop pour les nommer, mais je sais qui vous êtes. Je vois les publications et les tags, et tout le dur travail que vous accomplissez. Vous passez votre temps à lire, à chroniquer et à promouvoir, et vous le faites gratuitement. Vous êtes l'élément vital du monde des livres. Qui sait ce que nous ferions sans vous. Merci pour vos efforts sans relâche. Vous agissez par passion, ce qui est encore plus incroyable.

À tous les auteurs et auteurs en herbe – merci pour les histoires que vous avez partagées, qui m'ont souvent procuré une merveilleuse échappatoire en tant que lectrice et ont fait de moi une meilleure autrice alors que je tâchais de me hisser à votre hauteur. Continuez d'écrire et de créer, ne vous arrêtez jamais. Votre voix est importante, et tant qu'elle viendra du cœur, elle sera juste et bonne.

Vous avez aimé *My Darkest Sin* ?
Découvrez les autres romans
de Penelope Douglas

Harper Collins
POCHE

Composé et édité par HarperCollins France.

Achevé d'imprimer en février 2022.

CPI
FIRMIN-DIDOT

à Mesnil-sur-l'Estrée (Eure)

Dépôt légal : mars 2022.

Pour limiter l'empreinte environnementale de ses livres, HarperCollins France s'engage à n'utiliser que du papier fabriqué à partir de bois provenant de forêts gérées durablement et de manière responsable.

Imprimé en France